Winkler
Weltliteratur

NOVALIS

(Friedrich von Hardenberg)

GEDICHTE UND PROSA

Herausgegeben
und mit einem Nachwort versehen
von Herbert Uerlings

Artemis & Winkler

Die Deutsche Bibliothek – CIP-Einheitsaufnahme
Ein Titeldatensatz für diese Publikation ist bei
Der Deutschen Bibliothek erhältlich.

Umschlagmotiv: „Shafts of sunlight filtering through misty
redwood forest", © Tony Stone Images, John Warden
Umschlaggestaltung: Groothuis & Consorten, Hamburg
Satz: Fotosatz Moers, Mönchengladbach
Druck und Bindung: Friedrich Pustet, Regensburg
ISBN 3-538-06897-6

Gedichte

Frühe Gedichte 1788–1794

AN MEINE FREUNDE

Sind wir denn hier das Spiel des Glückes
Das sich bald hier bald dorthin neigt,
Und liegen auf der Wage des Geschickes,
Die vorhin sank, nun steigt?

Und sollen immer denn Tyrannen
Beherrschen unser Wohl und Leid,
Erhöhen, wenn sie Redliche verbannen
Die Niederträchtigkeit?

Und stolze Priester uns gebieten
Was unsre Seele glauben soll,
Mit Feur und Schwerd verkündigen den Frieden
Des heilgen Wahnsinns voll?

Und Kriege ganze Nationen
Ins Unglück stürzen um den Ruhm
Daß Einem unterthan mehr Regionen,
Als Waffeneigenthum?

Und soll uns dann in Fesseln zwingen
Die nachgeahmte Höfflichkeit;
Um Weihrauch einem Mächtigen zu bringen
Nur groß durch Schändlichkeit?

Nein! Freunde kommt, laßt uns entfliehen
Den Fesseln, die Europa beut,

Zu Unverdorbnen nach Taiti ziehen
Zu ihrer Redlichkeit.

Und laßt uns da das Volk belehren
Wie Orfeus einstens that;
Das Saytenspiel soll ihrer Wildheit wehren
Errichten einen Staat,

Wo nur Natur den Scepter führet,
Durch weise Künste unterstüzt,
Und jeder in dem Stand, der ihm gebühret,
Dem Vaterlande nüzt.

Und wo nicht blutige Trofäen
Auf offnem Platze aufgestellt,
Und nicht dem Gott zu dem wir innig flehen
Ein blutig Opfer fällt.

Wolan so trinket, wackre Brüder
Glück unserm edlen Lauf;
Besteigt das Schiff mit schwellenden Gefieder
Und steckt die Wimpel auf.

DER HARZ

Harz du Muttergebürg welchem die andre Schaar
Wie der Eiche das Laub entsproßt
Adler zeugest du dir hoch auf der Felsenhöh
Und dem Dichter Begeisterung.

Weit im deutschen Gefild sieht man der Felsen Haupt
Spät im Sommer vom Schnee noch schwer,
Tiefer Fichtenbekränzt, düster vom Eichenwald,
Der vor Zeiten den Deutschen hehr.

Ströme rauschen herab dir in das finstre Thal
Brechen zwischen den Lasten sich
Welche spielende Flut von dem Gebürge riß
Und des eilenden SturmesGrimm.

Oft umringen dich auch Bliz und des Donnershall
Schrecken unten das tiefre Thal
Doch mit heiterer Stirn lachst du des Ungestüms
Träufst nur fruchtbare Flut herab.

Eber brausen im Wald, Eber mit Mörderzahn
Die der Spieß zu bestehn nur wagt
Du auch hegest den Hirsch trotzend auf sein Geweih
Und noch mehrerer Thiere Heer.

Gütig lässest du zu daß dir dein Eingeweid
Mit der ämsigen Hand durchwühlt
Nach verderbenden Gold und nach dem SilberErz
Unersättlicher MenschenDurst.

Aber schenkest uns auch Kupfer und tödtend Bley
Eisen nüzlich dem Menschgeschlecht
Das den Acker durchfurcht, Sterblichen Speise giebt,
Und dem Gütigen Ofen Holz.

Wenn mit schneidender Axt Bäume der Hauer fällt
Die dein nährender Schooß erhob.
Aber bauets nicht auch Häuser zum Schutze uns auf?
Schüzts uns nicht für der Feinde Wuth?

Lob dir! denn es besang Dich, der Unsterblichkeit
Sänger, Klopstock mit Harfenklang,
Daß es scholl im Gebürg und in dem Eichenwald
In dem felsichten Wiederhall.

Deutsche Freyheit so wehrt, wehrter dem Biedermann
Als des zinsenden Perus Gold
Stehe furchtbar und hehr und unerschütterlich
Wie dein donnerndes Felsenhaupt.

DER FALCKENSTEIN AM HARZ

Sanft wie der erröthende Morgen von goldenen Hügeln
herunter
Mit duftenden Fittichen schleicht und alles mit Rosen
bekränzt,
So bald auf wimmelnden Hof der stolze Haushahn munter
Mit drohendem Sporne und Kamm der röther als Purpur
glänzt
Als Herold Helions schreyt und alle vom Lager erwecket
So wehe auch Genius, du, den silbernes Haupthaar
bedecket,
Der oede Trümmern bewohnt, mich an mit wogenden Flug
Der oft durch schaurge Gewölber und gothische Tempel
dich trug
Und über bemoostes Gestein mit dunkelen Hieroglyfen
Für späte Enkel beschrieben die ungerühret drauf liefen
Gleich unbekümmert ob Hier Nerone oder Fridriche
schliefen.

BEY DEM FALCKENSTEIN EINEM ALTEN RITTERSCHLOSS AM HARZE

Geist der Vorzeit, der mich mit süßen Bildern erfüllte,
Wenn ich Sagen las von hehren silbernen Zeiten,
Wo voll höheren Sinn Thuiskons Enkel begeistert
Lauschten der Stimme des Vaterlandes, die herrlichem Tode

Sie entgegenriß von unsterblichen Lorbern umschattet,
Höre den Jüngling, der dich mit flammender Wange und
Stirne
Küßt, daß du mit Begeistrung, der hohen, entzückenden
Göttin,
Auf den Flügeln des Wests von heiligen Schauern umringet
Her zu mir fleuchst; daß Eichen und himmelanstrebende
Klippen
Beben, und wie der Unsterblichen Eine die Seele sich
aufschwingt
Mit den Flügeln des Schwans, im Schwung wie ein Läufer
des Eises,
Zu der Versammlung der Väter, der Greiße mit schneeigen
Haupthaar
Und mit langer Erfahrung getränckt, wie mit himmlischen
Trancke,
Fröhliger würd ich alsdann zurück zur Erde mich schwingen
Wenn ich die Greise gesehn, die in diesen Trümmern gehauset.

AN FRIDRICH WILHELM

König, wichtiger Name, dem
Menschenfreunde, dem Ohr denkender Weisen, und
Selbst dem nüchternen Könige,
Unverdorben vom Gift schmeichelnder Höflinge
Und den Ehrenbezeugungen
Seines hoffenden Volks, das mit Gelübden ihn
Und mit Weihrauch empfängt von Gott,
Der die Könige wählt, sie auf der Waagschaal wog,
Die das Schicksal des Lands bestimmt.
Wenn die Wollust ihn lockt mit dem Syrenenton,
Ruhe die ihm versaget ist,
Und der schimmernde Ruhm, welcher mit einem Fuß

Auf die blutigen Leichen tritt
Die das Schlachtfeld besäen, auf die Verzweifelung
Banger Mütter und Sterbender,
Auf der Waysen Geschrey, welches den Vater heischt;
Mit dem anderen Fuße, auf
Lorbeerkränze, gerühmt noch in den spätesten
Fernen – doch nur von Thörichten,
Und auf feilen Gesang; lange Unsterblichkeit
Mit der Enkel Gespött gewürzt.
Und auf nagende Reu welche den Schlummer scheucht
Und die Träume mit Schrecken füllt;
Ruft der Name die Pflicht wieder zurück ins Herz
Waffnet mit der Aegide ihn,
Daß er Palmen ergreift, nur für das wahre Glück
Seines Landes besorgt, das Schwerdt
Das vom Vater ererbt, ewiger Ruhe weiht,
Und der Buhlerinn Reiz verschmäht.
Unterm Fußtritt entblühn Blumen und Saaten ihm,
Städte, welchen der Jndus zollt,
Und Amerikas Flur, Afrika, Asien
Und der Seine Gefilde, und
Edler Britten Gefild, welches die Thems durchströmt
Reich an Freyheit und AhnenMuth.
Mit dem singenden Chor fröhliger Mädchen sind
Reigen blühender Jünglinge
Fest verschlungen, die Schaar bringet ihm Kränze dar
Wehrter ihm als die Delfischen,
Die umschlingen die Stirn stolzer Eroberer,
Unbeneidet vom Göttlichen.
Solcher König bist du, Fridrichs Wetteiferer,
Und sein glücklicher Neffe, du.
Lebe lange noch uns, groß in der Herrscherkunst
Und beglücke dein Vaterland.

CAESAR JOSEPH

Gütig lächelte dir Zevs Erfüllung zu
Deines Wunsches, er gab dir, o Germanien,
Einen Kayser, so gut, wie dir die Mutter war,
    Die du weinend begraben hast.

Mutter nannte er sie, deine Theresia,
Die im lyrischen Schwung, Smintheus Denis besang,
Als die Mutter des Lands und die Ernährerin
    Dürftger Musen und Grazien.

Ihn zu singen, den Held, welcher nie ungerächt
Zog sein mächtiges Schwerdt, waget der Jünglinge
Einer, schüchternes Blicks, welcher der Liebe und
    Allgewaltger Begeistrung traut.

Doch gelingt ihm das Lied, singt er mit Würde ihn
Von den Sayten herab, mischt er bescheiden sich
In die heilige Zahl unter die Lieblinge
    Hoher Muse und Grazie.

Soll ich singen, wie er Licht, dir Germanien
Gab, die Fackel entbrannt, welche der Mönche List
Bald enthüllte und riß Schleyer vom Antliz der
    Furchtbarn päbstlichen Heiligkeit.

Die Jahrhunderte durch freye Germanen zwang
Mit dem Strahle des Banns, welchen der Aberglaub
Neue Kräfte verlieh und die gefürchtete
    Macht der listigen Clerisey.

AN FRIEDRICH II.

Noch spät zogst du dein Schwerdt zum Schützen
Der Deutschen Freyheit gegen Habsburgs Dräun
Noch einmal ließest du es furchtbar blitzen
Doch stecktest du es bald als Sieger ein.

Du kröntest durch ein würdig Ende
Den Fürstenbund den thatenreichen Lauf,
Du einigtest so vieler Fürsten Hände
Und halfst so deutscher Freyheit völlig auf.

Und bald beseligt von der Freude
Dein ganzes Land durch dich beglückt zu sehn
Geliebt, geehrt und unbenagt vom Neide
Starbst du, man sah dich froh zum Ewgen gehn.

Und aller Edlen Augen blickten
Bethränt dir nach voll Kummer und der Dank
Den alle dir so innig heiß nachschickten
War dir gewiß der beste Lobgesang.

Vielleicht als unser Engel schüzest
Du nun dein weinendes verwaystes Land
Und greifet es ein stolzer Feind an blitzest
Du gegen ihn mit starker Seraphs Hand.

Drum großer Fridrich o verzeihe
Sang ich ein Lied das dein nicht würdig ist.
Und soll ich es mit Würde, o so leihe
Mir deinen Geist den keine Gränze schließt.

BADELIED

Auf Freunde herunter das heiße Gewand
Und tauchet in kühlende Flut
Die Glieder, die matt von der Sonne gebrannt,
Und holet von neuen euch Muth.

Die Hitze erschlaffet, macht träge uns nur
Nicht munter und thätig und frisch
Doch Leben gibt uns und der ganzen Natur
Die Quelle im kühlem Gebüsch.

Vielleicht daß sich hier auch ein Mädchen gekühlt
Mit rosichten Wangen und Mund
Am niedlichen Leibe dies Wellchen gespielt
Am Busen so weiß und so rund.

Und welches Entzücken, dies Wellchen bespült
Auch meine entkleidete Brust
O! warlich wer diesen Gedanken nur fühlt
Hat süße entzückende Lust.

DAS BAD

Hier badete Amor sich Heute
Der Unvorsichtge entschlief
Da kamen die Nymphen voll Freude,
Und tauchten die Fackel ihm tief
Ins Quellchen, da mischten sich Wellen
Und Liebe; sie täuschten sich sehr
Die Nymphen, sie tranken mit hellen
Gewässer die Liebe nun mehr.
O! Mädchen, die Liebe nicht scheuen,

Die trinken die liebliche Flut
Die Liebe, die wird sie erfreuen
Mit sanfter entzückender Glut.
Ich hab *mich* hier oftmals gebadet
Mit meiner Laura allein,
Und nach dem Bade so ladet
Der Schlummer im Grase uns ein.

ICH WEISS NICHT WAS
Ballade

Iüngst als Lisettchen im Fenster saß
Da kam Herr Filidor
Und küßte sie
Umschlang ihr weiches weißes Knie;
Und sagt ihr was ins Ohr;
Ich weiß nicht was.

Dann giengen beyde fort, er und sie
Und lagerten sich hier
Im hohen Gras
Und triebens frey mit Scherz und Spaß,
Er spielte viel mit ihr;
Ich weis nicht wie.

Zum Spielen hatte er viel Genie,
Er triebs gar mancherley,
Bald so bald so,
Da ward das gute Mädel froh,
Doch seufzte sie dabey,
Ich weiß nicht wie!

Das Ding behagte den Herren baß
Oft giengs da capo an!
Doch hieß es drauf
Nach manchen, manchen Mondenlauf
Er hab ihr was gethan;
Ich weiß nicht was.

DAS SÜSSESTE LEBEN

Lieblich murmelt meines Lebens quelle
Zwischen Rosenbüschen schmeichelnd hin,
Wenn ich eines Fürsten Liebling bin,
Unbeneidet auf der hohen Stelle;

Und von meiner stolzen Marmorschwelle
Güte nicht, die Herzenszauberinn
Und die Liebe, aller Siegerinn
Flieht zu einer Hütte oder Zelle;

Süßer aber schleicht sie sich davon
Wenn ich unter traurenden Ruinen
Efeugleich geschmiegt an Karolinen
Wehmuth lächelnd les im Oberon
Oder bey der Milchgefüllten Schaale
Bürgers Lieder sing im engen Thale.

DER EISLAUF

Blühender Jüngling dem noch Kraft im Beine,
Der nicht Kälte, als deutscher Jüngling scheuet
Komme mit zur blendenden Eisbahn, welche
Glatt wie ein Spiegel

Schnalle die Flügel an vom Stale, welche
Hermes jezt dir geliehn durchschneide fröhlich
Hand in Hand die schimmernde Bahn und singe
Muntere Lieder.

Aber, o Jüngling hüte dich für Löchern
Welche Nümfen sich brachen, nahe ihnen
Ia nicht schnell im Laufe du findest sonst den
Tod im Vergnügen.

Wenn sich die schwarze Nacht herunter senket
Und das blinkende Kleid der Himmel anzieht
Leuchtet uns der freundliche Mond zu unserm
Eiligen Laufe.

DIE KAHNFAHRT

Knaben rudert geschwind, haltet den raschen Takt;
Iener Jnsel dort zu, welche der Lenz bewohnt,
Wo die Grazien tanzen
Bey Apollos gefällgem Spiel.

Seht die Sonne – sie sinkt hinter den Buchenwald
Immer Milde hinab in die entferntste Luft
Röther glänzen die Hügel
Die des Abends Erröthen grüßt.

Becherfreude beym Kuß rosiger Mädchenschaar
Harret meiner daselbst; sehet sie winken schon;
Uns soll Hesperus leuchten
Bis zum neidischen Morgenstern.

DER ABEND

Glühend verbirgt sich nun die müde Sonne
Nach der mächtigen Laufbahn in die Meere
Suchet Ruhe, Dämmerung senkt sich nieder
Auf die Gefilde.

Dämmerung mit dem feuchten grauen Fittich
Keine Röthe des Abends weilt am Himmel
Welcher unbewölket in dunkles Azur
Prächtig sich kleidet.

Und die Gestirne blinken wieder fernher
Lächelnd sieht mich der Abendstern so funkelnd
Lächelt aus den seligen Wonngefilden
Ruhe ins Herz mir.

Lispelnder wehn die Zephyrs in den Büschen
Die die Nachtigall klagend noch belebet
Und aus jenem Waizengefilde hör ich
Schlagen die Wachtel.

Ländliche Glocken rufen helles Tones
Aus den Felde die müden Schnitter wieder
Alles suchet Ruhe und heitrer sah ich
Nie noch den Abend.

Wär doch auch einst der Abend meines Lebens
Das so lachend mir anfieng zwischen Rosen,
Heiter, froh und ruhiger noch als dieser
Abend der Landschaft.

Möchte zu ewgen Frieden, meine Seele
Auch so lieblich hinüberschlummern, wie jezt
In der Hütte müde der Landmann zu dem
Morgenden Tage.

ELEGIE BEYM GRABE EINES JÜNGLINGS

Heimgegangen bist du Jüngling, rinne
Sehnsuchtsthräne auf den Aschenkrug;
Halbbetäubt noch steh ich hier und sinne
Ob es wahr sey oder Traumbetrug,
Kaum vor einem Sonnenschritte
Standst du, froh, mit blühenden Gesicht
Hier in deiner Lieben Mitte
Und nun kam ich ach! und fand dich nicht.
Fand statt Biedern Händedrucks und Kusses
Einen Todtenkranz und Aschenkrug
Sah die Blüthe jeglichen Genußes
Hingewelkt, gehemmt des Adlers Flug
Durch der Vorzeit lichte Hayne,
Um mich sproßte düstrer Bilder Kranz
Bey des Grabes Lämpchens Scheine
Sah ich nur der Todesengel Tanz.

AN DEN TOD

Wie den Seraph himmlische Lust erfüllet,
Kommt der Brüder einer, auch selger Engel,
Den des Himmels Freundschaft mit ihm verwebte,
Zu dem unsterblichen Bunde.

Wieder von der fernesten Welten einer
Wo er Glück und Segen die Fülle ausstreut
Heitre Ruh mit friedlicher Palme über
Tausend Geschöpfe ergossen,

Und fällt nun in Engels Entzücken seinem
Freunde an die himmlische Brust, und dann im

Kusse, unaussprechbare FreundschaftsWonne
Einet die Seelen der Seraphs.

So werd ich mich freuen wenn du einst holder
Todesengel meine geengte Seele
Zu dem selgen Anschaun Jehovahs durch die
Trennung vom Cörper beflügelst.

Und sich dann die neidische Hülle abstreift
Gleich der Puppe welche den Schmetterling hält
Und zerplatzet kommet die Zeit der Reife
Jener befreyt dann entfliehet.

So wird sie auch fliehen die edle Seele
Aus dem Erdenstaube entlastet dort zu
Ienen höhern, bessern Gefilden reich an
Seliger Ruhe und Freyheit.

Wo ein ewger Frühling die Wangen kleidet
Und ich voll unsterblicher Kraft die Schöpfung
Sehe, staune, himmlische Freundschaft mich un-
sterblichen Geistern vereinet.

DIE AUFERSTEHUNG

Berge jauchzet, Hügel hüpfet,
Athme Freude was da lebt!
Kristus Jesus ist erstanden
Aus dem Grabe, Kristus lebt!
Kristus hat den Tod besieget
Der vorher ein Schrecken war
Hat die Lehre nun besiegelt,
Macht sie durch dies Wunder wahr.

Weicht hier stumm ihr frechen Spötter,
Läugne dies Filosofie!
Krist der Sterblichen Erretter
Hat vollendet seine Müh.
Herrlich strahlet durch Aeoonen
Künftger Zeit die Wolthat hin,
Engel staunen, Orionen
Donnern dir ein Loblied hin.

Myriaden Kreaturen
Welche waren, werden, sind,
Hat dein hohes Erdenleben
Licht geschenkt, sie waren blind!
Denn dein Beyspiel, deine Lehren
Zeigten uns Religion
Einfach und Jehovahs würdig
Hehr und heilig, Gottessohn.

Grausend schüttelt nicht die Schwingen
Mehr für Sterbende der Tod,
Und mit bangen Zweifeln wird uns
Nicht vom Tode mehr gedroht,
Heiter lachen die Gefilde
Jenseit unsers Grabs uns an
Frieden winkt zu selger Ruhe;
Die uns Jesus Krist gewann.

Dankt und lobt und laßt erschallen
Euer lautes Saytenspiel
Felsen mögen wiederhallen
Euer strömendes Gefühl;
Euer ganzes Menschenleben
Sey ein einzger Lobgesang
Euer Denken sey nur Freude
Und ein immerreger Dank.

[Rechts oben:]
Religion.
Schrecken des Todes.
Seligkeit.
Dank und Lob.
Euer Tagewerk.

AN HERRN A.W. SCHLEGEL

1

Auch ich bin in Arkadien gebohren;
Auch mir hat ja ein heißes volles Herz,
Die Mutter an der Wiege zugeschworen
Und Maaß und Zahl in Freude und in Schmerz.
Sie gab mir immer freundlich himmelwärts
Zu schaun, wenn selbst die Hoffnung sich verlohren,
Und stählte mich mit Frohsinn und mit Scherz –
Auch ich bin in Arkadien gebohren!
Komm, reiche mir die brüderliche Hand!
Zu Brüdern hat uns die Natur erkohren,
Und uns gebahr ein mütterliches Land.
Ich habe Dir längst Liebe zugeschworen,
Gern folgsam meinem bessern Genius.
Gib mir die Hand, und einen Bruderkuß!

2

Zarte Schwingungen umbeben leise,
Meines Busens junges Saytenspiel,
Und ein höherschlagendes Gefühl
Athmet in mir in so fremder Weise.
Deine Lieder wehn aus fernem Kreise
Aus der Aftertöne Marktgewühl
Ach! so freundlich, heilig, lieb und kühl

Her zu meines Pfades stillem Gleise.
Mancher Stunde lieh ich Flügel schon,
Daß zu Dir, der jüngsten Muse Sohn,
Zu Dir, dem Holden Lieben, sie mich brächte;
Daß ich mich an Deine Brust gelehnt,
Und an reineren Genuß gewöhnt,
An des Schicksals stillem Neide rächte.

3

Oft schon hört' ich, wenn im Dichterlande
Ich zu jeder stillen Laube gieng,
Welche schirmend vor dem Sonnenbrande
Einen Dichterjüngling kühl umfieng,
Deine Lieder, und ein goldner Ring
Knüpft' im Traum, den mir die Hoffnung sandte
Und an dessen Lipp' ich schmachtend hieng
Freundlich uns in sanfte Lebensbande.
Wäre dieser Traum der Ehrenhold
Einer schönen Feenzeit gewesen,
Da Du mich zu Deinem Freund erlesen;
Ewig wollt' ich, meinem Schicksal hold,
Treue schwören allen guten Wesen
Und von jedem Geistesfehl genesen. –

4

Auch ich bin in Arkadien gebohren,
Auch mir hat mancher gute Genius
Am Mutterbusen Liebe zugeschworen,
Und manchen süßen freundlichen Genuß.
Auch ich empfand in Ahndungen verlohren
Das leise Wehn von manchem Geisterkuß,
Und fühlte oft im heiligen Erguß
Mich zu der Sonne reinem Dienst erkohren.
Verzeih' wenn mich mein eignes Herz nicht trügt,

Und mich auf Flügeln stolzer Träume wiegt,
Daß ich so kühn in Eure Reihen trete;
Und fassest Du mich auch so rein und warm,
Wie ich Dich liebe, mit Dir Arm in Arm,
Um Ewigkeit für unser Bündniß bete. –

GESCHICHTE DER POESIE

Wie die Erde voller Schönheit blühte,
Sanft umschleyert von dem Rosenglanz
Ihrer Jugend und noch bräutlich glühte
Aus der Weihumarmung, die den Kranz
Ihrer unenthüllten Kindheit raubte,
Jeder Wintersturm die Holde mied,
O! da säuselte durch die Belaubte
Myrte Zephir sanft das erste Lied.

Eva lauschte im Gebüsch daneben
Und empfand mit Jugendfantasie
Dieser Töne jugendliches Leben
Und die neugeborne Harmonie,
Süßen Trieb empfand auch Filomele
Leise nachzubilden diesen Klang;
Mühelos entströmte ihrer Kehle
Sanft der göttliche Gesang.

Himmlische Begeistrung floß hernieder
Jn der Huldinn reingestimmte Brust,
Und ihr Mund ergoß in Freudenlieder
Und in Dankgesängen ihre Lust,
Thiere, Vögel, selbst die Palmenäste
neigten staunender zu ihr sich hin
Alles schwieg, es buhlten nur die Weste
Froh um ihre Schülerinn.

Göttin Dichtkunst kam in Rosenblühte
Hoher Jugend eingehüllt herab
Aus dem Aether, schön wie Afrodite
Da ihr Ocean das Daseyn gab,
Goldne Wölkchen trugen sie hernieder
Sie umfloß der reinste Balsamduft,
Kleine Genien ertönten Lieder
In der thränenlosen Luft.

KLAGEN EINES JÜNGLINGS

Nimmer schwanden undankbar die Freuden
traumgleich mir in öde Fernen hin;
Jede färbte, lieblicher im Scheiden,
mit Errinnrung meinen trunknen Sinn;
Mit Errinnrung, die, statt zu ermüden,
neue, heilge Wonne mir entschloß,
und mir süssen jugendlichen Frieden
um die rebengrünen Schläfe goß.

Seit ich mehr aus schöner Wangen Röthe,
mehr aus sanften, blauen Augen las,
oft, wenn schon die scharfe Nachtluft wehte
im beseelterm Traume mich vergaß;
meinem Herzen nachbarlicher, wärmer,
da den Schlag der Nachtigall empfand,
und entfernt von meinem Klärchen ärmer
mich als jeder dürft'ge Pilger fand:

Lachet, ew'ge Gottheit in dem Blicke,
mich mein sonnenschönes Leben an,
Amor täuscht mich nicht mit List und Tücke,
Ganymeda nicht mit kurzem Wahn;

Jedes Lüftchen nähert sich mir milder,
das dort Blüthen wild herunter haucht;
üppig drängen immer frische Bilder
sich zu mir, in Rosenöl getaucht.

Zypris Tauben warten schon mit Kränzen
und mit Traubenbechern meiner dort,
und in leichtverschlungnen Freudentänzen
reisset Amors Bruderschwarm mich fort.
Von der Grazien und Musen Lippen
schmachtet mir entgegen mancher Kuß;
Götterwonne kann ich selig nippen,
schwelgen da im freundlichsten Genuß.

Dennoch lodern öfters Purpurgluthen
Mir um meine Wang und meine Stirn,
wenn sich unter Stürmen, unter Fluthen,
wie des Abends leuchtendes Gestirn,
mir, umstrahlt von ächter Freyheit Kranze,
eines edlen Dulders Seele zeigt,
den der Himmel nicht in seinem Glanze,
nicht die Höll' in ihren Nächten beugt.

Kraftlos fühl' ich mich von dem Geschicke
zum unmännlichern Genuß verdammt;
vor Gefahren beb' ich feig zurücke
weil nicht muth in meinem Busen flammt.
Weibisch hat das Schicksal mich erzogen,
nicht sein Liebling, nur sein Sclav bin ich;
Amor hat mich schmeichlerisch umflogen
statt der Sorge, die mir stets entwich.

Statt der ernstern, rühmlicheren Lanze
wieget einen Hirtenstab mein Arm;
nimmer wurde mir im Waffentanze
aber oft im bunten Reigen warm:
alle großen, strahlenden Gefahren
Hat mein Schicksal von mir abgewandt,
und nur unter frohe Mädchenschaaren
statt in Feindes Haufen mich gesandt.

Parze, hast du jemals deine Spindel
nach dem Flehn des Erdensohns gedreht,
dem kein bald entwichner Zauberschwindel,
um die flammendheissen Schläfe weht:
O! so nimm, was Tausende begehrten,
was mir üppig deine Milde lieh,
gieb mir Sorgen, Elend und Beschwerden,
Und dafür dem Geiste Energie.

Ungeduldig soll die Flamme lodern
meines Dankes dann von dem Altar;
nichts mehr sollen meine Wünsche fordern,
frey und gnügsam macht mich die Gefahr;
Doch versagest du mir diese Bitte
O! so kürze, wenn du streng nicht bist,
mindestens geschwind nur meine Schritte
nimm dies Leben, das nicht Leben ist.

AN DIE SCHWESTER KAROLINE IM NAMEN DER MUTTER

Erstes, geliebtes Pfand, des ewigen, seligen Bundes
  Den ich knüpfte, als noch jugendlich klopfte dis Herz,
Als es zuerst dem Gefühl unsterblicher Liebe sich aufschloß

Und den Einzigen sah, Einzig dem Einzigen ward.
Jahre voll Sorgen und Jahre voll Freuden entflogen seitdem mir
Aber noch klopft ihm mein Herz, eben so glühend wie einst.
Nicht mehr blüht mir der Lenz des Lebens, er blüht mir in euch jezt,
Die mir der Himmel für ihn schenkte dem zärtlichsten Wunsch.
O! wie himmlisch belohnt für manche Stunde des Kummers
Hast du, Tochter, mich nicht, wenn du enthülltest dein Herz,
Und des Vaters Seele in jeder Bewegung hindurchschien,
Jeder Zug ihm entsprach, jedes Gefühl ihn verrieht.
O! dann ward es so wohl der überseligen Mutter;
Ewigen, innigen Dank sah sie zum Himmel hinauf.
O! für jegliche Stunde des Leidens, die du mit mir theiltest
Theilen mit mir noch wirst, wenn ich zärtlich und bang
Sitz und sorge, was noch für ein Schicksal der Zukunft
Deine Brüder bedroht, wenn sie nicht sorgsam und klug
Wählen den richtigen Weg und sich zur Thorheit verirren
Taub der Stimme des Raths, blind für die künftige Zeit,
Lohne dir einst das Schicksal mit gleicher, ewiger Liebe
Und geselle dich zu einem dich liebenden Mann,
Der dich leite den Weg des Lebens, so treu, wie dein Vater
Mich ihn geleitet, und du, bleibe mir ähnlich an Treu
Und an Sanftmuth und Liebe; dann, bin ich auch längst schon hinüber,
Decket die kühlende Gruft leichter den schlummernden Staub.

Gedichte 1794–1799

WALZER

Hinunter die Pfade des Lebens gedreht
  Pausirt nicht, ich bitt euch so lang es noch geht
Drükt vester die Mädchen ans klopfende Herz
  Ihr wißt ja wie flüchtig ist Jugend und Scherz.

Laßt fern von uns Zanken und Eifersucht seyn
  Und nimmer die Stunden mit Grillen entweihn
Dem Schuzgeist der Liebe nur gläubig vertraut
  Es findet noch jeder gewiß eine Braut.

AN ADOLPH SELMNIZ

Was paßt, das muß sich ründen,
Was sich versteht, sich finden,
Was gut ist, sich verbinden,
Was liebt, zusammenseyn.
Was hindert, muß entweichen,
Was krumm ist, muß sich gleichen,
Was fern ist, sich erreichen,
Was keimt, das muß gedeihn.

Gieb traulich mir die Hände,
Sey Bruder mir und wende
Den Blick vor Deinem Ende
Nicht wieder weg von mir.
Ein Tempel – wo wir knieen –

Ein Ort – wohin wir ziehen,
Ein Glück – für das wir glühen
Ein Himmel – mir und Dir.

ANFANG

Es kann kein Rausch seyn – oder ich wäre nicht
Für diesen Stern geboren – nur so von Ohngefähr
In dieser tollen Welt zu nah an
Seinen magnetischen Kreys gekommen.

Ein Rausch wär wircklich *sittlicher Grazie*
Vollendetes Bewußtseyn? – Glauben an Menschheit wär
Nur Spielwerck einer frohen Stunde –?
Wäre dis Rausch, was ist dann das Leben?

Soll ich getrennt seyn ewig? – ist Vorgefühl
Der künftigen Vereinigung, dessen, was
Wir hier für Unser schon erkannten,
Aber nicht ganz noch besitzen konnten –

Ist dies auch Rausch? so bliebe der Nüchternheit,
Der Wahrheit nur die Masse, der Thon, und das
Gefühl der Leere, des Verlustes
Und der vernichtigenden Entsagung.

Womit wird denn belohnt für die Anstrengung
Zu leben wieder willen, feind von sich selbst zu seyn
Und tief sich in den Staub getreten
Lächelnd zu sehn – und Bestimmung meynen.

Was führt den Weisen denn durch des Lebens Thal,
Als Fackel zu dem höheren Seyn hinauf –
Soll er nur hier geduldig bauen,
Nieder sich legen und ewig todt seyn.

Du bist nicht Rausch – du Stimme des Genius,
Du Anschaun dessen, was uns unsterblich macht,
Und du Bewußtseyn jenes Werthes,
Der nur erst einzeln allhier erkannt wird.

Einst wird die Menschheit seyn, was Sophie mir
Jezt ist – vollendet – sittliche Grazie –
Dann wird ihr *höheres Bewußtseyn*
Nicht mehr verwechselt mit Dunst des Weines.

AM SONNABEND ABEND

Bin ich noch der, der gestern Morgen
Dem Gott des Leichtsinns Hymnen sang
Und über allen Ernst und Sorgen
Der Freude leichte Geißel schwang –
Der, jeder Einladung entgegen,
Das Herz in beyden Händen, flog
Und wie ein junges Blut, verwegen
Auf jedes Abentheuer zog.

Der mit den Kinderschuhen lange
Der Liebe Kartenhaus verließ,
Und wie das Glück, in seinem Gange
An Reiche, wie an Karten, stieß,
Im Kampf der neuen Elemente
Im Geist schon Sieger sang: ça va,
Und schon die Schöpfung im Convente
Und Gott, als Presidenten, sah.

Der schlauer noch, als ein Berliner,
In Mädchen Jesuiten spürt,
Und Vater Adams Gattin kühner,

Als wahren Stifter denuncirt.
In dessen Stube längst vergessen
Das Bild des Aberglaubens hieng
Und der zum Spott nur in die Messen
Von den Elftausend Jungfern gieng.

Derselbe kanns nicht seyn, der heute
Beklemmt weit auf die Weste knöpft
Und schweigend an der Morgenseite
So ämsig Luft von dorther schöpft.
Den vierzehn Jahre so entzücken,
(Bald sind die 7 Wochen voll)
Und der in jeden Augenblicken,
Was anders will, was anders soll.

Ist das der Mann, der Sieben Weisen
Im Umsehn in die Tasche steckt,
Den schon die kürzeste der Reisen
So wundersam im Schlafe weckt.
Und der noch kaum die stolzen Träume
Der Weisheit lahm fortschleichen sieht,
Als aus dem hoffnungsvollsten Keime
Für ihn ein Rosenstock schon blüht.

O! immer fort der Mann von Gestern,
Was kümmert seine Flucht denn mich –
Die guten Stunden haben Schwestern,
Und Schwestern – die gesellen sich.
Damit sie immer sich erkennen
Und immer froh beysammen seyn,
Will ich ein Wort zur Loesung nennen –
Sophie soll die Loosung seyn.

ZU SOPHIENS GEBURTSTAG
[17. März 1795]

Wer ein holdes Weib errungen
Stimme seinen Jubel ein.
Mir ist dieser Wurf gelungen
Töne Jubel – die ist mein.
So hat nie das Herz geschlagen
Nie so hoch und nie so gut.
Künftig neigt vor meinen Tagen
Selbst der Glücklichste den Hut.

Fest umschlingt den Bund der Herzen
Nun der Ring der Ewigkeit
Und es bricht der Stab der Schmerzen
Am Altar der Einigkeit.
O –! im Himmel ist geschlossen
Unsrer Herzens süßer Bund.
Ist ein bessrer Spruch entflossen
Je des Schicksals weisen Mund?

Dir gehört nun was ich habe
Was ich denke fühle bin,
Und du nimmst nun jede Gabe
Meines Schicksals für dich hin.
Was ich sucht, hab ich gefunden,
Was ich fand, das fand auch mich,
Und die Geißel meiner Stunden
Zweifelsucht und Leichtsinn wich.

Nimmer soll mein Mund dich loben
Weil mein Herz zu warm dich ehrt.
Tief im Busen aufgehoben
Wohne heimlich mir dein Werth.

Nie im Guten läßig weile
Dieses Lob nimm dir dann hin.
Wenn ich wunde Herzen heile
Jede Stunde besser bin.

Liebes Mädchen Deiner Liebe
Dank ich Achtung noch und Werth,
Wenn sich unsre Erdenliebe
Schon in Himmelslust verklärt.
Ohne dich wär ich noch lange
Rastlos auf und abgeschwankt,
Und auf meinem Lebensgange
Oft am Ueberdruß erkrankt.

Wenn nur unsre Mutter wieder
Frisch und ledig bey uns steht
Und im Kreise unsrer Brüder
Stolz die Friedensfahne weht.
Wenn dann noch ein Süßer Trauter
Unsre Lolly fest umschlang –
O –! Dann tönt noch zehnfach lauter
Unsres Jubels Hochgesang.

Wenig still durchhoffte Jahre
Leiten unverwandt zum Ziel,
Wo am glücklichen Altare
Endet unsrer Wünsche Spiel,
Uns, auf Ewig Eins, verschwinden,
Wölkchen gleich, des Lebens Mühn
Und um unsre Herzen winden
Kränze sich von Immergrün.

LIED BEYM PUNSCH
am Abend der Trennung

Sind nicht die Augenblicke
Begeisterten Gefühls
Werth unsers wärmsten Dankes
Und würdig unsers Ziels?
Da steht im frohen Zirkel
Der Menschheit Genius
Und gießt aus voller Schaale
Den edelsten Genuß.

Dem Greis entglimmt in ihnen
Der alten Jugend Glut.
Hier schöpft der Mann zu Thaten
Begeisterung und Muth.
Hoch klopft des Jünglings Busen,
Gerührt wird jedes Herz
Und jedes drückt voll Liebe
Geschwister nur ans Herz.

Nur solche Feste schmücken
Des Lebens rauhen Pfad;
Nur Herzensfülle hemmet
Des Glückes leichtes Rad.
Wo Freudenthränen glänzen,
Wo Herz zu Herzen spricht,
Mitfühlend jedes fühlet,
Nur da entrollt es nicht.

O! himmlisch tönt in Liedern
Erinnerung an Sie,
Und weckt nach langen Jahren
Der Nachwelt Sympathie.

Wir freun uns aller Spuren
Der alten Frölichkeit.
Einst freun sich unsre Enkel
Noch unsrer frohen Zeit.

Drum laßt an diesen Abend,
Der noch vereint uns sieht,
Da uns sobald nicht wieder
Ein solches Stündchen blüht.
Uns jeden unsrer Lieben
Ein Rosenblättchen streun
Und unsern Herzenswünschen
Solenn dies Lied izt weihn.

Dem Vater und der Mutter,
Die nichts, als Kinder, sehn,
Mag bis zum Rand des Lebens
Das Freudenfähnchen wehn.
Und wenn wir leise Wünsche
In Minchens Herz verstehn –
So soll sie Luft der Freyheit
Am eignen Heerd umwehn.

Nur Dauer ihres Glückes
Dem Liebens werthen Paar;
Bringt unserm Fritz und Fritzchen
Dis Glas zum Wunsche dar.
Lili beweise baldigst
Ihr Haushaltungsgenie
Indeß wir alle singen;
Zieh, lieber Schimmel, zieh.

Leicht falle dein Pantoffel
Bald, Söffchen, auf den Mann,

Der in des Lebens Lotto
Dis Quintchen sich gewann.
Einst geht noch unsre Danscour
Als Sansjüpon in Klubb.
Und Hannchens Kränzchen hole
Baldmöglichst Belzebub.

Was Gast ist soll mitleben!
Es schließe fest sich an
Und wandle mit uns ewig
Und bleib' uns zugethan.
Dem Bruder dort am Rheine,
Den Lieben nah und weit,
Sey dieses Glas, als Zeichen
Von jeden Wunsch geweiht.

Zum Tempel wird die Stube.
Der Punschtisch zum Altar.
Es bringt der Geist der Liebe
Jezt seine Opfer dar.
Senkt euren Blick die Stufen
Des Tempels nun hinab
Und haltet fest die Stimmung,
Die dieser Blick euch gab.

Ihr schaut in einen Wirbel
Von Menschenschicksal hin
Und forscht und fragt vergebens
Nach dieses Räthsels Sinn.
Einst wird es leicht sich lösen;
Längst ist der Schlüssel da;
Denn war nicht Lieb' und Einfalt
Den Menschen immer nah?

Auch ihr könnt freudig walten
Für diesen Zeitbeginn.
Wirkt der Natur entgegen
Und wirkt mit Einem Sinn.
Ist jeder gut und thätig
Für Menschenrecht und Wol,
Und ist auf seiner Stelle
Ein Jedes, was es soll.

So wird in süßer Reife
Die Menschheit, himmlisch schön,
Erwacht von langen Schlummer,
In bessre Zonen gehn.
Belohnt wird, wessen Thaten
In ihrem Herzen glühn –
Doch wer sah je den Garten
Wo dann die Kränze blühn.

GEDICHT
Zum 29sten April 1797,
dem Tage des Gartenkaufs

In diesem Säculo im Jahre Siebenneunzig
Starb hier ein Advocat, in seiner Raçe einzig,
In Praxi wohlgeübt ein Phönix seltner Art,
In welchem Redlichkeit mit Klugheit sich gepaart.
Der Witwe hinterließ er nicht das Geld bey Haufen,
Drum suchte sie sogleich den Garten zu verkaufen,
Mit Bäumen gut besezt und einen Acker groß,
Verwahrt mit rother Thür und einem großen Schloß.
Die Frau Kreisamtmannin ersuchte den Kreisamtmann
Den Garten zu erstehn – Sie sprach so sanft: „Verdammt,
Mann!

Ein jedes hat allhier so einen Gartenfleck,
Und wir – was haben wir? – wir haben einen –
Es ist nicht auszustehn, wo soll ich Caffee trinken?
Und muß die Stube nicht mir an im Sommer stinken?"
Der Ehherr rief den Schmidt aus Confraternitaet,
Gab ihm den Auftrag, und des Preises Quantitaet.
Der Auctions Termin ließ immer auf sich warten,
Indeß wir, voll Reform, auf die Entscheidung harrten.
Der Garten ward besehn, bewundert und gelobt,
Und dann voll Ungedult nach Weiberart getobt.
Den neunundzwanzigsten April vergeß ich nimmer.
Apollo reiche mir zuvor den Saytenstimmer!
Früh seifte der Barbier des Herrn Kreisamtsmanns Bart,
Als von dem Gartenkauf auch so gesprochen ward.
„Wo trift die Witwe wohl auf bessere Bezahler.
Mein Ultimatum ist: Zweyhundertsechzig Thaler."
Der Herr der Bärte schrieb sich dieses hinters Ohr,
Und trugs beym nächsten Bart des Curatoris vor.
„Gefunden" schrie entzückt Herr Topf, der Topf der Töpfe,
Springt auf mit halben Bart, sucht seine Hemdenknöpfe,
Läuft zur Curandin straks, in Sprung, Galopp und Trab,
Kommt, sieht den Käufer an, und schließt den Handel ab. –
In frohern Hoffnungen war Cäsar nicht zerronnen,
Als er die große Schlacht bey Pharsalus gewonnen,
Als unsre Rahel jezt, da nun der Schlüssel kam,
Und sie, nach zarten Streit, ihn in Empfang nun nahm.
Beglückwünscht ward sie hoch – bey Tisch ward manch Projekt
Präliminariter von jeden ausgeheckt –
Nur für Reformen und für Hüttchen hat sie Ohren.
Er aber sitzt so kalt, als hätt er taube Ohren.
Wir tranken Caffe erst – ich redte, ohne Ruhm
Zu melden, viel und schön, von neuen Eigenthum.
Dann gingen wir hinaus – es weht ein leises Windchen –

Voraus die Fantasie – wie einst Tobias Hündchen.
Wir langen an – Er reicht den Hut und Schlüssel ihr.
Ein jeder zieht den Hut – auf donnerte die Thür.
Vor Adams offnen Maul lag so das Paradies,
Als hier der Garten sich den trunknen Blicken wieß.
Zu kühne Muse schweig von diesen Augenblicken,
Viel besser ist es hier die Augen zuzutrücken.
Der zählt den Sand am Meer und Berenicens Haar
Der die Projekte kennt, die hier der Rausch gebar.
Kurz, endlich gingen wir nach vielen Thun und Reden
Wie unsrer Eltern Paar aus diesen Garten Eden.
Nun gingen wir herum, sahn über jeden Zaun,
Und mußten in der Luft noch manches Schlößchen baun. –
Heil aber Tennstädt dir – welch Glück ist dir geworden
Mit dieser Bürgerinn vom Seraphinen Orden!
Heil dir auch, Rahels Ruh – es wird in kurzer Zeit
In Hirschfelds Almanach dir auch ein Blatt geweiht.

Dir aber liebes Paar! wünscht, ohne Kapp und Schellen
Ein Freund, den Lieb und Treu euch ewig zugesellen,
Auf diesem trauten Fleck den lieblichen Genuß,
Der tief im Herzen quillt und nie versiegen muß.
O feyert manches Jahr hier schöne Ruhestunden
Bleibt bis zum späten Herbst in stiller Lust verbunden!
Und bin ich einst ins Land der Sehnsucht heimgekehrt,
So denkt: auch er wär hier wohl eines Plätzchens werth.

DER FREMDLING.

den 22sten Jänner 1797. [1798]
Der Frau Bergräthin von Charpentier
gewidmet.

Müde bist du und kalt, Fremdling, du scheinest nicht
Dieses Himmels gewohnt – warmere Lüfte wehn
Deiner Heymath und freyer
Hob sich vormals die junge Brust.

Streute ewiger Lenz dort nicht auf stiller Flur
Buntes Leben umher? spann nicht der Frieden dort
Feste Weben? und blühte
Dort nicht ewig, was Einmal wuchs?

O! du suchest umsonst – untergegangen ist
Jenes himmlische Land – keiner der Sterblichen
Weiß den Pfad, den auf immer
Unzugängliches Meer verhüllt.

Wenig haben sich nur deines verwandten Volks
Noch entrissen der Flut – hierhin und dorthin sind
Sie gesäet und erwarten
Beßre Zeiten des Wiedersehns.

Folge willig mir nach – warlich ein gut Geschick
Hat hieher dich geführt – Heymathsgenossen sind
Hier, die eben, im Stillen,
Heut ein häußliches Fest begehn.

Unverkennbar erscheint dort dir die innige
Herzenseinheit – es strahlt Unschuld und Liebe dir
Klar von allen Gesichtern,
Wie vorzeiten im Vaterland.

Lichter hebt sich dein Blick – warlich, der Abend wird,
Wie ein freundlicher Traum, schnell dir vorübergehn,
Wenn in süßem Gespräche
Sich dein Herz bey den Guten lößt –

Seht – der Fremdling ist hier – der aus demselben Land
Sich verbannt fühlt, wie Ihr; traurige Stunden sind
Ihm geworden – es neigte
Früh der fröliche Tag sich ihm.

Doch er weilet noch gern, wo er Genossen trift,
Feyert munter das Fest häuslicher Freuden mit;
Ihn entzücket der Frühling,
Der so frisch und um die Eltern blüht.

Daß das heutige Fest oft noch zurückekehrt,
Eh den Weinenden sich ungern die Mutter raubt
Und auf nächtlichen Pfaden
Folgt dem Führer ins Vaterland –

Daß der Zauber nicht weicht, welcher das Band beglückt
Eures Bundes – und daß auch die Entfernteren
Des genießen, und wandern
Einen frölichen Weg mit Euch –

Dieses wünschet der Gast – aber der Dichter sagts
Euch für ihn; denn er schweigt gern, wenn er freudig ist,
Und er sehnet so eben
Seine fernen Geliebten her.

Bleibt dem Fremdlinge hold – spärliche Freuden sind
Ihm hienieden gezählt – doch bey so freundlichen
Menschen sieht er geduldig
Nach dem großen Geburtstag hin.

KENNE DICH SELBST

Eins nur ist, was der Mensch zu allen Zeiten gesucht hat;
Ueberall, bald auf den Höhn, bald in dem Tiefsten der Welt –
Unter verschiedenen Namen – umsonst – es versteckte sich immer,
Immer empfand er es noch – dennoch erfaßt er es nie.
Längst schon fand sich ein Mann, der den Kindern in freundlichen Mythen
Weg und Schlüssel verrieth zu des Verborgenen Schloß.
Wenige deuteten sich die leichte Chiffre der Lösung,
Aber die wenigen auch waren nun Meister des Ziels.
Lange Zeiten verflossen – der Irrthum schärfte den Sinn uns –
Daß uns der Mythus selbst nicht mehr die Wahrheit verbarg.
Glücklich, wer weise geworden und nicht die Welt mehr durchgrübelt,
Wer von sich selber den Stein ewiger Weisheit begehrt.
Nur der vernünftige Mensch ist der ächte Adept – er verwandelt
Alles in Leben und Gold – braucht Elixire nicht mehr.
In ihm dampfet der heilige Kolben – der König ist in ihm –
Delphos auch und er faßt endlich das: *Kenne dich selbst.*

LETZTE LIEBE

Also noch ein freundlicher Blick am Ende der Wallfahrt,
Ehe die Pforte des Hains leise sich hinter mir schließt.
Dankbar nehm' ich das Zeichen der treuen Begleiterin Liebe
Fröhlichen Muthes an, öffne das Herz ihr mit Lust.

Sie hat mich durch das Leben allein rathgebend geleitet,
Ihr ist das ganze Verdienst, wenn ich dem Guten gefolgt,
Wenn manch' zärtliches Herz dem Frühgeschiedenen nachweint
Und dem erfahrenen Mann Hoffnungen welken mit mir.
Noch als das Kind, im süßen Gefühl sich entfaltender Kräfte,
Wahrlich als Sonntagskind trat in den siebenten Lenz,
Rührte mit leiser Hand den jungen Busen die Liebe,
Weibliche Anmuth schmückt jene Vergangenheit reich.
Wie aus dem Schlummer die Mutter den Liebling weckt mit dem Kusse,
Wie er zuerst sie sieht und sich verständigt an ihr:
Also die Liebe mit mir – durch sie erfuhr ich die Welt erst,
Fand mich selber und ward, was man als Liebender wird.
Was bisher nur ein Spiel der Jugend war, das verkehrte
Nun sich in ernstes Geschäft, dennoch verließ sie mich nicht –
Zweifel und Unruh suchten mich oft von ihr zu entfernen,
Endlich erschien der Tag, der die Erziehung vollzog,
Welcher mein Schicksal mir zur Geliebten gab und auf ewig
Frei mich gemacht und gewiß eines unendlichen Glücks.

AN DIE FUNDGRUBE AUGUSTE
Zu ihrem 49sten Geburtstage
[5. Oktober 1798]

Glück auf, Fundgrube, das Seculum
Ist nun zur Hälfte für dich bald um.
Viel edle Geschicke hast du bescheert
Und gute Wetter uns immer gewährt.
Zum Glück des Bergmanns streiche dein Gang
Geschaart mit freundlichen Gängen noch lang.

DER MÜDE FREMDLING IST VERSCHWUNDEN
[Januar 1799]

Der müde Fremdling ist verschwunden
Und hat dem Freunde Plaz gemacht,
Der aus so vielen trüben Stunden
Ein treues Herz davongebracht.
Auf immer nun mit euch verbunden,
Von keinem Kummer mehr bewacht
Hat er sich wieder selbst gefunden,
Und manches, was er nicht gedacht.

Ein Jahr mit seinen bunten Wochen
Verstrich, wir wußten selbst nicht wie.
Und anders, als wir uns versprochen
Klang oft des Lebens Melodie.
Doch fester ward mit jedem Tage
Das liebe Band um unsern Straus
Und immer lauter ward die Sage,
Ein Blinder Knabe wär' im Haus.

Es wußte Eine von euch beyden
Gewiß, was an der Sage war.

„QUO ME, BACCHE ..."
[Bruchstück einer Horaz-Nachdichtung]

Wohin ziehst du mich,
Fülle meines Herzens,
Gott des Rausches,
Welche Wälder, welche Klüfte
Durchstreif ich mit fremden Muth.
Welche Höhlen

Hören in den Sternenkranz
Caesars ewigen Glanz mich flechten
Und den Göttern ihn zugesellen.
Unerhörte, gewaltige
Keinen sterblichen Lippen entfallene
Dinge will ich sagen.
Wie die glühende Nachtwandlerinn
Die bacchische Jungfrau
Am Hebrus staunt
Und im thrazischen Schnee
Und in Rhodope im Lande der Wilden
So dünkt mir seltsam und fremd
Der Flüsse Gewässer
Der einsame Wald

Geistliche Lieder
1799–1800

I.

Was wär ich ohne dich gewesen?
Was würd' ich ohne dich nicht seyn?
Zu Furcht und Aengsten auserlesen,
Stünd' ich in weiter Welt allein.
Nichts wüßt' ich sicher, was ich liebte,
Die Zukunft wär ein dunkler Schlund;
Und wenn mein Herz sich tief betrübte,
Wem thät' ich meine Sorge kund?

Einsam verzehrt von Lieb' und Sehnen,
Erschien' mir nächtlich jeder Tag;
Ich folgte nur mit heißen Thränen
Dem wilden Lauf des Lebens nach.
Ich fände Unruh im Getümmel,
Und hoffnungslosen Gram zu Haus.
Wer hielte ohne Freund im Himmel,
Wer hielte da auf Erden aus?

Hat Christus sich mir kund gegeben,
Und bin ich seiner erst gewiß,
Wie schnell verzehrt ein lichtes Leben
Die bodenlose Finsterniß.
Mit ihm bin ich erst Mensch geworden;
Das Schicksal wird verklärt durch ihn,
Und Indien muß selbst in Norden
Um den Geliebten fröhlich blühn.

Das Leben wird zur Liebesstunde,
Die ganze Welt sprüht Lieb' und Lust.
Ein heilend Kraut wächst jeder Wunde,
Und frey und voll klopft jede Brust.
Für alle seine tausend Gaben
Bleib' ich sein demuthvolles Kind,
Gewiß ihn unter uns zu haben,
Wenn zwey auch nur versammelt sind.

O! geht hinaus auf allen Wegen,
Und holt die Irrenden herein,
Streckt jedem eure Hand entgegen,
Und ladet froh sie zu uns ein.
Der Himmel ist bey uns auf Erden,
Im Glauben schauen wir ihn an;
Die Eines Glaubens mit uns werden,
Auch denen ist er aufgethan.

Ein alter, schwerer Wahn von Sünde
War fest an unser Herz gebannt;
Wir irrten in der Nacht wie Blinde,
Von Reu und Lust zugleich entbrannt.
Ein jedes Werk schien uns Verbrechen,
Der Mensch ein Götterfeind zu seyn,
Und schien der Himmel uns zu sprechen,
So sprach er nur von Tod und Pein.

Das Herz, des Lebens reiche Quelle,
Ein böses Wesen wohnte drinn;
Und wards in unserm Geiste helle,
So war nur Unruh der Gewinn.
Ein eisern Band hielt an der Erde
Die bebenden Gefangnen fest;
Furcht vor des Todes Richterschwerdte
Verschlang der Hoffnung Ueberrest.

Da kam ein Heiland, ein Befreyer,
Ein Menschensohn, voll Lieb' und Macht
Und hat ein allbelebend Feuer
In unserm Innern angefacht.
Nun sahn wir erst den Himmel offen
Als unser altes Vaterland,
Wir konnten glauben nun und hoffen,
Und fühlten uns mit Gott verwandt.

Seitdem verschwand bey uns die Sünde,
Und fröhlich wurde jeder Schritt;
Man gab zum schönsten Angebinde
Den Kindern diesen Glauben mit;
Durch ihn geheiligt zog das Leben
Vorüber, wie ein sel'ger Traum,
Und, ew'ger Lieb' und Lust ergeben,
Bemerkte man den Abschied kaum.

Noch steht in wunderbarem Glanze
Der heilige Geliebte hier,
Gerührt von seinem Dornenkranze
Und seiner Treue weinen wir.
Ein jeder Mensch ist uns willkommen,
Der seine Hand mit uns ergreift,
Und in sein Herz mit aufgenommen
Zur Frucht des Paradieses reift.

II.

Fern in Osten wird es helle,
Graue Zeiten werden jung;
Aus der lichten Farbenquelle
Einen langen tiefen Trunk!
Alter Sehnsucht heilige Gewährung,
Süße Lieb' in göttlicher Verklärung.

Endlich kommt zur Erde nieder
Aller Himmel sel'ges Kind,
Schaffend im Gesang weht wieder
Um die Erde Lebenswind,
Weht zu neuen ewig lichten Flammen
Längst verstiebte Funken hier zusammen.

Ueberall entspringt aus Grüften
Neues Leben, neues Blut,
Ew'gen Frieden uns zu stiften,
Taucht er in die Lebensfluth;
Steht mit vollen Händen in der Mitte
Liebevoll gewärtig jeder Bitte.

Lasse seine milden Blicke
Tief in deine Seele gehn,
Und von seinem ewgen Glücke
Sollst du dich ergriffen sehn.
Alle Herzen, Geister und die Sinnen
Werden einen neuen Tanz beginnen.

Greife dreist nach seinen Händen,
Präge dir sein Antlitz ein,
Mußt dich immer nach ihm wenden,
Blüthe nach dem Sonnenschein;
Wirst du nur das ganze Herz ihm zeigen,
Bleibt er wie ein treues Weib dir eigen.

Unser ist sie nun geworden,
Gottheit, die uns oft erschreckt,
Hat im Süden und im Norden
Himmelskeime rasch geweckt,
Und so laßt im vollen Gottesgarten
Treu uns jede Knosp' und Blüthe warten.

III.

Wer einsam sitzt in seiner Kammer,
Und schwere, bittre Thränen weint,
Wem nur gefärbt von Noth und Jammer
Die Nachbarschaft umher erscheint;

Wer in das Bild vergangner Zeiten
Wie tief in einen Abgrund sieht,
In welchen ihn von allen Seiten
Ein süßes Weh hinunter zieht; –

Es ist, als lägen Wunderschätze
Da unten für ihn aufgehäuft,
Nach deren Schloß in wilder Hetze
Mit athemloser Brust er greift.

Die Zukunft liegt in öder Dürre
Entsetzlich lang und bang vor ihm –
Er schweift umher, allein und irre,
Und sucht sich selbst mit Ungestüm.

Ich fall' ihm weinend in die Arme:
Auch mir war einst, wie dir, zu Muth,
Doch ich genas von meinem Harme,
Und weiß nun, wo man ewig ruht.

Dich muß, wie mich ein Wesen trösten,
Das innig liebte, litt und starb;
Das selbst für die, die ihm am wehsten
Gethan, mit tausend Freuden starb.

Er starb, und dennoch alle Tage
Vernimmst du seine Lieb' und ihn,

Und kannst getrost in jeder Lage
Ihn zärtlich in die Arme ziehn.

Mit ihm kommt neues Blut und Leben
In dein erstorbenes Gebein –
Und wenn du ihm dein Herz gegeben,
So ist auch seines ewig dein.

Was du verlohrst, hat er gefunden;
Du triffst bey ihm, was du geliebt:
Und ewig bleibt mit dir verbunden,
Was seine Hand dir wiedergiebt.

IV.

Unter tausend frohen Stunden,
So im Leben ich gefunden,
Blieb nur eine mir getreu;
Eine, wo in tausend Schmerzen
Ich erfuhr in meinem Herzen,
Wer für uns gestorben sey.

Meine Welt war mir zerbrochen,
Wie von einem Wurm gestochen
Welkte Herz und Blüthe mir;
Meines Lebens ganze Habe,
Jeder Wunsch lag mir im Grabe,
Und zur Qual war ich noch hier.

Da ich so im stillen krankte,
Ewig weint' und wegverlangte,
Und nur blieb vor Angst und Wahn:
Ward mir plötzlich, wie von oben

Weg des Grabes Stein gehoben,
Und mein Innres aufgetan.

Wen ich sah, und wen an seiner
Hand erblickte, frage Keiner,
Ewig werd' ich dieß nur sehn;
Und von allen Lebensstunden
Wird nur die, wie meine Wunden
Ewig heiter, offen stehn.

V.

Wenn ich ihn nur habe,
Wenn er mein nur ist,
Wenn mein Herz bis hin zum Grabe
Seine Treue nie vergißt:
Weiß ich nichts von Leide,
Fühle nichts, als Andacht, Lieb' und Freude.

Wenn ich ihn nur habe,
Lass' ich alles gern,
Folg' an meinem Wanderstabe
Treugesinnt nur meinem Herrn;
Lasse still die Andern
Breite, lichte, volle Straßen wandern.

Wenn ich ihn nur habe,
Schlaf' ich fröhlich ein,
Ewig wird zu süßer Labe
Seines Herzens Fluth mir seyn,
Die mit sanftem Zwingen
Alles wird erweichen und durchdringen.

Wenn ich ihn nur habe,
Hab' ich auch die Welt;
Selig, wie ein Himmelsknabe,
Der der Jungfrau Schleyer hält.
Hingesenkt im Schauen
Kann mir vor dem Irdischen nicht grauen.

Wo ich ihn nur habe,
Ist mein Vaterland;
Und es fällt mir jede Gabe
Wie ein Erbtheil in die Hand;
Längst vermißte Brüder
Find' ich nun in seinen Jüngern wieder.

VI.

Wenn alle untreu werden,
So bleib' ich dir doch treu;
Daß Dankbarkeit auf Erden
Nicht ausgestorben sey.
Für mich umfing dich Leiden,
Vergingst für mich in Schmerz;
Drum geb' ich dir mit Freuden
Auf ewig dieses Herz.

Oft muß ich bitter weinen,
Daß du gestorben bist,
Und mancher von den Deinen
Dich lebenslang vergißt.
Von Liebe nur durchdrungen
Hast du so viel gethan,
Und doch bist du verklungen,
Und keiner denkt daran.

Du stehst voll treuer Liebe
Noch immer jedem bey,
Und wenn dir keiner bliebe,
So bleibst du dennoch treu;
Die treuste Liebe sieget,
Am Ende fühlt man sie,
Weint bitterlich und schmieget
Sich kindlich an dein Knie.

Ich habe dich empfunden,
O! lasse nicht von mir;
Laß innig mich verbunden
Auf ewig seyn mit dir.
Einst schauen meine Brüder
Auch wieder himmelwärts,
Und sinken liebend nieder,
Und fallen dir ans Herz.

VII.
Hymne

Wenige wissen
Das Geheimniß der Liebe,
Fühlen Unersättlichkeit
Und ewigen Durst.
Des Abendmahls
Göttliche Bedeutung
Ist den irdischen Sinnen Räthsel;
Aber wer jemals
Von heißen, geliebten Lippen
Athem des Lebens sog,
Wem heilige Gluth
In zitternde Wellen das Herz schmolz,

Wem das Auge aufging,
Daß er des Himmels
Unergründliche Tiefe maß,
Wird essen von seinem Leibe
Und trinken von seinem Blute
Ewiglich.

Wer hat des irdischen Leibes
Hohen Sinn errathen?
Wer kann sagen,
Daß er das Blut versteht?
Einst ist alles Leib,
Ein Leib,
In himmlischem Blute
Schwimmt das selige Paar. –

O! daß das Weltmeer
Schon erröthete,
Und in duftiges Fleisch
Aufquölle der Fels!
Nie endet das süße Mahl,
Nie sättigt die Liebe sich.
Nicht innig, nicht eigen genug
Kann sie haben den Geliebten.
Von immer zärteren Lippen
Verwandelt wird das Genossene
Inniglicher und näher.

Heißere Wollust
Durchbebt die Seele.
Durstiger und hungriger
Wird das Herz:
Und so währet der Liebe Genuß
Von Ewigkeit zu Ewigkeit.

Hätten die Nüchternen
Einmal gekostet,
Alles verließen sie,
Und setzten sich zu uns
An den Tisch der Sehnsucht,
Der nie leer wird.
Sie erkennten der Liebe
Unendliche Fülle,
Und priesen die Nahrung
Von Leib und Blut.

VIII.

Weinen muß ich, immer weinen:
Möcht' er einmal nur erscheinen,
Einmal nur von Ferne mir.
Heilge Wehmuth! ewig währen
Meine Schmerzen, meine Zähren;
Gleich erstarren möcht' ich hier.

Ewig seh ich ihn nur leiden,
Ewig bittend ihn verscheiden.
O! daß dieses Herz nicht bricht,
Meine Augen sich nicht schließen.
Ganz in Thränen zu zerfließen,
Dieses Glück verdient' ich nicht.

Weint denn keiner nicht von allen?
Soll sein Name so verhallen?
Ist die Welt auf einmal todt?
Werd' ich nie aus seinen Augen
Wieder Lieb' und Leben saugen?
Ist er nun auf ewig todt?

Todt, – was kann, was soll das heißen?
O! so sagt mir doch ihr Weisen,
Sagt mir diese Deutung an.
Er ist stumm, und alle schweigen,
Keiner kann auf Erden zeigen,
Wo mein Herz ihn finden kann.

Nirgend kann ich hier auf Erden
Jemals wieder glücklich werden,
Alles ist ein düstrer Traum.
Ich bin auch mit ihm verschieden,
Läg' ich doch mit ihm in Frieden
Schon im unterirdschen Raum.

Du, sein Vater und der meine,
Sammle du doch mein Gebeine
Zu dem seinigen nur bald.
Grün wird bald sein Hügel stehen
Und der Wind darüber wehen,
Und verwesen die Gestalt.

Wenn sie seine Liebe wüsten,
Alle Menschen würden Christen,
Ließen alles andre stehn;
Liebten alle nur den Einen,
Würden alle mit mir weinen
Und in bitterm Weh vergehn.

IX.

Ich sag' es jedem, daß er lebt
Und auferstanden ist,
Daß er in unsrer Mitte schwebt
Und ewig bei uns ist.

Ich sag' es jedem, jeder sagt
Es seinen Freunden gleich,
Daß bald an allen Orten tagt
Das neue Himmelreich.

Jetzt scheint die Welt dem neuen Sinn
Erst wie ein Vaterland;
Ein neues Leben nimmt man hin
Entzückt aus seiner Hand.

Hinunter in das tiefe Meer
Versank des Todes Graun,
Und jeder kann nun leicht und hehr
In seine Zukunft schaun.

Der dunkle Weg, den er betrat,
Geht in den Himmel aus,
Und wer nur hört auf seinen Rath,
Kommt auch in Vaters Haus.

Nun weint auch keiner mehr allhie,
Wenn Eins die Augen schließt,
Vom Wiedersehn, spät oder früh,
Wird dieser Schmerz versüßt.

Es kann zu jeder guten That
Ein jeder frischer glühn.
Denn herrlich wird ihm diese Saat
In schönern Fluren blühn.

Er lebt, und wird nun bei uns seyn,
Wenn alles uns verläßt!
Und so soll dieser Tag uns seyn
Ein Weltverjüngungs-Fest.

X.

Es giebt so bange Zeiten,
Es giebt so trüben Muth,
Wo alles sich von weiten
Gespenstisch zeigen thut.

Es schleichen wilde Schrecken
So ängstlich leise her,
Und tiefe Nächte decken
Die Seele zentnerschwer.

Die sichern Stützen schwanken,
Kein Halt der Zuversicht;
Der Wirbel der Gedanken
Gehorcht dem Willen nicht.

Der Wahnsinn naht und locket
Unwiderstehlich hin.
Der Puls des Lebens stocket,
Und stumpf ist jeder Sinn.

Wer hat das Kreuz erhoben
Zum Schutz für jedes Herz?
Wer wohnt im Himmel droben,
Und hilft in Angst und Schmerz?

Geh zu dem Wunderstamme,
Gieb stiller Sehnsucht Raum,
Aus ihm geht eine Flamme
Und zehrt den schweren Traum.

Ein Engel zieht dich wieder
Gerettet auf den Strand,
Und schaust voll Freuden nieder
In das gelobte Land.

XI.

Ich weiß nicht, was ich suchen könnte,
Wär jenes liebe Wesen mein,
Wenn er mich seine Freude nennte,
Und bei mir wär', als wär' ich sein.

So Viele gehn umher und suchen
Mit wild verzerrtem Angesicht,
Sie heißen immer sich die Klugen,
Und kennen diesen Schatz doch nicht.

Der Eine denkt, er hat's ergriffen,
Und was er hat, ist nichts als Gold;
Der will die ganze Welt umschiffen,
Nichts als ein Nahme wird sein Sold.

Der läuft nach einem Siegerkranze
Und Der nach einem Lorbeerzweig,
Und so wird von verschiednem Glanze
Getäuscht ein jeder, keiner reich.

Hat er sich euch nicht kund gegeben?
Vergaßt ihr, wer für euch erblich?
Wer uns zu Lieb' aus diesem Leben
In bittrer Qual verachtet wich?

Habt ihr von ihm denn nichts gelesen,
Kein armes Wort von ihm gehört?
Wie himmlisch gut er uns gewesen,
Und welches Gut er uns bescheert?

Wie er vom Himmel hergekommen,
Der schönsten Mutter hohes Kind?

Welch Wort die Welt von ihm vernommen,
Wie viel durch ihn genesen sind?

Wie er von Liebe nur beweget
Sich ganz uns hingegeben hat,
Und in die Erde sich geleget
Zum Grundstein einer Gottesstadt?

Kann diese Bothschaft euch nicht rühren,
Ist so ein Mensch euch nicht genug,
Und öffnet ihr nicht eure Thüren
Dem, der den Abgrund zu euch schlug?

Laßt ihr nicht alles willig fahren,
Thut gern auf jeden Wunsch Verzicht,
Wollt euer Herz nur ihm bewahren,
Wenn er euch seine Huld verspricht?

Nimm du mich hin, du Held der Liebe!
Du bist mein Leben, meine Welt,
Wenn nichts vom Irdischen mir bliebe,
So weiß ich, wer mich schadlos hält.

Du giebst mir meine Lieben wieder,
Du bleibst in Ewigkeit mir treu,
Anbetend sinkt der Himmel nieder,
Und dennoch wohnest du mir bei.

XII.

Wo bleibst du Trost der ganzen Welt?
Herberg' ist dir schon längst bestellt.
Verlangend sieht ein jedes dich,
Und öffnet deinem Segen sich.

Geuß, Vater, ihn gewaltig aus,
Gieb ihn aus deinem Arm heraus:
Nur Unschuld, Lieb' und süße Schaam
Hielt ihn, daß er nicht längst schon kam.

Treib ihn von dir in unsern Arm,
Daß er von deinem Hauch noch warm;
In schweren Wolken sammle ihn
Und laß ihn so hernieder ziehn.

In kühlen Strömen send' ihn her,
In Feuerflammen lodre er,
In Luft und Oel, in Klang und Thau
Durchdring' er unsrer Erde Bau.

So wird der heil'ge Kampf gekämpft,
So wird der Hölle Grimm gedämpft,
Und ewig blühend geht allhier
Das alte Paradies herfür.

Die Erde regt sich, grünt und lebt,
Des Geistes voll ein jedes strebt
Den Heiland lieblich zu empfahn
Und beut die vollen Brüst' ihm an.

Der Winter weicht, ein neues Jahr
Steht an der Krippe Hochaltar.
Es ist das erste Jahr der Welt.
Die sich dies Kind erst selbst bestellt.

Die Augen sehn den Heiland wohl,
Und doch sind sie des Heilands voll,
Von Blumen wird sein Haupt geschmückt,
Aus denen er selbst holdselig blickt.

Er ist der Stern, er ist die Sonn',
Er ist des ewgen Lebens Bronn,
Aus Kraut und Stein und Meer und Licht
Schimmert sein kindlich Angesicht.

In allen Dingen sein kindlich Thun.
Seine heiße Liebe wird nimmer ruhn,
Er schmiegt sich seiner unbewußt
Unendlich fest an jede Brust.

Ein Gott für uns, ein Kind für sich
Liebt er uns all' herzinniglich,
Wird unsre Speis' und unser Trank,
Treusinn ist ihm der liebste Dank.

Das Elend wächst je mehr und mehr,
Ein düstrer Gram bedrückt uns sehr,
Laß, Vater, den Geliebten gehn,
Mit uns wirst du ihn wieder sehn.

XIII.

Wenn in bangen trüben Stunden
Unser Herz beinah verzagt,
Wenn von Krankheit überwunden
Angst in unserm Innern nagt;
Wir der Treugeliebten denken,
Wie sie Gram und Kummer drückt,
Wolken unsern Blick beschränken,
Die kein Hoffnungsstrahl durchblickt:

O! dann neigt sich Gott herüber,
Seine Liebe kommt uns nah,
Sehnen wir uns dann hinüber
Steht sein Engel vor uns da,
Bringt den Kelch des frischen Lebens,
Lispelt Muth und Trost uns zu;
Und wir beten nicht vergebens
Auch für die Geliebten Ruh.

XIV.

Wer einmal, Mutter, dich erblickt,
Wird vom Verderben nie bestrickt,
Trennung von dir muß ihn betrüben,
Ewig wird er dich brünstig lieben
Und deiner Huld Erinnerung
Bleibt fortan seines Geistes höchster Schwung.

Ich mein' es herzlich gut mit dir.
Was mir gebricht, siehst du in mir.
Laß, süße Mutter, dich erweichen,
Einmal gieb mir ein frohes Zeichen.
Mein ganzes Daseyn ruht in dir,
Nur einen Augenblick sey du bei mir.

Oft, wenn ich träumte, sah ich dich
So schön, so herzensinniglich,
Der kleine Gott auf deinen Armen
Wollt' des Gespielen sich erbarmen;
Du aber hobst den hehren Blick
Und gingst in tiefe Wolkenpracht zurück:

Was hab' ich, Armer, dir gethan?
Noch bet' ich dich voll Sehnsucht an,
Sind deine heiligen Kapellen
Nicht meines Lebens Ruhestellen?
Gebenedeite Königinn
Nimm dieses Herz mit diesem Leben hin.

Du weißt, geliebte Königinn,
Wie ich so ganz dein eigen bin.
Hab' ich nicht schon seit langen Jahren
Im Stillen deine Huld erfahren?
Als ich kaum meiner noch bewußt,
Sog ich schon Milch aus deiner selgen Brust.

Unzähligmal standst du bei mir,
Mit Kindeslust sah ich nach dir,
Dein Kindlein gab mir seine Hände,
Daß es dereinst mich wieder fände;
Du lächeltest voll Zärtlichkeit
Und küßtest mich, o himmelsüße Zeit!

Fern steht nun diese selge Welt,
Gram hat sich längst zu mir gesellt,
Betrübt bin ich umher gegangen,
Hab' ich mich denn so schwer vergangen?
Kindlich berühr' ich deinen Saum,
Erwecke mich aus diesem schweren Traum.

Darf nur ein Kind dein Antlitz schaun,
Und deinem Beistand fest vertraun,
So löse doch des Alters Binde
Und mache mich zu deinem Kinde:
Die Kindeslieb' und Kindestreu
Wohnt mir von jener goldnen Zeit noch bei.

XV.

Ich sehe dich in tausend Bildern,
Maria, lieblich ausgedrückt,
Doch keins von allen kann dich schildern,
Wie meine Seele dich erblickt.

Ich weiß nur, daß der Welt Getümmel
Seitdem mir wie ein Traum verweht,
Und ein unnennbar süßer Himmel
Mir ewig im Gemüthe steht.

Hymnen an die Nacht
1799–1800

Hymnen an die Nacht
(Handschrift)

Welcher Lebendige,
Sinnbegabte,
Liebt nicht vor allen
Wundererscheinungen
Des verbreiteten Raums
um ihn
Das allerfreuliche Licht –
Mit seinen Stralen und
Wogen
Seinen Farben,
Seiner milden Allgegenwart
Im Tage.
Wie des Lebens
Innerste Seele
Athmet es die Riesenwelt
Der rastlosen Gestirne
Die in seinem blauen Meere
schwimmen,
Athmet es der funkelnde
Stein,
Die ruhige Pflanze
Und der Thiere
Vielgestaltete,
Immerbewegte Kraft –
Athmen es vielfarbige
Wolken und Lüfte
Und vor allen
Die herrlichen Fremdlinge
Mit den sinnvollen Augen
Dem schwebenden Gange
Und dem tönenden Munde.
Wie ein König
Der irrdischen Natur
Ruft es jede Kraft
Zu zahllosen Verwandlungen
Und seine Gegenwart allein
Offenbart die Wunder-
herrlichkeit
Des irrdischen Reichs.
Abwärts wend ich mich
Zu der heiligen,
unaussprechlichen
Geheimnißvollen Nacht –
Fernab liegt die Welt,
Wie versenkt in eine tiefe
Gruft
Wie wüst und einsam
Ihre Stelle!
Tiefe Wehmuth
Weht in den Sayten der Brust
Fernen der Errinnerung
Wünsche der Jugend
Der Kindheit Träume
Des ganzen, langen Lebens
Kurze Freuden
Und vergebliche Hoffnungen
Kommen in grauen Kleidern
Wie Abendnebel
Nach der Sonne,
Untergang.
Fernab liegt die Welt
Mit ihren bunten Genüssen.

Hymnen an die Nacht
(Athenaeumsdruck)

1.

Welcher Lebendige, Sinnbegabte, liebt nicht vor allen Wundererscheinungen des verbreiteten Raums um ihn, das allerfreuliche Licht – mit seinen Farben, seinen Stralen und Wogen; seiner milden Allgegenwart, als weckender Tag. Wie des Lebens innerste Seele athmet es der rastlosen Gestirne Riesenwelt, und schwimmt tanzend in seiner blauen Flut – athmet es der funkelnde, ewigruhende Stein, die sinnige, saugende Pflanze, und das wilde, brennende, vielgestaltete Thier – vor allen aber der herrliche Fremdling mit den sinnvollen Augen, dem schwebenden Gange, und den zartgeschlossenen, tonreichen Lippen. Wie ein König der irdischen Natur ruft es jede Kraft zu zahllosen Verwandlungen, knüpft und löst unendliche Bündnisse, hängt sein himmlisches Bild jedem irdischen Wesen um. – Seine Gegenwart allein offenbart die Wunderherrlichkeit der Reiche der Welt.

Abwärts wend ich mich zu der heiligen, unaussprechlichen, geheimnißvollen Nacht. Fernab liegt die Welt – in eine tiefe Gruft versenkt – wüst und einsam ist ihre Stelle. In den Sayten der Brust weht tiefe Wehmuth. In Thautropfen will ich hinuntersinken und mit der Asche mich vermischen. – Fernen der Erinnerung, Wünsche der Jugend, der Kindheit Träume, des ganzen langen Lebens kurze Freuden und vergebliche Hoffnungen kommen in grauen Kleidern, wie Abendnebel nach der Sonne Untergang. In andern Räumen

In andern Räumen
Schlug das Licht auf
Die lustigen Gezelte.
Sollt es nie wiederkommen
Zu seinen treuen Kindern,
Seinen Gärten
In sein herrliches Haus?
Doch was quillt
So kühl und erquicklich
So ahndungsvoll
Unterm Herzen
Und verschluckt
Der Wehmuth weiche Luft,
Hast auch du
Ein menschliches Herz
Dunkle Macht?
Was hältst du
Unter deinem Mantel
Das mir unsichtbar kräftig
An die Seele geht?
Du scheinst nur furchtbar –
Köstlicher Balsam
Träuft aus deiner Hand
Aus dem Bündel Mohn
In süßer Trunkenheit
Entfaltest du die schweren
Flügel des Gemüths.
Und schenkst uns Freuden
Dunkel und unaussprechlich
Heimlich, wie du selbst, bist
Freuden, die uns
Einen Himmel ahnden
lassen.
Wie arm und kindisch
Dünkt mir das Licht,
Mit seinen bunten Dingen
Wie erfreulich und gesegnet
Des Tages Abschied.
Also nur darum
Weil die Nacht dir
Abwendig macht die
Dienenden
Säetest du
In des Raums Weiten
Die leuchtenden Kugeln
Zu verkünden deine
Allmacht
Deine Widerkehr
In den Zeiten deiner
Entfernung.
Himmlischer als jene
blitzenden Sterne
In jenen Weiten
Dünken uns die
unendlichen Augen
Die die Nacht
In uns geöffnet.
Weiter sehn sie
Als die blässesten
Jener zahllosen Heere
Unbedürftig des Lichts
Durchschaun sie die Tiefen
Eines liebenden Gemüths,
Was einen höhern Raum
Mit unsäglicher Wollust
füllt.
Preis der Weltköniginn,
Der hohen Verkündigerinn

schlug die lustigen Gezelte das Licht auf. Sollte es nie zu seinen Kindern wiederkommen, die mit der Unschuld Glauben seiner harren?

Was quillt auf einmal so ahndungsvoll unterm Herzen, und verschluckt der Wehmuth weiche Luft? Hast auch du ein Gefallen an uns, dunkle Nacht? Was hältst du unter deinem Mantel, das mir unsichtbar kräftig an die Seele geht? Köstlicher Balsam träuft aus deiner Hand, aus dem Bündel Mohn. Die schweren Flügel des Gemüths hebst du empor. Dunkel und unaussprechlich fühlen wir uns bewegt – ein ernstes Antlitz seh ich froh erschrocken, das sanft und andachtsvoll sich zu mir neigt, und unter unendlich verschlungenen Locken der Mutter liebe Jugend zeigt. Wie arm und kindisch dünkt mir das Licht nun – wie erfreulich und gesegnet des Tages Abschied – Also nur darum, weil die Nacht dir abwendig macht die Dienenden, säetest du in des Raumes Weiten die leuchtenden Kugeln, zu verkünden deine Allmacht – deine Wiederkehr – in den Zeiten deiner Entfernung. Himmlischer, als jene blitzenden Sterne, dünken uns die unendlichen Augen, die die Nacht in uns geöffnet. Weiter sehn sie, als die blässesten jener zahllosen Heere – unbedürftig des Lichts durchschaun sie die Tiefen eines liebenden Gemüths – was einen höhern Raum mit unsäglicher Wollust füllt. Preis der Weltköniginn, der hohen Verkündigerinn heiliger Welten, der

Heiliger Welt,
Der Pflegerinn
Seliger Liebe
Du kommst, Geliebte –
Die Nacht, ist da –
Entzückt ist meine Seele –
Vorüber ist der irrdische Tag
Und du bist wieder Mein.
Ich schaue dir ins tiefe
dunkle Auge,
Sehe nichts als Lieb und
Seligkeit.
Wir sinken auf der Nacht
Altar
Aufs weiche Lager –
Die Hülle fällt
Und angezündet von dem
warmen Druck
Entglüht des süßen Opfers
Reine Glut.

Muß immer der Morgen
wiederkommen?
Endet nie des Irrdischen
Gewalt?
Unselige Geschäftigkeit
verzehrt
Den himmlischen Anflug
der Nacht?
Wird nie der Liebe geheimes
Opfer
Ewig brennen?
Zugemessen ward
Dem Lichte Seine Zeit
Und dem Wachen –
Aber zeitlos ist der Nacht
Herrschaft,
Ewig ist die Dauer des
Schlafs.
Heiliger Schlaf!
Beglücke zu selten nicht
Der Nacht Geweihte –
In diesem irrdischen
Tagwerck.
Nur die Thoren verkennen
dich
Und wissen von keinem
Schlafe
Als den Schatten
Den du mitleidig auf uns
wirfst
In jener Dämmrung
Der wahrhaften Nacht.
Sie fühlen dich nicht
In der goldnen Flut der
Trauben
In des Mandelbaums
Wunderöl
Und dem braunen Safte des
Mohns.
Sie wissen nicht
Daß du es bist
Der des zarten Mädchens

Pflegerinn seliger Liebe – sie sendet mir dich – zarte Geliebte – liebliche Sonne der Nacht, – nun wach ich – denn ich bin Dein und Mein – du hast die Nacht mir zum Leben verkündet – mich zum Menschen gemacht – zehre mit Geisterglut meinen Leib, daß ich luftig mit dir inniger mich mische und dann ewig die Brautnacht währt.

2.

Muß immer der Morgen wiederkommen? Endet nie des Irdischen Gewalt? unselige Geschäftigkeit verzehrt den himmlischen Anflug der Nacht. Wird nie der Liebe geheimes Opfer ewig brennen? Zugemessen ward dem Lichte seine Zeit; aber zeitlos und raumlos ist der Nacht Herrschaft. – Ewig ist die Dauer des Schlafs. Heiliger Schlaf – beglücke zu selten nicht der Nacht Geweihte in diesem irdischen Tagewerk. Nur die Thoren verkennen dich und wissen von keinem Schlafe, als den Schatten, den du in jener Dämmerung der wahrhaften Nacht mitleidig auf uns wirfst. Sie fühlen dich nicht in der goldnen Flut der Trauben – in des Mandelbaums Wunderöl, und dem braunen Safte des Mohns. Sie wissen nicht, daß du es bist der des zarten Mädchens Busen umschwebt und zum

Busen umschwebt
Und zum Himmel den
Schoos macht –
Ahnden nicht
Daß aus alten Geschichten
Du himmelöffnend
entgegentrittst
Und den Schlüssel trägst
Zu den Wohnungen der
Seligen,
Unendlicher Geheimnisse
Schweigender Bote.

Einst, da ich bittre Thränen vergoß –
Da in Schmerz aufgelößt meine Hoffnung zerrann
und ich einsam stand an dem dürren Hügel, der in engen
dunkeln Raum die Gestalt meines Lebens begrub, Einsam,
wie noch kein Einsamer war, von unsäglicher Angst ge-
trieben, Kraftlos, nur ein Gedanken des Elends noch, –
Wie ich da nach Hülfe umherschaute, Vorwärts nicht könnte
und rückwärts nicht – und am fliehenden, verlöschten Leben
mit unendlicher Sehnsucht hing – da kaum aus blauen
Fernen,
Von den Höhen meiner alten Seligkeit ein Dämmrungs
Schauer –
Und mit einemmale riß das Band der Geburt, des
Lichtes Fessel – Hin floh die irrdische Herrlichkeit und
meine Trauer mit ihr. Zusammen floß die Wehmuth
in eine neue unergründliche Welt – Du Nachtbegei-
sterung, Schlummer des Himmels kamst über mich.
Die Gegend hob sich sacht empor – über der Gegend
schwebte mein entbundner neugeborner Geist. Zur
Staubwolke
wurde der Hügel und durch die Wolke sah ich die
verklärten Züge der Geliebten – In Ihren Augen
ruhte die Ewigkeit – ich faßte ihre Hände und die
Thränen wurden ein funkelndes, unzerreißliches

Himmel den Schoß macht – ahnden nicht, daß aus alten Geschichten du himmelöffnend entgegentrittst und den Schlüssel trägst zu den Wohnungen der Seligen, unendlicher Geheimnisse schweigender Bote.

3.

Einst da ich bittre Thränen vergoß, da in Schmerz aufgelöst meine Hoffnung zerrann, und ich einsam stand am dürren Hügel, der in engen, dunkeln Raum die Gestalt meines Lebens barg – einsam, wie noch kein Einsamer war, von unsäglicher Angst getrieben – kraftlos, nur ein Gedanken des Elends noch. – Wie ich da nach Hülfe umherschaute, vorwärts nicht konnte und rückwärts nicht, und am fliehenden, verlöschten Leben mit unendlicher Sehnsucht hing: – da kam aus blauen Fernen – von den Höhen meiner alten Seligkeit ein Dämmerungsschauer – und mit einemmale riß das Band der Geburt – des Lichtes Fessel. Hin floh die irdische Herrlichkeit und meine Trauer mit ihr – zusammen floß die Wehmuth in eine neue, unergründliche Welt – du Nachtbegeisterung, Schlummer des Himmels kamst über mich – die Gegend hob sich sacht empor; über der Gegend schwebte mein entbundner, neugeborner Geist. Zur Staubwolke wurde der Hügel – durch die Wolke sah ich die verklärten Züge der Geliebten. In ihren Augen ruhte die Ewigkeit – ich faßte ihre Hände, und die Thränen wurden ein funkelndes, unzerreiß-

Band. Jahrtausende zogen abwärts in die Ferne,
wie Ungewitter – An ihrem Halse weint ich dem
neuen Leben entzückende Thränen. Das war der
Erste Traum in dir. Er zog vorüber aber sein Abglanz
blieb der ewige unerschütterliche Glauben an den
Nachthimmel und seine Sonne, die Geliebte.

---

4. Sehnsucht nach dem Tode. Er saugt an mir. 5. Xstus. Er
hebt den Stein vom Grabe.

Nun weiß ich wenn der letzte Morgen seyn wird – wenn
das Licht nicht mehr die Nacht und die Liebe scheucht, wenn
der Schlummer ewig, und nur Ein unerschöpflicher Traum
seyn
wird. Himmlische Müdigkeit verläßt mich nun nicht wieder.
Weit und mühsam war der Weg zum heilgen Grabe und das
Kreutz war schwer. Wessen Mund einmal die krystallene
Woge nezte, die gemeinen Sinnen unsichtbar, quillt
in des Hügels dunkeln Schoos, an dessen Fuß die irrdische
Flut bricht, wer oben stand auf diesem Grenzgebürge der
Welt und
hinüber sah, in das neue Land, in der Nacht Wohnsitz,
Warlich der kehrt nicht in das Treiben der Welt zurück,
in das Land, wo das Licht regiert und
ewige Unruh haußt. Oben baut er sich Hütten
Hütten des Friedens, sehnt sich und liebt, schaut hinüber,
bis die willkommenste aller Stunden hinunter ihn
In den Brunnen der Quelle zieht. Alles Irrdische
schwimmt oben auf und wird von
der Höhe hinabgespült, aber was Heilig ward durch
Der Liebe Berührung rinnt aufgelößt in verborg-
nen Gängen auf das jenseitige Gebiet, wo es, wie
Wolken sich Mit entschlummerten Lieben mischt.

liches Band. Jahrtausende zogen abwärts in die Ferne, wie Ungewitter. An Ihrem Halse weint ich dem neuen Leben entzückende Thränen. – Es war der erste, einzige Traum – und erst seitdem fühl ich ewigen, unwandelbaren Glauben an den Himmel der Nacht und sein Licht, die Geliebte.

4.

Nun weiß ich, wenn der letzte Morgen seyn wird – wenn das Licht nicht mehr die Nacht und die Liebe scheucht – wenn der Schlummer ewig und nur Ein unerschöpflicher Traum seyn wird. Himmlische Müdigkeit fühl ich in mir. – Weit und ermüdend ward mir die Wallfahrt zum heiligen Grabe, drückend das Kreutz. Die krystallene Woge, die gemeinen Sinnen unvernehmlich, in des Hügels dunkeln Schooß quillt, an dessen Fuß die irdische Flut bricht, wer sie gekostet, wer oben stand auf dem Grenzgebürge der Welt, und hinübersah in das neue Land, in der Nacht Wohnsitz – warlich der kehrt nicht in das Treiben der Welt zurück, in das Land, wo das Licht in ewiger Unruh hauset.
Oben baut er sich Hütten, Hütten des Friedens, sehnt sich und liebt, schaut hinüber, bis die willkommenste aller Stunden hinunter ihn in den Brunnen der Quelle zieht – das Irdische schwimmt obenauf, wird von Stürmen zurückgeführt, aber was heilig durch der Liebe Berührung ward, rinnt aufgelöst in verborgenen Gängen auf das jenseitige Gebiet, wo es, wie Düfte, sich mit entschlummerten Lieben mischt.

Noch weckst du,
Muntres Licht,
Den Müden zur Arbeit –
Flößest fröliches Leben mir
ein.
Aber du lockst mich
Von der Errinnerung
Moosigen Denkmal nicht.
Gern will ich
Die fleißigen Hände rühren
Überall umschauen
Wo du mich brauchst,
Rühmen deines Glanzes
Volle Pracht
Unverdroßen verfolgen
Den schönen Zusammen-
hang
Deines künstlichen Wercks
Gern betrachten
Den sinnvollen Gang
Deiner gewaltigen
Leuchtenden Uhr,
Ergründen der Kräfte
Ebenmaaß
Und die Regeln
Des Wunderspiels
Unzähliger Räume
Und ihrer Zeiten.
Aber getreu der Nacht
Bleibt mein geheimes Herz
Und ihrer Tochter
Der schaffenden Liebe.
Kannst du mir zeigen
Ein ewigtreues Herz?
Hat deine Sonne
Freundliche Augen
Die mich erkennen?
Fassen deine Sterne
Meine verlangende Hand?
Geben mir wieder
Den zärtlichen Druck?
Hast du mit Farben
Und leichten Umriß
Sie geschmückt?
Oder war Sie es
Die Deinem Schmuck
Höhere, liebere Bedeutung
gab?
Welche Wollust,
Welchen Genuß,
Bietet dein Leben
Die aufwögen
Des Todes Entzückungen.
Trägt nicht alles
Was uns begeistert
Die Farbe der Nacht –
Sie trägt dich mütterlich
Und ihr verdankst du
All deine Herrlichkeit.
Du verflögst
In dir selbst
In endlosen Raum
Zergingst du,
Wenn sie dich nicht hielte –
Dich nicht bände
Daß du warm würdest
Und flammend
Die Welt zeugtest.

Noch weckst du, muntres Licht den Müden zur Arbeit – flößest fröhliches Leben mir ein – aber du lockst mich von der Erinnerung moosigem Denkmal nicht. Gern will ich die fleißigen Hände rühren, überall umschaun, wo du mich brauchst – rühmen deines Glanzes volle Pracht – unverdroßen verfolgen deines künstlichen Werks schönen Zusammenhang – gern betrachten deiner gewaltigen, leuchtenden Uhr sinnvollen Gang – ergründen der Kräfte Ebenmaß und die Regeln des Wunderspiels unzähliger Räume und ihrer Zeiten. Aber getreu der Nacht bleibt mein geheimes Herz, und der schaffenden Liebe, ihrer Tochter. Kannst du mir zeigen ein ewig treues Herz? hat deine Sonne freundliche Augen, die mich erkennen? fassen deine Sterne meine verlangende Hand? Geben mir wieder den zärtlichen Druck und das kosende Wort? Hast du mit Farben und leichtem Umriß Sie geziert – oder war Sie es, die deinem Schmuck höhere, liebere Bedeutung gab? Welche Wollust, welchen Genuß bietet dein Leben, die aufwögen des Todes Entzückungen? Trägt nicht alles, was uns begeistert, die Farbe der Nacht? Sie trägt dich mütterlich und ihr verdankst du all deine Herrlichkeit. Du verflögst in dir selbst – in endlosen Raum zergingst du, wenn sie dich nicht hielte, dich nicht bände, daß du warm würdest und flammend die Welt zeugtest. Warlich ich war,

Warlich ich war eh du warst,
Mit meinem Geschlecht
Schickte die Mutter mich
Zu bewohnen deine Welt
Und zu heiligen sie
Mit Liebe.
Zu geben
Menschlichen Sinn
Deinen Schöpfungen.
Noch reiften sie nicht
Diese göttlichen Gedanken.
Noch sind der Spuren
Unsrer Gegenwart
Wenig.
Einst zeigt deine Uhr
Das Ende der Zeit
Wenn du wirst,
Wie unser Einer
Und voll Sehnsucht
Auslöschest und stirbst.
In mir fühl ich
Der Geschäftigkeit Ende
Himmlische Freyheit,
Selige Rückkehr.
In wilden Schmerzen
Erkenn ich deine Entfernung
Von unsrer Heymath
Deinen Widerstand
Gegen den alten,
Herrlichen Himmel.
Umsonst ist deine Wuth
Dein Toben.
Unverbrennlich
Steht das Kreutz,
Eine Siegesfahne
Unsres Geschlechts.

Hinüber wall ich
Und jede Pein
Wird einst ein Stachel
Der Wollust seyn.
Noch wenig Zeiten
So bin ich los
Und liege trunken
Der Lieb' im Schoos.
Unendliches Leben
Kommt über mich
Ich sehe von oben
Herunter auf Dich.
An jenem Hügel
Verlischt dein Glanz
Ein Schatten bringet
Den kühlen Kranz
O! sauge Geliebter
Gewaltig mich an
Daß ich bald ewig
Entschlummern kann.
Ich fühle des Todes
Verjüngende Flut
Und harr in den Stürmen
Des Lebens voll Muth.

eh du warst – die Mutter schickte mit meinen Geschwistern mich, zu bewohnen deine Welt, sie zu heiligen mit Liebe, daß sie ein ewig angeschautes Denkmal werde – zu bepflanzen sie mit unverwelklichen Blumen. Noch reiften sie nicht diese göttlichen Gedanken – Noch sind der Spuren unserer Offenbarung wenig – Einst zeigt deine Uhr das Ende der Zeit, wenn du wirst wie unser einer, und voll Sehnsucht und Inbrunst auslöschest und stirbst. In mir fühl ich deiner Geschäftigkeit Ende – himmlische Freyheit, selige Rückkehr. In wilden Schmerzen erkenn ich deine Entfernung von unsrer Heymath, deinen Widerstand gegen den alten, herrlichen Himmel. Deine Wuth und dein Toben ist vergebens. Unverbrennlich steht das Kreutz – eine Siegesfahne unsers Geschlechts.

Hinüber wall ich,
Und jede Pein
Wird einst ein Stachel
Der Wollust seyn.
Noch wenig Zeiten,
So bin ich los,
Und liege trunken
Der Lieb' im Schooß.
Unendliches Leben
Wogt mächtig in mir
Ich schaue von oben
Herunter nach dir.
An jenem Hügel
Verlischt dein Glanz –
Ein Schatten bringet
Den kühlenden Kranz.
O! sauge, Geliebter,
Gewaltig mich an,
Daß ich entschlummern
Und lieben kann.
Ich fühle des Todes
Verjüngende Flut,
Zu Balsam und Aether
Verwandelt mein Blut –
Ich lebe bey Tage
Voll Glauben und Muth
Und sterbe die Nächte
In heiliger Glut.

‹Von ihm will ich reden
Und liebend verkünden
So lang ich
Unter Menschen noch bin.
Denn ohne ihn
Was wär unser Geschlecht,
Und was sprächen die Menschen,
Wenn sie nicht sprächen von ihm
Ihrem Stifter,
Ihrem Geiste.›

Über der Menschen
Weitverbreitete Stämme
Herrschte vor Zeiten
Ein eisernes Schicksal
Mit stummer Gewalt.
Eine dunkle
schwere Binde
lag um ihre
bange Seele.
Unendlich war die Erde.
Der Götter Aufenthalt
Und ihre Heymath.
Reich an Kleinoden
Und herrlichen Wundern.
Seit Ewigkeiten
Stand ihr geheimnißvoller
Bau.
Über des Morgens
Blauen Bergen
In des Meeres
Heiligen Schoos
Wohnte die Sonne
Das allzündende
Lebendige Licht.

Alte Welt. Der Tod. *Xstus – neue Welt.* Die Welt der Zukunft – Sein Leiden – Jugend – Botschaft. Auferstehung. *Mit den Menschen ändert die Welt sich.* Schluß – Aufruf.

5.

Über der Menschen weitverbreitete Stämme herrschte vor Zeiten ein eisernes Schicksal mit stummer Gewalt. Eine dunkle, schwere Binde lag um ihre bange Seele – Unendlich war die Erde – der Götter Aufenthalt, und ihre Heymath. Seit Ewigkeiten stand ihr geheimnißvoller Bau. Ueber des Morgens rothen Bergen, in des Meeres heiligem Schooß wohnte die Sonne, das allzündende, lebendige Licht.

Ein alter Riese
Trug die selige Welt
Fest unter Bergen
lagen die Ursöhne
Der Mutter Erde –
Ohnmächtig
In ihrer zerstörenden Wuth
Gegen das neue
Herrliche Göttergeschlecht,
Und die befreundeten
Frölichen Menschen.
Des Meeres dunkle
Blaue Tiefe
War einer Göttin Schoos.
Himmlische Schaaren
Wohnten in frölicher Lust
In den krystallenen Grotten –
Flüsse und Bäume
Blumen und Thiere
Hatten menschlichen Sinn.
Süßer schmeckte der Wein
Weil ihn blühende
    Götterjugend
Den Menschen gab –
Des goldnen Korns
Volle Garben
Waren ein göttliches
    Geschenk.
Der Liebe trunkne Freuden
ein heiliger Dienst
Der himmlischen Schönheit.
So war das Leben
Ein ewiges Fest
Der Götter und Menschen.
Und kindlich verehrten
Alle Geschlechter
Die zarte, köstliche Flamme
Als das Höchste der Welt.
Nur Ein Gedanke wars

Der furchtbar zu den frohen Tischen trat
Und das Gemüth in wilde Schrecken hüllte.
Hier wußten selbst die Götter keinen Rath,
Der das Gemüht mit süßen Troste füllte,
Geheimnißvoll war dieses Unholds Pfad
Des Wuth kein Flehn und keine Gabe stillte –
Es war der Tod, der dieses Lustgelag
Mit Angst und Schmerz und Thränen unterbrach.

Auf ewig nun von allem abgeschieden
Was hier das Herz in süßer Wollust regt –
Getrennt von den Geliebten, die hienieden
Vergebne Sehnsucht, langes Weh bewegt –

Ein alter Riese trug die selige Welt. Fest unter Bergen lagen die Ursöhne der Mutter Erde. Ohnmächtig in ihrer zerstörenden Wuth gegen das neue herrliche Göttergeschlecht und dessen Verwandten, die frölichen Menschen. Des Meers dunkle, grüne Tiefe war einer Göttin Schooß. In den krystallenen Grotten schwelgte ein üppiges Volk. Flüsse, Bäume, Blumen und Thiere hatten menschlichen Sinn. Süßer schmeckte der Wein von sichtbarer Jugendfülle geschenkt – ein Gott in den Trauben – eine liebende, mütterliche Göttin, empor wachsend in vollen goldenen Garben – der Liebe heilger Rausch ein süßer Dienst der schönsten Götterfrau – ein ewig buntes Fest der Himmelskinder und der Erdbewohner rauschte das Leben, wie ein Frühling, durch die Jahrhunderte hin – Alle Geschlechter verehrten kindlich die zarte, tausendfältige Flamme, als das höchste der Welt. Ein Gedanke nur war es, Ein entsetzliches Traumbild,

Das furchtbar zu den frohen Tischen trat
Und das Gemüth in wilde Schrecken hüllte.
Hier wußten selbst die Götter keinen Rath
Der die beklommne Brust mit Trost erfüllte.
Geheimnißvoll war dieses Unholds Pfad
Des Wuth kein Flehn und keine Gabe stillte;
Es war der Tod, der dieses Lustgelag
Mit Angst und Schmerz und Thränen unterbrach.

Auf ewig nun von allem abgeschieden,
Was hier das Herz in süßer Wollust regt,
Getrennt von den Geliebten, die hienieden
Vergebne Sehnsucht, langes Weh bewegt,

Schien nur dem Todten matter Traum beschieden
Ohnmächtges Ringen nur ihm auferlegt.
Zerbrochen war die Woge des Genusses
Am Felsen des unendlichen Verdrusses.

Mit kühnem Geist und hoher Sinnenglut
Verschönte sich der Mensch die grause Larve –
Ein blasser Jüngling löscht das Licht und ruht –
Sanft ist das Ende, wie ein Wehn der Harfe –
Errinnrung schmilzt in kühler Schattenflut
Die Dichtung sangs dem traurigen Bedarfe
Doch unenträthselt blieb die ewge Nacht
Das ernste Zeichen einer fernen Macht.

Zu Ende neigte
Die Alte Welt sich.
Der lustige Garten
Des jungen Geschlechts
Verwelkte
Und hinaus
In den freyeren Raum
Strebten die erwachsenen
Unkindlichen Menschen.
Verschwunden waren die Götter.
Einsam und leblos
Stand die Natur
Entseelt von der strengen Zahl
Und der eisernen Kette
Gesetze wurden.
Und in Begriffe
Wie in Staub und Lüfte
Zerfiel die unermeßliche Blüthe
Des tausendfachen Lebens.
Entflohn war
Der allmächtige Glauben
Und die allverwandelnde
Allverschwisternde
Himmelsgenossinn
Die Fantasie.
Unfreundlich blies
Ein kalter Nordwind
Über die erstarrte Flur
Und die Wunderheymath
Verflog in den Aether
Und des Himmels
Unendliche Fernen
Füllten mit leuchtenden Welten sich.
Ins tiefere Heiligthum

Schien matter Traum dem Todten nur beschieden,
Ohnmächtiges Ringen nur ihm auferlegt.
Zerbrochen war die Woge des Genusses
Am Felsen des unendlichen Verdrusses.

Mit kühnem Geist und hoher Sinnenglut
Verschönte sich der Mensch die grause Larve,
Ein sanfter Jüngling löscht das Licht und ruht –
Sanft wird das Ende, wie ein Wehn der Harfe.
Erinnerung schmilzt in kühler Schattenflut,
So sang das Lied dem traurigen Bedarfe.
Doch unenträthselt blieb die ewge Nacht,
Das ernste Zeichen einer fernen Macht.

Zu Ende neigte die alte Welt sich. Des jungen Geschlechts Lustgarten verwelkte – hinauf in den freyeren, wüsten Raum strebten die unkindlichen, wachsenden Menschen. Die Götter verschwanden mit ihrem Gefolge – Einsam und leblos stand die Natur. Mit eiserner Kette band sie die dürre Zahl und das strenge Maaß. Wie in Staub und Lüfte zerfiel in dunkle Worte die unermeßliche Blüthe des Lebens. Entflohn war der beschwörende Glauben, und die allverwandelnde, allverschwisternde Himmelsgenossin, die Fantasie. Unfreundlich blies ein kalter Nordwind über die erstarrte Flur, und die erstarrte Wunderheymath verflog in den Aether. Des Himmels Fernen füllten mit leuchtenden Welten sich. Ins tiefre Heiligthum, in des Gemüths höhern Raum zog

In des Gemüths höhern
Raum
Zog die Seele der Welt
Mit ihren Mächten
Zu walten dort
Bis zum Anbruch
Des neuen Tags,
Der höhern Weltherrlichkeit.
Nicht mehr war das Licht
Der Götter Aufenthalt
Und himmlisches Zeichen –
Den Schleyer der Nacht
Warfen Sie über sich
Die Nacht ward
Der Offenbarungen
Fruchtbarer Schoos.
Mitten unter den Menschen
Im Volk, das vor allen
Verachtet,
Zu früh reif
Und der seligen Unschuld
der Jugend
Trotzig fremd geworden war,
Erschien die neue Welt
Mit niegesehnen Angesicht –
In der Armuth
Wunderbarer Hütte –
Ein Sohn der ersten
Jungfrau und Mutter –
Geheimnißvoller
Umarmung
Unendliche Frucht.
Des Morgenlands
Ahndende, blüthenreiche
Weisheit
Erkannte zuerst
Der neuen Zeit Beginn.
Ein Stern wies ihr den Weg
Zu des Königs
Demüthiger Wiege.
In der weiten Zukunft
Namen
Huldigte sie ihm
Mit Glanz und Duft
Den höchsten Wundern der
Natur.
Einsam entfaltete
Das himmlische Herz sich
Zu der Liebe
Glühenden Schoos
Des Vaters hohen Antlitz
zugewandt –
Und ruhend an dem
ahndungs selgen Busen
Der lieblichernsten Mutter.
Mit vergötternder Inbrunst
Schaute das weissagende
Auge
Des blühenden Kindes
Auf die Tage der Zukunft,
Nach seinen Geliebten,
Den Sprossen seines Götter-
stamms,
Unbekümmert über seiner
Tage
Irrdisches Schicksal.
Bald sammelten die
kindlichsten Gemüther

mit ihren Mächten die Seele der Welt – zu walten dort bis zum Anbruch der tagenden Weltherrlichkeit. Nicht mehr war das Licht der Götter Aufenthalt und himmlisches Zeichen – den Schleyer der Nacht warfen sie über sich. Die Nacht ward der Offenbarungen mächtiger Schoos – in ihn kehrten die Götter zurück – schlummerten ein, um in neuen herrlichern Gestalten auszugehn über die veränderte Welt. Im Volk, das vor allen verachtet zu früh reif und der seligen Unschuld der Jugend trotzig fremd geworden war, erschien mit niegesehenem Angesicht die neue Welt – In der Armuth dichterischer Hütte – Ein Sohn der ersten Jungfrau und Mutter – Geheimnißvoller Umarmung unendliche Frucht. Des Morgenlands ahndende, blüthenreiche Weisheit erkannte zuerst der neuen Zeit Beginn – Zu des Königs demüthiger Wiege wies ihr ein Stern den Weg. In der weiten Zukunft Namen huldigten sie ihm mit Glanz und Duft, den höchsten Wundern der Natur. Einsam entfaltete das himmlische Herz sich zu einem Blüthenkelch allmächtger Liebe – des Vaters hohem Antlitz zugewandt und ruhend an dem ahndungsselgen Busen der lieblich ernsten Mutter. Mit vergötternder Inbrunst schaute das weissagende Auge des blühenden Kindes auf die Tage der Zukunft, nach seinen Geliebten, den Sprossen seines Götterstamms, unbekümmert über seiner Tage irdisches Schicksal. Bald sammelten die kindlichsten Gemüther von inniger Lie-

Von allmächtiger Liebe
Wundersam ergriffen
Sich um ihn her.
Wie Blumen keimte
Ein neues, fremdes Leben
In seiner Nähe –
Unerschöpfliche Worte
Und der Botschaften
Fröhligste
Fielen wie Funken
Eines göttlichen Geistes
Von seinen freundlichen
Lippen.
Von ferner Küste
Unter Hellas
Heitern Himmel geboren
Kam ein Sänger
Nach Palaestina.
Und ergab sein ganzes Herz
Dem Wunderkinde:

Der Jüngling bist du, der seit langer Zeit
Auf unsren Gräbern steht in tiefen Sinnen –
Ein tröstlich Zeichen in der Dunkelheit
Der höhern Menschheit freudiges Beginnen.
Was uns gesenkt in tiefe Traurigkeit
Zieht uns mit süßer Sehnsucht nun vonhinnen.
Im Tode ward das ewge Leben kund –
Du bist der Tod und machst uns erst gesund.

Der Sänger zog
Voll Freudigkeit
Nach Indostan
Und nahm ein Herz
Voll ewger Liebe mit,
Und schüttete
In feurigen Gesängen
Es unter jenem milden
Himmel aus
Der traulicher
An die Erde sich schmiegt,
Daß tausend Herzen
Sich zu ihm neigten
Und die fröliche Botschaft
Tausendzweigig empor-
wuchs.
Bald nach des Sängers
Abschied
Ward das köstliche Leben
Ein Opfer des menschlichen
Tiefen Verfalls –
Er starb in jungen Jahren
Weggerissen
Von der geliebten Welt
Von der weinenden Mutter
Und seinen Freunden.
Der unsäglichen Leiden
Dunkeln Kelch

be wundersam ergriffen sich um ihn her. Wie Blumen keimte ein neues fremdes Leben in seiner Nähe. Unerschöpfliche Worte und der Botschaften fröhlichste fielen wie Funken eines göttlichen Geistes von seinen freundlichen Lippen. Von ferner Küste, unter Hellas heiterm Himmel geboren, kam ein Sänger nach Palästina und ergab sein ganzes Herz dem Wunderkinde:

Der Jüngling bist du, der seit langer Zeit
Auf unsern Gräbern steht in tiefen Sinnen;
Ein tröstlich Zeichen in der Dunkelheit –
Der höhern Menschheit freudiges Beginnen.
Was uns gesenkt in tiefe Traurigkeit
Zieht uns mit süßer Sehnsucht nun von hinnen.
Im Tode ward das ewge Leben kund,
Du bist der Tod und machst uns erst gesund.

Der Sänger zog voll Freudigkeit nach Indostan – das Herz von süßer Liebe trunken; und schüttete in feurigen Gesängen es unter jenem milden Himmel aus, daß tausend Herzen sich zu ihm neigten, und die fröhliche Botschaft tausendzweigig emporwuchs. Bald nach des Sängers Abschied ward das köstliche Leben ein Opfer des menschlichen tiefen Verfalls – Er starb in jungen Jahren, weggerissen von der geliebten Welt, von der weinenden Mutter und seinen zagenden Freunden. Der unsäglichen Leiden dunkeln Kelch leerte der liebliche

Leerte der heilige Mund,
In entsezlicher Angst
Naht't ihm die Stunde der
Geburt
Der neuen Welt.
Hart rang er mit des alten
Todes Schrecken
Schwer lag der Druck der
alten Welt auf ihn
Noch einmal sah er freund-
lich nach der Mutter –
Da kam der ewigen Liebe
Lösende Hand –
Und er entschlief.
Nur wenig Tage
Hieng ein tiefer Schleyer
Über das brausende Meer –
über das finstre bebende
Land
Unzählige Thränen
Weinten die Geliebten.
Entsiegelt ward das Geheimniß
Himmlische Geister hoben
Den uralten Stein
Vom dunklen Grabe –
Engel saßen bey dem
Schlummernden,
Lieblicher Träume
Zartes Sinnbild.
Er stieg in neuer Götter-
herrlichkeit
Erwacht auf die Höhe
Der verjüngten, neugebornen
Welt
Begrub mit eigner Hand
Die alte mit ihm gestorbne
Welt
In die verlaßne Höhle
Und legte mit allmächtiger
Kraft
Den Stein, den keine Macht
erhebt, darauf.
Noch weinen deine Lieben
Thränen der Freude
Thränen der Rührung
Und des unendlichen Danks
An deinem Grabe –
Sehn dich noch immer
Freudig erschreckt
Auferstehn
Und sich mit dir –
Mit süßer Inbrunst
Weinen an der Mutter
Seligen Busen
Und an der Freunde
Treuem Herzen –
Eilen mit voller Sehnsucht
In des Vaters Arm
Bringend die junge
Kindliche Menschheit
Und der goldnen Zukunft
Unversieglichen Trank.
Die Mutter eilte bald dir
nach
In himmlischen Triumpf –
Sie war die Erste
In der neuen Heymath
Bey dir.

Mund – In entsetzlicher Angst nahte die Stunde der Geburt der neuen Welt. Hart rang er mit des alten Todes Schrecken – Schwer lag der Druck der alten Welt auf ihm. Noch einmal sah er freundlich nach der Mutter – da kam der ewigen Liebe lösende Hand – und er entschlief. Nur wenig Tage hing ein tiefer Schleyer über das brausende Meer, über das bebende Land – unzählige Thränen weinten die Geliebten – Entsiegelt ward das Geheimniß – himmlische Geister hoben den uralten Stein vom dunkeln Grabe. Engel saßen bey dem Schlummernden – aus seinen Träumen zartgebildet – Erwacht in neuer Götterherrlichkeit erstieg er die Höhe der neugebornen Welt – begrub mit eigner Hand der Alten Leichnam in die verlaßne Höhle, und legte mit allmächtiger Hand den Stein, den keine Macht erhebt, darauf.

Noch weinen deine Lieben Thränen der Freude, Thränen der Rührung und des unendlichen Danks an deinem Grabe – sehn dich noch immer, freudig erschreckt, auferstehn – und sich mit dir; sehn dich weinen mit süßer Inbrunst an der Mutter seligem Busen, ernst mit den Freunden wandeln, Worte sagen, wie vom Baum des Lebens gebrochen; sehen dich eilen mit voller Sehnsucht in des Vaters Arm, bringend die junge Menschheit, und der goldnen Zukunft unversieglichen Becher. Die Mutter eilte bald dir nach – in himmlischem Triumf – Sie war die Erste in der neuen Heymath bey dir. Lange Zeiten entflossen seitdem, und in immer höherm

Lange Zeiten
Entflossen seitdem
Und in immer höhern
Glanze
Regte deine neue Schöpfung
sich
Und Tausende zogen
Aus Schmerzen und Qualen
Voll Glauben und Sehnsucht
Und Treue dir nach.
Und walten mit dir
Und der himmlischen
Jungfrau
Im Reiche der Liebe;
Und dienen im Tempel
Des himmlischen Todes.

Gehoben ist der Stein
Die Menschheit ist erstanden
Wir alle bleiben dein
Und fühlen keine Banden
Der herbste Kummer fleucht
2. Vor deiner goldnen Schaale
1. Im lezten Abendmale
Wenn Erd und Leben weicht.

Zur Hochzeit ruft der Tod
Die Lampen brennen helle
Die Jungfraun sind zur Stelle
Um Oel ist keine Noth.
Erklänge doch die Ferne
Von deinem Zuge schon
Und ruften uns die Sterne
Mit Menschenzung und Ton.

Nach dir, Maria, heben
Schon tausend Herzen sich
In diesem Schattenleben
Verlangten sie nur dich.

Glanze regte deine neue Schöpfung sich – und tausende zogen aus Schmerzen und Qualen, voll Glauben und Sehnsucht und Treue dir nach – wallen mit dir und der himmlischen Jungfrau im Reiche der Liebe – dienen im Tempel des himmlischen Todes und sind in Ewigkeit dein.

Gehoben ist der Stein –
Die Menschheit ist erstanden –
Wir alle bleiben dein
Und fühlen keine Banden.
Der herbste Kummer fleucht
Vor deiner goldnen Schaale,
Wenn Erd und Leben weicht
Im letzten Abendmahle.

Zur Hochzeit ruft der Tod –
Die Lampen brennen helle –
Die Jungfraun sind zur Stelle –
Um Oel ist keine Noth –
Erklänge doch die Ferne
Von deinem Zuge schon,
Und riefen uns die Sterne
Mit Menschenzung' und Ton.

Nach dir, Maria, heben
Schon tausend Herzen sich.
In diesem Schattenleben
Verlangten sie nur dich.

Sie hoffen zu genesen
Mit ahndungsvoller Lust
Drückst du sie, heiliges Wesen
An deine treue Brust.

So manche die sich glühend
In bittrer Qual verzehrt
Und dieser Welt entfliehend
Nur dir sich zugekehrt
Die hülfreich uns erschienen
In mancher Noth und Pein –
Wir kommen nun zu ihnen
Um ewig da zu seyn.

Nun weint an keinem Grabe
Für Schmerz, wer liebend glaubt.
Der Liebe süße Habe
Wird keinem nicht geraubt.
Von treuen Himmelskindern
Wird ihm sein Herz bewacht
Die Sehnsucht ihm zu lindern
Begeistert ihn die Nacht.

Getrost das Leben schreitet
Zum ewgen Leben hin
Von innrer Glut geweitet
Verklärt sich unser Sinn.
Die Sternwelt wird zerfließen
Zum goldnen Lebens Wein
Wir werden sie genießen
Und lichte Sterne seyn.

Sie hoffen zu genesen
Mit ahndungsvoller Lust –
Drückst du sie, heilges Wesen,
An deine treue Brust.

So manche, die sich glühend
In bittrer Qual verzehrt
Und dieser Welt entfliehend
Nach dir sich hingekehrt;
Die hülfreich uns erschienen
In mancher Noth und Pein –
Wir kommen nun zu ihnen
Um ewig da zu seyn.

Nun weint an keinem Grabe,
Für Schmerz, wer liebend glaubt,
Der Liebe süße Habe
Wird keinem nicht geraubt –
Die Sehnsucht ihm zu lindern,
Begeistert ihn die Nacht –
Von treuen Himmelskindern
Wird ihm sein Herz bewacht.

Getrost, das Leben schreitet
Zum ewgen Leben hin;
Von innrer Glut geweitet
Verklärt sich unser Sinn.
Die Sternwelt wird zerfließen
Zum goldnen Lebenswein,
Wir werden sie genießen
Und lichte Sterne seyn.

Die Lieb' ist frey gegeben
Und keine Trennung mehr
Es wogt das volle Leben
Wie ein unendlich Meer –
Nur Eine Nacht der Wonne
Ein ewiges Gedicht –
Und unser aller Sonne
Ist Gottes Angesicht.

Hinunter in der Erde Schoos
Weg aus des Lichtes Reichen
Der Schmerzen Wuth und wilder Stoß
Ist froher Abfahrt Zeichen.
Wir kommen in dem engen Kahn
Geschwind am Himmelsufer an.

Gelobt sey uns die ewge Nacht,
Gelobt der ewge Schlummer,
Wohl hat der Tag uns warm gemacht
Und welck der lange Kummer.
Die Lust der Fremde gieng uns aus.
Zum Vater wollen wir nach Haus.

Was sollen wir auf dieser Welt
Mit unsrer Lieb' und Treue –
Das Alte wird hintangestellt,
Was kümmert uns das Neue.
O! einsam steht und tiefbetrübt
Wer heiß und fromm die Vorzeit liebt.

Die Lieb' ist frey gegeben,
Und keine Trennung mehr.
Es wogt das volle Leben
Wie ein unendlich Meer.
Nur Eine Nacht der Wonne –
Ein ewiges Gedicht –
Und unser aller Sonne
Ist Gottes Angesicht.

6.
SEHNSUCHT NACH DEM TODE

Hinunter in der Erde Schooß,
Weg aus des Lichtes Reichen,
Der Schmerzen Wuth und wilder Stoß
Ist froher Abfahrt Zeichen.
Wir kommen in dem engen Kahn
Geschwind am Himmelsufer an.

Gelobt sey uns die ewge Nacht,
Gelobt der ewge Schlummer.
Wohl hat der Tag uns warm gemacht,
Und welk der lange Kummer.
Die Lust der Fremde ging uns aus,
Zum Vater wollen wir nach Haus.

Was sollen wir auf dieser Welt
Mit unsrer Lieb' und Treue.
Das Alte wird hintangestellt,
Was soll uns dann das Neue.
O! einsam steht und tiefbetrübt,
Wer heiß und fromm die Vorzeit liebt.

3

Die Vorzeit, wo in Jugendglut
Gott selbst sich kundgegeben
Und frühem Tod in Liebesmuth
Geweiht sein süßes Leben
Und Angst und Schmerz nicht von sich trieb
Damit er uns nur theuer blieb.

2

Die Vorzeit wo an Blüthen reich
Uralte Stämme prangten,
Und Kinder für das Himmelreich
Nach Tod und Qual verlangten
Und wenn auch Lust und Leben sprach
Doch manches Herz für Liebe brach.

1

Die Vorzeit wo die Sinne licht
In hohen Flammen brannten,
Des Vaters Hand und Angesicht
Die Menschen noch erkannten,
Und hohen Sinns, einfältiglich
Noch mancher seinem Urbild glich.

Mit banger Sehnsucht sehn wir sie
In dunkle Nacht gehüllet
Und hier auf dieser Welt wird nie
Der heile Durst gestillet.
Wir müssen nach der Heymath gehn
Um diese heilge Zeit zu sehn.

Die Vorzeit wo die Sinne licht
In hohen Flammen brannten,
Des Vaters Hand und Angesicht
Die Menschen noch erkannten.
Und hohen Sinns, einfältiglich
Noch mancher seinem Urbild glich.

Die Vorzeit, wo noch blüthenreich
Uralte Stämme prangten,
Und Kinder für das Himmelreich
nach Quaal und Tod verlangten.
Und wenn auch Lust und Leben sprach,
Doch manches Herz für Liebe brach.

Die Vorzeit, wo in Jugendglut
Gott selbst sich kundgegeben
Und frühem Tod in Liebesmuth
Geweiht sein süßes Leben.
Und Angst und Schmerz nicht von sich trieb,
Damit er uns nur theuer blieb.

Mit banger Sehnsucht sehn wir sie
In dunkle Nacht gehüllet,
In dieser Zeitlichkeit wird nie
Der heiße Durst gestillet.
Wir müssen nach der Heymath gehn,
Um diese heilge Zeit zu sehn.

Was hält noch unsre Rückkehr auf –
Die Liebsten ruhn schon lange
Ihr Grab schließt unsern Lebenslauf
Nun wird uns weh und bange.
Zu suchen haben wir nichts mehr –
Das Herz ist satt, die Welt ist leer.

Unendlich und geheimnisvoll
Durchströmt uns süßer Schauer
Mir däucht aus tiefen Fernen scholl
Ein Echo unsrer Trauer
Die Lieben sehnen sich wol auch
Und sandten uns der Sehnsucht Hauch.

Hinunter zu der süßen Braut,
Zu Jesus dem Geliebten,
Getrost die Abenddämmrung graut
Den Liebenden Betrübten.
Ein Traum bricht unsre Banden los
Und senkt uns in des Vaters Schoos.

Was hält noch unsre Rückkehr auf,
Die Liebsten ruhn schon lange.
Ihr Grab schließt unsern Lebenslauf,
Nun wird uns weh und bange.
Zu suchen haben wir nichts mehr –
Das Herz ist satt – die Welt ist leer.

Unendlich und geheimnißvoll
Durchströmt uns süßer Schauer –
Mir däucht, aus tiefen Fernen scholl
Ein Echo unsrer Trauer.
Die Lieben sehnen sich wohl auch
Und sandten uns der Sehnsucht Hauch.

Hinunter zu der süßen Braut,
Zu Jesus, dem Geliebten –
Getrost, die Abenddämmrung graut
Den Liebenden, Betrübten.
Ein Traum bricht unsre Banden los
Und senkt uns in des Vaters Schooß.

Späte Gedichte 1799–1800

ZUR WEINLESE

5. October 1799

Wir haben Weinmond, lieben Leute,
Und weil nicht immer Weinmond ist;
So sag' ich's euch in Versen heute,
Damit es keiner nicht vergißt. –
Wenn Weinmond ist, so müßt ihr wissen,
Da giebt es Trauben, Most und Wein,
Und weil die armen Beeren müssen,
So sprützen sie in's Faß hinein.

Es giebt gar unterschiedne Beeren,
Von allen Farben trifft man sie,
Und manche hält man hoch in Ehren,
Und manche wirft man vor das Vieh.
Sie sind im Temprament verschieden
Und von gar mancherlei Statur;
Doch allen ist der Wein beschieden
Als Lieblingskindern der Natur.

Zu einem Stock will ich euch führen,
Das ist ein Stöckchen wie ein Taus,
Um seine Süßigkeit zu spüren
Sucht eine Traube euch heraus.
Ich lobe mir die braven Wenden,
Sie langen zu, und sind nicht faul,
Sie stecken gern mit beiden Händen
Die blauen Trauben in das Maul.

Nicht wahr, das schmeckt nicht herb' und sauer?
Was gut schmeckt, weiß der Wende wohl,
Er ißt und geht gern auf die Dauer,
Und nimmt die beiden Backen voll.
Drum kann er auch nicht Worte machen,
Er steht voll Eifer da und kaut,
Doch sieht man ihn so schämig lachen
Als kaut' er still an einer *Braut*.

Daß er den Trank anjetzt im Ganzen
Verkauft, dafür kann ich euch stehn.
Oft wird er um den Stock noch tanzen
Und sich mit seinem Träubchen drehn.
Wer weiß ob er nicht aus dem Kerne
Ein neues Mutterstöckchen zieht,
Was viele Jahre in der Ferne
Zum Ruhm des alten Stockes blüht.

Der *alte Stock* wird blühn und wachsen,
Wenn man den Überfluß ihm nimmt
Und überall im Lande Sachsen
Sein Wein auf guten Tischen schwimmt.
Er hat noch manche reife Traube
Von andrer Art und ihm zur Last;
Es bitten Geier oder Taube
Vielleicht sich bald bei ihm zu Gast.

Daß er noch lange blüht, das weiß ich,
Ob wohl er manches Jahr schon steht;
Denn dafür, lieben Leute, heiß ich
Ein Dichter oder ein Poet.
Ihr denkt wohl gar ich sei ein Träubchen,
Weil mich der Stock fest an sich schnürt?
Ich bin's zufrieden, wenn ein Weibchen,
Ob ich gut schmecke, sacht probiert.

Drum weil nicht Weinmond alle Tage,
Kein solcher Stock nicht überall,
So denkt nicht heut' an eure Plage,
Zieht eure Sorgen in den Stall.
Laßt unsern alten Weinstock leben!
Und seinen lieben Winzer da!
Und einen Kuß soll man ihm geben
Als Kandidat zur Grosmama.

DAS GEDICHT

Himmlisches Leben im blauen Gewande
Stiller Wunsch in blassen Schein –
Flüchtig gräbt in bunten Sande
Sie den Zug des Namens ein –

Unter hohen festen Bogen
Nur von Lampenlicht erhellt
Liegt, seitdem der Geist entflogen
Nun das Heiligste der Welt.

Leise kündet bessre Tage
Ein verlornes Blatt uns an
Und wir sehn der alten Sage
Mächtige Augen aufgethan.

Naht euch stumm dem ernsten Thore,
Harrt auf seinen Flügelschlag
Und vernehmt herab vom Chore
Wo weissagend der Marmor lag.

Flüchtiges Leben und lichte Gestalten
Füllten die weite, leere Nacht
Nur von Scherzen aufgehalten
Wurden unendliche Zeiten verbracht –

Liebe brachte gefüllte Becher
Also perlt in Blumen der Geist
Ewig trinken die kindlichen Zecher
Bis der geheiligte Teppich zerreißt.

Fort durch unabsehliche Reihn
Schwanden die bunten rauschenden Wagen
Endlich von farbigen Käfern getragen
Kam die Blumenfürstinn allein.

Schleyer, wie Wolken zogen
Von der blendenden Stirn zu den Füßen
Wir fielen nieder sie zu grüßen –
Wir weinten bald – sie war entflogen.

AN TIECK

Ein Kind voll Wehmuth und voll Treue,
Verstoßen in ein fremdes Land,
Ließ gern das Glänzende und Neue,
Und blieb dem Alten zugewandt.

Nach langem Suchen, langem Warten,
Nach manchem mühevollen Gang,
Fand es in einem öden Garten
Auf einer längst verfallnen Bank

Ein altes Buch mit Gold verschlossen,
Und nie gehörte Worte drinn;
Und, wie des Frühlings zarte Sprossen,
So wuchs in ihm ein innrer Sinn.

Und wie es sitzt, und liest, und schauet
In den Krystall der neuen Welt,
An Gras und Sternen sich erbauet,
Und dankbar auf die Kniee fällt:

So hebt sich sacht aus Gras und Kräutern
Bedächtiglich ein alter Mann,
Im schlichten Rock, und kommt mit heitern
Gesicht ans fromme Kind heran.

Bekannt doch heimlich sind die Züge,
So kindlich und so wunderbar;
Es spielt die Frühlingsluft der Wiege
Gar seltsam mit dem Silberhaar.

Das Kind faßt bebend seine Hände,
Es ist des Buches hoher Geist,
Der ihm der sauern Wallfahrt Ende
Und seines Vaters Wohnung weis't.

Du kniest auf meinem öden Grabe,
So öffnet sich der heilge Mund,
Du bist der Erbe meiner Habe,
Dir werde Gottes Tiefe kund.

Auf jenem Berg als armer Knabe
Hab' ich ein himmlisch Buch gesehn,
Und konnte nun durch diese Gabe
In alle Kreaturen sehn.

Es sind an mir durch Gottes Gnade
Der höchsten Wunder viel geschehn;
Des neuen Bunds geheime Lade
Sahn meine Augen offen stehn.

Ich habe treulich aufgeschrieben,
Was innre Lust mir offenbart,
Und bin verkannt und arm geblieben,
Bis ich zu Gott gerufen ward.

Die Zeit ist da, und nicht verborgen
Soll das Mysterium mehr seyn.
In diesem Buche bricht der Morgen
Gewaltig in die Zeit hinein.

Verkündiger der Morgenröthe,
Des Friedens Bote sollst du seyn.
Sanft wie die Luft in Harf' und Flöte
Hauch' ich dir meinen Athem ein.

Gott sey mit dir, geh hin und wasche
Die Augen dir mit Morgenthau.
Sey treu dem Buch und meiner Asche,
Und bade dich im ewgen Blau.

Du wirst das letzte Reich verkünden,
Was tausend Jahre soll bestehn;
Wirst überschwenglich Wesen finden,
Und Jakob Böhmen wiedersehn.

ES FÄRBTE SICH DIE WIESE GRÜN

Es färbte sich die Wiese grün
Und um die Hecken sah ich blühn,
Tag täglich sah ich neue Kräuter,
Mild war die Luft, der Himmel heiter.
Ich wußte nicht, wie mir geschah,
Und wie das wurde, was ich sah.

Und immer dunkler ward der Wald
Auch bunter Sänger Aufenthalt,
Es drang mir bald auf allen Wegen
Ihr Klang in süßen Duft entgegen.
Ich wußte nicht, wie mir geschah,
Und wie das wurde, was ich sah.

Es quoll und trieb nun überall
Mit Leben, Farben, Duft und Schall,
Sie schienen gern sich zu vereinen,
Daß alles möchte lieblich scheinen.
Ich wußte nicht, wie mir geschah,
Und wie das wurde, was ich sah.

So dacht ich: ist ein Geist erwacht,
Der alles so lebendig macht
Und der mit tausend schönen Waaren
Und Blüthen sich will offenbaren?
Ich wußte nicht, wie mir geschah,
Und wie das wurde, was ich sah.

Vielleicht beginnt ein neues Reich –
Der lockre Staub wird zum Gesträuch
Der Baum nimmt thierische Gebehrden
Das Thier soll gar zum Menschen werden.

Ich wußte nicht, wie mir geschah,
Und wie das wurde, was ich sah.

Wie ich so stand und bey mir sann,
Ein mächtger Trieb in mir begann.
Ein freundlich Mädchen kam gegangen
Und nahm mir jeden Sinn gefangen.
Ich wußte nicht, wie mir geschah,
Und wie das wurde, was ich sah.

Sie gieng vorbey; ich grüßte sie,
Sie dankte, das vergeß ich nie –
Ich mußte ihre Hand erfassen
Und Sie schien gern sie mir zu lassen.
Ich wußte nicht, wie mir geschah,
Und wie das wurde, was ich sah.

Uns barg der Wald vor Sonnenschein
Das ist der Frühling fiel mir ein.
Kurz um, ich sah, daß jezt auf Erden
Die Menschen sollten Götter werden.
Nun wußt ich wohl, wie mir geschah
Und wie das wurde was ich sah.

DER HIMMEL WAR UMZOGEN

Der Himmel war umzogen,
Es war so trüb' und schwühl,
Heiß kam der Wind geflogen
Und trieb sein seltsam Spiel.

Ich schlich in tiefen Sinnen,
Von stillen Gram verzehrt –
Was sollt ich nun beginnen?
Mein Wunsch blieb unerhört.

‹Ach! könnte sie sich fassen,
Mein Bild nur von sich thun,
So gieng ich bald gelassen
Im stillen Hof zu ruhn.›

Wenn Menschen könnten leben
Wie kleine Vögelein,
So wollt ich zu ihr schweben
Und fröhlich mit ihr seyn.

Wär hier nichts mehr zu finden,
Wär Feld und Staude leer,
So flögen, gleich den Winden
Wir übers dunkle Meer.

Wir blieben bey dem Lenze
Und von dem Winter weit
Wir hätten Frücht' und Kränze
Und immer gute Zeit.

Die Myrrthe sproßt im Tritte
Der Wohlfahrt leicht hervor
Doch um des Elends Hütte
Schießt Unkraut nur empor.

Mir war so bang zu Muthe
Da sprang ein Kind heran,
Schwang frölich eine Ruthe
Und sah mich freundlich an.

Warum mußt du dich grämen?
O! weine doch nicht so,
Kannst meine Gerte nehmen,
Dann wirst du wieder froh.

Ich nahm sie und es hüpfte
Mit Freuden wieder fort
Und stille Rührung knüpfte
Sich an des Kindes Wort.

Wie ich so bey mir dachte,
Was soll die Ruthe dir?
Schwankt aus den Büschen sachte
Ein grüner Glanz zu mir.

Die Königinn der Schlangen
Schlich durch die Dämmerung.
Sie schien gleich goldnen Spangen,
In wunderbaren Prunk.

Ihr Krönchen sah ich funkeln
Mit bunten Strahlen weit,
Und alles war im Dunkeln
Mit grünen Gold bestreut.

Ich nahte mich ihr leise
Und traf sie mit dem Zweig,
So wunderbarer Weise
Ward ich unsäglich reich.

AN DORA STOCK
Zum Dank für das Bild meiner Julie

Soll dieser Blick voll Huld und Güte
Ein schnell verglommner Funken seyn?
Webt keiner diese Mädchenblüthe
In einen ewgen Schleyer ein?
Bleibt dies Gesicht der Treu und Milde
Zum Trost der Nachwelt nicht zurück?
Verklärt dies himmlische Gebilde
Nur Einen Ort und Augenblick?

Die Wehmuth fließt in tiefen Tönen
Ins frohe Lied der Zärtlichkeit.
Niemals wird sich ein Herz gewöhnen
An die Mysterien der Zeit.
O! diese Knospe süßer Stunden,
Dies edle Bild im Heilgenschein,
Dies soll auf immer bald verschwunden,
Bald ausgelöscht auf ewig seyn?

Der Dichter klagt und die Geliebte
Naht der Zypresse, wo er liegt.
Kaum birgt die Thränen der Betrübte,
Wie sie sich innig an ihn schmiegt.
Er heftet unverwandte Blicke
Auf diese liebliche Gestalt,
Daß er in sein Gemüth sie drükke
Eh sie zur Nacht hinüberwallt.

Wie, spricht die Holde, du in Thränen?
Sag' welche Sorge flog dich an?
Du bist so gut, ich darf nicht wähnen,
Daß meine Hand dir wehgethan.

Sey heiter, denn es kommt so eben
Ein Mädchen, wie die gute Zeit.
Sie wird ein seltsam Blatt dir geben,
Ein Blatt, was dich vielleicht erfreut.

Wie, ruft der Dichter, halb erschrocken,
Wie wohl mir jezt zu Muthe ward.
Den Puls des Trübsinns fühl' ich stocken,
Und eine schöne Gegenwart.
Die Muse tritt ihm schon entgegen,
Als hätte sie ein Gott gesandt
Und reicht, wie alte Freunde pflegen,
Das Blatt ihm und die Lilienhand.

Du kannst nun deine Klagen sparen,
Dein innrer Wunsch ist dir gewährt,
Die Kunst vermag das zu bewahren
Was einmal die Natur verklärt;
Nimm hier die festgehaltne Blüthe,
Sieh ewig die Geliebte jung,
Einst Erd und Himmel, Frucht und Blüthe,
In reizender Vereinigung.

Wirst du gerührt vor diesen Zügen
Im späten Herbst noch stille stehn,
So wirst du leicht die Zeit besiegen
Und einst das ewge Urbild sehn.
Die Kunst in ihrem Zauberspiegel
Hat treu den Schatten aufgefaßt,
Nur ist der Schimmer seiner Flügel
Und auch der Strahlenkranz verblaßt.

Kann jezt der Liebende wol danken?
Er sieht die Braut, er sieht das Blatt.
Voll überschwänglicher Gedanken
Sieht er sich ewig hier nicht satt.
Sie schlüpft hinweg und hört von weiten
Noch freundlich seinen Nachgesang,
Doch bleibt ihr wohl zu allen Zeiten
Der Freundinn Glück der liebste Dank.

AN JULIEN

Daß ich mit namenloser Freude
Gefährte deines Lebens bin
Und mich mit tiefgerührten Sinn
Am Wunder deiner Bildung weide –
Daß wir aufs innigste vermählt
Und ich der Deine, du die Meine,
Daß ich von allen nur die Eine
Und diese Eine mich gewählt,
Dies danken wir dem süßen Wesen,
Das sich uns liebevoll erlesen.

O! laß uns treulich ihn verehren,
So bleiben wir uns einverleibt.
Wenn ewig seine Lieb uns treibt,
So wird nichts unser Bündniß stören.
An seiner Seite können wir
Getrost des Lebens Lasten tragen
Und selig zu einander sagen:
Sein Himmelreich beginnt schon hier,
Wir werden, wenn wir hier verschwinden,
In seinem Arm uns wiederfinden.

ALLE MENSCHEN SEH ICH LEBEN

Alle Menschen seh ich leben
Viele leicht vorüberschweben
Wenig mühsam vorwärtsstreben
Doch nur Einem ists gegeben
Leichtes Streben, schwebend leben.

Warlich der Genuß ziemt Thoren
In der Zeit sind sie verloren,
Gleichen ganz den Ephemeren.
In dem Streit mit Sturm und Wogen
Wird der Weise fortgezogen
Kämpft um niemals aufzuhören
Und so wird die Zeit betrogen
Endlich unters Joch gebogen
Muß des Weisen Macht vermehren.

Ruh ist Göttern nur gegeben
Ihnen ziemt der Überfluß
Doch für uns ist Handeln Leben
Macht zu üben nur Genuß.

AN KARL VON HARDENBERG

In stiller Treue sieht man gern ihn walten
Nicht wie die Meisten, mag er sinnlos schweifen,
Er wünscht die dargebotne Rechte zu ergreifen
Der bessern Zukunft, und sie fest zu halten.

Reichfarbig wird sich diese Knosp' entfalten,
Das Auge sich für ferne Welten schleifen
Zum Meister wird der treue Lehrling reifen
Und um sich her ein neues Reich gestalten.

Wie frölich kann dankbar ein Freund verkünden
Was seinem Geist sich längst vergnüglich zeigte
Wenn er des Jünglings Wandel still bedachte.

O! möchte jede Treue Treue finden
Und daß zu dem der Lilienstab sich neigte
Der Lust und Leben kranken Herzen brachte.

Die Lehrlinge zu Saïs

1.
DER LEHRLING

Mannichfache Wege gehen die Menschen. Wer sie verfolgt und vergleicht, wird wunderliche Figuren entstehen sehn; Figuren, die zu jener großen Chiffernschrift zu gehören scheinen, die man überall, auf Flügeln, Eierschalen, in Wolken, im Schnee, in Krystallen und in Steinbildungen, auf gefrierenden Wassern, im Innern und Äußern der Gebirge, der Pflanzen, der Thiere, der Menschen, in den Lichtern des Himmels, auf berührten und gestrichenen Scheiben von Pech und Glas, in den Feilspänen um den Magnet her, und sonderbaren Conjuncturen des Zufalls, erblickt. In ihnen ahndet man den Schlüssel dieser Wunderschrift, die Sprachlehre derselben; allein die Ahndung will sich selbst in keine feste Formen fügen, und scheint kein höherer Schlüssel werden zu wollen. Ein Alcahest scheint über die Sinne der Menschen ausgegossen zu seyn. Nur augenblicklich scheinen ihre Wünsche, ihre Gedanken sich zu verdichten. So entstehen ihre Ahndungen, aber nach kurzen Zeiten schwimmt alles wieder, wie vorher, vor ihren Blicken.

Von weitem hört' ich sagen: die Unverständlichkeit sey Folge nur des Unverstandes; dieser suche, was er habe, und also niemals weiter finden könnte. Man verstehe die Sprache nicht, weil sich die Sprache selber nicht verstehe, nicht verstehen wolle; die ächte Sanscrit spräche, um zu sprechen, weil Sprechen ihre Lust und ihr Wesen sey.

Nicht lange darauf sprach einer: Keiner Erklärung bedarf die heilige Schrift. Wer wahrhaft spricht, ist des ewigen Lebens voll, und wunderbar verwandt mit ächten Geheimnissen dünkt uns seine Schrift, denn sie ist ein Accord aus des Weltalls Symphonie.

Von unserm Lehrer sprach gewiß die Stimme, denn er versteht die Züge zu versammeln, die überall zerstreut sind. Ein eignes Licht entzündet sich in seinen Blicken, wenn vor uns nun die hohe Rune liegt, und er in unsern Augen späht, ob auch in uns aufgegangen ist das Gestirn, das die Figur sichtbar und verständlich macht. Sieht er uns traurig, daß die Nacht nicht weicht, so tröstet er uns, und verheißt dem ämsigen, treuen Seher künftiges Glück. Oft hat er uns erzählt, wie ihm als Kind der Trieb die Sinne zu üben, zu beschäftigen und zu erfüllen, keine Ruhe ließ. Den Sternen sah er zu und ahmte ihre Züge, ihre Stellungen im Sande nach. In's Luftmeer sah er ohne Rast, und ward nicht müde seine Klarheit, seine Bewegungen, seine Wolken, seine Lichter zu betrachten. Er sammelte sich Steine, Blumen, Käfer aller Art, und legte sie auf mannichfache Weise sich in Reihen. Auf Menschen und auf Thiere gab er Acht, am Strand des Meeres saß er, suchte Muscheln. Auf sein Gemüth und seine Gedanken lauschte er sorgsam. Er wußte nicht, wohin ihn seine Sehnsucht trieb. Wie er größer ward, strich er umher, besah sich andre Länder, andre Meere, neue Lüfte, fremde Sterne, unbekannte Pflanzen, Thiere, Menschen, stieg in Höhlen, sah wie in Bänken und in bunten Schichten der Erde Bau vollführt war, und drückte Thon in sonderbare Felsenbilder. Nun fand er überall Bekanntes wieder, nur wunderlich gemischt, gepaart, und also ordneten sich selbst in ihm oft seltsame Dinge. Er merkte bald auf die Verbindungen in allem, auf Begegnungen, Zusammentreffungen. Nun sah er bald nichts mehr allein. – In große bunte Bilder drängten sich die Wahrnehmungen seiner Sinne: er hörte, sah, tastete und dachte zugleich. Er freute sich, Fremdlinge zusammen zu bringen. Bald waren ihm die Sterne Menschen, bald die Menschen Sterne, die Steine Thiere, die Wolken Pflanzen, er spielte mit den Kräften und Erscheinungen, er wußte wo und wie er dies und jenes finden, und erscheinen lassen konnte, und griff so selbst in den Saiten nach Tönen und Gängen umher.

Was nun seitdem aus ihm geworden ist, thut er nicht

kund. Er sagt uns, daß wir selbst, von ihm und eigner Lust geführt, entdecken würden, was mit ihm vorgegangen sey. Mehrere von uns sind von ihm gewichen. Sie kehrten zu ihren Eltern zurück und lernten ein Gewerbe treiben. Einige sind von ihm ausgesendet worden, wir wissen nicht wohin; er suchte sie aus. Von ihnen waren einige nur kurze Zeit erst da, die Andern länger. Eins war ein Kind noch, es war kaum da, so wollte er ihm den Unterricht übergeben. Es hatte große dunkle Augen mit himmelblauem Grunde, wie Lilien glänzte seine Haut, und seine Locken wie lichte Wölkchen, wenn der Abend kommt. Die Stimme drang uns allen durch das Herz, wir hätten gern ihm unsere Blumen, Steine, Federn alles gern geschenkt. Es lächelte unendlich ernst, und uns ward seltsam wohl mit ihm zu Muthe. Einst wird es wiederkommen, sagte der Lehrer, und unter uns wohnen, dann hören die Lehrstunden auf. – Einen schickte er mit ihm fort, der hat uns oft gedauert. Immer traurig sah er aus, lange Jahre war er hier, ihm glückte nichts, er fand nicht leicht, wenn wir Krystalle suchten oder Blumen. In die Ferne sah er schlecht, bunte Reihen gut zu legen wußte er nicht. Er zerbrach alles so leicht. Doch hatte keiner einen solchen Trieb und solche Lust am Sehn und Hören. Seit einer Zeit, – vorher eh jenes Kind in unsern Kreis trat, – ward er auf einmal heiter und geschickt. Eines Tages war er traurig ausgegangen, er kam nicht wieder und die Nacht brach ein. Wir waren seinetwegen sehr in Sorgen; auf einmal, wie des Morgens Dämmerung kam, hörten wir in einem nahen Haine seine Stimme. Er sang ein hohes, frohes Lied; wir wunderten uns alle; der Lehrer sah mit einem Blick nach Morgen, wie ich ihn wohl nie wieder sehen werde. In unsre Mitte trat er bald, und brachte, mit unaussprechlicher Seligkeit im Antlitz, ein unscheinbares Steinchen von seltsamer Gestalt. Der Lehrer nahm es in die Hand, und küßte ihn lange, dann sah er uns mit nassen Augen an und legte dieses Steinchen auf einen leeren Platz, der mitten unter andern Steinen lag, gerade wo wie Strahlen viele Reihen sich berührten.

Ich werde dieser Augenblicke nie fortan vergessen. Uns war, als hätten wir im Vorübergehn eine helle Ahndung dieser wunderbaren Welt in unsern Seelen gehabt.

Auch ich bin ungeschickter als die Andern, und minder gern scheinen sich die Schätze der Natur von mir finden zu lassen. Doch ist der Lehrer mir gewogen, und läßt mich in Gedanken sitzen, wenn die Andern suchen gehn. So wie dem Lehrer ist mir nie gewesen. Mich führt alles in mich selbst zurück. Was einmal die zweite Stimme sagte, habe ich wohl verstanden. Mich freuen die wunderlichen Haufen und Figuren in den Sälen, allein mir ist, als wären sie nur Bilder, Hüllen, Zierden, versammelt um ein göttlich Wunderbild, und dieses liegt mir immer in Gedanken. Sie such' ich nicht, in ihnen such' ich oft. Es ist, als sollten sie den Weg mir zeigen, wo in tiefem Schlaf die Jungfrau steht, nach der mein Geist sich sehnt. Mir hat der Lehrer nie davon gesagt, auch ich kann ihm nichts anvertrauen, ein unverbrüchliches Geheimniß dünkt es mir. Gern hätt ich jenes Kind gefragt, in seinen Zügen fand ich Verwandtschaft; auch schien in seiner Nähe mir alles heller innerlich zu werden. Wäre es länger geblieben, sicherlich hätte ich mehr in mir erfahren. Auch wäre mir am Ende vielleicht der Busen offen, die Zunge frey geworden. Gern wär' ich auch mit ihm gegangen. Es kam nicht so. Wie lang' ich hier noch bleibe, weiß ich nicht. Mir scheint es, als blieb' ich immer hier. Kaum wag' ich es mir selber zu gestehen, allein zu innig dringt sich mir der Glauben auf: einst find' ich hier, was mich beständig rührt; sie ist zugegen. Wenn ich mit diesem Glauben hier umher gehe, so tritt mir alles in ein höher Bild, in eine neue Ordnung mir zusammen, und alle sind nach Einer Gegend hin gerichtet. Mir wird dann jedes so bekannt, so lieb; und was mir seltsam noch erschien und fremd, wird nun auf einmal wie ein Hausgeräth.

Gerade diese Fremdheit ist mir fremd, und darum hat mich immer diese Sammlung zugleich entfernt und angezogen. Den Lehrer kann und mag ich nicht begreifen. Er ist mir just so unbegreiflich lieb. Ich weiß es, er versteht mich, er hat nie gegen mein Gefühl und meinen Wunsch gesprochen. Vielmehr will er, daß wir den eignen Weg verfolgen, weil jeder neue Weg durch neue Länder geht, und jeder endlich zu diesen Wohnungen, zu dieser heiligen Heimath wieder führet. Auch ich will also meine Figur beschreiben, und wenn kein Sterblicher, nach jener Inschrift dort, den Schleyer hebt, so müssen wir Unsterbliche zu werden suchen; wer ihn nicht heben will, ist kein ächter Lehrling zu Sais.

2.
DIE NATUR

Es mag lange gedauert haben, ehe die Menschen darauf dachten, die mannichfachen Gegenstände ihrer Sinne mit einem gemeinschaftlichen Namen zu bezeichnen und sich entgegen zu setzen. Durch Uebung werden Entwickelungen befördert, und in allen Entwickelungen gehen Theilungen, Zergliederungen vor, die man bequem mit den Brechungen des Lichtstrahls vergleichen kann. So hat sich auch nur allmählich unser Innres in so mannichfaltige Kräfte zerspaltet, und mit fortdauernder Uebung wird auch diese Zerspaltung zunehmen. Vielleicht ist es nur krankhafte Anlage der späteren Menschen, wenn sie das Vermögen verlieren, diese zerstreuten Farben ihres Geistes wieder zu mischen und nach Belieben den alten einfachen Naturstand herzustellen, oder neue, mannichfaltige Verbindungen unter ihnen zu bewirken. Je vereinigter sie sind, desto vereinigter, desto vollständiger und persönlicher fließt jeder Naturkörper, jede Erscheinung in sie ein: denn der Natur des Sinnes entspricht die

Natur des Eindrucks, und daher mußte jenen früheren Menschen alles menschlich, bekannt und gesellig vorkommen, die frischeste Eigenthümlichkeit mußte in ihren Ansichten sichtbar werden, jede ihrer Äußerungen war ein wahrer Naturzug, und ihre Vorstellungen mußten mit der sie umgebenden Welt übereinstimmen, und einen treuen Ausdruck derselben darstellen. Wir können daher die Gedanken unsrer Altväter von den Dingen in der Welt als ein nothwendiges Erzeugniß, als eine Selbstabbildung des damaligen Zustandes der irdischen Natur betrachten, und besonders an ihnen, als den schicklichsten Werkzeugen der Beobachtung des Weltalls, das Hauptverhältniß desselben, das damalige Verhältniß zu seinen *Bewohnern*, und seiner Bewohner zu ihm, bestimmt abnehmen. Wir finden, daß gerade die erhabensten Fragen zuerst ihre Aufmerksamkeit beschäftigten, und daß sie den Schlüssel dieses wundervollen Gebäudes bald in einer Hauptmasse der wirklichen Dinge, bald in dem erdichteten Gegenstande eines unbekannten Sinns aufsuchten. Bemerklich ist hier die gemeinschaftliche Ahndung desselben im Flüssigen, im Dünnen, Gestaltlosen. Es mochte wohl die Trägheit und Unbehülflichkeit der festen Körper den Glauben an ihre Abhängigkeit und Niedrigkeit nicht ohne Bedeutung veranlassen. Früh genug stieß jedoch ein grübelnder Kopf auf die Schwierigkeit der Gestalten-Erklärung aus jenen gestaltlosen Kräften und Meeren. Er versuchte den Knoten durch eine Art von Vereinigung zu lösen, indem er die ersten Anfänge zu festen, gestalteten Körperchen machte, die er jedoch über allen Begriff klein annahm, und nun aus diesem Staubmeere, aber freilich nicht ohne Beihülfe mitwirkender Gedankenwesen, anziehender und abstoßender Kräfte, den ungeheuern Bau vollführen zu können meynte. Noch früher findet man statt wissenschaftlicher Erklärungen, Mährchen und Gedichte voll merkwürdiger bildlicher Züge, Menschen, Götter und Thiere als gemeinschaftliche Werkmeister, und hört auf die natürlichste Art die Entstehung der Welt beschreiben. Man erfährt wenigstens die Gewißheit eines zufälligen, *werkzeuglichen* Ursprungs derselben, und auch für den Verächter der regellosen Erzeugnisse der Einbildungskraft ist diese Vorstellung bedeutend genug. Die Geschichte der Welt als Menschengeschichte zu behandeln, überall nur menschliche Begebenheiten und Verhältnisse zu finden, ist eine fortwandernde, in den verschiedensten Zeiten wieder mit neuer Bildung hervortretende Idee geworden, und scheint an wunderbarer Wirkung, und leichter Ueberzeugung beständig den Vorrang gehabt zu haben. Auch scheint die Zufälligkeit der Natur sich wie von selbst an die Idee menschlicher Persönlichkeit anzuschließen, und letztere am willigsten, als menschliches Wesen verständlich zu werden. Daher ist auch wohl die Dichtkunst das liebste Werkzeug der eigentlichen Naturfreunde gewesen, und am hellsten ist in Gedichten der Naturgeist erschienen. Wenn man ächte Gedichte liest und hört, so fühlt man einen innern Verstand der Natur sich bewegen, und schwebt, wie der himmlische Leib derselben, in ihr und über ihr zugleich. Naturforscher und Dichter haben durch Eine Sprache sich immer wie Ein Volk gezeigt. Was jene im Ganzen sammelten und in großen, geordneten Massen aufstellten, haben diese für menschliche Herzen zur täglichen Nahrung und Nothdurft verarbeitet, und jene unermeßliche Natur zu mannichfaltigen, kleinen, gefälligen Naturen zersplittert und gebildet. Wenn diese mehr das Flüssige und Flüchtige mit leichtem Sinn verfolgten, suchten jene mit scharfen Messerschnitten den innern Bau und die Verhältnisse der Glieder zu erforschen. Unter ihren Händen starb die freundliche Natur, und ließ nur todte, zuckende Reste zurück, dagegen sie vom Dichter, wie durch geistvollen Wein, noch mehr beseelt, die göttlichsten und muntersten Einfälle hören ließ, und über ihr Alltagsleben erhoben, zum Himmel stieg, tanzte und weißagte, jeden Gast willkommen hieß, und ihre Schätze frohen Muths verschwendete. So genoß sie himmlische Stunden mit dem Dichter, und lud den Naturforscher nur dann ein, wenn sie krank und gewissenhaft war. Dann gab sie ihm Bescheid auf jede Frage, und ehrte gern den ernsten, strengen Mann. Wer also ihr Gemüth recht kennen will, muß sie in der Gesellschaft der Dichter suchen, dort ist sie offen und ergießt ihr wundersames Herz. Wer sie aber nicht aus Herzensgrunde liebt, und dies und jenes nur an ihr bewundert, und zu erfahren strebt, muß ihre Krankenstube, ihr Beinhaus fleißig besuchen.

Man steht mit der Natur gerade in so unbegreiflich verschiedenen Verhältnissen, wie mit den Menschen; und wie sie sich dem Kinde kindisch zeigt, und sich gefällig seinem kindlichen Herzen anschmiegt, so zeigt sie sich dem Gotte göttlich, und stimmt zu dessen hohem Geiste. Man kann nicht sagen, daß es eine Natur gebe, ohne etwas überschwengliches zu sagen, und alles Bestreben nach Wahrheit in den Reden und Gesprächen von der Natur entfernt nur immer mehr von der Natürlichkeit. Es ist schon viel gewonnen, wenn das Streben, die Natur vollständig zu begreifen, zur Sehnsucht sich veredelt, zur zarten, bescheidnen Sehnsucht, die sich das fremde, kalte Wesen gern gefallen läßt, wenn sie nur einst auf vertrauteren Umgang rechnen kann. Es ist ein geheimnißvoller Zug nach allen Seiten in unserm Innern, aus einem unendlich tiefen Mittelpunkt sich rings verbreitend. Liegt nun die wundersame sinnliche und unsinnliche Natur rund um uns her, so glauben wir es sey jener Zug ein Anziehn der Natur, eine Äußerung unsrer Sympathie mit ihr: nur sucht der eine hinter diesen blauen, fernen Gestalten noch eine Heimath, die sie ihm verhüllen, eine Geliebte seiner Jugend, Eltern und Geschwister, alte Freunde, liebe Vergangenheiten; der Andre meynt, da jenseits warteten unbekannte Herrlichkeiten seiner, eine lebensvolle Zukunft glaubt er dahinter versteckt, und streckt verlangend seine Hände einer neuen Welt entgegen. Wenige bleiben bei dieser herrlichen Umgebung ruhig stehen, und suchen sie nur selbst in ihrer Fülle und ihrer Verkettung zu erfassen, vergessen über der Vereinzelung den blitzenden Faden nicht, der reihenweise die Glieder knüpft und den heiligen Kronleuchter bildet, und finden sich beseligt in der Beschauung dieses lebendigen, über nächtlichen Tiefen schwebenden Schmucks. So entstehn mannichfache Naturbetrachtungen, und wenn an einem Ende die Naturempfindung ein lustiger Einfall, eine Mahlzeit wird, so sieht man sie dort zur andächtigsten Religion verwandelt, einem ganzen Leben Richtung, Haltung und Bedeutung geben. Schon unter den kindlichen Völkern gabs solche ernste Gemüther, denen die Natur das Antlitz einer Gottheit war, indessen andre fröhliche Herzen sich nur auf sie zu Tische baten; die Luft war ihnen ein erquickender Trank, die Gestirne Lichter zum nächtlichen Tanz, und Pflanzen und Thiere nur köstliche Speisen, und so kam ihnen die Natur nicht wie ein stiller, wundervoller Tempel, sondern wie eine lustige Küche und Speisekammer vor. Dazwischen waren andre sinnigere Seelen, die in der gegenwärtigen Natur nur große, aber verwilderte Anlagen bemerkten, und Tag und Nacht beschäftiget waren, Vorbilder einer edleren Natur zu schaffen. – Sie theilten sich gesellig in das große Werk, die einen suchten die verstummten und verlohrnen Töne in Luft und Wäldern zu erwecken, andre legten ihre Ahndungen und Bilder schönerer Geschlechter in Erz und Steine nieder, bauten schönere Felsen zu Wohnungen wieder, brachten die verborgenen Schätze aus den Grüften der Erde wieder ans Licht; zähmten die ausgelassenen Ströme, bevölkerten das unwirthliche Meer, führten in öde Zonen alte, herrliche Pflanzen und Thiere zurück, hemmten die Waldüberschwemmungen, und pflegten die edleren Blumen und Kräuter, öffneten die Erde den belebenden Berührungen der zeugenden Luft und des zündenden Lichts, lehrten die Farben zu reitzenden Bildungen sich mischen und ordnen, und Wald und Wiese, Quellen und Felsen wieder zu lieblichen Gärten zusammen zu treten, hauchten in die lebendigen Glieder Töne, um sie zu entfalten, und in heitern Schwingungen zu bewegen, nahmen sich der armen, verlaßnen, für Menschensitte empfänglichen Thiere an, und säuberten die Wälder von den schädlichen Ungeheuern, diesen Mißgeburten einer entarteten Fantasie. Bald lernte die Natur wieder freundlichere Sitten, sie ward sanfter und erquicklicher, und ließ sich willig zur Beförderung der menschlichen Wünsche finden. Allmählich fing ihr Herz wieder an menschlich sich zu regen, ihre Fantasieen wurden heitrer, sie ward wieder umgänglich, und antwortete dem freundlichen Frager gern, und so scheint allmählich die alte goldne Zeit zurückzukommen, in der sie den Menschen Freundin, Trösterin, Priesterin und Wunderthäterin war, als sie unter ihnen wohnte und ein himmlischer Umgang die Menschen zu Unsterblichen machte. Dann werden die Gestirne die Erde wieder besuchen, der sie gram geworden waren in jenen Zeiten der Verfinsterung; dann legt die Sonne ihren strengen Zepter nieder, und wird wieder Stern unter Sternen, und alle Geschlechter der Welt kommen dann nach langer Trennung wieder zusammen. Dann finden sich die alten verwaisten Familien, und jeder Tag sieht neue Begrüßungen, neue Umarmungen; dann kommen die ehemaligen Bewohner der Erde zu ihr zurück, in jedem Hügel regt sich neu erglimmende Asche, überall lodern Flammen des Lebens empor, alte Wohnstätten werden neu erbaut, alte Zeiten erneuert, und die Geschichte wird zum Traum einer unendlichen, unabsehlichen Gegenwart.

Wer dieses Stamms und dieses Glaubens ist, und gern auch das seinige zu dieser Entwilderung der Natur beytragen will, geht in den Werkstätten der Künstler umher, belauscht überall die unvermuthet in allen Ständen hervorbrechende Dichtkunst, wird nimmer müde die Natur zu betrachten und mit ihr umzugehen, geht überall ihren Fingerzeigen nach, verschmäht keinen mühseligen Gang, wenn sie ihm winkt, und sollte er auch durch Modergrüfte gehen: er findet sicher unsägliche Schätze, das Grubenlichtchen steht am Ende still, und wer weiß, in welche himmlische Geheimnisse ihn dann eine reitzende Bewohnerinn des unterirdischen Reichs einweiht. Keiner irrt gewiß weiter ab vom Ziele, als wer sich selbst einbildet, er kenne schon das seltsame Reich, und wisse mit wenig Worten seine Verfassung zu ergründen und überall den rechten Weg zu finden. Von selbst geht keinem, der los sich riß und sich zur Insel machte, das Verständniß auf, auch ohne Mühe nicht. Nur Kindern, oder kindlichen Menschen, die nicht wissen, was sie thun, kann dies begegnen. Langer, unablässiger Umgang, freie und künstliche Betrachtung, Aufmerksamkeit auf leise Winke und Züge, ein inneres Dichterleben, geübte Sinne, ein einfaches und gottesfürchtiges Gemüth, das sind die wesentlichen Erfordernisse eines ächten Naturfreundes, ohne welche keinem sein Wunsch gedeihen wird. Nicht weise scheint es, eine Menschenwelt ohne volle aufgeblühte Menschheit begreifen und verstehn zu wollen. Kein Sinn muß schlummern, und wenn auch nicht alle gleich wach sind, so müssen sie doch alle angeregt und nicht unterdrückt und erschlafft seyn. So wie man einen künftigen Mahler in dem Knaben sieht, der alle Wände und jeden ebenen Sand mit Zeichnungen füllt, und Farben zu Figuren bunt verknüpft, so sieht man einen künftigen Weltweisen in jenem, der allen natürlichen Dingen ohne Rast nachspürt, nachfrägt, auf alles achtet, jedes merkwürdige zusammenträgt und froh ist, wenn er einer neuen Erscheinung, einer neuen Kraft und Kenntniß Meister und Besitzer geworden ist.

Nun dünkt es Einigen, es sey der Mühe gar nicht werth, den endlosen Zerspaltungen der Natur nachzugehn, und überdem ein gefährliches Unternehmen, ohne Frucht und

Ausgang. So wie man nie das kleinste Korn der festen Körper, nie die einfachste Faser finden werde, weil alle Größe vor und rückwärts sich ins Unendliche verliert, so sey es auch mit den Arten der Körper und Kräfte; auch hier gerathe man auf neue Arten, neue Zusammensetzungen, neue Erscheinungen bis ins Unendliche. Sie schienen dann nur still zu stehn, wenn unser Fleiß ermatte, und so verschwende man die edle Zeit mit müßigen Betrachtungen und langweiligem Zählen, und werde dies zuletzt ein wahrer Wahnsinn, ein fester Schwindel an der entsetzlichen Tiefe. Auch bleibe die Natur, so weit man käme, immer eine furchtbare Mühle des Todes: überall ungeheurer Umschwung, unauflösliche Wirbelkette, ein Reich der Gefräßigkeit, des tollsten Übermuths, eine unglücksschwangere Unermeßlichkeit; die wenigen lichten Punkte beleuchten nur eine desto grausendere Nacht, und Schrecken aller Art müßten jeden Beobachter zur Gefühllosigkeit ängstigen. Wie ein Heiland stehe dem armen Menschengeschlechte der Tod zur Seite, denn ohne Tod wäre der Wahnsinnigste am glücklichsten. Gerade jenes Streben nach Ergründung dieses riesenmäßigen Triebwerks sey schon ein Zug in die Tiefe, ein beginnender Schwindel: denn jeder Reitz scheine ein wachsender Wirbel, der bald sich des Unglücklichen ganz bemächtige, und ihn dann durch eine schreckenvolle Nacht mit sich fortreiße. Hier sey die listige Fallgrube des menschlichen Verstandes, den die Natur überall als ihren größten Feind zu vernichten suche. Heil der kindlichen Unwissenheit und Schuldlosigkeit der Menschen, welche sie die entsetzlichen Gefahren nicht gewahr werden ließe, die überall wie furchtbare Wetterwolken um ihre friedlichen Wohnsitze herlägen, und jeden Augenblick über sie hereinzubrechen bereit wären. Nur innre Uneinigkeit der Naturkräfte habe die Menschen bis jetzo erhalten, indeß könne jener große Zeitpunkt nicht ausbleiben, wo sich die sämmtlichen Menschen durch einen großen gemeinschaftlichen Entschluß aus dieser peinlichen Lage, aus diesem furchtbaren Gefängnisse reißen und durch eine freiwillige Entsagung ihrer hiesigen Besitzthümer auf ewig ihr Geschlecht aus diesem Jammer erlösen, und in eine glücklichere Welt, zu ihrem alten Vater retten würden. So endeten sie doch ihrer würdig, und kämen ihrer nothwendigen, gewaltsamen Vertilgung, oder einer noch entsetzlicheren Ausartung in Thiere, durch stufenweise Zerstörung der Denkorgane, durch Wahnsinn, zuvor. Umgang mit Naturkräften, mit Thieren, Pflanzen, Felsen, Stürmen und Wogen müsse nothwendig die Menschen diesen Gegenständen verähnlichen, und diese Verähnlichung, Verwandlung und Auflösung des Göttlichen und Menschlichen in unbändige Kräfte sey der Geist der Natur, dieser fürchterlich verschlingenden Macht: und sey nicht alles, was man sehe, schon ein Raub des Himmels, eine große Ruine ehemaliger Herrlichkeiten, Ueberbleibsel eines schrecklichen Mahls?

Wohl, sagen Muthigere, laßt unser Geschlecht einen langsamen, wohldurchdachten Zerstörungskrieg mit dieser Natur führen. Mit schleichenden Giften müssen wir ihr beizukommen suchen. Der Naturforscher sey ein edler Held, der sich in den geöffneten Abgrund stürze, um seine Mitbürger zu erretten. Die Künstler haben ihr schon manchen geheimen Streich beygebracht, fahrt nur so fort, bemächtigt euch der heimlichen Fäden, und macht sie lüstern nach sich selbst. Benutzt jene Zwiste, um sie, wie jenen feuerspeienden Stier, nach eurer Willkühr lenken zu können. Euch unterthänig muß sie werden. Geduld und Glauben ziemt den Menschenkindern. Entfernte Brüder sind zu Einem Zweck mit uns vereint, das Sternenrad wird das Spinnrad unsers Lebens werden, und dann können wir durch unsere Sklaven ein neues Dschinnistan uns bauen. Mit innerm Triumph laßt uns ihren Verwüstungen, ihren Tumulten zu sehn, sie soll an uns sich selbst verkaufen, und jede Gewaltthat soll ihr zur schweren Buße werden. In den begeisternden Gefühlen unsrer Freyheit laßt uns leben und sterben, hier quillt der Strom, der sie einst überschwemmen und zähmen wird, und in ihm laßt uns baden und mit neuem Muth zu Heldenthaten uns erfrischen. Bis hieher reicht die Wuth des Ungeheuers nicht, ein Tropfen Freyheit ist genug, sie auf immer zu lähmen und ihren Verheerungen Maaß und Ziel zu setzen.

Sie haben recht, sprechen Mehrere; hier oder nirgends liegt der Talisman. Am Quell der Freiheit sitzen wir und spähn; er ist der große Zauberspiegel, in dem rein und klar die ganze Schöpfung sich enthüllt, in ihm baden die zarten Geister und Abbilder aller Naturen, und alle Kammern sehn wir hier aufgeschlossen. Was brauchen wir die trübe Welt der sichtbaren Dinge mühsam zu durchwandern? Die reinere Welt liegt ja in uns, in diesem Quell. Hier offenbart sich der wahre Sinn des großen, bunten, verwirrten Schauspiels; und treten wir von diesen Blicken voll in die Natur, so ist uns alles wohlbekannt, und sicher kennen wir jede Gestalt. Wir brauchen nicht erst lange nachzuforschen, eine leichte Vergleichung, nur wenige Züge im Sande sind genug um uns zu verständigen. So ist uns alles eine große Schrift, wozu wir den Schlüssel haben, und nichts kommt uns unerwartet, weil wir voraus den Gang des großen Uhrwerks wissen. Nur wir genießen die Natur mit vollen Sinnen, weil sie uns nicht von Sinnen bringt, weil keine Fieberträume uns ängstigen und helle Besonnenheit uns zuversichtlich und ruhig macht.

Die Andern reden irre, sagt ein ernster Mann zu diesen. Erkennen sie in der Natur nicht den treuen Abdruck ihrer selbst? Sie selbst verzehren sich in wilder Gedankenlosigkeit. Sie wissen nicht, daß ihre Natur ein Gedankenspiel, eine wüste Fantasie ihres Traumes ist. Ja wohl ist sie ihnen ein entsetzliches Thier, eine seltsame abentheuerliche Larve ihrer Begierden. Der wachende Mensch sieht ohne Schaudern diese Brut seiner regellosen Einbildungskraft, denn er weiß, daß es nichtige Gespenster seiner Schwäche sind. Er fühlt sich Herr der Welt, sein Ich schwebt mächtig über diesem Abgrund, und wird in Ewigkeiten über diesem endlosen Wechsel erhaben schweben. Einklang strebt sein Inneres zu verkünden, zu verbreiten. Er wird in die Unendlichkeit hinaus stets einiger mit sich selbst und seiner Schöpfung um sich her seyn, und mit jedem Schritte die ewige Allwirksamkeit einer hohen sittlichen Weltordnung, der Veste seines Ichs, immer heller hervortreten sehn. Der Sinn der Welt ist die Vernunft: um derentwillen ist sie da, und wenn sie erst der Kampfplatz einer kindlichen, aufblühenden Vernunft ist, so wird sie einst zum göttlichen Bilde ihrer Thätigkeit, zum Schauplatz einer wahren Kirche werden. Bis dahin ehre sie der Mensch, als Sinnbild seines Gemüths, das sich mit ihm in unbestimmbare Stufen veredelt. Wer also zur Kenntniß der Natur gelangen will, übe seinen sittlichen Sinn, handle und bilde dem edlen Kerne seines Innern gemäß, und wie von selbst wird die Natur sich vor ihm öffnen. Sittliches Handeln ist jener große und einzige Versuch, in welchem alle Räthsel der mannichfaltigsten Erscheinungen sich lösen. Wer ihn versteht, und in strengen Gedankenfolgen ihn zu zerlegen weiß, ist ewiger Meister der Natur.

Der Lehrling hört mit Bangigkeit die sich kreutzenden Stimmen. Es scheint ihm jede Recht zu haben, und eine sonderbare Verwirrung bemächtigt sich seines Gemüths. Allmählig legt sich der innre Aufruhr, und über die dunkeln sich an einander brechenden Wogen scheint ein Geist des Friedens heraufzuschweben, dessen Ankunft sich durch neuen Muth und überschauende Heiterkeit in der Seele des Jünglings ankündigt.

Ein muntrer Gespiele, dem Rosen und Winden die Schläfe zierten, kam herbeigesprungen, und sah ihn in sich gesenkt sitzen. Du Grübler, rief er, bist auf ganz verkehrtem Wege. So wirst du keine großen Fortschritte machen. Das Beste ist überall die Stimmung. Ist das wohl eine Stimmung der

Natur? Du bist noch jung und fühlst du nicht das Gebot der Jugend in allen Adern? nicht Liebe und Sehnsucht deine Brust erfüllen? Wie kannst du nur in der Einsamkeit sitzen? Sitzt die Natur einsam? Den Einsamen flieht Freude und Verlangen: und ohne Verlangen, was nützt dir die Natur? Nur unter Menschen wird er einheimisch, der Geist, der sich mit tausend bunten Farben in all deine Sinne drängt, der wie eine unsichtbare Geliebte dich umgiebt. Bey unsern Festen löst sich seine Zunge, er sitzt oben an und stimmt Lieder des fröhlichsten Lebens an. Du hast noch nicht geliebt, du Armer; beim ersten Kuß wird eine neue Welt dir aufgethan, mit ihm fährt Leben in tausend Strahlen in dein entzücktes Herz. Ein Mährchen will ich dir erzählen, horche wohl.

Vor langen Zeiten lebte weit gegen Abend ein blutjunger Mensch. Er war sehr gut, aber auch über die Maaßen wunderlich. Er grämte sich unaufhörlich um nichts und wieder nichts, ging immer still für sich hin, setzte sich einsam, wenn die Andern spielten und fröhlich waren, und hing seltsamen Dingen nach. Höhlen und Wälder waren sein liebster Aufenthalt, und dann sprach er immer fort mit Thieren und Vögeln, mit Bäumen und Felsen, natürlich kein vernünftiges Wort, lauter närrisches Zeug zum Todtlachen. Er blieb aber immer mürrisch und ernsthaft, ungeachtet sich das Eichhörnchen, die Meerkatze, der Papagay und der Gimpel alle Mühe gaben ihn zu zerstreuen, und ihn auf den richtigen Weg zu weisen. Die Gans erzählte Mährchen, der Bach klimperte eine Ballade dazwischen, ein großer dicker Stein machte lächerliche Bockssprünge, die Rose schlich sich freundlich hinter ihm herum, kroch durch seine Locken, und der Epheu streichelte ihm die sorgenvolle Stirn. Allein der Mißmuth und Ernst waren hartnäckig. Seine Eltern waren sehr betrübt, sie wußten nicht was sie anfangen sollten. Er war gesund und aß, nie hatten sie ihn beleidigt, er war auch bis vor wenig Jahren fröhlich und lustig gewesen, wie keiner; bei allen Spielen voran, von allen Mädchen gern gesehn. Er war recht bildschön, sah aus wie gemahlt, tanzte wie ein Schatz. Unter den Mädchen war Eine, ein köstliches, bildschönes Kind, sah aus wie Wachs, Haare wie goldne Seide, kirschrothe Lippen, wie ein Püppchen gewachsen, brandrabenschwarze Augen. Wer sie sah, hätte mögen vergehn, so lieblich war sie. Damals war Rosenblüthe, so hieß sie, dem bildschönen Hyacinth, so hieß er, von Herzen gut, und er hatte sie lieb zum Sterben. Die andern Kinder wußtens nicht. Ein Veilchen hatte es ihnen zuerst gesagt, die Hauskätzchen hatten es wohl gemerkt, die Häuser ihrer Eltern lagen nahe beisammen. Wenn nun Hyacinth die Nacht an seinem Fenster stand und Rosenblüthe an ihrem, und die Kätzchen auf den Mäusefang da vorbeyliefen, da sahen sie die Beiden stehn, und lachten und kikkerten oft so laut, daß sie es hörten und böse wurden. Das Veilchen hatte es der Erdbeere im Vertrauen gesagt, die sagte es ihrer Freundinn der Stachelbeere, die ließ nun das Sticheln nicht, wenn Hyacinth gegangen kam; so erfuhrs denn bald der ganze Garten und der Wald, und wenn Hyacinth ausging, so riefs von allen Seiten: Rosenblüthchen ist mein Schätzchen! Nun ärgerte sich Hyacinth, und mußte doch auch wieder aus Herzensgrunde lachen, wenn das Eidexchen gesplüpft kam, sich auf einen warmen Stein setzte, mit dem Schwänzchen wedelte und sang:

Rosenblüthchen, das gute Kind,
Ist geworden auf einmal blind,
Denkt, die Mutter sey Hyacinth,
Fällt ihm um den Hals geschwind;
Merkt sie aber das fremde Gesicht,
Denkt nur an, da erschrickt sie nicht,
Fährt, als merkte sie kein Wort,
Immer nur mit Küssen fort.

Ach! wie bald war die Herrlichkeit vorbey. Es kam ein Mann aus fremden Landen gegangen, der war erstaunlich weit gereist, hatte einen langen Bart, tiefe Augen, entsetzliche Augenbrauen, ein wunderliches Kleid mit vielen Falten und seltsamen Figuren hineingewebt. Er setzte sich vor das Haus, das Hyacinths Eltern gehörte. Nun war Hyacinth sehr neugierig, und setzte sich zu ihm und hohlte ihm Brod und Wein. Da that er seinen weißen Bart von einander und erzählte bis tief in die Nacht, und Hyacinth wich und wankte nicht, und wurde auch nicht müde zuzuhören. So viel man nachher vernahm, so hat er viel von fremden Ländern, unbekannten Gegenden, von erstaunlich wunderbaren Sachen erzählt, und ist drey Tage dageblieben, und mit Hyacinth in tiefe Schachten hinuntergekrochen. Rosenblüthchen hat genug den alten Hexenmeister verwünscht, denn Hyacinth ist ganz versessen auf seine Gespräche gewesen, und hat sich um nichts bekümmert; kaum daß er ein wenig Speise zu sich genommen. Endlich hat jener sich fortgemacht, doch dem Hyacinth ein Büchelchen dagelassen, das kein Mensch lesen konnte. Dieser hat ihm noch Früchte, Brod und Wein mitgegeben, und ihn weit weg begleitet. Und dann ist er tiefsinnig zurückgekommen, und hat einen ganz neuen Lebenswandel begonnen. Rosenblüthchen hat recht zum Erbarmen um ihn gethan, denn von der Zeit an hat er sich wenig aus ihr gemacht und ist immer für sich geblieben. Nun begab sichs, daß er einmal nach Hause kam und war wie neugeboren. Er fiel seinen Eltern um den Hals, und weinte. Ich muß fort in fremde Lande; sagte er, die alte wunderliche Frau im Walde hat mir erzählt, wie ich gesund werden müßte, das Buch hat sie ins Feuer geworfen, und hat mich getrieben, zu euch zu gehn und euch um euren Segen zu bitten. Vielleicht komme ich bald, vielleicht nie wieder. Grüßt Rosenblüthchen. Ich hätte sie gern gesprochen, ich weiß nicht, wie mir ist, es drängt mich fort; wenn ich an die alten Zeiten zurück denken will, so kommen gleich mächtigere Gedanken dazwischen, die Ruhe ist fort, Herz und Liebe mit, ich muß sie suchen gehn. Ich wollt' euch gern sagen, wohin, ich weiß selbst nicht, dahin wo die Mutter der Dinge wohnt, die verschleyerte Jungfrau. Nach der ist mein Gemüth entzündet. Lebt wohl. Er riß sich los und ging fort. Seine Eltern wehklagten und vergossen Thränen, Rosenblüthchen blieb in ihrer Kammer und weinte bitterlich. Hyacinth lief nun was er konnte, durch Thäler und Wildnisse, über Berge und Ströme, dem geheimnißvollen Lande zu. Er fragte überall nach der heiligen Göttin (Isis): Menschen und Thiere, Felsen und Bäume. Manche lachten, manche schwiegen, nirgends erhielt er Bescheid. Im Anfange kam er durch rauhes, wildes Land, Nebel und Wolken warfen sich ihm in den Weg, es stürmte immerfort; dann fand er unabsehliche Sandwüsten, glühenden Staub, und wie er wandelte, so veränderte sich auch sein Gemüth, die Zeit wurde ihm lang und die innre Unruhe legte sich, er wurde sanfter und das gewaltige Treiben in ihm allgemach zu einem leisen, aber starken Zuge, in den sein ganzes Gemüth sich auflöste. Es lag wie viele Jahre hinter ihm. Nun wurde die Gegend auch wieder reicher und mannichfaltiger, die Luft lau und blau, der Weg ebener, grüne Büsche lockten ihn mit anmuthigem Schatten, aber er verstand ihre Sprache nicht, sie schienen auch nicht zu sprechen, und doch erfüllten sie auch sein Herz mit grünen Farben und kühlem, stillem Wesen. Immer höher wuchs jene süße Sehnsucht in ihm, und immer breiter und saftiger wurden die Blätter, immer lauter und lustiger die Vögel und Thiere, balsamischer die Früchte, dunkler der Himmel, wärmer die Luft, und heißer seine Liebe, die Zeit ging immer schneller, als sähe sie sich nahe am Ziele. Eines Tages begegnete er einem krystallnen Quell und einer Menge Blumen, die kamen in ein Thal herunter zwischen schwarzen himmelhohen Säulen. Sie grüßten ihn freundlich mit bekannten Worten. Liebe Landsleute, sagte er, wo find' ich wohl den geheiligten Wohnsitz der Isis? Hier herum muß er seyn, und ihr seid vielleicht hier bekannter, als ich. Wir gehn auch nur hier durch, antworteten die Blumen; eine Geisterfamilie ist auf der Reise und wir bereiten ihr Weg und Quartier, indeß sind wir vor kurzem durch eine Gegend gekommen, da hörten wir ihren Namen nennen. Gehe nur aufwärts, wo wir herkommen, so wirst du schon mehr erfahren. Die Blumen und die Quelle lächelten, wie sie das sagten, boten ihm einen frischen Trunk und gingen weiter. Hyacinth folgte ihrem Rath, frug und frug und kam endlich zu jener längst gesuchten Wohnung, die unter Palmen und andern köstlichen Gewächsen versteckt lag. Sein Herz klopfte in unendlicher Sehnsucht, und die süßeste Bangigkeit durchdrang ihn in dieser Behausung der ewigen Jahreszeiten. Unter himmlischen Wohlgedüften entschlummerte er, weil ihn nur der Traum in das Allerheiligste führen durfte. Wunderlich führte ihn der Traum durch unendliche Gemächer voll seltsamer Sachen auf lauter reitzenden Klängen und in abwechselnden Accorden. Es dünkte ihm alles so bekannt und doch in niegesehener Herrlichkeit, da schwand auch der letzte irdische Anflug, wie in Luft verzehrt, und er stand vor der himmlischen Jungfrau, da hob er den leichten, glänzenden Schleyer, und Rosenblüthchen sank in seine Arme. Eine ferne Musik umgab die Geheimnisse des liebenden Wiedersehns, die Ergießungen der Sehnsucht, und schloß alles Fremde von diesem entzückenden Orte aus. Hyacinth lebte nachher noch lange mit Rosenblüthchen unter seinen frohen Eltern und Gespielen, und unzählige Enkel dankten der alten wunderlichen Frau für ihren Rath und ihr Feuer; denn damals bekamen die Menschen so viel Kinder, als sie wollten. –

Die Lehrlinge umarmten sich und gingen fort. Die weiten hallenden Säle standen leer und hell da, und das wunderbare Gespräch in zahllosen Sprachen unter den tausendfaltigen

Naturen, die in diesen Sälen zusammengebracht und in mannichfaltigen Ordnungen aufgestellt waren, dauerte fort. Ihre innern Kräfte spielten gegen einander. Sie strebten in ihre Freiheit, in ihre alten Verhältnisse zurück. Wenige standen auf ihrem eigentlichen Platze, und sahen in Ruhe dem mannichfaltigen Treiben um sich her zu. Die Übrigen klagten über entsetzliche Qualen und Schmerzen, und bejammerten das alte, herrliche Leben im Schooße der Natur, wo sie eine gemeinschaftliche Freiheit vereinigte, und jedes von selbst erhielt, was es bedurfte. O! daß der Mensch, sagten sie, die innre Musik der Natur verstände, und einen Sinn für äußere Harmonie hätte. Aber er weiß ja kaum, daß wir zusammen gehören, und keins ohne das andere bestehen kann. Er kann nichts liegen lassen, tyrannisch trennt er uns und greift in lauter Dissonanzen herum. Wie glücklich könnte er seyn, wenn er mit uns freundlich umginge, und auch in unsern großen Bund träte, wie ehemals in der goldnen Zeit, wie er sie mit Recht nennt. In jener Zeit verstand er uns, wie wir ihn verstanden. Seine Begierde, Gott zu werden, hat ihn von uns getrennt, er sucht, was wir nicht wissen und ahnden können, und seitdem ist er keine begleitende Stimme, keine Mitbewegung mehr. Er ahndet wohl die unendliche Wollust, den ewigen Genuß in uns, und darum hat er eine so wunderbare Liebe zu Einigen unter uns. Der Zauber des Goldes, die Geheimnisse der Farben, die Freuden des Wassers sind ihm nicht fremd, in den Antiken ahndet er die Wunderbarkeit der Steine, und dennoch fehlt ihm noch die süße Leidenschaft für das Weben der Natur, das Auge für unsre entzückenden Mysterien. Lernt er nur einmal fühlen? Diesen himmlischen, diesen natürlichsten aller Sinne kennt er noch wenig: durch das Gefühl würde die alte, ersehnte Zeit zurückkommen; das Element des Gefühls ist ein inneres Licht, was sich in schöner'n, kräftiger'n Farben bricht. Dann gingen die Gestirne in ihm auf, er lernte die ganze Welt fühlen, klärer und mannichfaltiger, als ihm das Auge jetzt Grenzen und Flächen zeigt. Er würde Meister eines unendlichen Spiels und vergäße alle thörichten Bestrebungen in einem ewigen, sich selbst nährenden und immer wachsenden Genusse. Das Denken ist nur ein Traum des Fühlens, ein erstorbenes Fühlen, ein blaßgraues, schwaches Leben.

Wie sie so sprachen, strahlte die Sonne durch die hohen Fenster, und in ein sanftes Säuseln verlor sich der Lärm des Gesprächs; eine unendliche Ahndung durchdrang alle Gestalten, die lieblichste Wärme verbreitete sich über alle, und der wunderbarste Naturgesang erhob sich aus der tiefsten Stille. Man hörte Menschenstimmen in der Nähe, die großen Flügelthüren nach dem Garten zu wurden geöffnet, und einige Reisende setzten sich auf die Stufen der breiten Treppe, in den Schatten des Gebäudes. Die reitzende Landschaft lag in schöner Erleuchtung vor ihnen, und im Hintergrunde verlor sich der Blick an blauen Gebirgen hinauf. Freundliche Kinder brachten mannichfaltige Speisen und Getränke, und bald begann ein lebhaftes Gespräch unter ihnen.

Auf alles, was der Mensch vornimmt, muß er seine *ungetheilte* Aufmerksamkeit oder sein Ich richten, sagte endlich der Eine, und wenn er dieses gethan hat, so entstehn bald Gedanken, oder eine neue Art von Wahrnehmungen, die nichts als zarte Bewegungen eines färbenden oder klappernden Stifts, oder wunderliche Zusammenziehungen und Figurationen einer elastischen Flüssigkeit zu seyn scheinen, auf eine wunderbare Weise in ihm. Sie verbreiten sich von dem Punkte, wo er den Eindruck fest stach, nach allen Seiten mit lebendiger Beweglichkeit, und nehmen sein Ich mit fort. Er kann dieses Spiel oft gleich wieder vernichten, indem er seine Aufmerksamkeit wieder theilt oder nach Willkühr herumschweifen läßt, denn sie scheinen nichts als Strahlen und

Wirkungen, die jenes Ich nach allen Seiten zu in jenem elastischen Medium erregt, oder seine Brechungen in demselben, oder überhaupt ein seltsames Spiel der Wellen dieses Meers mit der starren Aufmerksamkeit zu seyn. Höchst merkwürdig ist es, daß der Mensch erst in diesem Spiele seine Eigenthümlichkeit, seine specifische Freiheit recht gewahr wird, und daß es ihm vorkommt, als erwache er aus einem tiefen Schlafe, als sey er nun erst in der Welt zu Hause, und verbreite jetzt erst das Licht des Tages sich über seine innere Welt. Er glaubt es am höchsten gebracht zu haben, wenn er, ohne jenes Spiel zu stören, zugleich die gewöhnlichen Geschäfte der Sinne vornehmen, und empfinden und denken zugleich kann. Dadurch gewinnen beide Wahrnehmungen: die Außenwelt wird durchsichtig, und die Innenwelt mannichfaltig und bedeutungsvoll, und so befindet sich der Mensch in einem innig lebendigen Zustande zwischen zwey Welten in der vollkommensten Freiheit und dem freudigsten Machtgefühl. Es ist natürlich, daß der Mensch diesen Zustand zu verewigen und ihn über die ganze Summe seiner Eindrücke zu verbreiten sucht; daß er nicht müde wird, diese Associationen beider Welten zu verfolgen, und ihren Gesetzen und ihren Sympathieen und Antipathieen nachzuspüren. Den Inbegriff dessen, was uns rührt, nennt man die Natur, und also steht die Natur in einer unmittelbaren Beziehung auf die Gliedmaßen unsers Körpers, die wir Sinne nennen. Unbekannte und geheimnißvolle Beziehungen unsers Körpers lassen unbekannte und geheimnißvolle Verhältnisse der Natur vermuthen, und so ist die Natur jene wunderbare Gemeinschaft, in die unser Körper uns einführt, und die wir nach dem Maaße seiner Einrichtungen und Fähigkeiten kennen lernen. Es frägt sich, ob wir die Natur der Naturen durch diese specielle Natur wahrhaft begreifen lernen können, und in wiefern unsre Gedanken und die Intensität unsrer Aufmerksamkeit durch dieselbe bestimmt werden, oder sie bestimmen, und dadurch von der Natur losreißen und vielleicht ihre zarte Nachgiebigkeit verderben. Man sieht wohl, daß diese innern Verhältnisse und Einrichtungen unsers Körpers vor allen Dingen erforscht werden müssen, ehe wir diese Frage zu beantworten und in die Natur der Dinge zu dringen hoffen können. Es ließe sich jedoch auch denken, daß wir überhaupt erst uns mannichfach im Denken müßten geübt haben, ehe wir uns an dem innern Zusammenhang unsers Körpers versuchen und seinen Verstand zum Verständniß der Natur gebrauchen könnten, und da wäre freylich nichts natürlicher, als alle mögliche Bewegungen des Denkens hervorzubringen und eine Fertigkeit in diesem Geschäft, so wie eine Leichtigkeit zu erwerben, von Einer zur Andern überzugehen und sie mannichfach zu verbinden und zu zerlegen. Zu dem Ende müßte man alle Eindrücke aufmerksam betrachten, das dadurch entstehende Gedankenspiel ebenfalls genau bemerken, und sollten dadurch abermals neue Gedanken entstehn, auch diesen zusehn, um so allmählich ihren Mechanismus zu erfahren und durch eine oftmalige Wiederholung die mit jedem Eindruck beständig verbundnen Bewegungen von den übrigen unterscheiden und behalten zu lernen. Hätte man dann nur erst einige Bewegungen, als Buchstaben der Natur, herausgebracht, so würde das Dechiffriren immer leichter von statten gehn, und die Macht über die Gedankenerzeugung und Bewegung den Beobachter in Stand setzen, auch ohne vorhergegangenen wirklichen Eindruck, Naturgedanken hervorzubringen und Naturcompositionen zu entwerfen, und dann wäre der Endzweck erreicht.

Es ist wohl viel gewagt, sagte ein Anderer, so aus den äußerlichen Kräften und Erscheinungen der Natur sie zusammen setzen zu wollen, und sie bald für ein ungeheures Feuer, bald für einen wunderbar gestalteten Ball, bald für eine Zweyheit oder Dreyheit, oder für irgend eine andere seltsamliche Kraft auszugeben. Es wäre denkbarer, daß sie das

Erzeugniß eines unbegreiflichen Einverständnisses unendlich verschiedner Wesen wäre, das wunderbare Band der Geisterwelt, der Vereinigungs- und Berührungspunkt unzähliger Welten.

Laß es gewagt seyn, sprach ein Dritter; je willkührlicher das Netz gewebt ist, das der kühne Fischer auswirft, desto glücklicher ist der Fang. Man ermuntre nur jeden, seinen Gang so weit als möglich fortzusetzen, und jeder sey willkommen, der mit einer neuen Fantasie die Dinge überspinnt. Glaubst du nicht, daß es gerade die gut ausgeführten Systeme seyn werden, aus denen der künftige Geograph der Natur die Data zu seiner großen Naturkarte nimmt? Sie wird er vergleichen, und diese Vergleichung wird uns das sonderbare Land erst kennen lehren. Die Erkenntniß der Natur wird aber noch himmelweit von ihrer Auslegung verschieden seyn. Der eigentliche Chiffrirer wird vielleicht dahin kommen, mehrere Naturkräfte zugleich zu Hervorbringung herrlicher und nützlicher Erscheinungen in Bewegung zu setzen, er wird auf der Natur, wie auf einem großen Instrument fantasiren können, und doch wird er die Natur nicht verstehn. Dies ist die Gabe des Naturhistorikers, des Zeitensehers, der vertraut mit der Geschichte der Natur, und bekannt mit der Welt, diesem höheren Schauplatz der Naturgeschichte, ihre Bedeutungen wahrnimmt und weißagend verkündigt. Noch ist dieses Gebiet ein unbekanntes, ein heiliges Feld. Nur göttliche Gesandte haben einzelne Worte dieser höchsten Wissenschaft fallen lassen, und es ist nur zu verwundern, daß die ahndungsvollen Geister sich diese Ahndung haben entgehn lassen und die Natur zur einförmigen Maschine, ohne Vorzeit und Zukunft, erniedrigt haben. Alles Göttliche hat eine Geschichte und die Natur, dieses einzige Ganze, womit der Mensch sich vergleichen kann, sollte nicht so gut wie der Mensch in einer Geschichte begriffen seyn oder welches eins ist, einen Geist haben? die Natur wäre nicht die Natur, wenn sie keinen Geist hätte, nicht jenes einzige Gegenbild der Menschheit, nicht die unentbehrliche Antwort dieser geheimnißvollen Frage, oder die Frage zu dieser unendlichen Antwort.

Nur die Dichter haben es gefühlt, was die Natur den Menschen seyn kann, begann ein schöner Jüngling, und man kann auch hier von ihnen sagen, daß sich die Menschheit in ihnen in der vollkommensten Auflösung befindet, und daher jeder Eindruck durch ihre Spiegelhelle und Beweglichkeit rein in allen seinen unendlichen Veränderungen nach allen Seiten fortgepflanzt wird. Alles finden sie in der Natur. Ihnen allein bleibt die Seele derselben nicht fremd, und sie suchen in ihrem Umgang alle Seligkeiten der goldnen Zeit nicht umsonst. Für sie hat die Natur alle Abwechselungen eines unendlichen Gemüths, und mehr als der geistvollste, lebendigste Mensch überrascht sie durch sinnreiche Wendungen und Einfälle, Begegnungen und Abweichungen, große Ideen und Bizarrerieen. Der unerschöpfliche Reichtum ihrer Fantasie läßt keinen vergebens ihren Umgang aufsuchen. Alles weiß sie zu verschönern, zu beleben, zu bestätigen, und wenn auch im Einzelnen ein bewußtloser, nichtsbedeutender Mechanismus allein zu herrschen scheint, so sieht doch das tiefer sehende Auge eine wunderbare Sympathie mit dem menschlichen Herzen im Zusammentreffen und in der Folge der einzelnen Zufälligkeiten. Der Wind ist eine Luftbewegung, die manche äußere Ursachen haben kann, aber ist er dem einsamen, sehnsuchtsvollen Herzen nicht mehr, wenn er vorübersaust, von geliebten Gegenden herweht und mit tausend dunkeln, wehmüthigen Lauten den stillen Schmerz in einen tiefen melodischen Seufzer der ganzen Natur aufzulösen scheint? Fühlt nicht so auch im jungen, bescheidnen Grün der Frühlingswiesen der junge Liebende seine ganze blumenschwangre Seele mit entzückender Wahrheit ausgesprochen, und ist je die Üppigkeit einer nach süßer Auflösung in goldnen Wein lüsternen Seele köstlicher und erwecklicher erschienen, als in einer vollen, glänzenden Traube, die sich unter den breiten Blättern halb versteckt? Man beschuldigt die Dichter der Übertreibung, und hält ihnen ihre bildliche uneigentliche Sprache gleichsam nur zu gute, ja man begnügt sich ohne tiefere Untersuchung, ihrer Fantasie jene wunderliche Natur zuzuschreiben, die manches sieht und hört, was andere nicht hören und sehen, und die in einem lieblichen Wahnsinn mit der wirklichen Welt nach ihrem Belieben schaltet und waltet; aber mir scheinen die Dichter noch bei weitem nicht genug zu übertreiben, nur dunkel den Zauber jener Sprache zu ahnden und mit der Fantasie nur so zu spielen, wie ein Kind mit dem Zauberstabe seines Vaters spielt. Sie wissen nicht, welche Kräfte ihnen unterthan sind, welche Welten ihnen gehorchen müssen. Ist es denn nicht wahr, daß Steine und Wälder der Musik gehorchen und, von ihr gezähmt, sich jedem Willen wie Hausthiere fügen? – Blühen nicht wirklich die schönsten Blumen um die Geliebte und freuen sich sie zu schmücken? Wird für sie der Himmel nicht heiter und das Meer nicht eben? – Drückt nicht die ganze Natur so gut, wie das Gesicht, und die Geberden, der Puls und die Farben, den Zustand eines jeden der höheren, wunderbaren Wesen aus, die wir Menschen nennen? Wird nicht der Fels ein eigenthümliches Du, eben wenn ich ihn anrede? Und was bin ich anders, als der Strom, wenn ich wehmüthig in seine Wellen hinabschaue, und die Gedanken in seinem Gleiten verliere? Nur ein ruhiges, genußvolles Gemüth wird die Pflanzenwelt, nur ein lustiges Kind oder ein Wilder die Thiere verstehn. – Ob jemand die Steine und Gestirne schon verstand, weiß ich nicht, aber gewiß muß dieser ein erhabnes Wesen gewesen seyn. In jenen Statuen, die aus einer untergegangenen Zeit der Herrlichkeit des Menschengeschlechts übrig geblieben sind, leuchtet allein so ein tiefer Geist, so ein seltsames Verständniß der Steinwelt hervor, und überzieht den sinnvollen Betrachter mit einer Steinrinde, die nach innen zu wachsen scheint. Das Erhabne wirkt versteinernd, und so dürften wir uns nicht über das Erhabne der Natur und seine Wirkungen wundern, oder nicht wissen, wo es zu suchen sey. Könnte die Natur nicht über den Anblick Gottes zu Stein geworden seyn? Oder vor Schrecken über die Ankunft des Menschen?

Über diese Rede war der, welcher zuerst gesprochen hatte, in tiefe Betrachtung gesunken, die fernen Berge wurden buntgefärbt, und der Abend legte sich mit süßer Vertraulichkeit über die Gegend. Nach einer langen Stille hörte man ihn sagen: Um die Natur zu begreifen, muß man die Natur innerlich in ihrer ganzen Folge entstehen lassen. Bey dieser Unternehmung muß man sich bloß von der göttlichen Sehnsucht nach Wesen, die uns gleich sind, und den nothwendigen Bedingungen dieselben zu vernehmen, bestimmen lassen, denn wahrhaftig die ganze Natur ist nur als Werkzeug und Medium des Einverständnisses vernünftiger Wesen begreiflich. Der denkende Mensch kehrt zur ursprünglichen Function seines Daseyns, zur schaffenden Betrachtung, zu jenem Punkte zurück, wo Hervorbringen und Wissen in der wundervollsten Wechselverbindung standen, zu jenem schöpferischen Moment des eigentlichen Genusses, des innern Selbstempfängnisses. Wenn er nun ganz in die *Beschauung* dieser Urerscheinung versinkt, so entfaltet sich vor ihm in neu entstehenden Zeiten und Räumen, wie ein unermeßliches Schauspiel, die Erzeugungsgeschichte der Natur, und jeder feste Punkt, der sich in der unendlichen Flüssigkeit ansetzt, wird ihm eine neue Offenbarung des Genius der Liebe, ein neues Band des Du und des Ich. Die sorgfältige Beschreibung dieser innern Weltgeschichte ist die wahre Theorie der Natur; durch den Zusammenhang seiner Gedankenwelt in sich, und ihre Harmonie mit dem Universum, bildet sich von selbst ein Gedankensystem zur getreuen Abbildung und Formel des

Universums. Aber die Kunst des ruhigen Beschauens, der der schöpferischen Weltbetrachtung ist schwer, unaufhörliches ernstes Nachdenken und strenge Nüchternheit fordert die Ausführung, und die Belohnung wird kein Beifall der mühescheuenden Zeitgenossen, sondern nur eine Freude des Wissens und Machens, eine innigere Berührung des Universums seyn.

Ja, sagte der Zweite, nichts ist so bemerkenswerth, als das große Zugleich in der Natur. Ueberall scheint die Natur ganz gegenwärtig. In der Flamme eines Lichts sind alle Naturkräfte thätig, und so repräsentirt und verwandelt sie sich überall und unaufhörlich, treibt Blätter, Blüthen und Früchte zusammen, und ist mitten in der Zeit gegenwärtig, vergangen und zukünftig zugleich; und wer weiß, in welche eigne Art von Ferne sie ebenfalls wirkt und ob nicht dieses Natursystem nur eine Sonne ist im Universo, die durch Bande an dasselbe geknüpft ist, durch ein Licht und einen Zug und Einflüsse, die zunächst in unserm Geiste sich deutlicher vernehmen lassen, und aus ihm heraus den Geist des Universums über diese Natur ausgießen, und den Geist dieser Natur an andere Natursysteme vertheilen.

Wenn der Denker, sprach der Dritte, mit Recht als Künstler den thätigen Weg betritt, und durch eine geschickte Anwendung seiner geistigen Bewegungen das Weltall auf eine einfache, räthselhaft scheinende Figur zu reduciren sucht, ja man möchte sagen die Natur tanzt, und mit Worten die Linien der Bewegungen nachschreibt, so muß der Liebhaber der Natur dieses kühne Unternehmen bewundern, und sich auch über das Gedeihen dieser menschlichen Anlage freuen. Billig stellt der Künstler die Thätigkeit oben an, denn sein Wesen ist Thun und Hervorbringen mit Wissen und Willen, und seine Kunst ist, sein Werkzeug zu allem gebrauchen, die Welt auf seine Art nachbilden zu können, und darum wird das Princip seiner Welt Thätigkeit, und seine Welt seine Kunst.

Auch hier wird die Natur in neuer Herrlichkeit sichtbar, und nur der gedankenlose Mensch wirft die unleserlichen, wunderlich gemischten Worte mit Verachtung weg. Dankbar legt der Priester diese neue, erhabene Meßkunst auf den Altar zu der magnetischen Nadel, die sich nie verirrt, und zahllose Schiffe auf dem pfadlosen Ozean zu bewohnten Küsten und den Häfen des Vaterlandes zurück führte. Außer dem Denker giebt es aber noch andre Freunde des Wissens, die dem Hervorbringen durch Denken nicht vorzüglich zugethan, und also ohne Beruf zu dieser Kunst, lieber Schüler der Natur werden, ihre Freude im Lernen, nicht im Lehren, im Erfahren, nicht im Machen, im Empfangen, nicht im Geben finden. Einige sind geschäftig und nehmen im Vertrauen auf die Allgegenwart und die innige Verwandtschaft der Natur, mithin auch im Voraus von der Unvollständigkeit und der Continuität alles Einzelnen überzeugt, irgend eine Erscheinung mit Sorgfalt auf, und halten den in tausend Gestalten sich verwandelnden Geist derselben mit stetem Blicke fest, und gehn dann an diesem Faden durch alle Schlupfwinkel der geheimen Werkstätte, um eine vollständige Verzeichnung dieser labyrinthischen Gänge entwerfen zu können. Sind sie mit dieser mühseligen Arbeit fertig, so ist auch unvermerkt ein höherer Geist über sie gekommen, und es wird ihnen dann leicht, über die vorliegende Karte zu reden und jedem Suchenden seinen Weg vorzuschreiben. Unermeßlicher Nutzen segnet ihre mühsame Arbeit, und der Grundriß ihrer Karte wird auf eine überraschende Weise mit dem Systeme des Denkers übereinstimmen, und sie werden diesem zum Trost gleichsam den lebendigen Beweis seiner abstrakten Sätze unwillkührlich geführt haben. Die Müßigsten unter ihnen erwarten kindlich von liebevoller Mittheilung höherer, von ihnen mit Inbrunst verehrter Wesen die ihnen nützliche Kenntniß der Natur. Sie mögen Zeit und Aufmerksamkeit in diesem kurzen Leben nicht Geschäften widmen, und dem

Dienste der Liebe entziehn. Durch frommes Betragen suchen sie nur Liebe zu gewinnen, nur Liebe mitzutheilen, unbekümmert um das große Schauspiel der Kräfte, ruhig ihrem Schicksale in diesem Reiche der Macht ergeben, weil das innige Bewußtseyn ihrer Unzertrennlichkeit von den geliebten Wesen sie erfüllt, und die Natur sie nur als Abbild und Eigenthum derselben rührt. Was brauchen diese glücklichen Seelen zu wissen, die das beste Theil erwählt haben, und als reine Flammen der Liebe in dieser irdischen Welt nur auf den Spitzen der Tempel oder auf umhergetriebenen Schiffen, als Zeichen des überströmenden himmlischen Feuers lodern? Oft erfahren diese liebenden Kinder in seligen Stunden herrliche Dinge aus den Geheimnissen der Natur, und thun sie in unbewußter Einfalt kund. Ihren Tritten folgt der Forscher, um jedes Kleinod zu sammeln, was sie in ihrer Unschuld und Freude haben fallen lassen, ihrer Liebe huldigt der mitfühlende Dichter und sucht durch seine Gesänge diese Liebe, diesen Keim des goldnen Alters, in andre Zeiten und Länder zu verpflanzen.

Wem regt sich nicht, rief der Jüngling mit funkelndem Auge, das Herz in hüpfender Lust, wenn ihm das innerste Leben der Natur in seiner ganzen Fülle in das Gemüth kommt! wenn dann jenes mächtige Gefühl, wofür die Sprache keine andere Namen als Liebe und Wollust hat, sich in ihm ausdehnt, wie ein gewaltiger, alles auflösender Dunst, und er bebend in süßer Angst in den dunkeln lockenden Schoos der Natur versinkt, die arme Persönlichkeit in den überschlagenden Wogen der Lust sich verzehrt, und nichts als ein Brennpunkt der unermeßlichen Zeugungskraft, ein verschluckender Wirbel im großen Ozean übrig bleibt! Was ist die überall erscheinende Flamme? Eine innige Umarmung, deren süße Frucht in wollüstigen Tropfen herunterthaut. Das Wasser, dieses erstgeborne Kind luftiger Verschmelzungen, kann seinen wollüstigen Ursprung nicht verläugnen und zeigt sich, als Element der Liebe und der Mischung mit himmlischer Allgewalt auf Erden. Nicht unwahr haben alte Weisen im Wasser den Ursprung der Dinge gesucht, und wahrlich sie haben von einem höhern Wasser, als dem Meer- und Quellwasser gesprochen. In jenem offenbaret sich nur das Urflüssige, wie es im flüssigen Metall zum Vorschein kommt, und darum mögen die Menschen es immer auch nur göttlich verehren. Wie wenige haben sich noch in die Geheimnisse des Flüssigen vertieft und manchem ist diese Ahndung des höchsten Genusses und Lebens wohl nie in der trunkenen Seele aufgegangen. Im Durste offenbaret sich diese Weltseele, diese gewaltige Sehnsucht nach dem Zerfließen. Die Berauschten fühlen nur zu gut diese überirdische Wonne des Flüssigen, und am Ende sind alle angenehme Empfindungen in uns mannichfache Zerfließungen, Regungen jener Urgewässer in uns. Selbst der Schlaf ist nichts als die Flut jenes unsichtbaren Weltmeers, und das Erwachen das Eintreten der Ebbe. Wie viele Menschen stehn an den berauschenden Flüssen und hören nicht das Wiegenlied dieser mütterlichen Gewässer, und genießen nicht das entzückende Spiel ihrer unendlichen Wellen! Wie diese Wellen, lebten wir in der goldnen Zeit; in buntfarbigen Wolken, diesen schwimmenden Meeren und Urquellen des Lebendigen auf Erden, liebten und erzeugten sich die Geschlechter der Menschen in ewigen Spielen, wurden besucht von den Kindern des Himmels und erst in jener großen Begebenheit, welche heilige Sagen die Sündflut nennen, ging diese blühende Welt unter; ein feindliches Wesen schlug die Erde nieder, und einige Menschen blieben geschwemmt auf die Klippen der neuen Gebirge in der fremden Welt zurück. Wie seltsam, daß gerade die heiligsten und reitzendsten Erscheinungen der Natur in den Händen so todter Menschen sind, als die Scheidekünstler zu seyn pflegen! sie, die den schöpferischen Sinn der Natur mit Macht erwecken, nur ein Geheimniß der Liebenden, Mysterien der höhern Menschheit seyn sollten, werden mit Schaamlosigkeit und sinnlos von rohen Geistern hervorgerufen, die nie wissen werden, welche Wunder ihre Gläser umschließen. Nur Dichter sollten mit dem Flüssigen umgehn, und von ihm der glühenden Jugend erzählen dürfen; die Werkstätten wären Tempel und mit neuer Liebe würden die Menschen ihre Flamme und ihre Flüsse verehren und sich ihrer rühmen. Wie glücklich würden die Städte sich wieder dünken, die das Meer oder ein großer Strom bespült, und jede Quelle würde wieder die Freistätte der Liebe und der Aufenthalt der erfahrnen und geistreichen Menschen. Darum lockt auch die Kinder nichts mehr als Feuer und Wasser, und jeder Strom verspricht ihnen, in die bunte Ferne, in schönere Gegenden sie zu führen. Es ist nicht blos Wiederschein, daß der Himmel im Wasser liegt, es ist eine zarte Befreundung, ein Zeichen der Nachbarschaft, und wenn der unerfüllte Trieb in die unermeßliche Höhe will, so versinkt die glückliche Liebe gern in die endlose Tiefe. Aber es ist umsonst, die Natur lehren und predigen zu wollen. Ein Blindgeborner lernt nicht sehen, und wenn man ihm noch so viel von Farben und Lichtern und fernen Gestalten erzählen wollte. So wird auch keiner die Natur begreifen, der kein Naturorgan, kein innres naturerzeugendes und absonderndes Werkzeug hat, der nicht, wie von selbst, überall die Natur an allem erkennt und unterscheidet und mit angeborner Zeugungslust, in inniger mannichfaltiger Verwandtschaft mit allen Körpern, durch das Medium der Empfindung, sich mit allen Naturwesen vermischt, sich gleichsam in sie hineinfühlt. Wer aber einen richtigen und geübten Natursinn hat, der genießt die Natur, indem er sie studirt, und freut sich ihrer unendlichen Mannichfaltigkeit, ihrer Unerschöpflichkeit im Genusse, und bedarf nicht, daß man ihn mit unnützen Worten in seinen Genüssen störe. Ihm dünkt vielmehr, daß man nicht heimlich genug mit der Natur umgehen, nicht zart genug von ihr reden, nicht ungestört und aufmerksam genug sie beschauen kann. Er fühlt sich in ihr, wie am Busen seiner züchtigen Braut und vertraut auch nur dieser seine erlangten Einsichten in süßen vertraulichen Stunden. Glücklich preis' ich diesen Sohn, diesen Liebling der Natur, dem sie verstattet sie in ihrer Zweyheit, als erzeugende und gebärende Macht, und in ihrer Einheit, als eine unendliche, ewigdauernde Ehe, zu betrachten. Sein Leben wird eine Fülle aller Genüsse, eine Kette der Wollust und seine Religion der eigentliche, ächte Naturalismus seyn.

Unter dieser Rede hatte sich der Lehrer mit seinen Lehrlingen der Gesellschaft genähert. Die Reisenden standen auf und begrüßten ihn ehrfurchtsvoll. Eine erfrischende Kühlung verbreitete sich aus den dunkeln Laubgängen über den Platz und die Stufen. Der Lehrer ließ einen jener seltnen leuchtenden Steine bringen, die man Karfunkel nennt, und ein hellrothes, kräftiges Licht goß sich über die verschiednen Gestalten und Kleidungen aus. Es entspann sich bald eine freundliche Mittheilung unter ihnen. Während eine Musik aus der Ferne sich hören ließ und eine kühlende Flamme aus Krystallschaalen in die Lippen der Sprechenden hineinloderte, erzählten die Fremden merkwürdige Erinnerungen ihrer weiten Reisen. Voll Sehnsucht und Wißbegierde hatten sie sich aufgemacht, um die Spuren jenes verloren gegangenen Urvolks zu suchen, dessen entartete und verwilderte Reste die heutige Menschheit zu seyn schiene, dessen hoher Bildung sie noch die wichtigsten und unentbehrlichsten Kenntnisse und Werkzeuge zu danken hat. Vorzüglich hatte sie jene heilige Sprache gelockt, die das glänzende Band jener königlichen Menschen mit überirdischen Gegenden und Bewohnern gewesen war, und von der einige Worte, nach dem Verlaut mannichfaltiger Sagen, noch im Besitz einiger glücklichen Weisen unter unsern Vorfahren gewesen seyn mögen. Ihre

Aussprache war ein wunderbarer Gesang, dessen unwiderstehliche Töne tief in das Innere jeder Natur eindrangen und sie zerlegten. Jeder ihrer Namen schien das Loosungswort für die Seele jedes Naturkörpers. Mit schöpferischer Gewalt erregten diese Schwingungen alle Bilder der Welterscheinungen, und von ihnen konnte man mit Recht sagen, daß das Leben des Universums ein ewiges tausendstimmiges Gespräch sey; denn in ihrem Sprechen schienen alle Kräfte, alle Arten der Thätigkeit auf das Unbegreiflichste vereinigt zu seyn. Die Trümmer dieser Sprache, wenigstens alle Nachrichten von ihr, aufzusuchen, war ein Hauptzweck ihrer Reise gewesen, und der Ruf des Alterthums hatte sie auch nach Sais gezogen. Sie hofften hier von den erfahrnen Vorstehern des Tempelarchivs wichtige Nachrichten zu erhalten, und vielleicht in den großen Sammlungen aller Art selbst Aufschlüsse zu finden. Sie baten den Lehrer um die Erlaubniß, eine Nacht im Tempel schlafen, und seinen Lehrstunden einige Tage beiwohnen zu dürfen. Sie erhielten was sie wünschten, und freuten sich innig, wie der Lehrer aus dem Schatze seiner Erfahrungen ihre Erzählungen mit mannichfaltigen Bemerkungen begleitete, und eine Reihe lehrreicher und anmuthiger Geschichten und Beschreibungen vor ihnen entwickelte. Endlich kam er auch auf das Geschäft seines Alters, den unterschiednen Natursinn in jungen Gemüthern zu erwecken, zu üben, zu schärfen, und ihn mit den andern Anlagen zu höheren Blüthen und Früchten zu verknüpfen.

Ein Verkündiger der Natur zu seyn, ist ein schönes und heiliges Amt, sagte der Lehrer. Nicht der bloße Umfang und Zusammenhang der Kenntnisse, nicht die Gabe, diese Kenntnisse leicht und rein an bekannte Begriffe und Erfahrungen anzuknüpfen, und die eigenthümlichen fremd klingenden Worte mit gewöhnlichen Ausdrücken zu vertauschen, selbst nicht die Geschicklichkeit einer reichen Einbildungskraft, die

Naturerscheinungen in leicht faßliche und treffend beleuchtete Gemählde zu ordnen, die entweder durch den Reitz der Zusammenstellung und den Reichthum des Inhalts die Sinne spannen und befriedigen, oder den Geist durch eine tiefe Bedeutung entzücken, alles dies macht noch nicht das ächte Erforderniß eines Naturkündigers aus. Wem es um etwas anders zu thun ist, als um die Natur, dem ist es vielleicht genug, aber wer eine innige Sehnsucht nach der Natur spürt, wer in ihr alles sucht, und gleichsam ein empfindliches Werkzeug ihres geheimen Thuns ist, der wird nur den für seinen Lehrer und für den Vertrauten der Natur erkennen, der mit Andacht und Glauben von ihr spricht, dessen Reden die wunderbare, unnachahmliche Eindringlichkeit und Unzertrennlichkeit haben, durch die sich wahre Evangelia, wahre Eingebungen ankündigen. Die ursprünglich günstige Anlage eines solchen natürlichen Gemüths muß durch unablässigen Fleiß von Jugend auf, durch Einsamkeit und Stillschweigen, weil vieles Reden sich nicht mit der steten Aufmerksamkeit verträgt, die ein solcher anwenden muß, durch kindliches, bescheidnes Wesen und unermüdliche Geduld unterstützt und ausgebildet seyn. Die Zeit läßt sich nicht bestimmen, wie bald einer ihrer Geheimnisse theilhaftig wird. Manche Beglückte gelangten früher, manche erst im hohen Alter dazu. Ein wahrer Forscher wird nie alt, jeder ewige Trieb ist außer dem Gebiete der Lebenszeit, und je mehr die äußere Hülle verwittert, desto heller und glänzender und mächtiger wird der Kern. Auch haftet diese Gabe nicht an äußerer Schönheit, oder Kraft, oder Einsicht, oder irgend einem menschlichen Vorzug. In allen Ständen, unter jedem Alter und Geschlecht, in allen Zeitaltern und unter jedem Himmelsstriche hat es Menschen gegeben, die von der Natur zu ihren Lieblingen ausersehn und durch inneres Empfängniß beglückt waren. Oft schienen diese Menschen einfältiger und ungeschickter zu seyn, als Andere, und blieben ihr ganzes

Leben hindurch in der Dunkelheit des großen Haufens. Es ist sogar als eine rechte Seltenheit zu achten, wenn man das wahre Naturverständniß bey großer Beredsamkeit, Klugheit, und einem prächtigen Betragen findet, da es gemeiniglich die einfachen Worte, den geraden Sinn, und ein schlichtes Wesen hervorbringt oder begleitet. In den Werkstätten der Handwerker und Künstler, und da, wo die Menschen in vielfältigem Umgang und Streit mit der Natur sind, als da ist beim Ackerbau, bey der Schifffahrt, bey der Viehzucht, bey den Erzgruben, und so bey vielen andern Gewerben, scheint die Entwickelung dieses Sinns am leichtesten und öftersten statt zu finden. Wenn jede Kunst in der Erkenntniß der Mittel, einen gesuchten Zweck zu erreichen, eine bestimmte Wirkung und Erscheinung hervorzubringen, und in der Fertigkeit, diese Mittel zu wählen und anzuwenden, besteht, so muß derjenige, der den innern Beruf fühlt, das Naturverständniß mehreren Menschen gemein zu machen, diese Anlage in den Menschen vorzüglich zu entwickeln, und zu pflegen, zuerst auf die natürlichen Anlässe dieser Entwicklung sorgfältig zu achten und die Grundzüge dieser Kunst der Natur abzulernen suchen. Mit Hülfe dieser erlangten Einsichten wird er sich ein System der Anwendung dieser Mittel bey jedem gegebenen Individuum, auf Versuche, Zergliederung und Vergleichung gegründet, bilden, sich dieses System bis zur andern Natur aneignen, und dann mit Enthusiasmus sein belohnendes Geschäft anfangen. Nur diesen wird man mit Recht einen Lehrer der Natur nennen können, da jeder andre bloße Naturalist nur zufällig und sympathetisch, wie ein Naturerzeugniß selbst, den Sinn für die Natur erwecken wird.

Aufzeichnungen zu den „Lehrlingen zu Saïs“

[1.]

Einem gelang es – er hob den Schleyer der Göttin zu Saïs – Aber was sah er? Er sah – Wunder des Wunders – Sich Selbst.

[2.]

Ein Günstling des Glücks sehnte sich die unaussprechliche Natur zu umfassen. Er suchte ‹die geheimnißvolle Schlafkammer› den geheimnißvollen Aufenthalt der Isis. Sein Vaterland und seine Geliebten verließ er und achtete im Drange seiner Leidenschaft auf den Kummer seiner Braut nicht. Lange währte seine Reise. Die Mühseligkeiten waren groß. Endlich begegnete er einem Quell und Blumen, die einen Weg für eine ‹Götterfamilie› Geisterfamilie bereiteten. Sie verriethen ihm den Weg zu dem Heiligthume. Entzückt von Freude ‹gelangt› kam er an die Thüre. Er trat ein und sah – seine Braut, die ihn mit Lächeln empfieng. Wie er sich umsah, fand er sich in seiner Schlafkammer – und eine liebliche Nachtmusik tönte unter seinen Fenstern ‹zur stillen Umarmung› ‹sanftauslösenden Umarmung› ‹räthsellösenden Kusse› zu der süßen Auflösung des Geheimnisses.

[3.]
Verwandlung des Tempels zu Saïs

Erscheinung der Isis.
Tod des Lehrers.
Träume im Tempel.
Werckstatt des Archaeus.
Ankunft der griechischen Götter.
Einweihung in die Geheimnisse.
Bildsäule des Memnons.
Reise zu den Pyramiden.

Das *Kind* und sein Johannes. Der Messias der Natur. *Neues Testament* – und neue Natur – als *neues Jerusalem.*

Cosmogenieen der Alten. Indische Gottheiten.

Heinrich von Ofterdingen

ZUEIGNUNG

Du hast in mir den edeln Trieb erregt
Tief ins Gemüth der weiten Welt zu schauen;
Mit deiner Hand ergriff mich ein Vertrauen,
Das sicher mich durch alle Stürme trägt.

Mit Ahndungen hast du das Kind gepflegt,
Und zogst mit ihm durch fabelhafte Auen;
Hast, als das Urbild zartgesinnter Frauen,
Des Jünglings Herz zum höchsten Schwung bewegt.

Was fesselt mich an irdische Beschwerden?
Ist nicht mein Herz und Leben ewig Dein?
Und schirmt mich Deine Liebe nicht auf Erden?

Ich darf für Dich der edlen Kunst mich weihn;
Denn Du, Geliebte, willst die Muse werden,
Und stiller Schutzgeist meiner Dichtung seyn.

In ewigen Verwandlungen begrüßt
Uns des Gesangs geheime Macht hienieden,
Dort segnet sie das Land als ew'ger Frieden,
Indeß sie hier als Jugend uns umfließt.

Sie ist's, die Licht in unsre Augen gießt,
Die uns den Sinn für jede Kunst beschieden,
Und die das Herz der Frohen und der Müden
In trunkner Andacht wunderbar genießt.

An ihrem vollen Busen trank ich Leben;
Ich ward durch sie zu allem, was ich bin,
Und durfte froh mein Angesicht erheben.

Noch schlummerte mein allerhöchster Sinn,
Da sah ich sie als Engel zu mir schweben,
Und flog, erwacht, in ihrem Arm dahin.

ERSTER THEIL

Die Erwartung

Erstes Kapitel

Die Eltern lagen schon und schliefen, die Wanduhr schlug ihren einförmigen Takt, vor den klappernden Fenstern sauste der Wind; abwechselnd wurde die Stube hell von dem Schimmer des Mondes. Der Jüngling lag unruhig auf seinem Lager, und gedachte des Fremden und seiner Erzählungen. Nicht die Schätze sind es, die ein so unaussprechliches Verlangen in mir geweckt haben, sagte er zu sich selbst; fern ab liegt mir alle Habsucht: aber die blaue Blume sehn' ich mich zu erblicken. Sie liegt mir unaufhörlich im Sinn, und ich kann nichts anders dichten und denken. So ist mir noch nie zu Muthe gewesen: es ist, als hätt' ich vorhin geträumt, oder ich wäre in eine andere Welt hinübergeschlummert; denn in der Welt, in der ich sonst lebte, wer hätte da sich um Blumen bekümmert, und gar von einer so seltsamen Leidenschaft für eine Blume hab' ich damals nie gehört. Wo eigentlich nur der Fremde herkam? Keiner von uns hat je einen ähnlichen Menschen gesehn; doch weiß ich nicht, warum nur ich von seinen Reden so ergriffen worden bin; die Andern haben ja das Nämliche gehört, und Keinem ist so etwas begegnet. Daß ich auch nicht einmal von meinem wunderlichen Zustande reden kann! Es ist mir oft so entzückend wohl, und nur dann, wenn ich die Blume nicht recht gegenwärtig habe, befällt mich so ein tiefes, inniges Treiben: das kann und wird Keiner verstehn. Ich glaubte, ich wäre wahnsinnig, wenn ich nicht so klar und hell sähe und dächte, mir ist seitdem alles viel bekannter. Ich hörte einst von alten Zeiten reden; wie da die Thiere und Bäume und Felsen mit den Menschen gesprochen hätten. Mir ist grade so, als wollten sie allaugenblicklich anfangen, und als könnte ich es ihnen ansehen, was sie mir sagen wollten. Es muß noch viel Worte geben, die ich nicht weiß: wüßte ich mehr, so könnte ich viel besser alles begreifen. Sonst tanzte ich gern; jezt denke ich lieber nach der Musik. Der Jüngling verlohr sich allmählich in süßen Fantasien und entschlummerte. Da träumte ihm erst von unabsehlichen Fernen, und wilden, unbekannten Gegenden. Er wanderte über Meere mit unbegreiflicher Leichtigkeit; wunderliche Thiere sah er; er lebte mit mannichfaltigen Menschen, bald im Kriege, in wildem Getümmel, in stillen Hütten. Er gerieth in Gefangenschaft und die schmählichste Noth. Alle Empfindungen stiegen bis zu einer niegekannten Höhe in ihm. Er durchlebte ein unendlich buntes Leben; starb und kam wieder, liebte bis zur höchsten Leidenschaft, und war dann wieder auf ewig von seiner Geliebten getrennt. Endlich gegen Morgen, wie draußen die Dämmerung anbrach, wurde es stiller in seiner Seele, klarer und bleibender wurden die Bilder. Es kam ihm vor, als ginge er in einem dunkeln Walde allein. Nur selten schimmerte der Tag durch das grüne Netz. Bald kam er vor eine Felsenschlucht, die bergan stieg. Er mußte über bemooste Steine klettern, die ein ehemaliger Strom herunter gerissen hatte. Je höher er kam, desto lichter wurde der Wald. Endlich gelangte er zu einer kleinen Wiese, die am Hange des Berges lag. Hinter der Wiese erhob sich eine hohe Klippe, an deren Fuß er eine Öefnung erblickte, die der Anfang eines in den Felsen gehauenen Ganges zu seyn schien. Der Gang führte ihn gemächlich eine Zeitlang eben fort, bis zu einer großen Weitung, aus der ihm schon von fern ein helles Licht entgegen glänzte. Wie er hineintrat, ward er einen mächtigen Strahl gewahr, der wie aus einem Springquell bis an die Decke des Gewölbes stieg, und oben in unzählige Funken zerstäubte, die sich unten in einem großen Becken sammelten; der Strahl glänzte wie entzündetes Gold; nicht das mindeste Geräusch war zu hören, eine heilige Stille umgab das herrliche Schauspiel. Er näherte sich dem Becken, das mit unendlichen Farben wogte und zitterte. Die Wände der Höhle waren mit dieser Flüssigkeit überzogen, die nicht heiß, sondern kühl war, und an den Wänden nur ein mattes, bläuliches Licht von sich warf. Er tauchte seine Hand in das Becken und benetzte seine Lippen. Es war, als durchdränge ihn ein geistiger Hauch, und er fühlte sich innigst gestärkt und erfrischt. Ein unwiderstehliches Verlangen ergriff ihn sich zu baden, er entkleidete sich und stieg in das Becken. Es dünkte ihn, als umflösse ihn eine Wolke des Abendroths; eine himmlische Empfindung überströmte sein Inneres; mit inniger Wollust strebten unzählbare Gedanken in ihm sich zu vermischen; neue, niegesehene Bilder entstanden, die auch in einander flossen und zu sichtbaren Wesen um ihn wurden, und jede Welle des lieblichen Elements schmiegte sich wie ein zarter Busen an ihn. Die Flut schien eine Auflösung reizender Mädchen, die an dem Jünglinge sich augenblicklich verkörperten.

Berauscht von Entzücken und doch jedes Eindrucks bewußt, schwamm er gemach dem leuchtenden Strome nach, der aus dem Becken in den Felsen hineinfloß. Eine Art von süßem Schlummer befiel ihn, in welchem er unbeschreibliche Begebenheiten träumte, und woraus ihn eine andere Erleuchtung weckte. Er fand sich auf einem weichen Rasen am Rande einer Quelle, die in die Luft hinausquoll und sich darin zu verzehren schien. Dunkelblaue Felsen mit bunten Adern erhoben sich in einiger Entfernung; das Tageslicht, das ihn umgab, war heller und milder als das gewöhnliche, der Himmel war schwarzblau und völlig rein. Was ihn aber mit voller Macht anzog, war eine hohe lichtblaue Blume, die zunächst an der Quelle stand, und ihn mit ihren breiten, glänzenden Blättern berührte. Rund um sie her standen unzählige Blumen von allen Farben, und der köstlichste Geruch erfüllte die Luft. Er sah nichts als die blaue Blume, und betrachtete sie lange mit unnennbarer Zärtlichkeit. Endlich wollte er sich ihr nähern, als sie auf einmal sich zu bewegen und zu verändern anfing; die Blätter wurden glänzender und schmiegten sich an den wachsenden Stengel, die Blume neigte sich nach ihm zu, und die Blüthenblätter zeigten einen blauen ausgebreiteten Kragen, in welchem ein zartes Gesicht schwebte. Sein süßes Staunen wuchs mit der sonderbaren Verwandlung, als ihn plötzlich die Stimme seiner Mutter weckte, und er sich in der elterlichen Stube fand, die schon die Morgensonne vergoldete. Er war zu entzückt, um unwillig über diese Störung zu seyn; vielmehr bot er seiner Mutter freundlich guten Morgen und erwiederte ihre herzliche Umarmung.

Du Langschläfer, sagte der Vater, wie lange sitze ich schon hier, und feile. Ich habe deinetwegen nichts hämmern dürfen; die Mutter wollte den lieben Sohn schlafen lassen. Aufs Frühstück habe ich auch warten müssen. Klüglich hast du den Lehrstand erwählt, für den wir wachen und arbeiten. Indeß ein tüchtiger Gelehrter, wie ich mir habe sagen lassen, muß auch Nächte zu Hülfe nehmen, um die großen Werke der weisen Vorfahren zu studiren. Lieber Vater, antwortete Heinrich, werdet nicht unwillig über meinen langen Schlaf, den ihr sonst nicht an mir gewohnt seid. Ich schlief erst spät ein, und habe viele unruhige Träume gehabt, bis zuletzt ein anmuthiger Traum mir erschien, den ich lange nicht vergessen werde, und von dem mich dünkt, als sey es mehr als bloßer Traum gewesen. Lieber Heinrich, sprach die Mutter, du hast dich gewiß auf den Rücken gelegt, oder beim Abendsegen fremde Gedanken gehabt. Du siehst auch noch ganz wunderlich aus. Iß und trink, daß du munter wirst.

Die Mutter ging hinaus, der Vater arbeitete emsig fort und sagte: Träume sind Schäume, mögen auch die hochgelahrten

Herren davon denken, was sie wollen, und du thust wohl, wenn du dein Gemüth von dergleichen unnützen und schädlichen Betrachtungen abwendest. Die Zeiten sind nicht mehr, wo zu den Träumen göttliche Gesichte sich gesellten, und wir können und werden es nicht begreifen, wie es jenen auserwählten Männern, von denen die Bibel erzählt, zu Muthe gewesen ist. Damals muß es eine andere Beschaffenheit mit den Träumen gehabt haben, so wie mit den menschlichen Dingen.

In dem Alter der Welt, wo wir leben, findet der unmittelbare Verkehr mit dem Himmel nicht mehr Statt. Die alten Geschichten und Schriften sind jetzt die einzigen Quellen, durch die uns eine Kenntniß von der überirdischen Welt, so weit wir sie nöthig haben, zu Theil wird; und statt jener ausdrücklichen Offenbarungen redet jetzt der heilige Geist mittelbar durch den Verstand kluger und wohlgesinnter Männer und durch die Lebensweise und die Schicksale frommer Menschen zu uns. Unsre heutigen Wunderbilder haben mich nie sonderlich erbaut, und ich habe nie jene großen Thaten geglaubt, die unsre Geistlichen davon erzählen. Indeß mag sich daran erbauen, wer will, und ich hüte mich wohl jemanden in seinem Vertrauen irre zu machen. – Aber, lieber Vater, aus welchem Grunde seyd Ihr so den Träumen entgegen, deren seltsame Verwandlungen und leichte zarte Natur doch unser Nachdenken gewißlich rege machen müssen? Ist nicht jeder, auch der verworrenste Traum, eine sonderliche Erscheinung, die auch ohne noch an göttliche Schickung dabey zu denken, ein bedeutsamer Riß in den geheimnißvollen Vorhang ist, der mit tausend Falten in unser Inneres hereinfällt? In den weisesten Büchern findet man unzählige Traumgeschichten von glaubhaften Menschen, und erinnert Euch nur noch des Traums, den uns neulich der ehrwürdige Hofkaplan erzählte, und der Euch selbst so merkwürdig vorkam.

Aber, auch ohne diese Geschichten, wenn Ihr zuerst in Eurem Leben einen Traum hättet, wie würdet Ihr nicht erstaunen, und Euch die Wunderbarkeit dieser uns nur alltäglich gewordenen Begebenheit gewiß nicht abstreiten lassen! Mich dünkt der Traum eine Schutzwehr gegen die Regelmäßigkeit und Gewöhnlichkeit des Lebens, eine freye Erholung der gebundenen Fantasie, wo sie alle Bilder des Lebens durcheinanderwirft, und die beständige Ernsthaftigkeit des erwachsenen Menschen durch ein fröhliches Kinderspiel unterbricht. Ohne die Träume würden wir gewiß früher alt, und so kann man den Traum, wenn auch nicht als unmittelbar von oben gegeben, doch als eine göttliche Mitgabe, einen freundlichen Begleiter auf der Wallfahrt zum heiligen Grabe betrachten. Gewiß ist der Traum, den ich heute Nacht träumte, kein unwirksamer Zufall in meinem Leben gewesen, denn ich fühle es, daß er in meine Seele wie ein weites Rad hineingreift, und sie in mächtigem Schwunge forttreibt.

Der Vater lächelte freundlich und sagte, indem er die Mutter, die eben hereintrat, ansah: Mutter, Heinrich kann die Stunde nicht verläugnen, durch die er in der Welt ist. In seinen Reden kocht der feurige wälsche Wein, den ich damals von Rom mitgebracht hatte, und der unsern Hochzeitsabend verherrlichte. Damals war ich auch noch ein andrer Kerl. Die südliche Luft hatte mich aufgethaut, von Muth und Lust floß ich über, und du warst auch ein heißes köstliches Mädchen. Bey Deinem Vater gings damals herrlich zu; Spielleute und Sänger waren weit und breit herzugekommen, und lange war in *Augsburg* keine lustigere Hochzeit gefeyert worden.

Ihr spracht vorhin von Träumen, sagte die Mutter, weißt du wohl, daß du mir damals auch von einem Traume erzähltest, den du in Rom gehabt hattest, und der dich zuerst auf den Gedanken gebracht, zu uns nach Augsburg zu kommen, und um mich zu werben? Du erinnerst mich eben zur rechten Zeit, sagte der Alte; ich habe diesen seltsamen Traum ganz vergessen, der mich damals lange genug beschäftigte; aber eben er ist mir ein Beweis dessen, was ich von den Träumen gesagt habe. Es ist unmöglich einen geordneteren und helleren zu haben; noch jetzt entsinne ich mich jedes Umstandes ganz genau; und doch, was hat er bedeutet? Daß ich von dir träumte, und mich bald darauf von Sehnsucht ergriffen fühlte, dich zu besitzen, war ganz natürlich: denn ich kannte dich schon. Dein freundliches holdes Wesen hatte mich gleich anfangs lebhaft gerührt, und nur die Lust nach der Fremde hielt damals meinen Wunsch nach deinem Besitz noch zurück. Um die Zeit des Traums war meine Neugierde schon ziemlich gestillt, und nun konnte die Neigung leichter durchdringen.

Erzählt uns doch jenen seltsamen Traum, sagte der Sohn. Ich war eines Abends, fing der Vater an, umhergestreift. Der Himmel war rein, und der Mond bekleidete die alten Säulen und Mauern mit seinem bleichen schauerlichen Lichte. Meine Gesellen gingen den Mädchen nach, und mich trieb das Heimweh und die Liebe ins Freye. Endlich ward ich durstig und ging ins erste beste Landhaus hinein, um einen Trunk Wein oder Milch zu fordern. Ein alter Mann kam heraus, der mich wohl für einen verdächtigen Besuch halten mochte. Ich trug ihm mein Anliegen vor; und als er erfuhr, daß ich ein Ausländer und ein Deutscher sey, lud er mich freundlich in die Stube und brachte eine Flasche Wein. Er hieß mich niedersetzen, und fragte mich nach meinem Gewerbe. Die Stube war voll Bücher und Alterthümer. Wir geriethen in ein weitläufiges Gespräch; er erzählte mir viel von alten Zeiten, von Mahlern, Bildhauern und Dichtern. Noch nie hatte ich so davon reden hören. Es war mir, als sey ich in einer neuen Welt ans Land gestiegen. Er wies mir Siegelsteine und andre alte Kunstarbeiten; dann las er mir mit lebendigem Feuer herrliche Gedichte vor, und so vergieng die Zeit, wie ein Augenblick. Noch jetzt heitert mein Herz sich auf, wenn ich mich des bunten Gewühls der wunderlichen Gedanken und Empfindungen erinnere, die mich in dieser Nacht erfüllten. In den heidnischen Zeiten war er wie zu Hause, und sehnte sich mit unglaublicher Inbrunst in dies graue Alterthum zurück. Endlich wies er mir eine Kammer an, wo ich den Rest der Nacht zubringen könnte, weil es schon zu spät sey, um noch zurückzukehren. Ich schlief bald, und da dünkte michs ich sey in meiner Vaterstadt und wanderte aus dem Thore. Es war, als müßte ich irgend wohin gehn, um etwas zu bestellen, doch wußte ich nicht wohin, und was ich verrichten solle. Ich ging nach dem Harze mit überaus schnellen Schritten, und wohl war mir, als sey es zur Hochzeit. Ich hielt mich nicht auf dem Wege, sondern immer feldein durch Thal und Wald, und bald kam ich an einen hohen Berg. Als ich oben war, sah ich die goldne Aue vor mir, und überschaute Thüringen weit und breit, also daß kein Berg in der Nähe umher mir die Aussicht wehrte. Gegenüber lag der Harz mit seinen dunklen Bergen, und ich sah unzählige Schlösser, Klöster und Ortschaften. Wie mir nun da recht wohl innerlich ward, fiel mir der alte Mann ein, bei dem ich schlief, und es gedäuchte mir, als sey das vor geraumer Zeit geschehn, daß ich bey ihm gewesen sey. Bald gewahrte ich eine Stiege, die in den Berg hinein ging, und ich machte mich hinunter. Nach langer Zeit kam ich in eine große Höhle, da saß ein Greis in einem langen Kleide vor einem eisernen Tische, und schaute unverwandt nach einem wunderschönen Mädchen, die in Marmor gehauen vor ihm stand. Sein Bart war durch den eisernen Tisch gewachsen und bedeckte seine Füße. Er sah ernst und freundlich aus, und gemahnte mich wie ein alter Kopf, den ich den Abend bey dem Manne gesehn hatte. Ein glänzendes Licht war in der Höhle verbreitet. Wie ich so stand und den Greis ansah, klopfte mir plötzlich mein Wirth auf die Schulter, nahm mich bei der Hand und führte mich durch lange Gänge mit sich fort. Nach einer Weile sah ich von weitem eine Dämmerung, als wollte das Tageslicht einbrechen. Ich eilte darauf zu, und befand mich bald auf einem grünen Plane; aber es schien mir alles ganz anders, als in Thüringen. Ungeheure Bäume mit großen glänzenden Blättern verbreiteten weit umher Schatten. Die Luft war sehr heiß und doch nicht drückend. Überall Quellen und Blumen, und unter allen Blumen gefiel mir Eine ganz besonders, und es kam mir vor, als neigten sich die Andern gegen sie.

Ach! liebster Vater, sagt mir doch, welche Farbe sie hatte, rief der Sohn mit heftiger Bewegung.

Das entsinne ich mich nicht mehr, so genau ich mir auch sonst alles eingeprägt habe.

War sie nicht blau?

Es kann seyn, fuhr der Alte fort, ohne auf Heinrichs seltsame Heftigkeit Achtung zu geben. Soviel weiß ich nur noch, daß mir ganz unaussprechlich zu Muthe war, und ich mich lange nicht nach meinem Begleiter umsah. Wie ich mich endlich zu ihm wandte, bemerkte ich, daß er mich aufmerksam betrachtete und mir mit inniger Freude zulächelte. Auf welche Art ich von diesem Orte wegkam, erinnere ich mir nicht mehr. Ich war wieder oben auf dem Berge. Mein Begleiter stand bey mir, und sagte: du hast das Wunder der Welt gesehn. Es steht bey dir, das glücklichste Wesen auf der Welt und noch über das ein berühmter Mann zu werden. Nimm wohl in Acht, was ich dir sage: wenn du am Tage Johannis gegen Abend wieder hieher kommst, und Gott herzlich um das Verständniß dieses Traumes bittest, so wird dir das höchste irdische Loos zu Theil werden; dann gieb nur acht, auf ein blaues Blümchen, was du hier oben finden wirst, brich es ab, und überlaß dich dann demüthig der himmlischen Führung. Ich war darauf im Traume unter den herrlichsten Gestalten und Menschen, und unendliche Zeiten gaukelten mit mannichfaltigen Veränderungen vor meinen Augen vorüber. Wie gelöst war meine Zunge, und was ich sprach, klang wie

Musik. Darauf ward alles wieder dunkel und eng und gewöhnlich; ich sah deine Mutter mit freundlichem, verschämten Blick vor mir; sie hielt ein glänzendes Kind in den Armen, und reichte mir es hin, als auf einmal das Kind zusehends wuchs, immer heller und glänzender ward, und sich endlich mit blendendweißen Flügeln über uns erhob, uns beyde in seinen Arm nahm, und so hoch mit uns flog, daß die Erde nur wie eine goldene Schüssel mit dem saubersten Schnitzwerk aussah. Dann erinnere ich mir nur, daß wieder jene Blume und der Berg und der Greis vorkamen; aber ich erwachte bald darauf und fühlte mich von heftiger Liebe bewegt. Ich nahm Abschied von meinem gastfreyen Wirth, der mich bat, ihn oft wieder zu besuchen, was ich ihm zusagte, und auch Wort gehalten haben würde, wenn ich nicht bald darauf Rom verlassen hätte, und ungestüm nach Augsburg gereist wäre.

Zweytes Kapitel

Johannis war vorbey, die Mutter hatte längst einmal nach Augsburg ins väterliche Haus kommen und dem Großvater den noch unbekannten lieben Enkel mitbringen sollen. Einige gute Freunde des alten Ofterdingen, ein paar Kaufleute, mußten in Handelsgeschäften dahin reisen. Da faßte die Mutter den Entschluß, bey dieser Gelegenheit jenen Wunsch auszuführen, und es lag ihr dieß um so mehr am Herzen, weil sie seit einiger Zeit merkte, daß Heinrich weit stiller und in sich gekehrter war, als sonst. Sie glaubte, er sey mißmüthig oder krank, und eine weite Reise, der Anblick neuer Menschen und Länder, und wie sie verstohlen ahndete, die Reize einer jungen Landsmännin würden die trübe Laune ihres Sohnes vertreiben, und wieder einen so theilnehmenden und lebensfrohen Menschen aus ihm machen, wie er sonst gewesen. Der Alte willigte in den Plan der Mutter, und Heinrich war über die Maßen erfreut, in ein Land zu kommen, was er schon lange, nach den Erzählungen seiner Mutter und mancher Reisenden, wie ein irdisches Paradies sich gedacht, und wohin er oft vergeblich sich gewünscht hatte.

Heinrich war eben zwanzig Jahr alt geworden. Er war nie über die umliegenden Gegenden seiner Vaterstadt hinausgekommen; die Welt war ihm nur aus Erzählungen bekannt. Wenig Bücher waren ihm zu Gesichte gekommen. Bey der Hofhaltung des Landgrafen ging es nach der Sitte der damaligen Zeiten einfach und still zu; und die Pracht und Bequemlichkeit des fürstlichen Lebens dürfte sich schwerlich mit den Annehmlichkeiten messen, die in spätern Zeiten ein bemittelter Privatmann sich und den Seinigen ohne Verschwendung verschaffen konnte. Dafür war aber der Sinn für die Geräthschaften und Habseeligkeiten, die der Mensch zum mannichfachen Dienst seines Lebens um sich her versammelt, desto zarter und tiefer. Sie waren den Menschen werther und merkwürdiger. Zog schon das Geheimniß der Natur und die Entstehung ihrer Körper den ahndenden Geist an: so erhöhte die seltnere Kunst ihrer Bearbeitung die romantische Ferne, aus der man sie erhielt, und die Heiligkeit ihres Alterthums, da sie sorgfältiger bewahrt, oft das Besitzthum mehrerer Nachkommenschaften wurden, die Neigung zu diesen stummen Gefährten des Lebens. Oft wurden sie zu dem Rang von geweihten Pfändern eines besondern Segens und Schicksals erhoben, und das Wohl ganzer Reiche und weitverbreiteter Familien hing an ihrer Erhaltung. Eine *liebliche* Armuth schmückte diese Zeiten mit einer eigenthümlichen ernsten und unschuldigen Einfalt; und die sparsam vertheilten Kleinodien glänzten desto bedeutender in dieser Dämmerung, und erfüllten ein sinniges Gemüth mit wunderbaren Erwartungen. Wenn es wahr ist, daß erst eine geschickte Vertheilung von Licht, Farbe und Schatten die verborgene Herrlichkeit der sichtbaren Welt offenbart, und sich hier ein neues höheres Auge aufzuthun scheint: so war damals überall eine ähnliche Vertheilung und Wirthschaftlichkeit wahrzunehmen; da hingegen die neuere wohlhabendere Zeit das einförmige und unbedeutendere Bild eines allgemeinen Tages darbietet. In allen Übergängen scheint, wie in einem Zwischenreiche, eine höhere, geistliche Macht durchbrechen zu wollen; und wie auf der Oberfläche unseres Wohnplatzes, die an unterirdischen und überirdischen Schätzen reichsten Gegenden in der Mitte zwischen den wilden, unwirthlichen Urgebirgen und den unermeßlichen Ebenen liegen, so hat sich auch zwischen den rohen Zeiten der Barbarey, und dem kunstreichen, vielwissenden und begüterten Weltalter eine tiefsinnige und romantische Zeit niedergelassen, die unter schlichtem Kleide eine höhere Gestalt verbirgt. Wer wandelt nicht gern im Zwielichte, wenn die Nacht am Lichte und das Licht an der Nacht in höhere Schatten und Farben zerbricht; und also vertiefen wir uns willig in die Jahre, wo Heinrich lebte und jetzt neuen Begebenheiten mit vollem Herzen entgegenging. Er nahm Abschied von seinen Gespielen und seinem Lehrer, dem alten weisen Hofkaplan, der Heinrichs fruchtbare Anlagen kannte, und ihn mit gerührtem Herzen und einem stillen Gebete entließ. Die Landgräfin war seine Pathin; er war oft auf der Wartburg bey ihr gewesen. Auch jetzt beurlaubte er sich bey seiner Beschützerin, die ihm gute Lehren und eine goldene Halskette verehrte, und mit freundlichen Äußerungen von ihm schied.

In wehmüthiger Stimmung verließ Heinrich seinen Vater und seine Geburtsstadt. Es ward ihm jetzt erst deutlich, was Trennung sey; die Vorstellungen von der Reise waren nicht von dem sonderbaren Gefühle begleitet gewesen, was er jetzt empfand, als zuerst seine bisherige Welt von ihm gerissen und er wie auf ein fremdes Ufer gespült ward. Unendlich ist die jugendliche Trauer bey dieser ersten Erfahrung der Vergänglichkeit der irdischen Dinge, die dem unerfahrnen

Gemüth so nothwendig, und unentbehrlich, so fest verwachsen mit dem eigenthümlichsten Daseyn und so unveränderlich, wie dieses, vorkommen müssen. Eine erste Ankündigung des Todes, bleibt die erste Trennung unvergeßlich, und wird, nachdem sie lange wie ein nächtliches Gesicht den Menschen beängstigt hat, endlich bey abnehmender Freude an den Erscheinungen des Tages, und zunehmender Sehnsucht nach einer bleibenden sichern Welt, zu einem freundlichen Wegweiser und einer tröstenden Bekanntschaft. Die Nähe seiner Mutter tröstete den Jüngling sehr. Die alte Welt schien noch nicht ganz verlohren, und er umfaßte sie mit verdoppelter Innigkeit. Es war früh am Tage, als die Reisenden aus den Thoren von Eisenach fortritten, und die Dämmerung begünstigte Heinrichs gerührte Stimmung. Je heller es ward, desto bemerklicher wurden ihm die neuen unbekannten Gegenden; und als auf einer Anhöhe die verlassene Landschaft von der aufgehenden Sonne auf einmal erleuchtet wurde, so fielen dem überraschten Jüngling alte Melodien seines Innern in den trüben Wechsel seiner Gedanken ein. Er sah sich an der Schwelle der Ferne, in die er oft vergebens von den nahen Bergen geschaut, und die er sich mit sonderbaren Farben ausgemahlt hatte. Er war im Begriff, sich in ihre blaue Flut zu tauchen. Die Wunderblume stand vor ihm, und er sah nach Thüringen, welches er jetzt hinter sich ließ mit der seltsamen Ahndung hinüber, als werde er nach langen Wanderungen von der Weltgegend her, nach welcher sie jetzt reisten, in sein Vaterland zurückkommen, und als reise er daher diesem eigentlich zu. Die Gesellschaft, die anfänglich aus ähnlichen Ursachen still gewesen war, fing nach gerade an aufzuwachen, und sich mit allerhand Gesprächen und Erzählungen die Zeit zu verkürzen. Heinrichs Mutter glaubte ihren Sohn aus den Träumereien reißen zu müssen, in denen sie ihn versunken sah, und fing an ihm von ihrem Vaterlande zu erzählen, von dem Hause ihres Vaters und dem frölichen

Leben in Schwaben. Die Kaufleute stimmten mit ein, und bekräftigten die mütterlichen Erzählungen, rühmten die Gastfreyheit des alten Schwaning, und konnten nicht aufhören, die schönen Landsmänninnen ihrer Reisegefährtin zu preisen. Ihr thut wohl, sagten sie, daß ihr euren Sohn dorthin führt. Die Sitten eures Vaterlandes sind milder und gefälliger. Die Menschen wissen das Nützliche zu befördern, ohne das Angenehme zu verachten. Jedermann sucht seine Bedürfnisse auf eine gesellige und reitzende Art zu befriedigen. Der Kaufmann befindet sich wohl dabey, und wird geehrt. Die Künste und Handwerke vermehren und veredeln sich, den Fleißigen dünkt die Arbeit leichter, weil sie ihm zu mannichfachen Annehmlichkeiten verhilft, und er, indem er eine einförmige Mühe übernimmt, sicher ist, die bunten Früchte mannichfacher und belohnender Beschäftigungen dafür mitzugenießen. Geld, Thätigkeit und Waren erzeugen sich gegenseitig, und treiben sich in raschen Kreisen, und das Land und die Städte blühen auf. Je eifriger der Erwerbfleiß die Tage benutzt, desto ausschließlicher ist der Abend, den reitzenden Vergnügungen der schönen Künste und des geselligen Umgangs gewidmet. Das Gemüth sehnt sich nach Erholung und Abwechselung, und wo sollte es diese auf eine anständigere und reitzendere Art finden, als in der Beschäftigung mit den freyen Spielen und Erzeugnissen seiner edelsten Kraft, des bildenden Tiefsinns. Nirgends hört man so anmuthige Sänger, findet so herrliche Mahler, und nirgends sieht man auf den Tanzsälen leichtere Bewegungen und lieblichere Gestalten. Die Nachbarschaft von Wälschland zeigt sich in dem ungezwungenen Betragen und den einnehmenden Gesprächen. Euer Geschlecht darf die Gesellschaften schmücken, und ohne Furcht vor Nachrede mit holdseligem Bezeigen einen lebhaften Wetteifer, seine Aufmerksamkeit zu fesseln, erregen. Die rauhe Ernsthaftigkeit und die wilde Ausgelassenheit der Männer macht einer milden Lebendigkeit und sanfter bescheidner Freude Platz, und die Liebe wird in tausendfachen Gestalten der leitende Geist der glücklichen Gesellschaften. Weit entfernt, daß Ausschweifungen und unziemende Grundsätze dadurch sollten herbeygelockt werden, scheint es, als flöhen die bösen Geister die Nähe der Anmuth, und gewiß sind in ganz Deutschland keine unbescholtenere Mädchen und keine treuere Frauen, als in Schwaben.

Ja junger Freund, in der klaren warmen Luft des südlichen Deutschlands werdet ihr eure ernste Schüchternheit wohl ablegen; die frölichen Mädchen werden euch wohl geschmeidig und gesprächig machen. Schon euer Name, als Fremder, und eure nahe Verwandtschaft mit dem alten Schwaning, der die Freude jeder frölichen Gesellschaft ist, werden die reitzenden Augen der Mädchen auf sich ziehn; und wenn ihr eurem Großvater folgt, so werdet ihr gewiß unsrer Vaterstadt eine ähnliche Zierde in einer holdseligen Frau mitbringen, wie euer Vater. Mit freundlichem Erröthen dankte Heinrichs Mutter für das schöne Lob ihres Vaterlandes, und die gute Meynung von ihren Landsmänninnen, und der gedankenvolle Heinrich hatte nicht umhin gekonnt, aufmerksam und mit innigem Wohlgefallen der Schilderung des Landes, dessen Anblick ihm bevorstand, zuzuhören. Wenn ihr auch, fuhren die Kaufleute fort, die Kunst eures Vaters nicht ergreifen, und lieber, wie wir gehört haben, euch mit gelehrten Dingen befassen wollt: so braucht ihr nicht Geistlicher zu werden, und Verzicht auf die schönsten Genüsse dieses Lebens zu leisten. Es ist eben schlimm genug, daß die Wissenschaften in den Händen eines so von dem weltlichen Leben abgesonderten Standes, und die Fürsten von so ungeselligen und wahrhaft unerfahrenen Männern berathen sind. In der Einsamkeit in welcher sie nicht selbst Theil an den Weltgeschäften nehmen, müssen ihre Gedanken eine unnütze Wendung erhalten, und können nicht auf die wirklichen Vorfälle passen. In

Schwaben trefft ihr auch wahrhaft kluge und erfahrne Männer unter den Layen; und ihr mögt nun wählen, welchen Zweig menschlicher Kenntnisse ihr wollt: so wird es euch nicht an den besten Lehrern und Ratgebern fehlen. Nach einer Weile sagte Heinrich, dem bey dieser Rede sein Freund der Hofkaplan in den Sinn gekommen war: Wenn ich bey meiner Unkunde von der Beschaffenheit der Welt euch auch eben nicht abfällig seyn kann, in dem was ihr von der Unfähigkeit der Geistlichen zu Führung und Beurtheilung weltlicher Angelegenheiten behauptet: so ist mirs doch wohl erlaubt, euch an unsern trefflichen Hofkaplan zu erinnern, der gewiß ein Muster eines weisen Mannes ist, und dessen Lehren und Rathschläge mir unvergessen seyn werden.

Wir ehren, erwiederten die Kaufleute, diesen trefflichen Mann von ganzem Herzen; aber dennoch können wir nur in sofern eurer Meinung Beyfall geben, daß er ein weiser Mann sey, wenn ihr von jener Weisheit sprecht, die einen Gott wohlgefälligen Lebenswandel angeht. Haltet ihr ihn für eben so weltklug, als er in den Sachen des Heils geübt und unterrichtet ist: so erlaubt uns, daß wir euch nicht beystimmen. Doch glauben wir, daß dadurch der heilige Mann nichts von seinem verdienten Lobe verliert; da er viel zu vertieft in der Kunde der überirdischen Welt ist, als daß er nach Einsicht und Ansehn in irdischen Dingen streben sollte.

Aber, sagte Heinrich, sollte nicht jene höhere Kunde ebenfalls geschickt machen, recht unpartheiisch den Zügel menschlicher Angelegenheiten zu führen? sollte nicht jene kindliche unbefangene Einfalt sicherer den richtigen Weg durch das Labyrinth der hiesigen Begebenheiten treffen, als die durch Rücksicht auf eigenen Vortheil irregeleitete und gehemmte, von der unerschöpflichen Zahl neuer Zufälle und Verwickelungen geblendete Klugheit? Ich weiß nicht, aber mich dünkt, ich sähe zwey Wege um zur Wissenschaft der menschlichen Geschichte zu gelangen. Der eine, mühsam und unabsehlich, mit unzähligen Krümmungen, der Weg der Erfahrung; der andere, fast Ein Sprung nur, der Weg der innern Betrachtung. Der Wanderer des ersten muß eins aus dem andern in einer langwierigen Rechnung finden, wenn der andere die Natur jeder Begebenheit und jeder Sache gleich unmittelbar anschaut, und sie in ihrem lebendigen, mannichfaltigen Zusammenhange betrachten, und leicht mit allen übrigen, wie Figuren auf einer Tafel, vergleichen kann. Ihr müßt verzeihen, wenn ich wie aus kindischen Träumen vor euch rede: nur das Zutrauen zu eurer Güte und das Andenken meines Lehrers, der den zweyten Weg mir als seinen eignen von weitem gezeigt hat, machte mich so dreist.

Wir gestehen Euch gern, sagten die gutmüthigen Kaufleute, daß wir eurem Gedankengange nicht zu folgen vermögen: doch freut es uns, daß ihr so warm euch des trefflichen Lehrers erinnert, und seinen Unterricht wohl gefaßt zu haben scheint.

Es dünkt uns, ihr habt Anlage zum Dichter. Ihr sprecht so geläufig von den Erscheinungen eures Gemüths, und es fehlt Euch nicht an gewählten Ausdrücken und passenden Vergleichungen. Auch neigt Ihr Euch zum Wunderbaren, als dem Elemente der Dichter.

Ich weiß nicht, sagte Heinrich, wie es kommt. Schon oft habe ich von Dichtern und Sängern sprechen gehört, und habe noch nie einen gesehn. Ja, ich kann mir nicht einmal einen Begriff von ihrer sonderbaren Kunst machen, und doch habe ich eine große Sehnsucht davon zu hören. Es ist mir, als würde ich manches besser verstehen, was jetzt nur dunkle Ahndung in mir ist. Von Gedichten ist oft erzählt worden, aber nie habe ich eins zu sehen bekommen, und mein Lehrer hat nie Gelegenheit gehabt Kenntnisse von dieser Kunst einzuziehn. Alles, was er mir davon gesagt, habe ich nicht deutlich begreifen können. Doch meynte er immer, es sey eine edle Kunst, der ich mich ganz ergeben würde, wenn ich sie einmal kennen lernte. In alten Zeiten sey sie weit gemeiner gewesen, und habe jedermann einige Wissenschaft davon gehabt, jedoch Einer vor dem Andern. Sie sey noch mit andern verlohrengegangenen herrlichen Künsten verschwistert gewesen. Die Sänger hätte göttliche Gunst hoch geehrt, so daß sie begeistert durch unsichtbaren Umgang, himmlische Weisheit auf Erden in lieblichen Tönen verkündigen können.

Die Kaufleute sagten darauf: Wir haben uns freylich nie um die Geheimnisse der Dichter bekümmert, wenn wir gleich mit Vergnügen ihrem Gesange zugehört. Es mag wohl wahr seyn, daß eine besondere Gestirnung dazu gehört, wenn ein Dichter zur Welt kommen soll; denn es ist gewiß eine recht wunderbare Sache mit dieser Kunst. Auch sind die andern Künste gar sehr davon unterschieden, und lassen sich weit eher begreifen. Bey den Mahlern und Tonkünstlern kann man leicht einsehn, wie es zugeht, und mit Fleiß und Geduld läßt sich beydes lernen. Die Töne liegen schon in den Saiten, und es gehört nur eine Fertigkeit dazu, diese zu bewegen um jene in einer reitzenden Folge aufzuwecken. Bey den Bildern ist die Natur die herrlichste Lehrmeisterin. Sie erzeugt unzählige schöne und wunderliche Figuren, giebt die Farben, das Licht und den Schatten, und so kann eine geübte Hand, ein richtiges Auge, und die Kenntniß von der Bereitung und Vermischung der Farben, die Natur auf das vollkommenste nachahmen. Wie natürlich ist daher auch die Wirkung dieser Künste, das Wohlgefallen an ihren Werken, zu begreifen. Der Gesang der Nachtigall, das Sausen des Windes, und die herrlichen Lichter, Farben und Gestalten gefallen uns, weil sie unsere Sinne angenehm beschäftigen; und da unsere Sinne dazu von der Natur, die auch jenes hervorbringt, so eingerichtet sind, so muß uns auch die künstliche Nachahmung der Natur gefallen. Die Natur will selbst auch einen Genuß von ihrer großen Künstlichkeit haben, und darum hat sie sich in Menschen verwandelt, wo sie nun selber sich über ihre Herrlichkeit freut, das Angenehme und Liebliche von den Dingen absondert, und es auf solche Art allein hervorbringt, daß sie es auf mannichfaltigere Weise, und zu allen Zeiten und allen Orten haben und genießen kann. Dagegen ist von der Dichtkunst sonst nirgends äußerlich etwas anzutreffen. Auch schafft sie nichts mit Werkzeugen und Händen; das Auge und das Ohr vernehmen nichts davon: denn das bloße Hören der Worte ist nicht die eigentliche Wirkung dieser geheimen Kunst. Es ist alles innerlich, und wie jene Künstler die äußern Sinne mit angenehmen Empfindungen erfüllen, so erfüllt der Dichter das inwendige Heiligthum des Gemüths mit neuen, wunderbaren und gefälligen Gedanken. Er weiß jene geheimen Kräfte in uns nach Belieben zu erregen, und giebt uns durch Worte eine unbekannte herrliche Welt zu vernehmen. Wie aus tiefen Höhlen steigen alte und künftige Zeiten, unzählige Menschen, *wunderbare* Gegenden, und die seltsamsten Begebenheiten in uns herauf, und entreißen uns der bekannten Gegenwart. Man hört fremde Worte und weiß doch, was sie bedeuten sollen. Eine magische Gewalt üben die Sprüche des Dichters aus; auch die gewöhnlichen Worte kommen in reizenden Klängen vor, und berauschten die festgebannten Zuhörer.

Ihr verwandelt meine Neugierde in heiße Ungeduld, sagte Heinrich. Ich bitte euch, erzählt mir von allen Sängern, die ihr gehört habt. Ich kann nicht genug von diesen besondern Menschen hören. Mir ist auf einmal, als hätte ich irgendwo schon davon in meiner tiefsten Jugend reden hören, doch kann ich mich schlechterdings nichts mehr davon entsinnen. Aber mir ist das, was ihr sagt, so klar, so bekannt, und ihr macht mir ein außerordentliches Vergnügen mit euren schönen Beschreibungen.

Wir erinnern uns selbst gern, fuhren die Kaufleute fort, mancher frohen Stunden, die wir in Welschland, Frankreich und Schwaben in der Gesellschaft von Sängern zugebracht haben, und freuen uns, daß ihr so lebhaften Antheil an unsern Reden nehmet. Wenn man so in Gebirgen reist, spricht es sich mit doppelter Annehmlichkeit, und die Zeit vergeht spielend. Vielleicht ergötzt es euch einige artige Geschichten von Dichtern zu hören, die wir auf unsern Reisen erfuhren. Von den Gesängen selbst, die wir gehört haben, können wir wenig sagen, da die Freude und der Rausch des Augenblicks das Gedächtniß hindert viel zu behalten, und die unaufhörlichen Handelsgeschäfte manches Andenken auch wieder verwischt haben.

In alten Zeiten muß die ganze Natur lebendiger und sinnvoller gewesen seyn, als heut zu Tage. Wirkungen, die jetzt kaum noch die Thiere zu bemerken scheinen, und die Menschen eigentlich allein noch empfinden und genießen, bewegten damals leblose Körper; und so war es möglich, daß kunstreiche Menschen allein Dinge möglich machten und Erscheinungen hervorbrachten, die uns jetzt völlig unglaublich und fabelhaft dünken. So sollen vor uralten Zeiten in den Ländern des jetzigen Griechischen Kaiserthums, wie uns Reisende berichtet, die diese Sagen noch dort unter dem gemeinen Volke angetroffen haben, Dichter gewesen seyn, die durch den seltsamen Klang wunderbarer Werkzeuge das geheime Leben der Wälder, die in den Stämmen verborgenen Geister aufgeweckt, in wüsten, verödeten Gegenden den todten Pflanzensaamen erregt, und blühende Gärten hervorgerufen, grausame Thiere gezähmt und verwilderte Menschen zu Ordnung und Sitte gewöhnt, sanfte Neigungen und Künste des Friedens in ihnen rege gemacht, reißende Flüsse in milde Gewässer verwandelt, und selbst die todtesten Steine in regelmäßige tanzende Bewegungen hingerissen haben. Sie sollen zugleich Wahrsager und Priester, Gesetzgeber und Ärzte gewesen seyn, indem selbst die höhern Wesen durch ihre zauberische Kunst herabgezogen worden sind, und sie in den Geheimnissen der Zukunft unterrichtet, das Ebenmaß und die natürliche Einrichtung aller Dinge, auch die innern Tugenden und Heilkräfte der Zahlen, Gewächse und aller Kreaturen, ihnen offenbart. Seitdem sollen, wie die Sage lautet, erst die mannichfaltigen Töne und die sonderbaren Sympathien und Ordnungen in die Natur gekommen seyn, indem vorher alles wild, unordentlich und feindselig gewesen ist. Seltsam ist nur hiebey, daß zwar diese schönen Spuren, zum Andenken der Gegenwart jener wohlthätigen Menschen, geblieben sind, aber entweder ihre Kunst, oder jene zarte Gefühligkeit der Natur verlohren gegangen ist. In diesen Zeiten hat es sich unter andern einmal zugetragen, daß einer jener sonderbaren Dichter oder mehr Tonkünstler – wiewohl die Musik und Poesie wohl ziemlich eins seyn mögen und vielleicht eben so zusammen gehören, wie Mund und Ohr, da der erste nur ein bewegliches und antwortendes Ohr ist – daß also dieser Tonkünstler übers Meer in ein fremdes Land reisen wollte. Er war reich an schönen Kleinodien und köstlichen Dingen, die ihm aus Dankbarkeit verehrt worden waren. Er fand ein Schiff am Ufer, und die Leute darinn schienen bereitwillig, ihn für den verheißenen Lohn nach der verlangten Gegend zu fahren. Der Glanz und die Zierlichkeit seiner Schätze reizten aber bald ihre Habsucht so sehr, daß sie unter einander verabredeten, sich seiner zu bemächtigen, ihn ins Meer zu werfen, und nachher seine Habe unter einander zu vertheilen. Wie sie also mitten im Meere waren, fielen sie über ihn her, und sagten ihm, daß er sterben müsse, weil sie beschlossen hätten, ihn ins Meer zu werfen. Er bat sie auf die rührendste Weise um sein Leben, bot ihnen seine Schätze zum Lösegeld an, und prophezeyte ihnen großes Unglück, wenn sie ihren Vorsatz ausführen würden. Aber weder das eine, noch das andere konnte sie bewegen: denn sie fürchteten sich, daß er ihre bösliche That einmal verrathen möchte. Da er sie nun einmal so fest entschlossen sah, bat er sie ihm wenigstens zu erlauben, daß er noch vor seinem Ende seinen Schwanengesang spielen dürfe, dann wolle er mit seinem schlichten hölzernen Instrumente, vor ihren Augen freywillig ins Meer springen. Sie wußten recht wohl, daß wenn sie seinen Zaubergesang hörten, ihre Herzen erweicht, und sie von Reue ergriffen werden würden; daher nahmen sie sich vor, ihm zwar diese letzte Bitte zu gewähren, während des Gesanges aber sich die Ohren fest zu verstopfen, daß sie nichts davon vernähmen, und so bey ihrem Vorhaben bleiben könnten. Dies geschah. Der Sänger stimmte einen herrlichen, unendlich rührenden Gesang an. Das ganze Schiff tönte mit, die Wellen klangen, die Sonne und die Gestirne erschienen zugleich am Himmel, und aus den grünen Fluten tauchten tanzende Schaaren von Fischen und Meerungeheuern hervor. Die Schiffer standen feindselig allein mit festverstopften Ohren, und warteten voll Ungeduld auf das Ende des Liedes. Bald war es vorüber. Da sprang der Sänger mit heitrer Stirn in den dunkeln Abgrund hin, sein wunderthätiges Werkzeug im Arm. Er hatte kaum die glänzenden Wogen berührt, so hob sich der breite Rücken eines dankbaren Unthiers unter ihm hervor, und es schwamm schnell mit dem erstaunten Sänger davon. Nach kurzer Zeit hatte es mit ihm die Küste erreicht, nach der er hingewollt hatte, und setzte ihn sanft im Schilfe nieder. Der Dichter sang seinem Retter ein frohes Lied, und ging dankbar von dannen. Nach einiger Zeit ging er einmal am Ufer des Meers allein, und klagte in süßen Tönen über seine verlohrenen Kleinode, die ihm, als Erinnerungen glücklicher Stunden und als Zeichen der Liebe und Dankbarkeit so werth gewesen waren. Indem er so sang, kam plözlich sein alter Freund im Meere fröhlich daher gerauscht, und ließ aus seinem Rachen die geraubten Schätze auf den Sand fallen. Die Schiffer hatten, nach des Sängers Sprunge, sich sogleich in seine Hinterlassenschaft zu theilen angefangen. Bey dieser Theilung war Streit unter ihnen entstanden, und hatte sich in einen mörderischen Kampf geendigt, der den Meisten das Leben gekostet; die wenigen, die übrig geblieben, hatten allein das Schiff nicht regieren können, und es war bald auf den Strand gerathen, wo es scheiterte und unterging. Sie brachten mit genauer Noth das Leben davon, und kamen mit leeren Händen und zerrissenen Kleidern ans Land, und so kehrten durch die Hülfe des dankbaren Meerthiers, das die Schätze im Meere aufsuchte, dieselben in die Hände ihres alten Besitzers zurück.

Drittes Kapitel

Eine andere Geschichte, fuhren die Kaufleute nach einer Pause fort, die freylich nicht so wunderbar und auch aus späteren Zeiten ist, wird euch vielleicht doch gefallen, und euch mit den Wirkungen jener wunderbaren Kunst noch bekannter machen. Ein alter König hielt einen glänzenden Hof. Weit und breit strömten Menschen herzu, um Theil an der Herrlichkeit seines Lebens zu haben, und es gebrach weder den täglichen Festen an Überfluß köstlicher Waaren des Gaumens, noch an Musik, prächtigen Verzierungen und Trachten, und tausend abwechselnden Schauspielen und Zeitvertreiben, noch endlich an sinnreicher Anordnung, an klugen, gefälligen, und unterrichteten Männern zur Unterhaltung und Beseelung der Gespräche, und an schöner, anmuthiger Jugend von beyden Geschlechtern, die die eigentliche Seele reitzender Feste ausmachen. Der alte König, der sonst ein strenger und ernster Mann war, hatte zwey Neigungen, die der wahre Anlaß dieser prächtigen Hofhaltung waren, und denen sie ihre schöne Einrichtung zu danken hatte. Eine war die Zärtlichkeit für seine Tochter, die ihm als Andenken seiner früh verstorbenen Gemahlin und als ein unaussprechlich liebenswürdiges Mädchen unendlich theuer war, und für die er gern alle Schätze der Natur und alle Macht des menschlichen Geistes aufgeboten hätte, um ihr einen Himmel auf Erden zu verschaffen. Die Andere war eine wahre Leidenschaft für die Dichtkunst und ihre Meister. Er hatte von Jugend auf die Werke der Dichter mit innigem Vergnügen gelesen; an ihre Sammlung aus allen Sprachen großen Fleiß und große Summen gewendet, und von jeher den Umgang der Sänger über alles geschätzt. Von allen Enden zog er sie an seinen Hof und überhäufte sie mit Ehren. Er ward nicht müde ihren Gesängen zuzuhören, und vergaß oft die wichtigsten Angelegenheiten, ja die Bedürfnisse des Lebens über einem neuen, hinreißenden Gesange. Seine Tochter war unter Gesängen aufgewachsen, und ihre ganze Seele war ein zartes Lied geworden, ein einfacher Ausdruck der Wehmuth und Sehnsucht. Der wohlthätige Einfluß der beschützten und geehrten Dichter zeigte sich im ganzen Lande, besonders aber am Hofe. Man genoß das Leben mit langsamen, kleinen Zügen wie einen köstlichen Trank, und mit desto reinerem Wohlbehagen, da alle widrige gehässige Leidenschaften, wie Mißtöne von der sanften harmonischen Stimmung verscheucht wurden, die in allen Gemüthern herrschend war. Frieden der Seele und innres seeliges Anschauen einer selbst geschaffenen, glücklichen Welt war das Eigenthum dieser wunderbaren Zeit geworden, und die Zwietracht erschien nur in den alten Sagen der Dichter, als eine ehemalige Feindinn der Menschen. Es schien, als hätten die Geister des Gesanges ihrem Beschützer kein lieblicheres Zeichen der Dankbarkeit geben können, als seine Tochter, die alles besaß, was die süßeste Einbildungskraft nur in der zarten Gestalt eines Mädchens vereinigen konnte. Wenn man sie an den schönen Festen unter einer Schaar reitzender Gespielen, im weißen glänzenden Gewande erblickte, wie sie den Wettgesängen der begeisterten Sänger mit tiefem Lauschen zuhörte, und erröthend einen duftenden Kranz auf die Locken des

Glücklichen drückte, dessen Lied den Preis gewonnen hatte: so hielt man sie für die sichtbare Seele jener herrlichen Kunst, die jene Zaubersprüche beschworen hätten, und hörte auf sich über die Entzückungen und Melodien der Dichter zu wundern.

Mitten in diesem irdischen Paradiese schien jedoch ein geheimnißvolles Schicksal zu schweben. Die einzige Sorge der Bewohner dieser Gegenden betraf die Vermählung der aufblühenden Prinzessin, von der die Fortdauer dieser seligen Zeiten und das Verhängniß des ganzen Landes abhing. Der König ward immer älter. Ihm selbst schien diese Sorge lebhaft am Herzen zu liegen, und doch zeigte sich keine Aussicht zu einer Vermählung für sie, die allen Wünschen angemessen gewesen wäre. Die heilige Ehrfurcht für das königliche Haus erlaubte keinem Unterthan, an die Möglichkeit zu denken, die Prinzessin zu besitzen. Man betrachtete sie wie ein überirdisches Wesen, und alle Prinzen aus andern Ländern, die sich mit Ansprüchen auf sie am Hofe gezeigt hatten, schienen so tief unter ihr zu seyn, daß kein Mensch auf den Einfall kam, die Prinzessin oder der König werde die Augen auf einen unter ihnen richten. Das Gefühl des Abstandes hatte sie auch allmählich alle verscheucht, und das ausgesprengte Gerücht des ausschweifenden Stolzes dieser königlichen Familie schien Andern alle Lust zu benehmen, sich ebenfalls gedemüthigt zu sehn. Ganz ungegründet war auch dieses Gerücht nicht. Der König war bey aller Milde beynah unwillkührlich in ein Gefühl der Erhabenheit gerathen, was ihm jeden Gedanken an die Verbindung seiner Tochter mit einem Manne von niedrigerem Stande und dunklerer Herkunft unmöglich oder unerträglich machte. Ihr hoher, einziger Werth hatte jenes Gefühl in ihm immer mehr bestätigt. Er war aus einer uralten Morgenländischen Königsfamilie entsprossen. Seine Gemahlin war der letzte Zweig der Nachkommenschaft des berühmten Helden Rustan gewesen. Seine Dichter hatten ihm unaufhörlich von seiner Verwandtschaft mit den ehemaligen übermenschlichen Beherrschern der Welt vorgesungen, und in dem Zauberspiegel ihrer Kunst war ihm der Abstand seiner Herkunft von dem Ursprunge der andern Menschen, die Herrlichkeit seines Stammes noch heller erschienen, so daß es ihn dünkte, nur durch die edlere Klasse der Dichter mit dem übrigen Menschengeschlechte zusammenzuhängen. Vergebens sah er sich mit voller Sehnsucht nach einem zweyten Rustan um, indem er fühlte, daß das Herz seiner aufblühenden Tochter, der Zustand seines Reichs, und sein zunehmendes Alter ihre Vermählung in aller Absicht sehr wünschenswerth machten.

Nicht weit von der Hauptstadt lebte auf einem abgelegenen Landgute ein alter Mann, der sich ausschließlich mit der Erziehung seines einzigen Sohnes beschäftigte, und nebenher den Landleuten in wichtigen Krankheiten Rath erteilte. Der junge Mensch war ernst und ergab sich einzig der Wissenschaft der Natur, in welcher ihn sein Vater von Kindheit auf unterrichtete. Aus fernen Gegenden war der Alte vor mehreren Jahren in dies friedliche und blühende Land gezogen, und begnügte sich den wohlthätigen Frieden, den der König um sich verbreitete, in der Stille zu genießen. Er benutzte sie, die Kräfte der Natur zu erforschen, und diese hinreißenden Kenntnisse seinem Sohne mitzutheilen, der viel Sinn dafür verrieth und dessen tiefem Gemüth die Natur bereitwillig ihre Geheimnisse anvertraute. Die Gestalt des jungen Menschen schien gewöhnlich und unbedeutend, wenn man nicht einen höhern Sinn für die geheimere Bildung seines edlen Gesichts und die ungewöhnliche Klarheit seiner Augen mitbrachte. Je länger man ihn ansah, desto anziehender ward er, und man konnte sich kaum wieder von ihm trennen, wenn man seine sanfte, eindringende Stimme und seine anmuthige Gabe zu sprechen hörte. Eines Tages hatte die Prinzessin, deren Lustgärten an den Wald stießen, der das Landgut des

Alten in einem kleinen Thale verbarg, sich allein zu Pferde in den Wald begeben, um desto ungestörter ihren Fantasien nachhängen und einige schöne Gesänge sich wiederhohlen zu können. Die Frische des hohen Waldes lockte sie immer tiefer in seine Schatten, und so kam sie endlich an das Landgut, wo der Alte mit seinem Sohne lebte. Es kam ihr die Lust an, Milch zu trinken, sie stieg ab, band ihr Pferd an einen Baum, und trat in das Haus, um sich einen Trunk Milch auszubitten. Der Sohn war gegenwärtig, und erschrak beynah über diese zauberhafte Erscheinung eines majestätischen weiblichen Wesens, das mit allen Reizen der Jugend und Schönheit geschmückt, und von einer unbeschreiblich anziehenden Durchsichtigkeit der zartesten, unschuldigsten und edelsten Seele beynah vergöttlicht wurde. Während er eilte ihre wie Geistergesang tönende Bitte zu erfüllen, trat ihr der Alte mit bescheidner Ehrfurcht entgegen, und lud sie ein, an dem einfachen Herde, der mitten im Hause stand, und auf welchem eine leichte blaue Flamme ohne Geräusch emporspielte, Platz zu nehmen. Es fiel ihr, gleich beym Eintritt, der mit tausend seltenen Sachen gezierte Hausraum, die Ordnung und Reinlichkeit des Ganzen, und eine seltsame Heiligkeit des Ortes auf, deren Eindruck noch durch den schlicht gekleideten ehrwürdigen Greis und den bescheidenen Anstand des Sohnes erhöhet wurde. Der Alte hielt sie gleich für eine zum Hof gehörige Person, wozu ihre kostbare Tracht, und ihr edles Betragen ihm Anlaß genug gab. Während der Abwesenheit des Sohnes befragte sie ihn um einige Merkwürdigkeiten, die ihr vorzüglich in die Augen fielen, worunter besonders einige alte, sonderbare Bilder waren, die neben ihrem Sitze auf dem Heerde standen, und er war bereitwillig sie auf eine anmuthige Art damit bekannt zu machen. Der Sohn kam bald mit einem Kruge voll frischer Milch zurück, und reichte ihr denselben mit ungekünsteltem und ehrfurchtsvollem Wesen. Nach einigen anziehenden Gesprächen mit beyden, dankte sie auf die lieblichste Weise für die freundliche Bewirthung, bat erröthend den Alten um die Erlaubniß wieder kommen, und seine lehrreichen Gespräche über die vielen wunderbaren Sachen genießen zu dürfen, und ritt zurück, ohne ihren Stand verrathen zu haben, da sie merkte, daß Vater und Sohn sie nicht kannten. Ohnerachtet die Hauptstadt so nahe lag, hatten beyde, in ihre Forschungen vertieft, das Gewühl der Menschen zu vermeiden gesucht, und es war dem Jüngling nie eine Lust angekommen, den Festen des Hofes beyzuwohnen; besonders da er seinen Vater höchstens auf eine Stunde zu verlassen pflegte, um zuweilen im Walde nach Schmetterlingen, Käfern und Pflanzen umher zu gehn, und die Eingebungen des stillen Naturgeistes durch den Einfluß seiner mannichfaltigen äußeren Lieblichkeiten zu vernehmen. Dem Alten, der Prinzessin und dem Jüngling war die einfache Begebenheit des Tages gleich wichtig. Der Alte hatte leicht den neuen tiefen Eindruck bemerkt, den die Unbekannte auf seinen Sohn machte. Er kannte diesen genug, um zu wissen, daß jeder tiefe Eindruck bey ihm ein lebenslänglicher seyn würde. Seine Jugend und die Natur seines Herzens mußten die erste Empfindung dieser Art zur unüberwindlichen Neigung machen. Der Alte hatte lange eine solche Begebenheit herannahen sehen. Die hohe Liebenswürdigkeit der Erscheinung flößte ihm unwillkührlich eine innige Theilnahme ein, und sein zuversichtliches Gemüth entfernte alle Besorgnisse über die Entwickelung dieses sonderbaren Zufalls. Die Prinzessin hatte sich nie in einem ähnlichen Zustande befunden, wie der war, in welchem sie langsam nach Hause ritt. Es konnte vor der einzigen, helldunklen wunderbar beweglichen Empfindung einer neuen Welt, kein eigentlicher Gedanke in ihr entstehen. Ein magischer Schleyer dehnte sich in weiten Falten um ihr klares Bewußtseyn. Es war ihr, als würde sie sich, wenn er aufgeschlagen würde, in einer überirdischen Welt befinden. Die Erinnerung an die Dichtkunst, die bisher ihre ganze Seele beschäftigt hatte, war zu einem fernen Gesange geworden, der ihren seltsam lieblichen Traum mit den ehemaligen Zeiten verband. Wie sie zurück in den Pallast kam, erschrak sie beynah über seine Pracht und sein buntes Leben, noch mehr aber bey der Bewillkommung ihres Vaters, dessen Gesicht zum erstenmale in ihrem Leben eine scheue Ehrfurcht in ihr erregte. Es schien ihr eine unabänderliche Nothwendigkeit, nichts von ihrem Abentheuer zu erwähnen. Man war ihre schwärmerische Ernsthaftigkeit, ihren in Fantasieen und tiefes Sinnen verlornen Blick schon zu gewohnt, um etwas Außerordentliches darin zu bemerken. Es war ihr jetzt nicht mehr so lieblich zu Muthe; sie schien sich unter lauter Fremden, und eine sonderbare Bänglichkeit begleitete sie bis an den Abend, wo das frohe Lied eines Dichters, der die Hoffnung pries, und von den Wundern des Glaubens an die Erfüllung unsrer Wünsche mit hinreißender Begeisterung sang, sie mit süßem Trost erfüllte und in die angenehmsten Träume wiegte. Der Jüngling hatte sich gleich nach ihrem Abschiede in den Wald verlohren. An der Seite des Weges war er in Gebüschen bis an die Pforten des Gartens ihr gefolgt, und dann auf dem Wege zurückgegangen. Wie er so ging, sah er vor seinen Füßen einen hellen Glanz. Er bückte sich danach und hob einen dunkelrothen Stein auf, der auf einer Seite außerordentlich funkelte, und auf der Andern eingegrabene unverständliche Chiffern zeigte. Er erkannte ihn für einen kostbaren Karfunkel, und glaubte ihn in der Mitte des Halsbandes an der Unbekannten bemerkt zu haben. Er eilte mit beflügelten Schritten nach Hause, als wäre sie noch dort, und brachte den Stein seinem Vater. Sie wurden einig, daß der Sohn den andern Morgen auf den Weg zurückgehn und warten sollte, ob der Stein gesucht würde, wo er ihn dann zurückgeben könnte; sonst wollten sie ihn bis zu einem zweyten Besuche der Unbekannten aufheben, um ihr selbst ihn zu überreichen. Der Jüngling betrachtete fast die ganze Nacht den Karfunkel und fühlte gegen Morgen ein unwiderstehliches Verlangen einige Worte auf den Zettel zu schreiben, in welchen er den Stein einwickelte. Er wußte selbst nicht genau, was er sich bey den Worten dachte, die er hinschrieb:

Es ist dem Stein ein räthselhaftes Zeichen
Tief eingegraben in sein glühend Blut,
Er ist mit einem Herzen zu vergleichen,
In dem das Bild der Unbekannten ruht.
Man sieht um jenen tausend Funken streichen,
Um dieses woget eine lichte Flut.
In jenem liegt des Glanzes Licht begraben,
Wird dieses auch das Herz des Herzens haben?

Kaum daß der Morgen anbrach, so begab er sich schon auf den Weg, und eilte der Pforte des Gartens zu.

Unterdessen hatte die Prinzessin Abends beym Auskleiden den theuren Stein in ihrem Halsbande vermißt, der ein Andenken ihrer Mutter und noch dazu ein Talisman war, dessen Besitz ihr die Freyheit ihrer Person sicherte, indem sie damit nie in fremde Gewalt ohne ihren Willen gerathen konnte.

Dieser Verlust befremdete sie mehr, als daß er sie erschreckt hätte. Sie erinnerte sich, ihn gestern bey dem Spazierritt noch gehabt zu haben, und glaubte fest, daß er entweder im Hause des Alten, oder auf dem Rückwege im Walde verloren gegangen seyn müsse; der Weg war ihr noch in frischem Andenken, und so beschloß sie gleich früh den Stein aufzusuchen, und ward bey diesem Gedanken so heiter, daß es fast das Ansehn gewann, als sey sie gar nicht unzufrieden mit dem Verluste, weil er Anlaß gäbe jenen Weg sogleich noch einmal zu machen. Mit dem Tage ging sie durch den

Garten nach dem Walde, und weil sie eilfertiger ging als gewöhnlich, so fand sie es ganz natürlich, daß ihr das Herz lebhaft schlug, und ihr die Brust beklomm. Die Sonne fing eben an, die Wipfel der alten Bäume zu vergolden, die sich mit sanftem Flüstern bewegten, als wollten sie sich gegenseitig aus nächtlichen Gesichtern erwecken, um die Sonne gemeinschaftlich zu begrüßen, als die Prinzessin durch ein fernes Geräusch veranlaßt, den Weg hinunter und den Jüngling auf sich zueilen sah, der in demselben Augenblick ebenfalls sie bemerkte.

Wie angefesselt blieb er eine Weile stehn, und blickte unverwandt sie an, gleichsam um sich zu überzeugen, daß ihre Erscheinung wirklich und keine Täuschung sey. Sie begrüßten sich mit einem zurückgehaltenen Ausdruck von Freude, als hätten sie sich schon lange gekannt und geliebt. Noch ehe die Prinzessin die Ursache ihres frühen Spazierganges ihm entdecken konnte, überreichte er ihr mit Erröthen und Herzklopfen den Stein in dem beschriebenen Zettel. Es war, als ahndete die Prinzessin den Inhalt der Zeilen. Sie nahm ihn stillschweigend mit zitternder Hand und hing ihm zur Belohnung für seinen glücklichen Fund beynah unwillkührlich eine goldne Kette um, die sie um den Hals trug. Beschämt kniete er vor ihr und konnte, da sie sich nach seinem Vater erkundigte, einige Zeit keine Worte finden. Sie sagte ihm halbleise, und mit niedergeschlagenen Augen, daß sie bald wieder zu ihnen kommen, und die Zusage des Vaters sie mit seinen Seltenheiten bekannt zu machen, mit vieler Freude benutzen würde.

Sie dankte dem Jünglinge noch einmal mit ungewöhnlicher Innigkeit, und ging hierauf langsam, ohne sich umzusehen, zurück. Der Jüngling konnte kein Wort vorbringen. Er neigte sich ehrfurchtsvoll und sah ihr lange nach, bis sie hinter den Bäumen verschwand. Nach dieser Zeit vergingen wenig Tage bis zu ihrem zweyten Besuche, dem bald mehrere folgten. Der Jüngling ward unvermerkt ihr Begleiter bey diesen Spaziergängen. Er holte sie zu bestimmten Stunden am Garten ab, und brachte sie dahin zurück. Sie beobachtete ein unverbrüchliches Stillschweigen über ihren Stand, so zutraulich sie auch sonst gegen ihren Begleiter wurde, dem bald kein Gedanke in ihrer himmlischen Seele verborgen blieb. Es war, als flößte ihr die Erhabenheit ihrer Herkunft eine geheime Furcht ein. Der Jüngling gab ihr ebenfalls seine ganze Seele. Vater und Sohn hielten sie für ein vornehmes Mädchen vom Hofe. Sie hing an dem Alten mit der Zärtlichkeit einer Tochter. Ihre Liebkosungen gegen ihn waren die entzückenden Vorboten ihrer Zärtlichkeit gegen den Jüngling. Sie ward bald einheimisch in dem wunderbaren Hause; und wenn sie dem Alten und dem Sohne, der zu ihren Füßen saß, auf ihrer Laute reitzende Lieder mit einer überirdischen Stimme vorsang, und letzteren in dieser lieblichen Kunst unterrichtete: so erfuhr sie dagegen von seinen begeisterten Lippen die Enträthselung der überall verbreiteten Naturgeheimnisse. Er lehrte ihr, wie durch wundervolle Sympathie die Welt entstanden sey, und die Gestirne sich zu melodischen Reigen vereinigt hätten. Die Geschichte der Vorwelt ging durch seine heiligen Erzählungen in ihrem Gemüth auf; und wie entzückt war sie, wenn ihr Schüler, in der Fülle seiner Eingebungen, die Laute ergriff und mit unglaublicher Gelehrigkeit in die wundervollsten Gesänge ausbrach. Eines Tages, wo ein besonders kühner Schwung sich seiner Seele in ihrer Gesellschaft bemächtigt hatte, und die mächtige Liebe auf dem Rückwege ihre jungfräuliche Zurückhaltung mehr als gewöhnlich überwand, so daß sie beyde ohne selbst zu wissen wie einander in die Arme sanken, und der erste glühende Kuß sie auf ewig zusammenschmelzte, fing mit einbrechender Dämmerung ein gewaltiger Sturm in den Gipfeln der Bäume plötzlich zu toben an. Drohende Wetterwolken zogen mit tiefem nächtlichen Dunkel über sie her. Er eilte sie in

Sicherheit vor dem fürchterlichen Ungewitter und den brechenden Bäumen zu bringen: aber er verfehlte in der Nacht und voll Angst wegen seiner Geliebten den Weg, und gerieth immer tiefer in den Wald hinein. Seine Angst wuchs, wie er seinen Irrthum bemerkte. Die Prinzessin dachte an das Schrecken des Königs und des Hofes; eine unnennbare Ängstlichkeit fuhr zuweilen, wie ein zerstörender Strahl, durch ihre Seele, und nur die Stimme ihres Geliebten, der ihr unaufhörlich Trost zusprach, gab ihr Muth und Zutrauen zurück, und erleichterte ihre beklommne Brust. Der Sturm wüthete fort; alle Bemühungen den Weg zu finden waren vergeblich, und sie priesen sich beyde glücklich, bey der Erleuchtung eines Blitzes eine nahe Höhle an dem steilen Abhang eines waldigen Hügels zu entdecken, wo sie eine sichere Zuflucht gegen die Gefahren des Ungewitters zu finden hoften, und eine Ruhestätte für ihre erschöpften Kräfte. Das Glück begünstigte ihre Wünsche. Die Höhle war trocken und mit reinlichem Moose bewachsen. Der Jüngling zündete schnell ein Feuer von Reisern und Moos an, woran sie sich trocknen konnten, und die beyden Liebenden sahen sich nun auf eine wunderbare Weise von der Welt entfernt, aus einem gefahrvollen Zustande gerettet, und auf einem bequemen, warmen Lager allein nebeneinander.

Ein wilder Mandelstrauch hing mit Früchten beladen in die Höhle hinein, und ein nahes Rieseln ließ sie frisches Wasser zur Stillung ihres Durstes finden. Die Laute hatte der Jüngling mitgenommen, und sie gewährte ihnen jetzt eine aufheiternde und beruhigende Unterhaltung bey dem knisternden Feuer. Eine höhere Macht schien den Knoten schneller lösen zu wollen, und brachte sie unter sonderbaren Umständen in diese romantische Lage. Die Unschuld ihrer Herzen, die zauberhafte Stimmung ihrer Gemüther, und die verbundene unwiderstehliche Macht ihrer süßen Leidenschaft und ihrer Jugend ließ sie bald die Welt und ihre Verhältnisse vergessen, und wiegte sie unter dem Brautgesange des Sturms und den Hochzeitfackeln der Blitze in den süßesten Rausch ein, der je ein sterbliches Paar beseligt haben mag. Der Anbruch des lichten blauen Morgens war für sie das Erwachen in einer neuen seligen Welt. Ein Strom heißer Thränen, der jedoch bald aus den Augen der Prinzessin hervorbrach, verrieth ihrem Geliebten die erwachenden tausendfachen Bekümmernisse ihres Herzens. Er war in dieser Nacht um mehrere Jahre älter, aus einem Jünglinge zum Manne geworden. Mit überschwenglicher Begeisterung tröstete er seine Geliebte, erinnerte sie an die Heiligkeit der wahrhaften Liebe, und an den hohen Glauben, den sie einflöße, und bat sie, die heiterste Zukunft von dem Schutzgeist ihres Herzens mit Zuversicht zu erwarten. Die Prinzessin fühlte die Wahrheit seines Trostes, und entdeckte ihm, sie sey die Tochter des Königs, und nur bange wegen des Stolzes und der Bekümmernisse ihres Vaters. Nach langen reiflichen Überlegungen wurden sie über die zu fassende Entschließung einig, und der Jüngling machte sich sofort auf den Weg, um seinen Vater aufzusuchen, und diesen mit ihrem Plane bekannt zu machen. Er versprach in kurzen wieder bey ihr zu seyn, und verließ sie beruhigt und in süßen Vorstellungen der künftigen Entwicklung dieser Begebenheiten. Der Jüngling hatte bald seines Vaters Wohnung erreicht, und der Alte war sehr erfreut, ihn unverletzt ankommen zu sehen. Er erfuhr nun die Geschichte und den Plan der Liebenden, und bezeigte sich nach einigem Nachdenken bereitwillig ihn zu unterstützen. Sein Haus lag ziemlich versteckt, und hatte einige unterirdische Zimmer, die nicht leicht aufzufinden waren. Hier sollte die Wohnung der Prinzessin seyn. Sie ward also in der Dämmerung abgeholt, und mit tiefer Rührung von dem Alten empfangen. Sie weinte nachher oft in der Einsamkeit, wenn sie ihres traurigen Vaters gedachte: doch verbarg sie ihren Kummer vor ihrem Geliebten, und sagte es nur dem

Alten, der sie freundlich tröstete, und ihr die nahe Rückkehr zu ihrem Vater vorstellte.

Unterdeß war man am Hofe in große Bestürzung gerathen, als Abends die Prinzessin vermißt wurde. Der König war ganz außer sich, und schickte überall Leute aus, sie zu suchen. Kein Mensch wußte sich ihr Verschwinden zu erklären. Keinem kam ein heimliches Liebesverständniß in die Gedanken, und so ahndete man keine Entführung, da ohnedies kein Mensch weiter fehlte. Auch nicht zu der entferntesten Vermuthung war Grund da. Die ausgeschickten Boten kamen unverrichteter Sache zurück, und der König fiel in tiefe Traurigkeit. Nur wenn Abends seine Sänger vor ihn kamen und schöne Lieder mitbrachten, war es, als ließe sich die alte Freude wieder vor ihm blicken; seine Tochter dünkte ihm nah, und er schöpfte Hofnung, sie bald wieder zu sehen. War er aber wieder allein, so zerriß es ihm von neuem das Herz und er weinte laut. Dann gedachte er bey sich selbst: Was hilft mir nun alle die Herrlichkeit, und meine hohe Geburt. Nun bin ich doch elender als die andern Menschen. Meine Tochter kann mir nichts ersetzen. Ohne sie sind auch die Gesänge nichts, als leere Worte und Blendwerk. Sie war der Zauber, der ihnen Leben und Freude, Macht und Gestalt gab. Wollt' ich doch lieber, ich wäre der geringste meiner Diener. Dann hätte ich meine Tochter noch; auch wohl einen Eydam dazu und Enkel, die mir auf den Knieen säßen: dann wäre ich ein anderer König, als jetzt. Es ist nicht die Krone und das Reich, was einen König macht. Es ist jenes volle, überfließende Gefühl der Glückseligkeit, der Sättigung mit irdischen Gütern, jenes Gefühl der überschwänglichen Gnüge. So werd' ich nun für meinen Übermuth bestraft. Der Verlust meiner Gattin hat mich noch nicht genug erschüttert. Nun hab' ich auch ein grenzenloses Elend. So klagte der König in den Stunden der heißesten Sehnsucht. Zuweilen brach auch seine alte Strenge und sein Stolz wieder hervor. Er zürnte über seine Klagen; wie ein König wollte er dulden und schweigen. Er meinte dann, er leide mehr, als alle Anderen, und gehöre ein großer Schmerz zum Königthum; aber wenn es dann dämmerte, und er in die Zimmer seiner Tochter trat, und sah ihre Kleider hängen, und ihre kleineren Habseligkeiten stehn, als habe sie eben das Zimmer verlassen: so vergaß er seine Vorsätze, gebehrdete sich wie ein trübseliger Mensch, und rief seine geringsten Diener um Mitleid an. Die ganze Stadt und das ganze Land weinten und klagten von ganzem Herzen mit ihm. Sonderlich war es, daß eine Sage umherging, die Prinzessin lebe noch, und werde bald mit einem Gemahl wiederkommen. Kein Mensch wußte, woher die Sage kam; aber alles hing sich mit frohem Glauben daran, und sah mit ungeduldiger Erwartung ihrer baldigen Wiederkunft entgegen. So vergingen mehrere Monden, bis das Frühjahr wieder herankam. Was gilts, sagten einige in wunderlichem Muthe, nun kommt auch die Prinzessin wieder. Selbst der König ward heitrer und hoffnungsvoller. Die Sage dünkte ihm wie die Verheißung einer gütigen Macht. Die ehemaligen Feste fingen wieder an, und es schien zum völligen Aufblühen der alten Herrlichkeit nur noch die Prinzessin zu fehlen. Eines Abends, da es gerade jährig wurde, daß sie verschwand, war der ganze Hof im Garten versammelt. Die Luft war warm und heiter; ein leiser Wind tönte nur oben in den alten Wipfeln, wie die Ankündigung eines fernen fröhlichen Zuges. Ein mächtiger Springquell stieg zwischen den vielen Fackeln mit zahllosen Lichtern hinauf in die Dunkelheit der tönenden Wipfel, und begleitete mit melodischem Plätschern die mannichfaltigen Gesänge, die unter den Bäumen hervorklangen. Der König saß auf einem köstlichen Teppich, und um ihn her war der Hof in festlichen Kleidern versammelt. Eine zahlreiche Menge erfüllte den Garten, und umgab das prachtvolle Schauspiel. Der König saß eben in tiefen Gedanken. Das Bild seiner verlornen Tochter stand mit ungewöhnlicher Klarheit vor ihm; er gedachte der glücklichen Tage, die um diese Zeit im vergangenen Jahre ein plötzliches Ende nahmen. Eine heiße Sehnsucht übermannte ihn, und es flossen häufige Thränen von seinen ehrwürdigen Wangen; doch empfand er eine ungewöhnliche Heiterkeit. Es dünkte ihm das traurige Jahr nur ein schwerer Traum zu seyn, und er hob die Augen auf, gleichsam um ihre hohe, heilige, entzückende Gestalt unter den Menschen und den Bäumen aufzusuchen. Eben hatten die Dichter geendigt, und eine tiefe Stille schien das Zeichen der allgemeinen Rührung zu seyn, denn die Dichter hatten die Freuden des Wiedersehns, den Frühling und die Zukunft besungen, wie sie die Hoffnung zu schmücken pflegt.

Plötzlich wurde die Stille durch leise Laute einer unbekannten schönen Stimme unterbrochen, die von einer uralten Eiche herzukommen schienen. Alle Blicke richteten sich dahin, und man sah einen Jüngling in einfacher, aber fremder Tracht stehen, der eine Laute im Arm hielt, und ruhig in seinem Gesange fortfuhr, indem er jedoch, wie der König seinen Blick nach ihm wandte, eine tiefe Verbeugung machte. Die Stimme war außerordentlich schön, und der Gesang trug ein fremdes, wunderbares Gepräge. Er handelte von dem Ursprunge der Welt, von der Entstehung der Gestirne, der Pflanzen, Thiere und Menschen, von der allmächtigen Sympathie der Natur, von der uralten goldenen Zeit und ihren Beherrscherinnen, der Liebe und Poesie, von der Erscheinung des Hasses und der Barbarey und ihren Kämpfen mit jenen wohlthätigen Göttinnen, und endlich von dem zukünftigen Triumph der letztern, dem Ende der Trübsale, der Verjüngung der Natur und der Wiederkehr eines ewigen goldenen Zeitalters. Die alten Dichter traten selbst von Begeisterung hingerissen, während des Gesanges näher um den seltsamen Fremdling her. Ein niegefühltes Entzücken ergriff die Zuschauer, und der König selbst fühlte sich wie auf einem Strom des Himmels weggetragen. Ein solcher Gesang war nie vernommen worden, und Alle glaubten, ein himmlisches Wesen sey unter ihnen erschienen, besonders da der Jüngling unterm Singen immer schöner, immer herrlicher, und seine Stimme immer gewaltiger zu werden schien. Die Luft spielte mit seinen goldenen Locken. Die Laute schien sich unter seinen Händen zu beseelen, und sein Blick schien trunken in eine geheimere Welt hinüber zu schauen. Auch die Kinderunschuld und Einfalt seines Gesichts schien allen übernatürlich. Nun war der herrliche Gesang geendigt. Die bejahrten Dichter drückten den Jüngling mit Freudenthränen an ihre Brust. Ein stilles inniges Jauchzen ging durch die Versammlung. Der König kam gerührt auf ihn zu. Der Jüngling warf sich ihm bescheiden zu Füßen. Der König hob ihn auf, umarmte ihn herzlich, und hieß ihn sich eine Gabe ausbitten. Da bat er mit glühenden Wangen den König, noch ein Lied gnädig anzuhören, und dann über seine Bitte zu entscheiden. Der König trat einige Schritte zurück und der Fremdling fing an:

Der Sänger geht auf rauhen Pfaden,
Zerreißt in Dornen sein Gewand;
Er muß durch Fluß und Sümpfe baden,
Und keins reicht hülfreich ihm die Hand.
Einsam und pfadlos fließt in Klagen
Jetzt über sein ermattet Herz;
Er kann die Laute kaum noch tragen,
Ihn übermannt ein tiefer Schmerz.

Ein traurig Loos ward mir beschieden,
Ich irre ganz verlassen hier,
Ich brachte Allen Lust und Frieden,
Doch keiner theilte sie mit mir.
Es wird ein jeder seiner Habe
Und seines Lebens froh durch mich;

Doch weisen sie mit karger Gabe
Des Herzens Forderung von sich.

Man läßt mich ruhig Abschied nehmen,
Wie man den Frühling wandern sieht;
Es wird sich keiner um ihn grämen,
Wenn er betrübt von dannen zieht.
Verlangend sehn sie nach den Früchten,
Und wissen nicht, daß er sie sät;
Ich kann den Himmel für sie dichten,
Doch meiner denkt nicht Ein Gebet.

Ich fühle dankbar Zaubermächte
An diese Lippen festgebannt.
O! knüpfte nur an meine Rechte
Sich auch der Liebe Zauberband.
Es kümmert keine sich des Armen,
Der dürftig aus der Ferne kam;
Welch Herz wird Sein sich noch erbarmen
Und lösen seinen tiefen Gram?

Er sinkt im hohen Grase nieder,
Und schläft mit nassen Wangen ein;
Da schwebt der hohe Geist der Lieder
In die beklemmte Brust hinein:
Vergiß anjetzt, was du gelitten,
In Kurzem schwindet deine Last,
Was du umsonst gesucht in Hütten,
Das wirst du finden im Palast.

Du nahst dem höchsten Erdenlohne,
Bald endigt der verschlungne Lauf;
Der Myrthenkranz wird eine Krone,
Dir setzt die treuste Hand sie auf.

Ein Herz voll Einklang ist berufen
Zur Glorie um einen Thron;
Der Dichter steigt auf rauhen Stufen
Hinan, und wird des Königs Sohn.

So weit war er in seinem Gesange gekommen, und ein sonderbares Erstaunen hatte sich der Versammlung bemächtigt, als während dieser Strophen ein alter Mann mit einer verschleyerten weiblichen Gestalt von edlem Wuchse, die ein wunderschönes Kind auf dem Arme trug, das freundlich in der fremden Versammlung umhersah, und lächelnd nach dem blitzenden Diadem des Königs die kleinen Händchen streckte, zum Vorschein kamen, und sich hinter den Sänger stellten; aber das Staunen wuchs, als plötzlich aus den Gipfeln der alten Bäume, der Lieblingsadler des Königs, den er immer um sich hatte, mit einer goldenen Stirnbinde, die er aus seinen Zimmern entwandt haben mußte, herabflog, und sich auf das Haupt des Jünglings niederließ, so daß die Binde sich um seine Locken schlug. Der Fremdling erschrak einen Augenblick; der Adler flog an die Seite des Königs, und ließ die Binde zurück. Der Jüngling reichte sie dem Kinde, das darnach verlangte, ließ sich auf ein Knie gegen den König nieder, und fuhr in seinem Gesange mit bewegter Stimme fort:

Der Sänger fährt aus schönen Träumen
Mit froher Ungeduld empor;
Er wandelt unter hohen Bäumen
Zu des Pallastes ehrnem Thor.
Die Mauern sind wie Stahl geschliffen,
Doch sie erklimmt sein Lied geschwind,
Es steigt von Lieb' und Weh ergriffen
Zu ihm hinab des Königs Kind.

Die Liebe drückt sie fest zusammen
Der Klang der Panzer treibt sie fort;
Sie lodern auf in süßen Flammen,
Im nächtlich stillen Zufluchtsort.
Sie halten furchtsam sich verborgen,
Weil sie der Zorn des Königs schreckt;
Und werden nun von jedem Morgen
Zu Schmerz und Lust zugleich erweckt.

Der Sänger spricht mit sanften Klängen
Der neuen Mutter Hoffnung ein;
Da tritt, gelockt von den Gesängen
Der König in die Kluft hinein.
Die Tochter reicht in goldnen Locken
Den Enkel von der Brust ihm hin;
Sie sinken reuig und erschrocken,
Und mild zergeht sein strenger Sinn.

Der Liebe weicht und dem Gesange
Auch auf dem Thron ein Vaterherz,
Und wandelt bald in süßem Drange
Zu ewger Lust den tiefen Schmerz.
Die Liebe giebt, was sie entrissen,
Mit reichem Wucher bald zurück,
Und unter den Versöhnungsküssen
Entfaltet sich ein himmlisch Glück.

Geist des Gesangs, komm du hernieder,
Und steh auch jetzt der Liebe bey;
Bring die verlorne Tochter wieder,
Daß ihr der König Vater sey! –
Daß er mit Freuden sie umschließet,
Und seines Enkels sich erbarmt,
Und wenn das Herz ihm überfließet,
Den Sänger auch als Sohn umarmt.

Der Jüngling hob mit bebender Hand bey diesen Worten, die sanft in den dunklen Gängen verhallten, den Schleyer. Die Prinzessin fiel mit einem Strom von Thränen zu den Füßen des Königs, und hielt ihm das schöne Kind hin. Der Sänger kniete mit gebeugtem Haupte an ihrer Seite. Eine ängstliche Stille schien jeden Athem festzuhalten. Der König war einige Augenblicke sprachlos und ernst; dann zog er die Prinzessin an seine Brust, drückte sie lange fest an sich und weinte laut. Er hob nun auch den Jüngling zu sich auf, und umschloß ihn mit herzlicher Zärtlichkeit. Ein helles Jauchzen flog durch die Versammlung, die sich dicht zudrängte. Der König nahm das Kind und reichte es mit rührender Andacht gen Himmel; dann begrüßte er freundlich den Alten. Unendliche Freudenthränen flossen. In Gesänge brachen die Dichter aus, und der Abend ward ein heiliger Vorabend dem ganzen Lande, dessen Leben fortan nur Ein schönes Fest war. Kein Mensch weiß, wo das Land hingekommen ist. Nur in Sagen heißt es, daß Atlantis von mächtigen Fluten den Augen entzogen worden sey.

Viertes Kapitel

Einige Tagereisen waren ohne die mindeste Unterbrechung geendigt. Der Weg war fest und trocken, die Witterung erquickend und heiter, und die Gegenden, durch die sie kamen, fruchtbar, bewohnt und mannichfaltig. Der furchtbare Thüringer Wald lag im Rücken; die Kaufleute hatten den Weg öfter gemacht, waren überall mit den Leuten bekannt, und erfuhren die gastfreyste Aufnahme. Sie vermieden die abgelegenen und durch Räubereien bekannten Gegenden, und nahmen, wenn sie ja gezwungen waren, solche zu durchreisen, ein hinlängliches Geleite mit. Einige Besitzer benachbarter Bergschlösser standen mit den Kaufleuten in gutem Vernehmen. Sie wurden besucht und bey ihnen nachgefragt, ob sie Bestellungen nach Augsburg zu machen hätten. Eine freundliche Bewirthung ward ihnen zu Theil, und die Frauen und Töchter drängten sich mit herzlicher Neugier um die Fremdlinge. Heinrichs Mutter gewann sie bald durch ihre guthmüthige Bereitwilligkeit und Theilnahme. Man war erfreut eine Frau aus der Residenzstadt zu sehn, die eben so willig die Neuigkeiten der Mode, als die Zubereitung einiger schmackhafter Schüsseln mittheilte. Der junge Ofterdingen ward von Rittern und Frauen wegen seiner Bescheidenheit und seines ungezwungenen milden Betragens gepriesen, und die letztern verweilten gern auf seiner einnehmenden Gestalt, die wie das einfache Wort eines Unbekannten war, das man fast überhört, bis längst nach seinem Abschiede es seine tiefe unscheinbare Knospe immer mehr aufthut, und endlich eine herrliche Blume in allem Farbenglanze dichtverschlungener Blätter zeigt, so daß man es nie vergißt, nicht müde wird es zu wiederholen, und einen unversieglichen immer gegenwärtigen Schatz daran hat. Man besinnt sich nun genauer auf den Unbekannten, und ahndet und ahndet, bis es auf einmal klar wird, daß es ein Bewohner der höhern Welt gewesen sey. – Die Kaufleute erhielten eine große Menge Bestellungen, und man trennte sich gegenseitig mit herzlichen Wünschen, einander bald wieder zu sehn. Auf einem dieser Schlösser, wo sie gegen Abend hinkamen, ging es frölich zu. Der Herr des Schlosses war ein alter Kriegsmann, der die Muße des Friedens, und die Einsamkeit seines Aufenthalt mit öftern Gelagen feyerte und unterbrach, und außer dem Kriegsgetümmel und der Jagd keinen andern Zeitvertreib kannte, als den gefüllten Becher.

Er empfing die Ankommenden mit brüderlicher Herzlichkeit, mitten unter lärmenden Genossen. Die Mutter ward zur Hausfrau geführt. Die Kaufleute und Heinrich mußten sich an die lustige Tafel setzen, wo der Becher tapfer umherging. Heinrichen ward auf vieles Bitten in Rücksicht seiner Jugend das jedesmalige Bescheidthun erlassen, dagegen die Kaufleute sich nicht faul finden, sondern sich den alten Frankenwein tapfer schmecken ließen. Das Gespräch lief über ehmalige Kriegsabentheuer hin. Heinrich hörte mit großer Aufmerksamkeit den neuen Erzählungen zu. Die Ritter sprachen vom heiligen Lande, von den Wundern des heiligen Grabes, von den Abentheuern ihres Zuges, und ihrer Seefahrt, von den Sarazenen, in deren Gewalt einige gerathen gewesen waren, und dem frölichen und wunderbaren Leben im Felde und im Lager. Sie äußerten mit großer Lebhaftigkeit ihren Unwillen jene himmlische Geburtsstätte der Christenheit noch im frevelhaften Besitz der Ungläubigkeit zu wissen. Sie erhoben die großen Helden, die sich eine ewige Krone durch ihr tapfres, unermüdliches Bezeigen gegen dieses ruchlose Volk erworben hätten. Der Schloßherr zeigte das kostbare Schwerdt, was er einem Anführer derselben mit eigner Hand abgenommen, nachdem er sein Castell erobert, ihn getödtet, und seine Frau und Kinder zu Gefangenen gemacht, welches ihm der Kayser in seinem Wappen zu führen vergönnet hatte. Alle besahen das prächtige Schwerdt, auch Heinrich nahm es in seine Hand, und fühlte sich von einer kriegerischen Begeisterung ergriffen. Er küßte es mit inbrünstiger Andacht. Die Ritter freuten sich über seinen Antheil. Der Alte umarmte ihn, und munterte ihn auf, auch seine Hand auf ewig der Befreyung des heiligen Grabes zu widmen, und das wunderthätige Kreuz auf seine Schultern befestigen zu lassen. Er war überrascht, und seine Hand schien sich nicht von dem Schwerdte losmachen zu können. Besinne dich, mein Sohn, rief der alte Ritter. Ein neuer Kreuzzug ist vor der Thür. Der Kayser selbst wird unsere Schaaren in das Morgenland führen. Durch ganz Europa schallt von neuem der Ruf des Kreuzes, und heldenmüthige Andacht regt sich aller Orten. Wer weiß, ob wir nicht übers Jahr in der großen weltherrlichen Stadt Jerusalem als frohe Sieger bey einander sitzen, und uns bey vaterländischem Wein an unsere Heymath erinnern. Du kannst auch bey mir ein morgenländisches Mädgen sehn. Sie dünken uns Abendländern gar anmuthig, und wenn du das Schwerdt gut zu führen verstehst, so kann es dir an schönen Gefangenen nicht fehlen. Die Ritter sangen mit lauter Stimme den Kreuzgesang, der damals in ganz Europa gesungen wurde:

Das Grab steht unter wilden Heyden;
Das Grab, worinn der Heyland lag,
Muß Frevel und Verspottung leiden
Und wird entheiligt jeden Tag.
Es klagt heraus mit dumpfer Stimme:
Wer rettet mich von diesem Grimme!

Wo bleiben seine Heldenjünger?
Verschwunden ist die Christenheit!
Wer ist des Glaubens Wiederbringer?
Wer nimmt das Kreuz in dieser Zeit?
Wer bricht die schimpflichsten der Ketten,
Und wird das heil'ge Grab erretten?

Gewaltig geht auf Land und Meeren
In tiefer Nacht ein heil'ger Sturm;
Die trägen Schläfen aufzustören,
Umbraust er Lager, Stadt und Thurm,
Ein Klaggeschrey um alle Zinnen:
Auf, träge Christen, zieht von hinnen.

Es lassen Engel aller Orten
Mit ernstem Antlitz stumm sich sehn,
Und Pilger sieht man vor den Pforten
Mit kummervollen Wangen stehn;
Sie klagen mit den bängsten Tönen
Die Grausamkeit der Sarazenen.

Es bricht ein Morgen, roth und trübe,
Im weiten Land der Christen an.
Der Schmerz der Wehmuth und der Liebe
Verkündet sich bey Jedermann.
Ein jedes greift nach Kreuz und Schwerdte
Und zieht entflammt von seinem Heerde.

Ein Feuereifer tobt im Heere,
Das Grab des Heylands zu befreyn.
Sie eilen frölich nach dem Meere,
Um bald auf heil'gem Grund zu seyn.
Auch Kinder kommen noch gelaufen
Und mehren den geweihten Haufen.

Hoch weht das Kreuz im Siegspaniere,
Und alte Helden stehn voran.
Des Paradieses sel'ge Thüre
Wird frommen Kriegern aufgethan;
Ein jeder will das Glück genießen
Sein Blut für Christus zu vergießen.

Zum Kampf ihr Christen! Gottes Schaaren
Ziehn mit in das gelobte Land.
Bald wird der Heyden Grimm erfahren
Des Christengottes Schreckenshand.
Wir waschen bald in frohem Muthe
Das heilige Grab mit Heydenblute.

Die heil'ge Jungfrau schwebt, getragen
Von Engeln, ob der wilden Schlacht,
Wo jeder, den das Schwerdt geschlagen,
In ihrem Mutterarm erwacht.
Sie neigt sich mit verklärter Wange
Herunter zu dem Waffenklange.

Hinüber zu der heilgen Stätte!
Des Grabes dumpfe Stimme tönt!
Bald wird mit Sieg und mit Gebete
Die Schuld der Christenheit versöhnt!
Das Reich der Heyden wird sich enden,
Ist erst das Grab in unsern Händen.

Heinrichs ganze Seele war in Aufruhr, das Grab kam ihm wie eine bleiche, edle, jugendliche Gestalt vor, die auf einem großen Stein mitten unter wildem Pöbel säße, und auf eine entsetzliche Weise gemißhandelt würde, als wenn sie mit kummervollen Gesichte nach einem Kreuze blicke, was im Hintergrunde mit lichten Zügen schimmerte, und sich in den bewegten Wellen eines Meeres unendlich vervielfältigte.

Seine Mutter schickt eben herüber, um ihn zu holen, und der Hausfrau des Ritters vorzustellen. Die Ritter waren in ihr Gelag und ihre Vorstellungen des bevorstehenden Zuges vertieft, und bemerkten nicht, daß Heinrich sich entfernte. Er fand seine Mutter in traulichem Gespräch mit der alten, gutmüthigen Frau des Schlosses, die ihn freundlich bewillkommte. Der Abend war heiter; die Sonne begann sich zu neigen, und Heinrich, der sich nach Einsamkeit sehnte, und von der goldenen Ferne gelockt wurde, die durch die engen, tiefen Bogenfenster in das düstre Gemach hineintrat, erhielt leicht die Erlaubniß, sich außerhalb des Schlosses besehen zu dürfen. Er eilte ins Freye, sein ganzes Gemüth war rege, er sah von der Höhe des alten Felsen zunächst in das waldige Thal, durch das ein Bach herunterstürzte und einige Mühlen trieb, deren Geräusch man kaum aus der gewaltigen Tiefe vernehmen konnte, und dann in eine unabsehliche Ferne von Bergen, Wäldern und Niederungen, und seine innere Unruhe wurde besänftigt. Das kriegerische Getümmel verlor sich, und es blieb nur eine klare bilderreiche Sehnsucht zurück. Er fühlte, daß ihm eine Laute mangelte, so wenig er auch wußte, wie sie eigentlich gebaut sey, und welche Wirkung sie hervorbringe. Das heitere Schauspiel des herrlichen Abends wiegte ihn in sanfte Fantasieen: die Blume seines Herzens ließ sich zuweilen, wie ein Wetterleuchten in ihm sehn. – Er schweifte durch das wilde Gebüsch und kletterte über bemooste Felsenstücke, als auf einmal aus einer nahen Tiefe ein zarter eindringender Gesang einer weiblichen Stimme von wunderbaren Tönen begleitet, erwachte. Es war ihm gewiß, daß es eine Laute sey; er blieb verwunderungsvoll stehen, und hörte in gebrochner deutscher Aussprache folgendes Lied:

Bricht das matte Herz noch immer
Unter fremdem Himmel nicht?
Kommt der Hoffnung bleicher Schimmer
Immer mir noch zu Gesicht?
Kann ich wohl noch Rückkehr wähnen?
Stromweis stürzen meine Thränen,
Bis mein Herz in Kummer bricht.

Könnt ich dir die Myrthen zeigen
Und der Zeder dunkles Haar!
Führen dich zum frohen Reigen
Der geschwisterlichen Schaar!
Sähst du im gestickten Kleide,
Stolz im köstlichen Geschmeide
Deine Freundinn, wie sie war.

Edle Jünglinge verneigen
Sich mit heißem Blick vor ihr;
Zärtliche Gesänge steigen
Mit dem Abendstern zu mir.
Dem Geliebten darf man trauen;
Ewge Lieb' und Treu den Frauen,
Ist der Männer Losung hier.

Hier, wo um krystallne Quellen
Liebend sich der Himmel legt,
Und mit heißen Balsamwellen
Um den Hayn zusammenschlägt,
Der in seinen Lustgebieten,
Unter Früchten, unter Blüthen
Tausend bunte Sänger hegt.

Fern sind jene Jugendträume!
Abwärts liegt das Vaterland!
Längst gefällt sind jene Bäume,
Und das alte Schloß verbrannt.
Fürchterlich, wie Meereswogen
Kam ein rauhes Heer gezogen,
Und das Paradies verschwand.

Fürchterliche Gluten flossen
In die blaue Luft empor,
Und es drang auf stolzen Rossen
Eine wilde Schaar ins Thor.
Säbel klirrten, unsre Brüder,
Unser Vater kam nicht wieder,
Und man riß uns wild hervor.

Meine Augen wurden trübe;
Fernes, mütterliches Land,
Ach! sie bleiben dir voll Liebe
Und voll Sehnsucht zugewandt!
Wäre nicht dies Kind vorhanden,
Längst hätt' ich des Lebens Banden
Aufgelöst mit kühner Hand.

Heinrich hörte das Schluchzen eines Kindes und eine tröstende Stimme. Er stieg tiefer durch das Gebüsch hinab, und fand ein bleiches, abgehärmtes Mädchen unter einer alten Eiche sitzen. Ein schönes Kind hing weinend an ihrem Halse, auch ihre Thränen flossen, und eine Laute lag neben ihr auf dem Rasen. Sie erschrack ein wenig, als sie den fremden Jüngling erblickte, der mit wehmüthigem Gesicht sich ihr näherte.

Ihr habt wohl meinen Gesang gehört, sagte sie freundlich. Euer Gesicht dünkt mir bekannt, laßt mich besinnen – Mein Gedächtniß ist schwach geworden, aber euer Anblick erweckt in mir eine sonderbare Erinnerung aus frohen Zeiten. O! mir ist, als glicht ihr einem meiner Brüder, der noch vor unserm Unglück von uns schied, und nach Persien zu einem berühmten Dichter zog. Vielleicht lebt er noch, und besingt traurig das Unglück seiner Geschwister. Wüßt ich nur noch einige seiner herrlichen Lieder, die er uns hinterließ! Er war edel und zärtlich, und kannte kein größeres Glück als seine Laute. Das Kind war ein Mädchen von zehn bis zwölf Jahren, das den fremden Jüngling aufmerksam betrachtete und sich fest an den Busen der unglücklichen Zulima schmiegte. Heinrichs Herz war von Mitleid durchdrungen; er tröstete die Sängerin mit freundlichen Worten, und bat sie, ihm umständlicher ihre Geschichte zu erzählen. Sie schien es nicht ungern zu thun. Heinrich setzte sich ihr gegenüber und vernahm ihre von häufigen Thränen unterbrochne Erzählung. Vorzüglich hielt sie sich bei dem Lobe ihrer Landsleute und ihres Vaterlandes auf. Sie schilderte den Edelmuth derselben, und ihre reine starke Empfänglichkeit für die Poesie des Lebens und die wunderbare, geheimnißvolle Anmuth der Natur. Sie beschrieb die romantischen Schönheiten der fruchtbaren Arabischen Gegenden, die wie glückliche Inseln in unwegsamen Sandwüsteneien lägen, wie Zufluchtsstätte der Bedrängten und Ruhebedürftigen, wie Kolonien des

Paradieses, voll frischer Quellen, die über dichten Rasen und funkelnde Steine durch alte, ehrwürdige Haine rieselten, voll bunter Vögel mit melodischen Kehlen und anziehend durch mannichfaltige Überbleibsel ehemaliger denkwürdiger Zeiten. Ihr würdet mit Verwunderung, sagte sie, die buntfarbigen, hellen, seltsamen Züge und Bilder auf den alten Steinplatten sehn. Sie scheinen so bekannt und nicht ohne Ursach so wohl erhalten zu seyn. Man sinnt und sinnt, einzelne Bedeutungen ahnet man, und wird um so begieriger den tiefsinnigen Zusammenhang dieser uralten Schrift zu errathen. Der unbekannte Geist derselben erregt ein ungewöhnliches Nachdenken, und wenn man auch ohne den gewünschten Fund von dannen geht, so hat man doch tausend merkwürdige Entdeckungen in sich selbst gemacht, die dem Leben einen neuen Glanz und dem Gemüth eine lange, belohnende Beschäftigung geben. Das Leben auf einem längst bewohnten und ehemals schon durch Fleiß, Thätigkeit und Neigung verherrlichten Boden hat einen besondern Reiz. Die Natur scheint dort menschlicher und verständlicher geworden, eine dunkle Erinnerung unter der durchsichtigen Gegenwart wirft die Bilder der Welt mit scharfen Umrissen zurück, und so genießt man eine doppelte Welt, die eben dadurch das Schwere und Gewaltsame verliert und die zauberische Dichtung und Fabel unserer Sinne wird. Wer weiß, ob nicht auch ein unbegreiflicher Einfluß der ehemaligen, jetzt unsichtbaren Bewohner mit ins Spiel kommt, und vielleicht ist es dieser dunkle Zug, der die Menschen aus neuen Gegenden, sobald eine gewisse Zeit ihres Erwachens kömmt, mit so zerstörender Ungeduld nach der alten Heymath ihres Geschlechts treibt, und sie Gut und Blut an den Besitz dieser Länder zu wagen anregt. Nach einer Pause fuhr sie fort: Glaubt ja nicht, was man euch von den Grausamkeiten meiner Landsleute erzählt hat. Nirgends wurden Gefangene großmüthiger behandelt, und auch eure Pilger nach Jerusalem wurden mit Gastfreundschaft aufgenommen, nur daß sie selten derselben werth waren. Die Meisten waren nichtsnutzige, böse Menschen, die ihre Wallfahrten mit Bubenstücken bezeichneten, und dadurch freylich oft gerechter Rache in die Hände fielen. Wie ruhig hätten die Christen das heilige Grab besuchen können, ohne nöthig zu haben, einen fürchterlichen, unnützen Krieg anzufangen, der alles erbittert, unendliches Elend verbreitet, und auf immer das Morgenland von Europa getrennt hat. Was lag an dem Namen des Besitzers? Unsere Fürsten ehrten andachtsvoll das Grab eures Heiligen, den auch wir für einen göttlichen Profeten halten; und wie schön hätte sein heiliges Grab die Wiege eines glücklichen Einverständnisses, der Anlaß ewiger wohlthätiger Bündnisse werden können!

Der Abend war unter ihren Gesprächen herbeygekommen. Es fing an Nacht zu werden, und der Mond hob sich aus dem feuchten Walde mit beruhigendem Glanze herauf. Sie stiegen langsam nach dem Schlosse; Heinrich war voll Gedanken, die kriegerische Begeisterung war gänzlich verschwunden. Er merkte eine wunderliche Verwirrung in der Welt; der Mond zeigte ihm das Bild eines tröstenden Zuschauers und erhob ihn über die Unebenheiten der Erdoberfläche, die in der Höhe so unbeträchtlich erschienen, so wild und unersteiglich sie auch dem Wanderer vorkamen. Zulima ging still neben ihm her, und führte das Kind. Heinrich trug die Laute. Er suchte die sinkende Hoffnung seiner Begleiterinn, ihr Vaterland dereinst wieder zu sehn, zu beleben, indem er innerlich einen heftigen Beruf fühlte, ihr Retter zu seyn, ohne zu wissen, auf welche Art es geschehen könne. Eine besondere Kraft schien in seinen einfachen Worten zu liegen, denn Zulima empfand eine ungewohnte Beruhigung und dankte ihm für seine Zusprache auf die rührendste Weise. Die Ritter waren noch bey ihren Bechern und die Mutter in häuslichen Gesprächen. Heinrich hatte keine Lust in den lärmenden Saal zurückzugehn. Er fühlte sich müde, und begab sich bald mit seiner Mutter in das angewiesene Schlafgemach. Er erzählte ihr vor dem Schlafengehn, was ihm begegnet sey, und schlief bald zu unterhaltenden Träumen ein. Die Kaufleute hatten sich auch zeitig fortbegeben, und waren früh wieder munter. Die Ritter lagen in tiefer Ruhe, als sie abreisten; die Hausfrau aber nahm zärtlichen Abschied. Zulima hatte wenig geschlafen, eine innere Freude hatte sie wach erhalten; sie erschien beym Abschiede, und bediente die Reisenden demüthig und emsig. Als sie Abschied nahmen brachte sie mit vielen Thränen ihre Laute zu Heinrich, und bat mit rührender Stimme, sie zu Zulimas Andenken mitzunehmen. Es war meines Bruders Laute, sagte sie, der sie mir beym Abschied schenkte; es ist das einzige Besitzthum, was ich gerettet habe. Sie schien euch gestern zu gefallen, und ihr laßt mir ein unschätzbares Geschenk zurück, süße Hoffnung. Nehmt dieses geringe Zeichen meiner Dankbarkeit, und laßt es ein Pfand eures Andenkens an die arme Zulima seyn. Wir werden uns gewiß wiedersehn, und dann bin ich vielleicht glücklicher. Heinrich weinte; er weigerte sich, diese ihr so unentbehrliche Laute anzunehmen: gebt mir, sagte er, das goldene Band mit den unbekannten Buchstaben aus euren Haaren, wenn es nicht ein Andenken eurer Eltern oder Geschwister ist, und nehmt dagegen einen Schleyer an, den mir meine Mutter gern abtreten wird. Sie wich endlich seinem Zureden und gab ihm das Band, indem sie sagte, Es ist mein Name in den Buchstaben meiner Muttersprache, den ich in bessern Zeiten selbst in dieses Band gestickt habe. Betrachtet es gern, und denkt, daß es eine lange, kummervolle Zeit meine Haare festgehalten hat, und mit seiner Besitzerin verbleicht ist. Heinrichs Mutter zog den Schleyer heraus, und reichte ihr ihn hin, indem sie sie an sich zog und weinend umarmte. –

Fünftes Kapitel

Nach einigen Tagereisen kamen sie an ein Dorf, am Fuße einiger spitzen Hügel, die von tiefen Schluchten unterbrochen waren. Die Gegend war übrigens fruchtbar und angenehm, ohngeachtet die Rücken der Hügel ein todtes, abschreckendes Ansehn hatten. Das Wirthshaus war reinlich, die Leute bereitwillig, und eine Menge Menschen, theils Reisende, theils bloße Trinkgäste, saßen in der Stube, und unterhielten sich von allerhand Dingen.

Unsre Reisenden gesellten sich zu ihnen, und mischten sich in die Gespräche. Die Aufmerksamkeit der Gesellschaft war vorzüglich auf einen alten Mann gerichtet, der in fremder Tracht an einem Tische saß, und freundlich die neugierigen Fragen beantwortete, die an ihn geschahen. Er kam aus fremden Landen, hatte sich heute früh die Gegend umher genau betrachtet, und erzählte nun von seinem Gewerbe und seinen heutigen Entdeckungen. Die Leute nannten ihn einen Schatzgräber. Er sprach aber sehr bescheiden von seinen Kenntnissen und seiner Macht, doch trugen seine Erzählungen das Gepräge der Seltsamkeit und Neuheit. Er erzählte, daß er aus Böhmen gebürtig sey. Von Jugend auf habe er eine heftige Neugierde gehabt zu wissen, was in den Bergen verborgen seyn müsse, wo das Wasser in den Quellen herkomme, und wo das Gold und Silber und die köstlichen Steine gefunden würden, die den Menschen so unwiderstehlich an sich zögen. Er habe in der nahen Klosterkirche oft diese festen Lichter an den Bildern und Reliquien betrachtet, und nur gewünscht, daß sie zu ihm reden könnten, um ihm von ihrer geheimnißvollen Herkunft zu erzählen. Er habe wohl zuweilen gehört, daß sie aus weit entlegenen Ländern kämen; doch habe er immer gedacht, warum es nicht auch in diesen Gegenden solche Schätze und Kleinodien geben könne. Die Berge seyen doch nicht umsonst so weit im Umfange und erhaben und so fest verwahrt; auch habe es ihm verdünkt, wie wenn er zuweilen auf den Gebirgen glänzende und flimmernde Steine gefunden hätte. Er sey fleißig in den Felsenritzen und Höhlen umhergeklettert, und habe sich mit unaussprechlichem Vergnügen in diesen uralten Hallen und Gewölben umgesehn. – Endlich sey ihm einmal ein Reisender begegnet, der zu ihm gesagt, er müsse ein Bergmann werden, da könne er die Befriedigung seiner Neugier finden. In Böhmen gäbe es Bergwerke. Er solle nur immer an dem Flusse hinuntergehn, nach zehn bis zwölf Tagen werde er in Eula seyn, und dort dürfe er nur sprechen, daß er gern ein Bergmann werden wolle. Er habe sich dies nicht zweymal sagen lassen, und sich gleich den andern Tag auf den Weg gemacht. Nach einem beschwerlichen Gange von mehreren Tagen, fuhr er fort, kam ich nach Eula. Ich kann euch nicht sagen, wie herrlich mir zu Muthe ward, als ich von einem Hügel die Haufen von Steinen erblickte, die mit grünen Gebüschen durchwachsen waren, auf denen breterne Hütten standen, und als ich aus dem Thal unten die Rauchwolken über den Wald heraufziehn sah. Ein fernes Getöse vermehrte meine Erwartungen, und mit unglaublicher Neugierde und voll stiller Andacht stand ich bald auf einem solchen Haufen, den man Halde nennt, vor den dunklen Tiefen, die im Innern der Hütten steil in den Berg hineinführten. Ich eilte nach dem Thale und begegnete bald einigen schwarzgekleideten Männern mit Lampen, die ich nicht mit Unecht für Bergleute hielt, und mit schüchterner Ängstlichkeit ihnen mein Anliegen vortrug. Sie hörten mich freundlich an, und sagten mir, daß ich nur hinunter nach den Schmelzhütten gehn und nach dem Steiger fragen sollte, welcher den Anführer und Meister unter ihnen vorstellt; dieser werde mir Bescheid geben, ob ich angenommen werden möge. Sie meynten, daß ich meinen Wunsch wohl erreichen würde, und lehrten mich den üblichen Gruß „Glück auf" womit ich den Steiger anreden sollte. Voll fröhlicher Erwartungen setzte ich meinen Weg fort, und konnte nicht aufhören, den neuen bedeutungsvollen Gruß mir beständig zu wiederholen. Ich fand einen alten, ehrwürdigen Mann, der mich mit vieler Freundlichkeit empfing, und nachdem ich ihm meine Geschichte erzählt, und ihm meine große Lust, seine seltne, geheimnißvolle Kunst zu erlernen, bezeugt hatte, bereitwillig versprach, mir meinen Wunsch zu gewähren. Ich schien ihm zu gefallen, und er behielt mich in seinem Hause. Den Augenblick konnte ich kaum erwarten, wo ich in die Grube fahren und mich in der reitzenden Tracht sehn würde. Noch denselben Abend brachte er mir ein Grubenkleid, und erklärte mir den Gebrauch einiger Werkzeuge, die in einer Kammer aufbewahrt waren.

Abends kamen Bergleute zu ihm, und ich verfehlte kein Wort von ihren Gesprächen, so unverständlich und fremd mir sowohl die Sprache, als der größte Theil des Inhalts ihrer Erzählungen vorkam. Das Wenige jedoch, was ich zu begreifen glaubte, erhöhte die Lebhaftigkeit meiner Neugierde, und beschäftigte mich des Nachts in seltsamen Träumen. Ich erwachte bey Zeiten und fand mich bey meinem neuen Wirthe ein, bey dem sich allmählich die Bergleute versammelten, um seine Verordnungen zu vernehmen. Eine Nebenstube war zu einer kleinen Kapelle vorgerichtet. Ein Mönch erschien und las eine Messe, nachher sprach er ein feyerliches Gebet, worinn er den Himmel anrief, die Bergleute in seine heilige Obhut zu nehmen, sie bey ihren gefährlichen Arbeiten zu unterstützen, vor Anfechtungen und Tücken böser Geister sie zu schützen, und ihnen reiche Anbrüche zu bescheeren. Ich hatte nie mit mehr Inbrunst gebetet, und nie die hohe Bedeutung der Messe lebhafter empfunden. Meine künftigen Genossen kamen mir wie unterirdische Helden vor, die tausend Gefahren zu überwinden hätten, aber auch ein beneidenswerthes Glück an ihren wunderbaren Kenntnissen besäßen, und in dem ernsten, stillen Umgange mit den uralten Felsensöhnen der Natur, in ihren dunkeln, wunderbaren Kammern, zum Empfängniß himmlischer Gaben und zur freudigen Erhebung über die Welt und ihre Bedrängnisse ausgerüstet würden. Der Steiger gab mir nach geendigtem Gottesdienst eine Lampe und ein kleines hölzernes Krucifix, und ging mit mir nach dem Schachte, wie wir die schroffen Eingänge in die unterirdischen Gebäude zu nennen pflegen. Er lehrte mich die Art des Hinabsteigens, machte mich mit den nothwendigen Vorsichtigkeitsregeln, so wie mit den Namen der mannichfaltigen Gegenstände und Theile bekannt. Er fuhr voraus, und schurrte auf dem runden Balken hinunter, indem er sich mit der einen Hand an einem Seil anhielt, das in einem Knoten an einer Seitenstange fortglitschte, und mit der andern die brennende Lampe trug; ich folgte seinem Beispiel, und wir gelangten so mit ziemlicher Schnelle bald in eine beträchtliche Tiefe. Mir war seltsam feyerlich zu Muthe, und das vordere Licht funkelte wie ein glücklicher Stern, der mir den Weg zu den verborgenen Schatzkammern der Natur zeigte. Wir kamen unten in einen Irrgarten von Gängen, und mein freundlicher Meister ward nicht müde meine neugierigen Fragen zu beantworten, und mich über seine Kunst zu unterrichten. Das Rauschen des Wassers, die Entfernung von der bewohnten Oberfläche, die Dunkelheit und Verschlungenheit der Gänge, und das entfernte Geräusch der arbeitenden Bergleute ergötzte mich ungemein, und ich fühlte nun mit Freuden mich im vollen Besitz dessen, was von jeher mein sehnlichster Wunsch gewesen war. Es läßt sich auch diese volle Befriedigung eines angebornen Wunsches, diese wundersame Freude an Dingen, die ein näheres Verhältniß zu unserm geheimen Daseyn haben mögen, zu Beschäftigungen, für die man von der Wiege an bestimmt und ausgerüstet ist, nicht erklären und beschreiben. Vielleicht daß sie jedem Andern gemein, unbedeutend und abschreckend vorgekommen wären; aber mir scheinen sie so unentbehrlich zu seyn, wie die Luft der Brust und die Speise dem Magen. Mein alter Meister freute sich über meine innige Lust, und verhieß mir, daß ich bey diesem Fleiße und dieser Aufmerksamkeit es weit bringen, und ein tüchtiger Bergmann werden würde. Mit welcher Andacht sah ich zum erstenmal in meinem Leben am sechzehnten März, vor nunmehr fünf und vierzig Jahren, den König der Metalle in zarten Blättchen zwischen den Spalten des Gesteins. Es kam mir vor, als sey er hier wie in festen Gefängnissen eingesperrt und glänze freundlich dem Bergmann entgegen, der mit soviel Gefahren und Mühseligkeiten sich den Weg zu ihm durch die starken Mauern gebrochen, um ihn an das Licht des Tages zu fördern, damit er an königlichen Kronen und Gefäßen und an heiligen Reliquien zu Ehren gelangen, und in geachteten und wohlverwahrten Münzen, mit Bildnissen geziert, die Welt beherrschen und leiten möge. Von der Zeit an blieb ich in Eula, und stieg allmählich bis zum Häuer, welches der eigentliche Bergmann ist, der die Arbeiten auf dem Gestein betreibt, nachdem ich anfänglich bey der Ausförderung der losgehauenen Stufen in Körben angestellt gewesen war.

Der alte Bergmann ruhte ein wenig von seiner Erzählung aus, und trank, indem ihm seine aufmerksamen Zuhörer ein fröliches Glückauf zubrachten. Heinrichen erfreuten die Reden des alten Mannes ungemein, und er war sehr geneigt noch mehr von ihm zu hören.

Die Zuhörer unterhielten sich von den Gefahren und Seltsamkeiten des Bergbaus, und erzählten wunderbare Sagen, über die der Alte oft lächelte, und freundlich ihre sonderbaren Vorstellungen zu berichtigen bemüht war.

Nach einer Weile sagte Heinrich: Ihr mögt seitdem viel seltsame Dinge gesehn und erfahren haben; hoffentlich hat euch nie eure gewählte Lebensart gereut? Wärt ihr nicht so gefällig und erzähltet uns wie es euch seit dem ergangen, und auf welcher Reise ihr jetzt begriffen seyd? Es scheint, als hättet ihr euch weiter in der Welt umgesehn, und gewiß darf ich vermuthen, daß ihr jetzt mehr als einen gemeinen Bergmann vorstellt. – Es ist mir selber lieb, sagte der Alte, mich der verflossenen Zeiten zu erinnern, in denen ich Anläße finde, mich der göttlichen Barmherzigkeit und Güte zu erfreun. Das Geschick hat mich durch ein frohes und heitres Leben geführt, und es ist kein Tag vorübergegangen, an welchem ich mich nicht mit dankbarem Herzen zur Ruhe gelegt hätte. Ich bin immer glücklich in meinen Verrichtungen gewesen, und unser aller Vater im Himmel hat mich vor dem Bösen behütet, und in Ehren grau werden lassen. Nächst ihm habe ich alles meinem alten Meister zu verdanken, der nun lange zu seinen Vätern versammelt ist, und an den ich nie ohne Thränen denken kann. Er war ein Mann aus der alten Zeit nach dem Herzen Gottes. Mit tiefen Einsichten war er begabt, und doch kindlich und demüthig in seinem Thun. Durch ihn ist das Bergwerk in großen Flor gekommen, und hat dem Herzoge von Böhmen zu ungeheuren Schätzen verholfen. Die ganze Gegend ist dadurch bevölkert und wohlhabend, und ein blühendes Land geworden. Alle Bergleute verehrten ihren Vater in ihm, und so lange Eula steht, wird auch sein Name mit Rührung und Dankbarkeit genannt werden. Er war seiner Geburt nach ein Lausitzer und hieß Werner. Seine einzige Tochter war noch ein Kind, wie ich zu ihm ins Haus kam. Meine Ämsigkeit, meine Treue, und meine leidenschaftliche Anhänglichkeit an ihn, gewannen mir seine Liebe mit jedem Tage mehr. Er gab mir seinen Namen und machte mich zu seinem Sohne. Das kleine Mädchen ward nach gerade ein wackres, muntres Geschöpf, deren Gesicht so freundlich glatt und weiß war, wie ihr Gemüth. Der Alte sagte mir oft, wenn er sah, daß sie mir zugethan war, daß ich gern mit ihr schäkerte, und kein Auge von den ihrigen verwandte, die so blau und offen, wie der Himmel waren, und wie die Krystalle glänzten: wenn ich ein rechtlicher Bergmann werden würde, wolle er sie mir nicht versagen; und er hielt Wort. – Den Tag, wie ich Häuer wurde, legte er seine Hände auf uns und segnete uns als Braut und Bräutigam ein, und wenige Wochen darauf führte ich sie als meine Frau auf meine Kammer. Denselben Tag hieb ich in der Frühschicht noch als Lehrhäuer, eben wie die Sonne oben aufging, eine reiche Ader an. Der Herzog schickte mir eine goldene Kette mit seinem Bildniß auf einer großen Münze, und versprach mir den Dienst meines Schwiegervaters. Wie glücklich war ich, als ich sie am Hochzeittage meiner Braut um den Hals hängen konnte, und Aller Augen auf sie gerichtet waren. Unser alter Vater erlebte noch einige muntre Enkel, und die Anbrüche seines Herbstes waren reicher, als er gedacht hatte. Er konnte mit Freudigkeit seine Schicht beschließen, und aus der dunkeln Grube dieser Welt fahren, um in Frieden auszuruhen, und den großen Lohntag zu erwarten.

Herr, sagte der Alte, indem er sich zu Heinrichen wandte, und einige Thränen aus den Augen trocknete, der Bergbau muß von Gott gesegnet werden! denn es giebt keine Kunst, die ihre Theilhaber glücklicher und edler machte, die mehr den Glauben an eine himmlische Weisheit und Fügung erweckte, und die Unschuld und Kindlichkeit des Herzens reiner erhielte, als der Bergbau. Arm wird der Bergmann geboren, und arm gehet er wieder dahin. Er begnügt sich zu wissen, wo die metallischen Mächte gefunden werden, und sie zu Tage zu fördern; aber ihr blendender Glanz vermag nichts über sein lautres Herz. Unentzündet von gefährlichem Wahnsinn, freut er sich mehr über ihre wunderlichen Bildungen, und die Seltsamkeiten ihrer Herkunft und ihrer Wohnungen, als über ihren alles verheißenden Besitz. Sie haben für ihn keinen Reiz mehr, wenn sie Waaren geworden sind, und er sucht sie lieber unter tausend Gefahren und Mühseligkeiten in den Vesten der Erde, als daß er ihrem Rufe in die Welt folgen, und auf der Oberfläche des Bodens durch täuschende, hinterlistige Künste nach ihnen trachten sollte. Jene Mühseeligkeiten erhalten sein Herz frisch und seinen Sinn wacker; er genießt seinen kärglichen Lohn mit inniglichem Danke, und steigt jeden Tag mit verjüngter Lebensfreude aus den dunkeln Grüften seines Berufs. Nur Er kennt die Reize des Lichts und der Ruhe, die Wohlthätigkeit der freyen Luft und Aussicht um sich her; nur ihm schmeckt Trank und Speise recht erquicklich und andächtig, wie der Leib des Herrn; und mit welchem liebevollen und empfänglichen Gemüth tritt er nicht unter seines Gleichen, oder herzt seine Frau und Kinder, und ergötzt sich dankbar an der schönen Gabe des traulichen Gesprächs!

Sein einsames Geschäft sondert ihn vom Tage und dem Umgange mit Menschen einen großen Theil seines Lebens ab. Er gewöhnt sich nicht zu einer stumpfen Gleichgültigkeit gegen diese überirdischen tiefsinnigen Dinge und behält die kindliche Stimmung, in der ihm alles mit seinem eigenthümlichsten Geiste und in seiner ursprünglichen bunten Wunderbarkeit erscheint. Die Natur will nicht der ausschließliche Besitz eines Einzigen seyn. Als Eigenthum verwandelt sie sich in ein böses Gift, was die Ruhe verscheucht, und die verderbliche Lust, alles in diesen Kreis des Besitzers zu ziehn, mit einem Gefolge von unendlichen Sorgen und wilden Leidenschaften herbeylockt. So untergräbt sie heimlich den Grund des Eigenthümers, und begräbt ihn bald in den einbrechenden Abgrund, um aus Hand in Hand zu gehen, und so ihre Neigung, Allen anzugehören, allmählich zu befriedigen.

Wie ruhig arbeitet dagegen der arme genügsame Bergmann in seinen tiefen Einöden, entfernt von dem unruhigen Tumult des Tages, und einzig von Wißbegier und Liebe zur Eintracht beseelt. Er gedenkt in seiner Einsamkeit mit inniger Herzlichkeit seiner Genossen und seiner Familie, und fühlt immer erneuert die gegenseitige Unentbehrlichkeit und Blutsverwandtschaft der Menschen. Sein Beruf lehrt ihn unermüdliche Geduld, und läßt nicht zu, daß sich seine Aufmerksamkeit in unnütze Gedanken zerstreue. Er hat mit einer wunderlichen harten und unbiegsamen Macht zu thun, die nur durch hartnäckigen Fleiß und beständige Wachsamkeit zu überwinden ist. Aber welches köstliche Gewächs blüht ihm auch in diesen schauerlichen Tiefen, das wahrhafte Vertrauen zu seinem himmlischen Vater, dessen Hand und Vorsorge ihm alle Tage in unverkennbaren Zeichen sichtbar wird. Wie unzähliche mal habe ich nicht vor Ort gesessen, und bey dem Schein meiner Lampe das schichte Krucifix mit der innigsten Andacht betrachtet! da habe ich erst den heiligen Sinn dieses räthselhaften Bildnisses recht gefaßt, und den edelsten Gang meines Herzens erschürft, der mir eine ewige Ausbeute gewährt hat.

Der Alte fuhr nach einer Weile fort und sagte: Wahrhaftig, das muß ein göttlicher Mann gewesen seyn, der den Menschen zuerst die edle Kunst des Bergbaus gelehrt, und in dem Schooße der Felsen dieses ernste Sinnbild des menschlichen Lebens verborgen hat. Hier ist der Gang mächtig und gebräch, aber arm, dort drückt ihn der Felsen in eine armselige, unbedeutende Kluft zusammen, und gerade hier brechen die edelsten Geschicke ein. Andre Gänge verunedlen ihn, bis sich ein verwandter Gang freundlich mit ihm schaart, und seinen Werth unendlich erhöht. Oft zerschlägt er sich vor dem Bergmann in tausend Trümmern: aber der Geduldige läßt sich nicht schrecken, er verfolgt ruhig seinen Weg, und sieht seinen Eifer belohnt, indem er ihn bald wieder in neuer Mächtigkeit und Höflichkeit ausrichtet. Oft lockt ihn ein betrügliches Trum aus der wahren Richtung; aber bald erkennt er den falschen Weg, und bricht mit Gewalt querfeldein, bis er den wahren erzführenden Gang wiedergefunden hat. Wie bekannt wird hier nicht der Bergmann mit allen Launen des Zufalls, wie sicher aber auch, daß Eifer und

Beständigkeit die einzigen untrüglichen Mittel sind, sie zu bemeistern, und die von ihnen hartnäckig vertheidigten Schätze zu heben.

Es fehlt euch gewiß nicht, sagte Heinrich, an ermunternden Liedern. Ich sollte meinen, daß euch euer Beruf unwillkührlich zu Gesängen begeistern und die Musik eine willkommne Begleiterin der Bergleute seyn müßte.

Da habt ihr wahr gesprochen, erwiederte der Alte; Gesang und Zitherspiel gehört zum Leben des Bergmanns, und kein Stand kann mit mehr Vergnügen die Reize derselben genießen, als der unsrige. Musik und Tanz sind eigentliche Freuden des Bergmanns; sie sind wie ein fröliches Gebet, und die Erinnerungen und Hofnungen desselben helfen die mühsame Arbeit erleichtern und die lange Einsamkeit kürzen.

Wenn es euch gefällt, so will ich euch gleich einen Gesang zum Besten geben, der fleißig in meiner Jugend gesungen wurde.

Der ist der Herr der Erde,
Wer ihre Tiefen mißt,
Und jeglicher Beschwerde
In ihrem Schooß vergißt.

Wer ihrer Felsenglieder
Geheimen Bau versteht,
Und unverdrossen nieder
Zu ihrer Werkstatt geht.

Er ist mit ihr verbündet,
Und inniglich vertraut,
Und wird von ihr entzündet,
Als wär' sie seine Braut.

Er sieht ihr alle Tage
Mit neuer Liebe zu
Und scheut nicht Fleiß und Plage,
Sie läßt ihm keine Ruh.

Die mächtigen Geschichten
Der längst verfloßnen Zeit,
Ist sie ihm zu berichten
Mit Freundlichkeit bereit.

Der Vorwelt heilge Lüfte
Umwehn sein Angesicht,
Und in die Nacht der Klüfte
Strahlt ihm ein ewges Licht.

Er trift auf allen Wegen
Ein wohlbekanntes Land,
Und gern kommt sie entgegen
Den Werken seiner Hand.

Ihm folgen die Gewässer
Hülfreich den Berg hinauf;
Und alle Felsenschlösser,
Thun ihre Schätz' ihm auf.

Er führt des Goldes Ströme
In seines Königs Haus,
Und schmückt die Diademe
Mit edlen Steinen aus.

Zwar reicht er treu dem König
Den glückbegabten Arm,
Doch frägt er nach ihm wenig
Und bleibt mit Freuden arm.

Sie mögen sich erwürgen
Am Fuß um Gut und Geld;
Er bleibt auf den Gebirgen
Der frohe Herr der Welt.

Heinrichen gefiel das Lied ungemein, und er bat den Alten, ihm noch eins mitzutheilen. Der Alte war auch gleich bereit und sagte: Ich weiß noch ein wunderliches Lied, was wir selbst nicht wissen, wo es her ist.

Es brachte es ein reisender Bergmann mit, der weit herkam, und ein sonderlicher Ruthengänger war. Das Lied fand großen Beyfall, weil es so seltsamlich klang, beynah so dunkel und unverständlich, wie die Musik selbst, aber eben darum auch so unbegreiflich anzog, und im wachenden Zustande wie ein Traum unterhielt.

Ich kenne wo ein festes Schloß
Ein stiller König wohnt darinnen,
Mit einem wunderlichen Troß;
Doch steigt er nie auf seine Zinnen.
Verborgen ist sein Lustgemach
Und unsichtbare Wächter lauschen;
Nur wohlbekannte Quellen rauschen
Zu ihm herab vom bunten Dach.

Was ihre hellen Augen sahn
In der Gestirne weiten Sälen,
Das sagen sie ihm treulich an
Und können sich nicht satt erzählen.
Er badet sich in ihrer Flut,
Wäscht sauber seine zarten Glieder
Und seine Stralen blinken wieder
Aus seiner Mutter weißem Blut.

Sein Schloß ist alt und wunderbar,
Es sank herab aus tiefen Meeren
Stand fest, und steht noch immerdar,
Die Flucht zum Himmel zu verwehren.
Von innen schlingt ein heimlich Band
Sich um des Reiches Unterthanen,
Und Wolken wehn wie Siegesfahnen
Herunter von der Felsenwand.

Ein unermeßliches Geschlecht
Umgiebt die festverschlossenen Pforten,
Ein jeder spielt den treuen Knecht
Und ruft den Herrn mit süßen Worten.
Sie fühlen sich durch ihn beglückt,
Und ahnden nicht, daß sie gefangen;
Berauscht von trüglichem Verlangen
Weiß keiner, wo der Schuh ihn drückt.

Nur Wenige sind schlau und wach,
Und dürsten nicht nach seinen Gaben;
Sie trachten unablässig nach,
Das alte Schloß zu untergraben.
Der Heimlichkeit urmächtgen Bann,
Kann nur die Hand der Einsicht lösen;
Gelingt's das Innere zu entblößen
So bricht der Tag der Freyheit an.

Dem Fleiß ist keine Wand zu fest,
Dem Muth kein Abgrund unzugänglich;
Wer sich auf Herz und Hand verläßt
Spürt nach dem König unbedenklich.
Aus seinen Kammern holt er ihn,
Vertreibt die Geister durch die Geister,
Macht sich der wilden Fluten Meister,
Und heißt sie selbst heraus sich ziehn.

Je mehr er nun zum Vorschein kömmt
Und wild umher sich treibt auf Erden:
Je mehr wird seine Macht gedämmt,
Je mehr die Zahl der Freyen werden.
Am Ende wird von Banden los
Das Meer die leere Burg durchdringen
Und trägt auf weichen grünen Schwingen
Zurück uns in der Heymath Schooß.

Es dünkte Heinrichen, wie der Alte geendigt hatte, als habe er das Lied schon irgend wo gehört. Er ließ es sich wiederholen und schrieb es sich auf. Der Alte ging nachher hinaus und die Kaufleute sprachen unterdessen mit den andern Gästen über die Vortheile des Bergbaues und seine Mühseligkeiten. Einer sagte: der Alte ist gewiß nicht umsonst hier. Er ist heute zwischen den Hügeln umhergeklettert und hat gewiß gute Anzeichen gefunden. Wir wollen ihn doch fragen, wenn er wieder herein kömmt. Wißt ihr wohl, sagte ein Andrer, daß wir ihn bitten könnten, eine Quelle für unser Dorf zu suchen? Das Wasser ist weit, und ein guter Brunnen wäre uns sehr willkommen. Mir fällt ein, sagte ein dritter, daß ich ihn fragen möchte, oder er einen von meinen Söhnen mit sich nehmen will, der mir schon das ganze Haus voll Steine getragen hat. Der Junge wird gewiß ein tüchtiger Bergmann, und der Alte scheint ein guter Mann zu seyn, der wird schon was Rechtes aus ihm ziehn. Die Kaufleute redeten, ob sie vielleicht durch den Bergmann ein vortheilhaftes Verkehr mit Böhmen anspinnen und Metalle daher zu guten Preisen erhalten möchten. Der Alte trat wieder in die Stube, und alle wünschten seine Bekanntschaft zu benutzen. Er fing an und sagte: Wie dumpf und ängstlich ist es doch hier in der engen Stube. Der Mond steht draußen in voller Herrlichkeit, und ich hätte große Lust noch einen Spaziergang zu machen. Ich habe heute bey Tage einige merkwürdige Höhlen hier in der

Nähe gesehn. Vielleicht entschließen sich Einige mitzugehn; und wenn wir nur Licht mitnehmen, so werden wir ohne Schwierigkeiten uns darinn umsehn können.

Den Leuten aus dem Dorfe waren diese Höhlen schon bekannt; aber bis jetzt hatte keiner gewagt hineinzusteigen; vielmehr trugen sie sich mit fürchterlichen Sagen von Drachen und andern Unthieren, die darinn hausen sollten. Einige wollten sie selbst gesehn haben, und behaupteten, daß man Knochen an ihrem Eingange von geraubten und verzehrten Menschen und Thieren fände. Einige andre vermeinten, daß ein Geist dieselben bewohne, wie sie denn einigemal aus der Ferne eine seltsame menschliche Gestalt gesehn, auch zur Nachtzeit Gesänge da herüber gehört haben wollten.

Der Alte schien ihnen keinen großen Glauben beyzumessen, und versicherte lachend, daß sie unter dem Schutze eines Bergmanns getrost mitgehn könnten, indem die Ungeheuer sich vor ihm scheuen müßten, ein singender Geist aber gewiß ein wohlthätiges Wesen sey. Die Neugier machte viele beherzt genug, seinen Vorschlag einzugehn; auch Heinrich wünschte ihn zu begleiten, und seine Mutter gab endlich auf das Zureden und Versprechen des Alten, genaue Acht auf Heinrichs Sicherheit zu haben, seinen Bitten nach. Die Kaufleute waren eben so entschlossen. Es wurden lange Kienspäne zu Fackeln zusammengeholt; ein Theil der Gesellschaft versah sich noch zum Überfluß mit Leitern, Stangen, Stricken und allerhand Vertheidigungswerkzeugen, und so begann endlich die Wallfahrt nach den nahen Hügeln. Der Alte ging mit Heinrich und den Kaufleuten voran. Jener Bauer hatte seinen wißbegierigen Sohn herbeygeholt, der voller Freude sich einer Fackel bemächtigte, und den Weg zu den Höhlen zeigte. Der Abend war heiter und warm. Der Mond stand in mildem Glanze über den Hügeln, und ließ wunderliche Träume in allen Kreaturen aufsteigen. Selbst wie ein Traum der Sonne, lag er über der in sich gekehrten Traumwelt, und führte die in unzählige Grenzen getheilte Natur in jene fabelhafte Urzeit zurück, wo jeder Keim noch für sich schlummerte, und einsam und unberührt sich vergeblich sehnte, die dunkle Fülle seines unermeßlichen Daseyns zu entfalten. In Heinrichs Gemüth spiegelte sich das Mährchen des Abends. Es war ihm, als ruhte die Welt aufgeschlossen in ihm, und zeigte ihm, wie einem Gastfreunde, alle ihre Schätze und verborgenen Lieblichkeiten. Ihm dünkte die große einfache Erscheinung um ihn so verständlich. Die Natur schien ihm nur deswegen so unbegreiflich, weil sie das Nächste und Traulichste mit einer solchen Verschwendung von mannichfachen Ausdrücken um den Menschen her thürmte. Die Worte des Alten hatten eine versteckte Tapetenthür in ihm geöffnet. Er sah sein kleines Wohnzimmer dicht an einen erhabenen Münster gebaut, aus dessen steinernem Boden die ernste Vorwelt emporstieg, während von der Kuppel die klare fröliche Zukunft in goldnen Engelskindern ihr singend entgegenschwebte. Gewaltige Klänge bebten in den silbernen Gesang, und zu den weiten Thoren traten alle Creaturen herein, von denen jede ihre innere Natur in einer einfachen Bitte und in einer eigenthümlichen Mundart vernehmlich aussprach. Wie wunderte er sich, daß ihm diese klare, seinem Daseyn schon unentbehrliche Ansicht so lange fremd geblieben war. Nun übersah er auf einmal alle seine Verhältnisse mit der weiten Welt um ihn her; fühlte was er durch sie geworden und was sie ihm werden würde, und begrif alle die seltsamen Vorstellungen und Anregungen, die er schon oft in ihrem Anschauen gespürt hatte. Die Erzählung der Kaufleute von dem Jünglinge, der die Natur so emsig betrachtete, und der Eydam des Königs wurde, kam ihm wieder zu Gedanken, und tausend andere Erinnerungen seines Lebens knüpften sich von selbst an einen zauberischen Faden. Während der Zeit, daß Heinrich seinen Betrachtungen nachhing, hatte sich die Gesellschaft der Höhle genähert. Der Eingang war niedrig, und der Alte nahm eine Fackel und kletterte über einige Steine zuerst hinein. Ein ziemlich fühlbarer Luftstrom kam ihm entgegen, und der Alte versicherte, daß sie getrost folgen könnten. Die Furchtsamsten gingen zuletzt, und hielten ihre Waffen in Bereitschaft. Heinrich und die Kaufleute waren hinter dem Alten und der Knabe wanderte munter an seiner Seite. Der Weg lief anfänglich in einem ziemlich schmalen Gange, welcher sich aber bald in eine sehr weite und hohe Höhle endigte, die der Fackelglanz nicht völlig zu erleuchten vermochte; doch sah man im Hintergrunde einige Öffnungen sich in die Felsenwand verlieren. Der Boden war weich und ziemlich eben; die Wände so wie die Decke waren ebenfalls nicht rauh und unregelmäßig; aber was die Aufmerksamkeit Aller vorzüglich beschäftigte, war die unzählige Menge von Knochen und Zähnen, die den Boden bedeckten. Viele waren völlig erhalten, an andern sah man Spuren der Verwesung, und die, welche aus den Wänden hin und wieder hervorragten, schienen steinartig geworden zu seyn. Die Meisten waren von ungewöhnlicher Größe und Stärke. Der Alte freute sich über diese Überbleibsel einer uralten Zeit; nur den Bauern war nicht wohl dabey zu Muthe, denn sie hielten sie für deutliche Spuren naher Raubthiere, so überzeugend ihnen auch der Alte die Zeichen eines undenklichen Alterthums daran aufwies, und sie fragte, ob sie je etwas von Verwüstungen unter ihren Heerden und vom Raube benachbarter Menschen gespürt hätten, und ob sie jene Knochen für Knochen bekannter Thiere oder Menschen halten könnten? Der Alte wollte nun weiter in den Berg, aber die Bauern fanden für rathsam sich vor die Höhle zurückzuziehn, und dort seine Rückkunft abzuwarten. Heinrich, die Kaufleute und der Knabe blieben bey dem Alten, und versahen sich mit Stricken und Fackeln. Sie gelangten bald in eine zweyte Höhle, wobey der Alte nicht vergaß, den Gang aus dem sie hereingekommen waren, durch eine Figur von Knochen, die er davor hinlegte, zu bezeichnen. Die Höhle glich der vorigen und war eben so reich an thierischen Resten. Heinrichen war schauerlich und wunderbar zu Muthe; es gemahnte ihn, als wandle er durch die Vorhöfe des innern Erdenpalastes. Himmel und Leben lag ihm auf einmal weit entfernt, und diese dunkeln weiten Hallen schienen zu einem unterirdischen seltsamen Reiche zu gehören. Wie, dachte er bey sich selbst, wäre es möglich, daß unter unsern Füßen eine eigene Welt in einem ungeheuern Leben sich bewegte? daß unerhörte Geburten in den Vesten der Erde ihr Wesen trieben, die das innere Feuer des dunkeln Schooßes zu riesenmäßigen und geistesgewaltigen Gestalten auftriebe? Könnten dereinst diese schauerlichen Fremden, von der eindringenden Kälte hervorgetrieben, unter uns erscheinen, während vielleicht zu gleicher Zeit himmlische Gäste, lebendige, redende Kräfte der Gestirne über unsern Häuptern sichtbar würden? Sind diese Knochen Überreste ihrer Wanderungen nach der Oberfläche, oder Zeichen einer Flucht in die Tiefe?

Auf einmal rief der Alte die Andern herbey, und zeigte ihnen eine ziemlich frische Menschenspur auf dem Boden. Mehrere konnten sie nicht finden, und so glaubte der Alte, ohne fürchten zu müssen, auf Räuber zu stoßen, der Spur nachgehen zu können. Sie waren eben im Begriff dies auszuführen, als auf einmal, wie unter ihren Füßen, aus einer fernen Tiefe ein ziemlich vernehmlicher Gesang anfing. Sie erstaunten nicht wenig, doch horchten sie genau auf:

Gern verweil' ich noch im Thale
Lächelnd in der tiefen Nacht,
Denn der Liebe volle Schaale
Wird mir täglich dargebracht.

Ihre heilgen Tropfen heben
Meine Seele hoch empor,

Und ich steh in diesem Leben
Trunken an des Himmels Thor.

Eingewiegt in seelges Schauen
Ängstigt mein Gemüth kein Schmerz.
O! die Königinn der Frauen
Giebt mir ihr getreues Herz.

Bangverweinte Jahre haben
Diesen schlechten Thon verklärt,
Und ein Bild ihm eingegraben,
Das ihm Ewigkeit gewährt.

Jene lange Zahl von Tagen
Dünkt mir nur ein Augenblick;
Werd ich einst von hier getragen
Schau ich dankbar noch zurück.

Alle waren auf das angenehmste überrascht, und wünschten sehnlichst den Sänger zu entdecken.

Nach einigem Suchen trafen sie in einem Winkel der rechten Seitenwand, einen abwärts gesenkten Gang, in welchen die Fußstapfen zu führen schienen. Bald dünkte es ihnen, eine Hellung zu bemerken, die stärker wurde, je näher sie kamen. Es that sich ein neues Gewölbe von noch größerem Umfange, als die vorherigen, auf, in dessen Hintergrunde sie bey einer Lampe eine menschliche Gestalt sitzen sahen, die vor sich auf einer steinernen Platte ein großes Buch liegen hatte, in welchem sie zu lesen schien.

Sie drehte sich nach ihnen zu, stand auf und ging ihnen entgegen. Es war ein Mann, dessen Alter man nicht errathen konnte. Er sah weder alt noch jung aus, keine Spuren der Zeit bemerkte man an ihm, als schlichte silberne Haare, die auf der Stirn gescheitelt waren. In seinen Augen lag eine unaussprechliche Heiterkeit, als sähe er von einem hellen Berge in einen unendlichen Frühling hinein. Er hatte Sohlen an die Füße gebunden, und schien keine andere Kleidung zu haben, als einen weiten Mantel, der um ihn hergeschlungen war, und seine edle große Gestalt noch mehr heraus hob. Über ihre unvermuthete Ankunft schien er nicht im mindesten verwundert; wie ein Bekannter begrüßte er sie. Es war, als empfing er erwartete Gäste in seinem Wohnhause. Es ist doch schön, daß ihr mich besucht, sagte er; Ihr seyd die ersten Freunde, die ich hier sehe, so lange ich auch schon hier wohne. Scheint es doch, als finge man an, unser großes wunderbares Haus genauer zu betrachten. Der Alte erwiederte: Wir haben nicht vermuthet, einen so freundlichen Wirth hier zu finden. Von wilden Thieren und Geistern war uns erzählt, und nun sehen wir uns auf das anmuthigste getäuscht. Wenn wir euch in eurer Andacht und in euren tiefsinnigen Betrachtungen gestört haben, so verzeiht es unserer Neugierde. – Könnte eine Betrachtung erfreulicher seyn, sagte der Unbekannte, als die froher uns zusagender Menschengesichter? Haltet mich nicht für einen Menschenfeind, weil ihr mich in dieser Einöde trefft. Ich habe die Welt nicht geflohen, sondern ich habe nur eine Ruhestätte gesucht, wo ich ungestört meinen Betrachtungen nachhängen könnte. – Hat euch euer Entschluß nie gereut, und kommen nicht zuweilen Stunden, wo euch bange wird und euer Herz nach einer Menschenstimme verlangt? – Jetzt nicht mehr. Es war eine Zeit in meiner Jugend, wo eine heiße Schwärmerey mich veranlaßte, Einsiedler zu werden. Dunkle Ahndungen beschäftigten meine jugendliche Fantasie. Ich hoffte volle Nahrung meines Herzens in der Einsamkeit zu finden. Unerschöpflich dünkte mir die Quelle meines innern Lebens. Aber ich merkte bald, daß man eine Fülle von Erfahrungen dahin mitbringen muß, daß ein junges Herz nicht allein seyn kann, ja daß der Mensch erst durch vielfachen Umgang mit seinem Geschlecht eine gewisse Selbstständigkeit erlangt.

Ich glaube selbst, erwiederte der Alte, daß es einen gewissen natürlichen Beruf zu jeder Lebensart giebt, und vielleicht, daß die Erfahrungen eines zunehmenden Alters von selbst auf eine Zurückziehung aus der menschlichen Gesellschaft führen. Scheint es doch, als sey dieselbe der Thätigkeit, sowohl zum Gewinnst als zur Erhaltung gewidmet. Eine große Hoffnung, ein gemeinschaftlicher Zweck treibt sie mit Macht; und Kinder und Alte scheinen nicht dazu zu gehören. Unbehülflichkeit und Unwissenheit schließen die Ersten davon aus, während die letztern jene Hoffnung erfüllt, jenen Zweck erreicht sehen, und nun nicht mehr von ihnen in den Kreise jener Gesellschaft verflochten, in sich selbst zurückkehren, und genug zu thun finden, sich auf eine höhere Gemeinschaft würdig vorzubereiten. Indeß scheinen bey euch noch besondere Ursachen statt gefunden zu haben, euch so gänzlich von den Menschen abzusondern und Verzicht auf alle Bequemlichkeiten der Gesellschaft zu leisten. Mich dünkt, daß die Spannung eures Gemüths doch oft nachlassen und euch dann unbehaglich zu Muthe werden müßte.

Ich fühlte das wohl, indeß habe ich es glücklich durch eine strenge Regelmäßigkeit meines Lebens zu vermeiden gewußt. Dabey suche ich mich durch Bewegung gesund zu erhalten, und dann hat es keine Noth. Jeden Tag gehe ich mehrere Stunden herum, und genieße den Tag und die Luft soviel ich kann. Sonst halte ich mich in diesen Hallen auf, und beschäftige mich zu gewissen Stunden mit Korbflechten und Schnitzen. Für meine Waaren tausche ich mir in entlegenen Ortschaften Lebensmittel ein, Bücher hab ich mir mitgebracht, und so vergeht die Zeit, wie ein Augenblick. In jenen Gegenden habe ich einige Bekannte, die um meinen Aufenthalt wissen, und von denen ich erfahre, was in der Welt geschieht. Diese werden mich begraben, wenn ich todt bin und meine Bücher zu sich nehmen.

Er führte sie näher an seinen Sitz, der nahe an der Höhlenwand war. Sie sahen mehrere Bücher auf der Erde liegen, auch eine Zither, und an der Wand hing eine völlige Rüstung, die ziemlich kostbar zu seyn schien. Der Tisch bestand aus fünf großen steinernen Platten, die wie ein Kasten zusammengesetzt waren. Auf der obersten lagen eine männliche und weibliche Figur in Lebensgröße eingehauen, die einen Kranz von Lilien und Rosen angefaßt hatten; an den Seiten stand:

Friedrich und Marie von Hohenzollern
kehrten auf dieser Stelle in ihr Vaterland zurück.

Der Einsiedler fragte seine Gäste nach ihrem Vaterlande, und wie sie in diese Gegenden gekommen wären. Er war sehr freundlich und offen, und verrieth eine große Bekanntschaft mit der Welt. Der Alte sagte: Ich sehe, ihr seyd ein Kriegsmann gewesen, die Rüstung verräth euch. – Die Gefahren und Wechsel des Krieges, der hohe poetische Geist, der ein Kriegsheer begleitet, rissen mich aus meiner jugendlichen Einsamkeit und bestimmten die Schicksale meines Lebens. Vielleicht, daß das lange Getümmel, die unzähligen Begebenheiten, denen ich beywohnte, mir den Sinn für die Einsamkeit noch mehr geöffnet haben: die zahllosen Erinnerungen sind eine unterhaltende Gesellschaft, und dies um so mehr, je veränderter der Blick ist, mit dem wir sie überschauen, und der nun erst ihren wahren Zusammenhang, den Tiefsinn ihrer Folge, und die Bedeutung ihrer Erscheinungen entdeckt. Der eigentliche Sinn für die Geschichten der Menschen entwickelt sich erst spät, und mehr unter den stillen Einflüssen der Erinnerung, als unter den gewaltsameren Eindrücken der Gegenwart. Die nächsten Ereignisse scheinen nur locker verknüpft, aber sie sympathisiren desto wunderbarer mit entfernteren; und nur dann, wenn man im Stande ist, eine lange Reihe zu übersehn und weder alles buchstäblich zu nehmen, noch auch mit muthwilligen Träumen die eigenliche Ordnung zu verwirren, bemerkt man die geheime Verkettung des Ehemaligen und Künftigen, und lernt die Geschichte aus Hoffnung und Erinnerung zusammensetzen. Indeß nur dem, welchem die ganze Vorzeit gegenwärtig ist, mag es gelingen, die einfache Regel der Geschichte zu entdecken. Wir kommen nur zu unvollständigen und beschwerlichen Formeln, und können froh seyn, nur für uns selbst eine brauchbare Vorschrift zu finden, die uns hinlängliche Aufschlüsse über unser eigenes kurzes Leben verschafft. Ich darf aber wohl sagen, daß jede sorgfältige Betrachtung der Schicksale des Lebens einen tiefen, unerschöpflichen Genuß gewährt, und unter allen Gedanken uns am meisten über die irdischen Übel erhebt. Die Jugend liest die Geschichte nur aus Neugier, wie ein unterhaltendes Mährchen; dem reiferen Alter wird sie eine himmlische tröstende und erbauende Freundinn, die ihn durch ihre weisen Gespräche sanft zu einer höheren, umfassenderen Laufbahn vorbereitet, und mit der unbekannten Welt ihn in faßlichen Bildern bekannt macht. Die Kirche ist das Wohnhaus der Geschichte, und der stille Hof ihr sinnbildlicher Blumengarten. Von der Geschichte sollten nur alte, gottesfürchtige Leute schreiben, deren Geschichte selbst zu Ende ist, und die nichts mehr zu hoffen haben, als die Verpflanzung in den Garten. Nicht finster und trübe wird ihre Beschreibung seyn; vielmehr wird ein Strahl aus der Kuppel alles in der richtigsten und schönsten Erleuchtung zeigen, und heiliger Geist wird über diesen seltsam bewegten Gewässern schweben.

Wie wahr und einleuchtend ist eure Rede, setzte der Alte hinzu. Man sollte gewiß mehr Fleiß darauf wenden, das Wissenswürdige seiner Zeit treulich aufzuzeichnen, und es als ein andächtiges Vermächtniß den künftigen Menschen zu hinterlassen. Es giebt tausend entferntere Dinge, denen Sorgfalt und Mühe gewidmet wird, und gerade um das Nächste und Wichtigste, um die Schicksale unsers eigenen Lebens, unserer Angehörigen, unsers Geschlechts, deren leise Planmäßigkeit wir in den Gedanken einer Vorsehung aufgefaßt haben, bekümmern wir uns so wenig, und lassen sorglos alle Spuren in unserm Gedächtnisse verwischen. Wie Heiligthümer wird eine weisere Nachkommenschaft jede Nachricht, die von den Begebenheiten der Vergangenheit handelt, aufsuchen, und selbst das Leben eines Einzelnen unbedeutenden Mannes wird ihr nicht gleichgültig seyn, da gewiß sich das große Leben seiner Zeitgenossenschaft darinn mehr oder weniger spiegelt.

Es ist nur so schlimm, sagte der Graf von Hohenzollern, daß selbst die Wenigen, die sich der Aufzeichnungen der Thaten und Vorfälle ihrer Zeit unterzogen, nicht über ihr Geschäft nachdachten, und ihren Beobachtungen keine Vollständigkeit und Ordnung zu geben suchten, sondern nur aufs Gerathewohl bey der Auswahl und Sammlung ihrer Nachrichten verfuhren. Ein jeder wird leicht an sich bemerken, daß er nur dasjenige deutlich und vollkommen beschreiben kann, was er genau kennt, dessen Theile, dessen Entstehung und Folge, dessen Zweck und Gebrauch ihm gegenwärtig sind: denn sonst wird keine Beschreibung, sondern ein verwirrtes Gemisch von unvollständigen Bemerkungen entstehn. Man lasse ein Kind eine Maschine, einen Landmann ein Schiff beschreiben, und gewiß wird kein Mensch aus ihren Worten einigen Nutzen und Unterricht schöpfen können, und so ist es mit den meisten Geschichtschreibern, die vielleicht fertig genug im Erzählen und bis zum Überdruß weitschweifig sind, aber doch gerade das Wissenswürdigste vergessen, dasjenige, was erst die Geschichte zur Geschichte macht, und die mancherley Zufälle zu einem angenehmen und lehrreichen Ganzen verbindet. Wenn ich das alles recht bedenke, so scheint es mir, als wenn ein Geschichtschreiber nothwendig auch ein Dichter seyn müßte, denn nur die Dichter mögen sich auf jene Kunst, Begebenheiten schicklich zu verknüpfen, verstehn. In ihren Erzählungen und Fabeln habe ich mit stillem Vergnügen ihr zartes Gefühl für den geheimnißvollen Geist des Lebens bemerkt. Es ist mehr Wahrheit in ihren Mährchen, als in gelehrten Chroniken. Sind auch ihre Personen und deren Schicksale erfunden: so ist doch der Sinn, in dem sie erfunden sind, wahrhaft und natürlich. Es ist für unsern Genuß und unsere Belehrung gewissermaßen einerley, ob die Personen, in deren Schicksalen wir den unsrigen nachspüren, wirklich einmal lebten, oder nicht. Wir verlangen nach der Anschauung der großen einfachen Seele der Zeiterscheinungen, und finden wir diesen Wunsch gewährt, so kümmern wir uns nicht um die zufällige Existenz ihrer äußern Figuren.

Auch ich bin den Dichtern, sagte der Alte, von jeher deshalb zugethan gewesen. Das Leben und die Welt ist mir klarer und anschaulicher durch sie geworden. Es dünkte mich, sie müßten befreundet mit den scharfen Geistern des Lichtes seyn, die alle Naturen durchdringen und sondern, und einen eigenthümlichen, zartgefärbten Schleyer über jede verbreiten. Meine eigene Natur fühlte ich bey ihren Liedern leicht entfaltet, und es war, als könnte sie sich nun freyer bewegen, ihrer Geselligkeit und ihres Verlangens froh werden, mit stiller Lust ihre Glieder gegen einander schwingen, und tausenderley anmuthige Wirkungen hervorrufen.

Wart ihr so glücklich, in eurer Gegend einige Dichter zu haben? fragte der Einsiedler.

Es haben sich wohl zuweilen einige bey uns eingefunden: aber sie schienen Gefallen am Reisen zu finden, und so hielten sie sich meist nicht lange auf. Indeß habe ich auf meinen Wanderungen nach Illyrien, nach Sachsen und Schwedenland nicht selten welche gefunden, deren Andenken mich immer erfreuen wird.

So seid ihr ja weit umhergekommen, und müßt viele denkwürdige Dinge erlebt haben.

Unsere Kunst macht es fast nöthig, daß man sich weit auf dem Erdboden umsieht, und es ist als triebe den Bergmann ein unterirdisches Feuer umher. Ein Berg schickt ihn dem andern. Er wird nie mit Sehen fertig, und hat seine ganze Lebenszeit an jener wunderlichen Baukunst zu lernen, die unsern Fußboden so seltsam gegründet und ausgetäfelt hat. Unsere Kunst ist uralt und weit verbreitet. Sie mag wohl aus Morgen, mit der Sonne, wie unser Geschlecht, nach Abend gewandert seyn, und von der Mitte nach den Enden zu. Sie hat überall mit andern Schwierigkeiten zu kämpfen gehabt, und da immer das Bedürfniß den menschlichen Geist zu klugen Erfindungen gereitzt, so kann der Bergmann überall seine Einsichten und seine Geschicklichkeit vermehren und mit nützlichen Erfahrungen seine Heymath bereichern.

Ihr seyd beynah verkehrte Astrologen, sagte der Einsiedler. Wenn diese den Himmel unverwandt betrachten und seine unermeßlichen Räume durchirren: so wendet ihr euren Blick auf den Erdboden, und erforscht seinen Bau. Jene studieren die Kräfte und Einflüsse der Gestirne, und ihr untersucht die Kräfte der Felsen und Berge, und die mannichfaltigen Wirkungen der Erd- und Steinschichten. Jenen ist der Himmel das Buch der Zukunft, während euch die Erde Denkmale der Urwelt zeigt.

Es ist dieser Zusammenhang nicht ohne Bedeutung, sagte der Alte lächelnd. Die leuchtenden Profeten spielen vielleicht eine Hauptrolle in jener alten Geschichte des wunderlichen Erdbaus. Man wird vielleicht sie aus ihren Werken, und ihre Werke aus ihnen mit der Zeit besser kennen und erklären lernen. Vielleicht zeigen die großen Gebirgsketten die Spuren ihrer ehemaligen Straßen und hatten selbst Lust, sich auf ihre eigene Hand zu nähren und ihren eigenen Gang am Himmel zu gehn. Manche hoben sich kühn genug, um auch Sterne zu werden, und müssen nun dafür die schöne grüne Bekleidung der niedrigern Gegenden entbehren. Sie haben dafür nichts erhalten, als daß sie ihren Vätern das Wetter machen helfen, und Profeten für das tiefere Land sind, das sie bald schützen bald mit Ungewittern überschwemmen.

Seitdem ich in dieser Höhle wohne, fuhr der Einsiedler fort, habe ich mehr über die alte Zeit nachdenken gelernt. Es ist unbeschreiblich, was diese Betrachtung anzieht, und ich kann mir die Liebe vorstellen, die ein Bergmann für sein Handwerk hegen muß. Wenn ich die seltsamen alten Knochen ansehe, die hier in so gewaltiger Menge versammelt sind; wenn ich mir die wilde Zeit denke, wo diese fremdartigen, ungeheuren Thiere in dichten Schaaren sich in diese Höhlen hereindrängten, von Furcht und Angst vielleicht getrieben, und hier ihren Tod fanden; wenn ich dann wieder bis zu den Zeiten hinaufsteige, wo diese Höhlen zusammenwuchsen und ungeheure Fluten das Land bedeckten: so komme ich mir selbst wie ein Traum der Zukunft, wie ein Kind des ewigen Friedens vor. Wie ruhig und friedfertig, wie mild und klar ist gegen diese gewaltsamen, riesenmäßigen Zeiten, die heutige Natur! und das furchtbarste Gewitter, das entsetzlichste Erdbeben in unsern Tagen ist nur ein schwacher Nachhall jener grausenvollen Geburtswehen. Vielleicht daß auch die Pflanzen- und Thierwelt, ja die damaligen Menschen selbst, wenn es auf einzelnen Eylanden in diesem Ozean welche gab, eine andere festere und rauhere Bauart hatten, – wenigstens dürfte man die alten Sagen von einem Riesenvolke dann keiner Erdichtungen zeihen.

Es ist erfreulich, sagte der Alte, jene allmählige Beruhigung der Natur zu bemerken. Ein immer innigeres Einverständniß, eine friedlichere Gemeinschaft, eine gegenseitige Unterstützung und Belebung, scheint sich allmählich gebildet zu haben, und wir können immer besseren Zeiten entgegensehn. Es wäre vielleicht möglich, daß hin und wieder noch alter Sauerteig gährte, und noch einige heftige Erschütterungen erfolgten; indeß sieht man doch das allmächtige Streben nach freyer, einträchtiger Verfassung, und in diesem Geiste wird jede Erschütterung vorübergehen und dem großen Ziele näher führen. Mag es seyn, daß die Natur nicht mehr so fruchtbar ist, daß heut zu Tage keine Metalle und Edelsteine, keine Felsen und Berge mehr entstehn, daß Pflanzen und Thiere nicht mehr zu so erstaunlichen Größen und Kräften aufquellen; je mehr sich ihre erzeugende Kraft erschöpft hat, desto mehr haben ihre bildenden, veredelnden und geselligen Kräfte zugenommen, ihr Gemüth ist empfänglicher und zarter, ihre Fantasie mannichfaltiger und sinnbildlicher, ihre Hand leichter und kunstreicher geworden. Sie nähert sich dem Menschen, und wenn sie ehmals ein wildgebährender Fels war, so ist sie jetzt eine stille, treibende Pflanze, eine stumme menschliche Künstlerinn. Wozu wäre auch eine Vermehrung jener Schätze nöthig, deren Überfluß auf undenkliche Zeiten ausreicht. Wie klein ist der Raum, den ich durchwandert bin, und welche mächtige Vorräthe habe ich nicht gleich auf den ersten Blick gefunden, deren Benutzung der Nachwelt überlassen bleibt. Welche Reichthümer verschließen nicht die Gebirge nach Norden, welche günstige Anzeigen fand ich nicht in meinem Vaterlande überall, in Ungarn, am Fuße der Carpathischen Gebirge, und in den Felsenthälern von Tyrol, Östreich und Bayern. Ich könnte ein reicher Mann seyn, wenn ich das hätte mit mir nehmen können, was ich nur aufzuheben, nur abzuschlagen brauchte. An manchen Orten sah ich mich, wie in einem Zaubergarten. Was ich ansah, war von köstlichen Metallen und auf das kunstreichste gebildet. In den zierlichen Locken und Ästen des Silbers hingen glänzende, rubinrothe, durchsichtige Früchte, und die schweren Bäumchen standen auf krystallenem Grunde, der ganz unnachahmlich ausgearbeitet war. Man traute kaum seinen Sinnen an diesen wunderbaren

Orten, und ward nicht müde diese reizenden Wildnisse zu durchstreifen und sich an ihren Kleinodien zu ergötzen. Auch auf meiner jetzigen Reise habe ich viele Merkwürdigkeiten gesehn, und gewiß ist in andern Ländern die Erde eben so ergiebig und verschwenderisch.

Wenn man, sagte der Unbekannte, die Schätze bedenkt, die im Orient zu Hause sind, so ist daran kein Zweifel, und ist das ferne Indien, Afrika und Spanien nicht schon im Alterthum durch Reichthümer seines Bodens bekannt gewesen? Als Kriegsmann giebt man freylich nicht so genau auf die Adern und Klüfte der Berge acht, indeß habe ich doch zuweilen meine Betrachtungen über diese glänzenden Streifen gehabt, die wie seltsame Knospen auf eine unerwartete Blüthe und Frucht deuten. Wie hätte ich damals denken können, wenn ich froh über das Licht des Tages an diesen dunkeln Behausungen vorbeyzog, daß ich noch im Schooße eines Berges mein Leben beschließen würde. Meine Liebe trug mich stolz über den Erdboden, und in ihrer Umarmung hoffte ich in späten Jahren zu entschlafen. Der Krieg endigte, und ich zog nach Hause, voll froher Erwartungen eines erquicklichen Herbstes. Aber der Geist des Krieges schien der Geist meines Glücks zu seyn. Meine Marie hatte mir zwey Kinder im Orient geboren. Sie waren die Freude unsers Lebens. Die Seefahrt und die rauhere Abendländische Luft zerstörte ihre Blüthe. Ich begrub sie wenig Tage nach meiner Ankunft in Europa. Kummervoll führte ich meine trostlose Gattin nach meiner Heymath. Ein stiller Gram mochte den Faden ihres Lebens mürbe gemacht haben. Auf einer Reise, die ich bald darauf unternehmen mußte, auf der sie mich wie immer begleitete, verschied sie sanft und plötzlich in meinen Armen. Es war hier nahe bey, wo unsere irdische Wallfahrt zu Ende ging. Mein Entschluß war im Augenblicke reif. Ich fand, was ich nie erwartet hatte; eine göttliche Erleuchtung kam über mich, und seit dem Tage, da ich sie hier selbst begrub, nahm eine himmlische Hand allen Kummer von meinem Herzen. Das Grabmal habe ich nachher errichten lassen. Oft scheint eine Begebenheit sich zu endigen, wenn sie erst eigentlich beginnt, und dies hat bey meinem Leben statt gefunden. Gott verleihe euch allen ein seliges Alter, und ein so ruhiges Gemüth wie mir.

Heinrich und die Kaufleute hatten aufmerksam dem Gespräche zugehört, und der Erstere fühlte besonders neue Entwickelungen seines ahndungsvollen Innern. Manche Worte, manche Gedanken fielen wie belebender Fruchtstaub, in seinen Schooß, und rückten ihn schnell aus dem engen Kreise seiner Jugend auf die Höhe der Welt. Wie lange Jahre lagen die eben vergangenen Stunden hinter ihm, und er glaubte nie anders gedacht und empfunden zu haben.

Der Einsiedler zeigte ihnen seine Bücher. Es waren alte Historien und Gedichte. Heinrich blätterte in den großen schöngemahlten Schriften; die kurzen Zeilen der Verse, die Überschriften, einzelne Stellen, und die saubern Bilder, die hier und da, wie verkörperte Worte, zum Vorschein kamen, um die Einbildungskraft des Lesers zu unterstützen, reizten mächtig seine Neugierde. Der Einsiedler bemerkte seine innere Lust, und erklärte ihm die sonderbaren Vorstellungen. Die mannichfaltigsten Lebensscenen waren abgebildet. Kämpfe, Leichenbegängnisse, Hochzeitfeyerlichkeiten. Schiffbrüche, Höhlen und Paläste; Könige, Helden, Priester, alte und junge Leute, Menschen in fremden Trachten, und seltsame Thiere, kamen in verschiedenen Abwechselungen und Verbindungen vor. Heinrich konnte sich nicht satt sehen, und hätte nichts mehr gewünscht, als bey dem Einsiedler, der ihn unwiderstehlich anzog, zu bleiben, und von ihm über diese Bücher unterrichtet zu werden. Der Alte fragte unterdeß, ob es noch mehr Höhlen gäbe, und der Einsiedler sagte ihm, daß noch einige sehr große in der Nähe lägen, wohin er ihn begleiten wollte. Der Alte war dazu bereit, und der

Einsiedler, der die Freude merkte, die Heinrich an seinen Büchern hatte, veranlaßte ihn, zurückzubleiben, und sich während dieser Zeit weiter unter denselben umzusehn. Heinrich blieb mit Freuden bey den Büchern, und dankte ihm innig für seine Erlaubniß. Er blätterte mit unendlicher Lust umher. Endlich fiel ihm ein Buch in die Hände, das in einer fremden Sprache geschrieben war, die ihm einige Ähnlichkeit mit der Lateinischen und Italienischen zu haben schien. Er hätte sehnlichst gewünscht, die Sprache zu kennen, denn das Buch gefiel ihm vorzüglich ohne daß er eine Sylbe davon verstand. Es hatte keinen Titel, doch fand er noch beym Suchen einige Bilder. Sie dünkten ihm ganz wunderbar bekannt, und wie er recht zusah entdeckte er seine eigene Gestalt ziemlich kenntlich unter den Figuren. Er erschrack und glaubte zu träumen, aber beym wiederhohlten Ansehn konnte er nicht mehr an der vollkommenen Ähnlichkeit zweifeln. Er traute kaum seinen Sinnen, als er bald auf einem Bilde die Höhle, den Einsiedler und den Alten neben sich entdeckte. Allmählich fand er auf den andern Bildern die Morgenländerinn, seine Eltern, den Landgrafen und die Landgräfinn von Thüringen, seinen Freund den Hofkaplan, und manche Andere seiner Bekannten; doch waren ihre Kleidungen verändert und schienen aus einer andern Zeit zu seyn. Eine große Menge Figuren wußte er nicht zu nennen, doch däuchten sie ihm bekannt. Er sah sein Ebenbild in verschiedenen Lagen. Gegen das Ende kam er sich größer und edler vor. Die Guitarre ruhte in seinen Armen, und die Landgräfinn reichte ihm einen Kranz. Er sah sich am kayserlichen Hofe, zu Schiffe, in tauter Umarmung mit einem schlanken lieblichen Mädchen, in einem Kampfe mit wildaussehenden Männern, und in freundlichen Gesprächen mit Sarazenen und Mohren. Ein Mann von ernstem Ansehn kam häufig in seiner Gesellschaft vor. Er fühlte tiefe Ehrfurcht vor dieser hohen Gestalt, und war froh sich Arm in Arm mit ihm zu sehn. Die letzten

Bilder waren dunkel und unverständlich; doch überraschten ihn einige Gestalten seines Traumes mit dem innigsten Entzücken; der Schluß des Buches schien zu fehlen. Heinrich war sehr bekümmert, und wünschte nichts sehnlicher, als das Buch lesen zu können, und vollständig zu besitzen. Er betrachtete die Bilder zu wiederholten Malen und war bestürzt, wie er die Gesellschaft zurückkommen hörte. Eine wunderliche Schaam befiel ihn. Er getraute sich nicht, seine Entdeckung merken zu lassen, machte das Buch zu, und fragte den Einsiedler nur obenhin nach dem Titel und der Sprache desselben, wo er denn erfuhr, daß es in provenzalischer Sprache geschrieben sey. Es ist lange, daß ich es gelesen habe, sagte der Einsiedler. Ich kann mich nicht genau mehr des Inhalts entsinnen. Soviel ich weiß, ist es ein Roman von den wunderbaren Schicksalen eines Dichters, worinn die Dichtkunst in ihren mannichfachen Verhältnissen dargestellt und gepriesen wird. Der Schluß fehlt an dieser Handschrift, die ich aus Jerusalem mitgebracht habe, wo ich sie in der Verlasenschaft eines Freundes fand, und zu seinem Andenken aufhob.

Sie nahmen nun von einander Abschied, und Heinrich war bis zu Thränen gerührt. Die Höhle war ihm so merkwürdig, der Einsiedler so lieb geworden.

Alle umarmten diesen herzlich, und er selbst schien sie lieb gewonnen zu haben. Heinrich glaubte zu bemerken, daß er ihn mit einem freundlichen durchdringenden Blick ansehe. Seine Abschiedsworte gegen ihn waren sonderbar bedeutend. Er schien von seiner Entdeckung zu wissen und darauf anzuspielen. Bis zum Eingang der Höhlen begleitete er sie, nachdem er sie und besonders den Knaben gebeten hatte, nichts von ihm gegen die Bauern zu erwähnen, weil er sonst ihren Zudringlichkeiten ausgesetzt seyn würde.

Sie versprachen es alle. Wie sie von ihm schieden und sich seinem Gebet empfahlen, sagte er: Wie lange wird es währen, so sehn wir uns wieder, und werden über unsere heutigen Reden lächeln. Ein himmlischer Tag wird uns umgeben, und wir werden uns freuen, daß wir einander in diesen Thälern der Prüfung freundlich begrüßten, und von gleichen Gesinnungen und Ahndungen beseelt waren. Sie sind die Engel, die uns hier sicher geleiten. Wenn euer Auge fest am Himmel haftet, so werdet ihr nie den Weg zu eurer Heymath verlieren. – Sie trennten sich mit stiller Andacht, fanden bald ihre zaghaften Gefährten, und erreichten unter allerlei Erzählungen in Kurzem das Dorf, wo Heinrichs Mutter, die in Sorgen gewesen war, sie mit tausend Freuden empfing.

Sechstes Kapitel

Menschen, die zum Handeln, zur Geschäftigkeit geboren sind, können nicht früh genug alles selbst betrachten und beleben. Sie müssen überall selbst Hand anlegen und viele Verhältnisse durchlaufen, ihr Gemüth gegen die Eindrücke einer neuen Lage, gegen die Zerstreuungen vieler und mannichfaltiger Gegenstände gewissermaßen abhärten, und sich gewöhnen, selbst im Drange großer Begebenheiten den Faden ihres Zwecks festzuhalten, und ihn gewandt hindurchzuführen. Sie dürfen nicht den Einladungen einer stillen Betrachtung nachgeben. Ihre Seele darf keine in sich gekehrte Zuschauerin, sie muß unablässig nach außen gerichtet, und eine emsige, schnell entscheidende Dienerinn des Verstandes seyn. Sie sind Helden, und um sie her drängen sich die Begebenheiten, die geleitet und gelöst seyn wollen. Alle Zufälle werden zu Geschichten unter ihrem Einfluß, und ihr Leben ist eine ununterbrochene Kette merkwürdiger und glänzender, verwickelter und seltsamer Ereignisse.

Anders ist es mit jenen ruhigen, unbekannten Menschen, deren Welt ihr Gemüth, deren Thätigkeit die Betrachtung, deren Leben ein leises Bilden ihrer innern Kräfte ist. Keine Unruhe treibt sie nach außen. Ein stiller Besitz genügt ihnen und das unermeßliche Schauspiel außer ihnen reitzt sie nicht, selbst darinn aufzutreten, sondern kommt ihnen bedeutend und wunderbar genug vor, um seiner Betrachtung ihre Muße zu widmen. Verlangen nach dem Geiste desselben hält sie in der Ferne, und er ist es, der sie zu der geheimnißvollen Rolle des Gemüths in dieser menschlichen Welt bestimmte, während jene die äußeren Gliedmaßen und Sinne und die ausgehenden Kräfte derselben vorstellen.

Große und vielfache Begebenheiten würden sie stören. Ein einfaches Leben ist ihr Loos, und nur aus Erzählungen und Schriften müssen sie mit dem reichen Inhalt, und den zahllosen Erscheinungen der Welt bekannt werden. Nur selten darf im Verlauf ihres Lebens ein Vorfall sie auf einige Zeit in seine raschen Wirbel mit hereinziehn, um durch einige Erfahrungen sie von der Lage und dem Character der handelnden Menschen genauer zu unterrichten. Dagegen wird ihr empfindlicher Sinn schon genug von nahen unbedeutenden Erscheinungen beschäftigt, die ihm jene große Welt verjüngt darstellen, und sie werden keinen Schritt thun, ohne die überraschendsten Entdeckungen in sich selbst über das Wesen und die Bedeutung derselben zu machen. Es sind die Dichter, diese seltenen Zugmenschen, die zuweilen durch unsere Wohnsitze wandeln, und überall den alten ehrwürdigen Dienst der Menschheit und ihrer ersten Götter, der Gestirne, des Frühlings, der Liebe, des Glücks, der Fruchtbarkeit, der Gesundheit, und des Frohsinns erneuern; sie, die schon hier im Besitz der himmlischen Ruhe sind, und von keinen thörichten Begierden umhergetrieben, nur den Duft der irdischen Früchte einathmen, ohne sie zu verzehren und dann unwiderruflich an die Unterwelt gekettet zu seyn. Freye Gäste sind sie, deren goldener Fuß nur leise auftritt, und deren Gegenwart in Allen unwillkührlich die Flügel ausbreitet. Ein Dichter läßt sich wie ein guter König, frohen und klaren Gesichtern nach aufsuchen, und er ist es, der allein den Namen eines Weisen mit Recht führt. Wenn man ihn mit dem Helden vergleicht, so findet man, daß die Gesänge der Dichter nicht selten den Heldenmuth in jugendlichen Herzen erweckt, Heldenthaten aber wohl nie den Geist der Poesie in ein neues Gemüth gerufen haben.

Heinrich war von Natur zum Dichter geboren. Mannichfaltige Zufälle schienen sich zu seiner Bildung zu vereinigen, und noch hatte nichts seine innere Regsamkeit gestört. Alles was er sah und hörte schien nur neue Riegel in ihm wegzuschieben, und neue Fenster ihm zu öffnen. Er sah die Welt in ihren großen und abwechselnden Verhältnissen vor sich liegen. Noch war sie aber stumm, und ihre Seele, das Gespräch, noch nicht erwacht. Schon nahte sich ein Dichter, ein liebliches Mädchen an der Hand, um durch Laute der Muttersprache und durch Berührung eines süßen zärtlichen Mundes, die blöden Lippen aufzuschließen, und den einfachen Accord in unendliche Melodien zu entfalten.

Diese Reise war nun geendigt. Es war gegen Abend, als unsere Reisenden wohlbehalten und frölich in der weltberühmten Stadt Augsburg anlangten, und voller Erwartung durch die hohen Gassen nach dem ansehnlichen Hause des alten Schwaning ritten.

Heinrichen war schon die Gegend sehr reitzend vorgekommen. Das lebhafte Getümmel der Stadt und die großen, steinernen Häuser befremdeten ihn angenehm. Er freute sich inniglich über seinen künftigen Aufenthalt. Seine Mutter war sehr vergnügt nach der langen, mühseligen Reise sich hier in ihrer geliebten Vaterstadt zu sehen, bald ihren Vater und ihre alten Bekannten wieder zu umarmen, ihren Heinrich ihnen vorstellen, und einmal alle Sorgen des Hauswesens bey den traulichen Erinnerungen ihrer Jugend, ruhig vergessen zu können. Die Kaufleute hofften sich bey den dortigen Lustbarkeiten für die Unbequemlichkeiten des Weges zu entschädigen, und einträgliche Geschäfte zu machen.

Das Haus des alten Schwaning fanden sie erleuchtet, und eine lustige Musik tönte ihnen entgegen. Was gilt's, sagten die Kaufleute, euer Großvater giebt ein fröhliches Fest. Wir kommen wie gerufen. Wie wird er über die ungeladenen Gäste erstaunen. Er läßt es sich wohl nicht träumen, daß das wahre Fest nun erst angehn wird. Heinrich fühlte sich verlegen, und seine Mutter war nur wegen ihres Anzugs in Sorgen. Sie stiegen ab, die Kaufleute blieben bey den Pferden, und Heinrich und seine Mutter traten in das prächtige Haus. Unten war kein Hausgenosse zu sehen. Sie mußten die breite Wendeltreppe hinauf. Einige Diener liefen vorüber, die sie baten, dem alten Schwaning die Ankunft einiger Fremden anzusagen, die ihn zu sprechen wünschten. Die Diener machten anfangs einige Schwierigkeiten; die Reisenden sahen nicht zum Besten aus; doch meldeten sie es dem Herrn des Hauses. Der alte Schwaning kam heraus. Er kannte sie nicht gleich, und fragte nach ihrem Namen und Anliegen. Heinrichs Mutter weinte, und fiel ihm um den Hals. Kennt Ihr Eure Tochter nicht mehr? rief sie weinend. Ich bringe euch meinen Sohn. Der alte Vater war äußerst gerührt. Er drückte sie lange an seine Brust; Heinrich sank auf ein Knie, und küßte ihm zärtlich die Hand. Er hob ihn zu sich, und hielt Mutter und Sohn umarmt. Geschwind herein, sagte Schwaning, ich habe lauter Freunde und Bekannte bey mir, die sich herzlich mit mir freuen werden. Heinrichs Mutter schien einige Zweifel zu haben. Sie hatte keine Zeit sich zu besinnen. Der Vater führte beyde in den hohen, erleuchteten Saal. Da bringe ich meine Tochter und meinen Enkel aus Eisenach, rief Schwaning in das frohe Getümmel glänzend gekleideter Menschen. Alle Augen kehrten sich nach der Thür; alles lief herzu, die Musik schwieg, und die beyden Reisenden standen verwirrt und geblendet in ihren staubigen Kleidern, mitten in der bunten

Schaar. Tausend freudige Ausrufungen gingen von Mund zu Mund. Alte Bekannte drängten sich um die Mutter. Es gab unzählige Fragen. Jedes wollte zuerst gekannt und bewillkommet seyn. Während der ältere Theil der Gesellschaft sich mit der Mutter beschäftigte, heftete sich die Aufmerksamkeit des jüngeren Theils auf den fremden Jüngling, der mit gesenktem Blick da stand, und nicht das Herz hatte, die unbekannten Gesichter wieder zu betrachten. Sein Großvater machte ihn mit der Gesellschaft bekannt, und erkundigte sich nach seinem Vater und den Vorfällen ihrer Reise.

Die Mutter gedachte der Kaufleute, die unten aus Gefälligkeit bey den Pferden geblieben waren. Sie sagte es ihrem Vater, welcher sogleich hinunter schickte, und sie einladen ließ heraufzukommen. Die Pferde wurden in die Ställe gebracht, und die Kaufleute erschienen.

Schwaning dankte ihnen herzlich für die freundschaftliche Geleitung seiner Tochter. Sie waren mit vielen Anwesenden bekannt, und begrüßten sich freundlich mit ihnen. Die Mutter wünschte sich reinlich ankleiden zu dürfen. Schwaning nahm sie auf sein Zimmer, und Heinrich folgte ihnen in gleicher Absicht.

Unter der Gesellschaft war Heinrichen ein Mann aufgefallen, den er in jenem Buche oft an seiner Seite gesehn zu haben glaubte. Sein edles Ansehn zeichnete ihn vor allen aus. Ein heitrer Ernst war der Geist seines Gesichts; eine offene schön gewölbte Stirn, große, schwarze, durchdringende und feste Augen, ein schalkhafter Zug um den frölichen Mund und durchaus klare, männliche Verhältnisse machten es bedeutend und anziehend. Er war stark gebaut, seine Bewegungen waren ruhig und ausdrucksvoll, und wo er stand, schien er ewig stehen zu wollen. Heinrich fragte seinen Großvater nach ihm. Es ist mir lieb, sagte der Alte, daß du ihn gleich bemerkt hast. Es ist mein trefflicher Freund Klingsohr, der Dichter. Auf seine Bekanntschaft und Freundschaft kannst du stolzer seyn, als auf die des Kaysers. Aber wie stehts mit deinem Herzen? Er hat eine schöne Tochter; vielleicht daß sie den Vater bey dir aussticht. Es sollte mich wundern, wenn du sie nicht gesehn hättest. Heinrich erröthete. Ich war zerstreut, lieber Großvater. Die Gesellschaft war zahlreich, und ich betrachtete nur euren Freund. Man merkt es, daß du aus Norden kömmst, erwiederte Schwaning. Wir wollen dich hier schon aufthauen. Du sollst schon lernen nach hübschen Augen sehn.

Sie waren nun fertig und begaben sich zurück in den Saal, wo indeß die Zurüstungen zum Abendessen gemacht worden waren. Der alte Schwaning führte Heinrichen und Klingsohr zu, und erzählte ihm, daß Heinrich ihn gleich bemerkt und den lebhaftesten Wunsch habe mit ihn bekannt zu seyn.

Heinrich war beschämt. Klingsohr redete freundlich zu ihm von seinem Vaterlande und seiner Reise. Es lag soviel Zutrauliches in seiner Stimme, daß Heinrich bald ein Herz faßte und sich freymüthig mit ihm unterhielt. Nach einiger Zeit kam Schwaning wieder zu ihnen und brachte die schöne Mathilde. Nehmt euch meines schüchternen Enkels freundlich an, und verzeiht es ihm, daß er eher euren Vater als euch gesehn hat. Eure glänzenden Augen werden schon die schlummernde Jugend in ihm wecken. In seinem Vaterland kommt der Frühling spät.

Heinrich und Mathilde wurden roth. Sie sahen sich einander mit Verwunderung an. Sie fragte ihn mit kaum hörbaren leisen Worten: Ob er gern tanze. Eben als er die Frage bejahte, fing eine fröliche Tanzmusik an. Er bot ihr schweigend seine Hand; sie gab ihm die ihrige, und sie mischten sich in die Reihe der walzenden Paare. Schwaning und Klingsohr sahen zu. Die Mutter und die Kaufleute freuten sich über Heinrichs Behendigkeit und seine liebliche Tänzerinn. Die Mutter hatte genug mit ihren Jugendfreundinnen zu sprechen, die ihr zu einem so wohlgebildeten und so hoffnungsvollen Sohn

Glück wünschten. Klingsohr sagte zu Schwaning: Euer Enkel hat ein anziehendes Gesicht. Es zeigt ein klares und umfassendes Gemüth, und seine Stimme kommt tief aus dem Herzen. Ich hoffe, erwiederte Schwaning, daß er euer gelehriger Schüler seyn wird. Mich däucht er ist zum Dichter geboren. Euer Geist komme über ihn. Er sieht seinem Vater ähnlich; nur scheint er weniger heftig und eigensinnig. Jener war in seiner Jugend voll glücklicher Anlagen. Eine gewisse Freysinnigkeit fehlte ihm. Es hätte mehr aus ihm werden können, als ein fleißiger und fertiger Künstler. – Heinrich wünschte den Tanz nie zu endigen. Mit innigem Wohlgefallen ruhte sein Auge auf den Rosen seiner Tänzerinn. Ihr unschuldiges Auge vermied ihn nicht. Sie schien der Geist ihres Vaters in der lieblichsten Verkleidung. Aus ihren großen ruhigen Augen sprach ewige Jugend. Auf einem lichthimmelblauen Grunde lag der milde Glanz der braunen Sterne. Stirn und Nase senkten sich zierlich um sie her. Eine nach der aufgehenden Sonne geneigte Lilie war ihr Gesicht, und von dem schlanken, weißen Halse schlängelten sich blaue Adern in reizenden Windungen um die zarten Wangen. Ihre Stimme war wie ein fernes Echo, und das braune lockige Köpfchen schien über der leichten Gestalt nur zu schweben.

Die Schüsseln kamen herein, und der Tanz war aus. Die älteren Leute setzten sich auf die Eine Seite, und die jüngern nahmen die Andere ein.

Heinrich blieb bey Mathilden. Eine junge Verwandte setzte sich zu seiner Linken, und Klingsohr saß ihm gerade gegenüber. So wenig Mathilde sprach, so gesprächig war Veronika, seine andere Nachbarin. Sie that gleich mit ihm vertraut und machte ihn in kurzem mit allen Anwesenden bekannt. Heinrich verhörte manches. Er war noch bey seiner Tänzerin, und hätte sich gern öfters rechts gewandt. Klingsohr machte ihrem Plaudern ein Ende. Er fragte ihn nach dem Bande mit sonderbaren Figuren, was Heinrich an seinem Leibrock befestigt hatte. Heinrich erzählte von der Morgenländerin mit vieler Rührung. Mathilde weinte, und Heinrich konnte nun seine Thränen kaum verbergen. Er gerieth darüber mit ihr ins Gespräch. Alle unterhielten sich; Veronika lachte und scherzte mit ihren Bekannten. Mathilde erzählte ihm von Ungarn, wo ihr Vater sich oft aufhielt, und von dem Leben in Augsburg. Alle waren vergnügt. Die Musik verscheuchte die Zurückhaltung und reizte alle Neigungen zu einem muntern Spiel. Blumenkörbe dufteten in voller Pracht auf dem Tische, und der Wein schlich zwischen den Schüsseln und Blumen umher, schüttelte seine goldnen Flügel und stellte bunte Tapeten zwischen die Welt und die Gäste. Heinrich begriff erst jetzt, was ein Fest sey. Tausend frohe Geister schienen ihm um den Tisch zu gaukeln, und in stiller Sympathie mit den frölichen Menschen von ihren Freuden zu leben und mit ihren Genüssen sich zu berauschen. Der Lebensgenuß stand wie ein klingender Baum voll goldener Früchte vor ihm. Das Übel ließ sich nicht sehen, und es dünkte ihm unmöglich, daß je die menschliche Neigung von diesem Baume zu der gefährlichen Frucht des Erkenntnisses, zu dem Baume des Krieges sich gewendet haben sollte. Er verstand nun den Wein und die Speisen. Sie schmeckten ihm überaus köstlich. Ein himmlisches Öl würzte sie ihm, und aus dem Becher funkelte die Herrlichkeit des irdischen Lebens. Einige Mädchen brachten dem alten Schwaning einen frischen Kranz. Er setzte ihn auf, küßte sie, und sagte: Auch unserm Freund Klingsohr müßt ihr einen bringen, wir wollen beyde zum Dank euch ein paar neue Lieder lehren. Das meinige sollt ihr gleich haben. Er gab der Musik ein Zeichen, und sang mit lauter Stimme:

Sind wir nicht geplagte Wesen?
Ist nicht unser Loos betrübt?
Nur zu Zwang und Noth erlesen

In Verstellung nur geübt,
Dürfen selbst nicht unsre Klagen
Sich aus unserm Busen wagen.

Allem was die Eltern sprechen,
Widerspricht das volle Herz.
Die verbotne Frucht zu brechen
Fühlen wir der Sehnsucht Schmerz;
Möchten gern die süßen Knaben
Fest an unserm Herzen haben.

Wäre dies zu denken Sünde?
Zollfrey sind Gedanken doch.
Was bleibt einem armen Kinde
Außer süßen Träumen noch?
Will man sie auch gern verbannen,
Nimmer ziehen sie von dannen.

Wenn wir auch des Abends beten,
Schreckt uns doch die Einsamkeit,
Und zu unsern Küssen treten
Sehnsucht und Gefälligkeit.
Könnten wir wohl widerstreben
Alles, Alles hinzugeben?

Unsere Reize zu verhüllen,
Schreibt die strenge Mutter vor.
Ach! was hilft der gute Willen,
Quellen sie nicht selbst empor?
Bey der Sehnsucht innrem Beben
Muß das beste Band sich geben.

Jede Neigung zu verschließen,
Hart und kalt zu seyn, wie Stein,
Schöne Augen nicht zu grüßen,

Fleißig und allein zu seyn,
Keiner Bitte nachzugeben:
Heißt das wohl ein Jugendleben?

Groß sind eines Mädchens Plagen,
Ihre Brust ist krank und wund,
Und zum Lohn für stille Klagen
Küßt sie noch ein welker Mund.
Wird denn nie das Blatt sich wenden,
Und das Reich der Alten enden?

Die alten Leute und die Jünglinge lachten. Die Mädchen errötheten und lächelten abwärts. Unter tausend Neckereyen wurde ein zweiter Kranz geholt, und Klingsohren aufgesetzt. Sie baten aber inständigst um keinen so leichtfertigen Gesang. Nein, sagte Klingsohr, ich werde mich wohl hüten so frevelhaft von euren Geheimnissen zu reden. Sagt selbst, was ihr für ein Lied haben wollt. Nur nichts von Liebe, riefen die Mädchen ein Weinlied, wenn es euch ansteht. Klingsohr sang:

Auf grünen Bergen wird geboren,
Der Gott, der uns den Himmel bringt.
Die Sonne hat ihn sich erkohren,
Daß sie mit Flammen ihn durchdringt.

Er wird im Lenz mit Lust empfangen,
Der zarte Schoß quillt still empor,
Und wenn des Herbstes Früchte prangen
Springt auch das goldne Kind hervor.

Sie legen ihn in enge Wiegen
In's unterirdische Geschoß.
Er träumt von Festen und von Siegen
Und baut sich manches luft'ge Schloß.

Es nahe keiner seiner Kammer,
Wenn er sich ungeduldig drängt,
Und jedes Band und jede Klammer
Mit jugendlichen Kräften sprengt.

Denn unsichtbare Wächter stellen
So lang er träumt sich um ihn her;
Und wer betritt die heil'gen Schwellen,
Den trift ihr luftumwundner Speer.

So wie die Schwingen sich entfalten,
Läßt er die lichten Augen sehn,
Läßt ruhig seine Priester schalten
Und kommt heraus wenn sie ihm flehn.

Aus seiner Wiege dunklem Schooße,
Erscheint er in Krystallgewand;
Verschwiegener Eintracht volle Rose
Trägt er bedeutend in der Hand.

Und überall um ihn versammeln
Sich seine Jünger hocherfreut;
Und tausend frohe Zungen stammeln,
Ihm ihre Lieb' und Dankbarkeit.

Er sprützt in ungezählten Strahlen
Sein innres Leben in die Welt,
Die Liebe nippt aus seinen Schalen
Und bleibt ihm ewig zugesellt.

Er nahm als Geist der goldnen Zeiten
Von jeher sich des Dichters an,
Der immer seine Lieblichkeiten
In trunknen Liedern aufgethan.

Er gab ihm, seine Treu zu ehren,
Ein Recht auf jeden hübschen Mund,
Und daß es keine darf ihm wehren,
Macht Gott durch ihn es allen kund.

Ein schöner Profet! riefen die Mädchen. Schwaning freute sich herzlich. Sie machten noch einige Einwendungen, aber es half nichts. Sie mußten ihm die süßen Lippen hinreichen. Heinrich schämte sich nur vor seiner ernsten Nachbarin, sonst hätte er sich laut über das Vorrecht der Dichter gefreut. Veronika war unter den Kranzträgerinnen. Sie kam frölich zurück und sagte zu Heinrich: Nicht wahr, es ist hübsch, wenn man ein Dichter ist? Heinrich getraute sich nicht, diese Frage zu benutzen. Der Übermuth der Freude und der Ernst der ersten Liebe kämpften in seinem Gemüth. Die reizende Veronika scherzte mit den Andern, und so gewann er Zeit, den ersten etwas zu dämpfen. Mathilde erzählte ihm, daß sie die Guitarre spiele. Ach! sagte Heinrich, von euch möchte ich sie lernen. Ich habe mich lange darnach gesehnt. – Mein Vater hat mich unterrichtet, Er spielt sie unvergleichlich, sagte sie erröthend. – Ich glaube doch, erwiederte Heinrich, daß ich sie schneller bey euch lerne. Wie freue ich mich euren Gesang zu hören. – Stellt euch nur nicht zu viel vor. – O! sagte Heinrich, was sollte ich nicht erwarten können, da eure bloße Rede schon Gesang ist, und eure Gestalt eine himmlische Musik verkündigt.

Mathilde schwieg. Ihr Vater fing ein Gespräch mit ihm an, in welchem Heinrich mit der lebhaftesten Begeisterung sprach. Die Nächsten wunderten sich über des Jünglings Beredsamkeit, über die Fülle seiner bildlichen Gedanken. Mathilde sah ihn mit stiller Aufmerksamkeit an. Sie schien sich über seine Reden zu freuen, die sein Gesicht mit den sprechendsten Mienen noch mehr erklärte. Seine Augen glänzten ungewöhnlich. Er sah sich zuweilen nach Mathilden um, die über den Ausdruck seines Gesichts erstaunte. Im Feuer des Gesprächs ergriff er unvermerkt ihre Hand, und sie konnte nicht umhin, manches was er sagte, mit einem leisen Druck zu bestätigen. Klingsohr wußte seinen Enthusiasmus zu unterhalten, und lockte allmählich seine ganze Seele auf die Lippen. Endlich stand alles auf. Alles schwärmte durch einander. Heinrich war an Mathildens Seite geblieben. Sie standen unbemerkt abwärts. Er hielt ihre Hand und küßte sie zärtlich. Sie ließ sie ihm, und blickte ihn mit unbeschreiblicher Freundlichkeit an. Er konnte sich nicht halten, neigte sich zu ihr und küßte ihre Lippen. Sie war überrascht, und erwiederte unwillkührlich seinen heißen Kuß. Gute Mathilde, lieber Heinrich, das war alles, was sie einander sagen konnten. Sie drückte seine Hand, und ging unter die Andern. Heinrich stand, wie im Himmel. Seine Mutter kam auf ihn zu. Er ließ seine ganze Zärtlichkeit an ihr aus. Sie sagte: Ist es nicht gut, daß wir nach Augsburg gereist sind? Nicht wahr, es gefällt dir? Liebe Mutter, sagte Heinrich, so habe ich mir es doch nicht vorgestellt. Es ist ganz herrlich.

Der Rest des Abends verging in unendlicher Fröhlichkeit. Die Alten spielten, plauderten, und sahen den Tänzen zu. Die Musik wogte wie ein Lustmeer im Saale, und hob die berauschte Jugend. Heinrich fühlte die entzückenden Weissagungen der ersten Lust und Liebe zugleich. Auch Mathilde ließ sich willig von den schmeichelnden Wellen tragen, und verbarg ihr zärtliches Zutrauen, ihre aufkeimende Neigung zu ihm nur hinter einem leichten Flor. Der alte Schwaning bemerkte das kommende Verständniß, und neckte beyde.

Klingsohr hatte Heinrichen lieb gewonnen, und freute sich seiner Zärtlichkeit. Die andern Jünglinge und Mädchen hatten es bald bemerkt. Sie zogen die ernste Mathilde mit dem jungen Thüringer auf, und verhehlten nicht, daß es ihnen lieb sey, Mathildens Aufmerksamkeit nicht mehr bey ihren Herzensgeschäften scheuen zu dürfen.

Es war tief in der Nacht, als die Gesellschaft auseinanderging. Das erste und einzige Fest meines Lebens, sagte Heinrich zu sich selbst, als er allein war, und seine Mutter sich ermüdet zur Ruhe gelegt hatte. Ist mir nicht zu Muthe wie in jenem Traume, beym Anblick der blauen Blume? Welcher sonderbare Zusammenhang ist zwischen Mathilden und dieser Blume? Jenes Gesicht, das aus dem Kelche sich mir entgegenneigte, es war Mathildens himmlisches Gesicht, und nun erinnere ich mich auch, es in jenem Buche gesehn zu haben. Aber warum hat es dort mein Herz nicht so bewegt? O! sie ist der sichtbare Geist des Gesanges, eine würdige Tochter ihres Vaters. Sie wird mich in Musik auflösen. Sie wird meine innerste Seele, die Hüterin meines heiligen Feuers seyn. Welche Ewigkeit von Treue fühle ich in mir! Ich ward nur geboren, um sie zu verehren, um ihr ewig zu dienen, um sie zu denken und zu empfinden. Gehört nicht ein eigenes ungetheiltes Daseyn zu ihrer Anschauung und Anbetung? und bin ich der Glückliche, dessen Wesen das Echo, der Spiegel des ihrigen seyn darf? Es war kein Zufall, daß ich sie am Ende meiner Reise sah, daß ein seliges Fest den höchsten Augenblick meines Lebens umgab. Es konnte nicht anders seyn; macht ihre Gegenwart nicht alles festlich?

Er trat ans Fenster. Das Chor der Gestirne stand am dunkeln Himmel, und im Morgen kündigte ein weißer Schein den kommenden Tag an.

Mit vollem Entzücken rief Heinrich aus: Euch, ihr ewigen Gestirne, ihr stillen Wandrer, euch rufe ich zu Zeugen meines heiligen Schwurs an. Für Mathilden will ich leben, und ewige Treue soll mein Herz an das ihrige knüpfen. Auch mir bricht der Morgen eines ewigen Tages an. Die Nacht ist vorüber. Ich zünde der aufgehenden Sonne mich selbst zum nieverglühenden Opfer an.

Heinrich war erhitzt, und nur spät gegen Morgen schlief er ein. In wunderliche Träume flossen die Gedanken seiner

Seele zusammen. Ein tiefer blauer Strom schimmerte aus der grünen Ebene herauf. Auf der glatten Fläche schwamm ein Kahn. Mathilde saß und ruderte. Sie war mit Kränzen geschmückt, sang ein einfaches Lied, und sah nach ihm mit süßer Wehmuth herüber. Seine Brust war beklommen. Er wußte nicht warum. Der Himmel war heiter, die Flut ruhig. Ihr himmlisches Gesicht spiegelte sich in den Wellen. Auf einmal fing der Kahn an sich umzudrehen. Er rief ihr ängstlich zu. Sie lächelte und legte das Ruder in den Kahn, der sich immerwährend drehte. Eine ungeheure Bangigkeit ergriff ihn. Er stürzte sich in den Strom; aber er konnte nicht fort, das Wasser trug ihn. Sie winkte, sie schien ihm etwas sagen zu wollen, der Kahn schöpfte schon Wasser; doch lächelte sie mit einer unsäglichen Innigkeit, und sah heiter in den Wirbel hinein. Auf einmal zog es sie hinunter. Eine leise Luft strich über den Strom, der eben so ruhig und glänzend floß, wie vorher. Die entsetzliche Angst raubte ihm das Bewußtseyn. Das Herz schlug nicht mehr. Er kam erst zu sich, als er sich auf trocknem Boden fühlte. Er mochte weit geschwommen seyn. Es war eine fremde Gegend. Er wußte nicht wie ihm geschehen war. Sein Gemüth war verschwunden. Gedankenlos ging er tiefer ins Land. Entsetzlich matt fühlte er sich. Eine kleine Quelle kam aus einem Hügel, sie tönte wie lauter Glocken. Mit der Hand schöpfte er einige Tropfen und netzte seine dürren Lippen. Wie ein banger Traum lag die schreckliche Begebenheit hinter ihm. Immer weiter und weiter ging er, Blumen und Bäume redeten ihn an. Ihm wurde so wohl und heymathlich zu Sinne. Da hörte er jenes einfache Lied wieder. Er lief den Tönen nach. Auf einmal hielt ihn jemand am Gewande zurück. Lieber Heinrich, rief eine bekannte Stimme. Er sah sich um, und Mathilde schloß ihn in ihre Arme. Warum liefst du vor mir, liebes Herz? sagte sie tiefathmend. Kaum konnte ich dich einholen. Heinrich weinte. Er drückte sie an sich. – Wo ist der Strom? rief er mit

Thränen. – Siehst du nicht seine blauen Wellen über uns? Er sah hinauf, und der blaue Strom floß leise über ihrem Haupte. Wo sind wir, liebe Mathilde? – Bey unsern Eltern. – Bleiben wir zusammen? – Ewig, versetzte sie, indem sie ihre Lippen an die seinigen drückte, und ihn so umschloß, daß sie nicht wieder von ihm konnte. Sie sagte ihm ein wunderbares geheimes Wort in den Mund, was sein ganzes Wesen durchklang. Er wollte es wiederholen, als sein Großvater rief, und er aufwachte. Er hätte sein Leben darum geben mögen, das Wort noch zu wissen.

Siebentes Kapitel

Klingsohr stand vor seinem Bette, und bot ihm freundlich guten Morgen. Er ward munter und fiel Klingsohr um den Hals. Das gilt euch nicht, sagte Schwaning. Heinrich lächelte und verbarg sein Erröthen an den Wangen seiner Mutter.

Habt ihr Lust mit mir vor der Stadt auf einer schönen Anhöhe zu frühstücken? sagte Klingsohr. Der herrliche Morgen wird euch erfrischen. Kleidet euch an. Mathilde wartet schon auf uns.

Heinrich dankte mit tausend Freuden für diese willkommene Einladung. In einem Augenblick war er fertig, und küßte Klingsohr mit vieler Inbrunst die Hand.

Sie gingen zu Mathilden, die in ihrem einfachen Morgenkleide wunderlieblich aussah und ihn freundlich grüßte. Sie hatte schon das Frühstück in ein Körbchen gepackt, das sie an den Einen Arm hing, und die andere Hand unbefangen Heinrichen reichte. Klingsohr folgte ihnen, und so wandelten sie durch die Stadt, die schon voller Lebendigkeit war, nach einem kleinen Hügel am Flusse, wo sich unter einigen hohen Bäumen eine weite und volle Aussicht öffnete.

Habe ich doch schon oft, rief Heinrich aus, mich an dem

Aufgang der bunten Natur, an der friedlichen Nachbarschaft ihres mannichfaltigen Eigenthums ergötzt; aber eine so schöpferische und gediegene Heiterkeit hat mich noch nie erfüllt wie heute. Jene Fernen sind mir so nah, und die reiche Landschaft ist mir wie eine innere Fantasie. Wie veränderlich ist die Natur, so unwandelbar auch ihre Oberfläche zu seyn scheint. Wie anders ist sie, wenn ein Engel, wenn ein kräftigerer Geist neben uns ist, als wenn ein Nothleidender vor uns klagt, oder ein Bauer uns erzählt, wie ungünstig die Witterung ihm sey, und wie nöthig er düstre Regentage für seine Saat brauche. Euch, theuerster Meister, bin ich dieses Vergnügen schuldig; ja dieses Vergnügen, denn es giebt kein anderes Wort, was wahrhafter den Zustand meines Herzens ausdrückte. Freude, Lust und Entzücken sind nur die Glieder des Vergnügens, das sie zu einem höhern Leben verknüpft. Er drückte Mathildens Hand an sein Herz, und versank mit einem feurigen Blick in ihr mildes, empfängliches Auge.

Die Natur, versetzte Klingsohr, ist für unser Gemüth, was ein Körper für das Licht ist. Er hält es zurück; er bricht es in eigenthümliche Farben; er zündet auf seiner Oberfläche oder in seinem Innern ein Licht an, das, wenn es seiner Dunkelheit gleich kommt, ihn klar und durchsichtig macht, wenn es sie überwiegt, von ihm ausgeht, um andere Körper zu erleuchten. Aber selbst der dunkelste Körper kann durch Wasser, Feuer und Luft dahin gebracht werden, daß er hell und glänzend wird.

Ich verstehe euch, lieber Meister. Die Menschen sind Krystalle für unser Gemüth. Sie sind die durchsichtige Natur. Liebe Mathilde, ich möchte euch einen köstlichen lautern Sapphir nennen. Ihr seyd klar und durchsichtig wie der Himmel, ihr erleuchtet mit dem mildesten Lichte. Aber sagt mir, lieber Meister, ob ich recht habe: mich dünkt, daß man gerade wenn man am innigsten mit der Natur vertraut ist am wenigsten von ihr sagen könnte und möchte.

Wie man das nimmt, versetzte Klingsohr; ein anderes ist es mit der Natur für unsern Genuß und unser Gemüth, ein anderes mit der Natur für unsern Verstand, für das leitende Vermögen unserer Weltkräfte. Man muß sich wohl hüten, nicht eins über das andere zu vergessen. Es giebt viele, die nur die Eine Seite kennen und die andere geringschätzen. Aber beyde kann man vereinigen, und man wird sich wohl dabei befinden. Schade, daß so wenige darauf denken, sich in ihrem Innern frey und geschickt bewegen zu können, und durch eine gehörige Trennung sich den zweckmäßigsten und natürlichsten Gebrauch ihrer Gemüthskräfte zu sichern. Gewöhnlich hindert eine die andere, und so entsteht allmälich eine unbehülfliche Trägheit, daß wenn nun solche Menschen einmal mit gesammten Kräften aufstehen wollen, eine gewaltige Verwirrung und Streit beginnt, und alles über einander ungeschickt herstolpert. Ich kann euch nicht genug anrühmen, euren Verstand, euren natürlichen Trieb zu wissen, wie alles sich begiebt und untereinander nach Gesetzen der Folge zusammenhängt, mit Fleiß und Mühe zu unterstützen. Nichts ist dem Dichter unentbehrlicher, als Einsicht in die Natur jedes Geschäfts, Bekanntschaft mit den Mitteln jeden Zweck zu erreichen, und Gegenwart des Geistes, nach Zeit und Umständen, die schicklichsten zu wählen. Begeisterung ohne Verstand ist unnütz und gefährlich, und der Dichter wird wenig Wunder thun können, wenn er selbst über Wunder erstaunt.

Ist aber dem Dichter nicht ein inniger Glaube an die menschliche Regierung des Schicksals unentbehrlich?

Unentbehrlich allerdings, weil er sich das Schicksal nicht anders vorstellen kann, wenn er reiflich darüber nachdenkt; aber wie entfernt ist diese heitere Gewißheit, von jener ängstlichen Ungewißheit, von jener blinden Furcht des Aberglaubens. Und so ist auch die kühle, belebende Wärme eines dichterischen Gemüths gerade das Widerspiel von jener wilden Hitze eines kränklichen Herzens. Diese ist arm, betäubend und vorübergehend; jene sondert alle Gestalten rein ab, begünstigt die Ausbildung der mannichfaltigsten Verhältnisse, und ist ewig durch sich selbst. Der junge Dichter kann nicht kühl, nicht besonnen genug seyn. Zur wahren, melodischen Gesprächigkeit gehört ein weiter, aufmerksamer und ruhiger Sinn. Es wird ein verworrnes Geschwätz, wenn ein reißender Sturm in der Brust tobt, und die Aufmerksamkeit in eine zitternde Gedankenlosigkeit auflöst. Nochmals wiederhole ich, das ächte Gemüth ist wie das Licht, eben so ruhig und empfindlich, eben so elastisch und durchdringlich, eben so mächtig und eben so unmerklich wirksam als dieses köstliche Element, das auf alle Gegenstände sich mit feiner Abgemessenheit vertheilt, und sie alle in reizender Mannichfaltigkeit erscheinen läßt. Der Dichter ist reiner Stahl, eben so empfindlich, wie ein zerbrechlicher Glasfaden, und eben so hart, wie ein ungeschmeidiger Kiesel.

Ich habe das schon zuweilen gefühlt, sagte Heinrich, daß ich in den innigsten Minuten weniger lebendig war, als zu andern Zeiten, wo ich frey umhergehn und alle Beschäftigungen mit Lust treiben konnte. Ein geistiges scharfes Wesen durchdrang mich dann, und ich durfte jeden Sinn nach Gefallen brauchen, jeden Gedanken, wie einen wirklichen Körper, umwenden und von allen Seiten betrachten. Ich stand mit stillem Antheil an der Werkstatt meines Vaters, und freute mich, wenn ich ihm helfen und etwas geschickt zu Stande bringen konnte. Geschicklichkeit hat einen ganz besondern stärkenden Reiz, und es ist wahr, ihr Bewußtseyn verschafft einen dauerhafteren und deutlicheren Genuß, als jenes überfließende Gefühl einer unbegreiflichen, überschwenglichen Herrlichkeit.

Glaubt nicht, sagte Klingsohr, daß ich das letztere tadle; aber es muß von selbst kommen, und nicht gesucht werden. Seine sparsame Erscheinung ist wohlthätig; öfterer wird sie ermüdend und schwächend. Man kann nicht schnell genug sich aus der süßen Betäubung reißen, die es hinterläßt, und zu einer regelmäßigen und mühsamen Beschäftigung zurückkehren. Es ist wie mit den anmuthigen Morgenträumen, aus deren einschläferndem Wirbel man nur mit Gewalt sich herausziehen kann, wenn man nicht in immer drückendere Müdigkeit gerathen, und so in krankhafter Erschöpfung nachher den ganzen Tag hinschleppen will.

Die Poesie will vorzüglich, fuhr Klingsohr fort, als strenge Kunst getrieben werden. Als bloßer Genuß hört sie auf Poesie zu seyn. Ein Dichter muß nicht den ganzen Tag müßig umherlaufen, und auf Bilder und Gefühle Jagd machen. Das ist ganz der verkehrte Weg. Ein reines offenes Gemüth, Gewandtheit im Nachdenken und Betrachten, und Geschicklichkeit alle seine Fähigkeiten in eine gegenseitig belebende Thätigkeit zu versetzen und darin zu erhalten, das sind die Erfordernisse unserer Kunst. Wenn ihr euch mir überlassen wollt, so soll kein Tag euch vergehn, wo ihr nicht eure Kenntnisse bereichert, und einige nützliche Einsichten erlangt habt. Die Stadt ist reich an Künstlern aller Art. Es giebt einige erfahrne Staatsmänner, einige gebildete Kaufleute hier. Man kann ohne große Umstände mit allen Ständen, mit allen Gewerben, mit allen Verhältnissen und Erfordernissen der menschlichen Gesellschaft sich bekannt machen. Ich will euch mit Freuden in dem Handwerksmäßigen unserer Kunst unterrichten, und die merkwürdigsten Schriften mit euch lesen. Ihr könnt Mathildens Lehrstunden theilen, und sie wird euch gern die Guitarre spielen lehren. Jede Beschäftigung wird die übrigen vorbereiten, und wenn ihr so euren Tag gut angelegt habt, so werden euch das Gespräch und die Freuden des gesellschaftlichen Abends, und die Ansichten der schönen Landschaft umher mit den heitersten Genüssen immer wieder überraschen.

Welches herrliche Leben schließt ihr mir auf, liebster Meister. Unter eurer Leitung werde ich erst merken, welches edle Ziel vor mir steht, und wie ich es nur durch euren Rath zu erreichen hoffen darf.

Klingsohr umarmte ihn zärtlich. Mathilde brachte ihnen das Frühstück, und Heinrich fragte sie mit zärtlicher Stimme, ob sie ihn gern zum Begleiter ihres Unterrichts und zum Schüler annehmen wollte. Ich werde wohl ewig euer Schüler bleiben, sagte er, indem sich Klingsohr nach einer anderen Seite wandte. Sie neigte sich unmerklich zu ihm hin. Er umschlang sie und küßte den weichen Mund des erröthenden Mädchens. Nur sanft bog sie sich von ihm weg, doch reichte sie ihm mit der kindlichsten Anmuth eine Rose, die sie am Busen trug. Sie machte sich mit ihrem Körbchen zu thun. Heinrich sah ihr mit stillem Entzücken nach, küßte die Rose, heftete sie an seine Brust, und ging an Klingsohrs Seite, der nach der Stadt hinüber sah.

Wo seyd ihr hergekommen? fragte Klingsohr. Über jenen Hügel herunter, erwiederte Heinrich. In jene Ferne verliert sich unser Weg. – Ihr müßt schöne Gegenden gesehn haben. – Fast ununterbrochen sind wir durch reizende Landschaften gereiset. – Auch Eure Vaterstadt hat wohl eine anmuthige Lage? – Die Gegend ist abwechselnd genug; doch ist sie noch wild, und ein großer Fluß fehlt ihr. Die Ströme sind die Augen einer Landschaft. – Die Erzählung eurer Reise, sagte Klingsohr, hat mir gestern Abend eine angenehme Unterhaltung gewährt. Ich habe wohl gemerkt, daß der Geist der Dichtkunst euer freundlicher Begleiter ist. Eure Gefährten sind unbemerkt seine Stimmen geworden. In der Nähe des Dichters bricht die Poesie überall aus. Das Land der Poesie, das romantische Morgenland, hat euch mit seiner süßen Wehmuth begrüßt; der Krieg hat euch in seiner wilden Herrlichkeit angeredet, und die Natur und Geschichte sind euch unter der Gestalt eines Bergmanns und eines Einsiedlers begegnet.

Ihr vergeßt das Beste, lieber Meister, die himmlische Erscheinung der Liebe. Es hängt nur von euch ab, diese Erscheinung mir auf ewig festzuhalten. – Was meynst du, rief Klingsohr, indem er sich zu Mathilden wandte, die eben auf ihn zukam. Hast du Lust Heinrichs unzertrennliche Gefährtinn zu seyn? Wo du bleibst, bleibe ich auch. Mathilde erschrak, sie flog in die Arme ihres Vaters. Heinrich zitterte in unendlicher Freude. Wird er mich denn ewig geleiten wollen, lieber Vater? – Frage ihn selbst, sagte Klingsohr gerührt. Sie sah Heinrichen mit der innigsten Zärtlichkeit an. Meine Ewigkeit ist ja dein Werk, rief Heinrich, indem ihm die Thränen über die blühenden Wangen stürzten. Sie umschlangen sich zugleich. Klingsohr faßte sie in seine Arme. Meine Kinder, rief er, seyd einander treu bis in den Tod! Liebe und Treue werden euer Leben zur ewigen Poesie machen.

Achtes Kapitel

Nachmittags führte Klingsohr seinen neuen Sohn, an dessen Glück seine Mutter und Großvater den zärtlichsten Antheil nahmen, und Mathilden wie seinen Schutzgeist verehrten, in seine Stube, und machte ihn mit den Büchern bekannt. Sie sprachen nachher von Poesie.

Ich weiß nicht, sagte Klingsohr, warum man es für Poesie nach gemeiner Weise hält, wenn man die Natur für einen Poeten ausgiebt. Sie ist es nicht zu allen Zeiten. Es ist in ihr, wie in dem Menschen, ein entgegengesetztes Wesen, die dumpfe Begierde und die stumpfe Gefühllosigkeit und Trägheit, die einen rastlosen Streit mit der Poesie führen. Er wäre ein schöner Stoff zu einem Gedicht, dieser gewaltige Kampf. Manche Länder und Zeiten scheinen, wie die meisten Menschen, ganz unter der Botmäßigkeit dieser Feindinn der Poesie zu stehen, dagegen in andern die Poesie einheimisch und überall sichtbar ist. Für den Geschichtschreiber sind die

Zeiten dieses Kampfes äußerst merkwürdig, ihre Darstellung ein reizendes und belohnendes Geschäft. Es sind gewöhnlich die Geburtszeiten der Dichter. Der Widersacherinn ist nichts unangenehmer, als daß sie der Poesie gegenüber selbst zu einer poetischen Person wird, und nicht selten in der Hitze die Waffen mit ihr tauscht, und von ihrem eigenen heimtückischen Geschosse heftig getroffen wird, dahingegen die Wunden der Poesie, die sie von ihren eigenen Waffen erhält, leicht heilen und sie nur noch reitzender und gewaltiger machen.

Der Krieg überhaupt, sagte Heinrich, scheint mir eine poetische Wirkung. Die Leute glauben sich für irgend einen armseligen Besitz schlagen zu müssen, und merken nicht, daß sie der romantische Geist aufregt, um die unnützen Schlechtigkeiten durch sich selbst zu vernichten. Sie führen die Waffen für die Sache der Poesie, und beyde Heere folgen Einer unsichtbaren Fahne.

Im Kriege, versetzte Klingsohr, regt sich das Urgewässer. Neue Welttheile sollen entstehen, neue Geschlechter sollen aus der großen Auflösung anschießen. Der wahre Krieg ist der Religionskrieg; der geht gerade zu auf Untergang, und der Wahnsinn der Menschen erscheint in seiner völligen Gestalt. Viele Kriege, besonders die vom Nationalhaß entspringen, gehören in diese Klasse mit, und sie sind ächte Dichtungen. Hier sind die wahren Helden zu Hause, die das edelste Gegenbild der Dichter, nichts anders, als unwillkührlich von Poesie durchdrungene Weltkräfte sind. Ein Dichter, der zugleich Held wäre, ist schon ein göttlicher Gesandter, aber seiner Darstellung ist unsere Poesie nicht gewachsen.

Wie versteht ihr das, lieber Vater? sagte Heinrich. Kann ein Gegenstand zu überschwänglich für die Poesie sein?

Allerdings. Nur kann man im Grunde nicht sagen, für die Poesie, sondern nur für unsere irdischen Mittel und Werkzeuge. Wenn es schon für einen einzelnen Dichter nur ein eigenthümliches Gebiet giebt, innerhalb dessen er bleiben muß, um nicht alle Haltung und den Athem zu verlieren: so giebt es auch für die ganze Summe menschlicher Kräfte eine bestimmte Grenze der Darstellbarkeit, über welche hinaus die Darstellung die nöthige Dichtigkeit und Gestaltung nicht behalten kann, und in ein leeres täuschendes Unding sich verliert. Besonders als Lehrling kann man nicht genug sich vor diesen Ausschweifungen hüten, da eine lebhafte Fantasie nur gar zu gern nach den Grenzen sich begiebt, und übermüthig das Unsinnliche, Übermäßige zu ergreifen und auszusprechen sucht. Reifere Erfahrung lehrt erst, jene Unverhältnißmäßigkeit der Gegenstände zu vermeiden, und die Aufspürung des Einfachsten und Höchsten der Weltweisheit zu überlassen. Der ältere Dichter steigt nicht höher, als er es gerade nöthig hat, um seinen mannichfaltigen Vorrath in eine leichtfaßliche Ordnung zu stellen, und hütet sich wohl, die Mannichfaltigkeit zu verlassen, die ihm Stoff genug und auch die nöthigen Vergleichspunkte darbietet. Ich möchte fast sagen, das Chaos muß in jeder Dichtung durch den regelmäßigen Flor der Ordnung schimmern. Den Reichthum der Erfindung macht nur eine leichte Zusammenstellung faßlich und anmuthig, dagegen auch das bloße Ebenmaaß die unangenehme Dürre einer Zahlenfigur hat. Die beste Poesie liegt uns ganz nahe, und ein gewöhnlicher Gegenstand ist nicht selten ihr liebster Stoff. Für den Dichter ist die Poesie an beschränkte Werkzeuge gebunden, und eben dadurch wird sie zur Kunst. Die Sprache überhaupt hat ihren bestimmten Kreis. Noch enger ist der Umfang einer besondern Volkssprache. Durch Übung und Nachdenken lernt der Dichter seine Sprache kennen. Er weiß, was er mit ihr leisten kann, genau, und wird keinen thörichten Versuch machen, sie über ihre Kräfte anzuspannen. Nur selten wird er alle ihre Kräfte in Einen Punkt zusammen drängen, denn sonst wird er ermüdend, und vernichtet selbst die kostbare Wirkung einer gutangebrachten Kraftäußerung. Auf seltsame Sprünge richtet sie nur ein Gaukler, kein Dichter ab. Überhaupt können die Dichter nicht genug von den Musikern und Mahlern lernen. In diesen Künsten wird es recht auffallend, wie nöthig es ist, wirthschaftlich mit den Hülfsmitteln der Kunst umzugehn, und wie viel auf geschickte Verhältnisse ankommt. Dagegen könnten freylich jene Künstler auch von uns die poetische Unabhängigkeit und den innern Geist jeder Dichtung und Erfindung, jedes ächten Kunstwerks überhaupt, dankbar annehmen. Sie sollten poetischer und wir musikalischer und mahlerischer seyn – beydes nach der Art und Weise unserer Kunst. Der Stoff ist nicht der Zweck der Kunst, aber die Ausführung ist es. Du wirst selbst sehen, welche Gesänge dir am besten gerathen, gewiß die, deren Gegenstände dir am geläufigsten und gegenwärtigsten sind. Daher kann man sagen, daß die Poesie ganz auf Erfahrung beruht. Ich weiß selbst, daß mir in jungen Jahren ein Gegenstand nicht leicht zu entfernt und zu unbekannt seyn konnte, den ich nicht am liebsten besungen hätte. Was wurde es? ein leeres, armseliges Wortgeräusch, ohne einen Funken wahrer Poesie. Daher ist auch ein Mährchen eine sehr schwierige Aufgabe, und selten wird ein junger Dichter sie gut lösen.

Ich möchte gern eins von dir hören, sagte Heinrich. Die wenigen, die ich gehört habe, haben mich unbeschreiblich ergötzt, so unbedeutend sie auch seyn mochten.

Ich will heute Abend deinen Wunsch befriedigen. Es ist mir Eins erinnerlich, was ich noch in ziemlich jungen Jahren machte, wovon es auch noch deutliche Spuren an sich trägt, indeß wird es dich vielleicht desto lehrreicher unterhalten, und dich an manches erinnern, was ich dir gesagt habe.

Die Sprache, sagte Heinrich, ist wirklich eine kleine Welt in Zeichen und Tönen. Wie der Mensch sie beherrscht, so möchte er gern die große Welt beherrschen, und sich frey darinn ausdrücken können. Und eben in dieser Freude, das, was außer der Welt ist, in ihr zu offenbaren, das thun zu können, was eigentlich der ursprüngliche Trieb unsers Daseyns ist, liegt der Ursprung der Poesie.

Es ist recht übel, sagte Klingsohr, daß die Poesie einen besondern Namen hat, und die Dichter eine besondere Zunft ausmachen. Es ist gar nichts besonderes. Es ist die eigenthümliche Handlungsweise des menschlichen Geistes. Dichtet und trachtet nicht jeder Mensch in jeder Minute? – Eben trat Mathilde in's Zimmer, als Klingsohr noch sagte: Man betrachte nur die Liebe. Nirgends wird wohl die Nothwendigkeit der Poesie zum Bestand der Menschheit so klar, als in ihr. Die Liebe ist stumm, nur die Poesie kann für sie sprechen. Oder die Liebe ist selbst nichts, als die höchste Naturpoesie. Doch ich will dir nicht Dinge sagen, die du besser weißt, als ich.

Du bist ja der Vater der Liebe, sagte Heinrich, indem er Mathilden umschlang, und beyde seine Hand küßten.

Klingsohr umarmte sie und ging hinaus. Liebe Mathilde, sagte Heinrich nach einem langen Kusse, es ist mir wie ein Traum, daß du mein bist, aber noch wunderbarer ist mir es, daß du es nicht immer gewesen bist. – Mich dünkt, sagte Mathilde, ich kennte dich seit undenklichen Zeiten. – Kannst du mich denn lieben? – Ich weiß nicht, was Liebe ist, aber das kann ich dir sagen, daß mir ist, als finge ich erst jetzt zu leben an, und daß ich dir so gut bin, daß ich gleich für dich sterben wollte. – Meine Mathilde, erst jetzt fühle ich, was es heißt unsterblich zu seyn. – Lieber Heinrich, wie unendlich gut bist du, welcher herrliche Geist spricht aus dir. Ich bin ein armes, unbedeutendes Mädchen. – Wie du mich tief beschämst! bin ich doch nur durch dich, was ich bin. Ohne dich wäre ich nichts. Was ist ein Geist ohne Himmel, und du bist der Himmel, der mich trägt und erhält. – Welches selige Geschöpf wäre ich, wenn du so treu wärst, wie mein Vater. Meine Mutter starb kurz nach meiner Geburt; Mein Vater weint fast alle Tage noch um sie. – Ich verdiene es nicht, aber möchte ich glücklicher seyn, als er. – Ich lebte gern recht lange an deiner Seite, lieber Heinrich. Ich werde durch dich gewiß viel besser. – Ach! Mathilde, auch der Tod wird uns nicht trennen. – Nein, Heinrich, wo ich bin, wirst du seyn. – Ja wo du bist, Mathilde, werd' ich ewig seyn. – Ich begreife nichts von der Ewigkeit, aber ich dächte, das müßte die Ewigkeit seyn, was ich empfinde, wenn ich an dich denke. – Ja Mathilde, wir sind ewig weil wir uns lieben. – Du glaubst nicht Lieber, wie inbrünstig ich heute früh, wie wir nach Hause kamen, vor dem Bilde der himmlischen Mutter niederkniete, wie unsäglich ich zu ihr gebetet habe. Ich glaubte in Thränen zu zerfließen. Es kam mir vor, als lächelte sie mir zu. Nun weiß ich erst was Dankbarkeit ist. – O Geliebte, der Himmel hat dich mir zur Verehrung gegeben. Ich bete dich an. Du bist die Heilige, die meine Wünsche zu Gott bringt, durch die er sich mir offenbart, durch die er mir die Fülle seiner Liebe kund thut. Was ist die Religion, als ein unendliches Einverständniß, eine ewige Vereinigung liebender Herzen? Wo zwey versammelt sind, ist er ja unter ihnen. Ich habe ewig an dir zu athmen; meine Brust wird nie aufhören dich in sich zu ziehn. Du bist die göttliche Herrlichkeit, das ewige Leben in der lieblichsten Hülle. – Ach! Heinrich, du weißt das Schicksal der Rosen; wirst du auch die welken Lippen, die bleichen Wangen mit Zärtlichkeit an deine Lippen drücken? Werden die Spuren des Alters nicht die Spuren der vorübergegangenen Liebe seyn? – O! könntest du durch meine Augen in mein Gemüth sehn! aber du liebst mich und so glaubst du mir auch. Ich begreife das nicht, was man von der Vergänglichkeit der Reitze sagt. O! sie sind unverwelklich. Was mich so unzertrennlich zu dir zieht, was ein ewiges Verlangen in mir geweckt hat, das ist nicht aus dieser Zeit. Könntest du nur sehn, wie du mir erscheinst, welches wunderbare Bild deine Gestalt durchdringt und mir überall entgegen leuchtet, du würdest kein Alter fürchten. Deine irdische Gestalt ist nur ein Schatten dieses Bildes. Die irdischen Kräfte ringen und quellen um es festzuhalten, aber die Natur ist noch unreif; das Bild ist ein ewiges Urbild, ein Theil der unbekannten heiligen Welt. – Ich verstehe dich, lieber Heinrich, denn ich sehe etwas Ähnliches, wenn ich dich anschaue. – Ja Mathilde, die höhere Welt ist uns näher, als wir gewöhnlich denken. Schon hier leben wir in ihr, und wir erblicken sie auf das Innigste mit der irdischen Natur verwebt. – Du wirst mir noch viel herrliche Sachen offenbaren, Geliebtester. – O! Mathilde, von dir allein kommt mir die Gabe der Weißagung. Alles ist ja dein, was ich habe; deine Liebe wird mich in die Heiligthümer des Lebens, in das Allerheiligste des Gemüths führen; du wirst mich zu den höchsten Anschauungen begeistern. Wer weiß, ob unsre Liebe nicht dereinst noch zu Flammenfittichen wird, die uns aufheben, und uns in unsre himmlische Heimath tragen, ehe das Alter und der Tod uns erreichen. Ist es nicht schon ein Wunder, daß du mein bist, daß ich dich in meinen Armen halte, daß du mich liebst und ewig mein seyn willst? – Auch mir ist jetzt alles glaublich, und ich fühle ja so deutlich eine stille Flamme in mir lodern; wer weiß, ob sie uns nicht verklärt, und die irdischen Banden allmählich auflöst. Sage mir nur, Heinrich, ob du auch schon das grenzenlose Vertrauen zu mir hast, was ich zu dir habe. Noch nie hab' ich so etwas gefühlt, selbst nicht gegen meinen Vater, den ich doch so unendlich liebe. – Liebe Mathilde, es peinigt mich ordentlich, daß ich dir nicht alles auf einmal sagen, daß ich dir nicht gleich mein ganzes Herz auf einmal hingeben kann. Es ist auch zum erstenmal in meinem Leben, daß ich ganz offen bin. Keinen Gedanken, keine Empfindung kann ich vor dir mehr geheim haben; du mußt alles wissen. Mein ganzes Wesen soll sich mit dem deinigen vermischen. Nur die grenzenloseste Hingebung kann meiner Liebe genügen. In ihr besteht sie ja. Sie ist ja ein geheimnißvolles Zusammenfließen unsers geheimsten und eigenthümlichsten Daseyns. – Heinrich, so können sich noch nie zwey Menschen geliebt haben. – Ich kanns nicht glauben. Es gab ja noch keine Mathilde. – Auch keinen Heinrich. – Ach! schwör es mir noch einmal, daß du ewig mein bist; die Liebe ist eine endlose Wiederholung. – Ja, Heinrich, ich schwöre ewig dein zu seyn, bey der unsichtbaren Gegenwart meiner guten Mutter. – Ich schwöre ewig dein zu seyn, Mathilde, so wahr die Liebe die Gegenwart Gottes bey uns ist. Eine lange Umarmung, unzählige Küsse besiegelten den ewigen Bund des seligen Paars.

Neuntes Kapitel

Abends waren einige Gäste da; der Großvater trank die Gesundheit des jungen Brautpaars, und versprach bald ein schönes Hochzeitfest auszurichten. Was hilft das lange Zaudern, sagte der Alte. Frühe Hochzeiten, lange Liebe. Ich habe immer gesehn, daß Ehen, die früh geschlossen wurden, am glücklichsten waren. In spätern Jahren ist gar keine solche Andacht mehr im Ehestande, als in der Jugend. Eine gemeinschaftlich genoßne Jugend ist ein unzerreißliches Band. Die Erinnerung ist der sicherste Grund der Liebe. Nach Tische kamen mehrere. Heinrich bat seinen neuen Vater um die Erfüllung seines Versprechens. Klingsohr sagte zu der Gesellschaft: Ich habe heute Heinrichen versprochen ein Mährchen zu erzählen. Wenn ihr es zufrieden seyd, so bin ich bereit. – Das ist ein kluger Einfall von Heinrich, sagte Schwaning. Ihr habt lange nichts von euch hören lassen. Alle setzten sich um das lodernde Feuer im Kamin. Heinrich saß dicht bey Mathilden, und schlang seinen Arm um sie. Klingsohr begann:

Die lange Nacht war eben angegangen. Der alte Held schlug an seinen Schild, daß es weit umher in den öden Gassen der Stadt erklang. Er wiederholte das Zeichen dreymal. Da fingen die hohen bunten Fenster des Pallastes an von innen heraus helle zu werden, und ihre Figuren bewegten sich. Sie bewegten sich lebhafter, je stärker das röthliche Licht ward, das die Gassen zu erleuchten begann. Auch sah man allmählich die gewaltigen Säulen und Mauern selbst sich erhellen; Endlich standen sie im reinsten, milchblauen Schimmer, und spielten mit den sanftesten Farben. Die ganze Gegend ward nun sichtbar, und der Wiederschein der Figuren, das Getümmel der Spieße, der Schwerdter, der Schilder, und der Helme, die sich nach hier und da erscheinenden Kronen, von allen Seiten neigten, und endlich wie diese verschwanden, und einem schlichten, grünen Kranze Plaz machten, um diesen her einen weiten Kreis schlossen: alles dies spiegelte sich in dem starren Meere, das den Berg umgab, auf dem die Stadt lag, und auch der ferne hohe Berggürtel, der sich rund um das Meer herzog, ward bis in die Mitte mit einem milden Abglanz überzogen. Man konnte nichts deutlich unterscheiden; doch hörte man ein wunderliches Getöse herüber, wie aus einer fernen ungeheuren Werkstatt. Die Stadt erschien dagegen hell und klar. Ihre glatten, durchsichtigen Mauern warfen die schönen Strahlen zurück, und das vortreffliche Ebenmaaß, der edle Styl aller Gebäude, und ihre schöne Zusammenordnung kam zum Vorschein. Vor allen Fenstern standen zierliche Gefäße von Thon, voll der mannichfaltigsten Eis- und Schneeblumen, die auf das anmuthigste funkelten.

Am herrlichsten nahm sich auf dem großen Platze vor dem Pallaste der Garten aus, der aus Metallbäumen und Krystallpflanzen bestand, und mit bunten Edelsteinblüthen und Früchten übersäet war. Die Mannichfaltigkeit und Zierlichkeit der Gestalten, und die Lebhaftigkeit der Lichter und Farben gewährten das herrlichste Schauspiel, dessen Pracht durch einen hohen Springquell in der Mitte des Gartens, der zu Eis erstarrt war, vollendet wurde. Der alte Held ging vor den Thoren des Pallastes langsam vorüber. Eine Stimme rief seinen Namen im Innern. Er lehnte sich an das Thor, das mit einem sanften Klange sich öffnete, und trat in den Saal. Seinen Schild hielt er vor die Augen. Hast du noch nichts entdeckt? sagte die schöne Tochter Arcturs, mit klagender Stimme. Sie lag an seidnen Polstern auf einem Throne, der von einem großen Schwefelkrystall künstlich erbaut war, und einige Mädchen rieben ämsig ihre zarten Glieder, die wie aus Milch und Purpur zusammengeflossen schienen. Nach allen Seiten strömte unter den Händen der Mädchen das reizende Licht von ihr aus, was den Pallast so wundersam erleuchtete. Ein duftender Wind wehte im Saale. Der Held schwieg. Laß mich deinen Schild berühren, sagte sie sanft. Er näherte sich dem Throne und betrat den köstlichen Teppich. Sie ergriff seine Hand, drückte sie mit Zärtlichkeit an ihren himmlischen Busen und rührte seinen Schild an. Seine Rüstung klang, und eine durchdringende Kraft beseelte seinen Körper. Seine Augen blitzten und das Herz pochte hörbar an den Panzer. Die schöne Freya schien heiterer, und das Licht ward brennender, das von ihr ausströmte. Der König kommt, rief ein prächtiger Vogel, der im Hintergrunde des Thrones saß. Die Dienerinnen legten eine himmelblaue Decke über die Prinzessin, die sie bis über den Busen bedeckte. Der Held senkte seinen Schild und sah nach der Kuppel hinauf, zu welcher zwey breite Treppen von beyden Seiten des Saals sich hinauf schlangen. Eine leise Musik ging dem Könige voran, der bald mit einem zahlreichen Gefolge in der Kuppel erschien und herunter kam.

Der schöne Vogel entfaltete seine glänzenden Schwingen, bewegte sie sanft und sang, wie mit tausend Stimmen, dem Könige entgegen:

Nicht lange wird der schöne Fremde säumen.
Die Wärme naht, die Ewigkeit beginnt.
Die Königin erwacht aus langen Träumen,
Wenn Meer und Land in Liebesglut zerrinnt.

Die kalte Nacht wird diese Stätte räumen,
Wenn Fabel erst das alte Recht gewinnt.
In Freyas Schooß wird sich die Welt entzünden
Und jede Sehnsucht ihre Sehnsucht finden.

Der König umarmte seine Tochter mit Zärtlichkeit. Die Geister der Gestirne stellten sich um den Thron, und der Held nahm in der Reihe seinen Platz ein. Eine unzählige Menge Sterne füllten den Saal in zierlichen Gruppen. Die Dienerinnen brachten einen Tisch und ein Kästchen, worin eine Menge Blätter lagen, auf denen heilige tiefsinnige Zeichen standen, die aus lauter Sternbildern zusammengesetzt waren. Der König küßte ehrfurchtsvoll diese Blätter, mischte sie sorgfältig untereinander, und reichte seiner Tochter einige zu. Die andern behielt er für sich. Die Prinzessin zog sie nach der Reihe heraus und legte sie auf den Tisch, dann betrachtete der König die seinigen genau, und wählte mit vielem Nachdenken, ehe er eins dazu hinlegte. Zuweilen schien er gezwungen zu seyn, dies oder jenes Blatt zu wählen. Oft aber sah man ihm die Freude an, wenn er durch ein gutgetroffenes Blatt eine schöne Harmonie der Zeichen und Figuren legen konnte. Wie das Spiel anfing, sah man an allen Umstehenden Zeichen der lebhaftesten Theilnahme, und die sonderbarsten Mienen und Gebehrden, gleichsam als hätte jeder ein unsichtbares Werkzeug in Händen, womit er eifrig arbeite. Zugleich ließ sich eine sanfte, aber tief bewegende Musik in der Luft hören, die von den im Saale sich wunderlich durcheinander schlingenden Sternen, und den übrigen sonderbaren Bewegungen zu entstehen schien. Die Sterne schwangen sich, bald langsam bald schnell, in beständig veränderten Linien umher, und bildeten, nach dem Gange der Musik, die Figuren der Blätter auf das kunstreichste nach. Die Musik wechselte, wie die Bilder auf dem Tische, unaufhörlich, und so wunderlich und hart auch die Übergänge nicht selten waren, so schien doch nur Ein einfaches Thema das Ganze zu verbinden. Mit einer unglaublichen Leichtigkeit flogen die Sterne den Bildern nach. Sie waren bald alle in Einer großen Verschlingung, bald wieder in einzelne Haufen schön geordnet, bald zerstäubte der lange Zug, wie ein Strahl, in unzählige Funken, bald kam durch immer wachsende kleinere Kreise und Muster wieder Eine große, überraschende Figur zum Vorschein. Die bunten Gestalten in den Fenstern blieben während dieser Zeit ruhig stehen. Der Vogel bewegte unaufhörlich die Hülle seiner kostbaren Federn auf die mannichfaltigste Weise. Der alte Held hatte bisher auch sein unsichtbares Geschäft ämsig betrieben, als auf einmal der König voll Freuden ausrief: Es wird alles gut. Eisen, wirf du dein Schwerdt in die Welt, daß sie erfahren, wo der Friede ruht. Der Held riß das Schwerdt von der Hüfte, stellte es mit der Spitze gen Himmel, dann ergriff er es und warf es aus dem geöffneten Fenster über die Stadt und das Eismeer. Wie ein Komet flog es durch die Luft, und schien an dem Berggürtel mit hellem Klange zu zersplittern, denn es fiel in lauter Funken herunter.

Zu der Zeit lag der schöne Knabe Eros in seiner Wiege und schlummerte sanft, während Ginnistan seine Amme die Wiege schaukelte und seiner Milchschwester Fabel die Brust reichte. Ihr buntes Halstuch hatte sie über die Wiege ausgebreitet, daß die hellbrennende Lampe, die der Schreiber vor sich stehen hatte, das Kind mit ihrem Scheine nicht beunruhigen möchte. Der Schreiber schrieb unverdrossen, sah sich nur zuweilen mürrisch nach den Kindern um, und schnitt der Amme finstere Gesichter, die ihn gutmüthig anlächelte und schwieg.

Der Vater der Kinder ging immer ein und aus, indem er jedesmal die Kinder betrachtete und Ginnistan freundlich begrüßte. Er hatte unaufhörlich dem Schreiber etwas zu sagen. Dieser vernahm ihn genau, und wenn er es aufgezeichnet hatte, reichte er die Blätter einer edlen, göttergleichen Frau hin, die sich an einen Altar lehnte, auf welchem eine dunkle Schaale mit klarem Wasser stand, in welches sie mit heiterm Lächeln blickte. Sie tauchte die Blätter jedesmal hinein, und wenn sie bey'm Herausziehn gewahr wurde, daß einige Schriften stehen geblieben und glänzend geworden war, so gab sie das Blatt dem Schreiber zurück, der es in ein großes Buch heftete, und oft verdrießlich zu seyn schien, wenn seine Mühe vergeblich gewesen und alles ausgelöscht war. Die Frau wandte sich zu Zeiten gegen Ginnistan und die Kinder, tauchte den Finger in die Schaale, und sprützte einige Tropfen auf sie hin, die, sobald sie die Amme, das Kind, oder die Wiege berührten, in einen blauen Dunst zerrannen, der tausend seltsame Bilder zeigte, und beständig um sie herzog und sich veränderte. Traf einer davon zufällig auf den Schreiber, so fielen eine Menge Zahlen und geometrische Figuren nieder, die er mit vieler Ämsigkeit auf einen Faden zog, und sich zum Zierrath um den magern Hals hing. Die Mutter des Knaben, die wie die Anmuth und Lieblichkeit selbst aussah, kam oft herein. Sie schien beständig beschäftigt, und trug immer irgend ein Stück Hausgeräthe mit sich hinaus: bemerkte es der argwöhnische und mit spähenden Blicken sie verfolgende Schreiber, so begann er eine lange Strafrede, auf die aber kein Mensch achtete. Alle schienen seiner unnützen Widerreden gewohnt. Die Mutter gab auf einige Augenblicke der kleinen Fabel die Brust; aber bald ward sie wieder abgerufen, und dann nahm Ginnistan das Kind zurück, das an ihr lieber zu trinken schien. Auf einmal brachte der Vater ein zartes eisernes Stäbchen herein, das er im Hofe gefunden hatte. Der Schreiber besah es und drehte es mit vieler Lebhaftigkeit herum, und brachte bald heraus, daß es sich von selbst, in der Mitte an einem Faden aufgehängt, nach Norden drehe. Ginnistan nahm es auch in die Hand, bog es, drückte es, hauchte es an, und hatte ihm bald die

Gestalt einer Schlange gegeben, die sich nun plötzlich in den Schwanz biß. Der Schreiber ward bald des Betrachtens überdrüßig. Er schrieb alles genau auf, und war sehr weitläuftig über den Nutzen, den dieser Fund gewähren könne. Wie ärgerlich war er aber, als sein ganzes Schreibwerk die Probe nicht bestand, und das Papier weiß aus der Schaale hervorkam. Die Amme spielte fort. Zuweilen berührte sie die Wiege damit, da fing der Knabe an wach zu werden, schlug die Decke zurück, hielt die eine Hand gegen das Licht, und langte mit der Andern nach der Schlange. Wie er sie erhielt, sprang er rüstig, daß Ginnistan erschrak, und der Schreiber beynah vor Entsetzen vom Stuhle fiel, aus der Wiege, stand, nur von seinen langen goldernen Haaren bedeckt, im Zimmer, und betrachtete mit unaussprechlicher Freude das Kleinod, das sich in seinen Händen nach Norden ausstreckte, und ihn heftig im Innern zu bewegen schien. Zusehends wuchs er.

Sophie, sagte er mit rührender Stimme zu der Frau, laß mich aus der Schaale trinken. Sie reichte sie ihm ohne Anstand, und er konnte nicht aufhören zu trinken, indem die Schaale sich immer voll zu erhalten schien. Endlich gab er sie zurück, indem er die edle Frau innig umarmte. Er herzte Ginnistan, und bat sie um das bunte Tuch, das er sich anständig um die Hüften band. Die kleine Fabel nahm er auf den Arm. Sie schien unendliches Wohlgefallen an ihm zu haben, und fing zu plaudern an. Ginnistan machte sich viel um ihn zu schaffen. Sie sah äußerst reizend und leichtfertig aus, und drückte ihn mit der Innigkeit einer Braut an sich. Sie zog ihn mit heimlichen Worten nach der Kammerthür, aber Sophie winkte ernsthaft und deutete nach der Schlange; da kam die Mutter herein, auf die er sogleich zuflog und sie mit heißen Thränen bewillkommte. Der Schreiber war ingrimmig fortgegangen. Der Vater trat herein, und wie er Mutter und Sohn in stiller Umarmung sah, trat er hinter ihren Rücken zur reitzenden Ginnistan, und liebkoste ihr. Sophie stieg die Treppe hinauf. Die kleine Fabel nahm die Feder des Schreibers und fing zu schreiben an. Mutter und Sohn vertieften sich in ein leises Gespräch, und der Vater schlich sich mit Ginnistan in die Kammer, um sich von den Geschäften des Tags in ihren Armen zu erholen. Nach geraumer Zeit kam Sophie zurück. Der Schreiber trat herein. Der Vater kam aus der Kammer und ging an seine Geschäfte. Ginnistan kam mit glühenden Wangen zurück. Der Schreiber jagte die kleine Fabel mit vielen Schmähungen von seinem Sitze, und hatte einige Zeit nöthig seine Sachen in Ordnung zu bringen. Er reichte Sophien die von Fabel vollgeschriebenen Blätter, um sie rein zurück zu erhalten, gerieth aber bald in den äußersten Unwillen, wie Sophie die Schrift völlig glänzend und unversehrt aus der Schaale zog und sie ihm hinlegte. Fabel schmiegte sich an ihre Mutter, die sie an die Brust nahm, und das Zimmer aufputzte, die Fenster öffnete, frische Luft hereinließ und Zubereitungen zu einen köstlichen Mahle machte. Man sah durch die Fenster die herrlichsten Aussichten und einen heitern Himmel über die Erde gespannt. Auf dem Hofe war der Vater in voller Thätigkeit. Wenn er müde war, sah er hinauf ans Fenster, wo Ginnistan stand, und ihm allerhand Näschereien herunterwarf. Die Mutter und der Sohn gingen hinaus, um überall zu helfen und den gefaßten Entschluß vorzubereiten. Der Schreiber rührte die Feder, und machte immer eine Fratze, wenn er genöthigt war, Ginnistan um etwas zu fragen, die ein sehr gutes Gedächtniß hatte, und alles behielt, was sich zutrug. Eros kam bald in schöner Rüstung, um die das bunte Tuch wie eine Schärpe gebunden war, zurück, und bat Sophie um Rath, wann und wie er seine Reise antreten solle. Der Schreiber war vorlaut, und wollte gleich mit einem ausführlichen Reiseplan dienen, aber seine Vorschläge wurden überhört. Du kannst sogleich reisen; Ginnistan mag dich begleiten, sagte Sophie; sie weiß mit den

Wegen Bescheid, und ist überall gut bekannt. Sie wird die Gestalt deiner Mutter annehmen, um dich nicht in Versuchung zu führen. Findest du den König, so denke an mich; dann komme ich um dir zu helfen.

Ginnistan tauschte ihre Gestalt mit der Mutter, worüber der Vater sehr vergnügt zu seyn schien; der Schreiber freute sich, daß die beiden fortgingen; besonders da ihm Ginnistan ihr Taschenbuch zum Abschiede schenkte, worin die Chronik des Hauses umständlich aufgezeichnet war; nur blieb ihm die kleine Fabel ein Dorn im Auge, und er hätte, um seiner Ruhe und Zufriedenheit willen, nichts mehr gewünscht, als daß auch sie unter der Zahl der Abreisenden seyn möchte. Sophie segnete die Niederknieenden ein, und gab ihnen ein Gefäß voll Wasser aus der Schaale mit; die Mutter war sehr bekümmert. Die kleine Fabel wäre gern mitgegangen, und der Vater war zu sehr außer dem Hause beschäftigt, als daß er lebhaften Antheil hätte nehmen sollen. Es war Nacht, wie sie abreisten, und der Mond stand hoch am Himmel. Lieber Eros, sagte Ginnistan, wir müssen eilen, daß wir zu meinem Vater kommen, der mich lange nicht gesehn und so sehnsuchtsvoll mich überall auf der Erde gesucht hat. Siehst du wohl sein bleiches abgehärmtes Gesicht? Dein Zeugniß wird mich ihm in der fremden Gestalt kenntlich machen.

Die Liebe ging auf dunkler Bahn
Vom Monde nur erblickt,
Das Schattenreich war aufgethan
Und seltsam aufgeschmückt.

Ein blauer Dunst umschwebte sie
Mit einem goldnen Rand,
Und eilig zog die Fantasie
Sie über Strom und Land.

Es hob sich ihre volle Brust
In wunderbarem Muth;
Ein Vorgefühl der künft'gen Lust
Besprach die wilde Glut.

Die Sehnsucht klagt' und wußt' es nicht,
Daß Liebe näher kam,
Und tiefer grub in ihr Gesicht
Sich hoffnungsloser Gram.

Die kleine Schlange blieb getreu:
Sie wies nach Norden hin,
Und beyde folgten sorgenfrey
Der schönen Führerin.

Die Liebe ging durch Wüsteneyn
Und durch der Wolken Land,
Trat in den Hof des Mondes ein
Die Tochter an der Hand.

Er saß auf seinem Silberthron,
Allein mit seinem Harm;
Da hört' er seines Kindes Ton,
Und sank in ihren Arm.

Eros stand gerührt bey den zärtlichen Umarmungen. Endlich sammelte sich der alte erschütterte Mann, und bewillkommte seinen Gast. Er ergriff sein großes Horn und stieß mit voller Macht hinein. Ein gewaltiger Ruf dröhnte durch die uralte Burg. Die spitzen Thürme mit ihren glänzenden Knöpfen und die tiefen schwarzen Dächer schwankten. Die Burg stand still, denn sie war auf das Gebirge jenseits des Meers gekommen. Von allen Seiten strömten seine Diener herzu, deren seltsame Gestalten und Trachten Ginnistan unendlich ergötzten, und den tapfern Eros nicht erschreckten. Erstere grüßte ihre alten Bekannten, und alle erschienen vor ihr mit neuer Stärke und in der ganzen Herrlichkeit ihrer Naturen. Der ungestüme Geist der Flut folgte der sanften Ebbe. Die alten Orkane legten sich an die klopfende Brust der heißen leidenschaftlichen Erdbeben. Die zärtlichen Regenschauer sahen sich nach dem bunten Bogen um, der von der Sonne, die ihn mehr anzieht, entfernt, bleich da stand. Der rauhe Donner schalt über die Thorheiten der Blitze, hinter den unzähligen Wolken hervor, die mit tausend Reizen dastanden und die feurigen Jünglinge lockten. Die beyden lieblichen Schwestern, Morgen und Abend, freuten sich vorzüglich über die beyden Ankömmlinge. Sie weinten sanfte Thränen in ihren Umarmungen. Unbeschreiblich war der Anblick dieses wunderlichen Hofstaats. Der alte König konnte sich an seiner Tochter nicht satt sehen. Sie fühlte sich zehnfach glücklich in ihrer väterlichen Burg, und ward nicht müde die bekannten Wunder und Seltenheiten zu beschauen. Ihre Freude war ganz unbeschreiblich, als ihr der König den Schlüssel zur Schatzkammer und die Erlaubniß gab, ein Schauspiel für Eros darin zu veranstalten, das ihn so lange unterhalten könnte, bis das Zeichen des Aufbruchs gegeben würde. Die Schatzkammer war ein großer Garten, dessen Mannichfaltigkeit und Reichthum alle Beschreibung übertraf. Zwischen den ungeheuren Wetterbäumen lagen unzählige Luftschlösser von überraschender Bauart, eins immer köstlicher, als das Andere. Große Heerden von Schäfchen, mit silberweißer, goldner und rosenfarbner Wolle irrten umher, und die sonderbarsten Thiere belebten den Hayn. Merkwürdige Bilder standen hie und da, und die festlichen Aufzüge, die seltsamen Wagen, die überall zum Vorschein kamen, beschäftigten die Aufmerksamkeit unaufhörlich. Die Beete standen voll der buntesten Blumen. Die Gebäude waren gehäuft voll von Waffen aller Art, voll der schönsten Teppiche, Tapeten, Vorhänge, Trinkgeschirre und aller Arten von Geräthen und Werkzeugen, in unübersehlichen Reihen. Auf einer Anhöhe erblickten sie ein romantisches Land, das mit Städten und Burgen, mit Tempeln und Begräbnissen übersäet war, und alle Anmuth bewohnter Ebenen mit den furchtbaren Reizen der Einöde und schroffer Felsengegenden vereinigte. Die schönsten Farben waren in den glücklichsten Mischungen. Die Bergspitzen glänzten wie Lustfeuer in ihren Eis- und Schneehüllen. Die Ebene lachte im frischesten Grün. Die Ferne schmückte sich mit allen Veränderungen von Blau, und aus der Dunkelheit des Meeres wehten unzählige bunte Wimpel von zahlreichen Flotten. Hier sah man einen Schiffbruch im Hintergrunde, und vorne ein ländliches fröliches Mahl von Landleuten; dort den schrecklich schönen Ausbruch eines Vulkans, die Verwüstungen des Erdbebens, und im Vordergrunde ein liebendes Paar unter schattenden Bäumen in den süßesten Liebkosungen. Abwärts eine fürchterliche Schlacht, und unter ihr ein Theater voll der lächerlichsten Masken. Nach einer andern Seite im Vordergrunde einen jugendlichen Leichnam auf der Baare, die ein trostloser Geliebter festhielt, und die weinenden Eltern daneben; im Hintergrunde eine liebliche Mutter mit dem Kinde an der Brust und Engel sitzend zu ihren Füßen, und aus den Zweigen über ihrem Haupte herunterblickend. Die Szenen verwandelten sich unaufhörlich, und flossen endlich in eine große geheimnißvolle Vorstellung zusammen. Himmel und Erde waren in vollem Aufruhr. Alle Schrecken waren losgebrochen. Eine gewaltige Stimme rief zu den Waffen. Ein entsetzliches Heer von Todtengerippen, mit schwarzen Fahnen, kam wie ein Sturm von dunkeln Bergen herunter, und griff das Leben an, das mit seinen jugendlichen Schaaren in der hellen Ebene in muntern Festen begriffen war, und sich keines Angriffs versah. Es entstand ein entsetzliches Getümmel, die Erde zitterte; der Sturm brauste, und die Nacht ward von fürchterlichen Meteoren erleuchtet. Mit unerhörten Grausamkeiten zerriß das Heer der Gespenster die zarten Glieder der Lebendigen. Ein Scheiterhaufen thürmte sich empor, und unter dem grausenvollsten Geheul wurden die Kinder des Lebens von den Flammen verzehrt. Plötzlich brach aus dem dunklen Aschenhaufen ein milchblauer Strom nach allen Seiten aus. Die Gespenster wollten die Flucht ergreifen, aber die Flut wuchs zusehends, und verschlang die scheusliche Brut. Bald waren alle Schrecken vertilgt. Himmel und Erde flossen in süße Musik zusammen. Eine wunderschöne Blume schwamm glänzend auf den sanften Wogen. Ein glänzender Bogen schloß sich über die Flut auf welchem göttliche Gestalten auf prächtigen Thronen, nach beyden Seiten herunter, saßen. Sophie saß zu oberst, die Schaale in der Hand, neben einem herrlichen Manne, mit einem Eichenkranze um die Locken, und einer Friedenspalme statt des Szepters in der Rechten. Ein Lilienblatt bog sich über den Kelch der schwimmenden Blume; die kleine Fabel saß auf demselben, und sang zur Harfe die süßesten Lieder. In dem Kelche lag Eros selbst, über ein schönes schlummerndes Mädchen hergebeugt, die ihn fest umschlungen hielt. Eine kleinere Blüthe schloß sich um beyde her, so daß sie von den Hüften an in Eine Blume verwandelt zu seyn schienen.

Eros dankte Ginnistan mit tausend Entzücken. Er umarmte sie zärtlich, und sie erwiederte seine Liebkosungen. Ermüdet von der Beschwerde des Weges und den mannichfaltigen Gegenständen, die er gesehen hatte, sehnte er sich nach Bequemlichkeit und Ruhe. Ginnistan, die sich von dem schönen Jüngling lebhaft angezogen fühlte, hütete sich wohl des Trankes zu erwähnen, den Sophie ihm mitgegeben hatte. Sie führte ihn zu einem abgelegenen Bade, zog ihm die Rüstung aus, und zog selbst ein Nachtkleid an, in welchem sie fremd und verführerisch aussah. Eros tauchte sich in die gefährlichen Wellen, und stieg berauscht wieder heraus. Ginnistan trocknete ihn, und rieb seine starken, von Jugendkraft gespannten Glieder. Er gedachte mit glühender Sehnsucht seiner Geliebten, und umfaßte in süßem Wahne die reitzende Ginnistan. Unbesorgt überließ er sich seiner ungestümen Zärtlichkeit, und schlummerte endlich nach den wollüstigsten Genüssen an dem reizenden Busen seiner Begleiterin ein.

Unterdessen war zu Hause eine traurige Veränderung vorgegangen. Der Schreiber hatte das Gesinde in eine gefährliche Verschwörung verwickelt. Sein feindseliges Gemüth hatte längst Gelegenheit gesucht, sich des Hausregiments zu bemächtigen, und sein Joch abzuschütteln. Er hatte sie gefunden. Zuerst bemächtigte sich sein Anhang der Mutter, die in eiserne Bande gelegt wurde. Der Vater ward bey Wasser und Brod ebenfalls hingesetzt. Die kleine Fabel hörte den Lärm im Zimmer. Sie verkroch sich hinter dem Altare, und wie sie bemerkte, daß eine Thür an seiner Rückseite verborgen war, so öffnete sie dieselbe mit vieler Behendigkeit, und fand, daß eine Treppe in ihm hinunterging. Sie zog die Tür nach sich, und stieg im Dunkeln die Treppe hinunter. Der Schreiber stürzte mit Ungestüm herein, um sich an der kleinen Fabel zu rächen, und Sophien gefangen zu nehmen. Beyde waren nicht zu finden. Die Schaale fehlte auch, und in seinem Grimme zerschlug er den Altar in tausend Stücke, ohne jedoch die heimliche Treppe zu entdecken.

Die kleine Fabel stieg geraume Zeit. Endlich kam sie auf einen freyen Platz hinaus, der rund herum mit einer prächtigen Colonnade geziert, und durch ein großes Thor geschlossen war. Alle Figuren waren hier dunkel. Die Luft war wie ein ungeheurer Schatten; am Himmel stand ein schwarzer strahlender Körper. Man konnte alles auf das deutlichste unterscheiden, weil jede Figur einen andern Anstrich von Schwarz zeigte, und einen lichten Schein hinter sich, warf; Licht und Schatten schienen hier ihre Rollen vertauscht zu haben. Fabel freute sich in einer neuen Welt zu seyn. Sie besah alles mit kindlicher Neugierde. Endlich kam sie an das Thor, vor welchem auf einem massiven Postument eine schöne Sphinx lag.

Was suchst du? sagte die Sphinx; mein Eigenthum, erwiederte Fabel. – Wo kommst du her? – Aus alten Zeiten; – Du bist noch ein Kind – Und werde ewig ein Kind seyn. – Wer wird dir beystehn? – Ich stehe für mich. Wo sind die Schwestern, fragte Fabel? – Überall und nirgends, gab die Sphinx zur Antwort. – Kennst du mich? – noch nicht. – Wo ist die Liebe? – In der Einbildung. – Und Sophie? – Die Sphinx murmelte unvernehmlich vor sich hin, und rauschte mit den Flügeln. Sophie und Liebe, rief triumphirend Fabel, und ging durch das Thor. Sie trat in die ungeheure Höhle, und ging frölich auf die alten Schwestern zu, die bey der kärglichen Nacht einer schwarzbrennenden Lampe ihr wunderliches Geschäft trieben. Sie thaten nicht, als ob sie den kleinen Gast bemerkten, der mit artigen Liebkosungen sich geschäftig um sie erzeigte. Endlich krächzte die eine mit rauhen Worten und scheelem Gesicht: Was willst du hier, Müßiggängerin? wer hat dich eingelassen? Dein kindisches Hüpfen bewegt die stille Flamme. Das Öl verbrennt unnützer Weise. Kannst du dich nicht hinsetzen und etwas vornehmen? – Schöne Base, sagte Fabel, am Müßiggehn ist mir nichts gelegen. Ich mußte recht über eure Thürhüterin lachen. Sie hätte mich gern an die Brust genommen, aber sie mußte zu viel gegessen haben, sie konnte nicht aufstehn. Laßt mich vor der Thür sitzen, und gebt mir etwas zu spinnen; denn hier kann ich nicht gut sehen, und wenn ich spinne, muß ich singen und plaudern dürfen, und das könnte euch in euren ernsthaften Gedanken stören. – Hinaus sollst du nicht, aber in der Nebenkammer bricht ein Strahl der Oberwelt durch die Felsritzen, da magst du spinnen, wenn du so geschickt bist; hier liegen ungeheure Haufen von alten Enden, die drehe zusammen; aber hüte dich: wenn du saumselig spinnst, oder der Faden reißt, so schlingen sich die Fäden um dich her und ersticken dich. – Die Alte lachte hämisch, und spann. Fabel raffte einen Arm voll Fäden zusammen, nahm Wocken und Spindel, und hüpfte singend in die Kammer. Sie sah durch die Öffnung hinaus, und erblickte das Sternbild des Phönixes. Froh über das glückliche Zeichen fing sie an lustig zu spinnen, ließ die Kammerthür ein wenig offen, und sang halbleise:

Erwacht in euren Zellen,
Ihr Kinder alter Zeit;
Laßt eure Ruhestellen,
Der Morgen ist nicht weit.

Ich spinne eure Fäden
In Einen Faden ein;
Aus ist die Zeit der Fehden.
Ein Leben sollt' ihr seyn.

Ein jeder lebt in Allen,
Und All' in Jedem auch.
Ein Herz wird in euch wallen,
Von Einem Lebenshauch.

Noch seyd ihr nichts als Seele,
Nur Traum und Zauberey.
Geht furchtbar in die Höhle
Und neckt die heil'ge Drey.

Die Spindel schwang sich mit unglaublicher Behendigkeit zwischen den kleinen Füßen; während sie mit beyden Händen den zarten Faden drehte. Unter dem Liede wurden unzählige Lichterchen sichtbar, die aus der Thürspalte schlüpften und durch die Höhle in scheuslichen Larven sich verbreiteten. Die Alten hatten während der Zeit immer mürrisch fortgesponnen, und auf das Jammergeschrey der kleinen Fabel gewartet, aber wie entsetzten sie sich, als auf einmal eine erschreckliche Nase über ihre Schultern guckte, und wie sie sich umsahen, die ganze Höhle voll der gräßlichsten Figuren war, die tausenderley Unfug trieben. Sie fuhren in einander, heulten mit fürchterlicher Stimme, und wären vor Schrecken zu Stein geworden, wenn nicht in diesem Augenblicke der Schreiber in die Höhle getreten wäre, und eine Alraunwurzel bey sich gehabt hätte. Die Lichterchen verkrochen sich in die Felsklüfte und die Höhle wurde ganz hell, weil die schwarze Lampe in der Verwirrung umgefallen und ausgelöscht war. Die Alten waren froh, wie sie den Schreiber kommen hörten, aber voll Ingrimms gegen die kleine Fabel. Sie riefen sie heraus, schnarchten sie fürchterlich an und verboten ihr fortzuspinnen. Der Schreiber schmunzelte höhnisch, weil er die kleine Fabel nun in seiner Gewalt zu haben glaubte und sagte: Es ist gut, daß du hier bist und zur Arbeit angehalten werden kannst. Ich hoffe, daß es an Züchtigungen nicht fehlen soll. Dein guter Geist hat dich hergeführt. Ich wünsche dir langes Leben und viel Vergnügen. – Ich danke dir für deinen guten Willen, sagte Fabel; man sieht dir jetzt die gute Zeit an; dir fehlt nur noch das Stundenglas und die Hippe, so siehst du ganz wie der Bruder meiner schönen Basen aus. Wenn du Gänsespulen brauchst, so zupfe ihnen nur eine Handvoll zarten Pflaum aus den Wangen. Der Schreiber schien Miene zu machen, über sie herzufallen. Sie lächelte und sagte: Wenn dir dein schöner Haarwuchs und dein geistreiches Auge lieb sind, so nimm dich in Acht; bedenke meine Nägel, du hast nicht viel mehr zu verlieren. Er wandte sich mit verbißner Wuth zu den Alten, die sich die Augen wischten, und nach ihren Wocken umhertappten. Sie konnten nichts finden, da die Lampe ausgelöscht war, und ergossen sich in Schimpfreden gegen Fabel. Laßt sie doch gehn, sprach er tückisch, daß sie euch Taranteln fange, zur

Bereitung eures Öls. Ich wollte euch zu euerm Troste sagen, daß Eros ohne Rast umherfliegt, und eure Scheere fleißig beschäftigen wird. Seine Mutter, die euch so oft zwang, die Fäden länger zu spinnen, wird morgen ein Raub der Flammen. Er kitzelte sich, um zu lachen, wie er sah, daß Fabel einige Thränen bey dieser Nachricht vergoß, gab ein Stück von der Wurzel der Alten, und ging naserümpfend von dannen. Die Schwestern hießen der Fabel mit zorniger Stimme Taranteln suchen, ohngeachtet sie noch Öl vorräthig hatten, und Fabel eilte fort. Sie that, als öffne sie das Thor, warf es ungestüm wieder zu, und schlich sich leise nach dem Hintergrunde der Höhle, wo eine Leiter herunter hing. Sie kletterte schnell hinauf, und kam bald vor eine Fallthür, die sich in Arkturs Gemach öffnete.

Der König saß umringt von seinen Räthen, als Fabel erschien. Die nördliche Krone zierte sein Haupt. Die Lilie hielt er mit der Linken, die Wage in der Rechten. Der Adler und Löwe saßen zu seinen Füßen. Monarch, sagte die Fabel, indem sie sich ehrfurchtsvoll vor ihm neigte; Heil deinem festgegründeten Throne! frohe Bothschaft deinem verwundeten Herzen! baldige Rückkehr der Weisheit! Ewiges Erwachen dem Frieden! Ruhe der rastlosen Liebe! Verklärung des Herzens! Leben dem Alterthum und Gestalt der Zukunft! Der König berührte ihre offene Stirn mit der Lilie: Was du bittest, sey dir gewährt. – Dreymal werde ich bitten, wenn ich zum viertenmale komme, so ist die Liebe vor der Thür. Jetzt gieb mir die Leyer. – Eridanus! bringe sie her, rief der König. Rauschend strömte Eridanus von der Decke, und Fabel zog die Leyer aus seinen blinkenden Fluten.

Fabel that einige weißagende Griffe; der König ließ ihr den Becher reichen, aus dem sie nippte und mit vielen Danksagungen hinweg eilte. Sie glitt in reizenden Bogenschwüngen über das Eismeer, indem sie fröliche Musik aus den Saiten lockte.

Das Eis gab unter ihren Tritten die herrlichsten Töne von sich. Der Felsen der Trauer hielt sie für Stimmen seiner suchenden rückkehrenden Kinder, und antwortete in einem tausendfachen Echo.

Fabel hatte bald das Gestade erreicht. Sie begegnete ihrer Mutter, die abgezehrt und bleich aussah, schlank und ernst geworden war, und in edlen Zügen die Spuren eines hoffnungslosen Grams, und rührender Treue verrieth.

Was ist aus dir geworden, liebe Mutter? sagte Fabel, du scheinst mir gänzlich verändert; ohne inneres Anzeichen hätt' ich dich nicht erkannt. Ich hoffte mich an deiner Brust einmal wieder zu erquicken; ich habe lange nach dir geschmachtet. Ginnistan liebkoste sie zärtlich, und sah heiter und freundlich aus. Ich dachte es gleich, sagte sie, daß dich der Schreiber nicht würde gefangen haben. Dein Anblick erfrischt mich. Es geht mir schlimm und knapp genug, aber ich tröste mich bald. Vielleicht habe ich einen Augenblick Ruhe. Eros ist in der Nähe, und wenn er dich sieht, und du ihm vorplauderst, verweilt er vielleicht einige Zeit. Indeß kannst du dich an meine Brust legen; ich will dir geben, was ich habe. Sie nahm die Kleine auf den Schooß, reichte ihr die Brust, und fuhr fort, indem sie lächelnd auf die Kleine hinunter sah, die es sich gut schmecken ließ. Ich bin selbst Ursach, daß Eros so wild und unbeständig geworden ist. Aber mich reut es dennoch nicht, denn jene Stunden, die ich in seinen Armen zubrachte, haben mich zur Unsterblichen gemacht. Ich glaubte unter seinen feurigen Liebkosungen zu zerschmelzen. Wie ein himmlischer Räuber schien er mich grausam vernichten und stolz über sein bebendes Opfer triumphiren zu wollen. Wir erwachten spät aus dem verbotenen Rausche, in einem sonderbar vertauschten Zustande. Lange silberweiße Flügel bedeckten seine weißen Schultern, und die reitzende Fülle und Biegung seiner Gestalt. Die Kraft, die ihn so plötzlich aus einem Knaben zum Jünglinge quellend getrieben, schien sich ganz in die glänzenden Schwingen gezogen zu haben, und er war wieder zum Knaben geworden. Die stille Glut seines Gesichts war in das tändelnde Feuer eines Irrlichts, der heilige Ernst in verstellte Schalkheit, die bedeutende Ruhe in kindische Unstätigkeit, der edle Anstand in drollige Beweglichkeit verwandelt. Ich fühlte mich von einer ernsthaften Leidenschaft unwiderstehlich zu dem muthwilligen Knaben gezogen, und empfand schmerzlich seinen lächelnden Hohn, und seine Gleichgültigkeit gegen meine rührendsten Bitten. Ich sah meine Gestalt verändert. Meine sorglose Heiterkeit war verschwunden, und hatte einer traurigen Bekümmerniß, einer zärtlichen Schüchternheit Platz gemacht. Ich hätte mich mit Eros vor allen Augen verbergen mögen. Ich hatte nicht das Herz in seine beleidigenden Augen zu sehn, und fühlte mich entsetzlich beschämt und erniedrigt. Ich hatte keinen andern Gedanken, als ihn, und hätte mein Leben hingegeben, um ihn von seinen Unarten zu befreyen. Ich mußte ihn anbeten, so tief er auch alle meine Empfindungen kränkte.

Seit der Zeit, wo er sich aufmachte und mir entfloh, so rührend ich auch mit den heißesten Thränen ihn beschwor, bey mir zu bleiben, bin ich ihm überall gefolgt. Er scheint es ordentlich darauf anzulegen, mich zu necken. Kaum habe ich ihn erreicht, so fliegt er tückisch weiter. Sein Bogen richtet überall Verwüstungen an. Ich habe nichts zu thun, als die Unglücklichen zu trösten, und habe doch selbst Trost nöthig. Ihre Stimmen, die mich rufen, zeigen mir seinen Weg, und ihre wehmüthigen Klagen, wenn ich sie wieder verlassen muß, gehen mir tief zu Herzen. Der Schreiber verfolgt uns mit entsetzlicher Wuth, und rächt sich an den armen Getroffenen. Die Frucht jener geheimnißvollen Nacht, waren eine zahlreiche Menge wunderlicher Kinder, die ihrem Großvater ähnlich sehn, und nach ihm genannt sind. Geflügelt wie ihr Vater begleiten sie ihn beständig, und plagen die Armen, die sein Pfeil trifft. Doch da kömmt der fröliche Zug. Ich muß fort; lebe wohl, süßes Kind. Seine Nähe erregt meine Leidenschaft. Sey glücklich in deinem Vorhaben. – Eros zog weiter, ohne Ginnistan, die auf ihn zueilte, einen zärtlichen Blick zu gönnen. Aber zu Fabel wandte er sich freundlich, und seine kleinen Begleiter tanzten fröhlich um sie her. Fabel freute sich, ihren Milchbruder wieder zu sehn, und sang zu ihrer Leyer ein munteres Lied. Eros schien sich besinnen zu wollen und ließ den Bogen fallen. Die Kleinen entschliefen auf dem Rasen. Ginnistan konnte ihn fassen, und er litt ihre zärtlichen Liebkosungen. Endlich fing Eros auch an zu nicken, schmiegte sich an Ginnistans Schooß, und schlummerte ein, indem er seine Flügel über sie ausbreitete. Unendlich froh war die müde Ginnistan, und verwandte kein Auge von dem holden Schläfer. Während des Gesanges waren von allen Seiten Taranteln zum Vorschein gekommen, die über die Grashalme ein glänzendes Netz zogen, und lebhaft nach dem Takte sich an ihren Fäden bewegten. Fabel tröstete nun ihre Mutter, und versprach ihr baldige Hülfe. Vom Felsen tönte der sanfte Wiederhall der Musik, und wiegte die Schläfer ein. Ginnistan sprengte aus dem wohlverwahrten Gefäß einige Tropfen in die Luft, und die anmuthigsten Träume fielen auf sie nieder. Fabel nahm das Gefäß mit und setzte ihre Reise fort. Ihre Saiten ruhten nicht, und die Taranteln folgten auf schnellgesponnenen Fäden den bezaubernden Tönen.

Sie sah bald von weitem die hohe Flamme des Scheiterhaufens, die über den grünen Wald emporstieg. Traurig sah sie gen Himmel, und freute sich, wie sie Sophieens blauen Schleyer erblickte, der wallend über der Erde schwebte, und auf ewig die ungeheure Gruft bedeckte. Die Sonne stand feuerroth vor Zorn am Himmel, die gewaltige Flamme sog an ihrem geraubten Lichte, und so heftig sie es auch an sich zu halten schien, so ward sie doch immer bleicher und fleckiger. Die Flamme ward weißer und mächtiger, je fahler die Sonne ward. Sie sog das Licht immer stärker in sich und bald war die Glorie um das Gestirn des Tages verzehrt und nur als eine matte, glänzende Scheibe stand es noch da, indem jede neue Regung des Neides und der Wuth den Ausbruch der entfliehenden Lichtwellen vermehrte. Endlich war nichts von der Sonne mehr übrig, als eine schwarze ausgebrannte Schlacke, die herunter ins Meer fiel. Die Flamme war über allen Ausdruck glänzend geworden. Der Scheiterhaufen war verzehrt. Sie hob sich langsam in die Höhe und zog nach Norden. Fabel trat in den Hof, der verödet aussah; das Haus war unterdeß verfallen. Dornsträuche wuchsen in den Ritzen der Fenstergesimse und Ungeziefer aller Art kribbelte auf den zerbrochenen Stiegen. Sie hörte im Zimmer einen entsetzlichen Lärm; der Schreiber und seine Gesellen hatten sich an dem Flammentode der Mutter geweidet, waren aber gewaltig erschrocken, wie sie den Untergang der Sonne wahrgenommen hatten.

Sie hatten sich vergeblich angestrengt, die Flamme zu löschen, und waren bey dieser Gelegenheit nicht ohne Beschädigungen geblieben. Der Schmerz und die Angst preßte ihnen entsetzliche Verwünschungen und Klagen aus. Sie erschraken noch mehr, als Fabel ins Zimmer trat, und stürmten mit wüthendem Geschrey auf sie ein, um an ihr den Grimm auszulassen. Fabel schlüpfte hinter die Wiege, und ihre Verfolger traten ungestüm in das Gewebe der Taranteln, die sich durch unzählige Bisse an ihnen rächten. Der ganze Haufen fing nun toll an zu tanzen, wozu Fabel ein lustiges Lied spielte. Mit vielem Lachen über ihre possierlichen Fratzen ging sie auf die Trümmer des Altars zu, und räumte sie weg, um die verborgene Treppe zu finden, auf der sie mit ihrem Tarantelgefolge hinunter stieg. Die Sphinx fragte: Was kommt plötzlicher, als der Blitz? – Die Rache, sagte Fabel. – Was ist am vergänglichsten? – Unrechter Besitz. – Wer kennt die Welt? – Wer sich selbst kennt. – Was ist das ewige Geheimniß? – Die Liebe. – Bey wem ruht es? – Bey Sophieen. Die Sphinx krümmte sich kläglich, und Fabel trat in die Höhle.

Hier bringe ich euch Taranteln, sagte sie zu den Alten, die ihre Lampe wieder angezündet hatten und sehr ämsig arbeiteten. Sie erschraken, und die eine lief mit der Scheere auf sie zu, um sie zu erstechen. Unversehens trat sie auf eine Tarantel, und diese stach sie in den Fuß. Sie schrie erbärmlich. Die andern wollten ihr zu Hülfe kommen und wurden ebenfalls von den erzürnten Taranteln gestochen. Sie konnten sich nun nicht an Fabel vergreifen, und sprangen wild umher. Spinn' uns gleich, riefen sie grimmig der Kleinen zu, leichte Tanzkleider. Wir können uns in den steifen Röcken nicht rühren, und vergehn fast vor Hitze, aber mit Spinnensaft mußt du den Faden einweichen, daß er nicht reißt, und wirke Blumen hinein, die im Feuer gewachsen sind, sonst bist du des Todes. – Recht gern, sagte Fabel und ging in die Nebenkammer.

Ich will euch drey tüchtige Fliegen verschaffen, sagte sie zu den Kreuzspinnen, die ihre luftigen Gewebe rund um an der Decke und den Wänden angeheftet hatten, aber ihr müßt mir gleich drey hübsche, leichte Kleider spinnen. Die Blumen, die hinein gewirkt werden sollen, will ich auch gleich bringen. Die Kreuzspinnen waren bereit und fingen rasch zu weben an. Fabel schlich sich zur Leiter und begab sich zu Arktur. Monarch sagte sie, die Bösen tanzen, die Guten ruhn. Ist die Flamme angekommen? – Sie ist angekommen, sagte der König. Die Nacht ist vorbey und das Eis schmilzt. Meine Gattin zeigt sich von weitem. Meine Feindinn ist versenkt. Alles fängt zu leben an. Noch darf ich mich nicht sehn lassen, denn allein bin ich nicht König. Bitte was du willst. – Ich brauche, sagte Fabel, Blumen, die im Feuer gewachsen sind. Ich weiß, du hast einen geschickten Gärtner, der sie zu ziehen versteht. – Zink, rief der König, gieb uns Blumen. Der Blumengärtner trat aus der Reihe, holte einen Topf voll Feuer, und säete glänzenden Samenstaub hinein. Es währte nicht lange, so flogen die Blumen empor. Fabel sammelte sie in ihre Schürze, und machte sich auf den Rückweg. Die Spinnen waren fleißig gewesen, und es fehlte nichts mehr, als das Anheften der Blumen, welches sie sogleich mit vielem Geschmack und Behendigkeit begannen. Fabel hütete sich wohl die Enden abzureißen, die noch an den Weberinnen hingen.

Sie trug die Kleider den ermüdeten Tänzerinnen hin, die triefend von Schweiß umgesunken waren, und sich einige Augenblicke von der ungewohnten Anstrengung erholten. Mit vieler Geschicklichkeit entkleidete sie die hagern Schönheiten, die es an Schmähungen der kleinen Dienerin nicht fehlen ließen, und zog ihnen die neuen Kleider an, die sehr niedlich gemacht waren und vortrefflich paßten. Sie pries während dieses Geschäftes die Reize und den liebenswürdigen Charakter ihrer Gebieterinnen, und die Alten schienen ordentlich erfreut über die Schmeicheleyen und die Zierlichkeit des Anzuges. Sie hatten sich unterdeß erholt, und fingen von neuer Tanzlust beseelt wieder an, sich munter umherzudrehen, indem sie heimtückisch der Kleinen langes Leben und große Belohnungen versprachen. Fabel ging in die Kammer zurück, und sagte zu den Kreuzspinnen: Ihr könnt nun die Fliegen getrost verzehren, die ich in eure Weben gebracht habe. Die Spinnen waren so schon ungeduldig über das hin- und herreißen, da die Enden noch in ihnen waren und die Alten so toll umhersprangen; sie rannten also hinaus, und fielen über die Tänzerinnen her; diese wollten sich mit der Scheere vertheidigen, aber Fabel hatte sie in aller Stille mitgenommen. Sie unterlagen also ihren hungrigen Handwerksgenossen, die lange keine so köstlichen Bissen geschmeckt hatten, und sie bis auf das Mark aussaugten. Fabel sah durch die Felsenkluft hinaus, und erblickte den Perseus mit dem großen eisernen Schilde. Die Scheere flog von selbst dem Schilde zu, und Fabel bat ihn, Eros Flügel damit zu verschneiden, und dann mit seinem Schilde die Schwestern zu verewigen, und das große Werk zu vollenden.

Sie verließ nun das unterirdische Reich, und stieg frölich zu Arkturs Pallaste.

Der Flachs ist versponnen. Das Leblose ist wieder entseelt. Das Lebendige wird regieren, und das Leblose bilden und gebrauchen. Das Innere wird offenbart, und das Äußre verborgen. Der Vorhang wird sich bald heben, und das Schauspiel seinen Anfang nehmen. Noch einmal bitte ich, dann spinne ich Tage der Ewigkeit. – Glückliches Kind, sagte der gerührte Monarch, du bist unsre Befreyerin. – Ich bin nichts als Sophiens Pathe, sagte die Kleine. Erlaube daß Turmalin, der Blumengärtner, und Gold mich begleiten. Die Asche meiner Pflegemutter muß ich sammeln, und der alte Träger muß wieder aufstehn, daß die Erde wieder schwebe und nicht auf dem Chaos liege.

Der König rief allen Dreyen, und befahl ihnen, die Kleine zu begleiten. Die Stadt war hell, und auf den Straßen war ein lebhaftes Verkehr. Das Meer brach sich brausend an der hohlen Klippe, und Fabel fuhr auf des Königs Wagen mit ihren Begleitern hinüber. Turmalin sammelte sorgfältig die auffliegende Asche. Sie gingen rund um die Erde, bis sie an den alten Riesen kamen, an dessen Schultern sie hinunter klimmten. Er schien vom Schlage gelähmt, und konnte kein Glied rühren. Gold legte ihm eine Münze in den Mund, und der Blumengärtner schob eine Schüssel unter seine Lenden. Fabel berührte ihm die Augen, und goß das Gefäß auf seiner Stirn aus. So wie das Wasser über das Auge in den Mund und herunter über ihn in die Schüssel floß, zuckte ein Blitz des Lebens ihm in allen Muskeln. Er schlug die Augen auf und hob sich rüstig empor. Fabel sprang zu ihren Begleitern auf die steigende Erde, und bot ihm freundlich guten Morgen. Bist du wieder da, liebliches Kind? sagte der Alte; habe ich doch immer von dir geträumt. Ich dachte immer, du würdest erscheinen, ehe mir die Erde und die Augen zu schwer würden. Ich habe wohl lange geschlafen. Die Erde ist wieder leicht, wie sie es immer den Guten war, sagte Fabel. Die alten Zeiten kehren zurück. In Kurzem bist du wieder unter alten Bekannten. Ich will dir fröliche Tage spinnen, und an einem Gehülfen soll es auch nicht fehlen, damit du zuweilen an unsern Freuden Theil nehmen, und im Arm einer Freundinn Jugend und Stärke einathmen kannst. Wo sind unsere alten Gastfreundinnen, die Hesperiden? – An Sophiens Seite. Bald wird ihr Garten wieder blühen, und die goldne Frucht duften. Sie gehen umher und sammeln die schmachtenden Pflanzen.

Fabel entfernte sich, und eilte dem Hause zu. Es war zu völligen Ruinen geworden. Epheu umzog die Mauern. Hohe Büsche beschatteten den ehmaligen Hof, und weiches Moos polsterte die alten Stiegen. Sie trat ins Zimmer. Sophie stand am Altar, der wieder aufgebaut war. Eros lag zu ihren Füßen in voller Rüstung, ernster und edler als jemals. Ein prächtiger Kronleuchter hing von der Decke. Mit bunten Steinen war der Fußboden ausgelegt, und zeigte einen großen Kreis um den Altar her, der aus lauter edlen bedeutungsvollen Figuren bestand. Ginnistan bog sich über ein Ruhebett, worauf der Vater in tiefem Schlummer zu liegen schien, und weinte. Ihre blühende Anmuth war durch einen Zug von Andacht und Liebe unendlich erhöht. Fabel reichte die Urne, worin die Asche gesammelt war, der heiligen Sophie, die sie zärtlich umarmte.

Liebliches Kind, sagte sie, dein Eifer und deine Treue haben dir einen Platz unter den ewigen Sternen erworben. Du hast das Unsterbliche in dir gewählt. Der Phönix gehört dir. Du wirst die Seele unsers Lebens seyn. Jetzt wecke den Bräutigam auf. Der Herold ruft, und Eros soll Freya suchen und aufwecken.

Fabel freute sich unbeschreiblich bey diesen Worten. Sie

rief ihren Begleitern Gold und Zink, und nahte sich dem Ruhebette. Ginnistan sah erwartungsvoll ihrem Beginnen zu. Gold schmolz die Münze und füllte das Behältniß, worin der Vater lag, mit einer glänzenden Flut. Zink schlang um Ginnistans Busen eine Kette. Der Körper schwamm auf den zitternden Wellen. Bücke dich, liebe Mutter, sagte Fabel, und lege die Hand auf das Herz des Geliebten.

Ginnistan bückte sich. Sie sah ihr vielfaches Bild. Die Kette berührte die Flut, ihre Hand sein Herz; er erwachte und zog die entzückte Braut an seine Brust. Das Metall gerann, und ward ein heller Spiegel. Der Vater erhob sich, seine Augen blitzten, und so schön und bedeutend auch seine Gestalt war, so schien doch sein ganzer Körper eine feine unendlich bewegliche Flüssigkeit zu seyn, die jeden Eindruck in den mannigfaltigsten und reitzendsten Bewegungen verrieth.

Das glückliche Paar näherte sich Sophien, die Worte der Weihe über sie aussprach, und sie ermahnte, den Spiegel fleißig zu Rathe zu ziehn, der alles in seiner wahren Gestalt zurückwerfe, jedes Blendwerk vernichte, und ewig das ursprüngliche Bild festhalte. Sie ergriff nun die Urne und schüttete die Asche in die Schaale auf dem Altar. Ein sanftes Brausen verkündigte die Auflösung, und ein leiser Wind wehte in den Gewändern und Locken der Umstehenden.

Sophie reichte die Schaale dem Eros und dieser den Andern. Alle kosteten den göttlichen Trank, und vernahmen die freundliche Begrüßung der Mutter in ihrem Innern, mit unsäglicher Freude. Sie war jedem gegenwärtig, und ihre geheimnißvolle Anwesenheit schien alle zu verklären.

Die Erwartung war erfüllt und übertroffen. Alle merkten, was ihnen gefehlt habe, und das Zimmer war ein Aufenthalt der Seligen geworden. Sophie sagte: das große Geheimniß ist allen offenbart, und bleibt ewig unergründlich. Aus Schmerzen wird die neue Welt geboren, und in Thränen wird die

Asche zum Trank des ewigen Lebens aufgelöst. In jedem wohnt die himmlische Mutter, um jedes Kind ewig zu gebären. Fühlt ihr die süße Geburt im Klopfen eurer Brust?

Sie goß in den Altar den Rest aus der Schaale hinunter. Die Erde bebte in ihren Tiefen. Sophie sagte: Eros, eile mit deiner Schwester zu deiner Geliebten. Bald seht ihr mich wieder.

Fabel und Eros gingen mit ihrer Begleitung schnell hinweg. Es war ein mächtiger Frühling über die Erde verbreitet. Alles hob und regte sich. Die Erde schwebte näher unter dem Schleyer. Der Mond und die Wolken zogen mit frölichem Getümmel nach Norden. Die Königsburg strahlte mit herrlichem Glanze über das Meer, und auf ihren Zinnen stand der König in voller Pracht mit seinem Gefolge. Überall erblickten sie Staubwirbel, in denen sich bekannte Gestalten zu bilden schienen. Sie begegneten zahlreichen Schaaren von Jünglingen und Mädchen, die nach der Burg strömten, und sie mit Jauchzen bewillkommten. Auf manchen Hügeln saß ein glückliches eben erwachtes Paar in lang' entbehrter Umarmung, hielt die neue Welt für einen Traum, und konnte nicht aufhören, sich von der schönen Wahrheit zu überzeugen.

Die Blumen und Bäume wuchsen und grünten mit Macht. Alles schien beseelt. Alles sprach und sang. Fabel grüßte überall alte Bekannte. Die Thiere nahten sich mit freundlichen Grüßen den erwachten Menschen. Die Pflanzen bewirtheten sie mit Früchten und Düften, und schmückten sie auf das Zierlichste. Kein Stein lag mehr auf einer Menschenbrust, und alle Lasten waren in sich selbst zu einem festen Fußboden zusammengesunken. Sie kamen an das Meer. Ein Fahrzeug von geschliffenem Stahl lag am Ufer festgebunden. Sie traten hinein und lösten das Tau. Die Spitze richtete sich nach Norden, und das Fahrzeug durchschnitt, wie im Fluge, die buhlenden Wellen. Lispelndes Schilf hielt seinen Ungestüm auf, und es stieß leise an das Ufer. Sie eilten die breiten Treppen hinan. Die Liebe wunderte sich über die königliche Stadt und ihre Reichthümer. Im Hofe sprang der lebendiggewordne Quell, der Hain bewegte sich mit den süßesten Tönen, und ein wunderbares Leben schien in seinen heißen Stämmen und Blättern, in seinen funkelnden Blumen und Früchten zu quellen und zu treiben. Der alte Held empfing sie an den Thoren des Pallastes. Ehrwürdiger Alter, sagte Fabel, Eros bedarf dein Schwerdt. Gold hat ihm eine Kette gegeben, die mit einem Ende in das Meer hinunter reicht, und mit dem andern um seine Brust geschlungen ist. Fasse sie mit mir an, und führe uns in den Saal, wo die Prinzessin ruht. Eros nahm aus der Hand des Alten das Schwerdt, setzte den Knopf auf seine Brust, und neigte die Spitze vorwärts. Die Flügelthüren des Saals flogen auf, und Eros nahte sich entzückt der schlummernden Freya. Plötzlich geschah ein gewaltiger Schlag. Ein heller Funken fuhr von der Prinzessin nach dem Schwerdte; das Schwerdt und die Kette leuchteten, der Held hielt die kleine Fabel, die beynah umgesunken wäre. Eros Helmbusch wallte empor. Wirf das Schwerdt weg, rief Fabel, und erwecke deine Geliebte. Eros ließ das Schwerdt fallen, flog auf die Prinzessin zu, und küßte feurig ihre süßen Lippen. Sie schlug ihre großen dunkeln Augen auf, und erkannte den Geliebten. Ein langer Kuß versiegelte den ewigen Bund.

Von der Kuppel herunter kam der König mit Sophien an der Hand. Die Gestirne und die Geister der Natur folgten in glänzenden Reihen. Ein unaussprechlich heitrer Tag erfüllte den Saal, den Pallast, die Stadt, und den Himmel. Eine zahllose Menge ergoß sich in den weiten königlichen Saal, und sah mit stiller Andacht die Liebenden vor dem Könige und der Königinn knieen, die sie feyerlich segneten. Der König nahm sein Diadem vom Haupte, und band es um Eros goldene Locken. Der alte Held zog ihm die Rüstung ab, und der König warf seinen Mantel um ihn her. Dann gab er ihm die Lilie in die linke Hand, und Sophie knüpfte ein köstliches

Armband um die verschlungenen Hände der Liebenden, indem sie zugleich ihre Krone auf Freyas braune Haare setzte.

Heil unsern alten Beherrschern, rief das Volk. Sie haben immer unter uns gewohnt, und wir haben sie nicht erkannt! Heil uns! Sie werden uns ewig beherrschen! Segnet uns auch! Sophie sagte zu der neuen Königinn: Wirf du das Armband eures Bundes in die Luft, daß das Volk und die Welt euch verbunden bleiben. Das Armband zerfloß in der Luft, und bald sah man lichte Ringe um jedes Haupt, und ein glänzendes Band zog sich über die Stadt und das Meer und die Erde, die ein ewiges Fest des Frühlings feyerte. Perseus trat herein, und trug eine Spindel und ein Körbchen. Er brachte dem neuen Könige das Körbchen. Hier, sagte er, sind die Reste deiner Feinde. Eine steinerne Platte mit schwarzen und weißen Feldern lag darin, und daneben eine Menge Figuren von Alabaster und schwarzem Marmor. Es ist ein Schachspiel, sagte Sophie; aller Krieg ist auf diese Platte und in diese Figuren gebannt. Es ist ein Denkmal der alten trüben Zeit. Perseus wandte sich zu Fabeln, und gab ihr die Spindel. In deinen Händen wird diese Spindel uns ewig erfreuen, und aus dir selbst wirst du uns einen goldnen unzerreißlichen Faden spinnen. Der Phönix flog mit melodischem Geräusch zu ihren Füßen, spreizte seine Fittiche vor ihr aus, auf die sie sich setzte, und schwebte mit ihr über den Thron, ohne sich wieder niederzulassen. Sie sang ein himmlisches Lied, und fing zu spinnen an, indem der Faden aus ihrer Brust sich hervorzuwinden schien. Das Volk gerieth in neues Entzücken, und aller Augen hingen an dem lieblichen Kinde. Ein neues Jauchzen kam von der Thür her. Der alte Mond kam mit seinem wunderlichen Hofstaat herein, und hinter ihm trug das Volk Ginnistan und ihren Bräutigam, wie im Triumph, einher.

Sie waren mit Blumenkränzen umwunden; die königliche Familie empfing sie mit der herzlichsten Zärtlichkeit, und das neue Königspaar rief sie zu seinen Statthaltern auf Erden aus.

Gönnet mir, sagte der Mond, das Reich der Parzen, dessen seltsame Gebäude eben auf dem Hofe des Pallastes aus der Erde gestiegen sind. Ich will euch mit Schauspielen darin ergötzen, wozu die kleine Fabel mir behülflich seyn wird.

Der König willigte in die Bitte, die kleine Fabel nickte freundlich, und das Volk freute sich auf den seltsamen unterhaltenden Zeitvertreib. Die Hesperiden ließen zur Thronbesteigung Glück wünschen, und um Schutz in ihren Gärten bitten. Der König ließ sie bewillkommen, und so folgten sich unzählige fröliche Bothschaften. Unterdessen hatte sich unmerklich der Thron verwandelt, und war ein prächtiges Hochzeitbett geworden, über dessen Himmel der Phönix mit der kleinen Fabel schwebte. Drey Karyatiden aus dunkelm Porphyr trugen es hinten, und vorn ruhte dasselbe auf einer Sphinx aus Basalt. Der König umarmte seine erröthende Geliebte, und das Volk folgte dem Beyspiel des Königs, und liebkoste sich unter einander. Man hörte nichts, als zärtliche Namen und ein Kußgeflüster. Endlich sagte Sophie: Die Mutter ist unter uns, ihre Gegenwart wird uns ewig beglücken. Folgt uns in unsere Wohnung, in dem Tempel dort werden wir ewig wohnen, und das Geheimniß der Welt bewahren. Die Fabel spann ämsig, und sang mit lauter Stimme:

Gegründet ist das Reich der Ewigkeit,
In Lieb' und Frieden endigt sich der Streit,
Vorüber ging der lange Traum der Schmerzen,
Sophie ist ewig Priesterin der Herzen.

ZWEITER THEIL

Die Erfüllung.

Das Kloster, oder der Vorhof.

ASTRALIS.

An einen Sommermorgen ward ich jung
Da fühlt ich meines eignen Lebens Puls
Zum erstenmal – und wie die Liebe sich
In tiefere Entzückungen verlohr,
Erwacht' ich immer mehr und das Verlangen
Nach innigerer gänzlicher Vermischung
Ward dringender mit jedem Augenblick.
Wollust ist meines Daseyns Zeugungskraft.
Ich bin der Mittelpunkt, der heilge Quell,
Aus welchem jede Sehnsucht stürmisch fließt
Wohin sich jede Sehnsucht, mannichfach
Gebrochen wieder still zusammen zieht.
Ihr kennt mich nicht und saht mich werden –
Wart ihr nicht Zeugen, wie ich noch
Nachtwandler mich zum ersten Male traf
An jenem frohen Abend? Flog euch nicht
Ein süßer Schauer der Entzündung an? –
Versunken lag ich ganz in Honigkelchen.
Ich duftete, die Blume schwankte still
In goldner Morgenluft. Ein innres Quellen
War ich, ein sanftes Ringen, alles floß
Durch mich und über mich und hob mich leise.
Da sank das erste Stäubchen in die Narbe,
Denkt an den Kuß nach aufgehobnen Tisch.

Ich quoll in meine eigne Fluth zurück –
Es war ein Blitz – nun konnt ich schon mich regen,
Die zarten Fäden und den Kelch bewegen,
Schnell schossen, wie ich selber mich begann,
Zu irrdischen Sinnen die Gedanken an.
Noch war ich blind, doch schwankten lichte Sterne
Durch meines Wesens wunderbare Ferne,
Nichts war noch nah, ich fand mich nur von weiten,
Ein Anklang alter, so wie künftger Zeiten.
Aus Wehmuth, Lieb' und Ahndungen entsprungen
War der Besinnung Wachsthum nur ein Flug,
Und wie die Wollust Flammen in mir schlug,
Ward ich zugleich vom höchsten Weh durchdrungen.
Die Welt lag blühend um den hellen Hügel,
Die Worte des Profeten wurden Flügel,
Nicht einzeln mehr nur Heinrich und Mathilde
Vereinten Beide sich zu Einem Bilde. –
Ich hob mich nun gen Himmel neugebohren,
Vollendet war das irrdische Geschick
Im seligen Verklärungsaugenblick,
Es hatte nun die Zeit ihr Recht verlohren
Und forderte, was sie geliehn, zurück.

Es bricht die neue Welt herein
Und verdunkelt den hellsten Sonnenschein,
Man sieht nun aus bemooßten Trümmern
Eine wunderseltsame Zukunft schimmern
Und was vordem alltäglich war
Scheint jetzo fremd und wunderbar.
‹Eins in allem und alles im Einen
Gottes Bild auf Kräutern und Steinen
Gottes Geist in Menschen und Thieren,
Dies muß man sich zu Gemüthe führen.
Keine Ordnung mehr nach Raum und Zeit

Hier Zukunft in der Vergangenheit.›
Der Liebe Reich ist aufgethan
Die Fabel fängt zu spinnen an.
Das Urspiel jeder Natur beginnt
Auf kräftige Worte jedes sinnt
Und so das große Weltgemüth
Überall sich regt und unendlich blüht.
Alles muß in einander greifen
Eins durch das Andre gedeihn und reifen;
Jedes in Allen dar sich stellt
Indem es sich mit ihnen vermischet
Und gierig in ihre Tiefen fällt
Sein eigenthümliches Wesen erfrischet
Und tausend neue Gedanken erhält.
Die Welt wird Traum, der Traum wird Welt
Und was man geglaubt, es sey geschehn
Kann man von weiten erst kommen sehn.
Frey soll die Fantasie erst schalten,
Nach ihrem Gefallen die Fäden verweben
Hier manches verschleyern, dort manches entfalten,
Und endlich in magischen Dunst verschweben.
Wehmuth und Wollust, Tod und Leben
Sind hier in innigster Sympathie –
Wer sich der höchsten Lieb' ergeben,
Genest von ihren Wunden nie.
Schmerzhaft muß jenes Band zerreißen
Was sich ums innre Auge zieht,
Einmal das treuste Herz verwaisen,
Eh es der trüben Welt entflieht.
Der Leib wird aufgelöst in Thränen,
Zum weiten Grabe wird die Welt,
In das, verzehrt von bangen Sehnen,
Das Herz, als Asche, niederfällt.

Auf dem schmalen Fußsteige, der ins Gebürg hinauflief, gieng ein Pilgrimm in tiefen Gedanken. Mittag war vorbey. Ein starker Wind sauste durch die blaue Luft. Seine dumpfen mannichfaltigen Stimmen verlohren sich, wie sie kamen. War er vielleicht durch die Gegenden der Kindheit geflogen? Oder durch andre redende Länder? Es waren Stimmen, deren Echo nach im Innersten klang und dennoch schien sie der Pilgrimm nicht zu kennen. Er hatte nun das Gebürg erreicht, wo er das Ziel seiner Reise zu finden hoffte – hoffte? – Er hoffte gar nichts mehr. Die entsetzliche Angst und dann die trockne Kälte der gleichgültigsten Verzweiflung trieben ihn die wilden Schrecknisse des Gebürgs aufzusuchen. Der mühselige Gang beruhigte das zerstörende Spiel der innern Gewalten. Er war matt aber still. Noch sah er nichts was um ihn her sich allmälich gehäuft hatte, als er sich auf einen Stein setzte, und den Blick rückwärts wandte. Es dünkte ihm, als träume er jezt oder habe er geträumt. Eine unübersehliche Herrlichkeit schien sich vor ihm aufzuthun. Bald flossen seine Thränen, indem sein Innres plötzlich brach. Er wollte sich in die Ferne verweinen, daß auch keine Spur seines Daseyns übrig bliebe. Unter dem heftigen Schluchzen schien er zu sich selbst zu kommen; die weiche, heitre Luft durchdrang ihn, seinen Sinnen ward die Welt wieder gegenwärtig und alte Gedanken fiengen tröstlich zu reden an.

Dort lag Augsburg mit seinen Thürmen. Fern am Gesichtskreis blinkte der Spiegel des furchtbaren, geheimnißvollen Stroms. Der ungeheure Wald bog sich mit tröstlichen Ernst zu dem Wanderer – das gezackte Gebürg ruhte so bedeutend über der Ebene und beyde schienen zu sagen: Eile nur Strom, du entfliehst uns nicht – Ich will dir folgen mit geflügelten Schiffen. Ich will dich brechen und halten und dich verschlucken in meinen Schoos. Vertraue du uns Pilgrimm, es ist auch unser Feind, den wir selbst erzeugten – Laß ihn eilen mit seinem Raub, er entflieht uns nicht.

Der arme Pilgrimm gedachte der alten Zeiten, und ihrer unsäglichen Entzückungen – Aber wie matt gingen diese köstlichen Errinnerungen vorüber. Der breite Hut verdeckte ein jugendliches Gesicht. Es war bleich, wie eine Nachtblume. In Thränen hatte sich der Balsamsaft des jungen Lebens, in tiefe Seufzer sein schwellender Hauch verwandelt. In ein fahles Aschgrau waren alle seine Farben verschossen.

Seitwärts am Gehänge schien ihm ein Mönch unter einem alten Eichbaum zu knieen. Sollte das der alte Hofkaplan seyn? so dachte er bey sich ohne große Verwunderung. Der Mönch kam ihm größer und ungestalter vor, je näher er zu ihm trat. Er bemerkte nun seinen Irrthum, denn es war ein einzelner Felsen, über den sich der Baum herbog. Stillgerührt faßte er den Stein in seine Arme, und drückte ihn lautweinend an seine Brust: Ach, daß doch jezt deine Reden sich bewährten und die heilge Mutter ein Zeichen an mir thäte. Bin ich doch so ganz elend und verlassen. Wohnt in meiner Wüste kein Heiliger, der mir sein Gebet liehe? Bete du, theurer Vater, jezt in diesem Augenblick für mich.

Wie er so bey sich dachte fieng der Baum an zu zittern. Dumpf dröhnte der Felsen und wie aus tiefer, unterirrdischer Ferne erhoben sich einige klare Stimmchen und sangen:

Ihr Herz war voller Freuden
Von Freuden sie nur wußt
Sie wußt von keinem Leiden
Druckts Kindelein an ihr' Brust.
Sie küßt ihm seine Wangen
Sie küßt es mannichfalt,
Mit Liebe ward sie umfangen
Durch Kindleins schöne Gestalt.

Die Stimmchen schienen mit unendlicher Lust zu singen. Sie wiederholten den Vers einigemal. Es ward alles wieder ruhig und nun hörte der erstaunte Pilger, daß jemand aus dem Baume sagte:

Wenn du ein Lied zu meinen Ehren auf deiner Laute spielen wirst, so wird ein armes Mädchen herfürkommen. Nimm sie mit und laß sie nicht von dir. Gedenke meiner, wenn du zum Kayser kommst. Ich habe mir diese Stätte ausersehn um mit meinem Kindlein hier zu wohnen. Laß mir ein starkes, warmes Haus hier bauen. Mein Kindlein hat den Tod überwunden. Härme dich nicht – Ich bin bey dir. Du wirst noch eine Weile auf Erden bleiben, aber das Mädchen wird dich trösten, bis du auch stirbst und zu unsern Freuden eingehst. Es ist Mathildens Stimme, rief der Pilger, und fiel auf seine Kniee, um zu beten. Da drang durch die Aeste ein langer Strahl zu seinen Augen und er sah durch den Strahl in eine ferne, kleine, wundersame Herrlichkeit hinein, welche nicht zu beschreiben, noch kunstreich mit Farben nachzubilden möglich gewesen wäre. Es waren überaus feine Figuren und die innigste Lust und Freude, ja eine himmlische Glückseligkeit war darinn überall zu schauen, sogar daß die leblosen Gefäße, das Säulwerk, die Teppiche, Zierrathen, kurzum alles was zu sehn war nicht gemacht, sondern, wie ein vollsaftiges Kraut, aus eigner Lustbegierde also gewachsen und zusammengekommen zu seyn schien. Es waren die schönsten menschlichen Gestalten, die dazwischen umhergiengen und sich über die Maaßen freundlich und holdselig gegen einander erzeigten. Ganz vorn stand die Geliebte des Pilgers und hatt' es das Ansehn, als wolle sie mit ihm sprechen. Doch war nichts zu hören und betrachtete der Pilger nur mit tiefer Sehnsucht ihre anmuthigen Züge und wie sie so freundlich und lächelnd ihm zuwinkte, und die Hand auf ihre linke Brust legte. Der Anblick war unendlich tröstend und erquickend und der Pilger lag noch lang in seliger Entzückung, als die Erscheinung wieder hinweggenommen war. Der heilige Strahl hatte alle Schmerzen und Bekümmernisse aus seinem Herzen gesogen, so daß sein Gemüth wieder rein und leicht und sein Geist wieder frey und fröhlich war, wie vordem. Nichts war übriggeblieben, als ein stilles inniges Sehnen und ein wehmüthiger Klang im Aller Innersten. Aber die wilden Qualen der Einsamkeit, die herbe Pein eines unsäglichen Verlustes, die trübe, entsezliche Leere, die irrdische Ohnmacht war gewichen, und der Pilgrimm sah sich wieder in einer vollen, bedeutsamen Welt. Stimme und Sprache waren wieder lebendig bey ihm geworden und es dünkte ihm nunmehr alles viel bekannter und weissagender, als ehemals, so daß ihm der Tod, wie eine höhere Offenbarung des Lebens, erschien, und er sein eignes, schnellvorübergehendes Daseyn mit kindlicher, heitrer Rührung betrachtete. Zukunft und Vergangenheit hatten sich in ihm berührt und einen innigen Verein geschlossen. Er stand weit außer der Gegenwart und die Welt ward ihm erst theuer, wie er sie verlohren hatte, und sich nur als Fremdling in ihr fand, der ihre weiten, bunten Säle noch eine kurze Weile durchwandern sollte. Es war Abend geworden, und die Erde lag vor ihm, wie ein altes, liebes Wohnhaus, was er nach langer Entfernung verlassen wiederfände. Tausend Errinnerungen wurden ihm gegenwärtig. Jeder Stein, jeder Baum, jede Anhöhe wollte wiedergekannt seyn. Jedes war das Merkmal einer alten Geschichte.

Der Pilger ergriff seine Laute und sang:

1

Liebeszähren, Liebesflammen
Fließt zusammen;
Heiligt diese Wunderstätten,
Wo der Himmel mir erschienen,
Schwärmt um diesen Baum wie Bienen
In unzähligen Gebeten.

2

Er hat froh sie aufgenommen
Als sie kommen,
Sie geschüzt vor Ungewittern;
Sie wird einst in ihrem Garten
Ihn begießen und ihn warten,
Wunder thun mit seinen Splittern.

3

Auch der Felsen ist gesunken
Freudentrunken
Zu der selgen Mutter Füßen.
Ist die Andacht auch in Steinen
Sollte da der Mensch nicht weinen
Und sein Blut für sie vergießen?

4

Die Bedrängten müssen ziehen
Und hier knieen,
Alle werden hier genesen.
Keiner wird fortan noch klagen
Alle werden fröhlich sagen:
Einst sind wir betrübt gewesen.

5

Ernste Mauern werden stehen
Auf den Höhen.
In den Thälern wird man rufen
Wenn die schwersten Zeiten kommen,
Keinem sey das Herz beklommen,
Nur hinan zu jenen Stufen.

6

Gottes Mutter und Geliebte
Der Betrübte
Wandelt nun verklärt von hinnen.
Ewge Güte, ewge Milde,
O! ich weiß du bist Mathilde
Und das Ziel von meinen Sinnen.

7

Ohne mein verwegnes Fragen
Wirst mir sagen,
Wenn ich zu dir soll gelangen.
Gern will ich in tausend Weisen
Noch der Erde Wunder preisen,
Bis du kommst mich zu umfangen.

8

Alte Wunder, künftige Zeiten
Seltsamkeiten,
Weichet nie aus meinem Herzen.
Unvergeßlich sey die Stelle,
Wo des Lichtes heilge Quelle
Weggespült den Traum der Schmerzen.

Unter seinem Gesang war er nichts gewahr worden. Wie er aber aufsah, stand ein junges Mädchen nah bey ihm am Felsen, die ihn freundlich, wie einen alten Bekannten, grüßte und ihn einlud mit zu ihrer Wohnung zu gehn, wo sie ihm schon ein Abendessen zubereitet habe. Er schloß sie zärtlich in seinen Arm. Ihr ganzes Wesen und Thun war ihm befreundet. Sie bat ihn noch einige Augenblicke zu verziehn, trat unter den Baum, sah mit einem unaussprechlichen Lächeln hinauf und schüttete aus ihrer Schürze viele Rosen auf das Gras. Sie kniete still daneben, stand aber bald wieder auf und führte den Pilger fort. Wer hat dir von mir gesagt, frug der Pilgrimm. Unsre Mutter. Wer ist deine Mutter? Die Mutter Gottes. Seit wann bist du hier? Seitdem ich aus dem Grabe gekommen bin? Warst du schon einmal gestorben? Wie könnt' ich denn leben? Lebst du hier ganz allein? Ein alter Mann ist zu Hause, doch kenn ich noch viele die gelebt haben. Hast du Lust, bey mir zu bleiben?

Ich habe dich ja lieb. Woher kennst du mich? O! von alten Zeiten; auch erzählte mir meine ehmalige Mutter zeither immer von dir? Hast du noch eine Mutter? Ja, aber es ist eigentlich dieselbe. Wie hieß sie? Maria. Wer war dein Vater? Der Graf von Hohenzollern. Den kenn' ich auch. Wohl mußt du ihn kennen, denn er ist auch dein Vater. Ich habe ja meinen Vater in Eysenach? Du hast mehr Eltern. Wo gehn wir denn hin? Immer nach Hause.

Sie waren jezt auf einen geräumigen Platz im Holze gekommen, auf welchen einige verfallne Thürme hinter tiefen Gräben standen. Junges Gebüsch schlang sich um die alten Mauern, wie ein jugendlicher Kranz um das Silberhaupt eines Greises. Man sah in die Unermeßlichkeit der Zeiten, und erblickte die weitesten Geschichten in kleine glänzende Minuten zusammengezogen, wenn man die grauen Steine, die blitzähnlichen Risse, und die hohen, schaurigen Gestalten betrachtete. So zeigt uns der Himmel unendliche Räume in dunkles Blau gekleidet und wie milchfarbne Schimmer, so unschuldig, wie die Wangen eines Kindes, die fernsten Heere seiner schweren ungeheuren Welten. Sie giengen durch ein altes Thorweg und der Pilger war nicht wenig erstaunt, als er sich nun von lauter seltenen Gewächsen umringt und die Reitze des anmuthigsten Gartens unter diesen Trümmern versteckt sah. Ein kleines steinernes Häuschen von neuer Bauart mit großen hellen Fenstern lag dahinter. Dort stand ein alter Mann hinter den breitblättrigen Stauden und band die schwanken Zweige an Stäbchen. Den Pilgrimm führte seine Begleiterinn zu ihm und sagte: Hier ist Heinrich nach den du mich oft gefragt hast. Wie sich der Alte zu ihm wandte, glaubte Heinrich den Bergmann vor sich zu sehn. Du siehst den Arzt Sylvester, sagte das Mädchen. Sylvester freute sich ihn zu sehn, und sprach: Es ist eine geraume Zeit her, daß ich deinen Vater eben so jung bey mir sah. Ich ließ es mir damals angelegen seyn, ihn mit den Schätzen der Vorwelt, mit der kostbaren Hinterlassenschaft einer zu früh abgeschiedenen Welt bekannt zu machen. Ich bemerkte in ihm die Anzeichen eines großen Bildkünstlers. Sein Auge regte sich voll Lust ein wahres Auge, ein schaffendes Werckzeug zu werden. Sein Gesicht zeugte von innrer Festigkeit und ausdauernden Fleis. Aber die gegenwärtige Welt hatte zu tiefe Wurzeln schon bey ihm geschlagen. Er wollte nicht Achtung geben auf den Ruf seiner eigensten Natur. Die trübe Strenge seines vaterländischen Himmels hatte die zarten Spitzen der edelsten Pflanze in ihn verdorben. Er ward ein geschickter Handwerker und die Begeisterung ist ihm zur Thorheit geworden.

Wohl, versezte Heinrich, hab ich in ihm oft mit Schmerzen einen stillen Mißmuth bemerkt. Er arbeitet unaufhörlich aus Gewohnheit und nicht aus innrer Lust. Es scheint ihm etwas zu fehlen, was die friedliche Stille seines Lebens, die Bequemlichkeiten seines Auskommens, die Freude sich geehrt und geliebt von seinen Mitbürgern zu sehn und in allen Stadtangelegenheiten zu Rathe gezogen zu werden, ihm nicht ersetzen kann. Seine Bekannten halten ihn für sehr glücklich, aber sie wissen nicht, wie lebenssatt er ist, wie leer ihm oft die Welt vorkommt, wie sehnlich er sich hinwegwünscht, und wie er nicht aus Erwerblust, sondern um diese Stimmung zu verscheuchen, so fleißig arbeitet.

Was mich am Meisten wundert, versezte Sylvester, daß er eure Erziehung ganz in den Händen eurer Mutter gelassen hat und sorgfältig sich gehütet in eure Entwicklung sich zu mischen oder euch zu irgend einem bestimmten Stande anzuhalten. Ihr habt von Glück zu sagen, daß ihr habt aufwachsen dürfen, ohne von euren Eltern die mindeste Beschränkung zu leiden, denn die Meisten Menschen sind nur Überbleibsel eines vollen Gastmahls, das Menschen von verschiednen Appetit und Geschmack geplündert haben.

Ich weis selbst nicht, erwiederte Heinrich, was Erziehung heißt, wenn es nicht das Leben und die Sinnesweise meiner Eltern ist, oder der Unterricht meines Lehrers des Hofkaplans. Mein Vater scheint mir, bey aller seiner kühlen und durchaus festen Denkungsart, die ihn alle Verhältnisse, wie ein Stück Metall und eine künstliche Arbeit ansehn läßt, doch unwillkührlich und ohne es daher selbst zu wissen, eine stille Ehrfurcht und Gottesfurcht vor allen unbegreiflichen und höhern Erscheinungen zu haben, und daher das Aufblühen eines Kindes mit demüthiger Selbstverleugnung zu betrachten. Ein Geist ist hier geschäftig, der frisch aus der unendlichen Quelle kommt und dieses Gefühl der Überlegenheit eines Kindes in den allerhöchsten Dingen, der unwiderstehliche Gedanke einer nähern Führung dieses unschuldigen Wesens, das jezt im Begriff steht eine so bedenkliche Laufbahn anzutreten, bey seinen nähern Schritten, das Gepräge einer wunderbaren Welt, was noch keine irrdische Flut unkenntlich gemacht hat, und endlich die Sympathie der Selbst Errinnerung jener fabelhaften Zeiten, wo die Welt uns heller, freundlicher und seltsamer dünkte und der Geist der Weissagung fast sichtbar uns begleitete, alles dies hat meinem Vater gewiß zu der andächtigsten und bescheidensten Behandlung vermocht.

Laß uns hieher auf die Rasenbank unter die Blumen setzen, unterbrach ihn der Alte. Zyane wird uns rufen, wenn unser Abendessen bereit ist, und wenn ich euch bitten darf, so fahrt fort mir von eurem frühern Leben etwas zu erzählen. Wir Alten hören am liebsten von den Kinderjahren reden, und es dünkt mich, als ließt ihr mich den Duft einer Blume einziehn, den ich seit meiner Kindheit nicht wieder eingeathmet hätte. Nur sagt mir noch vorher, wie euch meine Einsiedeley und mein Garten gefällt, denn diese Blumen sind meine Freundinnen. Mein Herz ist in diesen Garten. Ihr seht nichts, was mich nicht liebt, und von mir nicht zärtlich geliebt wird. Ich bin hier mitten unter meinen Kindern und komme mir vor, wie ein alter Baum, aus dessen Wurzeln diese muntre Jugend ausgeschlagen sey.

Glücklicher Vater, sagte Heinrich, euer Garten ist die Welt. Ruinen sind die Mütter dieser blühenden Kinder. Die bunte, lebendige Schöpfung zieht ihre Nahrung aus den Trümmern vergangner Zeiten. Aber mußte die Mutter sterben, daß die Kinder gedeihen können, und bleibt der Vater zu ewigen Thränen allein an ihrem Grabe sitzen?

Sylvester reichte dem schluchzenden Jünglinge die Hand, und stand auf, um ihm ein eben aufgeblühtes Vergißmeinnicht zu holen, das er an einem Zypressenzweig band und ihm brachte. Wunderlich rührte der Abendwind die Wipfel der Kiefern, die jenseits den Ruinen standen. Ihr dumpfes Brausen tönte herüber. Heinrich verbarg sein Gesicht in Thränen an dem Halse des guten Sylvester, und wie er sich wieder erhob, trat eben der Abendstern in voller Glorie über den Wald herüber.

Nach einiger Stille fieng Sylvester an: Ich möcht euch wohl in Eysenach unter euren Gespielen gesehn haben. Eure Eltern, die vortreffliche Landgräfin, die biedern Nachbarn eures Vaters, und der alte Hofkaplan machen eine schöne Gesellschaft aus. Ihre Gespräche müssen frühzeitig auf euch gewürkt haben, besonders da ihr das einzige Kind wart. Auch stell ich mir die Gegend äußerst anmuthig und bedeutsam vor.

Ich lerne, versezte Heinrich, meine Gegend erst recht

kennen, seit ich weg bin und viele andre Gegenden gesehn habe. Jede Pflanze, jeder Baum, jeder Hügel und Berg hat seinen besondern Gesichtskreis, seine eigenthümliche Gegend. Sie gehört zu ihm und sein Bau, seine ganze Beschaffenheit wird durch sie erklärt. Nur das Thier und der Mensch können zu allen Gegenden kommen; Alle Gegenden sind die Ihrigen. So machen alle zusammen eine große Weltgegend, einen unendlichen Gesichtskreis aus, dessen Einfluß auf den Menschen und das Thier eben so sichtbar ist, wie der Einfluß der engern Umgebung auf die Pflanze. Daher Menschen, die viel gereißt sind, Zugvögel und Raubthiere, unter den Übrigen sich durch besondern Verstand und andre wunderbare Gaben und Arten auszeichnen. Doch giebt es auch gewiß mehr oder weniger Fähigkeit unter ihnen, von diesen Weltkreisen und ihrem mannichfaltigen Inhalt und Ordnung gerührt, und gebildet zu werden. Auch fehlt bey den Menschen wohl manchen die nöthige Aufmerksamkeit und Gelassenheit, um den Wechsel der Gegenstände und ihre Zusammenstellung erst gehörig zu betrachten, und dann darüber nachzudenken und die nöthigen Vergleichungen anzustellen. Oft fühl ich jezt, wie mein Vaterland meine frühsten Gedanken mit unvergänglichen Farben angehaucht hat, und sein Bild eine seltsame Andeutung meines Gemüths geworden ist, die ich immer mehr errathe, je tiefer ich einsehe, daß Schicksal und Gemüth Namen Eines Begriffs sind.

Auf mich, sagte Sylvester, hat freylich die lebendige Natur, die regsame Überkleidung der Gegend immer am meisten gewirkt. Ich bin nicht müde geworden besonders die verschiedene Pflanzennatur auf das sorgfältigste zu betrachten. Die Gewächse sind so die unmittelbarste Sprache des Bodens; Jedes neue Blatt, jede sonderbare Blume ist irgend ein Geheimniß, was sich hervordrängt und das, weil es sich vor Liebe und Lust nicht bewegen und nicht zu Worten kommen kann, eine stumme, ruhige Pflanze wird. Findet man in der Einsamkeit eine solche Blume, ist es da nicht, als wäre alles umher verklärt und hielten sich die kleinen befiederten Töne am liebsten in ihrer Nähe auf. Man möchte für Freuden weinen, und abgesondert von der Welt nur seine Hände und Füße in die Erde stecken, um Wurzeln zu treiben und nie diese glückliche Nachbarschaft zu verlassen. Über die ganze trockne Welt ist dieser grüne, geheimnißvolle Teppich der Liebe gezogen. Mit jedem Frühjahr wird er erneuert und seine seltsame Schrift ist nur dem Geliebten lesbar wie der Blumenstraus des Orients. Ewig wird er lesen und ich nicht satt lesen und täglich neue Bedeutungen, neue entzückendere Offenbarungen der liebenden Natur gewahr werden. Dieser unendliche Genuß ist der geheime Reitz, den die Begehung der Erdfläche für mich hat, indem so mir jede Gegend andre Räthsel löst, und mich immer mehr errathen läßt, woher der Weg komme und wohin er gehe.

Ja, sagte Heinrich, wir haben von Kinderjahren angefangen zu reden, und von der Erziehung, weil wir in euren Garten waren und die eigentliche Offenbarung der Kindheit, die unschuldige Blumenwelt, unmerklich in unser Gedächtniß und auf unsre Lippen die Errinnerung der alten Blumenschaft brachte. Mein Vater ist auch ein großer Freund des Gartenlebens und die glücklichsten Stunden seines Lebens bringt er unter den Blumen zu. Dies hat auch gewiß seinen Sinn für die Kinder so offen erhalten, da Blumen die Ebenbilder der Kinder sind. Den vollen Reichthum des unendlichen Lebens, die gewaltigen Mächte der spätern Zeit, die Herrlichkeit des Weltendes und die goldne Zukunft aller Dinge sehn wir hier noch innig in einander geschlungen, aber doch auf das deutlichste und klarste in zarter Verjüngung. Schon treibt die allmächtige Liebe, aber sie zündet noch nicht. Es ist keine verzehrende Flamme; es ist ein zerrinnender Duft und so innig die Vereinigung der zärtlichen Seelen auch ist, so ist sie doch von keiner Heftigen Bewegung und keiner fressenden Wuth begleitet, wie bey den Thieren. So ist die Kindheit in der Tiefe zunächst an der Erde, da hingegen die Wolken vielleicht die Erscheinungen der zweyten, höhern Kindheit, des wiedergefundnen Paradieses sind, und darum so wolthätig auf die Erstere herunterthauen.

Es ist gewiß etwas sehr geheimnißvolles in den Wolken, sagte Sylvester und eine gewisse Bewölkung hat oft einen ganz wunderbaren Einfluß auf uns. Sie ziehn und wollen uns mit ihrem kühlen Schatten auf und davon nehmen und wenn ihre Bildung lieblich und bunt, wie ein ausgehauchter Wunsch unsers Innern ist, so ist auch ihre Klarheit, das herrliche Licht, was dann auf Erden herrscht, wie die Vorbedeutung einer unbekannten, unsäglichen Herrlichkeit. Aber es giebt auch düstre und ernste und entsezliche Umwölkungen, in denen alle Schrekken der alten Nacht zu drohen scheinen. Nie scheint sich der Himmel wieder aufheitern zu wollen, das heitre Blau ist vertilgt und ein fahles Kupferroth auf schwarzgrauen Grunde weckt Grauen und Angst in jeder Brust. Wenn dann die verderblichen Strahlen herunterzucken und mit höhnischen Gelächter die schmetternden Donnerschläge hinterdrein fallen, so werden wir bis ins Innerste beängstigt, und wenn in uns dann nicht das erhabene Gefühl unsrer sittlichen Obermacht entsteht, so glauben wir den Schrecknissen der Hölle, der Gewalt böser Geister überliefert zu seyn.

Es sind Nachhalle der alten unmenschlichen Natur, aber auch weckende Stimmen der höhern Natur, des himmlischen Gewissens in uns. Das Sterbliche dröhnt in seinen Grundvesten, aber das Unsterbliche fängt heller zu leuchten an und erkennt sich selbst.

Wann wird es doch, sagte Heinrich, gar keiner Schrecken, keiner Schmerzen, keiner Noth und keines Übels mehr im Weltall bedürfen?

Wenn es nur Eine Kraft giebt – die Kraft des Gewissens –

Wenn die Natur züchtig und sittlich geworden ist. Es giebt nur Eine Ursache des Übels – die allgemeine *Schwäche*, und diese Schwäche ist nichts, als geringe sittliche Empfänglichkeit, und Mangel an Reitz der Freyheit.

Macht mir doch die Natur des Gewissens begreiflich.

Wenn ich das könnte, so wär ich Gott, denn indem man das Gewissen begreift, entsteht es. Könnt ihr mir das Wesen der Dichtkunst begreiflich machen?

Etwas Persönliches läßt sich nicht bestimmt abfragen.

Wie viel weniger also das Geheimniß der höchsten Untheilbarkeit. Läßt sich Musik dem Tauben erklären?

Also wäre der Sinn ein Antheil an der neuen durch ihn eröffneten Welt selbst? Man verstünde die Sache nur, wenn man sie hätte?

Das Weltall zerfällt in unendliche, immer von größern Welten wieder befaßte Welten. Alle Sinne sind am Ende Ein Sinn. Ein Sinn führt wie Eine Welt allmälich zu allen Welten. Aber alles hat seine Zeit, und seine Weise. Nur die Person des Weltalls vermag das Verhältniß unsrer Welt einzusehn. Es ist schwer zu sagen, ob wir innerhalb der sinnlichen Schranken unsers Körpers wircklich unsre Welt mit neuen Welten, unsre Sinne mit neuen Sinnen vermehren können, oder ob jeder Zuwachs unsrer Erkenntniß, jede neu erworbene Fähigkeit nur zur Ausbildung unsers gegenwärtigen Weltsinns zu rechnen ist.

Vielleicht ist beydes Eins, sagte Heinrich. Ich weiß nur so viel, daß für mich die Fabel Gesamtwerckzeug meiner gegenwärtigen Welt ist. Selbst das Gewissen, diese Sinn und Weltenerzeugende Macht, dieser Keim aller Persönlichkeit, erscheint mir, wie der Geist des Weltgedichts, wie der Zufall der ewigen romantischen Zusammenkunft, des unendlich veränderlichen Gesamtlebens.

Werther Pilger, versezte Sylvester, das Gewissen erscheint in jeder ernsten Vollendung, in jeder gebildeten Wahrheit.

Jede durch Nachdenken zu einem Weltbild ausgearbeitete Neigung und Fertigkeit wird zu einer Erscheinung, zu einer Verwandlung des Gewissens. Alle Bildung führt zu dem, was man nicht anders, wie Freyheit nennen kann, ohnerachtet damit nicht ein bloßer Begrif, sondern der schaffende Grund alles Daseyns bezeichnet werden soll. Diese Freyheit ist Meisterschaft. Der Meister übt freye Gewalt nach Absicht und in bestimmter und überdachter Folge aus. Die Gegenstände seiner Kunst sind sein, und stehn in seinem Belieben und er wird von ihnen nicht gefesselt oder gehemmt. Und gerade diese allumfassende Freyheit, Meisterschaft oder Herrschaft ist das Wesen, der Trieb des Gewissens. In ihm offenbart sich die heilige Eigenthümlichkeit, das unmittelbare Schaffen der Persönlichkeit, und jede Handlung des Meisters ist zugleich Kundwerdung der hohen, einfachen, unverwickelten Welt – Gottes Wort.

Also ist auch das was ehemals, wie mich däucht, Tugendlehre genannt wurde, nur die Religion, als Wissenschaft, die sogenannte Theologie im eigentlichsten Sinn? Nur eine Gesetzordnung, die sich zur Gottesverehrung verhält, wie die Natur zu Gott? Ein Wortbau, eine Gedankenfolge, die die Oberwelt bezeichnet, vorstellt und sie auf einer gewissen Stufe der Bildung vertritt? Die Religion für das Vermögen der Einsicht und des Urtheils, der Richtspruch, das Gesetz der Auflösung und Bestimmung aller möglichen Verhältnisse eines persönlichen Wesens?

Allerdings ist das Gewissen, sagte Sylvester, der eingeborne Mittler jedes Menschen. Es vertritt die Stelle Gottes auf Erden, und ist daher so Vielen das höchste und lezte. Aber wie entfernt war die bisherige Wissenschaft, die man Tugend oder Sittenlehre nannte, von der reinen Gestalt dieses erhabenen, weitumfassenden persönlichen Gedankens. Das Gewissen ist der Menschen eigenstes Wesen in voller Verklärung, der himmlische Urmensch. Es ist nicht dies und jenes, es gebietet nicht in allgemeinen Sprüchen, es besteht nicht aus einzelnen Tugenden. Es giebt nur Eine Tugend – den reinen, ernsten Willen, der im Augenblick der Entscheidung unmittelbar sich entschließt und wählt. In lebendiger, eigenthümlicher Untheilbarkeit bewohnt es und beseelt es das zärtliche Sinnbild des menschlichen Körpers, und vermag alle geistigen Gliedmaaßen in die wahrhafteste Thätigkeit zu versetzen.

O! trefflicher Vater, unterbrach ihn Heinrich, mit welcher Freude erfüllt mich das Licht, was aus euren Worten ausgeht. Also ist der wahre Geist der Fabel eine freundliche Verkleidung des Geistes der Tugend, und der eigentliche Zweck der untergeordneten Dichtkunst die Regsamkeit des höchsten, eigenthümlichsten Daseyns. Eine überraschende Selbstheit ist zwischen einem wahrhaften Liede und einer edeln Handlung. Das müßige Gewissen in einer glatten nicht widerstehenden Welt wird zum fesselnden Gespräch, zur alleserzählenden Fabel. In den Fluren und Hallen dieser Urwelt lebt der Dichter, und die Tugend ist der Geist seiner irrdischen Bewegungen und Einflüsse. Sowie diese die unmittelbar wirkende Gottheit unter den Menschen und das wunderbare Widerlicht der höhern Welt ist, so ist es auch die Fabel. Wie sicher kann nun der Dichter den Eingebungen seiner Begeisterung oder wenn auch er einen höhern überirrdischen Sinn hat, höheren Wesen folgen und sich seinem Berufe mit kindlicher Demuth überlassen. Auch in ihm redet die höhere Stimme des Weltalls und ruft mit bezaubernden Sprüchen in erfreulichere, bekanntere Welten. Wie sich die Religion zur Tugend verhält, so die Begeisterung zur Fabellehre, und wenn in heiligen Schriften die Geschichten der Offenbarung aufbehalten sind, so bildet in den Fabellehren das Leben einer höhern Welt sich in wunderbarentstandnen Dichtungen auf mannichfache Weise ab. Fabel und Geschichte begleiten sich in den innigsten Beziehungen auf den verschlungensten

Pfaden und in den seltsamsten Verkleidungen, und die Bibel und die Fabellehre sind SternBilder Eines Umlaufs.

Ihr redet völlig wahr, sagte Sylvester, und nun wird es euch wohl begreiflich seyn, daß die ganze Natur nur durch den Geist der Tugend besteht und immer beständiger werden soll. Er ist das allzündende, allbelebende Licht innerhalb der irrdischen Umfassung. Vom Sternhimmel, diesem erhabenen Dom des Steinreichs, bis zu dem krausen Teppich einer bunten Wiese wird alles durch ihn erhalten, durch ihn mit uns verknüpft, und uns verständlich gemacht, und durch ihn die unbekannte Bahn der unendlichen Naturgeschichte bis zur Verklärung fortgeleitet.

Ja und ihr habt vorher so schön für mich die Tugend an die Religion angeschlossen. Alles was die Erfahrung und die irrdische Wircksamkeit begreift macht den Bezirk des Gewissens aus, welches diese Welt mit höhern Welten verbindet. Bey höhern Sinnen entsteht Religion und was vorher unbegreifliche Nothwendigkeit unserer innersten Natur schien, ein Allgesetz ohne bestimmten Inhalt, wird nun zu einer wunderbaren, einheimischen unendlich mannichfaltigen und durchaus befriedigenden Welt, zu einer unbegreiflich innigen Gemeinschaft aller Seligen in Gott, und zur vernehmlichen, vergötternden Gegenwart des allerpersönlichsten Wesens, oder seines Willens, seiner Liebe in unserm tiefsten Selbst.

Die Unschuld eures Herzens macht euch zum Profeten, erwiederte Sylvester. Euch wird alles verständlich werden, und die Welt und ihre Geschichte verwandelt sich euch in die heilige Schrift, sowie ihr an der heiligen Schrift das große Beyspiel habt, wie in einfachen Worten und Geschichten das Weltall offenbart werden kann; wenn auch nicht gerade zu, doch mittelbar durch Anregung und Erweckung höherer Sinne.

Mich hat die Beschäftigung mit der Natur dahin geführt, wohin euch die Lust und Begeisterung der Sprache gebracht hat. Kunst und Geschichte hat mich die Natur kennen gelehrt. Meine Eltern wohnten in Sizilien unweit dem weltberühmten Berge Aetna. Ein bequemes Haus von vormaliger Bauart, welches verdeckt von uralten Kastanienbäumen dicht an den felsigen Ufern des Meers, die Zierde eines mit mannichfaltigen Gewächsen besezten Gartens ausmachte, war ihre Wohnung. In der Nähe lagen viele Hütten, in denen sich Fischer, Hirten und Winzer aufhielten. Unsre Kammern und Keller waren mit allem, was das Leben erhält und erhöht, reichlich versehn und unser Hausgeräthe ward durch wohlerdachte Arbeit auch den verborgenen Sinnen angenehm. Es fehlte auch sonst nicht an mannichfaltigen Gegenständen, deren Betrachtung und Gebrauch das Gemüth über das gewöhnliche Leben und seine Bedürfnisse erhoben und es zu einem angemessenern Zustande vorzubereiten, ihm den lautern Genuß seiner vollen eigenthümlichen Natur zu versprechen und zu gewähren schienen. Man sah steinerne Menschen Bilder, mit Geschichten bemahlte Gefäße, kleinere Steine mit den deutlichsten Figuren, und andre Geräthschaften mehr, die aus andern und erfreulicheren Zeiten zurückgeblieben seyn mochten. Auch lagen in Fächern übereinander viele Pergamentrollen, auf denen in langen Reihen Buchstaben die Kenntnisse und Gesinnungen, die Geschichten und Gedichte jener Vergangenheit in anmuthigen und künstlichen Ausdrücken bewahrt standen. Der Ruf meines Vaters, den er sich als ein geschickter Sterndeuter zuwege brachte, zog ihm zahlreiche Anfragen, und Besuche, selbst aus entlegenern Ländern, zu, und da das Vorwissen der Zukunft den Menschen eine sehr seltne und köstliche Gabe dünkt, so glaubten sie ihre Mittheilungen gut belohnen zu müssen, so daß mein Vater durch die erhaltnen Geschenke in den Stand gesezt wurde, die Kosten seiner bequemen und genußreichen Lebensart hinreichend bestreiten zu können.

Paralipomena zum „Heinrich von Ofterdingen“

[1.]
[Vorarbeiten zum Roman]
[Januar 1800]

(a)

[1.] Poësie ist wahrhafter Idealismus – Betrachtung der Welt, wie Betrachtung eines *großen Gemüths* – Selbstbewußtseyn des Universums.

[2.] Glanz, Duft, Farben, und Trockenheit – Ordnung – Köstliche Seltenheiten – Reitzende Figuren – und Mannichfaltigkeit – Schnelle Bedienung – Eigenheiten des prachtvollen Lebens. Der Kayserliche Hof. Gesinnungen eines Fürsten.

[3.] Karacteristische Züge des Kriegs – des Seelebens.

[4.] Kreutzzüge.

[5.] Tausendfache Gestalten der Liebe – der Religion.
Religioese Nothwendigkeit des Teufels.

[6.] Die alten Zeiten. Astrologie. Arzeneykunst. Alchymie. Das Gedächtniß. Von der *Nothwendigkeit* in der Welt*hast* eine Krone zu erwerben etc.
Die Musik, das Reich der Todten. Der Geitzige. Kinder spielen immer mit Geistern.
Die Dichtungsarten.

[7.] Man kann die Poësie nicht gering genug schätzen.

[8.] Dem Dichter ist ein ruhiger, aufmercksamer Sinn – ‹Etwa› Ideen oder Neigungen, die ihn von irrdischer Geschäftigkeit und kleinlichen Angelegenheiten abhalten, eine sorgenfreye Lage – Reisen – Bekanntschaft mit vielartigen Menschen – mannichfache Anschauungen – *Leichtsinn* – Gedächtniß – Gabe zu sprechen – keine Anheftung an Einen Gegenstand, keine Leidenschaft im vollen Sinne – eine vielseitige Empfänglichkeit nöthig.

[9.] Heinrichs Großvater ist ein tiefer Mann – Er trift Clingsohr bey ihm. Abendgespräche.

[10.] Briefe eines Frauenzimmers aus dem 15ten Jahrhundert.

[11.] Poésie der Armuth – des Zerstörten und Verheerten.

[12.] Gedichte der Minnesinger. Hans Sachsens etc.

[13.] Chevalerie. Sitten der alten Zeit. Indien, Sina und Schweden im 12ten Jahrhundert.

[14.] Deutsche Masken.

(b)

2.

Ein ‹Dichter› junger Mensch verliebt sich in eine Prinzessin – flieht mit ihr – der Vater, ein Dichterfreund, versöhnt sich mit ihm durch eine schöne Romanze.

3.

Einige ‹Brüder› Söhne eines Zauberers wählen Gaben. Der jüngste wählt die Gabe der Poësie – erhält alles dadurch was seine Brüder suchen, und rettet sie aus großen Gefahren. (Der Glücklichste soll eine Prinzessin haben – das Orakel erklärt den Dichter dafür.)

4.

Auflösung eines Dichters in Gesang – er soll geopfert werden unter wilden Völkern.

5.

Legende – der Dichter in *der Hölle* – holt seinen Herrn heraus.

6.

Ein Dichter verliert seine Geliebte im Bade – grämt sich und wird ein alter Mann – bald nach ihrem Tode hatte ihm ein wunderlicher Mann einen Schlüssel gegeben – und gesagt, daß er den Schlüssel zum Kayser bringen sollte, der würde ihm sagen, was zu thun sey. Eine Nacht singt vor seinem Bette eine alte treue Magd seiner Geliebten ein Lied – darinn kommt eine Stelle vom tiefen Wasser vor etc. kurz eine Andeutung, wo der Schlüssel läge – den ihm ein Rabe ‹gestohlen› im Schlaf geraubt hat. Er findet den Schlüssel auf der Stelle, wo seine Geliebte wegkam – geht zum Kayser – der ist hocherfreut – gibt ihm eine alte Urkunde, wo steht, der Mann, der ihm einst von ohngefähr ein goldnes Schlüsselchen von der Figur bringen würde, dem solle er diese Urkunde zu lesen geben – der würde in einem verborgenen Orte, der ‹aber beschrieben ist› mit jenem Verse bezeichnet ist – ein altes talismanisches Kleinod des kayserlichen Hauses, einen Karfunkel zur Krone finden, zu dem die Stelle noch leer gelassen sey – er findet nach der Beschreibung den Ort, welches derselbe ist, wo die Geliebte wegkam – findet die Geliebte schlafend – erweckt sie ‹mit dem› indem er den Karfunkel wegnimmt, der im Kelche einer Blume an ihrem Busen verborgen liegt – ein‹e› überirrdisches kleines Mädchen findet er an ihrem Sarge sitzen, die ihm den Carfunkel zeigt und ihn mit ihrem Athem verjüngt.

Märchen.

Das Meer. Das Reich der Sterne – Zerstreute Tropfen – Das Nordlicht – Das Land der Wolken. Das Echo. Der verwandel-

te Münster – verwandelt sich in einen Garten. Der Phönix. Die Sfinx. Die Träume und
(Anspielungen auf Elektricität, Magnetism und Galvanism.)
die Wiege. Dunkle Beziehungen auf den Kampf der Vernunft – des Verstandes – der Fantasie, des Gedächtnisses und des Herzens. Ein Mädchen stirbt einen schmerzhaften Tod.

[2.]
[Studien zu Klingsohrs Märchen]
[Februar 1800]

⟨Die Liebe in der Wiege – die Träume.⟩
⟨Vernunft – Fantasie. Verstand. Gedächtniß. Herz.⟩

⟨Der Held zersplittert sein Schwerdt und wirft es übers Meer.⟩
⟨Sprache durch Metallleitungen.⟩
⟨Verwandlung der Erde in das Land der Wolken.⟩
⟨Das Land der Parzen – die schwarze Sonne. Die Sfinx vor der Grotte der Parzen.⟩

⟨Die Fabel, die Schwester der Liebe.⟩
⟨Die Fabel geht durch das Land der Wolken nach der Pole Wohnung⟩
⟨Ende. Das Land der Wolken – und der Mond bilden einen Ring um die neue Erde.⟩

⟨(Ihre Wohnung – das menschliche Gemüth.)⟩
⟨(Der Verstand ist feindselig – er wird verwandelt.)⟩

Der Raum verschwindet – als ein banger Traum.
Die lockre StaubErde wird wieder beseelt.
⟨Die Liebe entzieht der Sonne alle Wärme, und alles Licht – die Sonne zergeht⟩
⟨Der Mond ist der König im Lande der Wolken.⟩
⟨Die Fabel geht übers Meer – das tönt wie eine Harmonika.⟩
Sofie ist Arcturs Frau.
⟨Fabel steigt durch den Altar ins Land der Parzen.⟩
Viel Gespräche noch.

Das
Der Liebe wachsen in der Nacht bey Ginnistan Flügel. Sie muß unaufhörlich umherfliegen

⟨Die Liebe⟩ Das Herz wird auf einen Scheiterhaufen gelegt –
Die Asche lößt Sofie auf in dem Wasser

⟨und das Herz trinkt sie⟩

Der Phönix kommt auf das Spinnrad der Fabel.

⟨die Liebe wird neugeboren⟩

⟨Die Sonne wird von der Glut der Liebe verzehrt.⟩

Das Wasser erhebt sich und löscht die Sonne aus und wird ein Ring um die Erde.

Auferstehung durch die Fabel. Allgemeines Widersehn.
Das Zimmer wird Arcturs Pallast.
Der Schreiber ‹wird› und die Parzen –?

die letztern zu Caryatiden am Thron.

Der Schreiber in einen Webstuhl.

Die Nadel richtet sich nicht mehr nach Norden.

⟨Die Fabel muß ein Räthsel lösen.⟩
Asche sammeln – durch den Turmalin.
⟨Alle Winkel der Welt durchlaufen⟩
⟨Feuer in der Hand unterm Meere weg tragen – Stahl und Stein.
Jemanden mit Wasser todtschlagen – durch Elektricität.⟩
Blumen bringen die im Feuer gewachsen sind – Zink.
Die Prinzessin zu erwecken bey Tage – durch einen Galvanischen Bogen.
Der Liebe eine Kette – Ein Kuß der Liebe weckt sie.
Sie macht sich einen Ableiter an – ⟨und berührt den Helden, mit einer Hand, mit der Anderen die Prinzessin mit einer Kohle von der verbrannten Liebe.⟩

Der Mond wird Theater Director.
Aufrichtung Atlas durch Galvanischen Reiz.

[3.]
[Aus den Studienheften des Jahres 1800]

1. Einheiten des Romans.
   Kampf der Poësie und Unpoësie.
   Der alten und neuen Welt.

Die Bedeutung der Geschichte.
Die Geschichte des *Romans* selbst.
Verschwendung etc.

Passive Natur des Romanhelden. Er ist das Organ des Dichters im Roman. Ruhe und Oeconomie des Styls. poëtische Ausführung und Betrachtung aller Begebnisse des Lebens.

Die Poësie muß nie der Hauptstoff, immer nur das Wunderbare seyn.
Man sollte nichts *darstellen*, was man nicht völlig übersähe, deutlich vernähme, und ganz Meister desselben wäre – z. B. bey *Darstellungen des Übersinnlichen.*

2. Im Heinrich ist zulezt eine ausführliche Beschreibung der innern Verklärung des Gemüths. Er kommt in Sofieens Land – in die Natur, wie sie seyn könnte – in ein allegorisches Land.
Der kayserliche Hof muß eine große Erscheinung werden. Das Weltbeste versammelt. Dunkle Reden von America und Ostindien etc. Gespräch mit dem Kayser über Regierung, Kaysersthum etc.
Poëtischer Zusammenhang und Anordnung von Heinrich.

[4.]
[Die Berliner Papiere]
[August 1800]

[I.]

Ein Kloster, höchst wunderbar, wie ein Eingang ins Paradies.
1stes Kapitel ein Adagio.

⟨Heinrich von Afterdingen mischt sich in der Schweitz in bürgerliche Händel.⟩
⟨Ruinen von Vindonissa.⟩
Italiänische Händel. Hier wird Heinrich Feldherr. Beschreibung eines Gefechts etc.
Meer. ⟨Erzählung⟩
Nach Griechenland verschlagen.
Tunis.
Rückreise über Rom.
Kayserlicher Hof.
Wartburg. Innrer Streit der Poesie. Mystizism dieses Streites.
Formlose – förmliche Poesie.
Kyffhäuser.
Erzählung des Mädchens, der blauen Blume.
Offenbarung der Poesie auf Erden – lebendige Weissagung.
Afterdingens Apotheose: Fest des Gemüths. Höchst wunderbares Drama in Versen, wie Sakontala.

Eingangs und Schlußgedichte und Überschriften jedes Capitels. Zwischen jedem Capitel spricht die Poësie.
Der Dichter aus der Erzählung – König der Poesie. Die Fabel erscheint. Mutter und Vater blühn auf.
Kein rechter historischer Übergang ⟨aus⟩ nach dem 2ten Theile – dunkel – trüb – verworren.

Die Vermählung der Jahreszeiten.

Blumengespräche. Thiere.
Heinrich von Afterdingen wird Blume – Thier – Stein – Stern. Noch Jacob Böhm am Schluß des Buchs.
Die Dichter wetten aus Enthusiasmus und bacchischer Trunkenheit um den Tod.
Gespräch mit dem Kayser über Regierung etc. Mystischer Kayser. Buch de Tribus Impostoribus.

Geburt des siderischen Menschen mit der ersten Umarmung Mathildens und Heinrichs. Dieses Wesen spricht nun immer zwischen den Kapiteln. Die Wunderwelt ist nun aufgethan. Mystizism mit dem kayserlichen Hause. Urkayserfamilie.

Sofie ist das Heilige, Unbekannte. Das Licht und Schattenreich leben durcheinander. Fabel ist mit Fleiß irrdisch. Heinrich kommt in die Gärten der Hesperiden.
Der Schluß ist Übergang aus der wircklichen Welt in die Geheime – Tod – lezter Traum und Erwachen.
Überall muß hier schon das Überirrdische durchschimmern – das Märchenhafte.
Die blaue Blume richtet sich noch nach den Jahrszeiten. Heinrich vernichtet diesen Zauber – zerstört das Sonnenreich. Klingsohr ist der König von Atlantis. Heinrichs Mutter ist Fantasie. Der Vater ist der Sinn.
Schwaning ist der Mond, und der

Antiquar ist der

Der Bergmann ⟨war das Eisen⟩
auch das Eisen.
Der Graf von Hohenzollern und die Kaufleute kommen auch wieder. Nur nicht sehr streng allegorisch. Kayser Fridrich ist Arctur.

Die Morgenländerinn ist auch die Poesie.
Dreyeiniges Mädchen.
Heinrich muß erst von Blumen für die blaue Blume empfänglich gemacht werden. Geheimnißvolle Verwandlung. Übergang in die höhere Natur.
Schmerzen versteinern etc.
Die Erzählung vom Dichter kann gar wohl Heinrichs Schicksal werden.
Metempsychose.
Kloster – wie eine mystische, magische Loge – Priester des

heiligen Feuers in jungen Gemüthern. Ferner Gesang der Brüder. Vision in der Kirche. Gespräch über Tod – Magie etc.
Heinrichs Ahndungen des Todes. Stein der Weisen.
(Individueller Geist jedes Buchs.
auch meines Heinrichs.)
Garten am Kloster.
(Pathologischer Einfluß der Schönheit auf ein freyeres, leichteres Spiel der Gemüthskräfte.)
⟨Heinrichs Kampf mit einem Wolfe rettet einen Klosterbruder. Lamm mit einem goldnen Felle.⟩
Allerhand Wissenschaften poetisirt, auch die Mathematik, im Wettstreit.
Ostindianische Pflanzen – etwas indische Mythologie.
Sakontala.
Gespräche der Blumen und Thiere über Menschen, Religion, Natur und Wissenschaften.
Klingsohr – Poesie der Wissenschaften.

(Leichtigkeit zu Dialogiren. Aufgegebne Tendenz, die Natur zu copiren – etc.)
Die Welt – ehmalige Freyheit.
(Der Tod macht das gemeine Leben so poetisch.)
Das Hirtenmädchen ist die Tochter des Grafen von Hohenzollern. Die Kinder sind nicht gestorben.
Ihre Errinnerung ans Morgenland.
Ihr wunderliches Leben in den Gebürgen – Erziehung durch ihre verstorbene Mutter.
Ihre wunderliche Errettung aus dem Grabgewölbe durch einen alten Arzt.
Das Mädchen hat ihren Bruder verlohren. Sie ist heiter und freundlich – Mit dem Wunderbaren so bekannt. Sie erzählt ihm seine eigne Geschichte – als hätt' ihr ihre Mutter einmal davon erzählt.
Die Mönche im Kloster scheinen eine Art von Geistercolonie.

Errinnerung ans Feenmährchen von Nadir und Nadine. Viele Errinnerungen an Mährchen. Heinrichs Gespräche mit dem Mädchen. Wunderliche Mythologie. Die Mährchenwelt muß jezt recht oft durchscheinen. Die wirckliche Welt selbst wie ein Märchen angesehn.

Heinrich kommt nach Loretto.

Das Gesicht.
Heldenzeit.
Das Alterthum.
Das Morgenland.
⟨Der Streit der Sänger.⟩
Der Kayser.
Der Streit der Sänger.
Die Verklärung.

Skitze der Verklärung.
Anfang in Stanzen. Heinrich.

Auch zukünftige Menschen in der Verklärung.

Gegen das Gleichniß mit der Sonne ist Heinrich bey mir.
Der Streit der Sänger ist schon der erste Act auf Erden.

Heinrich wird im Wahnsinn Stein – ⟨Blume⟩ klingender Baum – goldner Widder –
Heinrich erräth den Sinn der Welt. Sein freywilliger Wahnsinn. Es ist das Räthsel, was ihm aufgegeben wird. Die Hesperiden sind *Fremdlinge* – ewige Fremden – die Geheimnisse. Die *Erzählung* von mir ⟨nur wie⟩ von dem Dichter, der seine Geliebte verlohren hat, muß nur auf Heinrichen angewandt werden.

Wenn nicht mehr Zahlen und Figuren
Sind Schlüssel aller Kreaturen
Wenn die so singen, oder küssen,
Mehr als die Tiefgelehrten wissen,
Wenn sich die Welt ins freye Leben
Und in die ⟨freye⟩ Welt wird zurück begeben,
Wenn dann sich wieder Licht und Schatten
Zu ächter Klarheit wieder gatten,
Und man in Mährchen und Gedichten
Erkennt die ⟨alten⟩ wahren Weltgeschichten,
Dann fliegt vor Einem geheimen Wort
Das ganze verkehrte Wesen fort.

[II.]

Heinrich könnte von ein *Theater* kommen.
Das Fest kann aus lauter Allegorischen Szenen zur Verherrlichung der Poësie bestehn.
Heinrich geräth unter Bacchantinnen – Sie tödten ihn – der Hebrus tönt von der schwimmenden Leyer. Umgekehrtes Märchen.
Mathilde steigt in die Unterwelt und holt ihn.
Poëtische Parodie auf Amphion.

Die ganze erste Hälfte des 2ten Theils muß recht leicht, dreist, sorglos und nur mit einigen scharfen Strichen bemerkt werden.
Die Poësie der verschiednen Nationen und Zeiten. *Ossian. Edda.* Morgenländische Poësie. Wilde. Französische – spanische, griechische, deutsche etc. Druiden. Minnesinger.
Das Buch schließt just umgekehrt wie das Märchen – *mit einer einfachen Familie.*

Es wird stiller einfacher und menschlicher nach dem Ende zu.
Züge aus Heinrichs Jugend. Erzählung seiner Mutter.
Heinrich und Mathildens wunderbares Kind.
Es ist die Urwelt, die goldne Zeit am Ende.
Saturn = Arctur.
Die Szenen im Feste sind Schauspiele.
Die entferntesten und verschiedenartigsten Sagen und Begebenheiten verknüpft. Dies ist eine Erfindung von mir.
(Elysium und Tartarus sind wie Fieber und Schlaf beysammen.)
Sollte es nicht gut seyn, hinten die Familie sich in eine wunderliche mystische Versamlung von Antiken ⟨sich versammeln⟩ verwandeln zu lassen?
Farbencharacter. Alles blau in meinem Buche.
Hinten Farbenspiel – Individualitaet jeder Farbe.
(Das Auge ist allein *räumlich* – die andern Sinne alle zeitlich.)
(Vertheilung Einer Individualitaet auf mehrere Personen.)
(Naturpoët. Kunstpoët.)
Metra müssen *begeistern.* Eigentliche Poësie.

Hinten wunderbare Mythologie.

Ein altes Muttergottesbild in einem hohlen Baume über ihn. Es läßt sich eine Stimme hören – Er soll eine Capelle bauen lassen. Das hat das Hirtenmädchen in seinem Schutz, und erzieht es mit Gesichten. Es schickt ihn zu *den Todten* – die Klosterherrn sind Todte.

Die epische Periode muß ein historisches Schauspiel werden, wenn auch durch Erzählung die Szenen verbunden sind.

Rede Heinrichs in Jamben. Liebe ⟨des⟩ eines jungen vornehmen Pisaners zu einer Florentinerinn.
Heinrich überfällt mit einem flüchtigen Haufen die feindliche Stadt. Alle Elemente des Kriegs in poëtischen Farben.

(Ein großer Krieg, wie ein Zweykampf – durchaus *generoes* – philosophisch – human. Geist der alten Chevalerie. Ritterspiel. Geist der *bacchischen* Wehmuth.)

Die Menschen müssen sich selbst untereinander tödten – das ist edler, als durchs Schicksal fallen. Sie suchen den Tod.

Ehre, Ruhm etc. ist des Kriegers Lust, und Leben

Im Tode und als Schatten lebt der Krieger.

Todeslust ist Kriegergeist. Romantisches Leben des Kriegers.

Auf Erden ist der *Krieg* zu Hause – Krieg muß auf Erden seyn.

Kriegslieder. Orientalische Gedichte. Lied zu Loretto. Streit der Sänger. Verklärung.

Heinrich kommt nicht nach Tunis. Er kommt nach Jerusalem.

Wunderliche Gespräche mit den Todten. Gespräche mit dem alten Mann über Physik etc. besonders Arzeneykunde. Physiognomik. Medicinische Ansicht der Welt. Theophrast Paracels Philosophie. Magie. etc. Geographie. Astrologie.

Er ist der höhere Bergmann.

Erzählung des Hirtenmädchens – ⟨Zölestine⟩ *Cyane.*

Über den Streit auf der Wartburg und die ⟨lezte⟩ Verklärung noch reiflich nachgedacht.

(An Unger geschrieben. Von Karl – Leben des Nadir Shach.)

(Wer recht poëtisch ist, dem ist die ganze Welt ein fortlaufendes *Drama.*)

Mit dem Griechen Gespräche über Moral etc. Auf dieser Tour, in dem Capitel Alterthum, kommt er auch in ein⟨e⟩ Arsenal.)

Keinen Streit auf der Wartburg. Mehrere Szenen an Kayser Fridrichs Hofe.

Hinten ein ordentliches Märchen in Szenen, fast nach Gozzi – nur viel romantischer. Hinten die Poëtisirung der Welt – Herstellung der Märchenwelt. Aussöhnung der kristlichen Religion mit der heydnischen. Die Geschichte des Orpheus – der Psyche etc.

Der Fremde von der ersten Seite.

Das ganze Menschengeschlecht wird am Ende poëtisch. Neue goldne Zeit.

Poëtisirter Idealism.

Menschen, Thiere, Pflanzen, Steine und Gestirne, Flammen, Töne, Farben müssen hinten zusammen, wie Eine Familie ⟨handeln⟩ oder Gesellschaft wie Ein Geschlecht handeln und sprechen.

Mystizism der Geschichte. Das Hirtenmädchen, oder Cyane opfert sich für ihn auf.

Heinrich spricht mit Klingsohr über allerhand sonderbare Zeichen. Er hört die Nacht ein Lied, was er ehmals gemacht. Sehnsucht nach dem Kyfhäuser.

Er sagt Klingsohr davon.

Goldner Schlüssel. Urkunde etc.

Der führt ihn auf seinen Mantel nach dem Kyfhäuser.

(Klingsohr, ewiger Dichter, stirbt nicht, bleibt in der Welt. Natürlicher Sohn von Fridrich den 2ten – das hohenstaufische Haus – das künftige Kayserhaus. Der fehlende Stein in der Krone. Schon in Pisa findet er des Kaysers Sohn. Ihre Freundschaft.)

Johannes kommt und führt ihn in den Berg. Gespräch über die Offenbarung. Das Hirtenmädchen folgt ihm treulich nach.

⟨Erzählung. Der alte Mann erwacht. Das schöne Mädchen. Er kommt in die Höhle, wo Mathilde schläft – das kleine

Mädchen. Der Stein im Bouquet. Cyane trägt den Stein zum Kayser.⟩
⟨Er findet den goldnen Schlüssel im Bassin. Zyane trägt den Schlüssel.⟩

Kommt in die Höhle, wo Mathilde schläft. ⟨Man⟩ Meine erfundne Erzählung.
Nur erwacht die Geliebte nicht gleich. Gespräch mit dem kleinen Mädchen, das ist Sein und Mathildens Kind.
Er soll die Blaue Blume pflücken und herbringen – ⟨das Hirtenmädchen pflückt sie für ihn und⟩
Zyane trägt den Stein weg.
Er ⟨holt⟩ pflückt die blaue Blume – und wird ⟨zum klingenden Baume⟩
ein Stein.
⟨Mathilde kommt und macht ihn durch seine eignen Lieder⟩
⟨Edda, die eigentliche blaue Blume⟩
Die Morgenländerinn ⟨ist⟩ opfert sich an seinem Steine, er wird ein klingender Baum. Das Hirtenmädchen haut den Baum um und ⟨er⟩ verbrennt sich mit ihm.
Er wird ein goldner Widder.
⟨Mathilde⟩ Edda oder Mathilde muß ihn opfern. Er wird ein Mensch. Während dieser Verwandlungen hört er allerley wunderliche Gespräche.

[5.]
[Erster Entwurf des Anfangs des zweiten Teils]

Heinrich von Afterdingen.
Ein Roman
von
Novalis

2ter Theil.
Die Erfüllung.

Das Gesicht.

Beschreibung einer Gegend. / Heinrichs Wallfahrt. / Lied was er singt. / Hirtenmädchen. / begleitet ihn nun beständig.

Das Land erhob sich immer mehr, und ward uneben und mannichfach. In allen Richtungen kreuzten sich Bergrücken – Die Schluchten wurden tiefer und schroffer. Felsen ‹wurden› blickten schon überall ‹sichtbar› durch und über den dunklen Wäldern ragten steile Kuppen hervor, die nur mit wenigen Gebüsch bewachsen zu seyn schienen. Der Weg lief an einem Abhange fort, und hob sich nur unmercklich in die Höhe. Wenn auch das Grün der Ebene hier mercklich verdunkelt war, so ‹stellten› zeigten dafür verschiedne Bergpflanzen die buntesten Blumen, deren schöner Bau und erquickender Geruch den angenehmsten Eindruck machte. ‹Eine große Einsamkeit› Die Gegend schien ganz einsam und nur von weiten ‹tönten› glaubte man die Glöckchen einer ‹Vieh› Heerde zu vernehmen. In den Abgründen rauschten Bäche. Der Wald war in mannichfaltigen Haufen am Gebürge gelagert, und reizte das Auge ‹durch seine Veränderungen von Laub und Nadelholz› sich in seine duftige kühle Tiefe zu verlieren. Einzelne Raubvögel schwebten um die Spitzen der uralten Tannen. ‹Sie waren die einzigen Bewohner dieser Einöden› Der Himmel war dunkel und durchsichtig – Nur leichte, glänzende Wölkchen streiften langsam durch sein blaues Feld. ‹Ein› Auf dem schmalen Fußsteige kam langsam ein Pilger herauf aus der Ebene. Mittag war vorbey. ‹Doch› die Hitze war nicht drückend.› Ein ziemlich starker Wind ließ sich in der Luft verspüren und seine dumpfe, ‹verschwebende› wunderliche Musik verlor sich in ungewisse Fernen. Sie wurde lauter und vernehmlicher in den Wipfeln der Bäume – so daß zuweilen die Endsylben und ‹die› einzelne Worte einer ‹unbekannten› menschlichen Sprache hervorzutönen schienen. Durch die Bewegungen der Luft schien auch das Sonnenlicht sich zu bewegen, und zu schwanken. Es hatten alle Gegenstände einen ungewissen Schein. ‹Doch lag Ein Sinn in allem und auch die Wärme schien sich mit auf und ab zu schwingen.› Der Pilgrimm gieng in tiefen Gedanken. ‹Auf der Höhe› Nach einiger Zeit sezte er sich auf einen großen Stein unter einen alten Baum, der nur unten noch grün, und oben dürr und abgebrochen war.

Gespräch mit sich selbst.
Er geht nachher weiter,
findet die Ruine – verlassne Hütten.
Eine scheint noch bewohnt. Rührende Habseligkeiten.

[6.]
[„Das Lied der Toten“]
[Urfassung]

–∪–∪–∪–∪	+	
–∪–∪–∪–∪	++	
–∪–∪–∪–∪	+++	
–∪–∪–∩		
–∪–∪–∪–∪	+	
–∪–∪–∪–∪	++	
–∪–∪–∪–∪	+++	
–∪–∪–∩		
–∪–∪–∪–∪–∪	+	Selig sind allein die Todten.

/ alte Kleinodien in Gräbern. Gespenster. Freyheit. Verbrennen. Begraben. *Frieden.* Freundliches Gesicht. Frohes Leben –

Liebe. Gottesdienst. Vergangenheit. Was sie bey den Lebenden noch thun. Der Tod ist des Lebens höchstes Ziel.

1.*

[1] Lobt doch unsre stillen Feste,
Unsre Gärten, unsre Zimmer
Das bequeme Hausgeräthe,
Unser Hab' und Gut.
Täglich kommen neue Gäste
Diese früh, die andern späte
Auf den weiten Heerden immer
Lodert frische Lebens Glut.

4.

[2] Keiner wird sich je beschweren
Keiner wünschen fortzugehen,
Wer an unsern vollen Tischen
Einmal fröhlich saß.
Klagen sind nicht mehr zu hören
Keine Wunden mehr zu sehen
Keine Thränen abzuwischen;
Ewig läuft das Stundenglas.

5.

[3] Tief gerührt von heilger Güte
Und versenkt in selges Schauen
Steht der Himmel im Gemüthe,
Wolkenloses Blau,
Lange fliegende Gewande
Tragen uns durch Frühlingsauen,
Und es weht in diesem Lande
Nie ein Lüftchen kalt und rauh.

* Eine ursprünglich vorhandene, weitere Numerierung der Strophen wurde von Novalis gestrichen.

6.

[4] Süßer Reitz der Mitternächte,
Stiller Kreis geheimer Mächte,
Wollust räthselhafter Spiele,
Wir nur kennen euch.
Wir nur sind am hohen Ziele
Bald in Strom uns zu ergießen
Dann in Tropfen zu zerfließen
Und zu nippen auch zugleich.

7.

[5] Uns ward erst die Liebe, Leben,
Innig wie die Elemente
Mischen wir des Daseyns Fluten,
Brausend Herz mit Herz.
Lüstern scheiden sich die Fluten
Denn der Kampf der Elemente
Ist der Liebe höchstes Leben
Und des Herzens eignes Herz.

8.

2

[6] Alles was wir nur berühren
Wird zu heißen Balsamfrüchten
Wird zu weichen zarten Brüsten,
Opfer kühner Lust.

1

Leiser Wünsche süßes Plaudern
Hören wir allein, und schauen
Immerdar in selge Augen
Schmecken nichts als Mund und Kuß.

9.

[7] Immer wächst und blüht Verlangen
Am Geliebten festzuhangen

Ihn im Innern zu empfangen,
Eins mit ihm zu seyn,
Seinem Durste nicht zu wehren
Sich in Wechsel zu verzehren,
Von einander sich zu nähren
Von einander nur allein.

13.

[8] Schüttelt eure goldnen Ketten
Mit Schmaragden u. Rubinen,
Und die blanken saubern Spangen
Blitz u. Klang zugleich.
Aus des feuchten Abgrunds Betten
Aus den Gräbern u. Ruinen
Himmelsrosen auf den Wangen
Schwebt ins bunte Fabelreich.

3.

[9] Kinder der Vergangenheiten,
Helden aus den ⟨alten⟩ grauen Zeiten,
Der Gestirne Riesen geister
Wunderlich gesellt,
Holde Frauen, ernste Meister,
Kinder, und verlebte Greise
Sitzen hier in Einem Kreise
Wohnen in der alten Welt

10.

[10] So in Lieb' und hoher Wollust
Sind wir immerdar versunken
Seit der wilde trübe Funken
Jener Welt erlosch,
Seit der Hügel sich geschlossen
Und der Scheiterhaufen sprühte

Und dem schauernden Gemüthe
Nun das Erdgesicht zerfloß.

2.

[11] Tausend zierliche Gefässe
Einst bethaut mit tausend Thränen,
Goldne Ringe, Sporen, Schwerdter
Sind in unserm Schatz.
Viel Kleinodien und Juwelen
Wissen wir in dunkeln Höhlen
Keiner kann den Reichthum zählen
Zählt er auch ohn' Unterlaß.

11.

[12] Zauber der Errinnerungen,
Heilger Wehmuth süße Schauer
Haben innig uns durchklungen
Kühlen unsre Glut.
Wunden giebts, die ewig schmerzen
Eine göttlich tiefe Trauer
Wohnt in unser aller Herzen
Lößt uns auf in Eine Flut.

12.

[13] Und in dieser Flut ergießen
Wir uns auf geheime Weise
In den Ozean des Lebens
Tief in Gott hinein.

Und aus seinem Herzen fließen
Wir zurück zu unserm Kreise
Und der Geist des höchsten Strebens
Taucht in unsre Wirbel ein.

14.

[14] Könnten doch die Menschen wissen
Unsre künftigen Genossen
Daß bey allen ihren Freuden
Wir geschäftig sind,
Jauchzend würden sie verscheiden
Gern das bleiche Daseyn missen –
O! die Zeit ist bald verflossen
Kommt Geliebte doch geschwind

15.

[15] Helft uns nur den Erdgeist binden
Lernt den Sinn des Todes fassen
Und das Wort des Lebens finden;
Einmal kehrt euch um.
Deine Macht muß bald verschwinden,
Dein erborgtes Licht verblassen,
Werden dich in kurzen binden,
Erdgeist, deine Zeit ist um.

[7.]

Die Vermählung der Jahrszeiten

Tief in Gedanken stand der neue Monarch. Er gedachte
Jezt des nächtlichen Traums, und der Erzählungen auch,
Als er zu erst von der himmlischen Blume gehört und getroffen
Still von der Weißagung, mächtige Liebe gefühlt.
Noch dünkt ihm, er höre die tiefeindringende Stimme,
Eben verließe der Gast erst den geselligen Kreis
Flüchtige Schimmer des Mondes erhellten die klappernden Fenster
Und in des Jünglings Brust tobe verzehrende Glut.

⟨Seltsame Zeiten verflossen in deß, sie schienen verworren
Wie ein entwichner Traum⟩
Edda, sagte der König, was ist des liebenden Herzens
Innigster Wunsch? was ist ihm der unsäglichste Schmerz?
Sag es, wir wollen ihm helfen, die Macht ist unser, und
herrlich
Werde die Zeit, nun du wieder den Himmel beglückst.
Wären die Zeiten nicht so ungesellig, verbände
Zukunft mit Gegenwart und mit Vergangenheit sich,
Schlösse ‹der› Frühling sich an ‹den› Herbst, und Sommer
an Winter,
Wäre zu spielenden Ernst Jugend mit Alter gepaart:
Dann mein süßer Gemahl versiegte die Quelle der
Schmerzen,
Aller Empfindungen Wunsch wäre dem Herzen gewährt.
Also die Königinn; freudig umschlang sie der schöne
Geliebte;
‹Heil dir, daß du gesagt›
Ausgesprochen hast du warlich ein himmlisches Wort,
Was schon längst auf den Lippen der tiefer fühlenden
schwebte
Aber den deinigen erst rein und gedeyhlich entklang.
Führe man schnell den Wagen herbey, wir holen sie selber
Erstlich die Zeiten des Jahrs, dann auch des Menschen-
geschlechts.

Erst zur Sonne, holen den Tag. Dann zur Nacht. Dann nach Norden. Winter. nach Süden. Sommer. Osten – ‹Herbst› Frühling. Westen. Herbst. Dann zur Jugend. zum Alter Zur Vergangenheit Zur Zukunft.

Tiecks Bericht über die Fortsetzung

[an S. 330 anschließend]

Weiter ist der Verfasser nicht in Ausarbeitung dieses zweiten Theils gekommen. Diesen nannte er die Erfüllung, so wie den ersten Erwartung, weil hier alles aufgelöst, und erfüllt werden sollte, was jener hatte ahnden lassen. Es war die Absicht des Dichters, nach Vollendung des Ofterdingen noch sechs Romane zu schreiben, in denen er seine Ansichten der Physik, des bürgerlichen Lebens, der Handlung, der Geschichte, der Politik und der Liebe, so wie im Ofterdingen der Poesie niederlegen wollte. Ohne mein Erinnern wird der unterrichtete Leser sehn, daß der Verfasser sich in diesem Gedichte nicht genau an die Zeit, oder an die Person jenes bekannten Minnesängers gebunden hat, obgleich alles an ihn und sein Zeitalter erinnern soll. Nicht nur für die Freunde des Verfassers, sondern für die Kunst selbst, ist es ein unersetzlicher Verlust, daß er diesen Roman nicht hat beendigen können, dessen Originalität und große Absicht sich im zweiten Theile noch mehr als im ersten würde gezeigt haben. Denn es war ihm nicht darum zu thun, diese oder jene Begebenheit darzustellen, eine Seite der Poesie aufzufassen, und sie durch Figuren und Geschichten zu erklären, sondern er wollte, wie auch schon im letzten Kapitel des ersten Theils bestimmt angedeutet ist, das eigentliche Wesen der Poesie aussprechen und ihre innerste Absicht erklären. Darum verwandelt sich Natur, Historie, der Krieg und das bürgerliche Leben mit seinen gewöhnlichsten Vorfällen in Poesie, weil diese der Geist ist, der alle Dinge belebt.

Ich will den Versuch machen, so viel es mir aus Gesprächen mit meinem Freunde erinnerlich ist, und so viel ich aus seinen hinterlassenen Papieren ersehen kann, dem Leser einen Begriff von dem Plan und dem Inhalte des zweiten Theiles dieses Werkes zu verschaffen.

Dem Dichter, welcher das Wesen seiner Kunst im Mittelpunkt ergriffen hat, erscheint nichts wiedersprechend und fremd, ihm sind die Rätsel gelöst, durch die Magie der Fantasie kann er alle Zeitalter und Welten verknüpfen, die Wunder verschwinden und alles verwandelt sich in Wunder: so ist dieses Buch gedichtet, und besonders findet der Leser in dem Mährchen, welches den ersten Theil beschließt, die kühnsten Verknüpfungen; hier sind alle Unterschiede aufgehoben, durch welche Zeitalter von ein ander getrennt erscheinen, und eine Welt der andern als feindselig begegnet. Durch dieses Mährchen wollte sich der Dichter hauptsächlich den Übergang zum zweiten Theile machen, in welchem die Geschichte unaufhörlich aus dem Gewöhnlichsten in das Wundervollste überschweift, und sich beides gegenseitig erklärt und ergänzt; der Geist, welcher den Prolog in Versen hält, sollte nach jedem Kapitel wiederkehren, und diese Stimmung, diese wunderbare Ansicht der Dinge fortsetzen. Durch dieses Mittel blieb die unsichtbare Welt mit dieser sichtbaren in ewiger Verknüpfung. Dieser sprechende Geist ist die Poesie selber, aber zugleich der siderische Mensch, der mit der Umarmung Heinrichs und Mathildens gebohren ist. In folgendem Gedichte, welches seine Stelle im Ofterdingen finden sollte, hat der Verfasser auf die leichteste Weise den innern Geist seiner Bücher ausgedrückt:

Wenn nicht mehr Zahlen und Figuren
Sind Schlüssel aller Kreaturen,
Wenn die, so singen oder küssen,
Mehr als die Tiefgelehrten wissen,
Wenn sich die Welt in's freie Leben,
Und in die Welt wird zurück begeben,
Wenn dann sich wieder Licht und Schatten
Zu ächter Klarheit werden gatten,
Und man in Mährchen und Gedichten

Erkennt die ewgen Weltgeschichten,
Dann fliegt vor Einem geheimen Wort
Das ganze verkehrte Wesen fort.

Der Gärtner, welchen Heinrich spricht, ist derselbe alte Mann, der schon einmal Ofterdingens Vater aufgenommen hatte, das junge Mädchen, welche Cyane heißt, ist nicht sein Kind, sondern die Tochter des Grafen von Hohenzollern, sie ist aus dem Morgenlande gekommen, zwar früh, aber doch kann sie sich ihrer Heimath erinnern, sie hat lange in Gebirgen, in welchen sie von ihrer verstorbenen Mutter erzogen ist, ein wunderliches Leben geführt: einen Bruder hat sie früh verlohren, einmal ist sie selbst in einem Grabgewölbe dem Tode sehr nahe gewesen, aber hier hat sie ein alter Arzt auf eine seltsame Weise vom Tode errettet. Sie ist heiter und freundlich und mit dem Wunderbaren sehr vertraut. Sie erzählt dem Dichter seine eigene Geschichte, als wenn sie dieselbe einst von ihrer Mutter so gehört hätte. Sie schickt ihn nach einem entlegenen Kloster, dessen Mönche als eine Art von Geisterkolonie erscheinen, alles ist hier wie eine mystische, magische Loge. Sie sind die Priester des heiligen Feuers in jungen Gemüthern. Er hört den fernen Gesang der Brüder; in der Kirche selbst hat er eine Vision. Mit einem alten Mönch spricht Heinrich über Tod und Magie, er hat Ahndungen vom Tode und dem Stein der Weisen; er besucht den Klostergarten und den Kirchhof; über den leztern findet sich folgendes Gedicht:

Lobt doch unsre stillen Feste,
Unsre Gärten, unsre Zimmer,
Das bequeme Hausgeräthe,
Unser Hab' und Gut.
Täglich kommen neue Gäste,
Diese früh, die andern späte,

Auf den weiten Heerden immer
Lodert neue Lebens-Glut.

Tausend zierliche Gefäße
Einst bethaut mit tausend Thränen,
Goldne Ringe, Sporen, Schwerdter,
Sind in unserm Schatz:
Viel Kleinodien und Juwelen
Wissen wir in dunkeln Hölen,
Keiner kann den Reichthum zählen,
Zählt' er auch ohn' Unterlaß.

Kinder der Vergangenheiten,
Helden aus den grauen Zeiten,
Der Gestirne Riesengeister,
Wunderlich gesellt,
Holde Frauen, ernste Meister,
Kinder und verlebte Greise
Sitzen hier in Einem Kreise,
Wohnen in der alten Welt.

Keiner wird sich je beschweren,
Keiner wünschen fort zu gehen,
Wer an unsern vollen Tischen
Einmal fröhlich saß.
Klagen sind nicht mehr zu hören,
Keine Wunder mehr zu sehen,
Keine Thränen abzuwischen;
Ewig läuft das Stundenglas.

Tiefgerührt von heilger Güte
Und versenkt in selges Schauen
Steht der Himmel im Gemüthe,
Wolkenloses Blau;

Lange fliegende Gewande
Tragen uns durch Frühlingsauen,
Und es weht in diesem Lande
Nie ein Lüftchen kalt und rauh.

Süßer Reitz der Mitternächte,
Stiller Kreis geheimer Mächte,
Wollust räthselhafter Spiele,
Wir nur kennen euch.
Wir nur sind am hohen Ziele,
Bald in Strom uns zu ergießen
Dann in Tropfen zu zerfließen
Und zu nippen auch zugleich.

Uns ward erst die Liebe, Leben;
Innig wie die Elemente
Mischen wir des Daseyns Fluten,
Brausend Herz mit Herz.
Lüstern scheiden sich die Fluten,
Denn der Kampf der Elemente
Ist der Liebe höchstes Leben,
Und des Herzens eignes Herz.

Leiser Wünsche süßes Plaudern
Hören wir allein, und schauen
Immerdar in selge Augen,
Schmecken nichts als Mund und Kuß.
Alles was wir nur berühren
Wird zu heißen Balsamfrüchten,
Wird zu weichen zarten Brüsten,
Opfern kühner Lust.

Immer wächst und blüht Verlangen
Am Geliebten festzuhangen,

Ihn im Innern zu empfangen,
Eins mit ihm zu seyn,
Seinem Durste nicht zu wehren,
Sich im Wechsel zu verzehren,
Von einander sich zu nähren,
Von einander nur allein.

So in Lieb' und hoher Wollust
Sind wir immerdar versunken,
Seit der wilde trübe Funken
Jener Welt erlosch;
Seit der Hügel sich geschlossen,
Und der Scheiterhaufen sprühte,
Und dem schauernden Gemüthe
Nun das Erdgesicht zerfloß.

Zauber der Erinnerungen,
Heilger Wehmuth süße Schauer
Haben innig uns durchklungen,
Kühlen unsre Gluth.
Wunden giebt's, die ewig schmerzen,
Eine göttlich tiefe Trauer
Wohnt in unser aller Herzen,
Löst uns auf in Eine Flut.

Und in dieser Flut ergießen
Wir uns auf geheime Weise
In den Ozean des Lebens
Tief in Gott hinein;
Und aus seinem Herzen fließen
Wir zurück zu unserm Kreise,
Und der Geist des höchsten Strebens
Taucht in unsre Wirbel ein.

Schüttelt eure goldnen Ketten
Mit Smaragden und Rubinen,
Und die blanken saubern Spangen,
Blitz und Klang zugleich.
Aus des feuchten Abgrunds Betten,
Aus den Gräbern und Ruinen,
Himmelsrosen auf den Wangen
Schwebt in's bunte Fabelreich.

Könnten doch die Menschen wissen,
Unsre künftigen Genossen,
Daß bei allen ihren Freuden
Wir geschäftig sind:
Jauchzend würden sie verscheiden,
Gern das bleiche Daseyn missen, –
O! die Zeit ist bald verflossen,
Kommt Geliebte doch geschwind!

Helft uns nur den Erdgeist binden,
Lernt den Sinn des Todes fassen
Und das Wort des Lebens finden;
Einmal kehrt euch um.
Deine Macht muß bald verschwinden,
Dein erborgtes Licht verblassen,
Werden dich in kurzem binden,
Erdgeist, deine Zeit ist um.

[Urfassung S. 348–353]

Dieses Gedicht war vielleicht wiederum ein Prolog zu einem zweiten Kapitel. Jetzt sollte sich eine ganz neue Periode des Werkes eröffnen, aus dem stillsten Tode sollte sich das höchste Leben hervorthun; er hat unter Todten gelebt und selbst mit ihnen gesprochen, das Buch sollte fast dramatisch werden, und der epische Ton gleichsam nur die einzelnen Szenen verknüpfen und leicht erklären. Heinrich befindet sich plötzlich in dem unruhigen Italien, das von Kriegen zerrüttet wird, er sieht sich als Feldherr an der Spitze eines Heeres. Alle Elemente des Krieges spielen in poetischen Farben; er überfällt mit einem flüchtigen Haufen eine feindliche Stadt, hier erscheint als Episode die Liebe eines vornehmen Pisaners zu einem Florentinischen Mädchen. Kriegslieder. „Ein großer Krieg, wie ein Zweykampf, durchaus edel, philosophisch, human. Geist der alten Chevalerie. Ritterspiel. Geist der bacchischen Wehmuth. – Die Menschen müssen sich selbst untereinander tödten, das ist edler als durch das Schicksal fallen. Sie suchen den Tod. – Ehre, Ruhm ist des Kriegers Lust und Leben. Im Tode und als Schatten lebt der Krieger. Todeslust ist Kriegergeist. – Auf Erden ist der Krieg zu Hause. Krieg muß auf Erden seyn." – In Pisa findet Heinrich den Sohn des Kaisers Friedrich des Zweiten, der sein vertrauter Freund wird. Auch nach Loretto kömmt er. Mehrere Lieder sollten hier folgen.

Von einem Sturm wird der Dichter nach Griechenland verschlagen. Die alte Welt mit ihren Helden und Kunstschätzen erfüllt sein Gemüth. Er spricht mit einem Griechen über die Moral. Alles wird ihm aus jener Zeit gegenwärtig, er lernt die alten Bilder und die alte Geschichte verstehn. Gespräche über die griechischen Staatsverfassungen; über Mythologie.

Nachdem Heinrich die Heldenzeit und das Alterthum hat verstehen lernen, kommt er nach dem Morgenlande, nach welchem sich von Kindheit auf seine Sehnsucht gerichtet hatte. Er besucht Jerusalem; er lernt orientalische Gedichte kennen. Seltsame Begebenheiten mit den Ungläubigen halten ihn in einsamen Gegenden zurück, er findet die Familie des morgenländischen Mädchens; (s. den I. Th.); die dortige Lebensweise einiger nomadischen Stämme. Persische Mährchen. Erinnerungen aus der ältesten Welt. Immer sollte das

Buch unter den verschiedensten Begebenheiten denselben Farben-Charakter behalten, und an die blaue Blume erinnern: durchaus sollten zugleich die entferntesten und verschiedenartigsten Sagen verknüpft werden, Griechische, orientalische, biblische und christliche, mit Erinnerungen und Andeutungen der Indischen wie der nordischen Mythologie. Die Kreuzzüge. Das Seeleben. Heinrich geht nach Rom. Die Zeit der Römischen Geschichte.

Mit Erfahrungen gesättigt kehrt Heinrich nach Deutschland zurück. Er findet seinen Großvater, einen tiefsinnigen Charakter, Klingsohr ist in seiner Gesellschaft. Abendgespräche mit den beiden.

Heinrich begiebt sich an den Hof Friedrichs, er lernt den Kaiser persönlich kennen. Der Hof sollte eine sehr würdige Erscheinung machen, die Darstellung der besten, größten und wunderbarsten Menschen aus der ganzen Welt versammelt, deren Mittelpunkt der Kaiser selbst ist. Hier erscheint die größte Pracht, und die wahre große Welt. Deutscher Charakter und Deutsche Geschichte werden deutlich gemacht. Heinrich spricht mit dem Kaiser über Regierung, über Kaiserthum, dunkle Reden von Amerika und Ost-Indien. Die Gesinnungen eines Fürsten. Mystischer Kaiser. Das Buch *de tribus impostoribus*.

Nachdem nun Heinrich auf eine neue und größere Weise als im ersten Theile, in der *Erwartung*, wiederum die Natur, Leben und Tod, Krieg, Morgenland, Geschichte und Poesie erlebt und erfahren hat, kehrt er wie in eine alte Heimath in sein Gemüth zurück. Aus dem Verständniß der Welt und seiner selbst entsteht der Trieb zur Verklärung: die wunderbarste Mährchenwelt tritt nun ganz nahe, weil das Herz ihrem Verständniß völlig geöffnet ist.

In der Manessischen Sammlung der Minnesinger finden wir einen ziemlich unverständlichen Wettgesang des Heinrich von Ofterdingen und Klingsohr mit andern Dichtern:

statt dieses Kampfspieles wollte der Verfasser einen andern seltsamen poetischen Streit darstellen, den Kampf des guten und bösen Prinzips in Gesängen der Religion und Irreligion, die unsichtbare Welt der sichtbaren entgegen gestellt. „In bacchischer Trunkenheit wetten die Dichter aus Enthusiasmus um den Tod." Wissenschaften werden poetisirt, auch die Mathematik streitet mit. Indianische Pflanzen werden besungen: Indische Mythologie in neuer Verklärung.

Dieses ist der lezte Akt Heinrichs auf Erden, der Übergang zu seiner eignen Verklärung. Dieses ist die Auflösung des ganzen Werks, die *Erfüllung* des Mährchens, welches den ersten Theil beschließt. Auf die übernatürlichste und zugleich natürlichste Weise wird alles erklärt und vollendet, die Scheidewand zwischen Fabel und Wahrheit, zwischen Vergangenheit und Gegenwart ist eingefallen: Glauben, Fantasie, Poesie schließen die innerste Welt auf.

Heinrich kommt in Sophieens Land, in eine Natur, wie sie seyn könnte, in eine allegorische, nachdem er mit Klingsohr über einige sonderbare Zeichen und Ahndungen gesprochen hat. Diese erwachen hauptsächlich bei einem alten Liede, welches er zufällig singen hört, in welchem ein tiefes Wasser an einer verborgenen Stelle beschrieben wird. Durch diesen Gesang erwachen längstvergessene Erinnerungen, er geht nach dem Wasser und findet einen kleinen goldenen Schlüssel, welchen ihm vor Zeiten ein Rabe geraubt hatte, und den er niemals hatte wiederfinden können. Diesen Schlüssel hatte ihm bald nach Mathildens Tode ein alter Mann gegeben, mit dem Bedeuten, er solle ihn zum Kaiser bringen, der würde ihm sagen, was damit zu thun sei. Heinrich geht zum Kaiser, welcher hocherfreut ist, und ihm eine alte Urkunde giebt, in welcher geschrieben steht, daß der Kaiser sie einem Manne zum lesen geben sollte, welcher ihm einst einen goldenen Schlüssel zufällig bringen würde, dieser Mann würde an einem verborgenen Orte ein altes talismanisches Kleinod, einen Karfunkel zur Krone finden, zu welchem die Stelle noch leer gelassen sei. Der Ort selbst ist auch im Pergament beschrieben. – Nach dieser Beschreibung macht sich Heinrich auf den Weg nach einem Berge, er trifft unterwegs den Fremden, der ihm und seinen Eltern zuerst von der blauen Blume erzählt hatte, er spricht mit ihm über die Offenbarung. Er geht in den Berg hinein und Cyane folgt ihm treulich nach.

Bald kommt er in jenes wunderbare Land, in welchem Luft und Wasser, Blumen und Thiere von ganz verschiedener Art sind, als in unsrer irdischen Natur. Zugleich verwandelt sich das Gedicht stellenweise in ein Schauspiel. „Menschen, Thiere, Pflanzen, Steine und Gestirne, Elemente, Töne, Farben, kommen zusammen wie Eine Familie, handeln und sprechen wie Ein Geschlecht." – „Blumen und Thiere sprechen über den Menschen." – „Die Mährchenwelt wird ganz sichtbar, die wirkliche Welt selbst wird wie ein Mährchen angesehn." Er findet die blaue Blume, es ist Mathilde, die schläft und den Karfunkel hat, ein kleines Mädchen, sein und Mathildens Kind, sitzt bei einem Sarge, und verjüngt ihn. – „Dieses Kind ist die Urwelt, die goldne Zeit am Ende." – „Hier ist die christliche Religion mit der heidnischen ausgesöhnt, die Geschichte des Orpheus, der Psyche, und andere werden besungen." –

Heinrich pflückt die blaue Blume, und erlöst Mathilden von ihrem Zauber, aber sie geht ihm wieder verlohren, er erstarrt im Schmerz und wird ein Stein. „Edda (die blaue Blume, die Morgenländerinn, Mathilde) opfert sich an dem Steine, er verwandelt sich in einen klingenden Baum. Cyane haut den Baum um, und verbrennt sich mit ihm, er wird ein goldner Widder. Edda, Mathilde muß ihn opfern, er wird wieder ein Mensch. Während dieser Verwandlungen hat er allerlei wunderliche Gespräche."

Er ist glücklich mit Mathilden, die zugleich die Morgenländerinn und Cyane ist. Das froheste Fest des Gemüths wird gefeyert. Alles vorhergehende war Tod. Letzter Traum und Erwachen. „Klingsohr kömmt wieder als König von Atlantis. Heinrichs Mutter ist Fantasie, der Vater ist der Sinn, Schwaning ist der Mond, der Bergmann ist der Antiquar, auch zugleich das Eisen. Kaiser Friedrich ist Arktur. Auch der Graf von Hohenzollern und die Kaufleute kommen wieder." Alles fließt in eine Allegorie zusammen. Cyane bringt dem Kaiser den Stein, aber Heinrich ist nun selbst der Dichter aus jenem Mährchen, welches ihm vordem die Kaufleute erzählten.

Das selige Land leidet nur noch von einer Bezauberung, indem es dem Wechsel der Jahreszeiten unterworfen ist, Heinrich zerstört das Sonnenreich. Mit einem großen Gedicht, wovon nur der Anfang aufgeschrieben ist, sollte das ganze Werk beschlossen werden [es folgt das Gedicht *Die Vermählung der Jahrszeiten* S. 353–354].

Sie fahren zur Sonne, und hohlen zuerst den Tag, dann zur Nacht, dann nach Norden, um den Winter, alsdann nach Süden, um den Sommer zu finden, von Osten bringen sie den Frühling, von Westen den Herbst. Dann eilen sie zur Jugend, dann zum Alter, zur Vergangenheit, wie zur Zukunft. –

Dieses ist, was ich dem Leser aus meinen Erinnerungen, und aus einzelnen Worten und Winken in den Papieren meines Freundes habe geben können. Die Ausarbeitung dieser großen Aufgabe würde ein bleibendes Denkmal einer neuen Poesie gewesen seyn. Ich habe in dieser Anzeige lieber trocken und kurz seyn wollen, als in die Gefahr geraten, von meiner Fantasie etwas hinzuzusetzen. Vielleicht rührt manchen Leser das Fragmentarische dieser Verse und Worte so wie mich, der nicht mit einer andächtigern Wehmuth ein Stückchen von einem zertrümmerten Bilde des Raphael oder Correggio betrachten würde.

L. T.

Theoretische Schriften

Vermischte Bemerkungen

1. Wir *suchen* überall das Unbedingte, und *finden* immer nur Dinge.

2. Die Bezeichnung durch Töne und Striche ist eine bewundernswürdige Abstraction. Vier Buchstaben bezeichnen mir Gott – Einige Striche eine Million Dinge. Wie leicht wird hier die Handhabung des Universi! wie anschaulich die Concentricitaet der Geisterwelt! die Sprachlehre ist die Dynamik des Geisterreichs! Ein Commandowort bewegt Armeen – das Wort Freyheit – Nationen.

3. Der Weltstaat ist der Körper, den die schöne Welt, die gesellige Welt – beseelt. Er ist ihr nothwendiges Organ.

4. Lehrjahre sind für den poëtischen – academische Jahre für den philosophischen Jünger.

Academie sollte ein durchaus philosophisches Institut seyn – Nur Eine Facultät – die ganze Einrichtung zur Erregung und zweckmäßigen Übung der *Denkkraft* – organisirt.

Lehrjahre im vorzüglichen Sinn sind die Lehrjahre der Kunst zu leben. Durch planmäßig geordnete Versuche lernt man ihre Grundsätze kennen und erhält die Fertigkeit nach ihnen beliebig zu verfahren.

5. Der Geist führt einen ewigen Selbstbeweis.

Blüthenstaub

Freunde, der Boden ist arm, wir müßen reichlichen Samen
Ausstreun, daß uns doch nur mäßige Erndten gedeihn.

1. Wir suchen überall das Unbedingte, und finden immer nur Dinge.

2. Die Bezeichnung durch Töne und Striche ist eine bewundernswürdige Abstrakzion. Vier Buchstaben bezeichnen mir Gott; einige Striche eine Million Dinge. Wie leicht wird hier die Handhabung des Universums, wie anschaulich die Konzentrizität der Geisterwelt! Die Sprachlehre ist die Dynamik des Geisterreichs. Ein Kommandowort bewegt Armeen; das Wort Freyheit Nazionen.

3. Der Weltstaat ist der Körper, den die schöne Welt, die gesellige Welt, beseelt. Er ist ihr nothwendiges Organ.

4. Lehrjahre sind für den poetischen, akademische Jahre für den philosophischen Jünger. Akademie sollte ein durchaus philosophisches Institut seyn: nur Eine Facultät; die ganze Einrichtung zur Erregung und zweckmäßigen Übung der Denkkraft organisirt.

5. Lehrjahre im vorzüglichen Sinn sind die Lehrjahre der Kunst zu leben. Durch planmäßig geordnete Versuche lernt man ihre Grundsätze kennen und erhält die Fertigkeit nach ihnen beliebig zu verfahren.

6. Ganz begreifen, werden wir uns nie, aber wir werden und können uns weit mehr, als Begreifen.

7. Gewisse *Hemmungen* gleichen den Griffen eines Flötenspielers, der um verschiedene Töne hervorzubringen, bald diese, bald jene Oeffnung zuhält, und *willkührliche* Verkettungen stummer und tönender Oeffnungen zu machen *scheint.*

8. Der Unterschied zwischen Wahn und Wahrheit liegt in der Differenz ihrer Lebensfunctionen.

Der Wahn lebt von der Wahrheit – die Wahrheit hat ihr Leben in sich. Man vernichtet den Wahn, wie man Kranckheiten vernichtet – und der Wahn ist also nichts, als logische Entzündung, oder Verlöschung – Schwärmerey oder Philisterey. Jene hinterläßt gewöhnlich – einen *scheinbaren Mangel an Denckkraft*, der durch nichts zu heben ist, als eine abnehmende Reihe von Incitamenten (Zwangsmitteln). Diese geht oft in eine *trügliche Lebhaftigkeit* über, deren gefährliche, Revolutionssymptome nur durch eine zunehmende Reihe gewaltsamer Mittel vertrieben werden können.

Beyde Dispositionen können nur durch chronische, streng befolgte Kuren verändert werden.

9. Unser sämmtliches Wahrnehmungsvermögen gleicht dem Auge. Die Objecte müssen durch entgegengesezte Media durch, um richtig auf der Pupille zu erscheinen.

10. Die Erfahrung ist die Probe des Rationalen – und so umgekehrt.

Die Unzulänglichkeit der *bloßen* Theorie in der Anwendung, über die der Practiker oft commentirt – findet sich gegenseitig in der rationellen Anwendung der *bloßen* Erfahrung und wird von dem ächten Philosophen, jedoch mit Selbstbescheidung der Nothwendigkeit dieses Erfolgs, ver-

6. Ganz begreifen werden wir uns nie, aber wir werden und können uns weit mehr, als begreifen.

7. Gewisse Hemmungen gleichen den Griffen eines Flötenspielers, der um verschiedene Töne hervorzubringen, bald diese bald jene Öffnung zuhält, und willkührliche Verkettungen stummer und tönender Öffnungen zu machen scheint.

8. Der Unterschied zwischen Wahn und Wahrheit liegt in der Differenz ihrer Lebensfunkzionen. Der Wahn lebt von der Wahrheit; die Wahrheit lebt ihr Leben in sich. Man vernichtet den Wahn, wie man Krankheiten vernichtet, und der Wahn ist also nichts, als logische Entzündung oder Verlöschung, Schwärmerey und Philisterey. Jene hinterläßt gewöhnlich einen scheinbaren Mangel an Denkkraft, der durch nichts zu heben ist, als eine abnehmende Reihe von Inzitamenten, Zwangsmitteln. Diese geht oft in eine trügliche Lebhaftigkeit über, deren gefährliche Revoluzionssymptome nur durch eine zunehmende Reihe gewaltsamer Mittel vertrieben werden können. Beyde Disposizionen können nur durch chronische, streng befolgte Kuren verändert werden.

9. Unser sämtliches Wahrnehmungsvermögen gleicht dem Auge. Die Objekte müßen durch entgegengesetzte Media durch, um richtig auf der Pupille zu erscheinen.

10. Die Erfahrung ist die Probe des Razionalen, und so umgekehrt. Die Unzulänglichkeit der bloßen Theorie in der Anwendung, über die der Praktiker oft kommentirt, findet sich gegenseitig in der razionalen Anwendung der bloßen Erfahrung, und wird von den ächten Philosophen, jedoch mit Selbstbescheidung der Nothwendigkeit dieses Erfolgs, vernehmlich genug bemerkt. Der Praktiker verwirft deshalb

nehmlich genug bemerckt. Der Practiker verwirft deshalb die bloße Theorie ganz, ohne zu ahnden, wie problematisch die Beantwortung der Frage seyn dürfte –

Ob die Theorie für die Anwendung, oder die Anwendung um der Theorie willen sey?

11. Der Tod ist eine Selbstbesiegung – die, wie alle Selbstüberwindung, eine neue, leichtere Existenz verschafft./

12. Brauchen wir zum Gewöhnlichen und Gemeinen vielleicht deswegen soviel Kraft und Anstrengung, weil für den eigentlichen Menschen nichts ungewöhnlicher – nichts ungemeiner ist, als armseelige Gewöhnlichkeit?

Das Höchste ist das Verständlichste – das Nächste, das Unentbehrlichste. Nur durch Unbekanntschaft mit uns selbst – Entwöhnung von uns selbst entsteht hier eine Unbegreiflichkeit, die selbst unbegreiflich ist.

13. Wunder stehn mit naturgesezlichen Wirckungen in Wechsel – Sie beschränken einander gegenseitig, und machen zusammen ein Ganzes aus. Sie sind vereinigt, indem sie sich gegenseitig aufheben. Kein Wunder ohne Naturbegebenheit und umgekehrt.

14. Die Natur ist Feindinn ewiger Besitzungen. Sie zerstört nach festen Gesetzen alle Zeichen des Eigenthums, vertilgt alle Merckmale der Formation. Allen Geschlechtern gehört die Erde – jeder hat Anspruch auf alles. Die Frühern dürfen diesem Primogeniturzufalle keinen Vorzug verdanken. Das Eigenthumsrecht erlischt zu bestimmten Zeiten. Die Amelioration und Deterioration steht unter unabänderlichen Bedingungen. Wenn aber der Körper ein Eigenthum ist, wodurch ich nur die Rechte eines activen Erdenbürgers erwerbe, so kann ich durch den Verlust dieses Eigenthums nicht mich

die bloße Theorie ganz, ohne zu ahnden, wie problematisch die Beantwortung der Frage seyn dürfte: „Ob die Theorie für die Anwendung, oder die Anwendung um der Theorie willen sey?"

11. Das Höchste ist das Verständlichste, das Nächste, das Unentbehrlichste.

12. Wunder stehn mit naturgesetzlichen Wirkungen in Wechsel: sie beschränken einander gegenseitig, und machen zusammen ein Ganzes aus. Sie sind vereinigt, indem sie sich gegenseitig aufheben. Kein Wunder ohne Naturbegebenheit und umgekehrt.

13. Die Natur ist Feindin ewiger Besitzungen. Sie zerstört nach festen Gesetzen alle Zeichen des Eigenthums, vertilgt alle Merkmale der Formazion. Allen Geschlechtern gehört die Erde; jeder hat Anspruch auf alles. Die Frühern dürfen diesem Primogeniturzufalle keinen Vorzug verdanken. – Das Eigenthumsrecht erlischt zu bestimmten Zeiten. Die Ameliorazion und Deteriorazion steht unter unabänderlichen Bedingungen. Wenn aber der Körper ein Eigenthum ist, wodurch ich nur die Rechte eines aktiven Erdenbürgers erwerbe, so kann ich durch den Verlust dieses Eigenthums

selbst einbüßen – Ich verliere nichts, als die Stelle in dieser Fürstenschule – und trete in eine höhere Corporation, wohin mir meine geliebten Mitschüler nachfolgen.

15. Leben ist der Anfang des Todes. Das Leben ist um des Todes willen. Der Tod ist Endigung und Anfang zugleich – Scheidung und nähere Selbstverbindung zugleich. Durch den Tod wird die Reduktion vollendet.

16. Wir sind dem Aufwachen nah, wenn wir träumen, daß wir träumen.

17. Die Fantasie sezt die künftige Welt entweder in die Höhe, oder in die Tiefe, oder in der Metempsychose, zu uns. Wir träumen von Reisen durch das Weltall – Ist denn das Weltall nicht *in uns?* Die Tiefen unsers Geistes kennen wir nicht – Nach Innen geht der geheimnißvolle Weg. In uns, oder nirgends ist die Ewigkeit mit ihren Welten – die Vergangenheit und Zukunft. Die Außenwelt ist die Schattenwelt – Sie wirft ihren Schatten in das Lichtreich. Jezt scheints uns freylich innerlich so dunkel, einsam, gestaltlos – Aber wie ganz anders wird es uns dünken – wenn diese Verfinsterung vorbey, und der Schattenkörper hinweggerückt ist – Wir werden mehr genießen als je, denn unser Geist hat entbehrt.

18. Darwin macht die Bemerckung, daß wir weniger vom Lichte, beym Erwachen, geblendet werden – wenn wir von sichtbaren Gegenständen geträumt haben. Wohl also denen, die hier schon von Sehn träumten – sie werden früher die Glorie jener Welt ertragen können!

nicht mich selbst einbüßen. Ich verliere nichts, als die Stelle in dieser Fürstenschule, und trete in eine höhere Korporazion, wohin mir meine geliebten Mitschüler nachfolgen.

14. Leben ist der Anfang des Todes. Das Leben ist um des Todes willen. Der Tod ist Endigung und Anfang zugleich, Scheidung und nähere Selbstverbindung zugleich. Durch den Tod wird die Redukzion vollendet.

15. Auch die Philosophie hat ihre Blüthen. Das sind die Gedanken, von denen man immer nicht weiß, ob man sie schön oder witzig nennen soll.
[Friedrich Schlegel]

16. Die Fantasie setzt die künftige Welt entweder in die Höhe, oder in die Tiefe, oder in der Metempsychose zu uns. Wir träumen von Reisen durch das Weltall: ist denn das Weltall nicht in uns? Die Tiefen unsers Geistes kennen wir nicht. – Nach Innen geht der geheimnißvolle Weg. In uns, oder nirgends ist die Ewigkeit mit ihren Welten, die Vergangenheit und Zukunft. Die Außenwelt ist die Schattenwelt, sie wirft ihren Schatten in das Lichtreich. Jetzt scheint es uns freylich innerlich so dunkel, einsam, gestaltlos, aber wie ganz anders wird es uns dünken, wenn diese Verfinsterung vorbey, und der Schattenkörper hinweggerückt ist. Wir werden mehr genießen als je, denn unser Geist hat entbehrt.

17. Darwin macht die Bemerkung, daß wir weniger vom Lichte beym Erwachen geblendet werden, wenn wir von sichtbaren Gegenständen geträumt haben. Wohl also denen, die hier schon von Sehen träumten! Sie werden früher die Glorie jener Welt ertragen können.

19. Wie kann ein Mensch Sinn für etwas haben, wenn er nicht den Keim davon in sich hat. Was ich verstehn soll, muß sich in mir organisch entwickeln – und was ich zu lernen scheine ist nur Nahrung – Incitament des Organism.

20. Der Sitz der Seele ist da, wo sich Innenwelt und Außenwelt berühren. Wo sie sich durchdringen – ist er in jedem Puncte der Durchdringung.

21. Das Leben eines wahrhaft canonischen Menschen muß durchgehends symbolisch seyn. Wäre, unter dieser Voraussetzung nicht jeder Tod ein Versöhnungstod? – Mehr oder weniger, versteht sich – und ließen sich nicht mehrere höchst merckwürdige Folgerungen daraus ziehn?

22. Wer sucht, wird zweifeln. Das Genie sagt aber so dreist und sicher, was es in sich vorgehn sieht weil es nicht in seiner Darstellung und also auch die Darstellung nicht in ihm befangen ist, sondern seine Betrachtung und das Betrachtete frey zusammenzustimmen, zu Einem Wercke frey sich zu vereinigen scheinen.

Wenn wir von der Außenwelt sprechen, wenn wir wirckliche Gegenstände schildern, so verfahren wir, wie das Genie. So ist also das Genie, das Vermögen von eingebildeten Gegenständen, wie von Wircklichen zu handeln, und sie auch, wie diese, zu behandeln. Das Talent darzustellen, genau zu beobachten – zweckmäßig die Beobachtung zu beschreiben – ist also vom Genie verschieden. Ohne dieses Talent sieht man nur halb – und ist nur ein halbes Genie – man kann genialische Anlage haben, die in Ermangelung jenes Talents nie zur Entwicklung kommt.

Ohne Genialitaet existirten wir alle überhaupt nicht. Genie ist zu allem nöthig. Was man aber gewöhnlich Genie nennt – ist Genie des Genies.

18. Wie kann ein Mensch Sinn für etwas haben, wenn er nicht den Keim davon in sich hat? Was ich verstehn soll, muß sich in mir organisch entwickeln; und was ich zu lernen scheine, ist nur Nahrung, Inzitament des Organismus.

19. Der Sitz der Seele ist da, wo sich Innenwelt und Außenwelt berühren. Wo sie sich durchdringen, ist er in jedem Punkte der Durchdringung.

20. Wenn man in der Mittheilung der Gedanken zwischen absolutem Verstehen und absolutem Nichtverstehen abwechselt, so darf das schon eine philosophische Freundschaft genannt werden. Geht es uns doch mit uns selbst nicht besser. Und ist das Leben eines denkenden Menschen wohl etwas andres als eine stete innere Symphilosophie? [Friedrich Schlegel]

21. Genie ist das Vermögen von eingebildeten Gegenständen, wie von wirklichen zu handeln, und sie auch wie diese zu behandeln. Das Talent darzustellen, genau zu beobachten, zweckmäßig die Beobachtung zu beschreiben, ist also vom Genie verschieden. Ohne dieses Talent sieht man nur halb, und ist nur ein halbes Genie; man kann genialische Anlage haben, die in Ermangelung jenes Talents nie zur Entwickelung kommt.

23. Das willkührlichste Vorurtheil ist, daß dem Menschen das Vermögen *außer sich* zu seyn, mit Bewußtseyn jenseits der Sinne zu seyn, versagt sey. Der Mensch vermag in jedem Augenblicke ein übersinnliches Wesen zu seyn. Ohne dies wär er nicht Weltbürger – er wäre ein Thier. Freylich ist die Besonnenheit in diesem Zustande, die Sich Selbst Findung – sehr schwer, da er so unaufhörlich, so nothwendig mit dem Wechsel unsrer übrigen Zustände verbunden ist. Je mehr wir uns aber dieses Zustands bewußt zu seyn vermögen, desto lebendiger, mächtiger, genügender ist die Überzeugung, die daraus entsteht – der Glaube an ächte Offenbarungen des Geistes. Es ist kein Schauen – Hören – Fühlen – es ist aus allen dreyen zusammengesezt – mehr, als alles Dreyes – eine Empfindung unmittelbarer Gewisheit – eine Ansicht meines wahrhaftesten, eigensten Lebens – die Gedanken verwandeln sich in Gesetze – die Wünsche in Erfüllungen. Für den Schwachen ist das *Factum dieses Moments ein Glaubensartickel.*

Auffallend wird die Erscheinung besonders beym Anblick mancher menschlicher Gestalten und Gesichter – vorzüglich bey der Erblickung mancher Augen, mancher Minen, mancher Bewegungen – beym Hören gewisser Worte, beym Lesen gewisser Stellen – bey gewissen Hinsichten auf Leben, Welt und Schicksal. Sehr viele Zufälle, manche Naturereignisse, besondre Jahrs und Tageszeiten liefern uns solche Erfahrungen. Gewisse Stimmungen sind vorzüglich solchen Offenbarungen günstig. Die Meisten sind augenblicklich – Wenige verziehend – die Wenigsten Bleibend. Hier ist viel Unterschied zwischen den Menschen. Einer hat mehr Offenbarungsfähigkeit, als der Andre – Einer mehr *Sinn*, der andre mehr Verstand für dieselbe. Der Leztere wird immer in ihrem sanften Lichte bleiben; wenn der Erstere nur abwechselnde Erleuchtungen, aber hellere und mannichfaltigere hat. Dieses Vermögen ist ebenfalls Kranckheitsfähig, die entweder

22. Das willkührlichste Vorurtheil ist, daß dem Menschen das Vermögen außer sich zu seyn, mit Bewußtseyn jenseits der Sinne zu seyn, versagt sey. Der Mensch vermag in jedem Augenblicke ein übersinnliches Wesen zu seyn. Ohne dies wäre er nicht Weltbürger, er wäre ein Thier. Freylich ist die Besonnenheit, Sichselbstfindung, in diesem Zustande sehr schwer, da er so unaufhörlich, so nothwendig mit dem Wechsel unsrer übrigen Zustände verbunden ist. Je mehr wir uns aber dieses Zustandes bewußt zu seyn vermögen, desto lebendiger, mächtiger, genügender ist die Überzeugung, die daraus entsteht; der Glaube an ächte Offenbarungen des Geistes. Es ist kein Schauen, Hören, Fühlen; es ist aus allen dreyen zusammengesezt, mehr als alles Dreyes: eine Empfindung unmittelbarer Gewißheit, eine Ansicht meines wahrhaftesten, eigensten Lebens. Die Gedanken verwandeln sich in Gesetze, die Wünsche in Erfüllungen. Für den Schwachen ist das Faktum dieses Moments ein Glaubensartikel. Auffallend wird die Erscheinung besonders beym Anblick mancher menschlichen Gestalten und Gesichter, vorzüglich bey der Erblickung mancher Augen, mancher Minen, mancher Bewegungen, beym Hören gewisser Worte, beym Lesen gewisser Stellen, bey gewissen Hinsichten auf Leben, Welt und Schicksal. Sehr viele Zufälle, manche Naturereignisse, besonders Jahrs- und Tageszeiten, liefern uns solche Erfahrungen. Gewisse Stimmungen sind vorzüglich solchen Offenbarungen günstig. Die meisten sind augenblicklich, wenige verweilend, die wenigsten bleibend. Hier ist viel Unterschied zwischen den Menschen. Einer hat mehr Offenbarungsfähigkeit, als der andere. Einer hat mehr Sinn, der andere mehr Verstand für dieselbe. Der letzte wird immer in ihrem sanften Lichte bleiben, wenn der erste nur abwechselnde Erleuchtungen, aber hellere und mannichfaltigere hat. Dieses Vermögen ist ebenfalls Krankheitsfähig, die entweder Überfluß an Sinn und Mangel an

Überfluß an Sinn und Mangel an Verstand – oder Überfluß an Verstand und Mangel an Sinn bezeichnet.

24. Wenn der Mensch nicht weiter kommen kann, so hilft er sich mit einem Machtspruche, oder einer Machthandlung – einem raschen Entschluß.

25. Schaam ist wohl ein Gefühl der Profanation. Freundschaft, Liebe, und Pietaet sollten geheimnißvoll behandelt werden. Man sollte nur in seltnen, vertrauten Momenten davon reden, sich stillschweigend darüber einverstehn – Vieles ist zu zart, um gedacht, noch mehreres um besprochen zu werden.

26. Selbstentäußerung ist die Quelle aller Erniedrigung, sowie im Gegentheil der Grund aller ächten Erhebung. Der erste Schritt wird Blick nach innen – absondernde Beschauung unsres Selbst – Wer hier stehn bleibt geräth nur halb. Der 2te Schritt muß wircksamer Blick nach außen – selbstthätige, gehaltne Beobachtung der Außenwelt seyn.

Der Mensch wird nie, als Darsteller, etwas vorzügliches leisten, der nichts weiter darstellen mag, als seine Erfahrungen, Seine Lieblings Gegenstände, der es nicht über sich gewinnen kann, auch einen ganz fremden, ihm ganz uninteressanten Gegenstand, mit Fleiß zu studiren und mit Muße darzustellen. Der Darsteller muß alles darstellen können und wollen. Dadurch entsteht der große Styl der Darstellung, den man, mit Recht, an Göthe, so sehr bewundert.

Verstand, oder Überfluß an Verstand und Mangel an Sinn bezeichnet.

23. Scham ist wohl ein Gefühl der Profanazion. Freundschaft, Liebe und Pietät sollten geheimnißvoll behandelt werden. Man sollte nur in seltnen, vertrauten Momenten davon reden, sich stillschweigend darüber einverstehen. Vieles ist zu zart um gedacht, noch mehres um besprochen zu werden.

24. Selbstentäußerung ist die Quelle aller Erniedrigung, so wie im Gegentheil der Grund aller ächten Erhebung. Der erste Schritt wird Blick nach Innen, absondernde Beschauung unsers Selbst. Wer hier stehn bleibt, geräth nur halb. Der zweyte Schritt muß wirksamer Blick nach Außen, selbstthätige, gehaltne Beobachtung der Außenwelt seyn.

25. Derjenige wird nie als Darsteller etwas vorzügliches leisten, der nichts weiter darstellen mag, als seine Erfahrungen, seine Lieblingsgegenstände, der es nicht über sich gewinnen kann, auch einen ganz fremden, ihm ganz uninteressanten Gegenstand, mit Fleiß zu studiren und mit Muße darzustellen. Der Darsteller muß alles darstellen können und wollen. Dadurch entsteht der große Styl der Darstellung, den man mit Recht an Goethe so sehr bewundert.

26. Hat man nun einmal die Liebhaberey fürs Absolute und kann nicht davon lassen: so bleibt einem kein Ausweg, als sich selbst immer zu widersprechen, und entgegengesetzte Extreme zu verbinden. Um den Satz des Widerspruchs ist es doch unvermeidlich geschehen, und man hat nur die Wahl, ob man sich dabey leidend verhalten will, oder ob man die Nothwendigkeit durch Anerkennung zur freyen Handlung adeln will. [Friedrich Schlegel]

27. Eine merckwürdige Eigenheit Göthes bemerckt man in seinen Verknüpfungen kleiner, unbedeutender Vorfälle mit wichtigern Begebenheiten. Er scheint keine andre Absicht dabey zu hegen, als die Einbildungskraft, auf eine poëtische Weise, mit einem mysteriösen Spiel, zu beschäftigen. Auch hier ist der sonderbare Mann der Natur auf die Spur gekommen und hat ihr einen artigen Kunstgriff abgemerckt. Das gewöhnliche Leben ist voll ähnlicher Zufälle. Sie machen ein Spiel aus, das, wie alles Spiel, auf Überraschung und Täuschung hinausläuft.

Mehrere Sagen des gemeinen Lebens beruhn auf einer Bemerckung dieses verkehrten Zusammenhangs – so z. B. bedeuten *böse Träume* Glück – Todtsagen, langes Leben – ein Hase, der über den Weg läuft Unglück. Fast der ganze Aberglaube des gemeinen Volks beruht auf Deutungen dieses Spiels.

28. Die höchste Aufgabe der Bildung ist – sich seines transscendentalen Selbst zu bemächtigen – das Ich ihres Ichs zugleich zu seyn. Um so weniger befremdlich ist der Mangel an vollständigen Sinn und Verstand für Andre. Ohne vollendetes Selbstverständniß wird man nie andre wahrhaft verstehn lernen.

29. Nur dann zeig ich, daß ich einen Schriftsteller verstanden habe, wenn ich in seinem Geiste handeln kann, wenn ich ihn, ohne seine Individualitaet zu schmälern, übersetzen, und mannichfach verändern kann.

30. Humor ist eine willkührlich angenommene Manier. Das Willkührliche ist das Piquante daran – Humor ist Resultat einer freyen Vermischung des Bedingten und Unbedingten. Durch Humor wird das Eigenthümlich Bedingte allgemein interressant – und erhält objectiven Werth. Wo Fantasie und

27. Eine merkwürdige Eigenheit Goethe's bemerkt man in seinen Verknüpfungen kleiner, unbedeutender Vorfälle mit wichtigern Begebenheiten. Er scheint keine andre Absicht dabey zu hegen, als die Einbildungskraft auf eine poetische Weise mit einem mysteriösen Spiel zu beschäftigen. Auch hier ist der sonderbare Genius der Natur auf die Spur gekommen, und hat ihr einen artigen Kunstgriff abgemerkt. Das gewöhnliche Leben ist voll ähnlicher Zufälle. Sie machen ein Spiel aus, das wie alles Spiel auf Überraschung und Täuschung hinausläuft.

Mehre Sagen des gemeinen Lebens beruhn auf einer Bemerkung dieses verkehrten Zusammenhangs. So z.B. bedeuten böse Träume Glück; todtsagen langes Leben; ein Hase, der über'n Weg läuft, Unglück. Fast der ganze Aberglaube des gemeinen Volks beruht auf Deutungen dieses Spiels.

28. Die höchste Aufgabe der Bildung ist, sich seines transcendentalen Selbst zu bemächtigen, das Ich seines Ich's zugleich zu seyn. Um so weniger befremdlich ist der Mangel an vollständigem Sinn und Verstand für Andre. Ohne vollendetes Selbstverständniß wird man nie andere wahrhaft verstehn lernen.

29. Humor ist eine willkührlich angenommene Manier. Das Willkührliche ist das Pikante daran: Humor ist Resultat einer freyen Vermischung des Bedingten und Unbedingten. Durch Humor wird das eigenthümlich Bedingte allgemein interessant, und erhält objektiven Werth. Wo Fantasie und Urtheils-

Urtheilskraft sich berühren entsteht Witz – Wo sich Vernunft und Willkühr paaren – Humor. Persifflage gehört zum Humor, ist aber um einen Grad geringer – Sie ist nicht mehr rein artistisch – ⟨und viel beschränckter. In heitern Seelen giebts keinen Witz. Witz zeigt ein gestörtes Gleichgewicht an – Er ist die Folge der Störung, und zugleich das Mittel der Herstellung. Den stärcksten Witz hat die Leidenschaft. Ächt geselliger Witz ist ohne Knall. Es giebt eine Art desselben, die nur magisches Farbenspiel in höhern Sfären ist. Der Zustand der Auflösung aller Verhältnisse – die Verzweiflung, oder das geistige Sterben – ist am fürchterlichsten witzig.

Das Unbedeutende, Gemeine, Rohe, Häßliche, Ungesittete wird *durch Witz allein*, Gesellschaftsfähig. Es ist gleichsam nur um *des Witzes willen* – Seine Zweckbestimmung ist der Witz.⟩

31. ⟨Geistvoll ist das worinn sich der Geist unaufhörlich offenbart – wenigstens oft von neuen, in veränderter Gestalt wieder erscheint – Nicht blos etwa nur Einmal – so im Anfang – wie bey vielen philosophischen Systemen.⟩

32. Wir sind auf einer *Mission.* Zur Bildung der Erde sind wir berufen. Wenn uns ein Geist erschiene, so würden wir uns sogleich unsrer eignen Geistigkeit bemächtigen – wir würden inspirirt seyn, durch uns und den Geist zugleich – Ohne Inspiration keine Geistererscheinung. Inspiration ist Erscheinung und Gegenerscheinung, Zueignung und Mittheilung zugleich.

33. Der Mensch lebt, wirckt nur in der Idee fort – durch die Errinnerung an sein Daseyn. Vor der Hand giebts kein ande-

kraft sich berühren, entsteht Witz; wo sich Vernunft und Willkühr paaren, Humor. Persifflage gehört zum Humor, ist aber um einen Grad geringer: es ist nicht mehr rein artistisch, und viel beschränkter. Was Fr. Schlegel als Ironie karakterisirt, ist meinem Bedünken nach nichts anders als die Folge, der Karakter der Besonnenheit, der wahrhaften Gegenwart des Geistes. Schlegels Ironie scheint mir ächter Humor zu seyn. Mehre Nahmen sind einer Idee vortheilhaft.

30. Das Unbedeutende, Gemeine, Rohe, Häßliche, Ungesittete, wird durch Witz allein Gesellschaftfähig. Es ist gleichsam nur um des Witzes willen: seine Zweckbestimmung ist der Witz.

31. Um das Gemeine, wenn man nicht selbst gemein ist, mit der Kraft und mit der Leichtigkeit zu behandeln, aus der die Anmuth entspringt, muß man nichts sonderbarer finden als das Gemeine, und Sinn fürs Sonderbare haben, viel darin suchen und ahnden. Auf die Art kann auch wohl ein Mensch, der in ganz andern Sphären lebt, gewöhnliche Naturen so befriedigen, daß sie gar kein Arg aus ihm haben, und ihn für nichts weiter halten, als was sie unter sich liebenswürdig nennen. [Friedrich Schlegel]

32. Wir sind auf einer Mißion: zur Bildung der Erde sind wir berufen.

33. Wenn uns ein Geist erschiene, so würden wir uns sogleich unsrer eignen Geistigkeit bemächtigen: wir würden inspirirt seyn durch uns und den Geist zugleich. Ohne Inspirazion keine Geistererscheinung. Inspirazion ist Erscheinung und Gegenerscheinung, Zueignung und Mittheilung zugleich.

34. Der Mensch lebt, wirkt nur in der Idee fort, durch die Erinnerung an sein Daseyn. Vor der Hand giebts kein anderes

res Mittel der Geisterwirckungen auf dieser Welt. Daher ist es Pflicht an die Verstorbenen zu denken. Es ist der einzige Weg in Gemeinschaft mit ihnen zu bleiben. Gott selbst ist auf keine andre Weise bey uns wircksam – als durch den Glauben.

34. Interresse ist Theilnahme an dem Leiden und der Thätigkeit eines Wesens. Mich interressirt etwas, wenn es mich zur Theilnahme zu erregen weiß. Kein Interresse ist interressanter, als was man an sich selbst nimmt – sowie der Grund einer merckwürdigen Freundschaft und Liebe, die Theilnahme ist, zu der mich ein Mensch reizt, der mit sich selbst beschäftigt ist, der mich durch seine Mittheilung gleichsam einladet an seinem Geschäfte theil zu nehmen.

35. Wer den Witz erfunden haben mag? Jede zur Besinnung gebrachte Eigenschaft – Handlungsweise unsers Geistes ist im eigentlichsten Sinn eine neuentdeckte Welt.

36. Was Schlegel so scharf, als Ironie, karacterisirt, ist, meinem Bedünken nach, nichts anders – als die Folge, der Caracter der ächten Besonnenheit – der wahrhaften Gegenwart des Geistes. Der Geist erscheint immer nur in *fremder, luftiger* Gestalt. Schlegels Ironie scheint mir ächter Humor zu seyn. Mehrere Namen sind einer Idee vortheilhaft.

37. Jezt regt sich nur hie und da Geist – wenn wird der Geist sich im *Ganzen* regen? – wenn wird die Menschheit in Masse sich selbst zu besinnen anfangen?

38. Der Mensch besteht in der Wahrheit – Gibt er die Wahrheit Preis, so gibt er sich selbst Preis. Wer die Wahrheit verräth, verräth sich selbst. Es ist hier nicht die Rede vom Lügen – sondern vom Handeln gegen Überzeugung.

Mittel der Geisterwirkungen auf dieser Welt. Daher ist es Pflicht an die Verstorbenen zu denken. Es ist der einzige Weg in Gemeinschaft mit ihnen zu bleiben. Gott selbst ist auf keine andere Weise bey uns wirksam als durch den Glauben.

35. Interesse ist Theilnahme an dem Leiden und der Thätigkeit eines Wesens. Mich interessirt etwas, wenn es mich zur Theilnahme zu erregen weiß. Kein Interesse ist interessanter, als was man an sich selbst nimmt; so wie der Grund einer merkwürdigen Freundschaft und Liebe die Theilnahme ist, zu der mich ein Mensch reizt, der mit sich selbst beschäftigt ist, der mich durch seine Mittheilung gleichsam einladet, an seinem Geschäfte Theil zu nehmen.

36. Wer den Witz erfunden haben mag? Jede zur Besinnung gebrachte Eigenschaft, Handlungsweise unsers Geistes ist im eigentlichsten Sinn eine neuentdeckte Welt.

37. Der Geist erscheint immer nur in fremder, luftiger Gestalt.

38. Jetzt regt sich nur hie und da Geist: wann wird der Geist sich im Ganzen regen? wann wird die Menschheit in Masse sich selbst zu besinnen anfangen?

39. Der Mensch besteht in der Wahrheit. Giebt er die Wahrheit preis, so giebt er sich selbst preis. Wer die Wahrheit verräth, verräth sich selbst. Es ist hier nicht die Rede vom Lügen, sondern vom Handeln gegen Überzeugung.

39. Von einem liebenswerthen Gegenstande können wir nicht genug hören, nicht genug sprechen. Wir freuen uns über jedes neue, treffende, verherrlichende Wort. Es liegt nicht an uns, daß er nicht Gegenstand aller Gegenstände wird.

40. Wir halten einen leblosen Stoff wegen seiner Beziehungen, seiner Formen fest. Wir lieben den Stoff insofern er zu einem geliebten Wesen gehört, seine Spur trägt, oder Aehnlichkeit mit ihm hat.

41. Ein ächter Klubb ist eine Mischung von Institut und Gesellschaft – Er hat einen Zweck, wie das Institut – aber keinen bestimmten, sondern einen Unbestimmten – Freyen – Humanitaet überhaupt. Aller Zweck ist ernsthaft – die Gesellschaft ist durchaus frölich.

42. Die Gegenstände der gesellschaftlichen Unterhaltung sind nichts, *als Mittel der Belebung*. Dis bestimmt ihre Wahl – ihren Wechsel – ihre Behandlung. Die Gesellschaft ist nichts, als *gemeinschaftliches Leben* – Eine untheilbare denkende und fühlende Person. Jeder Mensch ist eine kleine Gesellschaft.

43. In sich zurückgehn bedeutet bey uns, von der Außenwelt abstrahiren. Bey den Geistern heißt analogisch, das irrdische Leben eine innre Betrachtung – ein in sich Hineingehn – ein

40. In heitern Seelen giebts keinen Witz. Witz zeigt ein gestörtes Gleichgewicht an: er ist die Folge der Störung und zugleich das Mittel der Herstellung. Den stärksten Witz hat die Leidenschaft. Der Zustand der Auflösung aller Verhältnisse, die Verzweiflung oder das geistige Sterben ist am fürchterlichsten witzig.

41. Von einem liebenswerthen Gegenstande können wir nicht genug hören, nicht genug sprechen. Wir freuen uns über jedes neue, treffende, verherrlichende Wort. Es liegt nicht an uns, daß er nicht Gegenstand aller Gegenstände wird.

42. Wir halten einen leblosen Stoff wegen seiner Beziehungen, seiner Formen fest. Wir lieben den Stoff, in so fern er zu einem geliebten Wesen gehört, seine Spur trägt, oder Ähnlichkeit mit ihm hat.

43. Ein ächter Klub ist eine Mischung von Institut und Gesellschaft. Er hat einen Zweck, wie das Institut; aber keinen bestimmten, sondern einen unbestimmten, freyen: Humanität überhaupt. Aller Zweck ist ernsthaft; die Gesellschaft ist durchaus fröhlich.

44. Die Gegenstände der gesellschaftlichen Unterhaltung sind nichts, als Mittel der Belebung. Dieß bestimmt ihre Wahl, ihren Wechsel, ihre Behandlung. Die Gesellschaft ist nichts, als gemeinschaftliches Leben: eine untheilbare denkende und fühlende Person. Jeder Mensch ist eine kleine Gesellschaft.

45. In sich zurückgehn, bedeutet bey uns, von der Außenwelt abstrahiren. Bey den Geistern heißt analogisch, das irdische Leben eine innere Betrachtung, ein in sich Hineingehn, ein

immanentes Wircken. So entspringt das irrdische Leben aus einer ursprünglichen Reflexion – einem primitiven Hineingehn, Sammeln in sich Selbst – das so frey ist, als unsre Reflexion. Umgekehrt entspringt das geistige Leben in dieser Welt aus einem Durchbrechen jener primitiven Reflexion – der Geist entfaltet sich wiederum – der Geist geht zu sich selbst wieder heraus – hebt zum Theil jene Reflexion wieder auf – und in diesem Moment sagt er zum Erstenmal – Ich. Man sieht hier, wie relativ das Herausgehn und Hineingehn ist. Was wir Hineingehn nennen, ist eigentlich Herausgehn – eine Wiederannahme der anfänglichen Gestalt.

44. Ob sich nicht etwas für die neuerdings so sehr gemißhandelten Alltagsmenschen sagen ließe? Gehört nicht zur beharrlichen Mittelmäßigkeit die meiste Kraft? und soll der Mensch mehr, als Einer aus dem Popolo seyn?

45. Wo ächter Hang zum Nachdenken, nicht blos zum Denken dieses oder jenes Gedankens, herrschend ist – da ist auch *Progredibilitaet.* Sehr viele Gelehrte besitzen diesen Hang nicht. Sie haben schließen und folgern gelernt, wie ein Schuster das Schuhmachen, ohne je auf den Einfall zu gerathen, oder sich zu bemühen den Grund der Gedanken zu finden. Dennoch liegt das Heil auf keinem andern Wege. Bey vielen währt dieser Hang, nur eine Zeitlang – Er wächst und nimmt ab – Sehr oft mit den Jahren – oft mit dem Fund eines Systems, das sie nur suchten, um der Mühe des Nachdenkens ferner überhoben zu seyn.

46. Irrthum und Vorurtheil sind Lasten – indirect reitzende Mittel für den Selbstthätigen, jeder Last Gewachsenen – für den Schwachen sind sie positiv schwächende Mittel.

immanentes Wirken. So entspringt das irdische Leben aus einer ursprünglichen Reflexion, einem primitiven Hineingehn, Sammeln in sich selbst, das so frey ist, als unsre Reflexion. Umgekehrt entspringt das geistige Leben in dieser Welt aus einem Durchbrechen jener primitiven Reflexion. Der Geist entfaltet sich wiederum, geht aus sich selbst wieder heraus, hebt zum Theil jene Reflexion wieder auf, und in diesem Moment sagt er zum erstenmal Ich. Man sieht hier, wie relativ das Herausgehn und Hineingehn ist. Was wir Hineingehn nennen, ist eigentlich Herausgehn, eine Wiederannahme der anfänglichen Gestalt.

46. Ob sich nicht etwas für die neuerdings so sehr gemißhandelten Alltagsmenschen sagen ließe? Gehört nicht zur beharrlichen Mittelmäßigkeit die meiste Kraft? und soll der Mensch mehr als einer aus dem Popolo seyn?

47. Wo ächter Hang zum Nachdenken, nicht bloß zum Denken dieses oder jenes Gedankens, herrschend ist, da ist auch Progreßivität. Sehr viele Gelehrte besitzen diesen Hang nicht. Sie haben schließen und folgern gelernt, wie ein Schuster das Schuhmachen, ohne je auf den Einfall zu gerathen, oder sich zu bemühen, den Grund der Gedanken zu finden. Dennoch liegt das Heil auf keinem andern Wege. Bey vielen währt dieser Hang nur eine Zeitlang. Er wächst und nimmt ab, sehr oft mit den Jahren, oft mit dem Fund eines Systems, das sie nur suchten, um der Mühe des Nachdenkens ferner überhoben zu seyn.

48. Irrthum und Vorurtheil sind Lasten, indirekt reizende Mittel für den Selbstthätigen, jeder Last gewachsenen. Für den Schwachen sind sie positiv schwächende Mittel.

47. Das Volk ist eine Idee. Wir sollen ein Volk werden. Ein vollkommner Mensch ist ein kleines Volk. Ächte Popularitaet ist das höchste Ziel des Menschen.

48. Jede Stufe der Bildung fängt mit Kindheit an. Daher ist der am meisten gebildete, irrdische Mensch dem Kinde so ähnlich.

49. Der transscendentale Gesichtspunct für dieses Leben erwartet uns – dort wird es uns erst recht interressant werden.

50. Jeder geliebte Gegenstand ist der Mittelpunct eines Paradieses.

51. Das Interressante ist, was mich nicht, um Mein Selbst Willen, sondern nur, als Mittel, als Glied, in Bewegung sezt. *Das Klassische* stört mich gar nicht – es afficirt mich nur indirecte durch mich selbst – Es ist nicht für mich da, als classisch, wenn ich es nicht setze, als ein Solches, das mich nicht afficiren würde, wenn ich mich nicht selbst zur Hervorbringung desselben für mich, bestimmte – anrührte, wenn ich nicht ein Stück von mir selbst losrisse, und diesen Keim sich auf eine eigenthümliche Weise vor meinen Augen entwickeln ließe – eine Entwickelung, die oft nur einen Moment bedarf – und mit der sinnlichen Wahrnehmung des Objects zusammenfällt – so daß ich ein Object vor mir sehe, in welchem das gemeine Object und das Ideal, *wechselseitig durchdrungen*, nur Ein wunderbares Individuum bilden.

52. Formeln für Kunstindividuen finden, durch die sie im eigentlichsten Sinn erst verstanden werden, macht das Geschäft des artistischen Kritikers aus – dessen Arbeiten die Geschichte der Kunst vorbereiten.

49. Das Volk ist eine Idee. Wir sollen ein Volk werden. Ein vollkommener Mensch ist ein kleines Volk. Ächte Popularität ist das höchste Ziel des Menschen.

50. Jede Stufe der Bildung fängt mit Kindheit an. Daher ist der am meisten gebildete, irdische Mensch dem Kinde so ähnlich.

51. Jeder geliebte Gegenstand ist der Mittelpunkt eines Paradieses.

52. Das Interessante ist, was mich, nicht um mein selbst willen, sondern nur als Mittel, als Glied, in Bewegung setzt. Das Klassische stört mich gar nicht; es afficirt mich nur indirect durch mich selbst. Es ist nicht für mich da, als klassisch, wenn ich es nicht setze, als ein solches, das mich nicht afficiren würde, wenn ich mich nicht selbst zur Hervorbringung desselben für mich, bestimmte, anregte; wenn ich nicht ein Stück von mir selbst losrisse, und diesen Keim sich auf eine eigenthümliche Weise vor meinen Augen entwickeln ließe. Eine Entwickelung, die oft nur einen Moment bedarf, und mit der sinnlichen Wahrnehmung des Objects zusammen fällt, so daß ich ein Object vor mir sehe, in welchem das gemeine Object und das Ideal, wechselseitig durchdrungen, nur Ein wunderbares Individuum bilden.

53. Formeln für Kunstindividuen finden, durch die sie im eigentlichsten Sinn erst verstanden werden, macht das Geschäft des artistischen Kritikers aus, dessen Arbeiten die Geschichte der Kunst vorbereiten.

53. Je verworrner ein Mensch ist / man nennt die Verworrenen Dummköpfe / desto mehr kann durch fleißiges Selbststudium aus ihm werden – dahingegen die geordneten Köpfe trachten müssen wahre Gelehrte – gründliche Encyklopaedisten zu werden. Die Verworrnen haben im Anfang mit mächtigen Hindernissen zu kämpfen – Sie dringen nur *langsam* ein – Sie lernen mit Mühe arbeiten – dann aber sind sie auch Herrn und Meister auf immer. Der Geordnete kommt geschwind hinein – aber auch geschwind heraus – Er erreicht bald die 2te Stufe – aber da bleibt er auch gewöhnlich stehn. Ihm werden die lezten Schritte beschwerlich, und selten kann er es über sich gewinnen – schon bey einem gewissen Grade von Meisterschaft sich wieder in den Zustand eines Anfängers zu versetzen.

Verworrenheit deutet auf Überfluß an Kraft und Vermögen – aber mangelhafte Verhältnisse – Bestimmtheit – auf richtige Verhältnisse, aber sparsames Vermögen und Kraft.

Daher ist der Verworrne so progressiv – so perfektibel – dahingegen der Ordentliche, so früh, als Philister aufhört.

Ordnung und Bestimmtheit ist allein nicht Deutlichkeit. Durch Selbstbearbeitung kommt der Verworrene zu jener himmlischen Durchsichtigkeit – zu jener Selbsterleuchtung – die der Geordnete so selten erreicht.

Das wahre Genie verbindet diese Extreme. Es theilt die Geschwindigkeit mit dem Lezten und die Fülle mit dem Ersten.

54. Das Individuum interresirt nur. Daher ist alles Klassische nicht individuell.

55. Genialer Scharfsinn ist scharfsinniger Gebrauch des Scharfsinns.

56. Der wahre Brief ist, seiner Natur nach, *poëtisch.*

54. Je verworrener ein Mensch ist, man nennt die Verworrenen oft Dummköpfe, desto mehr kann durch fleißiges Selbststudium aus ihm werden; dahingegen die geordneten Köpfe trachten müssen, wahre Gelehrte, gründliche Encyklopädisten zu werden. Die Verworrnen haben im Anfang mit mächtigen Hindernissen zu kämpfen, sie dringen nur langsam ein, sie lernen mit Mühe arbeiten: dann aber sind sie auch Herrn und Meister auf immer. Der Geordnete kommt geschwind hinein, aber auch geschwind heraus. Er erreicht bald die zweyte Stufe: aber da bleibt er auch gewöhnlich stehn. Ihm werden die letzten Schritte beschwerlich, und selten kann er es über sich gewinnen, schon bey einem gewissen Grade von Meisterschaft sich wieder in den Zustand eines Anfängers zu versetzen. Verworrenheit deutet auf Überfluß an Kraft und Vermögen, aber mangelhafte Verhältnisse; Bestimmtheit, auf richtige Verhältnisse, aber sparsames Vermögen und Kraft. Daher ist der Verworrne so progressiv, so perfektibel, dahingegen der Ordentliche so früh als Philister aufhört. Ordnung und Bestimmtheit allein ist nicht Deutlichkeit. Durch Selbstbearbeitung kommt der Verworrene zu jener himmlischen Durchsichtigkeit, zu jener Selbsterleuchtung, die der Geordnete so selten erreicht. Das wahre Genie verbindet diese Extreme. Es theilt die Geschwindigkeit mit dem letzten und die Fülle mit dem ersten.

55. Das Individuum interessirt nur, daher ist alles Klassische nicht individuell.

56. Der wahre Brief ist seiner Natur nach poetisch.

57. Witz, als Princip der Verwandschaften, ist zugleich das Menstruum universale.

Witzige Vermischungen sind z.B. Jude und Cosmopolit – Kindheit und Weisheit – Räuberey und Edelmuth – Tugend und Hetairie – Überfluß und Mangel an Urtheilskraft, in der Naïvität – und so fort in infinitum.

58. Der Mensch erscheint am würdigsten, wenn sein erster Eindruck – der Eindruck eines absolut witziges Einfalls ist – nemlich Geist und bestimmtes Individuum zugleich zu seyn. Einen jeden vorzüglichen Menschen muß gleichsam ein Geist zu durchschweben scheinen, der die sichtbare Erscheinung idealisch parodirt.

Bey manchen Menschen zeigt oft dieser Geist der sichtbaren Erscheinung den Hintern.

59. Gesellschaftstrieb ist Organisationstrieb. Durch diese geistige Assimilation entsteht oft aus gemeinen Bestandtheilen eine gute Gesellschaft um einen geistvollen Menschen her.

Das Interressante ist die Materie, die sich um die Schönheit bewegt.

Wo Geist und Schönheit ist, häuft sich in concentrischen Schwingungen das Beste aller Naturen.

60. Der Deutsche ist lange das Hänschen gewesen. Er dürfte aber wohl bald der Hans aller Hänse werden.

Es geht ihm, wie es vielen dummen Kindern gehn soll – er wird leben und klug seyn, wenn seine frühklugen Geschwister längst vermodert sind, und er nun allein Herr im Hause ist.

61. Das Beste an den Wissenschaften ist ihr philosophisches Ingrediens – wie das Leben am organischen Körper. Man dephilosophire die Wissenschaften – was bleibt übrig – Erde, Luft und Wasser.

57. Witz, als Prinzip der Verwandtschaften ist zugleich das menstruum universale. Witzige Vermischungen sind z. B. Jude und Kosmopolit, Kindheit und Weisheit, Räuberey und Edelmuth, Tugend und Hetärie, Überfluß und Mangel an Urtheilskraft in der Naivetät und so fort ins Unendliche.

58. Der Mensch erscheint am würdigsten, wenn sein erster Eindruck der Eindruck eines absolut witzigen Einfalls ist: nemlich Geist und bestimmtes Individuum zugleich zu seyn. Einen jeden vorzüglichen Menschen muß gleichsam ein Geist zu durchschweben scheinen, der die sichtbare Erscheinung idealisch parodirt. Bey manchen Menschen ist es als ob dieser Geist der sichtbaren Erscheinung ein Gesicht schnitte.

59. Gesellschaftstrieb ist Organisationstrieb. Durch diese geistige Assimilazion entsteht oft aus gemeinen Bestandtheilen eine gute Gesellschaft um einen geistvollen Menschen her.

60. Das Interessante ist die Materie, die sich um die Schönheit bewegt. Wo Geist und Schönheit ist, häuft sich in konzentrischen Schwingungen das Beste aller Naturen.

61. Der Deutsche ist lange das Hänschen gewesen. Er dürfte aber wohl bald der Hans aller Hänse werden. Es geht ihm, wie es vielen dummen Kindern gehn soll: er wird leben und klug seyn, wenn seine frühklugen Geschwister längst vermodert sind, und er nun allein Herr im Hause ist.

62. Das beste an den Wissenschaften ist ihr philosophisches Ingrediens, wie das Leben am organischen Körper. Man dephilosophire die Wissenschaften: was bleibt übrig? Erde, Luft und Wasser.

62. Menschheit ist eine humoristische Rolle.

63. Unsre alte Nationalität, war, wie mich dünkt, ächt römisch – natürlich, weil wir auf eben dem Wege wie die Römer, entstanden – und so wäre der Name, römisches Reich, warlich ein artiger, sinnreicher Zufall.

Deutschland ist Rom, als Land. Ein Land ist ein großer Ort mit seinen Gärten. Das Kapitol ließe sich vielleicht nach dem Gänsegeschrey vor den Galliern bestimmen.

Die Instinktartige, Universalpolitik und Tendenz der Römer liegt auch im deutschen Volk. Das Beste, was die Franzosen in der Revolution gewonnen haben, ist eine Portion Deutschheit.

64. Gerichtshöfe, Theater, Hof, Kirche, Regierung, öffentliche Zusammenkünfte – Academieen, Collegien etc. sind gleichsam die speciellen, innern Organe des mystischen Staatsindividuums.

65. Alle Zufälle unsers Lebens sind Materialien, aus denen wir machen können, was wir wollen. Wer viel Geist hat macht viel aus seinem Leben – Jede Bekanntschaft, jeder Vorfall wäre für den durchaus Geistigen – erstes Glied einer unendlichen Reihe – Anfang eines unendlichen Romans.

66. Deutsche giebt es überall. Germanitaet ist so wenig, wie Romanitaet, Graecitaet, oder Brittannitaet auf einen besondern Staat eingeschränckt – Es sind allgemeine Menschenkaractere – die nur hie und da vorzüglich allgemein geworden sind. Deutschheit ist ächte Popularitaet und darum ein Ideal.

67. Der edle Kaufmannsgeist, der echte Großhandel, hat nur im Mittelalter, und besonders zur Zeit der deutschen Hanse geblüht. Die Medicis, die Fugger waren Kaufleute, wie sie

63. Menschheit ist eine humoristische Rolle.

64. Unsere alte Nazionalität, war, wie mich dünkt, ächt römisch. Natürlich, weil wir auf eben dem Wege wie die Römer entstanden; und so wäre der Name, römisches Reich, warlich ein artiger, sinnreicher Zufall. Deutschland ist Rom, als Land. Ein Land ist ein großer Ort mit seinen Gärten. Das Kapitol ließe sich vielleicht nach dem Gänsegeschrey vor den Galliern bestimmen. Die instinktartige Universalpolitik und Tendenz der Römer liegt auch im Deutschen Volk. Das Beste, was die Franzosen in der Revoluzion gewonnen haben, ist eine Porzion Deutschheit.

65. Gerichtshöfe, Theater, Hof, Kirche, Regierung, öffentliche Zusammenkünfte, Akademieen, Kollegien u. s. w. sind gleichsam die speciellen, innern Organe des mystischen Staatsindividuums.

66. Alle Zufälle unsers Lebens sind Materialien, aus denen wir machen können, was wir wollen. Wer viel Geist hat, macht viel aus seinem Leben. Jede Bekanntschaft, jeder Vorfall, wäre für den durchaus Geistigen erstes Glied einer unendlichen Reihe, Anfang eines unendlichen Romans.

67. Der edle Kaufmannsgeist, der ächte Großhandel, hat nur im Mittelalter und besonders zur Zeit der deutschen Hanse geblüht. Die Medicis, die Fugger waren Kaufleute, wie sie

seyn sollten – Unsre Kaufleute im Ganzen, die Hopes und Teppers nicht ausgenommen, sind nichts, als Krämer.

68. Eine Übersetzung ist entweder grammatisch, oder verändernd, oder mythisch. Mythische Übersetzungen sind Übersetzungen im höchsten Styl. Sie stellen den reinen, vollendeten Karacter des individuellen Kunstwercks dar. Sie geben uns nicht das wirckliche Kunstwerck, sondern das Ideal desselben. Noch existirt, wie ich glaube kein ganzes Muster derselben. Im Geist mancher Kritiken und Beschreibungen von Kunstwercken trift man aber helle Spuren. Es gehört ein Kopf dazu, indem sich poëtischer Geist und philosophischer Geist in ihrer ganzen Fülle durchdrungen haben. Die griechische Mythologie ist zum Theil eine solche Übersetzung einer Nationalreligion. Auch die moderne Madonna ist ein solcher Mythus.

Grammatische Übersetzungen sind die Übersetzungen im gewöhnlichen Sinn. Sie erfodern sehr viel Gelehrsamkeit – aber nur discursive Fähigkeiten.

Zu den Verändernden Übersetzungen gehört, wenn sie ächt seyn sollen, der höchste, poëtische Geist. Sie streifen leicht in die Travestie – wie Bürgers Homer in Jamben – Popens Homer – die Französischen Übersetzungen insgesammt. Der wahre Übersetzer dieser Art muß in der That der Künstler selbst seyn und die Idee des Ganzen beliebig so oder so geben können – Er muß der Dichter des Dichters seyn und ihn also nach seiner und des Dichters eigner Idee *zugleich* reden lassen können. In einem ähnlichen Verhältnisse steht der Genius der Menschheit mit jedem einzelnen Mensche.

Nicht blos Bücher, alles kann auf diese drey Arten übersezt werden.

69. Im höchsten Schmerz tritt zuweilen eine Paralysis der Empfindsamkeit ein. Die Seele zersezt sich – daher der tödt-

seyn sollten. Unsere Kaufleute im Ganzen, die größten nicht ausgenommen, sind nichts als Krämer.

68. Eine Übersetzung ist entweder grammatisch, oder verändernd, oder mythisch. Mythische Übersetzungen sind Übersetzungen im höchsten Styl. Sie stellen den reinen, vollendeten Karakter des individuellen Kunstwerks dar. Sie geben uns nicht das wirkliche Kunstwerk, sondern das Ideal desselben. Noch existirt wie ich glaube, kein ganzes Muster derselben. Im Geist mancher Kritiken und Beschreibungen von Kunstwerken trifft man aber helle Spuren davon. Es gehört ein Kopf dazu, in dem sich poetischer Geist und philosophischer Geist in ihrer ganzen Fülle durchdrungen haben. Die griechische Mythologie ist zum Theil eine solche Übersetzung einer Nazionalreligion. Auch die moderne Madonna ist ein solcher Mythus.

Grammatische Übersetzungen sind die Übersetzungen im gewöhnlichen Sinn. Sie erfordern sehr viel Gelehrsamkeit, aber nur diskursive Fähigkeiten.

Zu den verändernden Übersetzungen gehört, wenn sie ächt seyn sollen, der höchste poetische Geist. Sie fallen leicht ins Travestiren, wie Bürgers Homer in Jamben, Popens Homer, die Französischen Übersetzungen insgesamt. Der wahre Übersetzer dieser Art muß in der That der Künstler selbst seyn, und die Idee des Ganzen beliebig so oder so geben können. Er muß der Dichter des Dichters seyn und ihn also nach seiner und des Dichters eigner Idee zugleich reden lassen können. In einem ähnlichen Verhältnisse steht der Genius der Menschheit mit jedem einzelnen Menschen.

Nicht bloß Bücher, alles kann auf diese drey Arten übersetzt werden.

69. Im höchsten Schmerz tritt zuweilen eine Paralysis der Empfindsamkeit ein. Die Seele zersetzt sich. Daher der tödt-

liche Frost – die freye Denkkraft – der schmetternde, unaufhörliche Witz dieser Art von Verzweiflung. Keine Neigung ist mehr vorhanden – der Mensch steht, wie eine verderbliche Macht, allein – Unverbunden mit der übrigen Welt verzehrt er sich allmälich selbst – und ist seinem Princip nach – Misanthrop und Misotheos.

70. Unsre Sprache ist entweder – mechanisch – atomistisch – oder dynamisch. Die ächt poëtische Sprache soll aber organisch Lebendig seyn. Wie oft fühlt man die Armuth an Worten – um mehrere Ideen mit Einem Schlage zu treffen.

71. Im Staat ist alles Schauhandlung – Im Volk alles Schauspiel. Das Leben des Volks ist ein Schauspiel.

Schriften sind die Gedancken des Staats – die Archive sein Gedächtniß.

72. Je mehr sich unsre Sinne verfeinern, desto fähiger werden sie zur Unterscheidung der Individuen. Der höchste Sinn wäre die höchste Empfänglichkeit für eigenthümliche Natur. Ihm entspräche das Talent der Fixirung des Individuums, dessen Fertigkeit und Energie relativ ist. Wenn der Willen sich in Beziehung auf diesen Sinn äußert, so entstehn die Leidenschaften für oder gegen Individualitaeten – Liebe und Haß.

Die Meisterschaft im Spiel seiner eignen Rolle verdanckt man der Richtung dieses Sinns auf sich selbst bey herrschender Vernunft.

liche Frost, die freye Denkkraft, der schmetternde unaufhörliche Witz dieser Art von Verzweiflung. Keine Neigung ist mehr vorhanden; der Mensch steht wie eine verderbliche Macht allein. Unverbunden mit der übrigen Welt verzehrt er sich allmählig selbst, und ist seinem Princip nach Misanthrop und Misotheos.

70. Unsere Sprache ist entweder mechanisch, atomistisch oder dynamisch. Die ächt poetische Sprache soll aber organisch, lebendig seyn. Wie oft fühlt man die Armuth an Worten, um mehre Ideen mit Einem Schlage zu treffen.

71. Dichter und Priester waren im Anfang Eins, und nur spätere Zeiten haben sie getrennt. Der ächte Dichter ist aber immer Priester, so wie der ächte Priester immer Dichter geblieben. Und sollte nicht die Zukunft den alten Zustand der Dinge wieder herbeyführen?

72. Schriften sind die Gedanken des Staats, die Archive sein Gedächtniß.

73. Je mehr sich unsere Sinne verfeinern, desto fähiger werden sie zur Unterscheidung der Individuen. Der höchste Sinn wäre die höchste Empfänglichkeit für eigenthümliche Natur. Ihm entspräche das Talent der Fixirung des Individuums, dessen Fertigkeit und Energie relativ ist. Wenn der Wille sich in Beziehung auf diesen Sinn äußert, so entstehn die Leidenschaften für oder gegen Individualitäten: Liebe und Haß. Die Meisterschaft im Spiel seiner eignen Rolle verdankt man der Richtung dieses Sinns auf sich selbst bey herrschender Vernunft.

73. Nichts ist zur wahren Religiositaet unentbehrlicher, als ein Mittelglied – das uns mit der Gottheit verbindet. Unmittelbar kann der Mensch schlechterdings nicht mit derselben in Verhältniß stehn. In der Wahl dieses Mittelglieds muß der Mensch durchaus frey seyn. Der mindeste Zwang hierinn schadet seiner Religion. Die Wahl ist caracteristisch und es werden mithin die gebildeten Menschen ziemlich gleiche Mittelglieder wählen – dahingegen der Ungebildete gewöhnlich durch Zufall hier bestimmt werden wird. Da aber so wenig Menschen einer freyen Wahl überhaupt fähig sind – so werden manche Mittelglieder allgemeiner werden – sey es durch Zufall – durch Association, oder ihre besondre Schicklichkeit dazu. Auf diese Art entstehn Landesreligionen. Je selbstständiger der Mensch wird, desto mehr vermindert sich die Quantität des Mittelglieds, die Qualität verfeinert sich – und seine Verhältnisse zu demselben werden mannichfaltiger und gebildeter – Fetische – Gestirne – Thiere – Helden – Götzen – Götter – *Ein* Gottmensch. Man sieht bald, wie relativ diese Wahlen sind und wird unvermerckt auf die Idee getrieben – daß das Wesen der Religion wohl nicht von der Beschaffenheit des Mittlers abhänge, sondern lediglich in der Ansicht desselben, in den Verhältnissen zu ihm bestehe.

Es ist ein Götzendienst, im weitern Sinn, wenn ich diesen Mittler in der That für Gott selbst ansehe. Es ist *Irreligion*, wenn ich gar keinen Mittler annehme – und insofern ist Aberglaube, oder Götzendienst – und Unglaube – oder Thëismus, den man auch ältern Judaïsm nennen kann – beydes *Irreligion.* Hingegen ist Athëism nur Negation aller Religion überhaupt und hat also gar nichts mit der Religion zu schaffen. Wahre Religion ist, die jenen Mittler, als Mittler annimmt – ihn gleichsam für das Organ der Gottheit hält – für ihre sinnliche Erscheinung. In dieser Hinsicht erhielten die Juden zur Zeit der Babylonischen Gefangenschaft eine ächt religiöse Tendenz – eine religiöse Hoffnung –

74. Nichts ist zur wahren Religiosität unentbehrlicher als ein Mittelglied, das uns mit der Gottheit verbindet. Unmittelbar kann der Mensch schlechterdings nicht mit derselben in Verhältniß stehn. In der Wahl dieses Mittelglieds muß der Mensch durchaus frey seyn. Der mindeste Zwang hierin schadet seiner Religion. Die Wahl ist karakteristisch, und es werden mithin die gebildeten Menschen ziemlich gleiche Mittelglieder wählen, dahingegen der Ungebildete gewöhnlich durch Zufall hier bestimmt werden wird. Da aber so wenig Menschen einer freyen Wahl überhaupt fähig sind, so werden manche Mittelglieder allgemeiner werden; sey es durch Zufall, durch Associazion, oder ihre besondre Schicklichkeit dazu. Auf diese Art entstehn Landesreligionen. Je selbständiger der Mensch wird, desto mehr vermindert sich die Quantität des Mittelglieds, die Qualität verfeinert sich, und seine Verhältnisse zu demselben werden mannichfaltiger und gebildeter: Fetische, Gestirne, Thiere, Helden, Götzen, Götter, Ein Gottmensch. Man sieht bald, wie relativ diese Wahlen sind, und wird unvermerkt auf die Idee getrieben, daß das Wesen der Religion wohl nicht von der Beschaffenheit des Mittlers abhange, sondern lediglich in der Ansicht desselben, in den Verhältnissen zu ihm bestehe.

Es ist ein Götzendienst im weitern Sinn, wenn ich diesen Mittler in der That für Gott selbst ansehe. Es ist Irreligion, wenn ich gar keinen Mittler annehme; und in so fern ist Aberglaube und Götzendienst, und Unglaube oder Theismus, den man auch ältern Judaism nennen kann, beydes Irreligion. Hingegen ist Atheism nur Negazion aller Religion überhaupt, und hat also gar nichts mit der Religion zu schaffen. Wahre Religion ist, die jenen Mittler als Mittler annimmt, ihn gleichsam für das Organ der Gottheit hält, für ihre sinnliche Erscheinung. In dieser Hinsicht erhielten die Juden zur Zeit der Babylonischen Gefangenschaft eine ächt religiöse Tendenz, eine religiöse Hoffnung, einen Glauben an einen Glauben an eine künftige Religion – der sie auf eine wunderbare Weise von Grund aus umwandelte und sie in der merckwürdigsten Beständigkeit bis auf unsre Zeiten erhielt.

Die wahre Religion scheint aber bey einer nähern Betrachtung abermals antinomisch getheilt – In Panthëismus und Entheismus. Ich bediene mich hier einer Licenz – indem ich Pantheism nicht im gewöhnlichen Sinn nehme – sondern darunter die Idee verstehe – daß alles Organ der Gottheit – Mittler seyn könne, indem ich es dazu erhebe – so wie Enthëism im Gegentheil den Glauben bezeichnet, daß es nur Ein solches Organ in der Welt für uns gebe, das alleine der Idee eines Mittlers angemessen sey, und wodurch Gott allein sich vernehmen lasse – welches ich also zu wählen durch mich selbst genöthigt werde – denn ohnedem würde der Enthëism nicht wahre Religion seyn.

So unverträglich auch beyde zu seyn scheinen, so läßt sich doch ihre Vereinigung bewerckstelligen – wenn man den enthëistischen Mittler zum Mittler der Mittelwelt des Panthëisten macht – und diese gleichsam durch ihn zentrirt – so daß beyde einander, jedoch auf verschiedene Weise, necessitiren.

Das Gebet, oder der religiöse Gedanke besteht also aus einer dreyfach aufsteigenden, untheilbaren Abstraction oder Setzung. Jeder Gegenstand kann dem Religiösen ein Tempel, im Sinn der Auguren, seyn. Der Geist dieses Tempels ist der allgegenwärtige Hohe Priester – der enthëistische Mittler – welcher allein im unmittelbaren Verhältnisse mit dem Allvater steht.

74. Die Basis aller ewigen Verbindung ist eine absolute Tendenz, nach allen Richtungen. Darauf beruht die Macht der Hierarchie, der ächten Masonnerie, und des unsichtbaren Bundes ächter Denker – hierinn liegt die Möglichkeit einer Universalrepublik – welche die Römer bis zu den Kaysern zu

eine künftige Religion, der sie auf eine wunderbare Weise von Grund aus umwandelte, und sie in der merkwürdigsten Beständigkeit bis auf unsre Zeiten erhielt.

Die wahre Religion scheint aber bei einer nähern Betrachtung abermals antinomisch getheilt in Pantheismus und Monotheismus. Ich bediene mich hier einer Licenz, indem ich Pantheism nicht im gewöhnlichen Sinn nehme, sondern darunter die Idee verstehe, daß alles Organ der Gottheit, Mittler seyn könne, indem ich es dazu erhebe: so wie Monotheism im Gegentheil den Glauben bezeichnet, daß es nur Ein solches Organ in der Welt für uns gebe, das allein der Idee eines Mittlers angemessen sey, und wodurch Gott allein sich vernehmen lasse, welches ich also zu wählen durch mich selbst genöthigt werde: denn ohnedem würde der Monotheism nicht wahre Religion seyn.

So unverträglich auch beyde zu seyn scheinen, so läßt sich doch ihre Vereinigung bewerkstelligen, wenn man den monotheistischen Mittler zum Mittler der Mittelwelt des Pantheism macht, und diese gleichsam durch ihn centrirt, so daß beyde einander jedoch auf verschiedene Weise nothwendig machen.

Das Gebet, oder der religiöse Gedanke besteht also aus einer dreyfach aufsteigenden, untheilbaren Abstrakzion oder Setzung. Jeder Gegenstand kann dem Religiösen ein Tempel im Sinn der Auguren seyn. Der Geist dieses Tempels ist der allgegenwärtige Hohepriester, der monotheistische Mittler, welcher allein im unmittelbaren Verhältnisse mit der Gottheit steht.

75. Die Basis aller ewigen Verbindung ist eine absolute Tendenz nach allen Richtungen. Darauf beruht die Macht der Hierarchie, der ächten Maçonnerie, und des unsichtbaren Bundes ächter Denker. Hierin liegt die Möglichkeit einer Universalrepublik, welche die Römer bis zu den Kaisern zu

realisiren begonnen hatten. Zuerst verließ August diese Basis – und Hadrian zerstörte sie ganz.

75. Fast immer hat man den Anführer, den ersten Beamten des Staats – mit dem Repraesentanten des Genius der Menschheit vermengt, der zur Einheit der *Gesellschaft* oder des Volks gehört. Im Volk ist, wie schon oben gesagt wurde, alles *Schauspiel* – mithin muß auch der Geist des Volks sichtbar seyn. Dieser sichtbare Geist kommt entweder, wie im tausendjährigen Reiche ohne unser Zuthun – oder er wird einstimmig, durch ein lautes oder stilles Einverständniß gewählt.

Es giebt viel interressante hieher gehörige Züge aus der Geschichte – z. B.

In Indien ist an einigen Orten Feldherr und Priester getrennt gewesen, und der Feldherr hat die 2te Rolle gespielt.

Der Priester muß uns nicht irre machen. Dichter und Priester waren im Anfang Eins – und nur spätere Zeiten haben sie getrennt. Der ächte Dichter ist aber immer Priester, so wie der ächte Priester immer Dichter geblieben – und sollte die Zukunft nicht den alten Zustand der Dinge wieder herbeyführen? Jener Repraesentant des Genius der Menschheit dürfte leicht der Dichter kat exochin seyn.

Übrigens aber ist es eine unwiedersprechliche Thatsache, daß die meisten Fürsten nicht eigentlich Fürsten – sondern gewöhnlich mehr oder minder eine Art von *Repraesentanten des Genius ihrer Zeit* waren, und die Regierung mehrentheils, wie billig, in subalternen Händen sich befand.

76. Unser Alltagsleben besteht aus lauter erhaltenden, immer wiederkehrenden Verrichtungen. Dieser Zirkel von Gewohnheiten ist nur Mittel zu einem Hauptmittel, unserm irrdischen Daseyn überhaupt – das aus mannichfaltigen Arten zu existiren, gemischt ist.

realisiren begonnen hatten. Zuerst verließ August diese Basis, und Hadrian zerstörte sie ganz.

76. Fast immer hat man den Anführer, den ersten Beamten des Staats, mit dem Repräsentanten des Genius der Menschheit vermengt, der zur Einheit der Gesellschaft oder des Volks gehört. Im Staat ist alles Schauhandlung, das Leben des Volks ist Schauspiel; mithin muß auch der Geist des Volks sichtbar seyn. Dieser sichtbare Geist kommt entweder, wie im tausendjährigen Reiche, ohne unser Zuthun, oder er wird einstimmig durch ein lautes oder stilles Einverständniß gewählt.

Es ist eine unwidersprechliche Thatsache, daß die meisten Fürsten nicht eigentlich Fürsten, sondern gewöhnlich mehr oder minder eine Art von Repräsentanten des Genius ihrer Zeit waren, und die Regierung mehrentheils, wie billig, in subalternen Händen sich befand.

Ein vollkommner Repräsentant des Genius der Menschheit dürfte leicht der ächte Priester und der Dichter κατ' εξοχην seyn.

77. Unser Alltagsleben besteht aus lauter erhaltenden, immer wiederkehrenden Verrichtungen. Dieser Zirkel von Gewohnheiten ist nur Mittel zu einem Hauptmittel, unserm irdischen Daseyn überhaupt, das aus mannichfaltigen Arten zu existiren gemischt ist.

Philister leben nur ein Alltagsleben. Das Hauptmittel scheint ihr einziger Zweck zu seyn. Sie thun das alles, um des irrdischen Lebens willen, wie es scheint, und nach ihren eignen Äußerungen scheinen muß. Poësie mischen sie nur zur *Nothdurft* unter, weil sie nun einmal an eine gewisse Unterbrechung ihres täglichen Laufs gewöhnt sind. In der Regel erfolgt diese Unterbrechung alle 7 Tage – und könnte ein poëtisches Septanfieber heißen. Sonntags ruht die Arbeit – sie leben ein bischen besser, als gewöhnlich und dieser Sonntagsrausch endigt sich mit einem etwas tiefern Schlafe, als sonst; daher auch Montags alles noch einen raschern Gang hat. Ihre Parties de Plaisir müssen Conventionell, gewöhnlich, modisch seyn – aber auch ihr Vergnügen verarbeiten sie, wie alles, mühsam und förmlich. Den höchsten Grad seines poëtischen Daseyns erreicht er bey einer Reise, Hochzeit, Kindtaufe, und in der Kirche. Hier werden seine kühnsten Wünsche befriedigt, und oft übertroffen.

Ihre sogenannte Religion wirckt blos, wie ein Opiat – Reitzend – betäubend – Schmerzen aus Schwäche stillend. Ihre Früh und Abendgebete sind ihnen, wie Frühstück und Abendbrot, nothwendig. Sie könnens nicht mehr lassen. Der derbe Philister stellt sich die Freuden des Himmels unter dem Bilde einer Kirmeß – einer Hochzeit – einer Reise oder eines Balls vor. Der sublimirte – macht aus dem Himmel eine prächtige Kirche – mit schöner Musik, vielem Gepränge – mit Stühlen für das gemeine Volk parterre, und Kapellen und Emporkirchen für die Vornehmern.

Die Schlechtesten unter ihnen sind die revolutionairen Philister, wozu auch der Hefen der fortgehenden Köpfe, die habsüchtige Raçe gehört.

Grober Eigennutz ist das nothwendige Resultat armseeliger Beschräncktheit. Die gegenwärtige Sensation ist die leb-

Philister leben nur ein Alltagsleben. Das Hauptmittel scheint ihr einziger Zweck zu seyn. Sie thun das alles, um des irdischen Lebens willen; wie es scheint und nach ihren eignen Äußerungen scheinen muß. Poesie mischen sie nur zur Nothdurft unter, weil sie nun einmal an eine gewisse Unterbrechung ihres täglichen Laufs gewöhnt sind. In der Regel erfolgt diese Unterbrechung alle sieben Tage, und könnte ein poetisches Septanfieber heißen. Sonntags ruht die Arbeit, sie leben ein bißchen besser als gewöhnlich und dieser Sonntagsrausch endigt sich mit einem etwas tiefern Schlafe als sonst; daher auch Montags alles noch einen raschern Gang hat. Ihre parties de plaisir müssen konvenzionell, gewöhnlich, modisch seyn, aber auch ihr Vergnügen verarbeiten sie, wie alles, mühsam und förmlich.

Den höchsten Grad seines poetischen Daseyns erreicht der Philister bey einer Reise, Hochzeit, Kindtaufe, und in der Kirche. Hier werden seine kühnsten Wünsche befriedigt, und oft übertroffen.

Ihre sogenannte Religion wirkt blos, wie ein Opiat: reizend, betäubend, Schmerzen aus Schwäche stillend. Ihre Früh- und Abendgebete sind ihnen, wie Frühstück und Abendbrot, nothwendig. Sie können's nicht mehr lassen. Der derbe Philister stellt sich die Freuden des Himmels unter dem Bilde einer Kirmeß, einer Hochzeit, einer Reise oder eines Balls vor: der sublimirte macht aus dem Himmel eine prächtige Kirche mit schöner Musik, vielem Gepränge, mit Stühlen für das gemeine Volk parterre, und Kapellen und Emporkirchen für die Vornehmern.

Die schlechtesten unter ihnen sind die revoluzionairen Philister, wozu auch der Hefen der fortgehenden Köpfe, die habsüchtige Race gehört.

Grober Eigennutz ist das nothwendige Resultat armseliger Beschränktheit. Die gegenwärtige Sensazion ist die lebhaftehafteste, die höchste eines Jämmerlings. Über diese kennt er nichts Höheres – Kein Wunder, daß der durch die äußern Verhältnisse par force dressirte Verstand – nur der listige Sklav eines solchen stumpfen Herrn ist und nur für dessen Lüste sinnt und sorgt.

77. In den ersten Zeiten der Entdeckung der Urtheilskraft war jedes neue Urtheil ein Fund. Der Werth dieses Fundes stieg je anwendbarer, je fruchtbarer dieses Urtheil war. Zu Sentenzen, die uns jezt sehr gemein vorkommen gehörte damals noch ein ungewöhnlicher Grad Leben des Verstandes. Man mußte Genie und Scharfsinn aufbieten um, mittelst des neuen Werckzeugs, neue Verhältnisse zu finden. Die Anwendung desselben auf die eigenthümlichsten, interressantesten, und allgemeinsten Seiten der Menschheit mußte vorzügliche Bewunderung erregen und die Aufmercksamkeit aller guten Köpfe auf sich ziehn. So entstanden die gnomischen Massen, die man zu allen Zeiten und bey allen Völkern so hoch geschäzt hat. Es wäre leicht möglich, daß unsere jetzigen genialischen Entdeckungen im Laufe der Zeiten ein ähnliches Schicksal träfe. Es könnte leicht eine Zeit kommen, wo das alles so gemein wäre, wie jezt Sittensprüche und neue, erhabnere Entdeckungen den rastlosen Geist der Menschen beschäftigten.

78. Ein Gesetz ist seinem Begriffe nach, wircksam. Ein unwircksames Gesetz ist kein Gesetz. Gesetz ist ein caussaler Begriff – Mischung von Kraft und Gedanken. Daher ist man sich nie eines Gesetzes, als solchen, bewußt. Insofern man an ein Gesetz denkt ist es nur ein Satz, i.e. ein Gedanke mit einem Vermögen verbunden – Ein wiederstehender, ein beharrlicher Gedanke ist ein Strebender Gedanke und vermittelt das Gesetz und den bloßen Gedanken.

ste, die höchste eines Jämmerlings. Über diese kennt er nichts höheres. Kein Wunder, daß der durch die äußern Verhältnisse par force dressirte Verstand nur der listige Sklav eines solchen stumpfen Herrn ist, und nur für dessen Lüste sinnt und sorgt.

78. In den ersten Zeiten der Entdeckung der Urtheilskraft war jedes neue Urtheil ein Fund. Der Werth dieses Fundes stieg, je anwendbarer, je fruchtbarer dieses Urtheil war. Zu Sentenzen, die uns jetzt sehr gemein vorkommen, gehörte damals noch ein ungewöhnlicher Grad von Leben des Verstandes. Man mußte Genie und Scharfsinn aufbieten, um mittelst des neuen Werkzeugs neue Verhältnisse zu finden. Die Anwendung desselben auf die eigenthümlichsten, interessantesten und allgemeinsten Seiten der Menschheit mußte vorzügliche Bewunderung erregen und die Aufmerksamkeit aller guten Köpfe auf sich ziehn. So entstanden die gnomischen Massen, die man zu allen Zeiten und bey allen Völkern so hoch geschätzt hat. Es wäre leicht möglich, daß unsere jetzigen genialischen Entdeckungen im Laufe der Zeiten ein ähnliches Schicksal träfe. Es könnte leicht eine Zeit kommen, wo das alles so gemein wäre, wie jetzt Sittensprüche, und neue, erhabenere Entdeckungen den rastlosen Geist der Menschen beschäftigten.

79. Ein Gesetz ist seinem Begriffe nach, wirksam. Ein unwirksames Gesetz ist kein Gesetz. Gesetz ist ein kausaler Begriff, Mischung von Kraft und Gedanken. Daher ist man sich nie eines Gesetzes, als solchen, bewußt. In so fern man an ein Gesetz denkt, ist es nur ein Satz, d. h. ein Gedanke mit einem Vermögen verbunden. Ein widerstehender, ein beharrlicher Gedanke, ist ein strebender Gedanke und vermittelt das Gesetz und den bloßen Gedanken.

79. Eine allzugroße Dienstfertigkeit der Organe würde dem irrdischen Daseyn gefährlich seyn. Der Geist in seinem jetzigen Zustande würde eine zerstörende Anwendung davon machen. Eine gewisse *Schwere* des Organs hindert ihn an allzu willkührlicher Thätigkeit, und reizt ihn zu einer regelmäßigen Mitwirckung, wie sie sich für die irrdische Welt schickt. Es ist unvollkommner Zustand desselben, daß ihn diese Mitwirckung so ausschließlich an diese Welt bindet – daher ist sie, ihrem Princip nach, terminirt.

80. Die Rechtslehre entspricht der Physiologie – die Moral der Psychologie. Die Vernunftgesetze der Rechts- und Sittenlehre in Naturgesetze verwandelt giebt die Grundsätze der Physiologie und Psychologie.

81. Flucht des Gemeingeistes ist Tod.

82. In den meisten Religionssystemen werden wir, als Glieder der Gottheit betrachtet, die, wenn sie nicht den Impulsionen des Ganzen gehorchen, die, wenn sie auch nicht absichtlich gegen die Gesetze des Ganzen agiren, sondern nur ihren eignen Gang gehn und nicht Glieder seyn wollen, von der Gottheit ärztlich behandelt – und entweder schmerzhaft geheilt, oder gar abgeschnitten werden.

83. Jede specifische Incitation verräth einen specifischen Sinn. Je neuer sie ist, desto plumper, aber desto stärker – Je bestimmter, je ausgebildeter mannichfacher sie wird, desto schwächer. So erregte der erste Gedanke an Gott eine gewaltsame Emotion im ganzen Individuo – So die erste Idee von Philosophie – von Menschheit, Weltall u. s. w.

84. *Innigste Gemeinschaft aller Kenntnisse* – Scientifische Republik ist der hohe Zweck der Gelehrten.

80. Eine allzugroße Dienstfertigkeit der Organe würde dem irdischen Daseyn gefährlich seyn. Der Geist in seinem jetzigen Zustande würde eine zerstörende Anwendung davon machen. Eine gewisse Schwere des Organs hindert ihn an allzuwillkührlicher Thätigkeit, und reizt ihn zu einer regelmäßigen Mitwirkung, wie sie sich für die irdische Welt schickt. Es ist unvollkommener Zustand desselben, daß ihn diese Mitwirkung so ausschließlich an diese Welt bindet. Daher ist sie ihrem Prinzip nach terminirt.

81. Die Rechtslehre entspricht der Physiologie, die Moral der Psychologie. Die Vernunftgesetze der Rechts- und Sittenlehre in Naturgesetze verwandelt, geben die Grundsätze der Physiologie und Psychologie.

82. Flucht des Gemeingeistes ist Tod.

83. In den meisten Religionssystemen werden wir als Glieder der Gottheit betrachtet, die, wenn sie nicht den Impulsionen des Ganzen gehorchen wenn sie auch nicht absichtlich gegen die Gesetze des Ganzen agiren, sondern nur ihren eignen Gang gehn und nicht Glieder seyn wollen, von der Gottheit ärztlich behandelt, und entweder schmerzhaft geheilt, oder gar abgeschnitten werden.

84. Jede spezifische Inzitazion verräth einen spezifischen Sinn. Je neuer sie ist, desto plumper, aber desto stärker; je bestimmter, je ausgebildeter, mannichfacher sie wird, desto schwächer. So erregte der erste Gedanke an Gott eine gewaltsame Emotion im ganzen Individuum; so die erste Idee von Philosophie, von Menschheit, Weltall, u. s. w.

85. Innigste Gemeinschaft aller Kenntnisse, scientifische Republik, ist der hohe Zweck der Gelehrten.

85. Sollte nicht die Distanz einer besondern Wissenschaft von der Allgemeinen – und so der Rang der Wissenschaften untereinander – nach der Zahl ihrer Grundsätze zu rechnen seyn? Je weniger Grundsätze, desto höher die Wissenschaft.

86. Man versteht das Künstliche gewöhnlich besser, als das Natürliche. Es gehört mehr Geist auch zum Einfachen, als zum Complicirten – aber weniger Talent.

87. Werckzeuge armiren den Menschen. Man kann wohl sagen, der Mensch versteht eine Welt hervorzubringen – es mangelt ihm nur am gehörigen Apparat – an der verhältnißmäßigen Armatur seiner Sinneswerckzeuge. Der Anfang ist da. So liegt das Princip eines Kriegsschiffs in der Idee des Schiffbaumeisters, der durch Menschenhaufen und gehörige Werckzeuge und Materialien diesen Gedanken zu verkörpern vermag – indem er durch alles dieses sich gleichsam zu einer ungeheuern Maschiene macht.

So erforderte die Idee eines Augenblicks oft ungeheure Organe – ungeheure Massen von Materien, und der Mensch ist also, wo nicht actu, doch Potentia, Schöpfer.

88. In jeder Berührung entsteht eine Substanz, deren Wirckung so lange, als die Berührung, dauert. Dies ist der Grund aller synthetischen Modificationen des Individuums.

Es giebt aber einseitige und wechselseitige Berührungen – Jene begründen diese.

89. Je unwissender man von Natur ist, desto mehr Capacitaet für das Wissen. Jede neue Erkenntniß macht einen viel tiefern, lebendigern Eindruck. Man bemerckt dieses deutlich beym Eintritt in eine Wissenschaft. Daher verliert man durch zu vieles Studiren an Capacitaet. Es ist eine der ersten Unwissenheit entgegengesezte Unwissenheit. Jene ist Unwissenheit

86. Sollte nicht die Distanz einer besondern Wissenschaft von der allgemeinen, und so der Rang der Wissenschaften untereinander, nach der Zahl ihrer Grundsätze zu rechnen seyn? Je weniger Grundsätze, desto höher die Wissenschaft.

87. Man versteht das Künstliche gewöhnlich besser, als das Natürliche. Es gehört mehr Geist zum Einfachen, als zum Complizirten, aber weniger Talent.

88. Werkzeuge armiren den Menschen. Man kann wohl sagen, der Mensch versteht eine Welt hervorzubringen, es mangelt ihm nur am gehörigen Apparat, an der verhältnißmäßigen Armatur seiner Sinneswerkzeuge. Der Anfang ist da. So liegt das Prinzip eines Kriegsschiffes in der Idee des Schiffbaumeisters, der durch Menschenhaufen und gehörige Werkzeuge und Materialien diesen Gedanken zu verkörpern vermag, indem er durch alles dieses sich gleichsam zu einer ungeheuren Maschine macht. So erforderte die Idee eines Augenblicks oft ungeheure Organe, ungeheure Massen von Materien, und der Mensch ist also, wo nicht actu, doch potentia Schöpfer.

89. In jeder Berührung entsteht eine Substanz, deren Wirkung so lange, als die Berührung dauert. Dies ist der Grund aller synthetischen Modifikazionen des Individuums. Es giebt aber einseitige und wechselseitige Berührungen. Jene begründen diese.

90. Je unwissender man von Natur ist, desto mehr Kapazität für das Wissen. Jede neue Erkenntniß macht einen viel tiefern, lebendigern Eindruck. Man bemerkt dieses deutlich beym Eintritt in eine Wissenschaft. Daher verliert man durch zu vieles Studiren an Kapazität. Es ist eine der ersten Unwissenheit entgegengesetzte Unwissenheit. Jene ist Unwissenheit

aus Mangel – diese aus Überfluß der Erkenntnisse. Leztere pflegt die Symptome des Skepticismus zu haben – Es ist aber ein Skepticismus spurius – aus indirecter Schwäche unsres Erkenntnißvermögens. Man ist nicht im Stande die Masse zu durchdringen und sie in bestimmter Gestalt vollkommen zu beleben – die *plastische Kraft* reicht nicht zu. So wird der Erfindungsgeist junger Köpfe, und der Schwärmer – sowie der glückliche Griff des geistvollen Anfängers, oder Layen leicht erklärbar.

90. Welten bauen genügt nicht dem tiefer langenden Sinne,
Aber ein liebendes Herz sättigt den strebenden Geist.

91. Wir stehn in Verhältnissen mit allen Theilen des Universums – Sowie mit Zukunft und Vorzeit.

Es hängt nur von der Richtung und Dauer unsrer Aufmercksamkeit ab, welches Verhältniß wir vorzüglich ausbilden, welches für uns vorzüglich wichtig – und wircksam werden soll. Eine ächte Methodik dieses Verfahrens dürfte nichts weniger, als jene längst gewünschte Erfindungskunst seyn – Es dürfte wohl mehr noch, als diese seyn. Der Mensch verfährt stündlich nach ihren Gesetzen und die Möglichkeit dieselben durch geniale Selbstbeobachtung zu finden ist unzweifelhaft.

92. Der Geschichtschreiber organisirt historische Wesen. Die Data der Geschichte sind die Masse, der der Geschichtschreiber Form giebt – durch Belebung. Mithin steht auch die Geschichte unter den Grundsätzen der Belebung und Organisation überhaupt und bevor nicht diese Grundsätze da sind, giebt es auch keine ächten historischen Kunstgebilde – sondern nichts, als hie und da, Spuren zufälliger Belebungen, wo *unwillkührliches* Genie gewaltet hat.

aus Mangel, diese aus Überfluß der Erkenntnisse. Letztere pflegt die Symptome des Skeptizismus zu haben. Es ist aber ein unächter Skeptizismus, aus indirekter Schwäche unsers Erkenntnißvermögens. Man ist nicht im Stande die Masse zu durchdringen, und sie in bestimmter Gestalt vollkommen zu beleben: die plastische Kraft reicht nicht zu. So wird der Erfindungsgeist junger Köpfe und der Schwärmer, so wie der glückliche Griff des geistvollen Anfängers oder Layen leicht erklärbar.

91. Welten bauen genügt dem tiefer dringenden Sinn nicht:
Aber ein liebendes Herz sättigt den strebenden Geist.

92. Wir stehen in Verhältnissen mit allen Theilen des Universums, so wie mit Zukunft und Vorzeit. Es hängt nur von der Richtung und Dauer unsrer Aufmerksamkeit ab, welches Verhältniß wir vorzüglich ausbilden wollen, welches für uns vorzüglich wichtig, und wirksam werden soll. Eine ächte Methodik dieses Verfahrens dürfte nichts weniger, als jene längstgewünschte Erfindungskunst seyn; es dürfte wohl mehr noch, als diese seyn. Der Mensch verfährt stündlich nach ihren Gesetzen und die Möglichkeit dieselben durch genialische Selbstbeobachtung zu finden ist unzweifelhaft.

93. Der Geschichtschreiber organisirt historische Wesen. Die Data der Geschichte sind die Masse, der der Geschichtschreiber Form giebt, durch Belebung. Mithin steht auch die Geschichte unter den Grundsätzen der Belebung und Organisazion überhaupt, und bevor nicht diese Grundsätze da sind, giebt es auch keine ächten historischen Kunstgebilde, sondern nichts als hie und da Spuren zufälliger Belebungen, wo unwillkürliches Genie gewaltet hat.

93. Beynah alles Genie war bisher einseitig – Resultat einer kranckhaften Konstitution. Die Eine Klasse hatte zu viel äußern, die andre zu viel innern Sinn. Selten gelang der Natur ein Gleichgewicht zwischen beyden – eine vollendete, genialische Constitution. Durch Zufälle entstand oft eine vollkommne Proportion, aber nie konnte diese von Dauer seyn, weil sie nicht durch den Geist aufgefaßt und fixirt ward – Es blieb bey glücklichen Augenblicken. Das erste Genie, *das sich selbst durchdrang*, fand hier den typischen Keim einer unermeßlichen Welt – Es machte eine Entdeckung, die die Merckwürdigste in der Weltgeschichte seyn mußte – denn es beginnt damit eine ganz neue Epoke der Menschheit – und auf dieser Stufe wird erst wahre Geschichte aller Art möglich – denn der Weg, der bisher zurückgelegt wurde, macht nun ein *eignes*, durchaus erklärbares Ganze aus. Jene Stelle außer der Welt ist gegeben, und Archimed kann nun sein Versprechen erfüllen.

94. Vor der Abstraction ist alles Eins – aber eins, wie das Chaos – Nach der Abstraction ist wieder alles vereinigt – aber diese Vereinigung ist eine freye Verbündung selbstständiger, selbstbestimmter Wesen – Aus einem Haufen ist eine Gesellschaft geworden – das Chaos ist in eine mannichfaltige Welt verwandelt.

95. Wenn die Welt gleichsam ein Niederschlag aus der Menschennatur ist, so ist die Götterwelt eine Sublimation derselben. Beyde geschehn uno actu. Keine Praecipitation ohne Sublimation. Was dort an Agilitaet verloren geht, wird hier gewonnen.

96. Wo Kinder sind, da ist ein goldnes Zeitalter.

94. Beynah alles Genie war bisher einseitig, Resultat einer krankhaften Konstituzion. Die eine Klasse hatte zu viel äußern, die andere zu viel innern Sinn. Selten gelang der Natur ein Gleichgewicht zwischen beiden, eine vollendete genialische Konstituzion. Durch Zufälle entstand oft eine vollkommene Proporzion, aber nie konnte diese von Dauer seyn, weil sie nicht durch den Geist aufgefaßt und fixirt ward: es blieb bey glücklichen Augenblicken. Das erste Genie, das sich selbst durchdrang, fand hier den typischen Keim einer unermeßlichen Welt; es machte eine Entdeckung, die die merkwürdigste in der Weltgeschichte seyn mußte, denn es beginnt damit eine ganz neue Epoche der Menschheit, und auf dieser Stufe wird erst wahre Geschichte aller Art möglich: denn der Weg, der bisher zurückgelegt wurde, macht nun ein eignes, durchaus erklärbares Ganzes aus. Jene Stelle außer der Welt ist gegeben, und Archimedes kann nun sein Versprechen erfüllen.

95. Vor der Abstrakzion ist alles eins, aber eins wie Chaos; nach der Abstrakzion ist wieder alles vereinigt, aber diese Vereinigung ist eine freye Verbindung selbständiger, selbstbestimmter Wesen. Aus einem Haufen ist eine Gesellschaft geworden, das Chaos ist in eine mannichfaltige Welt verwandelt.

96. Wenn die Welt gleichsam ein Niederschlag aus der Menschennatur ist, so ist die Götterwelt eine Sublimazion derselben. Beyde geschehen uno actu. Keine Präzipitazion ohne Sublimazion. Was dort an Agilität verloren geht, wird hier gewonnen.

97. Wo Kinder sind, da ist ein goldnes Zeitalter.

97. Sicherheit für sich selbst und den unsichtbaren Mächten war die Basis der bisherigen geistlichen Staaten.

98. Der Gang der Approximation ist aus zunehmenden Progressen und Regressen zusammengesezt. Beyde retardiren – Beyde beschleunigen – beyde führen zum Ziel. So scheint sich im Roman der Dichter bald dem Ziel zu nähern, bald wieder zu entfernen und nie ist es näher, als wenn es am entferntesten zu seyn scheint.

99. Ein Verbrecher kann sich über Unrecht nicht beklagen, wenn man ihn hart und unmenschlich behandelt. Sein Verbrechen war ein Eintritt ins Reich der Gewalt, der Tyranney. Maaß und Proportion giebt es nicht in dieser Welt – daher darf ihn die Unverhältnißmäßigkeit der Gegenwirckung nicht befremden.

100. ⟨Die Fabellehre enthält die Geschichte der urbildlichen Welt – Sie begreift Vorzeit, Gegenwart und Zukunft.

Die Menschenwelt ist das gemeinschaftliche Organ der Götter. Poësie vereinigt sie, wie uns.⟩

98. Sicherheit vor sich selbst und den unsichtbaren Mächten, war die Basis der bisherigen geistlichen Staaten.

99. Der Gang der Approximazion ist aus zunehmenden Progressen und Regressen zusammengesetzt. Beide retardiren, beyde beschleunigen, beyde führen zum Ziel. So scheint sich im Roman der Dichter bald dem Spiel zu nähern, bald wieder zu entfernen, und nie ist es näher, als wenn es am entferntesten zu seyn scheint.

100. Ein Verbrecher kann sich über Unrecht nicht beklagen, wenn man ihn hart und unmenschlich behandelt. Sein Verbrechen war ein Eintritt ins Reich der Gewalt, der Tyranney. Maß und Proporzion giebt es nicht in dieser Welt, daher darf ihn die Unverhältnißmäßigkeit der Gegenwirkung nicht befremden.

101. Die Fabellehre enthält die Geschichte der urbildlichen Welt, sie begreift Vorzeit, Gegenwart und Zukunft.

102. Wenn der Geist heiligt, so ist jedes ächte Buch Bibel. Aber nur selten wird ein Buch um des Buchs willen geschrieben, und wenn Geist gleich edlem Metall ist, so sind die meisten Bücher Ephraimiten. Freylich muß jedes nützliche Buch wenigstens stark legirt seyn. Rein ist das edle Metall in Handel und Wandel nicht zu gebrauchen. Vielen wahren Büchern geht es wie den Goldklumpen in Irland. Sie dienen lange Jahre nur als Gewichte.

103. Manche Bücher sind länger als sie scheinen. Sie haben in der That kein Ende. Die Langeweile die sie erregen, ist wahrhaft absolut und unendlich. Musterhafte Beyspiele dieser Art

haben die Herren Heydenreich, Jacob, Abicht und Pölitz aufgestellt. Hier ist ein Stock, den jeder mit seinen Bekannten der Art vergrößern kann.

104. Es sind viele antirevoluzionäre Bücher für die Revoluzion geschrieben worden. Burke hat aber ein revoluzionäres Buch gegen die Revoluzion geschrieben.

105. Die meisten Beobachter der Revoluzion, besonders die Klugen und Vornehmen, haben sie für eine lebensgefährliche und ansteckende Krankheit erklärt. Sie sind bey den Symptomen stehn geblieben und haben diese auf eine mannichfaltige Weise unter einander geworfen und ausgelegt. Manche haben es für ein bloß lokales Übel gehalten. Die genievollsten Gegner drangen auf Kastrazion. Sie merkten wohl, daß diese angebliche Krankheit nichts als Krise der eintretenden Pubertät sey.

106. Wie wünschenswerth ist es nicht, Zeitgenoß eines wahrhaft großen Mannes zu seyn! Die jetzige Majorität der kultivirten Deutschen ist dieser Meynung nicht. Sie ist fein genug, um alles Große wegzuläugnen, und befolgt das Planirungssystem. Wenn das Kopernikanische System nur nicht so fest stände, so würde es ihnen sehr bequem seyn, Sonne und Gestirn wieder zu Irwischen und die Erde zum Universum zu machen. Daher wird Goethe, der jetzt der wahre Statthalter des poetischen Geistes auf Erden ist, so gemein als möglich behandelt und schnöde angesehn, wenn er die Erwartungen des gewöhnlichen Zeitvertreibs nicht befriedigt, und sie einen Augenblick in Verlegenheit gegen sich selbst setzt. Ein interessantes Symptom dieser direkten Schwäche der Seele ist die Aufnahme, welche Herrmann und Dorothea im Allgemeinen gefunden hat.

101. Schlechthin *ruhig* erscheint, was in Rücksicht der Außenwelt schlechthin unbeweglich ist. So mannichfach es sich auch verändern mag, so bleibt es doch in Beziehung auf die Außenwelt immer in Ruhe. Dieser Satz bezieht sich auf alle Selbstmodificationen. Daher erscheint das Schöne, so ruhig. Alles Schöne ist ein *Selbsterleuchtetes*, vollendetes Individuum.

107. Die Geognosten glauben, daß der physische Schwerpunkt unter Fetz und Marocco liege. Goethe als Anthropognost meynt im Meister, der intellektuelle Schwerpunkt liege unter der Deutschen Nazion.

108. Menschen zu beschreiben ist deswegen bis jetzt unmöglich gewesen, weil man nicht gewußt hat, was ein Mensch ist. Wenn man erst wissen wird, was ein Mensch ist, so wird man auch Individuen wahrhaft genetisch beschreiben können.

109. Nichts ist poetischer, als Erinnerung und Ahndung oder Vorstellung der Zukunft. Die Vorstellungen der Vorzeit ziehn uns zum Sterben, zum Verfliegen an. Die Vorstellungen der Zukunft treiben uns zum Beleben, zum Verkörpern, zur assimilirenden Wirksamkeit. Daher ist alle Erinnerung wehmüthig, alle Ahndung freudig. Jene mäßigt die allzugroße Lebhaftigkeit, diese erhebt ein zu schwaches Leben. Die gewöhnliche Gegenwart verknüpft Vergangenheit und Zukunft durch Beschränkung. Es entsteht Kontiguität, durch Erstarrung Krystallisazion. Es giebt aber eine geistige Gegenwart, die beyde durch Auflösung identifizirt, und diese Mischung ist das Element, die Atmosphäre des Dichters.

110. Die Menschenwelt ist das gemeinschaftliche Organ der Götter. Poesie vereinigt sie, wie uns.

111. Schlechthin ruhig erscheint, was in Rücksicht der Außenwelt schlechthin unbeweglich ist. So mannichfach es sich auch verändern mag, so bleibt es doch in Beziehung auf die Außenwelt immer in Ruhe. Dieser Satz bezieht sich auf alle Selbstmodifikazionen. Daher erscheint das Schöne so ruhig. Alles Schöne ist ein selbsterleuchtetes, vollendetes Individuum.

102. Jede Menschengestalt belebt einen individuellen Keim im Betrachtenden. Dadurch wird diese Anschauung unendlich – Sie ist mit dem Gefühl einer unerschöpflichen Kraft verbunden – und darum so absolut belebend. Indem wir uns selbst betrachten – beleben wir uns selbst.

Ohne diese sichtbare und fühlbare Unsterblichkeit – sit Venia Verbis – würden wir nicht wahrhaft denken können.

Diese wahrnehmbare Unzulänglichkeit des irrdischen Körpergebildes zum Ausdruck und Organ des inwohnenden Geistes ist der unbestimmte, treibende Gedanke, der die Basis aller ächten Gedanken wird – der Anlaß zur Evolution der Intelligenz – dasjenige, was uns zur Annahme einer intelligiblen Welt und einer unendlichen Reihe von Ausdrücken und Organen jedes Geistes, deren Exponent, oder Wurzel, seine Individualitaet ist, nöthigt.

103. Je bornirter ein System ist, desto mehr wird es den Weltklugen gefallen. So hat das System der Materialisten, die Lehre des Helvetius und auch Lokke den meisten Beyfall unter dieser Klasse erhalten. So wird Kant jezt noch immer mehr Anhänger, als Fichte, finden.

104. Die Kunst Bücher zu schreiben ist noch nicht erfunden. Sie ist aber auf dem Punct erfunden zu werden. Fragmente dieser Art sind litterairische Sämereyen. Es mag freylich manches taube Körnchen darunter seyn – Indeß wenn nur einiges aufgeht.

105. ⟨Schlegels Schriften sind lyrische Philosopheme. Sein Forster und Lessing sind vorzügliche Minuspoësieen und ähneln den Pindarischen Hymnen. Der Lyrische Prosaïst wird logische Epigramme schreiben. Ist er ganz lebenstrunken, so werden es Dythiramben seyn, die man freylich, als Dythiramben genießen und beurtheilen muß. Halb be-

112. Jede Menschengestalt belebt einen individuellen Keim im Betrachtenden. Dadurch wird diese Anschauung unendlich, sie ist mit dem Gefühl einer unerschöpflichen Kraft verbunden, und darum so absolut belebend. Indem wir uns selbst betrachten, beleben wir uns selbst.

Ohne diese sichtbare und fühlbare Unsterblichkeit würden wir nicht wahrhaft denken können.

Diese wahrnehmbare Unzulänglichkeit des irdischen Körpergebildes zum Ausdruck und Organ des inwohnenden Geistes, ist der unbestimmte, treibende Gedanke, der die Basis aller ächten Gedanken wird, der Anlaß zur Evoluzion der Intelligenz, dasjenige, was uns zur Annahme einer intelligiblen Welt und einer unendlichen Reihe von Ausdrücken und Organen jedes Geistes, deren Exponent oder Wurzel seine Individualität ist, nöthigt.

113. Je bornirter ein System ist, desto mehr wird es den Weltklugen gefallen. So hat das System der Materialisten, die Lehre des Helvetius und auch Locke den meisten Beyfall unter dieser Klasse erhalten. So wird Kant jetzt noch immer mehr Anhänger als Fichte finden.

114. Die Kunst Bücher zu schreiben ist noch nicht erfunden. Sie ist aber auf dem Punkt erfunden zu werden. Fragmente dieser Art sind litterarische Sämereyen. Es mag freylich manches taube Körnchen darunter seyn: indessen, wenn nur einiges aufgeht!

[Ende der Sammlung „Blüthenstaub"]

rauscht kann ein Kunstwerck seyn – Im ganzen Rausche zerfließt das Kunstwerck – Aus dem Menschen wird ein Thier – Der Karacter des Thiers ist dythirambisch. Das Thier ist ein übersättigtes Leben – die Pflanze ein mangelhaftes Leben. Der Mensch ein *freyes* Leben.⟩

106. ⟨Hemsterhuis ist sehr oft logischer Homeride.⟩

107. ⟨Göthens Philosopheme sind ächt episch.⟩

108. Wenn der Geist heiligt, so ist jedes ächte Buch Bibel.

109. Jedes Individuum ist der Mittelpunct eines Emanationssystems.

110. Wenn Geist gleich edlem Metall ist, so sind die meisten Bücher Ephraïmiten.

Jedes *nüzliche* Buch muß wenigstens starck legirt seyn. Rein ist das edle Metall in Handel und Wandel nicht zu brauchen.

So selten wird ein Buch um des Buchs willen geschrieben.

Vielen wahren Büchern geht es wie den Goldklumpen in Irland. Sie dienen lange Jahre, nur als Gewichte.

Unsre Bücher sind ein unförmliches Papiergeld, das die Gelehrten in Kurs bringen. Diese Papiermünzliebhaberey der modernen Welt, ist der Boden, auf den sie, oft in Einer Nacht, emporschießen.

111. ⟨Manche Bücher sind länger, als sie scheinen. Sie haben in der That kein Ende. Die Langeweile, die sie erregen ist wahrhaft absolut und unendlich. Musterhafte Beyspiele dieser Art hat der Herr Professor Heydenreich, Jakob, Abicht und Pölitz aufgestellt. Hier ist ein Stok, den jeder mit seinen Bekannten der Art vergrößern kann.⟩

ist in so vielen Schriften [illegible] Autor-
der diejenige Classe, wo in die Thatsachen und Erfahrungen gelebt, und ein Zusammenhang der merckwürdigsten mystischen Phaenomene [illegible] ist reich für den Anthropognosten – voller [illegible] und [illegible] Kunstverbindungen.

113. Recensenten sind litterairische Polizeybeamten. Aerzte gehören zu den Polizeybeamten. Daher sollte es kritische Journale geben, die die Autoren kunstmäßig medicinisch und chirurgisch behandelten, und nicht blos die Kranckheit aufspürten und mit Schadenfreude bekannt machten. Die bisherigen Kurmethoden waren größestentheils barbarisch.

Ächte Polizey ist nicht blos defensiv und polemisch gegen das vorhandne Übel – sondern sie sucht die kränckliche Anlage zu verbessern.

114. (Die allgemeine Litteratur Zeitung gehört zu den Personen, die aus Anhänglichkeit an die Güter dieses Lebens nur das Leben so lang, als möglich, zu erhalten suchen. Hufelands Makrobiotik ist von der Expedition der Allgemeinen Litteratur Zeitung schon lange in Ausübung gebracht worden. Im Anfang debauchirte sie mit neuen Ideen. Eine schwächliche Constitution hatte sie von jeher. Der lange Gebrauch der Kantischen Begriffe hat ihr vielen Schaden gethan. Nun ist sie behutsamer geworden und sucht nun durch Fastenspeise, seltnen Gebrauch spirituöser Mittel, und Bequemung nach den Einflüssen der Witterung, nach Hufelands belobten Princip der Mediocritaet, sich den goldnen Traum des irrdischen Daseyns so lange, als möglich, zu verlängern.)

112. In sehr vielen Schriften ist das Raisonnement des Autors, oder diejenige Masse, woran die Thatsachen und Erfahrungen geklebt sind, ein Zusammenfluß der merckwürdigsten psychischen Phaenomene – äußerst lehrreich für den Anthropognosten – voller Spuren asthenischer Anlagen und indirecter Entzündungen.

113. Recensenten sind litterärische Politzeybeamten. Ärzte gehören zu den Polizeybeamten. Daher sollte es kritische Journale geben, die die Autoren kunstmäßig medicinisch und chirurgisch behandelten, und nicht blos die Kranckheit aufspürten, und mit Schadenfreude bekannt machten. Die bisherigen Kurmethoden waren größestentheils barbarisch.

Ächte Politzey ist nicht blos defensiv und polemisch gegen das vorhandne Übel – sondern sie sucht die kränckliche Anlage zu verbessern.

114. ⟨Die allgemeine Litteratur Zeitung gehört zu den Personen, die aus Anhänglichkeit an die Güter dieses Lebens nur das Leben so lang, als möglich, zu erhalten suchen. Hufelands Makrobiotik ist von der Expedition der Allgemeinen Litteratur Zeitung schon früher in Ausübung gebracht worden. Im Anfang debauchirte sie mit neuen Ideen. Eine schwächliche Constitution hatte sie von jeher. Der lange Gebrauch der Kantischen Begriffe hat ihr vielen Schaden gethan. Nun ist sie behutsamer geworden und sucht nun durch Fastenspeise, seltnen Gebrauch spirituöser Mittel, und Bequemung nach den Einflüssen der Witterung, nach Hufelands belobten Princip der Mediocritaet, sich den goldnen Traum des irrdischen Daseyns so lange, als möglich, zu verlängern.⟩

115. Es sind viele antirevolutionaire Bücher für die Revolution geschrieben worden. Burke hat aber ein revolutionaires Buch gegen die Revolution geschrieben.

116. (Die meisten Beobachter der Revolution, besonders die klugen und Vornehmen haben sie für eine lebensgefährliche und ansteckende Kranckheit erklärt – sie sind bey den Symptomen stehn geblieben, und haben diese auf eine mannichfaltige Weise durch einander geworfen und erklärt – manche haben es für eine bloß locale Kranckheit gehalten – die genialsten Gegner drangen auf Castration – sie merckten wohl, daß diese angebliche Kranckheit nichts, als Krise der eintretenden Pubertaet sey.)

117. (Wie wünschenswerth ist es nicht, Zeitgenosse eines wahrhaft großen Mannes zu seyn! Die jetzige Majorität der cultivirten Deutschen ist dieser Meynung nicht – sie ist fein genug um alles Große wegzuläugnen und befolgt das Planirungssystem. Wenn das Copernikanische System nur nicht so fest stünde, so würde es ihnen sehr bequem seyn, Sonne und Gestirne wieder zu Irrwischen und die Erde zum Universo zu machen. Ein großer Mann, der jetzt unter uns ist, wird daher so gemein, als möglich behandelt, und schnöde angesehn, wenn er die Erwartungen des gewöhnlichen Zeitvertreibs nicht befriedigt, und sie einen Augenblick in Verlegenheit gegen sich selbst sezt. Ein interessantes Symptom dieser directen Schwäche der Seele ist die Aufnahme von Hermann und Dorothea.)

118. Göthe ist jezt der wahre Statthalter des poëtischen Geistes auf Erden.

119. (Menschen zu beschreiben ist deswegen bis jezt unmöglich gewesen, weil man nicht gewußt hat, was ein Mensch ist.

115. ⟨Es sind viele antirevolutionnaire Bücher für die Revolution geschrieben worden. Burke hat aber ein revolutionnaires Buch gegen die Revolution geschrieben.⟩

116. ⟨Die meisten Beobachter der Revolution, besonders die Klugen und Vornehmen haben sie für eine lebensgefährliche und ansteckende Kranckheit erklärt – sie sind bey den Symptomen stehn geblieben, und haben diese auf eine mannichfaltige Weise durch einander geworfen und erklärt – manche haben es für eine blos locale Kranckheit gehalten – die Genievollsten Gegner drangen auf Castration – Sie merckten wohl – daß diese angebliche Kranckheit nichts, als Krise der eintretenden Pubertät sey.⟩

117. ⟨Wie wünschenswerth ist es nicht – Zeitgenoß eines wahrhaft großen Manns zu seyn? Die jetzige Majorität der cultivirten Deutschen ist dieser Meynung nicht – Sie ist fein genug um alles Große wegzuläugnen und befolgt das Planirungssystem. Wenn das Copernikanische System nur nicht so fest stände, so würd es ihnen sehr bequem seyn – Sonne und Gestirne wieder zu Irwischen und die Erde zum Universo zu machen. Ein großer Mann, der jezt unter uns ist, wird daher so gemein, als möglich behandelt – und schnöde angesehn, wenn er die Erwartungen des gewöhnlichen Zeitvertreibs nicht befriedigt, und sie einen Augenblick in Verlegenheit gegen sich selbst sezt. Ein Interressantes Symptom dieser directen Schwäche der Seele ist die Aufnahme von Hermann und Dorothea.⟩

118. Göthe ist jezt der wahre Statthalter des poëtischen Geistes auf Erden.

119. ⟨Menschen zu beschreiben ist deswegen bis jezt unmöglich gewesen, weil man nicht gewußt hat, was ein Mensch ist

– Wenn man erst wissen wird, was ein Mensch ist, so wird man auch Individuen wahrhaft genetisch beschreiben können.)

120. (Wer Fragmente dieser Art beym Worte halten will, der mag ein ehrenvester Mann seyn – nur soll er sich nicht für einen Dichter ausgeben. Muß man denn immer bedächtig seyn? Wer zu alt zum Schwärmen ist, vermeide doch jugendliche Zusammenkünfte. Jezt sind litterarische Saturnalien – Je bunteres Leben, desto besser.)

121. (Die Geognosten glauben, daß der physische Schwerpunct unter Fez und Marocco liege – Göthe, als Anthropognost, meynt, im Meister, der intellectuelle Schwerpunct liege unter der deutschen Nation.)

122. (Wo die Majoritaet entscheidet – herrscht die Kraft über die Form – Umgekehrt, wo die Minoritaet die Oberhand hat.

Kühnheit kann man den theoretischen Politikern nicht vorwerfen. Keinem ist noch eingefallen zu versuchen – ob nicht Monarchie – und Demokratie schlechterdings, als Elemente eines wahren Universal Staats, vereinigt werden müßten und könnten?

Eine wahre Demokratie ist ein absoluter Minus-Staat. Eine wahre Monarchie ist ein absoluter Plus-Staat. Die Konstitution der Monarchie ist der Caracter des Regenten. Ihre Garantie ist sein Wille.

Demokratie, im gewöhnlichen Sinne ist im Grunde von der Monarchie nicht verschieden, nur daß hier der Monarch eine Masse von Köpfen ist. Ächte Demokratie ist Protestantismus – politischer Naturstand, wie der Protestantismus im engern Sinn – religiöser Naturstand.

Die gemäßigte Regierungsform ist halber Staat und halber Naturstand – es ist eine künstliche, sehr zerbrechliche

– Wenn man erst wissen wird, was ein Mensch ist, so wird man auch Individuen wahrhaft genetisch beschreiben können.⟩

120. ⟨Wer Fragmente dieser Art beym Worte halten will der mag ein ehrenvester Mann seyn – nur soll er sich nicht für einen Dichter ausgeben. Muß man denn immer bedächtig seyn? Wer zu alt zum schwärmen ist, vermeide doch jugendliche Zusammenkünfte. Jezt sind litterairische Saturnalien – Je bunteres Leben, desto besser.⟩

121. ⟨Die Geognosten glauben, daß der physische Schwerpunct unter Fez und Marocco liege – Göthe, als Anthropognost, meynt, im Meister, der intellectuelle Schwerpunct liege unter der deutschen Nation.⟩

122. ⟨Wo die Majorität entscheidet – herrscht die Kraft über die Form – Umgekehrt, wo die Minorität die Oberhand hat.

Kühnheit kann man den theoretischen Politikern nicht vorwerfen. Keinem ist noch eingefallen zu versuchen – ob nicht Monarchie – und Demokratie schlechterdings, als Elemente eines wahren Universal-Staats, vereinigt werden müßten und könnten?

Eine wahre Demokratie ist ein absoluter Minus-Staat. Eine wahre Monarchie ist ein absoluter Plus-Staat. Die Konstitution der Monarchie ist der Caracter des Regenten. Ihre Garantie ist sein Wille.

Demokratie, im gewöhnlichen Sinn, ist im Grunde von der Monarchie nicht verschieden, nur daß hier der Monarch eine Masse von Köpfen ist. Ächte Demokratie ist Protestantismus – politischer Naturstand, wie der Protestantism im engern Sinn – religioeser Naturstand.

Die gemäßigte Regierungsform ist halber Staat und halber Naturstand – es ist eine künstliche, sehr zerbrechliche [illegible] das große Problem [illegible] durch [illegible] sich [illegible] Der Geist [illegible] flüssig. Der [illegible] poetisch. Der poetische Staat – ist der wahrhafte, vollkommne Staat.

[illegible] Geist [illegible] Staat [illegible] poetischen [illegible] der Staat [illegible] wird, den Geist des Staats [illegible] und poetisch [illegible]

[illegible] ist poetisch [illegible] als Erinnerung und Ahndung, oder Vorstellung der Zukunft. Die gewöhnliche Gegenwart verknüpft beyde durch Beschränkung – Es entsteht Contact, durch Erstarrung – Crystallisation. Es giebt aber eine geistige Gegenwart – die beyde durch Auflösung identificirt – und diese Mischung ist das Element, die Atmosphäre des Dichters. Nicht Geist ist Stoff.

12[illegible] (Die Vorstellungen der Vorzeit ziehn uns zum Sterben – zum Verfliegen an – die Vorstellungen der Zukunft – treiben uns zum Beleben – zum Verkörpern, zur assimilirenden Wirksamkeit.

Daher ist alle Erinnerung wehmüthig – alle Ahndung freudig. Jene mäßigt die allzugroße Lebhaftigkeit – diese erhebt ein zu schwaches Leben.)

Maschine – daher allen genialischen Köpfen höchst zuwider – aber das Steckenpferd unsrer Zeit. Ließe sich diese Maschine in ein lebendiges, autonomes Wesen verwandeln, so wäre das große Problem gelößt. Naturwillkühr und Kunstzwang durchdringen sich, wenn man sie in Geist auflößt. Der Geist macht beydes flüssig. Der Geist ist jederzeit poëtisch. Der poëtische Staat – ist der wahrhafte, vollkommne Staat.

Ein sehr geistvoller Staat wird von selbst poëtisch seyn – Je mehr Geist, und geistiger Verkehr im Staat ist, desto mehr wird er sich dem poëtischen nähern – desto freudiger wird jeder darinn aus Liebe zu dem Schönen, großen Individuo, seine Ansprüche beschränken und die nöthigen Aufopferungen machen wollen – desto weniger wird der Staat es bedürfen – desto ähnlicher wird der Geist des Staats, dem Geiste eines Einzelnen musterhaften Menschen seyn – der nur ein einziges Gesetz auf immer ausgesprochen hat – Sey so gut und poëtisch, als möglich.⟩

123. ⟨Nichts ist poëtischer, als Errinnerung und Ahndung, oder Vorstellung der Zukunft. Die gewöhnliche Gegenwart verknüpft beyde durch Beschränckung – Es entsteht Contiguitaet, durch Erstarrung – Crystallisation. Es giebt aber eine geistige Gegenwart – die beyde durch Auflösung identificirt – und diese Mischung ist das Element, die Atmosphäre des Dichters. Nicht Geist ist Stoff.⟩

124. ⟨Die Vorstellungen der Vorzeit ziehn uns zum Sterben – zum Verfliegen an – die Vorstellungen der Zukunft – treiben uns zum Beleben – zum Verköprern, zur assimilirenden Wircksamkeit.

Daher ist alle Errinnerung, wehmüthig – alle Ahndung, freudig. Jene mäßigt die allzugroße Lebhaftigkeit – diese erhebt ein zu schwaches Leben.⟩

125. (Der wahre Leser muß der erweiterte Autor seyn. Er ist die höhere Instanz, die die Sache von der niedern Instanz schon vorgearbeitet erhält. Das Gefühl, vermittelst dessen der Autor die Materialien seiner Schrift geschieden hat, scheidet beym Lesen wieder das Rohe und Gebildete des Buchs – und wenn der Leser das Buch nach seiner Idee bearbeiten würde, so würde ein 2ter Leser noch mehr läutern, und so wird dadurch, daß die bearbeitete Masse immer wieder in frischthätige Gefäße kommt die Masse endlich wesentlicher Bestandtheil – Glied des wircksamen Geistes.

Durch unpartheyisches Wiederlesen seines Buchs kann der Autor sein Buch selbst läutern. Bey Fremden geht gewöhnlich das Eigenthümliche mit verlohren, weil die Gabe so selten ist völlig in eine fremde Idee hineinzugehn. Oft selbst beym Autor. Es ist kein Merckmal größerer Bildung und größerer Kräfte, daß man über ein Buch richtigen Tadel fällt. Bey neuen Eindrücken ist die größere Schärfe des Sinns ganz natürlich.)

[Ende der „Vermischten Bemerkungen"]

125. ⟨Der wahre Leser muß der erweiterte Autor seyn. Er ist die höhere Instanz, die die Sache von der niedern Instanz schon vorgearbeitet erhält. Das Gefühl, vermittelst dessen der Autor die Materialien seiner Schrift geschieden hat, scheidet beym Lesen wieder das Rohe und Gebildete des Buchs – und wenn der Leser das Buch nach seiner Idee bearbeiten würde, so würde ein 2ter Leser noch mehr läutern, und so wird dadurch daß die bearbeitete Masse immer wieder in frischthätige Gefäße kömmt die Masse endlich wesentlicher Bestandtheil – Glied des wircksamen Geistes.

Durch *unpartheyisches* Wiederlesen seines Buchs kann der Autor sein Buch selbst läutern. Bey Fremden geht gewöhnlich das Eigenthümliche mit verloren, weil die Gabe so selten ist völlig in eine fremde Idee hineinzugehn. Oft selbst beym Autor. Es ist kein Merckmal größerer Bildung, und größerer Kräfte, daß man über ein Buch richtigen Tadel fällt. Bey neuen Eindrücken ist die größere Schärfe des Sinns ganz natürlich.⟩

[Ende der „Vermischten Bemerkungen"]

Glauben und Liebe
und Politische Aphorismen
1798

BLUMEN

An den König
Mehr, als ein Königreich gab der Himmel Dir in Louisen,
Aber Du brachtest ihr auch mehr als die Krone, Dein Herz.

Die Alpenrose
Selten haftet auf Höhen ein Funken von himmlischen Leben,
Aber als Königin blüht, dann auch die Rose des Bergs.

Der König
Nur wer mehr als König schon ist, kann königlich herrschen,
Also soll König seyn, welcher die [illegible] liebt.

Das irdische Paradies
Wo die [illegible], lässt man [illegible] sich [illegible] die Erde,
Aber den Frevler verzehrt schnell die [illegible] Luft.

Das Ende des Haders
Glänzend steht nun die Brücke, der mächtige Schatten erinnert
Nur an die Zeit noch, es ruht ewig der Tempel nun hier,
Götzen von Stein und Metall mit furchtbaren Zeichen der Willkühr
Sind gestürzt und wir sehn dort nur ein liebendes Paar –
An der Umarmung erkennt ein jeder die alten Dynastien,
Kenntlich stets, mahnt lange wieder die glückliche Zeit.

Glauben und Liebe
und Politische Aphorismen
1798

BLUMEN

An den König

Mehr, als ein Königreich gab der Himmel Dir in Louisen,
Aber Du brachtest Ihr auch mehr, als die Krone, Dein Herz.

Die Alpenrose

Selten haftet auf Höhn ein Funken himmlischen Lebens,
Aber, als Königin, blüht, dann auch die Rose des Bergs.

Der König

Nur wer mehr, als König schon ist, kann königlich herrschen,
Also soll König seyn, welcher die Herrlichste liebt.

Das irrdische Paradies

Wo die Geliebten sind, da schmückt sich bräutlich die Erde,
Aber den Frevler verzehrt schneller die himmlische Luft.

Es ist an der Zeit

Glänzend steht nun die Brücke, der mächtige Schatten erinnert
Nur an die Zeit noch, es ruht ewig der Tempel nun hier,
Götzen von Stein und Metall mit furchtbaren Zeichen der Willkühr
Sind gestürzt und wir sehn dort nur ein liebendes Paar –
An der Umarmung erkennt ein jeder die alten Dynasten,
Kennt den Steuermann, kennt wieder die glückliche Zeit.

Das Ende des Haders

Lange währte der Zwist, es konnte keiner ihn schlichten;
Mancher schöne Krystall brach in dem feindlichen Stoß.
Nur die Liebe besitzt den Talismann ewigen Friedens –
Da nur, wo sie erscheint, fließen die Massen in Eins.

Der sterbende Genius

Willkommen, Lieber, nun und nicht wieder ruft
Dich meine Stimme; nah ist der Abschied mir.
Gefunden hab ich was ich suchte
Und der Bezauberung Bande schmelzen.

Das schöne Wesen – siehst du die Königinn –
Hebt Bann und Zauber; lange vergebens flog
Um jeden Thron ich, aber endlich
Winkte durch Sie mir die alte Heymath.

Schon lodert mächtig jene geheime Glut –
Mein altes Wesen – tief in dem irrdischen
Gebilde: Du sollst Opferpriester
Seyn, und das Lied der Zurückkehr singen.

Nimm diese Zweige, decke mit ihnen mich,
Nach Osten singe dann das erhabne Lied,
Bis auf die Sonne geht und zündet
Und mir die Thore der Urwelt öffnet.

Der Duft des Schleyers, der mich vor dem umgab,
Sinkt dann vergoldet über die Ebenen,
Und wer ihn athmet, schwört begeistert
Ewige Liebe der schönen Fürstinn.

Land

Jenes himmlische Paar schwimmt hoch auf der Flut, wie die Taube
Und der Ölzweig; es bringt Hoffnung des Landes, wie dort.

Novalis.

GLAUBEN UND LIEBE
ODER
DER KÖNIG UND DIE KÖNIGIN

Vorrede

1.

1. Wenn man mit Wenigen, in einer großen, gemischten Gesellschaft etwas heimliches reden will, und man sitzt nicht neben einander, so muß man in einer besondern Sprache reden. Diese besondre Sprache kann entweder eine *dem Ton* nach, oder *den Bildern* nach fremde Sprache seyn. Dies letztere wird eine Tropen und Räthselsprache seyn.

2.

2. Viele haben gemeynt, man solle von zarten, mißbrauchbaren Gegenständen, eine gelehrte Sprache führen, z. B. lateinisch von Dingen der Art schreiben. Es käme auf einen Versuch an, ob man nicht in der gewöhnlichen Landessprache so sprechen könnte, daß es nur *der* verstehn könnte, der es verstehn sollte. Jedes wahre Geheimniß muß die Profanen von selbst ausschließen. Wer es versteht ist von selbst, mit Recht, *Eingeweihter.*

3.

3. Der mystische Ausdruck ist ein Gedankenreiz mehr. Alle Wahrheit ist uralt. Der Reiz der Neuheit liegt nur in den Variationen des Ausdrucks. Je contrastirender die Erscheinung, desto größer die Freude des Wiedererkennens.

4.

4. Was man liebt, findet man überall, und sieht überall Ähnlichkeiten. Je größer die Liebe, desto weiter und mannichfaltiger diese ähnliche Welt. Meine Geliebte ist die Abbreviatur des Universums, das Universum die Elongatur meiner Geliebten. Dem Freunde der Wissenschaften bieten sie alle, Blumen und Souvenirs, für seine Geliebte.

5.

5. Aber woher die ernsten, mystisch-politischen Philosopheme? Ein Begeisterter äußert sein höheres Leben in allen seinen Functionen; also philosophirt er auch, und zwar lebhafter als gewöhnlich, *poetischer.* Auch dieser tiefe Ton gehört in die Symphonie seiner Kräfte, und Organe. Gewinnt aber nicht das Allgemeine durch individuelle, das Individuelle durch allgemeine Beziehungen?

6.

6. Laßt die Libellen ziehn; unschuldige *Fremdlinge* sind es
Folgen dem Doppelgestirn froh, mit Geschenken, hieher.

---

7. Ein blühendes Land ist doch wohl ein königlicheres Kunstwerk, als ein Park. Ein geschmackvoller Park ist eine englische Erfindung. Ein Land das Herz und Geist befriedigt, dürfte eine deutsche Erfindung werden; und der Erfinder wäre doch wohl der König aller Erfinder.

8. Der Beste unter den ehemaligen französischen Monarchen hatte sich vorgesetzt, seine Unterthanen so wohlhabend zu machen, daß jeder alle Sonntage ein Huhn mit Reiß auf seinen Tisch bringen könnte. Würde nicht die Regierung aber vorzuziehn seyn, unter welcher der Bauer lieber ein Stück verschimmelt Brod äße, als Braten in einer andern, und Gott

für das Glück herzlich dankte, in diesem Lande geboren zu seyn?

9. Wenn ich morgen Fürst würde, so bät ich zuerst den König um einen Eudiometer, wie den Seinigen. Kein Instrument ist einem Fürsten nöthiger. Auch würde ich, wie er, die Lebensluft für meinen Staat mehr aus blühenden Pflanzungen, als aus Salpeter zu ziehen suchen.

10. Gold und Silber sind das Blut des Staats. Häufungen des Bluts am Herzen und im Kopfe verrathen Schwäche in beiden. Je stärker das Herz ist, desto lebhafter und freigebiger treibt es das Blut nach den äußern Theilen. Warm und belebt ist jedes Glied, und rasch und mächtig strömt das Blut nach dem Herzen zurück.

11. Ein einstürzender Thron ist, wie ein fallender Berg, der die Ebene zerschmettert und da ein todtes Meer hinterläßt, wo sonst ein fruchtbares Land und lustige Wohnstätte war.

12. Macht nur die Berge gleich, das Meer wird es euch Dank wissen. Das Meer ist das Element von Freiheit und Gleichheit. Indeß warnt es, auf Lager von Schwefelkies zu treten; sonst ist der Vulkan da und mit ihm der Keim eines neuen Continents.

13. Die mephitischen Dünste der moralischen Welt verhalten sich anders, wie ihre Namensvettern in der Natur. Jene steigen gern in die Höhe, da diese am Boden hängen bleiben. Für die Höhenbewohner ist kein besseres Mittel dagegen, als Blumen und Sonnenschein. Beides hat sich nur selten auf Höhen zusammen getroffen. Auf einer der höchsten moralischen Erdhöhen, kann man aber jetzt die reinste Luft genießen und eine Lilie an der Sonne sehn.

14. Es war kein Wunder, wenn die Bergspitzen meistentheils nur auf die Thäler herabdonnerten und die Fluren verwüsteten. Böse Wolken zogen sich meist um sie her, und verbargen ihnen ihre Abkunft vom Lande; dann erschien ihnen die Ebene nur wie ein dunkler Abgrund, über welchen sie die Wolken zu tragen schienen, oder wie ein empörtes Meer, da doch nichts eigentlich gegen sie empört war, und sie allmählig abstumpfte und herunterwusch, als die anhänglich scheinenden Wolken.

15. Ein wahrhaftes Königspaar ist für den ganzen Menschen, was eine Constitution für den bloßen Verstand ist. Man kann sich für eine Constitution nur, wie für einen Buchstaben interessiren. Ist das Zeichen nicht ein schönes Bild, oder ein Gesang, so ist Anhänglichkeit an Zeichen, die verkehrteste aller Neigungen. – Was ist ein Gesetz, wenn es nicht Ausdruck des Willens einer geliebten, achtungswehrten Person ist? Bedarf der mystische Souverain nicht, wie jede Idee, eines Symbols, und welches Symbol ist würdiger und passender, als ein liebenswürdiger treflicher Mensch? Die Kürze des Ausdrucks ist doch wohl etwas werth, und ist nicht ein Mensch ein kürzerer, schönerer Ausdruck eines Geistes als ein Collegium? Wer recht viel Geist hat, den hemmen Schranken und Unterschiede nicht; sie reizen ihn vielmehr. Nur der Geistlose fühlt Last und Hemmung. Übrigens ist auch ein geborner König besser, als ein gemachter. Der beste Mensch wird eine solche Erhebung nicht ohne Alteration ertragen können. Wer so geboren ist, dem schwindelt nicht, den überreizt auch eine solche Lage nicht. Und ist denn am Ende nicht die Geburt die primitive Wahl? Die müssen sich nicht lebendig in sich gefühlt haben die die Freiheit dieser Wahl, die Einmüthigkeit bey derselben bezweifeln.

Wer hier mit seinen historischen Erfahrungen angezogen kömmt, weiß gar nicht, wovon ich rede, und auf welchem

Standpunct ich rede; dem sprech ich arabisch, und er thut am besten, seines Wegs zu gehn und sich nicht unter Zuhörer zu mischen, deren Idiom und Landesart ihm durchaus fremd ist.

16. Meinethalben mag jetzt der Buchstabe an der Zeit seyn. Es ist kein großes Lob für die Zeit, daß sie so weit von der Natur entfernt, so sinnlos für Familienleben, so abgeneigt der schönsten poetischen Gesellschaftsform ist. Wie würden unsre Kosmopoliten erstaunen, wenn ihnen die Zeit des ewigen Friedens erschiene und sie die höchste gebildetste Menschheit in monarchischer Form erblickten? Zerstäubt wird dann der papierne Kitt seyn, der jetzt die Menschen zusammenkleistert, und der Geist wird die Gespenster, die statt seiner in Buchstaben erschienen und von Federn und Pressen zerstückelt ausgingen, verscheuchen, und alle Menschen wie ein paar Liebende zusammen schmelzen.

17. Der König ist das gediegene Lebensprinzip des Staats; ganz dasselbe, was die Sonne im Planetensystem ist. Zunächst um das Lebensprinzip her, erzeugt sich mithin das höchste Leben im Staate, die Lichtatmosphäre. Mehr oder weniger vererzt ist es in jedem Staatsbürger. Die Äußerungen des Staatsbürgers in der Nähe des Königs werden daher glänzend, und so poetisch als möglich, oder Ausdruck der höchsten Belebung seyn. Da nun in der höchsten Belebung der Geist zugleich am wirksamsten ist, die Wirkungen des Geistes Reflexionen sind, die Reflexion aber, ihrem Wesen nach, bildend ist, mit der höchsten Belebung also die schöne, oder vollkommene Reflexion verknüpft ist, so wird auch der Ausdruck des Staatsbürgers in der Nähe des Königs, Ausdruck der höchsten, zurückgehaltenen Kraftfülle, Ausdruck der lebhaftesten Regungen, beherrscht durch die achtungsvollste Besonnenheit, ein unter Regeln zu bringendes Betragen seyn.

Ohne Etiquette kann kein Hof bestehn. Es giebt aber eine natürliche Etiquette, die schöne, und eine erkünstelte, modische, die häßliche. Herstellung der erstern wird also keine unwichtige Sorge des denkenden Königs seyn, da sie einen bedeutenden Einfluß auf den Geschmack und die Liebe für die monarchische Form hat.

18. Jeder Staatsbürger ist Staatsbeamter. Seine Einkünfte hat er nur, als solcher. Man hat sehr unrecht, den König den ersten Beamten des Staats zu nennen. Der König ist kein Staatsbürger, mithin auch kein Staatsbeamter. Das ist eben das Unterscheidende der Monarchie, daß sie auf den Glauben an einen höhergebornen Menschen, auf der freiwilligen Annahme eines Idealmenschen, beruht. Unter meines Gleichen kann ich mir keinen Obern wählen; auf Einen, der mit mir in der gleichen Frage befangen ist, nichts übertragen. Die Monarchie ist deswegen ächtes System, weil sie an einen absoluten Mittelpunct geknüpft ist; an ein Wesen, was zur Menschheit, aber nicht zum Staate gehört. Der König ist ein zum irdischen Fatum erhobener Mensch. Diese Dichtung drängt sich dem Menschen nothwendig auf. Sie befriedigt allein eine höhere Sehnsucht seiner Natur. Alle Menschen sollen thronfähig werden. Das Erziehungsmittel zu diesem fernen Ziel ist ein König. Er assimilirt sich allmählich die Masse seiner Unterthanen. Jeder ist entsprossen aus einem uralten Königsstamm. Aber wie wenige tragen noch das Gepräge dieser Abkunft?

19. Ein großer Fehler unserer Staaten ist es, daß man den Staat zu wenig sieht. Überall sollte der Staat sichtbar, jeder Mensch, als Bürger characterisirt seyn. Ließen sich nicht Abzeichen und Uniformen durchaus einführen? Wer so etwas für geringfügig hält, kennt eine wesentliche Eigenthümlichkeit unsrer Natur nicht.

20. Ein Regent kann für die Erhaltung seines Staats in den jetzigen Zeiten gewiß nicht zweckmäßiger sorgen, als wenn er ihn vielmöglichst zu individualisiren sucht.

21. Die alte Hypothese, daß die Cometen die Revolutionsfackeln des Weltsystems wären, gilt gewiß für eine andre Art von Cometen, die periodisch das geistige Weltsystem revolutioniren und verjüngen. Der geistige Astronom bemerkt längst den Einfluß eines solchen Cometen auf einen beträchtlichen Theil des geistigen Planeten, den wir die Menschheit nennen. Mächtige Überschwemmungen, Veränderungen der Klimate, Schwankungen des Schwerpunkts, allgemeine Tendenz zum Zerfließen, sonderbare Meteore sind die Symptome dieser heftigen Incitation, deren Folge den Inhalt eines neuen Weltalters ausmachen wird. So nöthig es vielleicht ist, daß in gewissen Perioden alles in Fluß gebracht wird, um neue, nothwendige Mischungen hervorzubringen, und eine neue, reinere Krystallisation zu veranlassen, so unentbehrlich ist es jedoch ebenfalls diese Krisis zu mildern und die totale Zerfließung zu behindern, damit ein Stock übrig bleibe, ein Kern, an den die neue Masse anschieße, und in neuen schönen Formen sich um ihn her bilde. Das Feste ziehe sich also immer fester zusammen, damit der überflüssige Wärmestoff vermindert werde, und man spare kein Mittel um das Zerweichen der Knochen, das Zerlaufen der typischen Faser zu verhindern.

Würde es nicht Unsinn seyn eine Krisis permanent zu machen, und zu glauben, der Fieberzustand sey der ächte, gesunde Zustand, an dessen Erhaltung dem Menschen alles gelegen seyn mußte? Wer möchte übrigens an seiner Nothwendigkeit, an seiner wohlthätigen Wirksamkeit zweifeln.

22. Es wird eine Zeit kommen und das bald, wo man allgemein überzeugt seyn wird, daß kein König ohne Republik,

und keine Republik ohne König bestehn könne, daß beide so untheilbar sind, wie Körper und Seele, und daß ein König ohne Republik, und eine Republik ohne König, nur Worte ohne Bedeutung sind. Daher entstand mit einer ächten Republik immer ein König zugleich, und mit einem ächten König eine Republik zugleich. Der ächte König wird Republik, die ächte Republik König seyn.

23. Diejenigen, die in unsern Tagen gegen Fürsten, als solche, declamiren, und nirgends Heil statuiren, als in der neuen, französischen Manier, auch die Republik nur unter der representativen Form erkennen, und apodiktisch behaupten, daß nur da Republik sey, wo es Primair- und Wahlversammlungen, Direktorium und Räthe, Munizipalitäten und Freiheitsbäume gäbe, die sind armselige Philister, leer an Geist und arm an Herzen, Buchstäbler, die ihre Seichtigkeit und innerliche Blöße hinter den bunten Fahnen der triumphirenden Mode, unter der imposanten Maske des Kosmopolitismus zu verstecken suchen, und die Gegner, wie die Obscuranten verdienen, damit der Frosch- und Mäusekrieg vollkommen versinnlicht werde.

24. Wird nicht der König schon durch das innige Gefühl *Ihres* Werths zum König?

25. Was bey andern Fürsten der erste Tag war, wird hier der Lebenstag des Königs sein. Die Regierungszeit der Meisten ist nur der erste Tag. Der erste Tag ist das Leben dieser Ephemeren. Dann sterben sie, und mit ihren Reliquien wird nun mannichfacher Mißbrauch getrieben. So sind die meisten sogenannten Regierungen Interregna; die Fürsten nur das rothe, heilige Wachs, welches die Befehle sanctionirt.

26. Was sind Orden? Irwische, oder Sternschnuppen. Ein Ordensband sollte eine Milchstraße sein, gewöhnlich ist es nur ein Regenbogen, eine Einfassung des Ungewitters. Ein Brief, ein Bild der Königin; das wären Orden, Auszeichnungen der höchsten Art; Auszeichnungen, die zu den ausgezeichnetsten Thaten entzündeten. Auch verdienstvolle Hausfrauen sollten ähnliche Ehrenzeichen bekommen.

27. Die Königin hat zwar keinen politischen, aber einen häuslichen Wirkungskreis im Großen. Vorzüglich kommt ihr die Erziehung ihres Geschlechts, die Aufsicht über die Kinder des ersten Alters, über die Sitten im Hause, die Verpflegung der Hausarmen und Kranken, besonders der von ihrem Geschlechte, die geschmackvolle Verzierung des Hauses, die Anordnung der Familienfeste, und die Einrichtung des Hoflebens von rechtswegen zu. Sie sollte ihre eigne Kanzlei haben, und ihr Mann wäre ihr erster Minister, mit dem sie alles überlegte. Zur Erziehung ihres Geschlechts würde Abschaffung der ausdrücklichen Anstalten seiner Corruption gehören. Sollte der Königin nicht beim Eintritt in eine Stadt schaudern, wo die tiefste Herabwürdigung ihres Geschlechts ein öffentliches Gewerbe ist? Die härtesten Strafen würden für diese ächten Seelenverkäufer nicht zu hart sein. Ein Mord ist weit schuldloser. Die gepriesene Sicherheit, die dadurch beabsichtigt wird, ist eine sonderbare Begünstigung der Brutalität. So wenig sich die Regierung in Privatangelegenheiten mischen dürfte, so sollte sie doch jede Beschwerde, jedes öffentliche Skandal, jede Anzeige, oder Klage eines entehrten Gegenstandes auf das strengste untersuchen. Wem steht das Schutzrecht des beleidigten Geschlechts mehr zu, als der Königin? Sie muß für den Aufenthalt in einer Stadt erröthen, die Asyle und Bildungsinstitute der Verworfenheit in sich befaßt.

Ihr Beispiel wird übrigens unendlich viel wirken. Die glücklichen Ehen werden immer häufiger und die Häuslichkeit mehr, als Mode werden. Sie wird zugleich ächtes Muster des weiblichen Anzugs sein. Der Anzug ist gewiß ein sehr richtiger Ethometer. Er hat leider in Berlin immer auf einem sehr niedrigen Punkte gestanden, oft unter Null. Was könnte nicht die Gesellschaft der Königin auf die jungen Weiber und Mädchen in Berlin würken? Es wäre an sich schon eine ehrenvolle Distinktion und würde die öffentliche Meinung nothwendig wieder sittlich stimmen; und am Ende ist doch die öffentliche Meinung das kräftigste Restaurations- und Bildungsmittel der Sitten.

28. Von der öffentlichen Gesinnung hängt das Betragen des Staats ab. Veredlung dieser Gesinnung ist die einzige Basis der ächten Staatsreform. Der König und die Königin können und müssen als solche das Prinzip der öffentlichen Gesinnung sein. Dort giebt es keine Monarchie mehr wo der König und die Intelligenz des Staats nicht mehr identisch sind. Daher war der König von Frankreich schon lange vor der Revolution dethronisirt, und so die meisten Fürsten Europas. Es würde ein sehr gefährliches Symptom des Neupreußischen Staats sein, wenn man zu stumpf für die wohlthätigen Einflüsse des Königs und der Königin wäre, wenn es in der That an Sinn für dieses klassische Menschenpaar gebräche. Das muß sich in Kurzem offenbaren. Wirken diese Genien nichts, so ist die vollkommene Auflösung der modernen Welt gewiß, und die himmlische Erscheinung ist nichts, als das Aufblitzen der verfliegenden Lebenskraft, die Sphärenmusik eines Sterbenden, die sichtbare Ahndung einer bessern Welt, die edlern Generationen bevorsteht.

29. Der Hof ist eigentlich das große Muster einer Haushaltung. Nach ihm bilden sich die großen Haushaltungen des Staats, nach diesen die kleinern, und so herunter. Wie mäch-

tig könnte nicht eine Hofreform wirken! Der König soll nicht frugal, wie ein Landmann, oder ein begüterter Privatmann seyn; aber es giebt auch eine königliche Frugalität, und diese scheint der König zu kennen. Der Hof soll das klassische Privatleben im Großen sein. Die Hausfrau ist die Feder des Hauswesens. So die Königin, die Feder des Hofs. Der Mann fournirt, die Frau ordnet und richtet ein. Ein frivoles Hauswesen ist meistentheils die Schuld der Frau. Daß die Königin durchaus antifrivole ist, weiß jedermann. Daher begreife ich nicht, wie sie das Hofleben, wie es ist, ertragen kann. Auch ihrem Geschmack, der so innig eins mit ihrem Herzen ist, muß die fade Monotonie desselben unerträglich auffallen.

Das Schauspiel und Conzert, und hin und wieder die Zimmerverzierungen ausgenommen, trifft man fast keine Spur von Geschmack im gewöhnlichen europäischen Hofleben, und auch jene Ausnahmen, wie oft sind sie geschmacklos, wie oft werden sie nicht geschmacklos genossen. Wie äußerst mannigfaltig könnte es aber seyn? Ein geistvoller Maitre des Plaisirs könnte, geleitet vom Geschmack der Königin, aus dem Hofe ein irdisches Paradies machen, könnte das einfache Thema des Lebensgenusses durch unerschöpfliche Variationen führen, und uns so die Gegenstände der allgemeinen Anbetung in einer immer neuen, immer reizenden Umgebung erblicken lassen. Welches Gefühl aber ist himmlischer, als das, seine Geliebten im wahrhaftesten Lebensgenusse begriffen zu wissen.

30. Jede gebildete Frau und jede sorgfältige Mutter sollte das Bild der Königin, in ihrem oder ihrer Töchter Wohnzimmer haben. Welche schöne kräftige Erinnerung an das Urbild, das jede zu erreichen sich vorgesetzt hätte. Ähnlichkeit mit der Königin würde der Karakterzug der Neupreußischen Frauen, ihr Nationalzug. Ein liebenswürdiges Wesen unter tausendfachen Gestalten. Mit jeder Trauung ließe sich leicht eine

bedeutungsvolle Huldigungszeremonie der Königin einführen; und so sollte man mit dem König und der Königin das gewöhnliche Leben veredeln, wie sonst die Alten es mit ihren Göttern thaten. Dort entstand ächte Religiosität durch diese unaufhörliche Mischung der Götterwelt in das Leben. So könnte hier durch diese beständige Verwebung des königlichen Paars in das häusliche und öffentliche Leben, ächter Patriotism entstehen.

31. Die Gruppe von Schadow sollte die gute Gesellschaft in Berlin zu erhalten suchen, eine Loge der sittlichen Grazie stiften und sie in dem Versammlungssaale aufstellen. Diese Loge könnte eine Bildungsanstalt der jungen weiblichen Welt aus den kultivirtern Ständen seyn, und der Königsdienst wäre dann, was der Gottesdienst auf eine ähnliche Weise seyn sollte, ächte Auszeichnung und Belohnung der trefflichsten ihres Geschlechts.

32. Sonst mußte man sich vor den Höfen, wie vor einem ansteckenden Orte, mit Weib und Kindern flüchten. An einen Hof wird man sich jetzt vor der allgemeinen Sittenverderbniß, wie auf eine glückliche Insel zurückziehen können. Um eine trefliche Frau zu finden, mußte ein behutsamer junger Mann sonst in die entlegenern Provinzen, wenigstens in die gänzlich von Stadt und Hof entfernten Familien gehn; künftig wird man, wie es nach dem ursprünglichen Begriff sein sollte, an Hof, als zum Sammelplatz des besten und schönsten gehn, und sich glücklich preisen können, eine Frau aus der Hand der Königin zu empfangen.

33. Dieser König ist der Erste König von Preußen. Er setzt sich alle Tage die Krone selbst auf, und zu seiner Anerkennung bedarf es keiner Negotiationen.

34. Der König und die Königin beschützen die Monarchie mehr, als 200,000 Mann.

35. Nichts ist erquickender als von unsern Wünschen zu reden, wenn sie schon in Erfüllung gehn.

36. Kein Staat ist mehr als Fabrik verwaltet worden, als Preußen, seit Friedrich Wilhelm des Ersten Tode. So nöthig vielleicht eine solche maschinistische Administration zur physischen Gesundheit, Stärkung und Gewandheit des Staats seyn mag, so geht doch der Staat, wenn er bloß auf diese Art behandelt wird, im Wesentlichen darüber zu Grunde. Das Prinzip des alten berühmten Systems ist, jeden durch Eigennutz an den Staat zu binden. Die klugen Politiker hatten das Ideal eines Staats vor sich, wo das Interesse des Staats, eigennützig, wie das Interesse der Unterthanen, so künstlich jedoch mit demselben verknüpft wäre, daß beide einander wechselseitig beförderten.

An diese politische Quadratur des Zirkels ist sehr viel Mühe gewandt worden: aber der rohe Eigennutz scheint durchaus unermeßlich, antisystematisch zu sein. Er hat sich durchaus nicht beschränken lassen, was doch die Natur jeder Staatseinrichtung nothwendig erfordert. Indeß ist durch diese förmliche Aufnahme des gemeinen Egoismus, als Prinzip, ein ungeheurer Schade geschehn und der Keim der Revolution unserer Tage liegt nirgends, als hier.

Mit wachsender Kultur mußten die Bedürfnisse mannichfacher werden, und der Werth der Mittel ihrer Befriedigung um so mehr steigen, je weiter die moralische Gesinnung hinter allen diesen Erfindungen des Luxus, hinter allen Raffinements des Lebensgenusses und der Bequemlichkeit zurückgeblieben war. Die Sinnlichkeit hatte zu schnell ungeheures Feld gewonnen. In eben dem Verhältnisse, als die Menschen auf dieser Seite ihre Natur ausbildeten, und sich in der vielfachsten Thätigkeit und dem behaglichsten Selbstgefühl verloren, mußte ihnen die andere Seite unscheinbar, eng und fern vorkommen. Hier meinten sie nun den rechten Weg ihrer Bestimmung eingeschlagen zu haben, hieher alle Kräfte verwenden zu müssen. So wurde grober Eigennutz zur Leidenschaft, und zugleich seine Maxime zum Resultat des höchsten Verstandes; und dies machte die Leidenschaft so gefährlich und unüberwindlich. Wie herrlich wär es, wenn der jetzige König sich wahrhaft überzeugte, daß man auf diesem Wege nur das flüchtige Glück eines Spielers machen könne, das von einer so veränderlichen Größe bestimmt wird, als die Imbecillität, und der Mangel an Routine und Finesse seiner Mitspieler. Durch Betrogenwerden lernt man Betrügen und wie bald ändert sich da nicht das Blatt, und der Meister wird Schüler seines Schülers. Ein dauerhaftes Glück macht nur der rechtliche Mann, und der rechtliche Staat. Was helfen mir alle Reichthümer, wenn sie sich bei mir nur aufhalten, um frische Pferde zu nehmen und schneller ihre Reise um die Welt zurück zu legen? Uneigennützige Liebe im Herzen und ihre Maxime im Kopf, das ist die alleinige, ewige Basis aller wahrhaften, unzertrennlichen Verbindung, und was ist die Staatsverbindung anders, als eine Ehe?

37. Ein König muß, wie ein Vater, keine Vorliebe zeigen. Er sollte nicht bloß militairische Gesellschafter und Adjutanten haben. Warum nicht auch civilistische? Wenn er sich in seinen militairischen Adjutanten fähige Generale bildet, warum will er sich nicht auf ähnliche Weise fähige Präsidenten und Minister bilden? Bei ihm laufen alle Fäden der Regierung zusammen. Nur von dort aus läßt sich das ganze Triebwerk des Staats überblicken. Dort allein lernt man im Großen den Staat und sein Detail ansehn. Zu Directorialposten kann man sich nirgends so bilden, als im Kabinet, wo die Staatsweisheit des ganzen Landes sich konzentrirt, wo man jede Sache

durchaus bearbeitet erhält, und von wo aus man den Gang der Geschäfte bis in seine kleinsten Adern verfolgen kann. Hier allein würde jener eingeschränkte Geist verschwinden, jener Pedantismus der Geschäftsmänner, der sie auf ihre Bemühungen einen einzigen, auf ihre Vorschläge einen infalliblen Werth legen läßt, der sie alle Dinge nach ihrem Wirkungskreise, nach ihrer Gesichtssphäre beurtheilen macht, und die höhere Instanzen oft selbst zu einseitigen ungleichen Partialschritten verleitet. Dieses kleinstädtische Wesen ist überall sichtbar und verhindert am meisten ächten Republikanismus, allgemeine Theilnahme am ganzen Staate, innige Berührung und Harmonie aller Staatsglieder. Der König sollte noch mehr militairische und civilistische Adjutanten haben. Wie jene die höchste militairische Schule im Staate, so bildeten diese die höchste praktisch-politische Akademie im Staate. Eine Stelle in beiden würde schon Auszeichnung und Anfeuerung genug seyn. Für den König würde diese abwechselnde Gesellschaft der treflichsten jungen Männer seines Landes höchst angenehm und vortheilhaft seyn. Für diese jungen Männer aber wären diese Lehrjahre das glänzendste Fest ihres Lebens, der Anlaß einer lebenslänglichen Begeisterung. Persönliche Liebe schlösse sie auf ewig an ihren Souverain, und der König hätte die schönste Gelegenheit seine Diener genau kennen zu lernen, zu wählen und persönlich zu achten und zu lieben. Die edle Simplicität des königlichen Privatlebens, das Bild dieses glücklichen, innig verbundenen Paars, würde den wohlthätigsten Einfluß auf die sittliche Bildung dieses Kerns der preußischen Jugend haben, und so würde dem König am leichtesten der angeborne Wunsch seines Herzens gewährt, der wahrhafte Reformator und Restaurator seiner Nation und seiner Zeit zu werden.

38. Einen König sollte nichts mehr am Herzen liegen, als so vielseitig, so unterrichtet, orientirt und vorurtheilsfrey, kurz

so vollständiger Mensch zu seyn, und zu bleiben, als möglich. Kein Mensch hat mehr Mittel in Händen sich auf eine leichte Art diesen höchsten Styl der Menschheit zu eigen zu machen, als ein König. Durch Umgang und Fortlernen kann er sich immer jung erhalten. Ein alter König macht einen Staat so grämlich, als er selbst ist. Wie bequem könnte sich der König nicht die Bekanntschaft mit den wissenschaftlichen Fortschritten der Menschheit machen. Er hat schon gelehrte Academien. Wenn er sich nun von diesen vollständige, genaue und präzise Berichte über den vormaligen und gegenwärtigen Zustand der Litteratur überhaupt – terminliche Berichte über die wissenswürdigsten Vorfälle in allem, was den Menschen, als solchen, interessirt – Auszüge aus den vorzüglichsten Büchern, und Bemerkungen über dieselben, Hinweisungen auf diejenigen Produkte der schönen Kunst, die eigne Betrachtung und Genießung verdienten, endlich Vorschläge zur Beförderung wissenschaftlicher Kultur der Unterthanen, zur Aufnahme und Unterstützung hoffnungsvoller bedeutender Unternehmungen, und armer vielversprechender Gelehrten, und zur Ausfüllung scientifischer Lücken und Entwicklung neuer litterarischer Keime, erforderte, und allenfalls Correlationen veranstaltete, so würde dies ihn in Stand setzen seinen Staat unter andern Staaten, seine Nation in der Menschheit und sich selbst im Großen zu übersehen, und hier in der That sich zu einem königlichen Menschen zu bilden. Der Mühe einer ungeheuren Lektüre überhoben, genösse er die Früchte der europäischen Studien im Extracte, und würde in kurzem durch fleißiges Überdenken dieses geläuterten und inspissirten Stoffs neue mächtige Kräfte seines Geistes hervorgebrochen, und sich in einem reinern Elemente, auf der Höhe des Zeitalters erblicken. Wie divinatorisch würde sein Blick, wie geschärft sein Urtheil, wie erhaben seine Gesinnung werden!

39. Ein wahrhafter Fürst ist der Künstler der Künstler; das ist, der Director der Künstler. Jeder Mensch sollte Künstler seyn. Alles kann zur schönen Kunst werden. Der Stoff des Fürsten sind die Künstler; sein Wille ist sein Meißel: er erzieht, stellt und weist die Künstler an, weil nur er das Bild im Ganzen aus dem rechten Standpunkte übersieht, weil ihm nur die große Idee, die durch vereinigte Kräfte und Ideen dargestellt, exekutirt werden soll, vollkommen gegenwärtig ist. Der Regent führt ein unendlich mannichfaches Schauspiel auf, wo Bühne und Parterre, Schauspieler und Zuschauer Eins sind, und er selbst Poet, Director und Held des Stücks zugleich ist. Wie entzückend, wenn wie bey dem König, die Directrice zugleich die Geliebte des Helden, die Heldin des Stücks ist, wenn man selbst die Muse in ihr erblickt, die den Poeten mit heiliger Glut erfüllt, und zu sanften, himmlischen Weisen sein Saitenspiel stimmt.

40. In unsern Zeiten haben sich wahre Wunder der Transsubstantiation ereignet. Verwandelt sich nicht ein Hof in eine Familie, ein Thron in ein Heiligthum, eine königliche Vermählung in einen ewigen Herzensbund?

41. Wenn die Taube, Gesellschafterin und Liebling des Adlers wird, so ist die goldne Zeit in der Nähe oder gar schon da, wenn auch noch nicht öffentlich anerkannt und allgemein verbreitet.

42. Wer den ewigen Frieden jetzt sehn und lieb gewinnen will, der reise nach Berlin und sehe die Königin. Dort kann sich jeder anschaulich überzeugen, daß der ewige Friede herzliche Rechtlichkeit über alles liebt, und nur durch diese sich auf ewig fesseln läßt.

43. Was ich mir vor allen wünschte? das will ich euch sagen: eine geistvolle Darstellung der Kinder- und Jugendjahre der Königin. Gewiß im eigentlichsten Sinn, weibliche Lehrjahre. Vielleicht nichts anders, als Nataliens Lehrjahre. Mir kommt Natalie, wie das zufällige Portrait der Königin vor. Ideale müssen sich gleichen.

Novalis.

POLITISCHE APHORISMEN

44. Der Grund aller Verkehrtheit in Gesinnungen und Meinungen ist – Verwechselung des Zwecks mit dem Mittel.

45. Genau haben die meisten Revolutionisten gewiß nicht gewußt, was sie wollten – Form, oder Unform.

46. Revolutionen beweisen eher gegen die wahre Energie einer Nation. Es gibt eine Energie aus Kränklichkeit und Schwäche – die gewaltsamer wirkt, als die wahre – aber leider mit noch tieferer Schwäche aufhört.

47. Wenn man von einer Nation urtheilt, so beurtheilt man meistens nur den vorzüglich sichtbaren, den frappanten Theil der Nation.

48. Kein Argument ist der alten Regierung nachtheiliger, als dasjenige, was man aus der disproportionellen Stärke der Glieder des Staats, die in einer Revolution zum Vorschein kommt, ziehen kann. Seine Verwaltung muß höchst fehlerhaft gewesen sein, daß viele Theile fehlerhaft werden konnten und eine so hartnäckige Schwäche überall einwurzelte.

49. Je schwächer ein Theil ist, desto mehr zu Unordnungen und Entzündungen geneigt.

50. Was sind Sklaven? Völlig geschwächte, comprimirte Menschen. Was sind Sultane? Durch heftige Reizungen incitirte Sklaven. Wie endigen Sultane und Sklaven? Gewaltsam. – Jene leicht als Sklaven, diese leicht als Sultane, d.h. phrenitisch, hirnwüthig. Wie können Sklaven kurirt werden? Durch sehr behutsame Freilassungen und Aufklärungen. Man muß sie wie Erfrorne behandeln. Sultane? Auf die Art, wie Dionysius und Krösus kurirt wurden. Mit Schrecken, Fasten und Klosterzwang angefangen und allmählig mit Stärkungsmitteln gestiegen. Sultane und Sklaven sind das Extrem. Es gibt noch viel Mittelklassen bis zum König und dem ächten Cyniker – der Klasse der vollkommensten Gesundheit. Terroristen und Hofschranzen gehören so ziemlich in die nächste Klasse nach Sultanen und Sklaven – und gehen so in einander über, wie diese. Beides sind die Repräsentanten der beiden Krankheitsformen einer sehr schwachen Constitution.

51. Die gesundeste Constitution unter einem Maximum von Reizen repräsentirt der König, – dieselbe unter einem Minimum von Reizen – der ächte Cyniker. Je gleicher beide sind, je leichter und unveränderter sie ihre Rollen verwechseln könnten, desto mehr nähert sich ihre Constitution dem Ideal der vollkommenen Constitution. Je unabhängiger also der König von seinem Thron lebt, desto mehr ist er König.

52. Alle Reize sind relativ – sind Größen – bis auf Einen, der ist absolut – und mehr als Größe.

53. Die vollkommenste Constitution entsteht durch Incitation und absolute Verbindung mit diesem Reize. Durch ihn kann sie alle übrige entbehren – denn er wirkt anfänglich

stärker im Verhältniß, daß die relativen Reize abnehmen, und umgekehrt. Hat er sie aber einmal ganz durchdrungen, so wird sie völlig indifferent gegen die relativen Reize. Dieser Reiz ist – *absolute Liebe.*

54. Ein Cyniker und ein König ohne sie, sind nur Titulaturen.

55. Jede Verbesserung unvollkommener Constitutionen läuft daraus hinaus, daß man sie der Liebe fähiger macht.

56. Der beste Staat besteht aus Indifferentisten dieser Art.

57. In unvollkommenen Staaten sind sie auch die besten Staatsbürger. Sie nehmen an allem Guten Theil, lachen über die Alfansereien ihrer Zeitgenossen im Stillen, und enthalten sich von allem Uebel. Sie ändern nicht, weil sie wissen, daß jede Aenderung der Art und unter diesen Umständen nur ein neuer Irrthum ist, und das Beste nicht von außen kommen kann. Sie lassen alles in seinen Würden, und so wie sie keinen geniren – so genirt auch sie keiner, und sind überall willkommen.

---

58. Der jetzige Streit über die Regierungsformen ist ein Streit über den Vorzug des reifen Alters, oder der blühenden Jugend.

59. Republik ist das Fluidum deferens der Jugend. Wo junge Leute sind, ist Republik.

60. Mit der Verheirathung ändert sich das System. Der Verheirathete verlangt Ordnung, Sicherheit, und Ruhe – er wünscht, als Familie, in Einer Familie zu leben – in einem regelmäßigen Hauswesen – er sucht eine ächte Monarchie.

61. Ein Fürst ohne Familiengeist ist kein Monarch.

62. Aber wozu ein einziger, unbeschränkter Hausvater? Welcher Willkühr ist man da nicht ausgesetzt?

63. In allen relativen Verhältnissen ist das Individuum einmal für allemal der Willkühr ausgesetzt – und wenn ich in eine Wüste ginge – ist da nicht mein wesentliches Interesse der Willkühr meiner Individualität noch ausgesetzt? das Individuum, als solches, steht seiner Natur nach unter dem *Zufall.* In der vollkommenen Demokratie steh ich unter sehr vielen, in repräsentativer Demokratie unter Wenigern, in der Monarchie unter Einem willkürlichen Schicksale.

64. Aber fordert nicht die Vernunft, daß Jeder sein eigener Gesetzgeber sei? Nur seinen eigenen Gesetzen soll der Mensch gehorchen.

65. Wenn Solon und Lycurg wahre, allgemeine Gesetze, Gesetze der Menschheit gegeben haben, – woher nahmen sie dieselben? – Hoffentlich aus dem Gefühl ihrer Menschheit und seiner Beobachtung. Wenn ich ein Mensch bin, wie sie, woher nehme ich meine Gesetze? doch wohl aus derselben Quelle – und bin ich, wenn ich dann nach Solons und Lycurgs Gesetzen lebe, der Vernunft untreu? Jedes wahre Gesetz ist mein Gesetz – sagen und aufstellen mag es, wer es will. Dieses Sagen und Aufstellen aber, oder die Beobachtung des ursprünglichen Gefühls und ihre Darstellung muß doch nicht so leicht sein, – sonst würden wir ja keiner besondern geschriebenen Gesetze bedürfen? Es muß also wohl eine Kunst sein? So auch das Gesetz anzuwenden, scheint in der That eine langwierige Uebung und Schärfung der Urtheilskraft vorauszusetzen. Wodurch entstanden Stände und Zünfte? – aus Mangel an Zeit und Kräften des Einzelnen. Jeder

Mensch konnte bisher nicht alle Künste und Wissenschaften lernen und zugleich treiben – sich nicht alles in Allem sein. Die Arbeiten und Künste wurden vertheilt. Nicht auch die Regierungskunst? Der allgemeinen Forderung der Vernunft zufolge sollten auch alle Menschen Aerzte, Dichter, und so fort, sein. Bei den übrigen Künsten ist es übrigens schon größtentheils hergebracht, daß sich da die Menschen darüber bescheiden – nur Regierungskunst und Philosophie – dazu glaubt jeder gehöre nur Dreistigkeit, und jeder vermißt sich, als Kenner, davon zu sprechen, und Prätensionen auf ihre Praxis und Virtuosität zu machen.

66. Aber die Vortrefflichkeit der repräsentativen Democratie ist doch unläugbar. Ein natürlicher, musterhafter Mensch ist ein Dichtertraum. Mithin, was bleibt übrig – Composition eines künstlichen. Die vortrefflichsten Menschen der Nation ergänzen einander – In dieser Gesellschaft entzündet sich ein reiner Geist der Gesellschaft. Ihre Decrete sind seine Emanationen – und der idealische Regent ist realisirt.

67. Zuerst zieh ich die vortrefflichsten Menschen der Nation und die Entzündung des reinen Geistes in Zweifel. Auf die sehr wiedersprechende Erfahrung will ich mich nicht einmal berufen. Es liegt am Tage, daß sich aus todten Stoffen kein lebendiger Körper – aus ungerechten, eigennützigen und einseitigen Menschen kein gerechter, uneigennütziger und liberaler Mensch zusammensetzen läßt. Freilich ist das eben ein Irrthum einer einseitigen Majorität, und es wird noch lange Zeit vergehn, eh man sich von dieser simpeln Wahrheit allgemein überzeugen wird. Eine so beschaffene Majorität wird nicht die Vortrefflichsten, sondern im Durchschnitt nur die Bornirtesten und die Weltklügsten wählen. Unter den Bornirtesten versteh ich solche, bei denen Mittelmäßigkeit zur fertigen Natur geworden ist, die klassischen Muster des

großen Haufens. Unter den Weltklügsten – die geschicktesten Courmacher des großen Haufens. Hier wird sich kein Geist entzünden – am wenigsten ein reiner – Ein großer Mechanismus wird sich bilden – ein Schlendrian – den nur die Intrigue zuweilen durchbricht. Die Zügel der Regierung werden zwischen den Buchstaben und mannichfaltigen Partheimachern hin und her schwanken. Die Despotie eines Einzelnen hat denn doch vor dieser Despotie noch den Vorzug, daß man wenigstens dort an Zeit und Schuhen erspart – wenn man mit der Regierung zu thun hat – und jene doch mit offnen Karten spielt, da man hier nicht immer gleich weiß, bei wem gerade den Tag die Regierung anzutreffen ist – und welche Wege die Vortheilhaftesten dahin einzuschlagen sind.

Wenn der Repräsentant schon durch die Höhe, auf die er gehoben wird – reifer und geläuterter werden soll, wie viel mehr der einzelne Regent? Wären die Menschen schon das, was sie sein sollten und werden können – so würden alle Regierungsformen einerlei sein – die Menschheit würde überall einerlei regiert, überall nach den ursprünglichen Gesetzen der Menschheit. Dann aber würde man am Ersten die *schönste, poetische,* die natürlichste Form wählen – Familienform – Monarchie, – Mehrere Herrn – mehrere Familien – Ein Herr – Eine Familie!

68. Jetzt scheint die vollkommene Demokratie und die Monarchie in einer unauflöslichen Antinomie begriffen zu sein – der Vortheil der Einen durch einen entgegengesetzten Vortheil der Andern aufgewogen zu werden. Das junge Volk steht auf der Seite der erstern, gesetztere Hausväter auf der Seite der zweiten. Absolute Verschiedenheit der Neigungen scheint diese Trennung zu veranlassen. Einer liebt Veränderungen – der Andre nicht. Vielleicht lieben wir alle in gewissen Jahren Revolutionen, freie Concurrenz, Wettkämpfe und dergleichen demokratische Erscheinungen. Aber diese Jahre gehn

bei den Meisten vorüber – und wir fühlen uns von einer friedlicheren Welt angezogen, wo eine Centralsonne den Reigen führt, und man lieber Planet wird, als einen zerstörenden Kampf um den Vortanz mitkämpft. Man sei also nur wenigstens politisch, wie religiös, tolerant – man nehme nur die Möglichkeit an, daß auch ein vernünftiges Wesen anders incliniren könne als wir. Diese Toleranz führt, wie mich dünkt, allmälig zur erhabenen Ueberzeugung von der Relativität jeder positiven Form – und der wahrhaften Unabhängigkeit eines reifen Geistes von jeder individuellen Form, die ihm nichts als nothwendiges Werkzeug ist. Die Zeit muß kommen, wo politischer Entheism und Pantheism als nothwendige Wechselglieder aufs innigste verbunden sein werden.

Dialogen und Monolog
1798–1799

Dialogen

1.

A. Der neue Meßkatalog?
B. Noch naß von der Presse.
A. Welche Last Buchstaben – welche ungeheure Abgabe von der Zeit –
B. Du scheinst zu den Omaristen zu gehören – wenn es erlaubt ist euch nach dem Consequentesten unter euch zu benennen.
A. Du willst doch nicht den Lobredner dieser Bücherseuche machen.
B. Warum den Lobredner? – Aber ich freue mich im Ernst über die jährliche Zunahme dieses Handlungsartickels – bey dem die Exportation nur Ehre, aber die Importation baaren Gewinn bringt. Es sind doch bey uns mehr wahre, gediegene Gedancken in Umlauf als bey unsren Nachbarn zusammengenommen. Die Entdeckung dieser mächtigen Minen in Deutschland, die mehr, als Potosi, und Brasilien sind, und die wahrhaftig eine größere Revolution machen und machen werden, als die Entdeckung von America, fällt in die Mitte dieses Jahrhunderts. Wie haben wir nicht seitdem schon an wissenschaftlicher Gewinnung, Aufbereitung und glänzender und nuzbarer Bearbeitung zugenommen. Wir holen jezt überall die rohen Erze oder die schönen Formen zusammen – schmelzen jene um und wissen diese nachzuahmen und zu übertreffen.

Und du willst, daß wir alles zuschütten und zu der rohen

Armuth unsrer Väter zurückkehren sollen! Ist es nicht wenigstens eine Veranlassung zur Thätigkeit? Und ist nicht jede Thätigkeit lobenswerth?

A. So läßt sich nichts dagegen einwenden, aber nun laß uns doch die große Kunst und das edle Metall näher beleuchten.

B. Die Argumente gegen das Ganze aus der Gebrechlichkeit und den Mängeln des Einzelnen laß ich nicht gelten. So etwas will im Ganzen angesehn seyn.

A. Ein Ganzes aus elenden Gliedern ist selbst ein elendes, oder vielmehr gar kein Ganzes. Ja, wenn es ein *Planmäßiger Fortschritt* wäre? wenn jedes Buch irgendwo eine Lücke ausfüllte – und so jede Messe gleichsam ein systematisches Glied in der Bildungskette wäre? So wäre eine jede Messe eine nothwendige Periode, und so entstände aus zweckmäßigen Fortschritten endlich ein vollendeter Weg zur idealischen Bildung – Ein solcher systematischer Katalog – wie viel kleiner an Volum und wie viel größer, an Gewicht?

B. Es geht dir und vielen, wie den Juden. Sie hoffen ewig auf den Messias, und dieser ist schon längst da. Glaubst du denn, daß das Menschenschicksal oder, wenn du willst, die Natur der Menschheit erst nöthig hat unsre Hörsäle zu frequentiren, um zu erfahren, was ein System ist? Mir scheint es, als wenn unsre Systematiker noch bey ihr in die Schule gehn könnten. Die Zufälle sind die einzelnen Thatsachen – die Zusammenstellung der Zufälle – ihr Zusammentreffen ist nicht wieder Zufall, sondern Gesetz – Erfolg der tiefsinnigsten planmäßigsten Weisheit. Es ist kein Buch im Meßkatalog, das nicht seine Frucht getragen hat, und hätt es auch nur den Boden gedüngt, auf den es wuchs. Wir glauben viele Tautologieen zu finden. Dort, wo sie entstanden, belebten sie doch diese und jene Ideen vorzüglich. Sie sind nur für das Ganze, für uns Tautologieen; der schlechteste Roman hat wenigstens den Freunden und Freundinnen des Verfassers ein Vergnügen gewährt. Armseelige Predigten und Erbauungsbücher haben ihr Publickum, ihre Anhänger und wircken, in typographischer Rüstung mit zehnfacher Energie auf ihre Hörer und Leser – und so durchaus.

A. Du scheinst die nachtheiligen Folgen des Lesens, und den ungeheuren Kostenaufwand auf diesen Artickel des modernen Luxus ganz zu vergessen.

B. Lieber – ist nicht das Geld zum Beleben da –? Warum soll es nun nicht auch diesem Bedürfniß unsrer Natur dienen, den Sinn für Gedanken beseelen und befriedigen? In Ansehung der nachtheiligen Folgen, so bitt ich dich nur um ein augenblickliches ernstes Nachdenken, weil ein solcher Einwurf von dir mich beynah ärgert.

A. Ich weiß, wo du hin willst, und ich wünsche in der That nicht die ächten Philister-Bedencklichkeiten zu den Meinigen zu machen, indeß hast du nicht oft selbst genug über dein Bücherlesen geklagt? Hast du nicht oft von der fatalen Gewöhnung an die gedruckte Natur gesprochen?

B. Es kann seyn, daß meine Klagen der Art Anlaß zu Mißverständnissen geben könnten – aber, abgerechnet, daß es gewöhnlich nur Äußerungen mismuthiger Augenblicke sind, wo man nicht allgemein, sondern wie die Leidenschaft, und Laune, einseitig spricht, so hab ich mich damit mehr über die unvermeidliche Schwäche unsrer Natur, ihren Gewöhnungs und VerwöhnungsHang und nicht im Grunde über die Chifferwelt beschwert. Diese kann nichts dafür, daß wir am Ende nur noch Bücher, aber keine Dinge mehr sehn und unsre 5 leiblichen Sinne beynah so gut, wie nicht mehr haben. Warum haften wir uns so einzig, wie kümmerliches Moos, an den Druckerstock?

A. Wenn das aber so fortgeht, so wird man am Ende keine ganze Wissenschaft mehr studiren können – So ungeheuer wächst der Umfang der Litteratur.

B. Glaube das nicht. Übung macht den Meister, und auch im Bücherlesen. Du lernst dich bald auf deine Leute verstehn –

Man hat oft nicht 2 Seiten dem Autor zugehört, so weiß man schon, wen man vor sich hat. Oft ist der Titel selbst physiognomisch lesbar genug. Auch die Vorrede ist ein subtiler Büchermesser. Die Klügern lassen deshalb jetzt diesen verrätherischen Inhaltsanzeiger gewöhnlich weg, und die Bequemen thun es, weil eine gute Vorrede schwerer ist, wie das Buch – denn, wie der junge, revolutionaire Lessing[2] sich ausdrückt, so ist die Vorrede Wurzel und Quadrat des Buches zugleich, und ich füge hinzu, mithin nichts anders, als die ächte Recension desselben.

Die Citaten und Kommentarmanier der ältern Philologen, was war sie, als Kind der Armuth – an Büchern und des Überflusses – an litterairischen Geist.

A. Ich weis aber nicht, mir sind der vortrefflichen Bücher selbst zu viel – Wie lange bring ich nicht bey Einem guten Buche zu, oder vielmehr jedes gute Buch wird mir zum Vehikel lebenslänglicher Beschäftigung – zum Gegenstand eines nie sich erschöpfenden Genusses. Warum schränkst du dich denn nur auf wenig gute und geistvolle Menschen ein? Ist es nicht aus demselben Grunde? Wir sind nun einmal so eingeschränckt, daß wir nur weniges ganz Genießen können? und ist es nicht am Ende besser Einen schönen Gegenstand sich durchaus zuzueignen, als an hunderten vorbeyzustreichen, überall zu nippen und so mit vielen oft sich widersprechenden halben Genüssen zeitig genug sich die Sinne abzustumpfen, ohne etwas dabey auf ewig gewonnen zu haben?

B. Du sprichst, wie ein Religios – Leider trifst du einen Panthëisten in mir – dem die unermeßliche Welt gerade weit genug ist. Ich schräncke mich auf wenig gute und geistvolle Menschen ein – weil ich muß – Wo hab ich denn mehr – So mit Büchern. Die Büchermacherey wird mir noch bey weiten nicht gehörig ins Große getrieben. Wenn ich das Glück hätte, Vater zu seyn – Kinder könnt ich nicht genug haben – nicht etwa 10–12 – hundert wenigstens.

A. Nicht auch Frauen, Vielhaber?
B. Nein, nur *Eine*, im vollen Ernste.
A. Welche Bizarre Inconsequenz.
B. Nicht Bizarrer, und nicht mehr Inconsequenz, als nur *Einen Geist* in mir, und nicht Hundert. So wie mein Geist aber sich in Hundert und Millionen Geister verwandeln soll, so meine Frau in soviel Weiber, als es giebt. Jeder Mensch ist ohne Maaß veränderlich. Wie mit den Kindern, so mit den Büchern. Ich möchte eine ganze Büchersammlung, aus allen Kunst, und Wissenschaftsarten, als Werck meines Geistes, vor mir sehn. Und so mit allen. Wilhelm Meisters Lehrjahre – haben wir jezt allein – Wir sollten soviel Lehrjahre, in demselben Geist geschrieben, besitzen, als nur möglich wären – die sämmtlichen Lehrjahre aller Menschen, die je gelebt hätten –
A. Jezt höre auf – Mir schwindelt schon. Morgen mehr. Dann bin ich wieder im Stande einige Gläser von deinem Lieblings wein mit dir zu trinken.

2.

A. Hast du heute Lust mir deine Ideen über die Schriftstellerey und sonst, weiter mitzutheilen – ich hoffe einen lebhaften paradoxen Stoß ertragen zu können – und wenn du mich in Schwung bringst – so helfe ich dir vielleicht. Du weißt, wenn der Träge nur erst in Bewegung ist, so ist er auch desto unaufhaltsamer und kühner.
B. Natürlich, je schwerer ein Ding Kraft äußert, desto mehr Kraft kann es aufnehmen – und mit dieser Bemerckung ständen wir vor der deutschen Litteratur – die die Wahrheit derselben auffallend bestätigt. Ihre Capacitaet ist ungeheuer. Es dürfte ihr kein empfindlicher Vorwurf seyn, daß sie nicht leicht zu Filigranarbeiten zu benutzen sey. Indeß ist doch das nicht zu läugnen, daß Sie in Masse den alten Heerhaufen ihres Volks gleicht – die im Kampfe von Mann zu Mann wohl

römische Heere besiegt haben würden – aber freylich in Masse durch Gesammtheit, Zucht, gutverbundne, leichte Bewegung und Übersicht der schicklichen Situation leicht zu werfen waren.

A. Glaubst du, daß ihre Geschwindigkeit und Kraft noch im Zunehmen, oder doch wenigstens noch im Zeitraum der gleichförmig beschleunigten Bewegung ist?

B. Im Zunehmen allerdings – und zwar so, daß sich ihr Kern immer mehr von der lockern Materie, die ihn umgab, und seine Bewegung aufhielt, scheidet und säubert. Bey einem Wesen, wie eine Litteratur findet der Fall statt, daß die Kraft, die ihm den Stoß gab, die erregende Kraft, in dem Verhältniß wächst, als seine Geschwindigkeit zunimmt, und daß sich also seine Capacitaet eben so vermehrt. Du siehst, daß es hier auf eine Unendlichkeit abgesehn ist. Es sind 2 Veränderliche Factoren die im wachsenden Wechselverhältniß stehn und deren Produkt hyperbolisch fortschreitet. Um aber das Bild deutlicher zu machen, müßen wir uns errinnern, daß wir nicht mit einer Größen Bewegung und Ausdehnung, sondern mit einer veredelnden *Variation* (Verschiedenung) von Beschaffenheiten, deren Inbegriff wir Natur nennen, zu thun haben. Den Einen jener veränderlichen Factoren wollen wir die Sinnfähigkeit – Organibilitaet – Belebungsfähigkeit nennen – worinn denn zugleich die Variabilitaet mitbegriffen ist. Der Andere sey uns die Energie Ordnung und Mannichfaltigkeit der erregenden Potenzen. Denke dir beyde in Wechselzunahme durchaus und schließe dann auf die Produktenreihe. Mit der Einfachheit wächst der Reichthum – mit der Harmonie die Volltönigkeit – die Selbst und Vollständigkeit des Gliedes mit der des Ganzen – Innre Vereinigung mit äußerer Verschiedenheit.

A. So treffend und schmeichelhaft auch dis Bild der Geschichte unserer Schriftwelt seyn kann, so ist es doch noch ein wenig zu gelehrt. Ich versteh' es nur so obenhin – indeß mag das gut seyn – und ich bitte dich statt einer unerklärbaren Erklärung lieber die ewige Schneelinie zu verlassen und so plan als möglich mit mir über einige Erscheinungen am Fuße des Berges und aus dem Pflanzenstriche zu reden. Hier bist du den Göttern nicht so nah und ich habe keine Orakelsprache zu befürchten.

[3.]

[A.] Das Leben ist sehr kurz.
[B.] Mir kommt es sehr lang vor.
[A.] Es ist kurz, wo es lang, und lang, wo es kurz seyn sollte.
[B.] Wer lebt denn? Sind Sie es nicht, der bey dem Unangenehmen verweilt und bey dem Angenehmen vorbeyfliegt.
[A.] Das ist eben das Schlimme, das ich mich hierinn nicht ändern kann, so wenig, als Sie. Das Angenehme befördert unsre Kraft – das Unangenehme hemmt sie –
[B.] Nun und Sie mercken doch hier Unvollständigkeit –
[A.] Leider nur zu lebhaft –
[B.] Wer heißt Sie dieser Indikation nicht folgen –
[A.] Was für einer Indikation –
[B.] Daß Sie das, was Sie wünschen nicht erwarten sondern aufsuchen sollen – Merken Sie nicht daß Sie an sich selbst verwiesen werden.
[A.] Zur Geduld, das weis ich schon lange.
[B.] Nicht auch zur Hülfe –?
[A.] Der Krancke läßt den Arzt rufen, weil er sich nicht helfen kann.
[B.] Wenn nun aber der Arzt gerade zur Arzney dem Kranken Anstrengung seines Verstandes verschreibt. Wer sich selbst fehlt, kann nur dadurch geheilt werden, daß man ihm sich Selbst verschreibt.
[A.] Vergessen Sie nicht, daß wir von der Länge und Kürze des Lebens ausgiengen.
[B.] Die Anwendung ist kurz und leicht, wie der frohe Genuß

– und lang und mühsam, wie Duldung – In jener Rücksicht geb ich sie Ihnen – In dieser bleibt sie Ihnen selbst überlassen. Mäßigen Sie das allzuschnelle Strömen der Kraft in der Freude durch *Nachdenken* – Beschleunigen Sie den trägen Fortschritt – durch regelmäßige Thätigkeit.

[A.] Am Ende ist Ihr Recept doch nicht das, was ich suche. Sie verordnen eine Mixtur durch *Verdünnung*. Halb nehm ichs mit Dank an.

[B.] Lieber, Sie sind kein Chymist, sonst würden Sie wissen, daß durch ächte Mischung ein *Drittes* entsteht, was beydes zugleich, und mehr, als Beydes einzeln ist.

[4.]

[A.] Sie haben doch Recht gehabt. Unsre Unterhaltung hat mich auf ein interressantes Resultat geführt.

[B.] Nun ist die Reihe des Belehrtwerdens an mir – Ein Wechsel, den allein ächter Umgang gewährt.

[A.] Sie haben mir einen Weg durch die Zweifel über den Werth der Lust gebahnt. Ich begreife nun daß unsre ursprüngliche Existenz, wenn ich mich so ausdrücken darf, Lust ist. Die Zeit entsteht mit der Unlust. Daher alle Unlust so lang und alle Lust so kurz. Absolute Lust ist *ewig* – außer aller Zeit. Relative Lust mehr oder weniger Ein ungetheilter Moment.

[B.] Sie begeistern mich – nur wenig Schritte noch und wir stehn auf der Höhe der innern Welt.

[A.] Ich weiß, welche Schritte Sie meynen. Unlust ist, wie die Zeit endlich. Alles Endliche entsteht aus Unlust. So unser Leben.

[B.] Ich löse Sie ab – und fahre fort. Das Endliche ist endlich – Was bleibt? Absolute Lust – Ewigkeit – Unbedingtes Leben. Und was haben wir in der Zeit zu thun, deren Zweck Selbst*bewußtseyn* der Unendlichkeit ist –?

Vorausgesezt, daß sie einen Zweck hat, denn man könnte wohl fragen, ob nicht Zwecklosigkeit gerade die Illusion karacterisirt!

[A.] Auch das – indeß was sollen wir zu bewircken suchen? Verwandlung der Unlust in Lust und mit ihr der Zeit in Ewigkeit, durch eigenmächtige Absonderung und Erhebung des Geistes, des Bewußtseyns der Illusion, als solcher.

[B.] Ja, Lieber, und hier an den Säulen des Herkules lassen Sie uns umarmen, im Genuß der Überzeugung, daß es bey uns steht das Leben wie eine schöne, genialische Täuschung, wie ein herrliches Schauspiel zu betrachten, daß wir schon hier im Geist in absoluter Lust und Ewigkeit seyn können, und daß gerade die alte Klage, daß alles vergänglich sey, der Fröhlichste aller Gedanken werden kann, und soll.

[A.] Diese Ansicht des Lebens, als Zeitliche Illusion, als Drama möge uns zur andern Natur werden. Wie schnell werden dann trübe Stunden vorüberfliegen, und wie reitzend wird uns nicht so die Vergänglichkeit vorkommen.

[5.]

A. Bester Freund, schaffen Sie mir doch einen deutlichen, proberechten Begriff von den Fürsten. Ich grüble nun schon lange, aber die verzweifelten Fürsten stehn mir nicht – Sie verschwinden unter dem Focus meiner Aufmercksamkeit – Sie müssen nicht Feuer und Licht-Beständig seyn. Ist ein Begrif vom Fürsten etwa ein Rahmen um ein Bild der egyptischen Finsterniß.

B. Ein glücklicher Genius hat Sie gerade zu mir geführt. Ein günstiger Zufall hat mich dieses große Geheimniß gelehrt, das sich freylich, wie jedes Geheimniß paradox genug hören läßt.

Fürsten sind Nullen – sie gelten an sich nichts, aber mit Zahlen,
Die sie beliebig erhöhn, neben sich gelten sie viel.

A. Am Ende, Lieber, was sollen alle diese Hypothesen – Eine einzige wahrhaft beobachtete Thatsache ist doch mehr werth, als die glänzendste Hypothese. Das Hypothesiren ist eine risquante Spielerey – Es wird am Ende Leidenschaftlicher Hang zur Unwahrheit – und vielleicht hat nichts den besten Köpfen und den Wissenschaften mehr geschadet, als diese Renommisterey des fantastischen Verstandes. Diese szientifische Unzucht stumpft den Sinn für Wahrheit gänzlich ab, und entwöhnt von strenger Beobachtung, welche doch allein die Basis aller Erweiterung und Entdeckung ist.

B. Hypothesen sind Netze, nur der wird fangen, der auswirft.
Ist nicht America selbst durch Hypothese gefunden?
Hoch und vor allen lebe die Hypothese – nur sie bleibt
Ewig neu, so oft sie sich auch selbst nur besiegte.

Und nun in Prosa die Nutzanwendung. Der Skeptiker, mein Freund, hat so wenig, wie der gemeine Empirismus das Mindeste zur Erweiterung der Wissenschaft gethan – Der Skeptiker verleidet höchstens den Hypothetikern den Ort, wo sie stehn, macht ihnen den Boden schwanken; Eine sonderbare Art Fortschritte zu stande zu bringen. Wenigstens ein sehr indirectes Verdienst. Der ächte Hypothetiker ist kein andrer, als der Erfinder, dem vor seiner Erfindung oft schon dunkel das entdeckte Land vor Augen schwebt – der mit dem dunkeln Bilde über der Beobachtung, dem Versuch schwebt – und nur durch freye Vergleichung – durch mannichfache Berührung und Reibung seiner Ideen mit der Erfahrung endlich die Idee trift, die sich negativ zur positiven Erfahrung verhält, daß beyde dann auf immer zusammenhängen – und ein neues himmlisches Licht die zur Welt gekommene Kraft umstrahle.

[6.]

[A.] Höre du, es ist einmal Mode, von der Natur ein vernünftig Wort zu reden – wir müssen auch unsern Beytrag liefern. Nun – was wirds – fange doch an mir zu antworten.

[B.] Ich besinne mich schon lange auf einen recht natürlichen Anfang unsers Gesprächs – ich presse meinen natürlichen Verstand, aber der ist vertrocknet, und hat nicht ein bischen Saft mehr.

[A.] Wer weiß welcher Gelehrte ihn ohne dein Wissen als ein herrliches Exemplar zwischen die Blätter seines Herbariums gepreßt hat.

[B.] Ich bin doch neugierig unter welche Klasse er ihn gebracht hat.

[A.] Vermuthlich unter die Klasse der Kryptogamisten, denn von Blüthen und Früchten ist keine Spur wahrzunehmen.

[B.] Weißt du wohl, daß die Natur uns schon begeistert, wir sind da unvermerckt in die Natur hineingerathen. Du gehörst zu den Realisten, oder auf deutsch – du bist ein grober Kerl.

[A.] Du hast ein wahres Wort gesprochen – ein Wort der Weihe über mich. Ich habe große Anlagen ein Priester der Natur zu werden.

[B.] Meynst du weil wir dich einen Bauchpfaffen nennen und die Natur eigentlich nichts als ein großer Bauch ist.

[A.] Auch wahr – aber die wahre Anlage besteht in der Grobheit. Denn sieh die Natur ist ganz ungeheuer grob – und wer sie recht kennen lernen will, der muß sie grob anfassen – Auf einen groben Klotz – Gehört ein grober Keil. Dies Sprüchwort ist für die Naturlehre gemacht, denn sie soll ja hier durch den Verstand gespalten werden. Da müssen unsre Vorfahren rechte Meisterkenner der Natur gewesen seyn, denn nur in Deutschland ist die eigentliche Grobheit entdeckt und cultivirt worden.

[B.] Sie paßte recht für unsern Boden – drum sieht es auch jezt recht kahl bey uns aus, da man diese Nationalpflanze vernachlässigt und recht heillos mit diesem Reichthum umgegangen ist. Nur beym gemeinen Mann gedeiht sie noch und darum ist auch dem die Natur noch grün. Den Vornehmen hat sie längst den Rücken gekehrt und wird ewig den feinen Leuten bereitwillig genug zeigen, wo sie sizt.

[A.] Die Definition der Natur hab ich nun als Resultat unsers Gesprächs – Sie ist der Inbegriff aller Grobheit.

[B.] Daraus lassen sich alle Naturgesetze ableiten – daß sie unaufhörlich grob ist, ohne abzusetzen und immer gröber wird – und keine Grobheit die Gröbste ist, lex continuitatis.

[A.] Daß sie gern gerade zu geht und nicht viel Umstände macht. lex Parsimoniae.

[B.] Ja und noch eine Menge unbekannter Gesetze entwickeln sich aus diesem fruchtbaren Begriffe. Aber eben weil wir Philosophen sind, brauchen wir uns um die Ausführung nicht zu bekümmern. Wir haben das Princip und damit gut – den gemeinen Köpfen bleibt jene überlassen.

[A.] Aber sage mir nur woher kömmts, daß die Natur so verzweifelt selten ist. Die Kunst ist eigentlich das Gewöhnliche.

[B.] Ja selten muß sie seyn, denn da sie sich verständlich genug macht und gern mit ihrer Natur herausplazt, so müßte sie weit mehr verstanden seyn.

[A.] Wer von so übertriebener Künstlichkeit der Kunst besessen ist, der hält eben ihre Grobheit für Kunst, und so wird sie freilich überall mißverstanden.

[B.] Man wird wahrlich auch zur Natur geboren – und wer recht viel Natur in sich hat – dem ist das alles so natürlich; und was ist davon zu sprechen. Wer davon spricht, der ist ein Stümper ohne Kraft und Saft, denn wovon man spricht, das hat man nicht; das ist ein Axiom.

[A.] Drum laß uns auch aufhören, davon zu reden, denn sonst geht unsere Natur durch die Lappen.

[B.] Du hast Recht, da hätt' uns bald die Mode einen Streich gespielt – und uns hinterlistig aus unsrer Natur vertrieben.

Laß uns auf den Keller gehn – dort ist die Natur zu Hause, daß wir wieder recht natürlich werden.
[A.] Nur hüte dich dort vom Weine zu reden – denn wovon man spricht, das hat man nicht.
[B.] Wahr, darum sprichst du auch immer vom Verstande –
[A.] Wenn du von kurzen Ohren sprichst.

Monolog

Es ist eigentlich um das Sprechen und Schreiben eine närrische Sache; das rechte Gespräch ist ein bloßes Wortspiel. Der lächerliche Irrthum ist nur zu bewundern, daß die Leute meinen – sie sprächen um der Dinge willen. Gerade das Eigenthümliche der Sprache, daß sie sich blos um sich selbst bekümmert, weiß keiner. Darum ist sie ein so wunderbares und fruchtbares Geheimniß, – daß wenn einer blos spricht, um zu sprechen, er gerade die herrlichsten, originellsten Wahrheiten ausspricht. Will er aber von etwas Bestimmten sprechen, so läßt ihn die launige Sprache das lächerlichste und verkehrteste Zeug sagen. Daraus entsteht auch der Haß, den so manche ernsthafte Leute gegen die Sprache haben. Sie merken ihren Muthwillen, merken aber nicht, daß das verächtliche Schwatzen die unendlich ernsthafte Seite der Sprache ist. Wenn man den Leuten nur begreiflich machen könnte, daß es mit der Sprache wie mit den mathematischen Formeln sei – Sie machen eine Welt für sich aus – Sie spielen nur mit sich selbst, drücken nichts als ihre wunderbare Natur aus, und eben darum sind sie so ausdrucksvoll – eben darum spiegelt sich in ihnen das seltsame Verhältnißspiel der Dinge. Nur durch ihre Freiheit sind sie Glieder der Natur und nur in ihren freien Bewegungen äußert sich die Weltseele und macht sie zu einem zarten Maaßstab und Grundriß der Dinge. So ist es auch mit der Sprache – wer ein feines Gefühl ihrer Applicatur, ihres Takts, ihres musikalischen Geistes hat, wer in sich das zarte Wirken ihrer innern Natur vernimmt, und danach seine Zunge oder seine Hand bewegt, der wird ein Prophet sein, dagegen wer es wohl weiß, aber nicht Ohr und Sinn genug für sie hat, Wahrheiten wie diese schreiben, aber von der Sprache selbst zum Besten gehalten und von den Menschen, wie Cassandra von den Trojanern, verspottet werden wird. Wenn ich damit das Wesen und Amt der Poesie auf das deutlichste angegeben zu haben glaube, so weiß ich doch, daß es kein Mensch verstehn kann, und ich ganz was albernes gesagt habe, weil ich es habe sagen wollen, und so keine Poesie zu Stande kommt. Wie, wenn ich aber reden müßte? und dieser Sprachtrieb zu sprechen das Kennzeichen der Eingebung der Sprache, der Wirksamkeit der Sprache in mir wäre? und mein Wille nur auch alles wollte, was ich müßte, so könnte dies ja am Ende ohne mein Wissen und Glauben Poesie sein und ein Geheimniß der Sprache verständlich machen? und so wär' ich ein berufener Schriftsteller, denn ein Schriftsteller ist wohl nur ein Sprachbegeisterter? –

Die Christenheit oder Europa

Ein Fragment

(Geschrieben im Jahre 1799.)

Es waren schöne glänzende Zeiten, wo Europa ein christliches Land war, wo *Eine* Christenheit diesen menschlich gestalteten Welttheil bewohnte; *Ein* großes gemeinschaftliches Interesse verband die entlegensten Provinzen dieses weiten geistlichen Reichs. – Ohne große weltliche Besitzthümer lenkte und vereinigte *Ein* Oberhaupt, die großen politischen Kräfte. – Eine zahlreiche Zunft zu der jedermann den Zutritt hatte, stand unmittelbar unter demselben und vollführte seine Winke und strebte mit Eifer seine wohlthätige Macht zu befestigen. Jedes Glied dieser Gesellschaft wurde allenthalben geehrt, und wenn die gemeinen Leute Trost oder Hülfe, Schutz oder Rath bei ihm suchten, und gerne dafür seine mannigfaltigen Bedürfnisse reichlich versorgten, so fand es auch bei den Mächtigeren Schutz, Ansehn und Gehör, und alle pflegten diese auserwählten, mit wunderbaren Kräften ausgerüsteten Männer, wie Kinder des Himmels, deren Gegenwart und Zuneigung mannigfachen Segen verbreitete. Kindliches Zutrauen knüpfte die Menschen an ihre Verkündigungen. – Wie heiter konnte jedermann sein irdisches Tagewerk vollbringen, da ihm durch diese heilige Menschen eine sichere Zukunft bereitet, und jeder Fehltritt durch sie vergeben, jede mißfarbige Stelle des Lebens durch sie ausgelöscht, und geklärt wurde. Sie waren die erfahrnen Steuerleute auf dem großen unbekannten Meere, in deren Obhut man alle Stürme geringschätzen, und zuversichtlich auf eine sichre Gelangung und Landung an der Küste der eigentlichen vaterländischen Welt rechnen durfte.

Die wildesten, gefräßigsten Neigungen mußten der Ehrfurcht und dem Gehorsam gegen ihre Worte weichen. Friede ging von ihnen aus. – Sie predigten nichts als Liebe zu der heiligen, wunderschönen Frau der Christenheit, die mit göttlichen Kräften versehen, jeden Gläubigen aus den schrecklichsten Gefahren zu retten bereit war. Sie erzählten von längst verstorbenen himmlischen Menschen, die durch Anhänglichkeit und Treue an jene selige Mutter und ihr himmlisches, freundliches Kind, die Versuchung der irdischen Welt bestanden, zu göttlichen Ehren gelangt und nun schützende, wohlthätige Mächte ihrer lebenden Brüder, willige Helfer in der Noth, Vertreter menschlicher Gebrechen und wirksame Freunde der Menschheit am himmlischen Throne geworden waren. Mit welcher Heiterkeit verließ man die schönen Versammlungen in den geheimnißvollen Kirchen, die mit ermunternden Bildern geschmückt, mit süßen Düften erfüllt, und von heiliger erhebender Musik belebt waren. In ihnen wurden die geweihten Reste ehemaliger gottesfürchtiger Menschen dankbar, in köstlichen Behältnissen aufbewahrt. – Und an ihnen offenbahrte sich die göttliche Güte und Allmacht, die mächtige Wohlthätigkeit dieser glücklichen Frommen, durch herrliche Wunder und Zeichen. So bewahren liebende Seelen, Locken oder Schriftzüge ihrer verstorbenen Geliebten, und nähren die süße Glut damit, bis an den wiedervereinigenden Tod. Man sammelte mit inniger Sorgfalt überall was diesen geliebten Seelen angehört hatte, und jeder pries sich glücklich der eine so tröstliche Reliquie erhalten oder nur berühren konnte. Hin und wieder schien sich die himmlische Gnade vorzüglich auf ein seltsames Bild, oder einen Grabhügel niedergelassen zu haben. – Dorthin strömten aus allen Gegenden Menschen mit schönen Gaben und brachten himmlische Gegengeschenke: Frieden der Seele und Gesundheit des Leibes, zurück. Aemsig suchte, diese mächtige friedenstiftende Gesellschaft, alle Menschen dieses schönen Glaubens theilhaftig zu machen und sandte ihre Genossen, in alle Welttheile, um überall das Evangelium des Lebens zu verkündigen, und das Himmelreich zum einzigen Reiche auf dieser Welt zu machen. Mit Recht widersetzte sich das weise Oberhaupt der Kirche, frechen Ausbildungen menschlicher Anlagen auf Kosten des heiligen Sinns, und unzeitigen gefährlichen Entdeckungen, im Gebiete des Wissens. So wehrte er den kühnen Denkern öffentlich zu behaupten, daß die Erde ein unbedeutender Wandelstern sey, denn er wußte wohl, daß die Menschen mit der Achtung für ihren Wohnsitz und ihr irdisches Vaterland, auch die Achtung vor der himmlischen Heimath und ihrem Geschlecht verlieren, und das eingeschränkte Wissen dem unendlichen Glauben vorziehn und sich gewöhnen würden alles Große und Wunderwürdige zu verachten, und als todte Gesetzwirkung zu betrachten. An seinem Hofe versammelten sich alle klugen und ehrwürdigen Menschen aus Europa. Alle Schätze flossen dahin, das zerstörte Jerusalem hatte sich gerächt, und Rom selbst war Jerusalem, die heilige Residenz der göttlichen Regierung auf Erden geworden. Fürsten legten ihre Streitigkeiten dem Vater der Christenheit vor, willig ihm ihre Kronen und ihre Herrlichkeit zu Füßen, ja sie achteten es sich zum Ruhm, als Mitglieder dieser hohen Zunft, den Abend ihres Lebens in göttlichen Betrachtungen zwischen einsamen Klostermauern zu beschließen. Wie wohlthätig, wie angemessen, der innern Natur der Menschen, diese Regierung, diese Einrichtung war, zeigte das gewaltige Emporstreben, aller andern menschlichen Kräfte, die harmonische Entwicklung aller Anlagen; die ungeheure Höhe, die einzelne Menschen in allen Fächern der Wissenschaften des Lebens und der Künste erreichten und der überall blühende Handelsverkehr mit geistigen und irdischen Waaren, in dem Umkreis von Europa und bis in das fernste Indien hinaus. –

Das waren die schönen wesentlichen Züge der ächtkatholischen oder ächt christlichen Zeiten. Noch war die Menschheit für dieses herrliche Reich nicht reif, nicht gebildet genug. Es war eine erste Liebe, die im Drucke des Geschäftlebens entschlummerte, deren Andenken durch eigennützige Sorgen verdrängt, und deren Band nachher als Trug und Wahn ausgeschrien und nach spätern Erfahrungen beurtheilt, – auf immer von einem großen Theil der Europäer zerrissen wurde. Diese innere große Spaltung, die zerstörende Kriege begleiteten, war ein merkwürdiges Zeichen der Schädlichkeit der Kultur, für den Sinn des Unsichtbaren, wenigstens einer temporellen Schädlichkeit der Kultur einer gewissen Stufe. Vernichtet kann jener unsterbliche Sinn nicht werden, aber getrübt, gelähmt, von andern Sinnen verdrängt. – Eine längere Gemeinschaft der Menschen vermindert die Neigungen, den Glauben an ihr Geschlecht, und gewöhnt sie ihr ganzes Dichten und Trachten, den Mitteln des Wohlbefindens allein zuzuwenden, die Bedürfnisse und die Künste ihrer Befriedigung werden verwickelter, der habsüchtige Mensch hat, so viel Zeit nöthig sich mit ihnen bekannt zu machen und Fertigkeiten in ihnen sich zu erwerben, daß keine Zeit zum stillen Sammeln des Gemüths, zur aufmerksamen Betrachtung der innern Welt übrig bleibt. – In Collisions-Fällen scheint ihm das gegenwärtige Interesse näher zu liegen, und so fällt die schöne Blüte seiner Jugend, Glauben und Liebe ab, und macht den derbern Früchten, Wissen und Haben Platz. Man gedenkt des Frühlings im Spätherbst, wie eines kindischen Traums und hofft mit kindischer Einfalt, die vollen Speicher sollen auf immer aushalten. Eine gewisse Einsamkeit, scheint dem Gedeihen der höhern Sinne nothwendig zu seyn, und daher muß ein zu ausgebreiteter Umgang der Menschen mit einander, manchen heiligen Keim ersticken und die Götter, die den unruhigen Tumult zerstreuender Gesellschaften, und die Verhandlungen kleinlicher Angelegenheiten fliehen, verscheuchen. Ueberdem haben wir ja mit Zeiten und Perioden zu thun, und ist diesen eine Oszillation, ein Wechsel entgegengesetzter Bewegungen nicht wesentlich? und ist diesen eine beschränkte Dauer nicht eigenthümlich, ein Wachsthum und ein Abnehmen nicht ihre Natur? aber auch eine Auferstehung, eine Verjüngung, in neuer, tüchtiger Gestalt, nicht auch von ihnen mit Gewißheit zu erwarten? fortschreitende, immer mehr sich vergrößernde Evolutionen sind der Stoff der Geschichte. – Was jetzt nicht die Vollendung erreicht, wird sie bei einem künftigen Versuch erreichen, oder bei einem abermaligen; vergänglich ist nichts was die Geschichte ergriff, aus unzähligen Verwandlungen geht es in immer reicheren Gestalten erneuet wieder hervor. Einmal war doch das Christenthum mit voller Macht und Herrlichkeit erschienen, bis zu einer neuen Welt-Inspiration herrschte seine Ruine, sein Buchstabe mit immer zunehmender Ohnmacht und Verspottung. Unendliche Trägheit lag schwer auf der sicher gewordenen Zunft der Geistlichkeit. Sie war stehn geblieben im Gefühl ihres Ansehns und ihrer Bequemlichkeit, während die Layen ihr unter den Händen Erfahrung und Gelehrsamkeit entwandt und mächtige Schritte auf dem Wege der Bildung vorausgethan hatten. In der Vergessenheit ihres eigentlichen Amts, die Ersten unter den Menschen an Geist, Einsicht und Bildung zu seyn, waren ihnen die niedrigen Begierden zu Kopf gewachsen, und die Gemeinheit und Niedrigkeit ihrer Denkungsart wurde durch ihre Kleidung und ihren Beruf noch widerlicher. So fielen Achtung und Zutrauen, die Stützen dieses und jedes Reichs, allmählig weg, und damit war jene Zunft vernichtet, und die eigentliche Herrschaft Roms hatte lange vor der gewaltsamen Insurrection stillschweigend aufgehört. Nur kluge, also auch nur zeitliche, Maaßregeln hielten den Leichnam der Verfassung noch zusammen, und bewahrten ihn vor zu schleuniger Auflösung, wohin denn z.B. die Abschaffung der Priester-Ehe vorzüglich gehörte. – Eine Maaßregel die analog angewandt auch dem ähnlichen Soldatenstand eine fürchterliche Consistenz verleihen und sein Leben noch lange fristen könnte. Was war natürlicher, als daß endlich ein feuerfangender Kopf öffentlichen Aufstand gegen den despotischen Buchstaben der ehemahligen Verfassung predigte, und mit um so größerm Glück, da er selbst Zunft-Genosse war. –

Mit Recht nannten sich die Insurgenten Protestanten, denn sie protestirten feyerlich gegen jede Anmaßung einer unbequemen und unrechtmäßig scheinenden Gewalt über das Gewissen. Sie nahmen ihr stillschweigend abgegebenes Recht auf Religions-Untersuchung, Bestimmung und Wahl, als vakant wieder einstweilig an sich zurück. Sie stellten auch eine Menge richtiger Grundsätze auf, führten eine Menge löblicher Dinge ein, und schafften eine Menge verderblicher Satzungen ab; aber sie vergaßen das nothwendige Resultat ihres Prozesses; trennten das Untrennbare, theilten die untheilbare Kirche und rissen sich frevelnd aus dem allgemeinen christlichen Verein, durch welchen und in welchem allein die ächte, dauernde Wiedergeburt möglich war. Der Zustand religiöser Anarchie darf nur vorübergehend seyn, denn der nothwendige Grund, eine Zahl Menschen lediglich diesem hohen Berufe zu widmen, und diese Zahl Menschen unabhängig von der irdischen Gewalt in Rücksicht dieser Angelegenheiten zu machen, bleibt in fortdauernder Wirksamkeit und Gültigkeit. – Die Errichtung der Consistorien und die Beibehaltung einer Art Geistlichkeit half diesem Bedürfnisse nicht ab, und war kein zureichender Ersatz. Unglücklicher Weise hatten sich die Fürsten in diese Spaltung gemischt, und viele benutzten diese Streitigkeiten zur Befestigung und Erweiterung ihrer landesherrlichen Gewalt und Einkünfte. Sie waren froh jenes hohen Einflusses überhoben zu seyn und nahmen die neuen Consistorien nun unter ihre landesväterliche Beschützung und Leitung. Sie waren eifrigst besorgt die gänzliche Vereinigung der protestantischen Kirchen zu hindern, und so wurde die Religion irreligiöser Weise in Staats-Gränzen eingeschlossen, und damit der Grund zur allmähligen Untergrabung des religiösen cosmopolitischen Interesses gelegt. So verlor die Religion ihren großen politischen friedestiftenden Einfluß, ihre eigenthümliche Rolle des vereinigenden, individualisirenden Prinzips, der Christenheit. Der Religionsfriede ward nach ganz fehlerhaften und religionswidrigen Grundsätzen abgeschlossen, und durch die Fortsetzung des sogenannten Protestantismus etwas durchaus Widersprechendes – eine Revolutions-Regierung permanent erklärt.

Indeß liegt dem Protestantismus bei weitem nicht bloß jener reine Begriff zum Grunde, sondern Luther behandelte das Christenthum überhaupt willkührlich, verkannte seinen Geist, und führte einen andern Buchstaben und eine andere Religion ein, nemlich die heilige Allgemeingültigkeit der Bibel, und damit wurde leider eine andere höchst fremde irdische Wissenschaft in die Religionsangelegenheit gemischt – die Philologie – deren auszehrender Einfluß von da an unverkennbar wird. Er wurde selbst aus dunkelm Gefühl dieses Fehlgriffs bei einem großen Theil der Protestanten zum Rang eines Evangelisten erhoben und seine Uebersetzung canonisirt.

Dem religiösen Sinn war diese Wahl höchst verderblich, da nichts seine Irritabilität so vernichtet, wie der Buchstabe. Im ehemaligen Zustande hatte dieser bei dem großen Umfange der Geschmeidigkeit und dem reichhaltigen Stoff des katholischen Glaubens, so wie der Esoterisirung der Bibel und der heiligen Gewalt der Concilien und des geistlichen Oberhaupts, nie so schädlich werden können; jetzt aber wurden diese Gegenmittel vernichtet, die absolute Popularität der Bibel behauptet, und nun drückte der dürftige Inhalt, der rohe abstracte Entwurf der Religion in diesen Büchern desto merklicher, und erschwerte dem heiligen Geiste die freie Belebung, Eindringung und Offenbarung unendlich.

Daher zeigt uns auch die Geschichte des Protestantismus keine herrlichen großen Erscheinungen des Ueberirdischen mehr, nur sein Anfang glänzt durch ein vorübergehendes Feuer des Himmels, bald nachher ist schon die Vertrocknung des heiligen Sinns bemerklich; das Weltliche hat die Oberhand gewonnen, der Kunstsinn leidet symphatetisch mit, nur selten, daß hie und da ein gediegener, ewiger Lebensfunke hervorspringt, und eine kleine Gemeinde sich assimilirt. Er verlischt und die Gemeinde fließt wieder auseinander und schwimmt mit dem Strome fort. So Zinzendorf, Jacob Böhme und mehrere. Die Moderatisten behalten die Oberhand, und die Zeit nähert sich einer gänzlichen Atonie der höhern Organe, der Periode des praktischen Unglaubens. Mit der Reformation wars um die Christenheit gethan. Von nun an war keine mehr vorhanden. Katholiken und Protestanten oder Reformirte standen in sektirischer Abgeschnittenheit weiter von einander, als von Mahomedanern und Heiden. Die übriggebliebenen katholischen Staaten vegetirten fort, nicht ohne den schädlichen Einfluß der benachbarten protestantischen Staaten unmerklich zu fühlen. Die neuere Politik entstand erst in diesem Zeitpunkt, und einzelne mächtige Staaten suchten den vakanten Universalstuhl, in einen Thron verwandelt, in Besitz zu nehmen.

Den meisten Fürsten schien es eine Erniedrigung sich nach einem ohnmächtigen Geistlichen zu geniren. – Sie fühlten zum erstenmal das Gewicht ihrer körperlichen Kraft auf Erden, sahen die himmlischen Mächte unthätig bei Verletzung ihrer Repräsentanten, und suchten nun allgemach ohne Aufsehn vor den noch eifrig päbstlich gesinnten Unterthanen das lästige römische Joch abzuwerfen und sich unabhängig auf Erden zu machen. – Ihr unruhiges Gewissen beruhigten kluge Seelsorger, die nichts dabei verloren, daß ihre geistlichen Kinder die Disposition über das Kirchenvermögen sich anmaßten.

Zum Glück für die alte Verfassung that sich jetzt ein neu entstandener Orden hervor, auf welchen der sterbende Geist der Hierarchie seine letzten Gaben ausgegossen zu haben schien, der mit neuer Kraft das Alte zurüstete und mit wunderbarer Einsicht und Beharrlichkeit, klüger, als je vorher geschehen, sich des päbstlichen Reichs und seiner mächtigern Regeneration annahm. Noch war keine solche Gesellschaft in der Weltgeschichte anzutreffen gewesen. Mit größerer Sicherheit des Erfolgs hatte selbst der alte römische Senat nicht Pläne zur Welteroberung entworfen. Mit größerem Verstand war an die Ausführung einer größeren Idee noch nicht gedacht worden. Ewig wird diese Gesellschaft ein Muster aller Gesellschaften seyn, die eine organische Sehnsucht nach unendlicher Verbreitung und ewiger Dauer fühlen, – aber auch ewig ein Beweis, daß die unbewachte Zeit allein die klügsten Unternehmungen vereitelt, und der natürliche Wachsthum des ganzen Geschlechts unaufhaltsam den künstlichen Wachsthum eines Theils unterdrückt. Alles Einzelne für sich hat ein eigenes Maaß von Fähigkeit, nur die Capacität des Geschlechts ist unermeßlich. Alle Pläne müssen fehlschlagen, die nicht auf alle Anlagen des Geschlechts vollständig angelegte Pläne sind. Noch merkwürdiger wird diese Gesellschaft, als Mutter der sogenannten geheimen Gesellschaften, eines jetzt noch unreifen, aber gewiß wichtigen geschichtlichen Keims. Einen gefährlichern Nebenbuhler konnte der neue Lutheranismus, nicht Protestantismus, gewiß nicht erhalten. Alle Zauber des katholischen Glaubens wurden unter seiner Hand noch kräftiger, die Schätze der Wissenschaften flossen in seine Zelle zurück. Was in Europa verloren war, suchten sie in den andern Welttheilen, in dem fernsten Abend und Morgen, vielfach wieder zu gewinnen, und die apostolische Würde und Beruf sich zuzueignen und geltend zu machen. Auch sie blieben in den Bemühungen nach Popularität nicht zurück, und wußten wohl wieviel

Luther seinen demagogischen Künsten, seinem Studium des gemeinen Volks zu verdanken gehabt hatte. Ueberall legten sie Schulen an, drangen in die Beichtstühle, bestiegen die Katheder und beschäftigten die Pressen, wurden Dichter und Weltweise, Minister und Märtyrer, und blieben in der ungeheuren Ausdehnung von Amerika über Europa nach China in dem wunderbarsten Einverständniß der That und der Lehre. Aus ihren Schulen rekrutirten sie mit weiser Auswahl ihren Orden. Gegen die Lutheraner predigten sie mit zerstörendem Eifer und suchten die grausamste Vertilgung dieser Ketzer, als eigentlicher Genossen des Teufels, zur dringendsten Pflicht der katholischen Christenheit zu machen. Ihnen allein hatten die katholischen Staaten und insonderheit der päbstliche Stuhl ihr langes Ueberleben der Reformation zu danken gehabt, und wer weiß, wie alt die Welt noch aussehn würde, wenn nicht schwache Obere, Eifersucht der Fürsten und andern geistlichen Orden, Hofintriguen und andere sonderbare Umstände ihren kühnen Lauf unterbrochen und mit ihnen diese letzte Schutzwehr der katholischen Verfassung beinah vernichtet hätten. Jetzt schläft er, dieser furchtbare Orden, in armseliger Gestalt an den Grenzen von Europa, vielleicht daß er von daher sich, wie das Volk das ihn beschützt, mit neuer Gewalt einst über seine alte Heimath, vielleicht unter anderm Namen, verbreitet.

Die Reformation war ein Zeichen der Zeit gewesen. Sie war für ganz Europa bedeutend, wenn sie gleich nur im wahrhaft freien Deutschland öffentlich ausgebrochen war. Die guten Köpfe aller Nationen waren heimlich mündig geworden, und lehnten sich im täuschenden Gefühl ihres Berufs um desto dreister gegen verjährten Zwang auf. Aus Instinkt ist der Gelehrte Feind der Geistlichkeit nach alter Verfassung; der gelehrte und der geistliche Stand müssen Vertilgungskriege führen, wenn sie getrennt sind; denn sie streiten um Eine Stelle. Diese Trennung that sich immer mehr hervor, und die Gelehrten gewannen desto mehr Feld, je mehr sich die Geistlichkeit der europäischen Menschheit dem Zeitraum der triumphirenden Gelehrsamkeit näherte, und Wissen und Glauben in eine entschiedenere Opposition traten. Im Glauben suchte man den Grund der allgemeinen Stockung, und durch das durchdringende Wissen hoffte man sie zu heben. Ueberall litt der heilige Sinn unter den mannichfachen Verfolgungen seiner bisherigen Art, seiner zeitigen Personalität. Das Resultat der modernen Denkungsart nannte man Philosophie und rechnete alles dazu was dem Alten entgegen war, vorzüglich also jeden Einfall gegen die Religion. Der anfängliche Personalhaß gegen den katholischen Glauben ging allmählig in Haß gegen die Bibel, gegen den christlichen Glauben und endlich gar gegen die Religion über. Noch mehr – der Religions-Haß, dehnte sich sehr natürlich und folgerecht auf alle Gegenstände des Enthusiasmus aus, verketzerte Fantasie und Gefühl, Sittlichkeit und Kunstliebe, Zukunft und Vorzeit, setzte den Menschen in der Reihe der Naturwesen mit Noth oben an, und machte die unendliche schöpferische Musik des Weltalls zum einförmigen Klappern einer ungeheuren Mühle, die vom Strom des Zufalls getrieben und auf ihm schwimmend, eine Mühle an sich, ohne Baumeister und Müller und eigentlich ein ächtes Perpetuum mobile, eine sich selbst mahlende Mühle sey.

Ein Enthusiasmus ward großmüthig dem armen Menschengeschlechte übrig gelassen und als Prüfstein der höchsten Bildung jedem Actionair derselben unentbehrlich gemacht. – Der Enthusiasmus für diese herrliche, großartige Philosophie und insbesondere für ihre Priester und ihre Mystagogen. Frankreich war so glücklich der Schooß und der Sitz dieses neuen Glaubens zu werden, der aus lauter Wissen zusammen geklebt war. So verschrien die Poesie in dieser neuen Kirche war, so gab es doch einige Poeten darunter, die des Effekts wegen, noch des alten Schmucks und der alten Lichter sich bedienten, aber dabei in Gefahr kamen, das neue Weltsystem mit altem Feuer zu entzünden. Klügere Mitglieder wußten jedoch die schon warmgewordenen Zuhörer sogleich wieder mit kaltem Wasser zu begießen. Die Mitglieder waren rastlos beschäftigt, die Natur, den Erdboden, die menschlichen Seelen und die Wissenschaften von der Poesie zu säubern, – jede Spur des Heiligen zu vertilgen, das Andenken an alle erhebende Vorfälle und Menschen durch Sarkasmen zu verleiden, und die Welt alles bunten Schmucks zu entkleiden. Das Licht war wegen seines mathematischen Gehorsams und seiner Frechheit ihr Liebling geworden. Sie freuten sich, daß es sich eher zerbrechen ließ, als daß es mit Farben gespielt hätte, und so benannten sie nach ihm ihr großes Geschäft, Aufklärung. In Deutschland betrieb man dieses Geschäft gründlicher, man reformirte das Erziehungswesen, man suchte der alten Religion einen neuern vernünftigen, gemeinern Sinn zu geben, indem man alles Wunderbare und Geheimnißvolle sorgfältig von ihr abwusch; alle Gelehrsamkeit ward aufgeboten um die Zuflucht zur Geschichte abzuschneiden, indem man die Geschichte zu einem häuslichen und bürgerlichen Sitten- und Familien-Gemählde zu veredeln sich bemühte. – Gott wurde zum müßigen Zuschauer des großen rührenden Schauspiels, das die Gelehrten aufführten, gemacht, welcher am Ende die Dichter und Spieler feierlich bewirthen und bewundern sollte. Das gemeine Volk wurde recht mit Vorliebe aufgeklärt, und zu jenem gebildeten Enthusiasmus erzogen, und so entstand eine neue europäische Zunft: die Philantropen und Aufklärer. Schade daß die Natur so wunderbar und unbegreiflich, so poetisch und unendlich blieb, allen Bemühungen sie zu modernisiren zum Trotz. Duckte sich ja irgendwo ein alter Aberglaube an eine höhere Welt und sonst auf, so wurde gleich von allen Seiten Lärm geblasen, und wo möglich der gefährliche Funke durch Philosophie und Witz in der Asche erstickt; dennoch war Toleranz das Losungswort der Gebildeten, und besonders in Frankreich gleichbedeutend mit Philosophie. Höchst merkwürdig ist diese Geschichte des modernen Unglaubens, und der Schlüssel zu allen ungeheuren Phänomenen der neuern Zeit. Erst in diesem Jahrhundert und besonders in seiner letzten Hälfte beginnt sie und wächst in kurzer Zeit zu einer unübersehlichen Größe und Mannigfaltigkeit; eine zweite Reformation, eine umfassendere und eigenthümlichere war unvermeidlich, und mußte das Land zuerst treffen, das am meisten modernisirt war, und am längsten aus Mangel an Freiheit in asthenischem Zustande gelegen hatte. Längst hätte sich das überirdische Feuer Luft gemacht, und die klugen Aufklärungs-Pläne vereitelt, wenn nicht weltlicher Druck und Einfluß denselben zu Statten gekommen wären. In dem Augenblick aber, wo ein Zwiespalt unter den Gelehrten und Regierungen, unter den Feinden der Religion und ihrer ganzen Genossenschaft entstand, mußte sie wieder als drittes tonangebendes vermittelndes Glied hervortreten, und diesen Hervortritt muß nun jeder Freund derselben anerkennen und verkündigen, wenn er noch nicht merklich genug seyn sollte. Daß die Zeit der Auferstehung gekommen ist, und grade die Begebenheiten, die gegen ihre Belebung gerichtet zu seyn schienen und ihren Untergang zu vollenden drohten, die günstigsten Zeichen ihrer Regeneration geworden sind, dieses kann einem historischen Gemüthe gar nicht zweifelhaft bleiben. Wahrhafte Anarchie ist das Zeugungselement der Religion. Aus der Vernichtung alles Positiven hebt sie ihr glorreiches Haupt als neue Weltstifterin empor. Wie von selbst steigt der Mensch gen Himmel auf, wenn ihn nichts mehr bindet, die höhern Organe treten von selbst aus der allgemeinen gleichförmigen Mischung und vollständigen Auflösung aller menschlichen Anlagen und Kräfte, als der Urkern der irdischen Gestaltung zuerst heraus.

Der Geist Gottes schwebt über den Wassern und ein himmlisches Eiland wird als Wohnstätte der neuen Menschen, als Stromgebiet des ewigen Lebens zuerst sichtbar über den zurückströmenden Wogen.

Ruhig und unbefangen betrachte der ächte Beobachter die neuen staatsumwälzenden Zeiten. Kommt ihm der Staatsumwälzer nicht wie Sisyphus vor? Jetzt hat er die Spitze des Gleichgewichts erreicht und schon rollt die mächtige Last auf der andern Seite wieder herunter. Sie wird nie oben bleiben, wenn nicht eine Anziehung gegen den Himmel sie auf der Höhe schwebend erhält. Alle eure Stützen sind zu schwach, wenn euer Staat die Tendenz nach der Erde behält, aber knüpft ihn durch eine höhere Sehnsucht an die Höhen des Himmels, gebt ihm eine Beziehung auf das Weltall, dann habt ihr eine nie ermüdende Feder in ihm, und werdet eure Bemühungen reichlich gelohnt sehn. An die Geschichte verweise ich euch, forscht in ihrem belehrenden Zusammenhang, nach ähnlichen Zeitpunkten, und lernt den Zauberstab der Analogie gebrauchen.

Frankreich verficht einen weltlichen Protestantismus. Sollten auch weltliche Jesuiten nun entstehn, und die Geschichte der letzten Jahrhunderte erneuert werden? Soll die Revolution die französische bleiben, wie die Reformation die Lutherische war? Soll der Protestantismus abermals widernatürlicherweise, als revolutionaire Regierung fixirt werden? Sollen Buchstaben Buchstaben Platz machen? Sucht ihr den Keim des Verderbens auch in der alten Einrichtung, dem alten Geiste? und glaubt euch auf eine bessere Einrichtung, einen bessern Geist zu verstehn? O! daß der Geist der Geister euch erfüllte, und ihr abließet von diesem thörichten Bestreben die Geschichte und die Menschheit zu modeln, und eure Richtung ihr zu geben. Ist sie nicht selbständig, nicht eigenmächtig, so gut wie unendlich liebenswerth und weissagend? Sie zu studiren, ihr nachzugehn, von ihr zu lernen, mit ihr gleichen Schritt zu halten, gläubig ihren Verheißungen und Winken zu folgen – daran denkt keiner.

In Frankreich hat man viel für die Religion gethan, indem man ihr das Bürgerrecht genommen, und ihr bloß das Recht der Hausgenossenschaft gelassen hat, und zwar nicht in einer Person, sondern in allen ihren unzähligen individuellen Gestalten. Als eine fremde unscheinbare Waise muß sie erst die Herzen wiedergewinnen, und schon überall geliebt seyn, ehe sie wieder öffentlich angebetet und in weltliche Dinge zur freundschaftlichen Berathung und Stimmung der Gemüther gemischt wird. Historisch merkwürdig bleibt der Versuch jener großen eisernen Maske, die unter dem Namen Robespierre in der Religion den Mittelpunkt und die Kraft der Republik suchte; auch der Kaltsinn, womit die Theophilantropie, dieser Mystizismus der neuern Aufklärung, aufgenommen worden ist; auch die neuen Eroberungen der Jesuiten; auch die Näherung ans Morgenland durch die neuern politischen Verhältnisse.

Von den übrigen europäischen Ländern, außer Deutschland, läßt sich nur prophezeihen, daß mit dem *Frieden* ein neues höheres religiöses Leben in ihnen zu pulsiren beginnen und bald Alles andere weltliche Interesse verschlingen wird. In Deutschland hingegen kann man schon mit voller Gewißheit die Spuren einer neuen Welt aufzeigen. Deutschland geht einen langsamen aber sichern Gang vor den übrigen europäischen Ländern voraus. Während diese durch Krieg, Spekulation und Parthey-Geist beschäftigt sind, bildet sich der Deutsche mit allem Fleiß zum Genossen einer höhern Epoche der Cultur, und dieser Vorschritt muß ihm ein großes Uebergewicht über die Anderen im Lauf der Zeit geben. In Wissenschaften und Künsten wird man eine gewaltige Gährung gewahr. Unendlich viel Geist wird entwickelt. Aus neuen, frischen Fundgruben wird gefördert. – Nie waren die Wissenschaften in besseren Händen, und erregten wenigstens größere Erwartungen; die verschiedensten Seiten der Gegenstände werden ausgespürt, nichts wird ungerüttelt, unbeurtheilt, undurchsucht gelassen. Alles wird bearbeitet; die Schriftsteller werden eigenthümlicher und gewaltiger, jedes alte Denkmal der Geschichte, jede Kunst, jede Wissenschaft findet Freunde, und wird mit neuer Liebe umarmt und fruchtbar gemacht. Eine Vielseitigkeit ohne Gleichen, eine wunderbare Tiefe, eine glänzende Politur, vielumfassende Kenntnisse und eine reiche kräftige Fantasie findet man hie und da, und oft kühn gepaart. Eine gewaltige Ahndung der schöpferischen Willkühr, der Grenzenlosigkeit, der unendlichen Mannigfaltigkeit, der heiligen Eigenthümlichkeit und der Allfähigkeit der innern Menschheit scheint überall rege zu werden. Aus dem Morgentraum der unbehülflichen Kindheit erwacht, übt ein Theil des Geschlechts seine ersten Kräfte an Schlangen, die seine Wiege umschlingen und den Gebrauch seiner Gliedmaßen ihm benehmen wollen. Noch sind alles nur Andeutungen, unzusammenhängend und roh, aber sie verrathen dem historischen Auge eine universelle Individualität, eine neue Geschichte, eine neue Menschheit, die süßeste Umarmung einer jungen überraschten Kirche und eines liebenden Gottes, und das innige Empfängniß eines neuen Messias in ihren tausend Gliedern zugleich. Wer fühlt sich nicht mit süßer Schaam guter Hoffnung? Das Neugeborne wird das Abbild seines Vaters, eine neue goldne Zeit mit dunkeln unendlichen Augen, eine profetische wunderthätige und wundenheilende, tröstende und ewiges Leben entzündende Zeit sein – eine große Versöhnungszeit, ein Heiland, der wie ein ächter Genius unter den Menschen einheimisch, nur geglaubt nicht gesehen werden kann, und unter zahllosen Gestalten den Gläubigen sichtbar, als Brod und Wein, verzehrt, als Geliebte umarmt, als Luft geathmet, als Wort und Gesang vernommen, und mit himmlischer Wollust, als Tod, unter den höchsten Schmerzen der

Liebe, in das Innre des verbrausenden Leibes aufgenommen wird.

Jetzt stehn wir hoch genug um auch jenen oberwähnten, vorhergegangenen Zeiten freundlich zuzulächeln und auch in jenen wunderlichen Thorheiten merkwürdige Kristallisationen des historischen Stoffs zu erkennen. Dankbar wollen wir jenen Gelehrten und Philosophen die Hände drücken; denn dieser Wahn mußte zum Besten der Nachkommen erschöpft, und die wissenschaftliche Ansicht der Dinge geltend gemacht werden. Reizender und farbiger steht die Poesie, wie ein geschmücktes Indien dem kalten, todten Spitzbergen jenes Stubenverstandes gegenüber. Damit Indien in der Mitte des Erdballs so warm und herrlich sey, muß ein kaltes starres Meer, todte Klippen, Nebel statt des gestirnvollen Himmels und eine lange Nacht, die beiden Enden unwirthbar machen. Die tiefe Bedeutung der Mechanik lag schwer auf diesen Anachoreten in den Wüsten des Verstandes; das Reizende der ersten Einsicht überwältigte sie, das Alte rächte sich an ihnen, sie opferten dem ersten Selbstbewußtseyn das Heiligste und Schönste der Welt mit wunderbarer Verläugnung, und waren die Ersten die wieder die Heiligkeit der Natur, die Unendlichkeit der Kunst, die Nothwendigkeit des Wissens, die Achtung des Weltlichen, und die Allgegenwart des wahrhaft Geschichtlichen durch die That anerkannten, und verkündigten, und einer höhern, allgemeinern und furchtbarern Gespensterherrschaft, als sie selbst glaubten, ein Ende machten.

Erst durch genauere Kenntniß der Religion wird man jene fürchterlichen Erzeugnisse eines Religionsschlafs, jene Träume und Deliria des heiligen Organs besser beurtheilen und dann erst die Wichtigkeit jenes Geschenks recht einsehn lernen. Wo keine Götter sind, walten Gespenster, und die eigentliche Entstehungszeit der europäischen Gespenster, die auch ihre Gestalt ziemlich vollständig erklärt, ist die Periode des Uebergangs der griechischen Götterlehre in das Christenthum. Also kommt auch, ihr Philanthropen und Encyklopädisten, in die friedenstiftende Loge und empfangt den Bruderkuß, streift das graue Netz ab, und schaut mit junger Liebe die Wunderherrlichkeit der Natur, der Geschichte und der Menschheit an. Zu einem Bruder will ich euch führen, der soll mit euch reden, daß euch die Herzen aufgehn, und ihr eure abgestorbene geliebte Ahndung mit neuem Leibe bekleidet, wieder umfaßt und erkennt, was euch vorschwebte, und was der schwerfällige irdische Verstand freilich euch nicht haschen konnte.

Dieser Bruder ist der Herzschlag der neuen Zeit, wer ihn gefühlt hat zweifelt nicht mehr an ihrem Kommen, und tritt mit süßem Stolz auf seine Zeitgenossenschaft auch aus dem Haufen hervor zu der neuen Schaar der Jünger. Er hat einen neuen Schleier für die Heilige gemacht, der ihren himmlischen Gliederbau anschmiegend verräth, und doch sie züchtiger, als ein Andrer verhüllt. – Der Schleier ist für die Jungfrau, was der Geist für den Leib ist, ihr unentbehrliches Organ dessen Falten die Buchstaben ihrer süßen Verkündigung sind; das unendliche Faltenspiel ist eine Chiffern-Musik, denn die Sprache ist der Jungfrau zu hölzern und zu frech, nur zum Gesang öffnen sich ihre Lippen. Mir ist er nichts als der feierliche Ruf zu einer neuen Urversammlung, der gewaltige Flügelschlag eines vorüberziehenden englischen Herolds. Es sind die ersten Wehen, setze sich jeder in Bereitschaft zur Geburt!

Das Höchste in der Physik ist jetzt vorhanden und wir können nun leichter die wissenschaftliche Zunft übersehn. Die Hülfsbedürftigkeit der äußern Wissenschaften, ward in der letzten Zeit immer sichtbarer, je bekannter wir mit ihnen wurden. Die Natur fing an immer dürftiger auszusehn, und wir sahen deutlicher gewöhnt an den Glanz unserer Entdeckungen, daß es nur ein geborgtes Licht war, und daß wir mit den bekannten Werkzeugen und den bekannten Methoden nicht das Wesentliche, das Gesuchte finden und construiren würden. Jeder Forscher mußte sich gestehn, daß Eine Wissenschaft nichts ohne die Andere sey, und so entstanden Mystifikationsversuche der Wissenschaften, und das wunderliche Wesen der Philosophie flog jetzt als rein dargestelltes wissenschaftliches Element zu einer symmetrischen Grundfigur der Wissenschaften an. Andere brachten die concreten Wissenschaften in neue Verhältnisse, beförderten einen lebhaften Verkehr derselben untereinander, und suchten ihre naturhistorische Classification aufs Reine zu bringen. So währt es fort und es ist leicht zu ermessen, wie günstig dieser Umgang mit der äußern und innern Welt, der höhern Bildung des Verstandes, der Kenntniß der erstern und der Erregung und Cultur der letztern seyn muß, und wie unter diesen Umständen die Witterung sich klären und der alte Himmel und mit ihm die Sehnsucht nach ihm, die lebendige Astronomie, wieder zum Vorschein kommen muß.

Nun wollen wir uns zu dem politischen Schauspiel unsrer Zeit wenden. Alte und neue Welt sind in Kampf begriffen, die Mangelhaftigkeit und Bedürftigkeit der bisherigen Staatseinrichtungen sind in furchtbaren Phänomenen offenbar geworden. Wie wenn auch hier wie in den Wissenschaften eine nähere und mannigfaltigere Connexion und Berührung der europäischen Staaten zunächst der historische Zweck des Krieges wäre, wenn eine neue Regung des bisher schlummernden Europa ins Spiel käme, wenn Europa wieder erwachen wollte, wenn ein Staat der Staaten, eine politische Wissenschaftslehre, uns bevorstände! Sollte etwa die Hierarchie diese symmetrische Grundfigur der Staaten, das Prinzip des Staatenvereins als intellektuale Anschauung des politischen Ichs seyn? Es ist unmöglich daß weltliche Kräfte sich selbst ins Gleichgewicht setzen, ein drittes Element, das weltlich und überirdisch zugleich ist, kann allein diese Aufgabe lösen.

Unter den streitenden Mächten kann kein Friede geschlossen werden, aller Friede ist nur Illusion, nur Waffenstillstand; auf dem Standpunkt der Kabinetter, des gemeinen Bewußtseyns ist keine Vereinigung denkbar. Beide Theile haben große, nothwendige Ansprüche und müssen sie machen, getrieben vom Geiste der Welt und der Menschheit. Beide sind unvertilgbare Mächte der Menschenbrust; hier die Andacht zum Alterthum, die Anhänglichkeit an die geschichtliche Verfassung, die Liebe zu den Denkmalen der Altväter und der alten glorreichen Staatsfamilie, und Freude des Gehorsams; dort das entzückende Gefühl der Freiheit, die unbedingte Erwartung mächtiger Wirkungskreise, die Lust am Neuen und Jungen, die zwanglose Berührung mit allen Staatsgenossen, der Stolz auf menschliche Allgemeingültigkeit, die Freude am persönlichen Recht und am Eigenthum des Ganzen, und das kraftvolle Bürgergefühl. Keine hoffe die Andere zu vernichten, alle Eroberungen wollen hier nichts sagen, denn die innerste Hauptstadt jedes Reichs liegt nicht hinter Erdwällen und läßt sich nicht erstürmen.

Wer weiß ob des Kriegs genug ist, aber er wird nie aufhören, wenn man nicht den Palmenzweig ergreift, den allein eine geistliche Macht darreichen kann. Es wird so lange Blut über Europa strömen bis die Nationen ihren fürchterlichen Wahnsinn gewahr werden, der sie im Kreise herumtreibt und von heiliger Musik getroffen und besänftigt zu ehemaligen Altären in bunter Vermischung treten, Werke des Friedens vornehmen, und ein großes Liebesmahl, als Friedensfest, auf den rauchenden Wahlstätten mit heißen Thränen gefeiert wird. Nur die Religion kann Europa wieder aufwecken und die Völker sichern, und die Christenheit mit neuer Herrlichkeit sichtbar auf Erden in ihr altes friedenstiftendes Amt installiren.

Haben die Nationen Alles vom Menschen – nur nicht sein Herz? – sein heiliges Organ? Werden sie nicht Freunde, wie diese, an den Särgen ihrer Lieben, vergessen sie nicht alles Feindliche, wenn das göttliche Mitleid zu ihnen spricht – und Ein Unglück, Ein Jammer, Ein Gefühl ihre Augen mit Thränen füllte? Ergreift sie nicht Aufopferung und Hingebung mit Allgewalt, und sehnen sie sich nicht Freunde und Bundesgenossen zu sein?

Wo ist jener alte, liebe, alleinseligmachende Glaube an die Regierung Gottes auf Erden, wo ist jenes himmlische Zutrauen der Menschen zu einander, jene süße Andacht bei den Ergießungen eines gottbegeisterten Gemüths, jener allesumarmende Geist der Christenheit?

Das Christenthum ist dreifacher Gestalt. Eine ist das Zeugungselement der Religion, als Freude an aller Religion. Eine das Mittlerthum überhaupt, als Glaube an die Allfähigkeit alles Irdischen, Wein und Brod des ewigen Lebens zu seyn. Eine der Glaube an Christus, seine Mutter und die Heiligen. Wählt welche ihr wollt, wählt alle drei, es ist gleichviel, ihr werdet damit Christen und Mitglieder einer einzigen, ewigen, unaussprechlich glücklichen Gemeinde.

Angewandtes, lebendig gewordenes Christentum war der alte katholische Glaube, die letzte dieser Gestalten. Seine Allgegenwart im Leben, seine Liebe zur Kunst, seine tiefe Humanität, die Unverbrüchlichkeit seiner Ehen, seine menschenfreundliche Mittheilsamkeit, seine Freude an der Armuth, Gehorsam und Treue machen ihn als ächte Religion unverkennbar und enthalten die Grundzüge seiner Verfassung.

Er ist gereinigt durch den Strom der Zeiten, in inniger, untheilbarer Verbindung mit den beiden andern Gestalten des Christenthums wird er ewig diesen Erdboden beglücken.

Seine zufällige Form ist so gut wie vernichtet, das alte Pabstthum liegt im Grabe, und Rom ist zum zweytenmal eine Ruine geworden. Soll der Protestantismus nicht endlich aufhören und einer neuen, dauerhafteren Kirche Platz machen? Die andern Welttheile warten auf Europas Versöhnung und Auferstehung, um sich anzuschließen und Mitbürger des Himmelreichs zu werden. Sollte es nicht in Europa bald eine Menge wahrhaft heiliger Gemüther wieder geben, sollten nicht alle wahrhafte Religionsverwandte voll Sehnsucht werden, den Himmel auf Erden zu erblicken? und gern zusammentreten und heilige Chöre anstimmen?

Die Christenheit muß wieder lebendig und wirksam werden, und sich wieder eine sichtbare Kirche ohne Rücksicht auf Landesgränzen bilden, die alle nach dem Ueberirdischen durstige Seelen in ihren Schooß aufnimmt und gern Vermittlerin, der alten und neuen Welt wird.

Sie muß das alte Füllhorn des Seegens wieder über die Völker ausgießen. Aus dem heiligen Schooße eines ehrwürdigen europäischen Consiliums wird die Christenheit aufstehn, und das Geschäft der Religionserweckung, nach einem allumfassenden, göttlichem Plane betrieben werden. Keiner wird dann mehr protestiren gegen christlichen und weltlichen Zwang, denn das Wesen der Kirche wird ächte Freiheit seyn, und alle nöthigen Reformen werden unter der Leitung derselben, als friedliche und förmliche Staatsprozesse betrieben werden.

Wann und wann eher? darnach ist nicht zu fragen. Nur Geduld, sie wird, sie muß kommen die heilige Zeit des ewigen Friedens, wo das neue Jerusalem die Hauptstadt der Welt seyn wird; und bis dahin seyd heiter und muthig in den Gefahren der Zeit, Genossen meines Glaubens, verkündigt mit Wort und That das göttliche Evangelium, und bleibt dem wahrhaften, unendlichen Glauben treu bis in den Tod.

Anhang

Zu dieser Ausgabe

Die vorliegende Ausgabe der *Gedichte und Prosa* Friedrich von Hardenbergs, der sich Novalis nannte, enthält die zu Lebzeiten im Druck erschienenen oder zur Veröffentlichung vorgesehenen Werke sowie eine Auswahl aus seinem Jugendnachlaß. Der Band will vor allem zur Lektüre dieses bedeutenden Autors der Romantik einladen, deshalb wurde der Anmerkungsapparat bewußt schmal gehalten. Für eine vertiefende Beschäftigung sei auf das Literaturverzeichnis verwiesen, das neben Spezialstudien auch Überblicksdarstellungen enthält.

Die Werke Friedrich von Hardenbergs sind unter dem Titel *Novalis' Schriften* erstmals 1802, im Jahr nach seinem Tode, von seinen Freunden Ludwig Tieck und Friedrich Schlegel bei Reimer in Berlin in zwei Bänden herausgegeben worden. Diese erste Ausgabe erlebte in den nächsten Jahrzehnten fünf Auflagen. 1846 bereicherte Eduard von Bülow sie um einen dritten Band, der Fragmente, Aufzeichnungen und Gedichte sowie Tagebücher, Briefe und die Biographie des Dichters von Kreisamtmann Just enthielt. Weitere wichtige Ausgaben, die im Literaturverzeichnis im einzelnen aufgeführt sind, legten Ernst Heilborn (1901), Jacob Minor (1907), Ernst Kamnitzer (1924), Paul Kluckhohn und Richard Samuel (1929) und Ewald Wasmuth (1943/1953–1957) vor. Aus der Edition von 1929 entwickelte sich unter der Herausgeberschaft von Kluckhohn und Samuel sowie Hans-Joachim Mähl und Gerhard Schulz die seit 1960 erscheinende und heute maßgebliche historisch-kritische Ausgabe (HKA), die auch die Textgrundlage für den vorliegenden Band bildet. Eine solche Wiedergabe der Dichtungen in ihrer ursprünglichen Gestalt empfiehlt sich schon deshalb, weil die Eigenwilligkeiten in Orthographie und Zeichensetzung oft stilistische Qualität haben.

Entsprechend den Prinzipien der HKA erscheinen alle von Hardenberg unterstrichenen Wörter im *Kursivdruck*. Passagen, die während der Niederschrift von ihm gestrichen wurden, werden in kleine Winkelklammern ‹ › gesetzt, nachträglich gestrichene Passagen in große ⟨ ⟩. Zusätze der Herausgeber der HKA im Text sind durch eckige Klammern [ ] gekennzeichnet. Einige offensichtliche Druckfehler in der HKA wurden stillschweigend korrigiert.

Der vorliegende Band verbindet in seinem Aufbau die Einteilung nach Werkgruppen mit der zeitlichen Folge.

Die erste Gruppe bilden die Gedichte. Der Abschnitt „Frühe Gedichte 1788–1794" enthält u.a. eine kleine Auswahl aus den Jugendarbeiten. Der umfangreiche, im Alter von 17–20 Jahren geschriebene Jugendnachlaß umfaßt Gedichte, Übersetzungen, meist aus klassischen Sprachen, Dramenentwürfe, Erzählerisches und frühe „Essays". Die Gedichte können hier nach dem Wiederauffinden der Handschriften und der Veröffentlichung entsprechend revidierter Fassungen im sechsten Band der HKA (1999) auf einer neuen, kritisch geprüften Textgrundlage veröffentlicht werden. Die Auswahl orientiert sich nicht nur am Maßstab literarischer Qualität, sondern will auch zeigen, was für die Jugendlyrik charakteristisch ist: die spielerische Anverwandlung literarischer Muster und Motivtraditionen, die häufig, wie am Vergleich der beiden „Falckenstein"-Gedichte offenkundig wird, der Erweiterung poetischer Ausdrucksmöglichkeiten dient, sich dabei aber auch Themen und Motive zu eigen macht, die mutatis mutandis in den späteren, „romantischen" Werken wiederzufinden sind, wie z.B. der „gute Herrscher" in *Glauben und Liebe*. Das Gedicht „An die Schwester Karoline im Namen der Mutter" muß abweichend von der HKA auf 1793 statt 1799 datiert werden, es wurde daher ans Ende der Gruppe „Frühe Gedichte 1788–1794" gestellt.

Mit Ausnahme der Jugendlyrik, und im Gegensatz zu den umfangreichen philosophisch-theoretischen Aufzeichnungen, die nicht zur Veröffentlichung vorgesehen waren und deshalb hier nicht berücksichtigt werden, ist die handschriftliche Überlieferung des dichterischen Werks verhältnismäßig dürftig. Deshalb muß bei den meisten der folgenden poetischen Texte (*Die Geistlichen Lieder*, *Die Lehrlinge zu Saïs*, *Heinrich von Ofterdingen* 1. Teil) auf die Erstdrucke zurückgegriffen werden.

Auf die „Gedichte 1794–1799" folgen die *Geistlichen Lieder*. Sie stehen, getreu dem Prinzip der chronologischen Folge und abweichend von der HKA, vor den *Hymnen an die Nacht*, denn die ersten Lieder wurden vor den Hymnen verfaßt. Die *Geistlichen Lieder* sind nicht im Zusammenhang entstanden, nicht als Zyklus komponiert und auch nicht alle als Gesänge für den protestantischen Gottesdienst bestimmt. Die Lieder X, XIV und XV gehören zu den Fortsetzungsplänen für den *Heinrich von Ofterdingen*, und Lied VII, die sogenannte „Hymne", gehört weder formal noch gedanklich zur Gattung des geistlichen Liedes. Die Texte werden in der vorliegenden Ausgabe jedoch in der Anordnung gedruckt, wie es seit dem ersten vollständigen Druck in der Werkausgabe von Schlegel und Tieck (1802) üblich ist.

Die *Hymnen an die Nacht* werden in der handschriftlichen und der durch Friedrich von Hardenberg selbst grundlegend überarbeiteten *Athenaeums*-Fassung parallel gedruckt.

Am Ende der ersten Werkgruppe stehen „Späte Gedichte 1799–1800": das fröhliche Gelegenheitsgedicht „Zur Weinlese", Widmungsgedichte und einige weitere, von der Forschung bislang zu Unrecht weitgehend vernachlässigte, kunstvolle Gedichte.

Die zweite Werkgruppe umfaßt die Prosa, d.h. zunächst

die beiden Romane *Die Lehrlinge zu Saïs* und *Heinrich von Ofterdingen*. Beide Dichtungen erscheinen wie in der HKA nach dem Erstdruck in der ersten Auflage der *Schriften* von 1802; der zweite Teil des *Heinrich von Ofterdingen* nach der Handschrift. Zu beiden unvollendeten Romanen sind die erhaltenen Paralipomena und Aufzeichnungen zur Fortsetzung mitgeteilt. Hardenberg gebrauchte durchgehend die ältere Namensform „Afterdingen", die er in seinen Quellen vorfand. Erst Schlegel und Tieck haben im Erstdruck aus Bodmers Ausgabe der Minnesinger die heute geläufige und historisch gewordene Namensform „Ofterdingen" übernommen.

Auf die beiden Romane folgen Prosa-Dichtungen ganz anderer Art aus den Jahren 1797–1799: die beiden Fragmentsammlungen, die Novalis zu seinen Lebzeiten veröffentlichen konnte, d.h. *Vermischte Bemerkungen/Blüthenstaub* und *Glauben und Liebe*, sowie die zum Druck vorbereiteten *Dialogen*, der sprachphilosophische *Monolog* und die Rede *Die Christenheit oder Europa*.

Seine erste Fragmentsammlung hatte Friedrich von Hardenberg in der Handschrift *Vermischte Bemerkungen* überschrieben. Friedrich Schlegel hat sie bei der Aufnahme ins *Athenaeum* einigermaßen willkürlich redigiert und sowohl einzelne Fragmente weggelassen wie eigene hinzugefügt. Der Paralleldruck in der vorliegenden Ausgabe macht dies deutlich. Die ursprüngliche Fassung läßt außerdem schon durch den Wechsel der Themen, denen jeweils eine zusammenhängende Fragmentfolge zugeordnet ist, deutlich erkennen, daß Novalis den Text als Sammlung konzipiert hat. Anders als Schlegel, für den ein Fragment in erster Linie für sich stand und ein „Igel" war, hat Novalis es zugleich als Teil eines größeren Verweisungszusammenhangs konzipiert.

Das gilt auch für *Glauben und Liebe oder Der König und die Königin*. Auch diese Sammlung ist jedoch, nachdem Novalis sie aus der Hand gegeben hatte, durch redaktionelle Eingriffe beschädigt worden. Die Gedichte *Blumen* erschienen zusammengefaßt im Juni-Heft der *Jahrbücher der Preußischen Monarchie*, im Juli-Heft folgte *Glauben und Liebe*, die *Politischen Aphorismen* dagegen fielen der Zensur zum Opfer und erschienen erst 1846 im dritten Teil der *Schriften*. Da die Handschrift nicht erhalten ist, ist die ursprüngliche Komposition nicht mehr erkennbar. Aufgrund brieflicher Äußerungen darf man jedoch davon ausgehen, daß die Gedichte *Blumen* über *Glauben und Liebe* verstreut und wie die *Politischen Aphorismen* integraler Bestandteil der Sammlung waren.

Die Veröffentlichungsgeschichte der *Christenheit oder Europa* ist noch desolater und erwies sich für das Bild, das sich eine breitere Öffentlichkeit von diesem Text und seinem Verfasser machte, als ausgesprochen verhängnisvoll. Die Rede wurde nach ihrer kontroversen Aufnahme im Kreis der Freunde nicht im *Athenaeum* gedruckt. In der ersten Auflage der von Schlegel und Tieck herausgegebenen *Schriften* erschienen lediglich einzelne Auszüge, die ohne einen Verweis auf den Zusammenhang als acht selbständige Fragmente angeordnet waren. Erst die vierte Auflage von 1826 enthielt einen zusammenhängenden Druck, allerdings mit einigen bezeichnenden Auslassungen, während die fünfte Auflage wieder zum Stand der ersten drei Auflagen zurückkehrt. Der Druck von 1826 enthielt jedoch einige Auslassungen, so daß bei vielen der falsche Eindruck entstand, der Verfasser habe einer Restauration der römisch-katholischen Kirche in ihren überlieferten Formen das Wort geredet. Hardenberg selbst hat übrigens das Werk in der einzig erhaltenen brieflichen Bemerkung vom 31. Januar 1800 als „die Europa“ bezeichnet, einen Titel, den auch Friedrich Schlegel ebenso wie die Charakterisierung als „Rede“ häufiger benutzte. Da sich der Titel *Die Christenheit oder Europa* aber durchgesetzt hat, wird er hier beibehalten.

„Die Welt muß romantisiert werden."

Ein Nachwort[1]

Wer er eigentlich gewesen ist, wissen wir nicht. Was wir über ihn wissen, bietet aber reichlichen und faszinierenden Anlaß zu Fragen, Vermutungen, Spekulationen und Mythenbildungen. Denn es war ein kurzes, durch Extreme und Katastrophen gezeichnetes intensives Leben. Novalis, das ist der Romantiker par excellence, aber auch der Bergbauingenieur und Amtshauptmann, er hat die *Sehnsucht nach dem Tode*, wie der Titel der sechsten Hymne an die Nacht lautet, wie kein zweiter beschworen und steht doch zugleich mit seiner geologischen Kartographierung Sachsens am Beginn des Braunkohletagebaus, er verlobte sich mit einem 12jährigen Kind, das schon zwei Jahre später nach einer schrecklichen Leidenszeit starb, und nachdem er sich wenig später erneut verlobt hatte, erfuhr er bald, daß er selbst tödlich erkrankt war. Sein Werk lebt vom Christentum ebenso wie von der kritischen Fortführung der avanciertesten Philosophie seiner Zeit, es führt geistesgeschichtlich weit zurück in Mystik, Neuplatonismus, Magie und Alchimie, aber die Vorzeichen, unter denen dieser Rückgriff erfolgt, sind die der Transzendentalphilosophie und der Ausbildung an einer der bedeutendsten Technischen Hochschulen Europas, also z. B. die der modernen Chemie und Mathematik, und seine dichterischen Werke wie seine poetologischen Überlegungen sind zukunftsweisend – noch 200 Jahre später berufen sich Autoren auf seine Revolution der poetischen Sprache. Gemeint ist damit vor allem die Aufwertung ihrer „musikalischen" Dimensionen: Klang, Rhythmus, Wiederholung, Variation, Steigerung und zufällige Improvisation entfalten in den Werken von Novalis ein so starkes Eigenleben, daß sie in eine Spannung zur Semantik der Worte geraten, die nicht selten fast bedeutungslos zu werden scheint. Es gibt jedoch noch weitere, ebenfalls grundlegende Spannungen: Neben vielen Gedichten und Liedern, die wie ein innigster, unmittelbarer Ausdruck der Seele klingen, gibt es fast schon privatsprachlich verrätselt wirkende Fragmente. Und doch wurde beides geschrieben für das programmatische *Athenaeum*, zur Aufnahme in kirchliche Gesangbücher, als Beitrag für die *Jahrbücher der Preußischen Monarchie* oder als öffentliche Rede und wollte mithin auf ein Publikum wirken. Was für ein Mensch war der Verfasser solcher Werke? Eine schwierige Frage, deren Beantwortung man am liebsten einem Romancier anvertrauen möchte.

Friedrich von Hardenbergs literarische Werke, seine Briefe und Tagebücher sind durch eine charakteristische Unruhe und Beweglichkeit seines Geistes gekennzeichnet, seine Sensitivität und die Fähigkeit zur Aneignung und Anverwandlung alles Fremden und Neuen. Das ist Ausdruck einer individuellen Disposition, aber auch Generationsschicksal derer, die in den 1770er Jahren geboren wurden und das Ancien régime nicht mehr als stabile Ordnung erlebt haben, sondern als im Zerfall befindlich – eine Auflösung, die gerade von den Frühromantikern nicht nur als Verlust beklagt, sondern mindestens so sehr als Anbruch einer neuen Zeit, als deren Hauptvertreter sie sich selbst sahen, begrüßt wurde. Bei Hardenberg führt dies zu einer ausgeprägten Sensibilität für Übergangszeiten und Übergänge überhaupt, seien es nun lebensgeschichtliche Phasen wie die Kindheit, der Eintritt ins Erwachsenenalter oder Krankheitszeiten mit ihren „Krisen“, seien es Epochen wie die Spätantike als Übergang zum Mittelalter, das Mittelalter als Zeit zwischen Antike und Moderne oder die Gegenwart um 1800 als Zeit eines Epochenumbruchs, seien es mathematische Verfahren wie die

Integral- und Differentialrechnung, oder sei es ein Interesse an der Logik der wissenschaftlichen Disziplinen, den Strukturmustern der Konstruktion des Wissens und der interdisziplinären, enzyklopädischen Zusammenführung. Aber auch Hardenbergs Sensibilität für die Atmosphäre zwischen Menschen und sein Bedürfnis, mit kongenialen Freunden wie Friedrich Schlegel zu „symphilosophieren", stehen damit in Verbindung.

Aus der Feder Friedrich Schlegels stammt denn auch ein vielschichtiges Porträt des Freundes, das lebendigste unter allen überlieferten. Es ist ein Versuch, dem Bruder August Wilhelm Schlegel in den ersten Monaten des Jahres 1792 in einigen Briefen die Persönlichkeit Hardenbergs vor Augen zu führen. Friedrich Schlegel hat ihn gerade erst kennengelernt und fühlt sich angezogen, er dünkt sich aber auch noch überlegen und hält den Gleichaltrigen für jünger:

> Das Schicksal hat einen jungen Mann in meine Hand gegeben, aus dem Alles werden kann. – Er gefiel mir sehr wohl und ich kam ihm entgegen; da er mir denn bald das Heiligthum seines Herzens weit öffnete. Darin habe ich nun meinen Sitz aufgeschlagen und forsche. – Ein noch sehr junger Mensch – von schlanker guter Bildung, sehr feinem Gesicht mit schwarzen Augen, von herrlichen Ausdruck wenn er mit Feuer von etwas schönem redet – unbeschreiblich viel Feuer – er redet dreymal mehr und dreymal schneller wie wir andre – die schnellste Fassungskraft und Empfänglichkeit. Das Studium der Philosophie hat ihm üppige Leichtigkeit gegeben, schöne philosophische Gedanken zu bilden – er geht nicht auf das wahre sondern auf das schöne – seine Lieblingsschriftsteller sind Plato und Hemsterhuys – mit wildem Feuer trug er mir einen der ersten Abende seine Meinung vor – es sey gar nichts böses in der Welt – und alles nahe sich wieder dem golde-

> nen Zeitalter. Nie sah ich so die Heiterkeit der Jugend. Seine Empfindung hat eine gewisse Keuschheit die ihren Grund in der Seele hat nicht in Unerfahrenheit. Denn er ist schon sehr viel in Gesellschaft gewesen (er wird gleich mit jedermann bekannt) ein Jahr in Jena wo er die schönen Geister und Philosophen wohl gekannt besonders Schiller. Doch ist er auch in Jena ganz Student gewesen, und hat sich wie ich höre oft geschlagen. – Er ist sehr fröhlich sehr weich und nimmt für itzt noch jede Form an, die ihm aufgedrückt wird. – [...] Hardenberg ist rasch bis zur Wildheit, immer voll thätiger unruhiger Freude. (IV, 571–573)[2]

Manches von dem, was hier beschrieben wird, dürfte in gewissem Maße charakteristisch für die seelische Disposition der Frühromantiker und der wahre Grund dafür sein, daß die Bekanntschaft mit Hardenberg Friedrich Schlegel sofort „eine Wollust [gewährt], der ich mich überlassen" (IV, 572). Aber einzigartig ist wohl die Leichtigkeit, Transparenz und Beweglichkeit, mit der Hardenberg denkt und schreibt und die für die Romantik so charakteristischen Entgrenzungserfahrungen darstellt. Bei Tieck, E.T.A. Hoffmann, Bonaventura, Brentano, Eichendorff und vielen anderen Romantikern sind die Helden dabei durch den Wahnsinn bedroht und fallen ihm häufig tatsächlich zum Opfer. Novalis' Helden werden nie wahnsinnig. Der einzige Fehler, den seine Figuren machen können, ist der, eine Grenze nicht zu überschreiten. Der Vater des Protagonisten im *Heinrich von Ofterdingen* führt deshalb ein betriebsames, aber eher trauriges Leben; er hat aber das Glück, erleben zu dürfen, daß sein Sohn die unendliche Sehnsucht wieder aufnimmt, während der Schreiber in Klingsohrs Märchen, wie seine schließliche Verwandlung in eine Schachfigur zum Ausdruck bringt, seelisch tot ist.

Die Hauptfiguren der Werke verstehen es dagegen wie die keines zweiten Autors, Unendliches und Endliches unaufhörlich aufeinander zu beziehen und daran ihr Leben zu gewinnen. Das läßt sich durchaus verbinden mit der intensiven Auseinandersetzung Hardenbergs mit Krankheit und Tod. Sie führt zu einer hohen Sensibilität für alle Momente pathischen Betroffenseins, und er bezieht das auch auf die religiöse Erfahrung: „Religiöse Aufgabe – *Mitleid* mit der *Gottheit zu haben* – Unendliche Wehmut der Religion. Sollen wir Gott lieben, so muß er *hülfsbedürftig* seyn." (III, 562:48) Insofern Krankheit und Tod an die Grenzen der eigenen Existenz erinnern, werden sie auch als Mittel der Selbstbildung zu verstehen gesucht, als Aufforderung, die Grenzen des gewöhnlichen Daseins zu überschreiten: „Frühzeitig hab ich meine precaire Existenz fühlen gelernt und vielleicht ist dieses Gefühl das erste Lebensgefühl in der Künftigen Welt" (IV, 201).

Das Leben in dieser Weise vom Tode her zu denken, ist etwas anderes, als sich einer Todessehnsucht zu ergeben. Eine darauf gegründete Liebe, so die Erfahrung Hardenbergs, vermag sogar dem Tod der Geliebten etwas entgegenzusetzen. Schon in den Fichte-Studien der Jahre 1795/96 notiert er: „Was du wircklich liebst, das bleibt Dir" (II, 249:462). Das ist als Sentenz formuliert, beansprucht also mehr als nur individuelle Gültigkeit. Und es führt zu einem neuen Verständnis des Christentums als Liebesreligion und verwandter philosophischer Konzeptionen. An Friedrich Schlegel schreibt Hardenberg am 8. Juli 1796:

> Ich fühle in Allem immer mehr die erhabnen Glieder ein[es] wunderbaren Ganzen – in das ich hineinwachsen, das zur Fülle meines Ichs werden soll – und muß ich nicht alles gern leiden, da ich liebe und mehr liebe, als die 8 Spannenlange Gestalt im Raume, und länger liebe, als die

Schwingung der Lebenssayte währt. Spinotza und Zinzendorf haben sie erforscht, die unendliche Idee der Liebe und geahndet die Methode – sich für sie und sie für sich zu realisiren auf diesem Staubfaden. (IV, 188)

„Sich für sie und sie für sich zu realisieren“ – in solchen Wendungen wird der Romantiker Hardenberg spürbar mit einem Selbstverständnis, das dieses „Selbst“ als Aufgabe begriff, als etwas, das mit Blick auf eine unendliche Idee noch herzustellen bzw. zu steigern sei – und mit ihm die Welt, denn: „*Mit den Menschen ändert die Welt sich*“ (I, 140). In der persönlichen Disposition entsprach dem eine große Vitalität, die sich am entschiedensten dort durchsetzte, wo die Erwartung, aus Mangel an Lebenskraft der Braut Sophie von Kühn nachzusterben, nach und nach dem „Gedenke zu leben“ Platz machte. Hinzu kam eine beeindruckende Realitätstüchtigkeit, wie sie etwa in der erstaunlichen, durch ausgezeichnete fachliche Leistungen begründeten Berufskarriere erkennbar wird. Seinen deutlichsten Ausdruck findet der Vorsatz, „sich für die unendliche Idee der Liebe und sie für sich zu realisieren“ aber in dem für Novalis charakteristischen Sendungs- und Missionsbewußtsein.

Die Unruhe und Agilität seines Geistes lebt vor allem aus den immer wieder neu erzeugten Spannungsbögen, aus dem beständigen Wechsel zwischen Suchen und Finden, zwischen einem aktiv-schöpferischen und einem passiven Zug, zwischen dem Bedürfnis, sich selbst eine Bestimmung zu geben, und einer Bereitschaft und Fähigkeit zur liebenden Verbundenheit und Hingabe, zwischen der lebensfrohen, weltbejahenden Seite und der (vor allem in Krankheitsphasen wieder spürbar werdenden) pietistischen Herkunft. In dieser Spannung, in der Fähigkeit, sich auf sie einzulassen und sich zwischen ihren Polen zu bewegen, liegt Hardenbergs Kreativität begründet, und es ist diese Bewegung, die als „Romantisieren" die Struktur seiner Werke, seines Denkens und Schreibens prägt.

Der Hinweis auf solche möglichen Bezüge zwischen Werkstrukturen und einer – immer nur hypothetisch entworfenen – Persönlichkeit Friedrich von Hardenberg ersetzt keine Biographie und will auch nicht einer Einheit von Leben und Werk vorschnell das Wort reden. Hardenberg war sich des Unterschieds zwischen beiden sehr bewußt. Die unaufhebbare Kluft zwischen dem Tagebuchblatt „Klarisse" (IV, 24 f.) und den literarischen Imaginationen Sophies sind ein prägnantes Beispiel dafür. Sie ist ein Symbol geworden, vor dessen „Verwechselung [ ] mit dem Symbolisirten" (III, 397:685) er warnt. Sein Leben war nicht romantisch, sondern der „beständige Kampf, um mich selbst zu erhalten" (IV, 249). Ein Doppelleben hat er dennoch nicht geführt.

Wer das Werk nicht mißverstehen will, muß beachten, daß Hardenberg selbst eine feine, d.h. ebenso deutliche wie durchlässige, Grenze zwischen sich und dem Ich seiner Werke bzw. deren Autorimago gezogen hat.[3] Darauf verweist schon der Name, unter dem er berühmt geworden ist: Novalis. Hardenberg hat dieses Pseudonym für sich erfunden, als er sein erstes „romantisch" zu nennendes Werk, die Fragmentsammlung *Blüthenstaub*, an August Wilhelm Schlegel zur Veröffentlichung im *Athenaeum* schickte. In seinem Begleitbrief schreibt Hardenberg am 24. Februar 1798: „Hätten Sie Lust öffentlichen Gebrauch davon zu machen, so würde ich um die Unterschrift *Novalis* bitten – welcher Name ein alter Geschlechtsnahme von mir ist, und nicht ganz unpassend." (IV, 251)

Die Wahl eines Pseudonyms war für Autoren, zumal wenn es Adlige waren, nicht ganz ungewöhnlich, und die Veröffentlichungsgeschichte der zweiten Fragmentsammlung Hardenbergs, *Glauben und Liebe*, zeigt, daß die dabei mitspielende Furcht vor den preußischen Zensurbehörden nicht unbegründet war. Gleichwohl war die Erfindung des Namens „Novalis" nicht nur ein modischer Habitus und ein Akt politischer Rücksichtnahme, sondern in einem genaueren Sinne die Erfindung einer frühromantischen Autorrolle.

Hardenbergs Werk und das Nachdenken über diese Autorrolle entsprachen sehr genau den Vorstellungen der Brüder Schlegel und liefern somit ein Beispiel für romantisches Symphilosophieren. In der „Vorerinnerung" am Beginn des ersten Heftes des *Athenaeums* wird deren Programm skizziert: Die Zeitschrift ziele auf die größtmögliche Vielfalt der Themen und Darstellungsformen, ausgeschlossen bleibe nur, „[w]as in keiner Beziehung auf Kunst und Philosophie, beyde in ihrem ganzen Umfange genommen, steht" sowie „Aufsätze, die Theile von größeren Werken sind."[4] Auf die Geschlossenheit von Texten, theoretischen Abhandlungen wie literarischen Werken, legten die Frühromantiker durchaus Wert. Mit seiner Fragmentsammlung fand Hardenberg jedoch eine neue, spezifisch frühromantische Form, die es erlaubte, bereits in sich eine Fülle von Themen im Blick auf Kunst und Philosophie anzusprechen und dies so zu tun, daß einerseits ein geschlossenes Werk entstand, das auch Hinweise und Winke für die Art der Verknüpfung enthielt; andererseits aber hatte dieses Werk eine offene Form, die für eine Vielfalt von Deutungsmöglichkeiten Raum schaffen sollte.

Die Brüder Schlegel erklärten in ihrer „Vorerinnerung" außerdem, sie wollten die „Unabhängigkeit des Geistes, wodurch allein das Geschäft des denkenden Schriftstellers gedeihen kann" niemals einer „flachen Einstimmigkeit" aufopfern; fremde Beiträge würden sie aufnehmen, wenn sie ins Programm der Zeitschrift passen, sie würden dann aber auch „besonders zu unterscheiden" sein, während sie ihre eigenen Arbeiten nur mit den Anfangsbuchstaben ihrer Vornamen bezeichnen wollten.

Die Namen fremder Verfasser werden daher im *Athenae-*

um ausgeschrieben. Wenn Friedrich von Hardenberg statt dessen mit einem Pseudonym erscheint, so hat das unterschiedliche Implikationen. Die offensichtlichste Folge ist lange nicht angemessen gewürdigt worden: Wer ein Pseudonym wählt, bleibt als empirisches Ich verborgen und erschafft auf besonders markante Weise eine Autorrolle. Offenbar ging es Friedrich von Hardenberg, wenn er sich als romantischer Autor betätigte, nicht um den möglichst unverstellten Ausdruck der „eigentlichen", empirischen, privaten Existenz. Das Ich der Texte, genauer: diejenige Instanz, die Leser und Interpreten als Ursprung der Sinneinheit literarischer Werke zu konstruieren gewohnt sind, soll offenbar nicht gleichgesetzt werden mit der empirischen Person Friedrich von Hardenberg.

Andererseits wäre es unangemessen, nun programmatisch überhaupt keine Verbindung zu unterstellen: Wenn ein alter Geschlechtsname gewählt wird, dann wird zugleich eine Verbindung zur empirischen Lebenswelt geschaffen. Vorfahren der Familie nannten sich im 12. Jahrhundert „de Novali" oder „von Rode", nach der Besitzung Großenrode (lat. magna novalis) bei Nörten in der Nähe von Göttingen. Auf diese Wortbedeutung, das Roden von Neuland, spielt Hardenberg mit dem Titel *Blüthenstaub* und dem Motto der Sammlung: „Freunde, der Boden ist arm, wir müßen reichlichen Samen / Ausstreun, daß uns doch nur mäßige Erndten gedeihn" (II, 413, hier 369)[5] an. Die organologische Metaphorik des Familiennamens führt freilich nicht auf jene Wiederherstellung natürlicher Kreisläufe, auf die sich die Rhetorik der späteren Romantik vor allem mit Blick auf die politisch-geschichtliche Welt bezog. Statt dessen klingt bei „Novalis" durch das Understatement das Pathos des Neuerers, der das Land roden und erstmals bestellen will, hindurch. In einem Brief an Friedrich Schlegel vom 26. Dezember 1797 schreibt Hardenberg über die eigenen Fragmente ebenso lapidar wie selbstbewußt:

„Revolutionairen Inhalts scheinen sie mir hinlänglich“ (IV, 242). Und auf das ganze Projekt der Frühromantik bezogen heißt es im 32. *Blüthenstaub*-Fragment emphatisch: „Wir sind auf einer Mißion: zur Bildung der Erde sind wir berufen“ (II, 427:32, hier 385). Ohne diesen prophetischen Ton ist die Frühromantik nicht zu denken. Ebenso charakteristisch ist jedoch, daß dieses Pathos zugleich zurückgenommen wird. Es ist nicht nur Understatement, wenn am Schluß eingestanden wird: „Fragmente dieser Art sind litterarische Sämereyen. Es mag freylich manches taube Körnchen darunter seyn: indessen, wenn nur einiges aufgeht!“ (II, 463:114, hier 429)

In familiengeschichtlicher Hinsicht war „Novalis“ also eigentlich kein Pseudonym, auch wenn es in der literarischen Öffentlichkeit als solches gedacht war und gewirkt hat, und von daher ist es auch nicht unangemessen, wenn man, *eingedenk* der mit der Inszenierung der Autorrolle gesetzten Signale, nach dem Verhältnis von Kunst und Leben fragt und sucht. Denn das fügt sich ins frühromantische Programm einer Reintegration der getrennten Sphären der Kunst und außerästhetischer Bereiche des Lebens. Durch ihre „Poetisierung“ sollten die im Prozeß der Moderne nicht nur ausdifferenzierten, sondern auch voneinander isolierten gesellschaftlichen Teilbereiche Kunst, Philosophie, Religion, Wissenschaft, Politik, Geschichte und Alltagswelt in eine lebendige Beziehung zueinander gesetzt werden. Daher haben die Werke von Novalis – seine Gedichte und Romane, seine Fragmentsammlungen *Blüthenstaub* und *Glauben und Liebe* sowie seine *Europa*-Rede – eine utopische Struktur: Es sind Gegenbilder zu bestehenden Ordnungen, und sie sollen auf die gesellschaftliche Praxis wirken.

In der literarischen Praxis führte das zu jenen spezifischen Interferenzen zwischen begrifflich-verständlicher und – im Wortsinne – „begeisterter“, enthusiastischer, die Grenzen raum-zeitlicher Erfahrung aufhebender Rede, die für die Texte der Frühromantiker, allen voran aber die des Novalis, so charakteristisch ist. Aber nicht nur die Sprache der Werke verändert sich, sondern auch deren Struktur. Die frühromantische Universalutopie läßt sich nicht in einem einzigen Buch darstellen. Möglich wäre das nur in einem, wie die romantische Bezeichnung lautet, „absoluten Buch". Ein absolutes Buch gibt es aber nicht, selbst die Bibel, das Buch der Bücher, wird von den Romantikern für „nicht geschlossen" erklärt. Was bleibt, ist – idealiter – eine unendliche Reihe von romantischen Kunstwerken, von denen jedes einzelne als Fragment, als Bruchstück einer Theorie komponiert ist.

In seinem *Allgemeinen Brouillon* (1798/99), einer Sammlung vor allem von Aufzeichnungen, die beim Studium wissenschaftlicher Werke entstanden sind, findet sich unter der Überschrift „Encyklopädistik", die seine Vorstellung einer allgemeinen Wissenschaftslehre bezeichnet, eine grundsätzliche utopietheoretische Reflexion Hardenbergs:

> Jede W[issenschaft] hat ihren Gott, der zugleich ihr Ziel ist. So lebt eigentlich die Mechanik vom Perpetuo mobili – und sucht zu gleicher Zeit, als ihr höchstes Problem, ein *Perpetuum mobile* zu construiren. So die Chymie mit dem Menstruo universali – und dem *geistigen* Stoffe, oder dem Stein der Weisen. Die Phil[osophie] sucht ein erstes und einziges Princip. Der Mathem[atiker] die Quadratur des Zirkels und eine Principalgleichung. Der *Mensch – Gott.* Der Mediciner ein Lebenselixier – eine Verjüngungsessenz und vollk[ommenes] Gefühl und Handhabung d[es] Körpers. Der Politiker einen vollkomnen Staat – Ewigen Frieden – *Freyer Staat.*
> (Jede immer getäuschte und immer erneuerte Erwartung deutet auf ein Capitel in der Zukunftslehre hin. vid. mein erstes Fragment im Blüthenstaub.)

Über die Hindernisse der Auflösung jeder dieser Aufgaben. (Approximationsprincipe. Hierzu gehört auch das *absolute Ich.*) (III, 296:314)

Hier wird der Zusammenhang zwischen dem Universalitätsanspruch der frühromantischen Utopie und der Idee der unendlichen Aufgabe deutlich. Jedem Teilbereich wird ein Ideal absoluter Vollendung zugeordnet. Der Zustand, in dem alle diese Ideale realisiert sind, wäre der der Wirklichkeit gewordenen Universalutopie. Diese ist aber in Raum und Zeit nicht zu verwirklichen, und der Sinn der Ideale ergibt sich deshalb auch nicht aus ihrer Realisierbarkeit, sondern aus ihrer Funktion als „Approximationsprincipe", d.h. als Mittel der unendlichen Annäherung an dieses Ziel. In der daraus entstehenden unendlichen Bewegung liegt das Charakteristikum romantischen Denkens und Schreibens. Novalis selbst verweist auf das erste Fragment in seiner Sammlung *Blüthenstaub*, das diesen Wechsel von „immer getäuschter und immer erneuerter Erwartung" prägnant bezeichnet: „Wir suchen überall das Unbedingte, und finden immer nur Dinge" (II, 413:1, hier 369).

Damit wird keine nur negative Erfahrung bezeichnet. Es kommt vielmehr darauf an, durch eine spezifische Darstellungsweise das Unbedingte im Zusammenhang der Dinge mit dem Ganzen und im Wechsel der Entstehung und der Auflösung der Dinge erfahrbar zu machen.

Mit Blick auf die inzwischen 200jährige Rezeptions- und Wirkungsgeschichte darf man urteilen: Der „Blüthenstaub" hat Früchte getragen. Jedenfalls in dem Sinne, daß Hardenbergs literarische Werke und theoretische Schriften bis heute immer wieder zu Anknüpfungspunkten für das Denken und Schreiben Nachgeborener werden. Ein verkanntes Genie ist Novalis nie gewesen.[6] Selbstverständlich ist das, was aus den „Sämereyen" hervorgegangen ist, so vielfältig und unterschiedlich wie die Zeiten und Kontexte, in denen das Werk gelesen wurde, und die Individuen, die sich damit auseinandergesetzt haben. Es gibt jedoch auffallende Konjunkturen in der Rezeptions- und Wirkungsgeschichte am Anfang des 20. Jahrhunderts, also am Beginn der Mikroepoche der Moderne, aber auch im Umfeld von Postmoderne und Dekonstruktion. Das verweist darauf, daß die Frühromantik, bei aller Bindung an die Tradition, nicht nur die Entstehung der Makroepoche der Moderne um 1800 theoretisch begründet und begleitet hat, sondern zum Teil bereits über sie hinaus führt. Das ist nicht verwunderlich, denn es gehört zu den schon von den Frühromantikern formulierten Grundüberzeugungen der Moderne, daß mit ihr ein Prozeß der Selbstüberbietung beginnt, der unabschließbar ist. Dies wiederum bedeutet nicht, daß romantische Werke per se unüberbietbar modern (oder gar postmodern) sind. Sie sind in vielerlei Hinsicht erstaunlich modern, müssen aber andererseits als Lösungsangebote für frühere Erscheinungsformen der Probleme verstanden werden, mit denen wir heute konfrontiert sind.

Wenn man dies berücksichtigt, dann läßt sich die Romantik als Produkt eines aufklärerischen Denkens bezeichnen, das keine zeitlose Normativität mehr anerkannte, sondern Kultur in Beziehung zu ihrer Zeit und ihrem Ort setzte und sich selbst als Beginn einer im ewigen Werden befindlichen Moderne verstand. Die damit verbundene umfassende Relationierung und Prozessualisierung ist am deutlichsten ausgesprochen in Novalis' berühmter Definition des „Romantisierens“:

> Die Welt muß romantisirt werden. So findet man den urspr[ünglichen] Sinn wieder. Romantisiren ist nichts, als eine qualit[ative] Potenzirung. Das niedre Selbst wird mit einem bessern Selbst in dieser Operation identificirt. So

> wie wir selbst eine solche qualit[ative] Potenzenreihe sind. Diese Operation ist noch ganz unbekannt. Indem ich dem Gemeinen einen hohen Sinn, dem Gewöhnlichen ein geheimnißvolles Ansehn, dem Bekannten die Würde des Unbekannten, dem Endlichen einen unendlichen Schein gebe so romantisire ich es – Umgekehrt ist die Operation für das Höhere, Unbekannte, Mystische, Unendliche – dies wird durch diese Verknüpfung logarythmisirt – Es bekommt einen geläufigen Ausdruck. romantische Philosophie. *Lingua romana.* Wechselerhöhung und Erniedrigung. (II, 545:105)

Der erste Satz dieser Aufzeichnung ist der bekannteste von Novalis, und das mit Recht. Er ist der komprimierteste Ausdruck seines Programms, und die anschließende Erläuterung wird ihm in Geist und Form völlig gerecht. Novalis bildet eine Analogie zwischen der Integral- und der Differentialrechnung auf der einen und der Philosophie des „Selbst“ auf der anderen Seite, beides soll vergleichbar sein, in beiden Bereichen soll es Steigerungen und Depotenzierungen geben, die durch eine Beziehung zwischen endlichen und unendlichen Größen erzeugt werden. Auf diese Weise könne man den „ursprünglichen Sinn“ finden. So lautet bereits der zweite Satz der Aufzeichnung, und hier endet nur allzu häufig auch die Lektüre. Der anschließende Vergleich mit der Mathematik hat es aber in sich. Die Formel vom „ursprünglichen Sinn“ suggeriert eine Abschließbarkeit des Romantisierens, der das mathematische Modell gerade widerspricht. Potenzierung und Logarithmierung, Wechselerhöhung und -erniedrigung können ad infinitum fortgesetzt werden, so daß der „ursprüngliche Sinn“ zum Grenzwert wird und das Romantisieren zu einer unendlichen Tätigkeit.

Ihr liegt, wie die Aufzeichnung sehr schön deutlich macht, eine gegenläufige Denkbewegung zugrunde. Sie wird von

Hardenberg schon in den Fichte-Studien des Jahres 1795/96 als „ordo inversus" entwickelt, und sie bestimmt als „Hin und her", als „Weg nach innen und wieder heraus", als „Vor- und rückwärts", „Hereinwärts und herauswärts", „Von unten hinauf und von oben hinunter", als „Transitus" und „Wechselrepräsentation" die gedankliche und formale Struktur der Werke sehr weitgehend.

Das Romantisieren setzt die getrennten Bereiche zueinander in Beziehung, ist universale Beziehungsstiftung und Lust an der Produktivität der Interferenzen, „thätiger Idéenassociation" (III, 451:953). Autor und Leser – „Der wahre Leser muß der erweiterte Autor seyn" (II, 470:125, hier 440) – werden zum „Ideenwebstuhl" (IV, 211), sie schaffen ein „*Ideen Paradies*", indem sie jedem „Gedankenindividuo" „seinen eigenthümlichen Boden – Klima – seine bes[ondere] Pflege – seine eigenth[ümliche] *Nachbarschaft*" (III, 446:929) geben.[7]

Erkenntnis wird hier nicht als Deduktion, sondern als unabschließbare Bewegung entworfen, Verstehen ist – wie die frühromantische Hermeneutik es formuliert – Verstehen und Nichtverstehen. Wissen und Zusammenhang entstehen weniger durch Mimesis, Nachahmung der Natur, als durch schöpferische Konstruktion („symbolische Construction"), durch „Berührung" der Ideen, „höheres Wissen" ist ein Spannungsfeld ineinanderwirkender Kräfte und „Explosion frey werdenden Geistes" (II, 379:40).

Philosophie und Religion

Am Beginn der deutschen Romantik stehen philosophische Entwürfe, deren Eigenständigkeit, Kohärenz und Gewicht erst in den letzten Jahrzehnten erkannt worden ist. Novalis, Hölderlin, Schlegel, Schelling und andere philosophieren vor dem Hintergrund der kantischen Transzendentalphilosophie. Wenn man als idealistisch die Annahme bezeichnet, daß das Bewußtsein sich über sich selbst vollständig aufklären könne, dann gehört frühromantisches Philosophieren nicht mehr zum Idealismus. Die gemeinsame, 1795/96 formulierte Grundüberzeugung ist, daß das Bewußtsein sich einem transzendenten Grunde verdanke, der sich mit den Mitteln der Reflexion nicht zureichend fassen lasse. Er bleibt für das Bewußtsein ein unausdeutbares Rätsel. Deshalb rückt die Kunst an die höchste Stelle, denn sie kann mit ihrer durch keinen Gedanken zu erschöpfenden Sinnfülle zum Symbol (die Romantiker sagen meist „Allegorie") des in der Reflexion uneinholbaren Einheitsgrundes werden, und hier, in der ästhetischen Erfahrung, kann das weder dem Denken noch dem Handeln zugängliche Absolute erfahren werden.

Frühromantisches Philosophieren postuliert ein jeder Reflexion vorausliegendes Sein als noch ungeschiedene Subjekt-Objekt-Einheit. Dieses kann, darin liegt eine Kritik an Fichte, mit dessen Wissenschaftslehre sich Hardenberg intensiv auseinandergesetzt hat, nicht die Struktur des Selbstbewußtseins haben. Die Argumentationsweise ist durchaus transzendentalphilosophisch, d.h. das Postulat eines ungeschiedenen Seins wird als Bedingung der Möglichkeit für etwas Gewisses entwickelt: Selbstbewußtsein. Dieses kann es nur geben in Verbindung mit einer intuitiven Gewißheit einer (präreflexiven) Identität. Die Struktur des „Ich = Ich" wird dann auf jede Form der Reflexion, des „Ur-teilens", d.h. der Erkenntnis, bezogen und ein ihr prinzipiell vorausliegendes Sein postuliert. Kenntnis hat das Subjekt von diesem nicht begrifflich, sondern durch unmittelbare Anschauung. Da sie sich auf Nicht-Sinnliches richtet, nennt Hölderlin sie, ähnlich wie Schelling, „intellektuale Anschauung", Hardenberg und andere sprechen von „Gefühl".

Die Möglichkeit einer solchen intellektuellen Anschauung hatte Kant bestritten bzw. einem Gott vorbehalten, denn ein anschauender Verstand, wie ihn die alte Metaphysik Gott zuzusprechen pflegte, würde den Stoff seiner Anschauungen spontan hervorbringen. Fichte und die Romantiker gehen, letztere im Anschluß an spinozistische und neuplatonische Strömungen, über diese Grenze hinaus und sehen in der intellektuellen Anschauung ein Vermögen des Menschen. Dabei ist für Fichte das in der intellektuellen Anschauung erfahrene Absolute die Erfahrung des Ich in seiner freien Selbsttätigkeit. Dem stimmen Hölderlin, Schelling, Novalis und Friedrich Schlegel nicht zu; für sie ist das Absolute eine der Subjektivität vorausliegende Subjekt-Objekt-Einheit. Das Absolute wird nicht mehr als Ich gedacht und bleibt transzendent: „Durch das freywillige Entsagen des Absoluten entsteht die unendliche freye Thätigkeit in uns – das Einzig mögliche Absolute, was uns gegeben werden kann und was wir nur durch unsre Unvermögenheit ein Absolutes zu erreichen und zu erkennen, finden“ (II, 269 f.:566).

Diese Grenze kann auch die Kunst nicht überschreiten: Keine Darstellung kann das Absolute „repräsentieren“. Hardenberg hat das in einigen Überlegungen präzise benannt, die für das Verständnis der Symbolstruktur seiner Werke und der frühromantischen Utopie zentral sind: „Die ganze Repraesentation beruht auf einem Gegenwärtig machen – des Nicht Gegenwärtigen und so fort – (Wunderkraft der *Fiction.*)“ (III, 421:782) Solche „Fictionen“ sind notwendig – was sich im Rahmen der Postulatenlehre[8] verständlich machen läßt –, aber es bleiben gleichwohl Fiktionen. In utopiegeschichtlicher Hinsicht verweist das auf die Unerreichbarkeit des Ideals: „[...] das Ziel des Menschen ist nicht die goldne Zeit“ (II, 269:565). In poetologischer Hinsicht bedeutet dies: „Fictionen“ sind Darstellungen, für die gilt:

> Auf Verwechslung des *Symbols* mit dem Symbolisirten – auf ihre Identisirung – auf den Glauben an wahrhafte, vollst[ändige] Repraesentation – und Relation des Bildes

> und des Originals – der Erscheinung und der Substanz – auf der Folgerung von äußerer Aehnlichkeit – auf durchgängige innre Übereinstimmung und Zusammenhang – kurz auf Verwechselungen von Subj[ect] und Obj[ect] beruht der ganze Aberglaube und Irrthum aller Zeiten, und Völker und Individuen. (III, 397:685)

Täuschung ist also ein wesentlicher Bestandteil aller Wahrheit, auch der symbolischen Vergegenwärtigungen des Unbedingten in der Phantasie. Diese unvermeidliche Täuschung bei jeder Darstellung soll mit dargestellt werden, um die Illusion der Transparenz der Zeichen und der vollen Präsenz des Dargestellten zu zerstören. In diesem Sinne gilt: „Wahrhafte Darstellung des Irrthums ist indir[ecte] *Darstellung der Wahrheit.*“ (III, 382:633) Deshalb entwickelt Novalis einen Stil, der in charakteristischer Weise durch die entgegenständlichende Bewegung der sprachlichen Zeichen, die „musikalische“ Struktur der Sprache und den beständigen Wechsel der Bilder, geprägt und als Aufforderung konzipiert ist, sich auf dieses Spiel einzulassen. Nicht von ungefähr stellt sich bei der Lektüre seiner Werke immer wieder der Eindruck eines Auf- und Abwogens von Bildern und einer besonderen Leichtigkeit und Transparenz des Erzählens ein. Der Dreh- und Angelpunkt romantischer Darstellung ist das Bewußtwerden ihres „Schein“-Charakters und die Struktur der nochmaligen Verkehrung ihrer Verkehrungen. Damit wird keine Wahrheit erreicht, sondern eine Fortführung des Wechsels von Setzung und Aufhebung der Setzung – romantische Ironie.

Die Kritik der Selbstbewußtseins-Philosophie führt zu einem gründlich veränderten Verständnis des Verhältnisses von Subjekt und Objekt. Während bei Fichte durchgängig von „Kampf“, „Krieg“ und „Unterwerfung“ des Nicht-Ich durch das Ich die Rede ist, heißt es bei Novalis pointiert: „Statt N[icht]I[ch] – Du“ (III, 430:820). An die Stelle der

Herrschaftsmetaphorik tritt eine auf die Gleichursprünglichkeit von Ich und Nicht-Ich, Geist und Natur, Subjekt und Objekt gegründete Liebesphilosophie und -religion: „Die Liebe ist der Endzweck der *Weltgeschichte* – das Unum des Universums“ (III, 248:50). Das impliziert, daß das Sein oder das Absolute mit dem Gedanken der Differenz vermittelt wird. Es wird daher nicht als einfache Einheit, sondern als Einigkeit von Einheit und Vielheit verstanden.

Mit der Formel „Statt Nicht-Ich – Du“ läßt sich auch der Kern romantischer Naturphilosophie bezeichnen. Die Natur gilt ihr als ein lebendiges Wesen, das mit dem Menschen durch beider Zugehörigkeit zu *einer* Bewußtseinsentwicklung verbunden ist, die selbstbezüglich und prinzipiell unendlich ist. In dieser Vorstellung kehrt die aufklärerische Idee der „großen Kette der Wesen“ als Ort unendlicher Perfektibilität, der Einheit von Immanenz und Transzendenz des Göttlichen und der die moralische Freiheit sichernden Einheit und Differenz von Geist und Materie wieder.

Die frühromantische Philosophie eröffnet ferner neue Möglichkeiten für die Religion. Die dezidiert religiöse Orientierung der meisten Romantiker hat schon früh zu einer plakativen Gegensatzbildung zwischen einer am Christentum orientierten Romantik und einer an der Antike orientierten Aufklärung und Klassik geführt. Daran ist richtig, daß die Romantiker ihrem Selbstverständnis nach in einem mit dem Mittelalter beginnenden europäisch-christlichen Traditionszusammenhang stehen, den sie immer wieder von der nichtchristlichen Antike abgrenzen. Mit dem Christentum ist nach Auffassung der Romantiker etwas Neues in die Welt gekommen, eine Verinnerlichung der Religiosität hat stattgefunden, an die Stelle eines Nebeneinanders von Göttern und Menschen sind Christus, der für die Menschen leidende Gottessohn und Mittler, und die Auffassung von der Gottebenbildlichkeit des Menschen getreten, und die jeweilige Gegenwart wird gedeutet als Zeit zwischen einem verlorenen und wiederzugewinnenden Paradies. Die scharfe Gegensatzbildung überdeckt jedoch nicht nur die vielfältigen Übertretungen dieser Grenze, sondern vor allem die Kontinuität eines Problemzusammenhangs.

Die frühromantische Betonung der Einheit und der Gleichwertigkeit, ja sogar Überlegenheit einer romantisch-christlichen Epoche wird vor allem damit begründet, daß erst die nachantike Religion Grunderfahrungen der Moderne – vor allem die Aufwertung des Subjekts und seiner Individualität, die Erfahrung der Geschichtlichkeit und „Beschleunigung" aller Lebensverhältnisse – angemessen zum Ausdruck bringe.

Die Frühromantiker, vor allem Friedrich von Hardenberg, versuchten, Religiosität im Anschluß an Positionen der Aufklärung (Lessing, Kant) auf dem Reflexionsstand der neunziger Jahre neu zu denken. Die Herausforderung lag in der transzendentalphilosophischen Kritik am traditionellen Modell der Offenbarung: Es sei, so Fichte im *Versuch einer Kritik aller Offenbarung* (1792), mit der moralischen Freiheit des Menschen unvereinbar. Autoritätsverlust und Konflikte mit der Philosophie hatten zum preußischen Religionsedikt (1788), zur Zensur von Kants *Die Religion innerhalb der Grenzen der bloßen Vernunft* (1793) sowie zum Atheismusstreit (1798/99) und zu der Entlassung Fichtes geführt. Diejenigen Frühromantiker, die gleichwohl an der Religion festhalten wollten, taten dies, indem sie Religiosität primär als Selbsterfahrung des Unbedingten im eigenen Ich deuteten, wobei sie den von Kant der Erfahrung gezogenen Grenzen dadurch Rechnung zu tragen suchten, daß sie diese Selbsterfahrung nicht allein aus der Vernunft, sondern auch aus der Phantasie herleiteten, die es mit eigenen Setzungen und Bildern des Unbedingten zu tun habe. Vor diesem Hintergrund konnten dann auch die positiven Religionen bzw. die überlieferten

Offenbarungstexte als Ausdruck des Wegs der Menschheit zum Begreifen der eigenen Subjekthaftigkeit verstanden werden.

Besonders prägnant geschieht das in Novalis' 74. *Blüthenstaub*-Fragment, das neben Schleiermachers *Über die Religion. Reden an die Gebildeten unter ihren Verächtern* (1799) als zentraler theoretischer Text frühromantischer Religionsphilosophie gelten darf. Die Einheit von Sinnlichkeit und Vernunft wird als regulative Idee konzipiert, diese aber soll sinnlich vergegenwärtigt werden können. „Wahre Religiosität" ist die Fähigkeit, die gesamte Erscheinungswelt zum Mittelglied einer Beziehung zur transzendenten Gottheit zu machen.

In der *Europa*-Rede wird dieser Gedanke zum Leitfaden eines Rückblicks auf die Geschichte des Kontinents seit dem Mittelalter, und im dichterischen Werk ist die Mittlerreligion praktisch allgegenwärtig. Besonders prägnant wird sie in der sogenannten *Hymne*, die spätere Herausgeber als Lied VII unter die *Geistlichen Lieder* eingeordnet haben. Hier wird eine apokalyptische Hochzeit von Himmel und Erde gestaltet, bei der irdischer Körper und mystischer Geist-Leib ineinander gespiegelt und in einer lyrischen Transsubstantiation ineinander verwandelt werden:

> Wer hat des irdischen Leibes
> Hohen Sinn errathen?
> Wer kann sagen,
> Daß er das Blut versteht?
> Einst ist alles Leib,
> *Ein* Leib,
> In himmlischem Blute
> Schwimmt das selige Paar. (I, 167, hier 57)

Lyrik

Von der Lyrik Friedrich von Hardenbergs geht für viele Leser seines dichterischen Werkes bis heute die größte Faszination aus. Einige seiner späten, d.h. zwischen 1798 und 1801 verfaßten Gedichte, nicht nur die *Hymnen an die Nacht*, zählen zu den bedeutendsten Werken der Romantik, und Verse wie „Wenn nicht mehr Zahlen und Figuren / Sind Schlüssel aller Kreaturen" konnten für spätere Generationen zum Erkennungssignal der Epoche, ja einer als zeitlos empfundenen Haltung der Welt gegenüber werden.

Dem umfangreichen Jugendnachlaß sieht man das freilich nicht an, oder doch erst auf den zweiten Blick, wenn die Kontinuität bestimmter Themen und Motive erkennbar wird. Hier beeindruckt statt dessen die erstaunliche Virtuosität, mit der Hardenberg eine Fülle lyrischer Formen und Töne seiner Zeit nachbildet.

Auf den ersten Blick befremdlich wirken jedoch auch die *Geistlichen Lieder*, jedenfalls für Leser, die romantische Lyrik als autonome, allen Verwendungsansprüchen enthobene Kunst begreifen möchten. Hardenberg verstand die Lieder als „Probe eines neuen, geistlichen Gesangbuchs" (IV, 317), sie sind also vor dem Hintergrund der protestantischen Gesangbuchreform am Ende des 18. Jahrhunderts zu sehen. Seine neuen Lieder, so hoffte Hardenberg, würden „weit lebendiger, inniger, allgemeiner und mystischer seyn" (III, 588:226) als die überlieferten. Statt sich an Didaktik, Askese und Dogmatik zu orientieren, sollten die Lieder „unmittelbar zur Erregung des heiligen Intuitionssinns – zur Belebung der Herzensthätigkeit" (ebd.) dienen. Der innere oder religiöse Sinn des Menschen sollte geweckt werden, indem sein Organ, das Herz, angesprochen wird.

Hardenberg hatte Erfolg: Die *Geistlichen Lieder* waren im 19. Jahrhundert seine bekanntesten Dichtungen, und mehrere von ihnen wurden in evangelische und sogar katholische Gesangbücher aufgenommen. Dabei mußten sie sich jedoch zahlreiche Auslassungen und Umdichtungen gefallen lassen, die zeigen, daß es sich bei den *Geistlichen Liedern* eben doch um eine spezifisch frühromantische Religiosität und Lyrik handelt.

Die *Hymnen an die Nacht* sind das einzige größere literarische Werk, das Hardenberg vollendet und veröffentlicht hat. Sie bilden den Höhepunkt seines lyrischen Schaffens und gelten als bedeutendste Dichtung der Frühromantik sowie als Werk von weltliterarischem Rang.

Der Gedichtzyklus wurde um die Jahreswende 1799/1800 geschrieben, unmittelbar darauf, Ende Januar/Anfang Februar 1800, entstand eine Fassung in Prosa mit Verseinlagen, die zugleich differenzierter, spannungsreicher und gegenüber Subjektiv-Privatem distanzierter als die frühere ist. Diese zweite Fassung ließ Hardenberg im August 1800 im *Athenaeum* erscheinen.

Die *Hymnen an die Nacht* entfalten eine neue, frühromantische Mythologie. Sie entsteht aus der Verbindung von Privatmythologie und christlicher Mythologie, die wiederum poetisiert wird. Entscheidend ist dabei die unerhörte Dynamik des Sprechens, die aus der Bildung und beständigen Umwandlung von Polaritäten entsteht: von Licht und Nacht, Leben und Tod, Diesseits und Jenseits, von kollektivem Jubel und individueller Bangigkeit, Götternähe und Götterferne, geschichtlicher Zukunftserwartung und „mystischer Gegenwärtigkeitserfahrung“[9]. Keine zweite Dichtung der Frühromantik führt die Aufhebung aller Ordnungen und Trennungen so suggestiv vor wie die *Hymnen an die Nacht.* Das führt jedoch nicht in einen unterschiedslosen Anfang, sondern zur Entfaltung einer universalen Mittlerreligion. Deshalb ist das für die poetische Qualität Entscheidende der Rhythmus des Strömens und Gleitens, des Hin und Her, die genial gestaltete Bewegung des Romantisierens. Sie liegt auch der Binnenstruktur des Zyklus zugrunde. Dieser besteht aus drei Teilen zu je zwei Hymnen. Jeder dieser Teile bildet einen kleinen, in sich abgeschlossenen Zyklus, dessen Grundmuster in allen drei Fällen identisch ist. Die jeweils erste Hymne beschreibt eine dreistufige Entwicklung vom Leben im irdischen Lichtreich über ein Zwischenstadium schmerzhafter Entfremdung davon bis zur Befreiung in der zeitlosen Nacht. Die jeweils zweite Hymne setzt beim Aufwachen aus dieser ekstatischen Vision ein und bringt die Sehnsucht nach der Rückkehr zu ihr zum Ausdruck. Als Ganzes schildern die Hymnen, wie der Sprechende sich der Nacht mehr und mehr bewußt wird, wobei jedes Hymnenpaar eine tiefere Stufe der Erfahrung und des Wissens zum Ausdruck bringt.

Geschichtsphilosophie und Politik

Das politische Denken der deutschen Romantik ist einerseits durch die Auseinandersetzung mit der Staatsphilosophie der Aufklärung, andererseits durch die Zeitereignisse, d.h. die Französische Revolution, die Koalitionskriege, die napoleonische Besetzung und die Restauration nach 1815 geprägt. Letztere vertieften die Bemühungen der Romantiker, in der Geschichte und Kultur des eigenen Volkes Zentren einer kollektiven Identität zu suchen. Dabei weicht das optimistische Vertrauen in die Gestaltbarkeit geschichtlicher Kräfte bald einer zunehmenden Skepsis angesichts der Übermacht der Geschichte.

Davon war in der Frühromantik, vor allem bei Hardenberg und Friedrich Schlegel, nicht die Rede – oder doch nur in einzelnen Anfällen von Verzweiflung über die Unfähigkeit der Politik zu Frieden und Reformen. Ansonsten aber waren bedrückende Erfahrungen Anlaß, die Wurzeln allen Übels tiefer zu suchen und sich im Interesse der Herstellung eines

„poëtische[n] Staat[es]" (II, 468:122, hier 438) auf die Ebene staatsphilosophischer Reflexion zu begeben.

Neuzeitliche Staatstheorien können nicht mehr auf eine religiöse Legitimationsbasis zurückgreifen. Sie argumentieren daher naturrechtlich und deuten den Staat als Vertrag der Bürger, die zugunsten der Befriedigung vitaler Interessen und Bedürfnisse einen gewissen Zwang in Gestalt von Gesetzen akzeptieren. Die Trennung von Staat und Gesellschaft erscheint so als letztlich nicht aufhebbar und der Staat als nie vollständig legitimierbar. Diese Problematik bezeichnet die frühromantische Metapher vom Staat als Maschine, wie sie sich bei Novalis etwa im 36. Fragment von *Glauben und Liebe* (1798) findet.

Die Staatstheorien des 18. Jahrhunderts versuchen, diese Spannung zwischen politischem und gesellschaftlichem Willen aufzuheben oder doch zu mildern, wobei die einflußreichsten Modelle das der Gewaltenteilung von Montesquieu und das einer Demokratie ohne Gewaltenteilung von Rousseau wurden. Zum wichtigsten Bezugspunkt für die Frühromantiker wurde auch auf diesem Feld Kant. Auf seine durch den Basler Frieden zwischen Frankreich und Preußen 1795 inspirierte Schrift *Zum ewigen Frieden* (1795) antworteten innerhalb von nur fünf Jahren Herder, Fichte, Friedrich Schlegel, Hardenberg, Görres, Gentz, Jean Paul, Goethe und Hölderlin. Den erhofften dauernden allgemeinen Frieden durch die Balance der Mächte herbeiführen zu wollen, erschien nicht nur Kant als ein Ding der Unmöglichkeit. Er plädierte für eine „republikanische" Regierungsform, eine Art konstitutioneller Monarchie, mit der Begründung, daß die Bürger aus Furcht vor den Folgen für ihr Wohlergehen neuen Kriegen keine Zustimmung geben würden. Friedrich Schlegel kritisiert in seiner Schrift *Versuch über den Begriff des Republikanismus* (1796) dieses Konzept. Er beantwortet in Anlehnung an Rousseau die Frage, wie sich die Realität dem absoluten Postulat der Verwirklichung des allgemeinen Willens approximativ annähern lasse, im Sinne der Demokratie auch als Staatsform. Ein weiterer Unterschied zwischen Kant und Schlegel besteht darin, daß ersterer den Obrigkeitsstaat legitimiert, während letzterer die Utopie eines herrschaftsfreien Staates skizziert.

Für Hardenberg ist dagegen der Rückgriff auf die integrierende Kraft der Religion charakteristisch, die für ihn Priorität vor der Frage der Staatsform hat. Ausschlaggebend für diesen Schritt waren verschiedene Erkenntnisse und Erfahrungen. So war es nach Hardenbergs Meinung auch Fichte in der *Grundlage des Naturrechts* (1796) nicht gelungen, die Trennung von Naturrecht und Sittengesetz und damit von Moral und Politik zu überwinden. Die Französische Revolution hatte weder das Legitimationsdefizit des Staates beseitigt, noch die Demokratie als eine Staatsform empfohlen, unter der sich Wahrheit und Moralität leichter durchsetzen könnten; sie schien darüber hinaus die Stabilität nicht nur des französischen Staates auf Dauer zu gefährden. Angesichts dieser Erfahrungen entwickelte Hardenberg ein Konzept, das auf die Aufhebung der Trennung von Religion und Politik zielte. Damit war keine Restauration gemeint, sondern eine Erneuerung des Verhältnisses auf höherer Stufe: Die neue Religion sollte ihre einheitstiftende Leistung gerade unter Wahrung der Freiheit, der Autonomie des Subjekts, erbringen. Das wird in *Glauben und Liebe* gewissermaßen innerstaatlich, in der *Europa*-Rede (1799) im Blick auf eine internationale Friedensordnung unter dem Vorzeichen einer „absoluten Liebe“ und der schon in *Blüthenstaub* entworfenen Mittlerreligion entwickelt.

Glauben und Liebe

Den historischen Hintergrund für *Glauben und Liebe* bildet die von hohen Erwartungen begleitete Thronbesteigung Friedrich Wilhelms III. am 16. November 1797. Hardenberg schreibt jedoch keine Panegyrik, sondern entwirft ein Bild eines idealen Herrscherpaares, mit dem er sich den Unmut des sich überfordert fühlenden Königs zuzog, so daß die *Politischen Aphorismen*, integraler Bestandteil der Fragmentsammlung, nicht mehr erscheinen durften. Der Haupttitel der Schrift nennt zwei Zentralbegriffe Hardenbergs, die in seinen philosophischen und ästhetischen Aufzeichnungen immer wieder neu gedeutet oder doch akzentuiert werden, und eröffnet damit ein weites Bedeutungsspektrum. Dessen Kern bildet hier die transzendentalphilosophische und -poetische Anverwandlung des christlichen Liebesbegriffs der Paulinischen Theologie: „Denn in Christo Jesu gilt weder Beschneidung noch unbeschnitten sein etwas, sondern der Glauben, der durch die Liebe tätig ist" (Gal. 5,6). Hardenberg verbindet das mit einem für seine Texte grundlegenden Prinzip, das er „Glaubensconstruction – Construction durch Annahmen" (II, 387:44) oder „repraesentativen Glauben" genannt hat:

> Der ganze Staat läuft auf Repraesentation hinaus.
> Die ganze Repraesentation beruht auf einem Gegenwärtig machen – des Nicht Gegenwärtigen und so fort – (Wunderkraft der *Fiction*.) Mein Glauben und Liebe beruht auf *Repraesentativen Glauben.* So die Annahme – der ewige Frieden ist schon da – Gott ist unter uns – hier ist Amerika oder Nirgends – das goldne Zeitalter ist hier – wir sind Zauberer – wir sind moralisch und so fort. (III, 421:782)

Die Absicht von *Glauben und Liebe* war es somit, den „Glauben“ an die Identität des preußischen Königspaares mit dem Ideal der Politik zu erzeugen und so das Handeln in Richtung auf das Ideal anzustoßen. Das verlangt vom Leser eine sehr genaue Berücksichtigung der Art und Weise, in der gesprochen wird. Novalis macht darauf in der Vorrede eigens aufmerksam und weist darauf hin, daß hier in einer „Tropen und Räthselsprache“ (II, 485:1, hier 444) gesprochen werde. Kein zweiter Text von Novalis demonstriert jedoch so sehr die Probleme einer Repräsentation des Unbedingten im Bereich des Politischen wie *Glauben und Liebe*, die Gefahr der „Verwechselung des *Symbols* mit dem Symbolisirten“ (III, 397:685) ist hier besonders groß und folgenreich.

Glauben und Liebe entwirft das Ideal eines poetischen Staates. Die neue Gesellschaft soll eine „freye Verbindung selbständiger, selbstbestimmter Wesen“ (II, 457:95, hier 421) sein. Das bedeutet nicht, daß sie keine Gesetze kennt. Der *Politische Aphorismus* Nr. 65 verweist darauf, daß es in der Antike mit Solon und Lykurg zwei Gesetzgebern gelungen sei, „wahre, allgemeine Gesetze, Gesetze der Menschheit“ zu finden, bei denen sich der Konflikt zwischen Freiheit und Notwendigkeit nicht ergebe. Eine solche „Kunst“ (II, 501:65, hier 464) müsse auch in der Gegenwart möglich sein und werde erst die „ächte“ Republik, den poetischen Staat, herauführen: „Der ächte König wird Republik, die ächte Republik König seyn“ (II, 490:22, hier 451).

Liest man *Glauben und Liebe* im Zusammenhang der Geschichte der utopischen Literatur, in die die Staatsschrift gehört, so fällt zweierlei auf. Zum einen unterscheidet sich der frühromantische Entwurf von früheren Utopien durch die Ablehnung des Institutionalismus und der antiindividualistischen Anthropologie, der Dominanz der Gattung. Der Akzent liegt statt dessen auf der – viel umfassender als bei Kant verstandenen – Moralisierung des Menschen. Alle Widerstände sollen im moralischen Handeln approximativ überwunden werden. Ein absolut Böses gibt es nicht, das christliche Dogma von der Korruption des Menschen durch die Erbsünde entfällt. Hans-Joachim Mähl hat dies mit der Ablehnung der naturrechtlichen Staatstheorie in Verbindung gebracht. Von daher erkläre sich, daß in *Glauben und Liebe* der „neue“ Staat „nicht so sehr *institutionell*, durch Einführung der ‚gemischten Regierungsform‘ etwa, begründet [wird], sondern durch den neuen ‚Geist‘, die öffentliche Gesinnung, die den Menschen auf neue Weise dem Staate verbinden soll und die zu verbreiten eigentlich die Intention der sogenannten Staatsschrift ausmacht“[10].

Was den frühromantischen Utopiebegriff zweitens kennzeichnet, ist seine „reflexive Vergegenwärtigung“, die auf das Ausmalen von Endzuständen verzichtet und statt dessen auf die Überschreitung jeder notwendig unvollkommenen Verwirklichung drängt. Hier liegt „das eigentlich Neue und Weiterweisende in der Geschichte des utopischen Denkens“[11]. Gemessen daran erscheinen „die später folgenden Fortschrittsutopien seit Mitte des 19. Jahrhunderts mit ihrem Realisierungsanspruch bei weitem ‚naiver‘ und in gewisser Hinsicht anachronistisch“[12].

Mit dem Blick auf die utopische Funktion ist die Frage nach dem konkreten politischen Gehalt des Textes aber noch nicht beantwortet. Das zentrale politische Interesse ist offensichtlich das an einer allgemeinen politischen Beteiligung am Staatsleben. Hardenberg will „ächten Republikanismus, allgemeine Theilnahme am ganzen Staate, innige Berührung und Harmonie aller Staatsglieder“ (II, 496:37, hier 458). Dafür werden konkrete Vorschläge gemacht, über deren Sinn und Unsinn sich natürlich streiten läßt. Nicht streiten läßt sich dagegen über die Tatsache, daß Hardenberg hier in der Monarchie das geeignete Symbol des poetischen Staates sieht. Darf man daraus ein Plädoyer für eine monarchistische Staatsverfassung ableiten?

Zwei Leser, die es wissen sollten, weil sie den Verfasser sehr gut kannten, waren die Eheleute Just. August Cölestin Just schreibt am 17./24. November 1798 an Hardenberg: „Wir haben Ihre Blumen, Glauben und Liebe, gelesen. Was meine Frau im Allgemeinen dazu sagt? Wenn die Franzosen hereinkämen, möchten Sie Ihren Kopf festhalten! Doch wenn sich nach diesem Aushängeschild ein Monarch in Ihnen einen eingefleischten Monarchisten kaufen wollte, und Sie dann nach dem Kaufe näher besähe, würde er sich trefflich betrogen finden" (IV, 505).

Diese Schwierigkeit, *Glauben und Liebe* als eindeutiges Plädoyer für eine bestimmte Staatsform zu lesen, löst sich auch dann nicht auf, wenn man die *Politischen Aphorismen*, die die Justs nicht kannten, hinzunimmt, und sie dürfte damit zusammenhängen, daß der frühromantische poetische Staat im Sinne der Utopiereflexion jeden Versuch seiner politischen Institutionalisierung überbietet.

Europa

Die Christenheit oder Europa, ein Text, den erst spätere Herausgeber so nannten, während der Autor selbst von der „Europa" (IV, 317) sprach, war lange sein umstrittenstes Werk. Schon die Reaktion der Freunde bei dem Romantikertreffen in Jena Mitte November 1799, auf dem Hardenberg den Text vortrug, war kontrovers. Schelling schrieb als polemische Antwort sogleich ein satirisches Gedicht, und es entstand eine Debatte darüber, ob man beide Texte in das *Athenaeum* aufnehmen sollte oder lieber keinen. Goethe wurde als Schiedsrichter angerufen und sprach sich gegen eine Veröffentlichung aus. Das mag dem *Athenaeum* einige Kontroversen erspart haben, erwies sich jedoch für die weitere Diskussion um die *Europa* als fatal. Denn das Werk wurde in den folgenden Jahrzehnten nur in Gestalt zusammenhangloser

„Fragmente“ dem Publikum zugänglich, und selbst der einzige annähernd vollständige Druck in der 4. Auflage der *Schriften* (1826) verzichtete auf Schlüsselsätze. Sinn und Struktur des Ganzen waren so nicht zu erfassen.

Die volle Bedeutung erschließt sich heute außerdem nur unter Berücksichtigung der Sprechsituation, der aktuellen Zuspitzung der durch Krisen und Kriege gekennzeichneten politischen Lage Europas. Französische Truppen hatten den Kirchenstaat besetzt, Papst Pius VI. gefangengenommen und ihn in die Zitadelle von Valence gebracht, wo er am 29. August 1799 gestorben war. Eine Neuwahl verboten die Franzosen. Als Hardenberg im Oktober/November 1799 die *Europa* schrieb, war die katholische Christenheit also ohne Oberhaupt, zugleich rüstete die große Koalition zu einem neuen Krieg gegen Frankreich. Hardenberg sah hier Notwendigkeit und Chance zu einer grundlegenden Erneuerung.

Von ausschlaggebender Bedeutung für das Verständnis des Textes ist schließlich die Berücksichtigung seiner rhetorischen Struktur. Die *Europa* ist keine Abhandlung, sondern sie gehört zu den „öffentlichen Reden“ (IV, 317), genauer gesagt zu einer Gattung der aristotelischen Parteirede, der Oratio deliberativa.[13] Deren Form und Gehalt werden maßgeblich durch den Zweck bestimmt: Dem Publikum soll eine in der Zukunft liegende, den Lauf der Geschichte beeinflussende Handlung empfohlen werden. Bei Novalis ist dies die Aufforderung zur Herstellung des „ewigen Friedens“ (III, 524, hier 504) durch eine umfassende, auch die konfessionellen Grenzen hinter sich lassende geistig-religiöse Erneuerung unter frühromantischem Vorzeichen. Zur Rhetorik der Oratio deliberativa gehört ferner, daß im Interesse des Ziels, von dem die Hörer überzeugt werden sollen, ein Rekurs auf die Gegenwart und die Vergangenheit erfolgen kann. Novalis macht von dieser Möglichkeit Gebrauch, indem er ein Bild der frühmittelalterlichen Christenheit entwirft, das diese zum Vorbild für den heraufzuführenden künftigen Zustand werden läßt. Genau genommen handelt es sich dabei nicht um das Mittelalter-Bild des Autors Friedrich von Hardenberg, sondern des Sprechers der Rede. Ähnlich wie später im *Heinrich von Ofterdingen* geht es nicht um eine objektive, sondern um eine parteiische Darstellung, die aber nur deshalb plausibel wirkt, weil und insofern sie auch Tatsächlichkeit beanspruchen kann. In beiden Werken stützt sich Novalis daher auf historische Quellen und psychologische Wahrscheinlichkeit. Sinn und Zweck dieser Konstruktion ist in der *Europa* die Beglaubigung der am Ende entworfenen Zukunftsutopie. Dabei geht es nicht um eine Wiederherstellung frühmittelalterlicher Zustände. Der Sprecher ist vielmehr der Auffassung, daß der Stoff der Geschichte „fortschreitende, immer mehr sich vergrößernde Evolutionen" (III, 510, hier 487) seien; er zeichnet daher keineswegs, wie oft behauptet worden ist, nur ein Verfallsbild der Entwicklung Europas seit dem Mittelalter, sondern insgesamt eines der Höherentwicklung und fordert am Ende dazu auf, den gegenwärtigen Kairos zu nutzen und etwas, das aus seiner Sicht bereits einmal historische Gestalt gewonnen hat, auf einer höheren Stufe erneut herzustellen.

Die Akteure, die diese epochale Wende heraufführen können und sollen, sind die Intellektuellen, d.h. in erster Linie die Frühromantiker selbst. Sie nehmen jedoch auch die „Philantropen und Encyklopädisten" der französischen Aufklärung als Wegbereiter sowie einige zeitgenössische Mitstreiter wie Goethe und Fichte „in die friedenstiftende Loge" (III, 521, hier 500) auf. Um 1800, beim Anbruch der „neuen goldenen Zeit", nehmen damit die Frühromantiker die Position ein, die im Frühmittelalter, der „alten goldenen Zeit", die Geistlichkeit innehatte: die „Ersten unter den Menschen an Geist, Einsicht und Bildung zu seyn" (III, 510, hier 487). Die intellektuelle Avantgarde Deutschlands wird in der *Europa*-

Rede dazu aufgerufen, Träger und Beförderer der Einheit von Religion, Wissenschaft, Kunst und Politik zu werden. Sie kann diese Funktion wahrnehmen, weil sie das Problem der Freiheit gelöst und „einer höhern Epoche der Cultur" (III, 519, hier 497) zugearbeitet hat, die jetzt nicht mehr dem „Sinn des Unsichtbaren" (III, 509, hier 486) schädlich ist. Das „heimliche Mündigwerden" (vgl. III, 515, hier 492) der Menschen, das Erlangen der Subjektautonomie, bezeichnet, trotz aller Widrigkeiten und Rückschläge, den roten Faden der Entwicklung Europas. Die neue Kirche soll die „ächte Freiheit" (III, 524, hier 504) bringen, von der in der alten goldenen Zeit nicht die Rede war und um die die Revolution und der Protestantismus vergeblich gerungen haben.

Roman

Die 1798/99 geschriebenen *Lehrlingen zu Saïs* sind ein Fragment gebliebener naturphilosophischer Roman. Stärker noch als beim späteren *Heinrich von Ofterdingen* fällt hier die für den romantischen Roman charakteristische Gattungsvielfalt ins Auge. Die *Lehrlinge zu Saïs* haben nicht nur Züge einer Fragment-Sammlung, sondern auch eines Ich-Romans, eines personalen Romans, des Kunstmärchens, der erkenntnistheoretischen Abhandlung des Lehrgesprächs, eines Monologs, dramatischer Dialoge und – nicht nur im Gedicht des Hyazinth-Märchens, sondern auch in hymnisch anmutenden Prosa-Passagen – lyrischen Sprechens.

Diese Gattungsvielfalt korrespondiert mit dem Grundgedanken der *Lehrlinge zu Saïs*, der gleich zu Beginn formuliert wird: Die Natur und die Wege der Menschen bildeten eine „Chiffernschrift" (I, 79, hier 123), die unverständlich geworden sei. Von vornherein erscheinen die Annäherungen des Menschen an die Natur so als Ausdrucksform seiner unendlichen symbolisierenden Tätigkeit. Nur in dieser Tätigkeit sei der „Schlüssel dieser Wunderschrift“ (I, 79, hier 123) zu finden. Jede Interpretation, die diesen Gehalt des Romans nicht verfehlen will, muß ihn daher letztlich in der Form, nicht im Inhalt suchen.

Diese Form ist gekennzeichnet durch einen Wechsel von Progression und Regression, der letztlich auf eine Gleichwertigkeit der unterschiedlichen Positionen hinausläuft. Diese werden zunehmend aufeinander bezogen, aber dergestalt, daß sich das Ganze als Spiel der Differenzen erweist: Der „eine“ sucht – der „Andre meynt“ – „Wenige“ finden sich „beseligt“ usw. Die Einheit, die so entsteht, ist nicht die eines Begründungszusammenhangs und verweist nicht auf anderes, sondern folgt eher musikalischen Prinzipien der Andeutung, Wiederholung, Entfaltung und Variation von Themen und Motiven. Die Sprecher und die von ihnen vertretenen Auffassungen sind gleichwertig, auch wenn sie sich einander widersprechen oder besser gesagt: einander zu widersprechen scheinen.

Worin aber besteht die Einheit eines solchen „unendlichen Gesprächs“, wie es die *Lehrlinge zu Saïs* darstellen? Es ist von argumentativen und dialogischen Zwängen weitgehend entbunden. Die Sprecherfiguren bleiben ganz unscharf, sie reden mal einzeln, mal in Gruppen; sie nehmen häufig keinen Bezug auf die Vorredner, oft ist unklar, „ob aufeinanderfolgende Sätze einander widersprechen oder sich fortführen“[14], und wenn die Reisenden zum zweiten Mal reden, entwickeln sie oft andere Positionen als beim ersten Mal. Personale Identität oder Kontinuität ist also ebensowenig strukturierend wie argumentative Kohärenz.

Man muß das nicht als Okkasionalismus oder Beliebigkeit denunzieren. Die Sprecher vertreten die ganze Breite der von Hardenberg in Freiberg studierten naturphilosophischen Positionen von der Antike bis zur Gegenwart, insofern finden in Sais die Diskussionen der Freiberger Akademie, damals eine der führenden Technischen Hochschulen Europas, statt. Dieses Ineinanderschieben von Freiberg und Sais dient der romantischen Behandlung der Wahrheitsfrage.

Die *Lehrlinge zu Saïs* sind zunächst und vor allem ein *poetisch* dargestelltes Diskursuniversum und wollen als solches den Leser in jene Verfassung bringen, in der er zum „Ideenwebstuhl“ (IV, 211) wird, statt aus der Vielzahl der Stimmen die „richtige“ heraushören zu wollen. Das wird im Roman selbst vorgeführt, und zwar an der Figur des Lehrlings: „Der Lehrling hört mit Bangigkeit die sich kreutzenden Stimmen. Es scheint ihm jede Recht zu haben, und eine sonderbare Verwirrung bemächtigt sich seines Gemüths.“ (I, 91, hier 137) Er muß sich jedoch von einer anderen Figur sagen lassen, daß dieses „Grübeln“ keine „Stimmung der Natur“ (I, 91, hier 137 f.) sei.

Die „Stimmung“, die vom Lehrling gefordert wird, um der Vielfalt der Stimmen nicht zu erliegen, sondern sie im Gegenteil als Anregung wirken zu lassen, und die auch vom Leser des Romanfragments *Die Lehrlinge zu Saïs* gefordert wird, entspricht etwa dem, was wir heute „frei schwebende Aufmerksamkeit“ nennen würden. Bei Hardenberg heißt dieser Zustand „vollkommenste Stimmung“: „In der vollkommensten Stimmung sind alle Ideen gleich gegenwärtig“ (II, 609:396). Hardenberg setzt sie auch gleich mit dem „vollkommensten B[ewußt]S[eyn]“, dem „alles und nichts bewußt ist“. In dieser Stimmung gibt es fließende Übergänge zwischen bestimmten und unbestimmten Gedanken und Empfindungen, das Ganze ist eine „bloße Modulation der Stimmungen“ oder „*Gesang*“ (II, 611:406).[15]

Die Reaktion der Reisenden aufeinander macht deutlich, daß es dabei nicht nur um eine Vielfalt von Geschichten, sondern auch um die Vielfalt möglicher Lektüren jeder einzelnen von ihnen geht. Die „vollkommenste Stimmung“ wäre die des idealen und das heißt zugleich des ganz und gar individualisierten Lesers: „Der Leser sezt den *Accent* willkührlich – er macht eigentlich aus einem Buche, was er will. (Schleg[els] Behandl[ung] Meisters.) […] Es giebt kein *allgemeingeltendes Lesen*, im gewöhnlichen Sinn. Lesen ist eine freye Operation." (II, 609:398) Wie der Verweis auf Friedrich Schlegels *Meister*-Rezension deutlich macht, ist damit nicht völlige Beliebigkeit gemeint, sondern jene hermeneutische Freiheit der wechselseitigen Konstituierung von Werk und Leser.

Eine solche „Stimmung" wollen die *Lehrlinge zu Saïs* erzeugen durch die poetische Darstellung, denn: „Man sucht mit der Poesie […] innre *Stimmungen* […] hervorzubringen – vielleicht auch *geistige* Tänze etc. Poésie = *Gemütherregungskunst.*" (III, 639:507) Das wird am verstörten Lehrling zu Sais, der Figur des Lesers im Text, anschaulich gezeigt: Ihm wird ein Märchen erzählt. Freilich eines, das davon erzählt, daß über das Erzählen einer unendlichen Vielfalt von Geschichten hinaus kein Weg nach Sais führt, und das ihn so ermuntert, seine eigene darzustellen oder „meine Figur" (I, 82, hier 127) zu beschreiben.[16]

Der zweite, ebenfalls unvollendet gebliebene Roman Hardenbergs, *Heinrich von Ofterdingen*, gilt als der romantische Roman par excellence. Sein Thema ist die Poesie, im weiteren, romantischen Sinne der Poesie des Lebens. Für diese unendliche Poesie ist die Poesie im engeren Sinne, und das heißt für den Autor Hardenberg die Dichtung, die einzig angemessene Darstellungsform. Leben und Kunst verweisen aufeinander und fordern sich wechselseitig – ein Grundgedanke der Romantik, der in ihren Prosadichtungen häufig dadurch zum Ausdruck gebracht wird, daß die Protagonisten Künstler sind.

Daß diese Konzeption auch dem *Heinrich von Ofterdingen* zugrunde liegt, hat Hardenberg in einem Brief an Tieck vom 23. Februar 1800 deutlich ausgesprochen: „Das Ganze soll eine Apotheose der Poësie seyn. Heinrich von Afterdingen wird im 1sten Theile zum Dichter reif – und im Zweyten, als Dichter verklärt" (IV, 322).

Der Titel des Romans hatte um 1800 Signalwert: Heinrich von Ofterdingen galt unter den Gebildeten nicht als fiktive, sondern als historische Figur und als bedeutender Dichter des Mittelalters. Als solcher erscheint er im *Sängerkrieg auf der Wartburg*, einem um die Mitte des 13. Jahrhunderts entstandenen mittelhochdeutschen Gedichtzyklus, der von einem Wettstreit u.a. der Dichter Wolfram von Eschenbach, Walther von der Vogelweide, Reinmar von Hagenau und Heinrich von Ofterdingen berichtet. Auch Klingsohr, dem Novalis' Heinrich begegnet, galt als reale Figur. Er erscheint als Zauberer in Wolframs von Eschenbach *Parzival* (1200–1210) und wird in verschiedenen thüringischen Chroniken in Zusammenhang mit dem Wartburgkrieg um 1205 erwähnt. Solchen Quellen entnahm Novalis viele Details und die Schreibung des Namens „Afterdingen". Dieser wurde erst mit dem postumen Druck des Romans 1802 durch die Herausgeber Schlegel und Tieck in „Ofterdingen" geändert. Sie folgten damit der Schreibweise in Bodmers Ausgabe der *Großen Heidelberger Liederhandschrift*, der sogenannten *Manessischen Handschrift*.

Hier wird, wie im Falle der *Europa*-Rede, deutlich, daß die Hinwendung der Romantiker zum Mittelalter vor dem Hintergrund einer bereits zuvor begonnenen Beschäftigung mit dieser Epoche gesehen werden muß. Während die Aufklärung das Mittelalter jedoch in der Regel als finstere Zwischenzeit zwischen Antike und Gegenwart abwertete, wurde es in der Romantik zum ersten Höhepunkt einer spezifisch „modernen" christlich-romantischen Epoche, die die Antike abgelöst hat und bis in die Gegenwart reicht.

Gerade im *Heinrich von Ofterdingen* geht es um eine solche umfassende Neubewertung der eigenen Zeit. Hardenberg hatte mit der *Europa* die Erfahrung gemacht, daß die Form der Rede dafür schlecht geeignet war, weil sie Widerstände gegen die Art und Weise der historischen Darstellung provozierte. Mit der Romanform, die das Erzählte unter den Fiktionalitätsvorbehalt stellt, entging er diesem Problem. Gleichwohl bemühte er sich wie bei der *Europa*-Rede um historische Glaubwürdigkeit und studierte dafür nicht nur historische Quellen, sondern auch geschichtswissenschaftliche Werke seiner Zeit. Dennoch schrieb er keinen historischen Roman, sondern verfuhr bewußt selektiv. Sein Mittelalter ist ein positives poetisches Gegenbild zu seiner eigenen Zeit, der durch ein prosaisches Nützlichkeitsdenken geprägten Gegenwart. Diese Gegenbildfunktion des Mittelalters wird gestützt durch historische Glaubwürdigkeit.

Novalis war nicht der einzige, der in seiner Zeit das Mittelalter als Zeit des Umbruchs und des möglichen Übergangs in eine bessere Zeit deutete. Seine originäre Neuerung bestand jedoch darin, daß im *Heinrich von Ofterdingen* aus der bloßen Tendenz der vollendete Übergang werden sollte. Innerhalb der Romanfiktion sollte Heinrich von Ofterdingen als Dichter und Held das neue goldene Zeitalter heraufführen.

In der neuen goldenen Zeit, die in den fertiggestellten Partien des Romans auf vielfache Weise bereits antizipiert wird, sollten die getrennten Bereiche der Kunst, Philosophie, Religion, Wissenschaft und Geschichte wieder zusammengeführt werden. Das Muster für die Gestalt der neuen Einheit liefert die Liebe: Der *Heinrich von Ofterdingen* ist vor allem ein Liebesroman. Er erzählt nicht nur von der Liebe zwischen Heinrich und Mathilde, sondern zwischen vielen Figuren; die Liebe erscheint auch in allegorischer Verkörperung, als Eros, in Klingsohrs Märchen, und sie bezeichnet letztlich, wie schon der Eröffnungstraum von der blauen Blume deutlich macht, ein umfassendes Weltverhältnis.

Hardenberg steht hier in einer Tradition, die in der griechischen Antike mit der Vorstellung vom Eros als ordnendem Urprinzip der Weltentstehung begann und im Christentum als Liebesreligion sowie in der frühromantischen Philosophie entscheidend umgeformt wurde. Die Liebe ist hier ein Streben nach Vereinigung, das aus einer ursprünglichen Einheit hervorgeht. Im christlichen Sinne ist die Liebe das sich Erschließende und Absolute überhaupt: „Wer nicht liebt, kennt Gott nicht, Gott ist Liebe" (1. Joh. 4,8). An diese Vorstellung knüpft Hardenberg an und feiert die Liebe als Stifterin einer neuen Einheit über der durch das Denken und Handeln in Subjekt und Objekt aufgespaltenen Welt. In diesem umfassenden Sinn ist die Liebe Trieb zur neuen Einheit und deren Zustand zugleich.

Damit entspricht die Liebesreligion des *Heinrich von Ofterdingen* recht genau den Gedanken der Fichte-Studien. Dieser Bezug auf Hardenbergs Gegenwart ist kein Zufall. Das romantisch gesehene Mittelalter des *Heinrich von Ofterdingen* war nicht als nostalgisches, sondern als – im strikten Sinne – utopisches Gegenbild gedacht, d. h. als „Inzitament", das die Eigenaktivität des Lesers herausfordern wollte.

Dem entspricht die Gesamtstruktur des Romans, der beständig unterschiedliche Räume, Zeiten und Figuren ineinander spiegelt und so ein immer dichter werdendes Netz von Korrespondenzen und Analogien knüpft. Pointiert hat Novalis in den *Blüthenstaub*-Fragmenten festgehalten:

> Der Gang der Approximation ist aus zunehmenden Progressen und Regressen zusammengesezt. Beyde retardiren – Beyde beschleunigen – beyde führen zum Ziel. So scheint sich im Roman der Dichter bald dem Ziel zu nähern, bald wieder zu entfernen und nie ist es näher, als wenn es am entferntesten zu seyn scheint. (II, 456:98, hier 422)

In dieser Bewegung, einer Form des „Romantisierens", liegt das Ziel des Buches. Noch die Bilder der Versöhnung, die die Träume, Märchen und Lieder des Romans enthalten, sind durch das Bewußtsein eines Mangels charakterisiert, der auf die Geschichte zurückverweist – und umgekehrt. Und für den zweiten, „Erfüllung" überschriebenen Teil des Romans gilt erst recht die Warnung des Autors vor einer „Verwechselung des *Symbols* mit dem Symbolisirten" (III, 397:685). In diesem weiteren Sinne darf der Satz verstanden werden: „Der Roman ist aus Mangel der Geschichte entstanden" (III, 668:607). Der romantische Roman, so darf man fortfahren, macht diesen Mangel fühlbar und hebt ihn zugleich ästhetisch auf, indem er die Geschichte auf zwei zeitlose Pole, Erinnerung und Ahnung, bezieht.

Der erste, der dies erkannt und beschrieben hat, war Friedrich Schlegel. 1803 veröffentlichte er in seiner Zeitschrift *Europa* einen Aufsatz mit dem Titel „Literatur", in dem er zwischen „exoterischer" und „esoterischer" Literatur unterschied. „Exoterisch" nannte er jene Literatur, „welche das Ideal des Schönen in dem Verhältnisse des menschlichen Lebens darstellt, und sich in die Sphäre desselben beschränkt". Die Gattung, für die dies konstitutiv ist, war für Schlegel das Drama. „Esoterisch" dagegen nannte er „diejenige Poesie, die über den Menschen hinausgeht, und zugleich die Welt und die Natur zu umfassen strebt, wodurch sie mehr oder weniger in das Gebiet der Wissenschaft übergeht, und auch an den Empfänger ungleich höhere oder doch kombiniertere Forderungen macht". Darin sah Schlegel eine besondere Möglichkeit der damals noch jungen und um Anerkennung kämpfenden Gattung des Romans. Dessen Ziel müsse es sein, „das der Poesie entgegengesetzte Element des gemeinen Lebens zu poetisieren und sein Entgegenstreben zu besiegen".[17] Von einem solchen „Kampf der Poësie und der Unpoësie" (III, 639:510) hatte auch Novalis gesprochen, und

Schlegels Charakterisierung erläutert eigentlich nur die Formel von der „Apotheose der Poësie“. Alle drei von Schlegel genannten Momente sind für das Verständnis des *Heinrich von Ofterdingen* zentral: die Universalität des Poesiebegriffs, seine Verknüpfung mit den Wissenschaften und die Konzeption als „*Gemütherregungskunst*“ (III, 639:507), d.h. als Aufforderung an alle inneren Kräfte und Vermögen des Lesers. Schlegel nennt daher mit Recht den *Heinrich von Ofterdingen* als herausragendes Beispiel des frühromantischen Romans und damit der „esoterischen Poesie“.

Herbert Uerlings

1 Das Nachwort beruht auf meinen Darstellungen *Friedrich von Hardenberg, genannt Novalis. Werk und Forschung* (Stuttgart 1991) und *Novalis (Friedrich von Hardenberg)* (Stuttgart 1998).

2 Aus dem Werk Friedrich von Hardenbergs wird hier und im folgenden nach der von Paul Kluckhohn und Richard Samuel begründeten historisch-kritischen Ausgabe (*Novalis. Schriften. Die Werke Friedrich von Hardenbergs;* vgl. das Literaturverzeichnis) zitiert, und zwar nach der jüngsten Auflage des jeweiligen Bandes. Die Zitatnachweise erfolgen nach dem Muster: Band, Seitenzahl und gegebenenfalls Nummer einer Aufzeichnung oder eines Fragments.

3 Darauf haben, mit etwas anderer Akzentsetzung als im folgenden, vor allem William A. O'Brien und Ludwig Stockinger aufmerksam gemacht. Vgl. O'Brien, William Arctander: Novalis. Signs of Revolution. Durham, London 1995, S. 2–4, und Stockinger, Ludwig: „Der mit Zungen redende Novalis“. Die Stimme Friedrich von Hardenbergs im *Athenaeum.* In: Mitteilungen der Internationalen Novalis-Gesellschaft 2, 1999, S. 31–47, hier S. 31–39.

4 Aus der „Vorerinnerung“ wird hier und im folgenden zitiert nach: Athenaeum. Eine Zeitschrift. Hg. von August Wilhelm Schlegel und Friedrich Schlegel. Reprographischer Nachdruck. Darmstadt 1983, Bd. 1 [Unpaginiert].

5 Verwiesen wird in dieser Form zusätzlich auf die entsprechende Seitenzahl in der vorliegenden Ausgabe.

6 Vgl. dazu zuletzt: *Blüthenstaub.* Rezeption und Wirkung des Werkes von Novalis. Hg. von Herbert Uerlings. Tübingen 2000.

7 Vgl. Neumann, Gerhard: Ideenparadiese. Untersuchungen zur Aphoristik von Lichtenberg, Novalis, Friedrich Schlegel und Goethe. München 1976, S. 265–416.

8 Die Maxime lautet: „Supposition des Ideals – des Gesuchten – ist die Methode es zu finden." (III, 373:603) Zum Zusammenhang zwischen frühromantischer Philosophie und Postulatenlehre vgl. Mähl, Hans-Joachim: Der poetische Staat. Utopie und Utopiereflexion bei den Frühromantikern. In: Utopieforschung. Interdisziplinäre Studien zur neuzeitlichen Utopie. Hg. von Wilhelm Voßkamp. Frankfurt am Main 1985, Bd. 3, S. 273–302.

9 Mähl, Hans-Joachim: Die Ideen des goldenen Zeitalters im Werk des Novalis. Heidelberg 1965, S. 387.

10 Mähl (s. Anm. 8), S. 288.

11 Ebd., S. 301, Anm. 119.

12 Ebd.

13 Das hat im Anschluß an Ludwig Stockinger Ira Kasperowski (*Mittelalterrezeption im Werk des Novalis.* Tübingen 1994, S. 41–132) gezeigt.

14 So das Urteil von Johannes Mahr in seinem Kommentar zu: Novalis (Friedrich von Hardenberg): Gedichte. Die Lehrlinge zu Sais. Hg. von Johannes Mahr. Stuttgart 1984, S. 235.

15 Ein poetisches Bild dafür ist das initiatorische Bad des träumenden Heinrich am Beginn des *Heinrich von Ofterdingen,* bei dem sich in unaufhörlichem Wechsel Gedanken verkörpern und wieder auflösen.

16 Zur Deutung des Märchens vgl. Verf.: Novalis und die Weimarer Klassik. In: Aurora 50 (1990), S. 27–46, hier S. 27–33. Das Erzählen einer irreduziblen Vielfalt von Geschichten ist auch und gerade dann die geistvollste ‚Darstellung' oder ‚Dechiffrierung' der Natur, wenn man wie Hardenberg davon ausgeht, daß die Natur der ‚Geist' ist, in dem der Mensch die Antwort auf die Frage findet, die er ist. Denn noch „mehr als der geistvollste, lebendigste Mensch überrascht sie [die Natur] durch sinnreiche Wendungen und Einfälle, Begegnungen und Abweichungen, große Ideen und Bizarrerieen" (I, 99).

17 Europa. Eine Zeitschrift. Hg. von Friedrich Schlegel. Frankfurt am Main 1803. Nachdruck. Mit einem Nachwort zur Neuausgabe von Ernst Behler. Stuttgart 1963, S. 55 f.

Zeittafel

1772 2. Mai: Geburt Georg Philipp Friedrich von Hardenbergs auf dem Familiengut Oberwiederstedt in der Grafschaft Mansfeld.

1785–1786 Übersiedlung der Familie nach Weißenfels, wo der Vater Direktor der kursächsischen Salinen Dürrenberg, Kösen und Artern geworden war.

1789 Besuch bei Gottfried August Bürger in Langendorf.

1790–1791 Jurastudium in Jena, Bekanntschaft mit Schiller und Reinhold, deren Geschichts- und Philosophievorlesungen H. hört.
April: Wieland veröffentlicht das erste Gedicht von H. im *Neuen Teutschen Merkur.*

1791–1793 Studium in Leipzig, Bekanntschaft mit Friedrich Schlegel.

1793–1794 Studium in Wittenberg.
Juni: Juristisches Staatsexamen.

1794–1796 Tennstedt

1794 November: Aktuarius beim Kreisamtmann Just; H. lernt auf einer Dienstreise nach Grüningen Sophie von Kühn kennen.
15. März: Inoffizielle Verlobung mit Sophie von Kühn.
Mai: Begegnung mit Hölderlin und Fichte bei Niethammer in Jena.

1795 Herbst: Intensive Auseinandersetzung mit Fichtes *Wissenschaftslehre,* Beginn der Niederschrift der Fichte-Studien (fortgeführt bis Herbst 1796).

Erste schwere Erkrankung Sophies.

1796–1797 Weißenfels

1796 Februar: Akzessist bei der Salinendirektion; zahlreiche Inspektionsreisen.
Sommer: Erneute schwere Erkrankung und Operation Sophies; häufige Besuche an ihrem Krankenlager in Jena.

1797 19. März: Sophies Tod.
14. April: Tod des Bruders Erasmus.
18. April: Beginn des Tagebuchs nach Sophies Tod, das bis zum 6. Juli geführt wird; Studium von Goethes *Wilhelm Meister*; Lektüre Shakespeares, der neuesten Werke Fichtes, Hülsens, Schellings u. a.
Häufige Aufenthalte in Tennstedt, Grüningen, Wiederstedt und Jena; Tätigkeit an den Salinen in Kösen und Artern.
August: Erste Begegnung mit August Wilhelm und Caroline Schlegel in Jena.
Spätherbst: Intensive Beschäftigung mit Hemsterhuis, erneute Studien zu Kant und Fichte.
November–Dezember: Abfassung der Fragmentsammlung *Vermischte Bemerkungen (Blüthenstaub).*
Dezember: Bekanntschaft mit Schelling in Leipzig.

1797–1799 Freiberg

1797 1. Dezember: Eintritt in die Bergakademie.

1798 Ab Januar: Im Kreis der Familie des Bergrats von Charpentier; häufige Besuche in Dresden.
März: Erste Begegnung mit Goethe in Weimar.
April: Studium u. a. bei Abraham Gottlob Werner.
Frühjahr: Beginn der Arbeit an den *Lehrlingen zu Saïs.*
Mai: Veröffentlichung der *Blüthenstaub*-Sammlung im *Athenaeum.*

Juni-Juli: *Glauben und Liebe* in den *Jahrbüchern der Preußischen Monarchie* gedruckt; naturwissenschaftliche und naturphilosophische Studien, *Dialogen* 1–5, *Monolog.*
Juli–August: Kuraufenthalt in Teplitz, *Teplitzer Fragmente.*
25.–26. August: Romantikertreffen in Dresden.
September: Beginn der Arbeit am *Allgemeinen Brouillon* (fortgeführt bis März 1799), naturphilosophische Studien; Auseinandersetzung mit Schellings *Von der Weltseele*, später auch mit der Philosophie Plotins.
Oktober: Erste Begegnung mit Jean Paul in Leipzig.
Weihnachten: Verlobung mit Julie von Charpentier.

1799–1801 Weißenfels

1799 Mai: Eintritt in die Salinendirektion.
Juni: Protokollant bei der Kommissarischen Untersuchung der Salinen durch Oppel; in den folgenden Monaten Anfertigung von geognostischen Berichten, Gutachten über die Salinenverwaltung etc.
Juli: H. lernt Tieck in Jena kennen, gemeinsamer Besuch bei Goethe und Herder in Weimar und bei Reichardt in Giebichenstein bei Halle; die ersten *Geistlichen Lieder* entstehen.
August: Bekanntschaft mit Henrik Steffens.
September–Oktober: Lektüre von Schleiermachers *Reden über die Religion.*
11.–14. November: Romantikertreffen in Jena; H. liest *Die Christenheit oder Europa* und einige *Geistliche Lieder* vor; Besuche bei Johann Wilhelm Ritter und Jean Paul.
Ende November: In Artern Beginn der Arbeit am *Heinrich von Ofterdingen.*
Dezember: Ernennung zum Salinenassessor.

1800 Januar: Abschluß der handschriftlichen Fassung der *Hymnen an die Nacht,* die um die Jahreswende begonnen wurde; Publikation der revidierten Fassung im August im *Athenaeum.*

Weiterarbeit am *Heinrich von Ofterdingen* (Abschluß des ersten Teils im April), erneute *Wilhelm Meister*-Studien, Böhme-Lektüre.

10. April: Gesuch um die Stelle eines Amtshauptmanns.

Juni: Geognostische Landesuntersuchung in der Gegend von Zeitz, Borna und Leipzig.

Juli–September: Beginn der Arbeit am zweiten Teil des *Heinrich von Ofterdingen,* Fortsetzungspläne; naturwissenschaftliche, medizinische und religiöse Studien; Anfertigung der Probeschrift für die Anstellung.

September: Verschlechterung des Gesundheitszustandes.

Oktober: Reise u. a. nach Meißen und Dresden zur Konsultation weiterer Ärzte (bis Januar 1801), Blutsturz, Pflege durch den Bruder Karl und Julie von Charpentier.

6. Dezember: Ernennung zum Supernumerar-Amtshauptmann im Thüringischen Kreise.

1801 24. Januar: Rückkehr ins Elternhaus in Begleitung des Vaters, Karls und Julies.

25. März: Tod im Elternhaus in Weißenfels in Gegenwart Karls und Friedrich Schlegels.

Literaturverzeichnis

1. Ausgaben

a) Erstdrucke zu Lebzeiten

Klagen eines Jünglings. In: Der Neue Teutsche Merkur vom Jahre 1791. Hg. von Christoph Martin Wieland. Erster Band. Weimar 1791, S. 410–413.

Blüthenstaub. In: Athenaeum. Eine Zeitschrift von August Wilhelm Schlegel und Friedrich Schlegel. Ersten Bandes Erstes Stück. Berlin 1798, S. 70–106.

Blumen. In: Jahrbücher der Preußischen Monarchie unter der Regierung von Friedrich Wilhelm III. Hg. von F. E. Rambach. Bd. II. Berlin 1798, S. 184f.

Glauben und Liebe oder Der König und die Königin. In: Jahrbücher der Preußischen Monarchie unter der Regierung von Friedrich Wilhelm III. Hg. von F. E. Rambach. Bd. II. Berlin 1798, S. 269–286.

Hymnen an die Nacht. In: Athenaeum. Eine Zeitschrift von August Wilhelm Schlegel und Friedrich Schlegel. Dritten Bandes Zweites Stück. Berlin 1800, S. 188–204.

b) Posthume Erstdrucke bis 1802

Geistliche Lieder I–VII. In: Musenalmanach für das Jahr 1802. Hg. von August Wilhelm Schlegel und Ludwig Tieck. Tübingen 1802, S. 35, 160, 162 und 189–204.

Drei Lieder (An Tieck – Bergmannslied – Weinlied). In: Musenalmanach für das Jahr 1802. Hg. von August Wilhelm Schlegel und Ludwig Tieck. Tübingen 1802, S. 160ff.

Heinrich von Ofterdingen. Ein nachgelassener Roman von Novalis. 2 Tle. Berlin 1802.

c) Werkausgaben

Schriften. Hg. von Friedrich Schlegel und Ludwig Tieck. 2 Bde., Berlin 1802; 2. Aufl. 1805; 3. Aufl. 1815; 4., verm. Aufl. 1826, 5. Aufl. 1837; Dritter Theil. Hg. von Ludwig Tieck und Eduard von Bülow. Berlin 1846.

Schriften. Kritische Neuausgabe auf Grund des handschriftlichen Nachlasses. Hg. von Ernst Heilborn. 2 Tle. in 3 Bdn. Berlin 1901.

Schriften. Hg. von Jacob Minor. 4 Bde. Jena 1907.

Sämtliche Werke. Hg. von Ernst Kammnitzer. 4 Bde. München 1924.

Schriften. Im Verein mit Richard Samuel hg. von Paul Kluckhohn. Nach den Handschriften erg. und neugeord. Ausgabe. 4 Bde. Leipzig 1929.

Briefe und Werke. Hg. von Ewald Wasmuth. 3 Bde. Berlin 1943.

Briefe, Werke, Dokumente. Hg. von Ewald Wasmuth. 4 Bde. Heidelberg 1953–1957.

Ausgewählte Werke. Hg. von Claus Träger. Leipzig 1962 (Reclam Universal-Bibliothek, Bd. 9033–9036).

Werke und Briefe. Hg. und mit einem Nachwort versehen von Alfred Kelletat. München 1962.

Schriften. Die Werke Friedrich von Hardenbergs. Begründet von Paul Kluckhohn und Richard Samuel. Hg. von Richard Samuel (†) in Zusammenarbeit mit Hans-Joachim Mähl und Gerhard Schulz. Historisch-kritische Ausgabe in vier Bänden, einem Materialienband und einem Ergänzungsband in vier Teilbänden mit dem dichterischen Jugendnachlaß und weiteren neu aufgetauchten Handschriften.

Bd. 1: Das dichterische Werk. Hg. von Paul Kluckhohn und Richard Samuel unter Mitarbeit von Heinz Ritter und Gerhard Schulz. Stuttgart 1960. 3., erw. und verb. Aufl. 1977.

Bd. 2: Das philosophische Werk I. Hg. von Richard Samuel in Zusammenarbeit mit Hans-Joachim Mähl und Gerhard Schulz. Stuttgart 1965. 3., erw. und verb. Aufl. 1981.

Bd. 3: Das philosophische Werk II. Hg. von Richard Samuel in Zusammenarbeit mit Hans-Joachim Mähl und Gerhard Schulz. Stuttgart 1968. 3., von den Herausgebern durchgesehene und revidierte Aufl. 1983.

Bd. 4: Tagebücher, Briefwechsel, Zeitgenössische Zeugnisse. Hg. von Richard Samuel in Zusammenarbeit mit Hans-Joachim Mähl und Gerhard Schulz. Stuttgart 1975. 2. Aufl. 1998.

Bd. 5: Materialien und Register. Hg. von Hans-Joachim Mähl und Richard Samuel. Stuttgart 1988.

Bd. 6: Der dichterische Jugendnachlaß (1788–1791) und Stammbucheintragungen (1791–1793). Hg. von Hans-Joachim Mähl in Zusammenarbeit mit Martina Eicheldinger. Bearb. der Stammbücher von Ludwig Rommel. Teilband 1: Text. Stuttgart 1998. Teilband 2: Kommentar. Stuttgart 1999.

Werke. Hg. und kommentiert von Gerhard Schulz. München 1969 (Beck's kommentierte Klassiker). Studienausgabe 1977.

Dichtungen und Prosa. Hg. von Claus Träger und Heidi Ruddigkeit. Mit Einleitung und Erläuterungen von Claus Träger. Leipzig 1975 (Reclam Universal-Bibliothek, Bd. 394). 2., überarb. Aufl. u. d. T.: Dichtungen und Fragmente, 1989.

Werke, Tagebücher und Briefe Friedrich von Hardenbergs. Hg. von Hans-Joachim Mähl und Richard Samuel.

Bd. 1: Das dichterische Werk, Tagebücher und Briefe. Hg. von Richard Samuel. München, Wien 1978.

Bd. 2: Das philosophisch-theoretische Werk. Hg. von Hans-Joachim Mähl. München, Wien 1978.

Bd. 3: Kommentar. Von Hans Jürgen Balmes. München, Wien 1987.

Werke in einem Band. Hg. von Hans-Joachim Mähl und Richard Samuel. Kommentiert von Hans-Joachim Simm unter Mitwirkung von Agathe Jais. München, Wien 1981 (Hanser-Bibliothek). Taschenbuchausgabe der 3. Aufl. 1984: München 1995.

Werke in einem Band. Ausgewählt und eingeleitet von Hans-Dietrich Dahnke. Textrevision und Kommentar von Rudolf Walbiner. Berlin, Weimar 1983 (Bibliothek deutscher Klassiker).

2. Epochenüberblick

Behler, Ernst: Frühromantik. Berlin, New York 1992 (Sammlung Göschen, Bd. 2807).

Frank, Manfred: Einführung in die frühromantische Ästhetik. Vorlesungen. Frankfurt am Main 1989 (Edition Suhrkamp, Bd. 1563).

Pikulik, Lothar: Frühromantik. Epoche – Werke – Wirkung. München 1992.

Romantik-Handbuch. Hg. von Helmut Schanze. Stuttgart 1994.

Schulz, Gerhard: Die deutsche Literatur zwischen Französischer Revolution und Restauration. Erster Teil: 1789–1806. München 1983. Zweiter Teil: 1806–1830. München 1989 (Geschichte der deutschen Literatur von den Anfängen bis zur Gegenwart, Bd. 7.1 und 7.2).

Schulz, Gerhard: Romantik. Geschichte und Begriff. München 1996.

3. Darstellungen zu Leben und Werk

Albertsen, Leif Ludwig: Novalismus. In: Germanisch-Romanische Monatsschrift 48, 1967, S. 272–285.

Bark, Irene: „Steine in Potenzen". Konstruktive Rezeption der Mineralogie bei Novalis. Tübingen 1999 (Hermaea, N. F., Bd. 88).

Blüthenstaub. Rezeption und Wirkung des Werkes von Novalis. Hg. von Herbert Uerlings. Tübingen 2000 (Schriften der Internationalen Novalis-Gesellschaft, Bd. 3).

Dilthey, Wilhelm: Novalis. In: Preußische Jahrbücher 15, 1865, S. 596–650. Wieder in: W. D.: Das Erlebnis und die Dichtung. Lessing – Goethe – Novalis – Hölderlin. 14. Aufl. Göttingen 1965 (Kleine Vandenhoeck-Reihe, Bd. 191), S. 187–241.

Dyck, Martin: Novalis and Mathematics. A Study of Friedrich von Hardenberg's Fragments on Mathematics and Its Relation to Magic, Music, Religion, Philosophy, Language and Literature. Chapel Hill 1960 (University of North Carolina Studies in the Germanic Languages and Literatures, Bd. 27).

Endres, Johannes: Novalis und das Lustspiel. Ein vergessener Beitrag zur Geschichte der Gattung. In: Aurora 58, 1998, S. 19–33.

Engel, Manfred: Novalis und Hölderlin. In: Mitteilungen der Internationalen Novalis-Gesellschaft 2, 1999, S. 7–30.

Fankhauser, Regula: Des Dichters Sophia. Weiblichkeitsentwürfe im Werk von Novalis. Köln, Weimar, Wien 1997 (Literatur – Kultur – Geschlecht. Große Reihe, Bd. 9).

Frank, Manfred: Die Philosophie des sogenannten „magischen Idealismus". In: Euphorion 63, 1969, S. 88–116.

Frank, Manfred: Das Problem „Zeit" in der deutschen Romantik. Zeitbewußtsein und Bewußtsein von Zeitlichkeit in der frühromantischen Philosophie und Tiecks Dichtung. München 1972.

Frank, Manfred: Der kommende Gott. Vorlesungen über die Neue Mythologie. 1. Teil. Frankfurt am Main 1982 (Edition Suhrkamp, Bd. 1142).

Frank, Manfred: „Intellektuelle Anschauung". Drei Stellungnahmen zu einem Deutungsversuch von Selbstbewußtsein: Kant, Fichte, Hölderlin/Novalis. In: Die Aktualität der Frühromantik. Hg. von Ernst Behler und Jochen Hörisch. Paderborn, München, Wien, Zürich 1987, S. 96–126.

Frank, Manfred: Philosophische Grundlagen der Frühromantik. In: Athenäum. Jahrbuch für Romantik 4, 1994, S. 37–130.

Frank, Manfred: „Unendliche Annäherung". Die Anfänge der philosophischen Frühromantik. Frankfurt am Main 1997 (Suhrkamp Taschenbuch Wissenschaft, Bd. 1328).

Frank, Manfred: Von der Grundsatz-Kritik zur freien Erfindung. Die ästhetische Wendung in den „Fichte-Studien" und ihr konstellatorisches Umfeld. In: Athenäum. Jahrbuch für Romantik 8, 1998, S. 75–95.

Frank, Manfred / Kurz, Gerhard: Ordo inversus. Zu einer Reflexionsfigur bei Novalis, Hölderlin, Kleist und Kafka. In: Geist und Zeichen. Festschrift für Arthur Henkel. Hg. von Herbert Anton, Bernhard Gajek und Peter Pfaff. Heidelberg 1977, S. 75–92.

Die literarische Frühromantik. Hg. von Silvio Vietta. Göttingen 1983 (Kleine Vandenhoeck-Reihe, Bd. 1488).

Gaier, Ulrich: Krumme Regel. Novalis' „Konstruktionslehre des schaffenden Geistes" und ihre Tradition. Tübingen 1970 (Untersuchungen zur deutschen Literaturgeschichte, Bd. 4).

Goodbody, Axel: Natursprache. Ein dichtungstheoretisches Konzept der Romantik und seine Wiederaufnahme in der modernen Naturlyrik (Novalis – Eichendorff – Lehmann – Eich). Neumünster 1984 (Kieler Studien zur deutschen Literaturgeschichte, Bd. 17).

Hamburger, Käte: Novalis und die Mathematik. Eine Studie zur Erkenntnistheorie der Romantik. In: Romantik-Forschungen. Halle 1929, S. 113–184. Überarb. Fassung in: K. H.: Philosophie der Dichter. Stuttgart 1966, S. 11–82.

Hansen, Erik F.: Wissenschaftswahrnehmung und -umsetzung im Kontext der deutschen Frühromantik. Zeitgenössische Naturwissenschaft und Philosophie im Werk Friedrich von Hardenbergs (Novalis). Frankfurt am Main u. a. 1992 (Europäische Hochschulschriften, Reihe 1: Deutsche Sprache und Literatur, Bd. 1350).

[Hardenberg, Sophia von:] Friedrich von Hardenberg (genannt Novalis). Eine Nachlese aus den Quellen des Familienarchivs. Hg. von einem Mitglied der Familie. Gotha 1873. 2. Aufl. 1883.

Haslinger, Josef: Die Ästhetik des Novalis. Königstein i. Ts. 1981 (Literatur in der Geschichte. Geschichte in der Literatur, Bd. 5).

Heftrich, Eckhard: Novalis. Vom Logos der Philosophie. Frankfurt am Main 1969.

Helfer, Martha B.: The Retreat of Representation. The Concept of „Darstellung" in German Critical Discourse. Albany 1996.

Heselhaus, Clemens: Die Wilhelm-Meister-Kritik der Romantiker und die romantische Romantheorie. In: Nachahmung und Illusion. Kolloquium Gießen, Juni 1963. Vorlagen und Verhandlungen. Hg. von

Hans Robert Jauß. München 1964 (Poetik und Hermeneutik, Bd. 1), S. 113–127.

Hörisch, Jochen: Die fröhliche Wissenschaft der Poesie. Der Universalitätsanspruch von Dichtung in der frühromantischen Poetologie. Frankfurt am Main 1976.

Janke, Wolfgang: Enttönter Gesang. Sprache und Wahrheit in den Fichte-Studien des Novalis. In: Erneuerung der Transzendentalphilosophie im Anschluß an Kant und Fichte. Hg. von Klaus Hammacher und Albert Mues. Stuttgart – Bad Cannstatt 1979, S. 168–203.

Janz, Rolf-Peter: Autonomie und soziale Funktion der Kunst. Studien zur Ästhetik von Schiller und Novalis. Stuttgart 1973.

Kapitza, Peter: Die frühromantische Theorie der Mischung. Über den Zusammenhang von romantischer Dichtungstheorie und zeitgenössischer Chemie. München 1968 (Münchener Germanistische Beiträge, Bd. 4).

Kasperowski, Ira: Mittelalterrezeption im Werk des Novalis. Tübingen 1994 (Hermaea, N. F., Bd. 74).

Kurzke, Hermann: Romantik und Konservatismus. Das ‚politische' Werk Friedrich von Hardenbergs (Novalis) im Horizont seiner Wirkungsgeschichte. München 1983 (Literaturgeschichte und Literaturkritik, Bd. 5).

Kurzke, Hermann: Novalis. München 1988 (Beck'sche Reihe, Bd. 606).

Kuzniar, Alice A.: Delayed Endings. Nonclosure in Novalis and Hölderlin. Athens/Georgia, 1986.

Lindemann, Klaus: Geistlicher Stand und religiöses Mittlertum. Ein Beitrag zur Religionsauffassung der Frühromantik in Dichtung und Philosophie. Frankfurt a.M. 1971 (Gegenwart der Dichtung, Bd. 5).

Link, Hannelore: Abstraktion und Poesie im Werk des Novalis. Stuttgart 1971 (Studien zur Poetik und Geschichte der Literatur, Bd. 15).

Loheide, Bernward: Fichte und Novalis. Transzendentalphilosophisches Denken im romantisierenden Diskurs. Amsterdam, Atlanta/Georgia 2000 (Fichte-Studien-Supplementa, Bd. 13).

Lukács, Georg: Novalis. In: Novalis. Beiträge zu Werk und Persönlichkeit Friedrich von Hardenbergs. Hg. von Gerhard Schulz. Darmstadt 1970 (Wege der Forschung, Bd. 248), S. 20–35.

Lukas, Verena Anna: Der Dialog im Dialog: Das Inzitament bei Friedrich von Hardenberg. Bern u.a. 2000 (Zürcher Germanistische Studien, Bd. 55).

Lützeler, Paul Michael: Einleitung. In: Europa. Analysen und Visionen der Romantiker. Hg. von Paul Michael Lützeler. Frankfurt am Main 1982 (Insel Taschenbuch, Bd. 638), S. 9–53.

Mähl, Hans-Joachim: Novalis und Plotin. Untersuchungen zu einer neuen Edition und Interpretation des *Allgemeinen Brouillon.* In: Jahrbuch des Freien deutschen Hochstifts 1963, S. 139–250. Gekürzt wieder in: Novalis. Beiträge zu Werk und Persönlichkeit Friedrich von Hardenbergs. Hg. von Gerhard Schulz. Darmstadt 1970 (Wege der Forschung, Bd. 248), S. 357–423.

Mähl, Hans-Joachim: Novalis' Wilhelm-Meister-Studien des Jahres 1797. In: Neophilologus 47, 1963, S. 286–305.

Mähl, Hans-Joachim: Die Idee des goldenen Zeitalters im Werk des Novalis. Studien zur Wesensbestimmung der frühromantischen Utopie und zu ihren ideengeschichtlichen Voraussetzungen. Heidelberg 1965 (Probleme der Dichtung. Studien zur deutschen Literaturgeschichte, Bd. 7).

Mähl, Hans-Joachim: Goethes Urteil über Novalis. Ein Beitrag zur Geschichte der Kritik an der deutschen Romantik. In: Jahrbuch des Freien deutschen Hochstifts 1967, S. 130–270.

Mähl, Hans-Joachim: Der poetische Staat. Utopie und Utopiereflexion bei den Frühromantikern. In: Utopieforschung. Interdisziplinäre Studien zur neuzeitlichen Utopie. Hg. von Wilhelm Voßkamp. Frankfurt am Main 1985, Bd. 3 (Suhrkamp Taschenbuch, Bd. 1159), S. 273–302.

Mähl, Hans-Joachim: Utopie und Geschichte in Novalis' Rede *Die Christenheit oder Europa.* In: Aurora 52, 1992, S. 1–16.

Mähl, Hans-Joachim: Verfremdung und Transparenz. Zur theoretischen Begründung der „Tropen und Räthselsprache" bei Novalis. In: Jahrbuch des Freien deutschen Hochstifts 1992, S. 161–182.

Mahoney, Dennis F.: Die Poetisierung der Natur bei Novalis. Beweggründe, Gestaltung, Folgen. Bonn 1980.

Mahoney, Dennis F.: Novalis' *Glauben und Liebe*, oder die Problematik eines „poetischen Staats". In: Revolution und Autonomie. Deutsche Autonomieästhetik im Zeitalter der Französischen Revolution. Ein Symposium. Hg. von Wolfgang Wittkowski. Tübingen 1990, S. 192–202.

Malsch, Wilfried: *Europa.* Poetische Rede des Novalis. Deutung der Französischen Revolution und Reflexion auf die Poesie in der Geschichte. Stuttgart 1965.

Mandelkow, Karl Robert: Kunst- und Literaturtheorie der Klassik und Romantik. In: Europäische Romantik I. Hg. von Karl Robert Mandelkow. Wiesbaden 1982 (Neues Handbuch der Literaturwissenschaft, Bd. 14), S. 49–82.

Menninghaus, Winfried: Unendliche Verdopplung. Die frühromanti-

sche Grundlegung der Kunsttheorie im Begriff absoluter Selbstreflexion. Frankfurt am Main 1987.
Molnár, Géza von: Romantic Vision, Ethical Context. Novalis and Artistic Autonomy. Minneapolis 1987 (Theory and History of Literature, Bd. 39).
Naumann, Barbara: „Musikalisches Ideen-Instrument". Das Musikalische in Poetik und Sprachtheorie der Frühromantik. Stuttgart 1990.
Neubauer, John: Bifocal Vision. Novalis' Philosophy of Nature and Disease. Chapel Hill 1971 (University of North Carolina Studies in the Germanic Languages and Literatures, Bd. 68).
Neubauer, John: Intellektuelle, intellektuale und ästhetische Anschauung. Zur Entstehung der romantischen Kunstauffassung. In: Deutsche Vierteljahrsschrift für Literaturwissenschaft und Geistesgeschichte 46, 1972, S. 294–319.
Neubauer, John: Novalis. Boston 1980 (Twayne's World Author Series, Bd. 556).
Neubauer, John: Novalis und der Postmodernismus. In: Geschichtlichkeit und Aktualität. Studien zur deutschen Literatur seit der Romantik. Festschrift für Hans-Joachim Mähl zum 65. Geburtstag. Hg. von Klaus-Detlef Müller, Gerhard Pasternack, Wulf Segebrecht und Ludwig Stockinger. Tübingen 1988, S. 207–220.
Neumann, Gerhard: Ideenparadiese. Untersuchungen zur Aphoristik von Lichtenberg, Novalis, Friedrich Schlegel und Goethe. München 1976.
Newman, Gail M.: Locating the Romantic Subject. Novalis with Winnicott. Detroit, Michigan 1997.
Novalis. Beiträge zu Werk und Persönlichkeit Friedrich von Hardenbergs. Hg. von Gerhard Schulz. Darmstadt 1970 (Wege der Forschung, Bd. 248). 2., erw. Aufl. 1986.
Novalis und die Wissenschaften. Hg. von Herbert Uerlings. Tübingen 1997 (Schriften der Internationalen Novalis-Gesellschaft, Bd. 2).
O'Brien, William Arctander: Novalis. Signs of Revolution. Durham, London 1995 (Post-Contemporary Interventions).
Paschek, Carl: Der Einfluß Jakob Böhmes auf das Werk Friedrich von Hardenbergs (Novalis). Bonn 1966.
Peter, Klaus: Stadien der Aufklärung: Moral und Politik bei Lessing, Novalis und Friedrich Schlegel. Wiesbaden 1980 (Schwerpunkte Germanistik).
Peter, Klaus: Einleitung. In: Die politische Romantik in Deutschland. Eine Textsammlung. Hg. von Klaus Peter. Stuttgart 1985 (Universal-Bibliothek, Bd. 8093), S. 9–73.

Petersdorff, Dirk von: Mysterienrede. Zum Selbstverständnis romantischer Intellektueller. Tübingen 1996 (Studien zur deutschen Literatur, Bd. 139).

Pfefferkorn, Kristin: Novalis. A Romantic's Theory of Language and Poetry. New Haven 1988.

Samuel, Richard: Die poetische Staats- und Geschichtsauffassung Friedrich von Hardenbergs (Novalis). Studien zur romantischen Geschichtsphilosophie. Frankfurt am Main 1925.

Samuel, Richard: Die Form von Friedrich von Hardenbergs Abhandlung *Die Christenheit oder Europa.* In: Stoffe, Formen, Strukturen. H. H. Borcherdt zum 75. Geburtstag. Hg. von A. Fuchs und H. Motekat. München 1962, S. 284–302. Wieder in: R. S.: Selected Writings. Melbourne 1965, S. 41–59.

Saul, Nicholas: „Prediger aus der neuen romantischen Clique". Zur Interaktion von Romantik und Homiletik um 1800. Würzburg 1999.

Schanze, Helmut: Romantik und Aufklärung. Untersuchungen zu Friedrich Schlegel und Novalis. Nürnberg 1966. 2., erw. Aufl. Nürnberg 1976 (Erlanger Beiträge zur Sprach- und Kunstwissenschaft, Bd. 27).

Schiewer, Gesine Leonore: Cognitio symbolica. Lamberts semiotische Wissenschaft und ihre Diskussion bei Herder, Jean Paul und Novalis. Tübingen 1996 (Frühe Neuzeit, Bd. 22).

Schmaus, Marion: Die poetische Konstruktion des Selbst. Grenzgänge zwischen Frühromantik und Moderne: Novalis, Bachmann, Christa Wolf, Foucault. Tübingen 2000 (Hermaea, N. F., Bd. 92).

Schulz, Gerhard: Novalis in Selbstzeugnissen und Bilddokumenten. Reinbek 1969 (Rowohlts Monographien, Bd. 154).

Sohni, Hans: Die Medizin der Frühromantik. Novalis' Bedeutung für den Versuch einer Umwertung der „Romantischen Medizin". Freiburg i. Br. 1973.

Sommer, Wolfgang: Schleiermacher und Novalis. Die Christologie des jungen Schleiermacher und ihre Beziehung zum Christusbild des Novalis. Bern, Frankfurt am Main 1973 (Europäische Hochschulschriften, Reihe 23, Bd. 9).

Stadler, Ulrich: Hardenbergs „poetische Theorie der Fernröhre". Der Synkretismus von Philosophie und Poesie, Natur- und Geisteswissenschaften und seine Konsequenzen für eine Hermeneutik bei Novalis. In: Die Aktualität der Frühromantik. Hg. von Ernst Behler und Jochen Hörisch. Paderborn, München, Wien, Zürich 1987, S. 51–62.

Stadler, Ulrich: Friedrich von Hardenberg/Novalis. Ein Autor, der mehr sein möchte als bloß Poet. In: Metamorphosen des Dichters. Das Selbstverständnis deutscher Schriftsteller von der Aufklärung bis zur Gegenwart. Hg. von Gunter E. Grimm. Frankfurt am Main 1992 (Fischer Taschenbuch, Bd. 10722), S. 135–150.

Stadler, Ulrich: „Ich lehre, was ich erzähle". Über den Analogiegebrauch im Umkreis der Romantik. In: Athenäum. Jahrbuch für Romantik 3, 1993, S. 83–105.

Stockinger, Ludwig: ‚Tropen und Räthselsprache'. Esoterik und Öffentlichkeit bei Friedrich von Hardenberg (Novalis). In: Geschichtlichkeit und Aktualität. Studien zur deutschen Literatur seit der Romantik. Festschrift für Hans-Joachim Mähl zum 65. Geburtstag. Hg. von Klaus-Detlef Müller, Gerhard Pasternack, Wulf Segebrecht und Ludwig Stockinger. Tübingen 1988, S. 182–206.

Stockinger, Ludwig: Religiöse Erfahrung zwischen christlicher Tradition und romantischer Dichtung bei Friedrich von Hardenberg (Novalis). In: Religiöse Erfahrung. Historische Modelle in christlicher Tradition. Hg. von Walter Haug und Diethmar Mieth. München 1992, S. 361–393.

Stockinger, Ludwig: „Es ist Zeit". Kairosbewußtsein der Frühromantiker um 1800. In: Jahrhundertwenden. Endzeit- und Zukunftsvorstellungen vom 15. bis zum 20. Jahrhundert. Hg. von Manfred Jakubowski-Tiessen, Hartmut Lehmann, Johannes Schilling und Reinhart Staats. Göttingen 1999, S. 277–302.

Stockinger, Ludwig: „Der mit Zungen redende Novalis". Die Stimme Friedrich von Hardenbergs im *Athenaeum*. In: Mitteilungen der Internationalen Novalis-Gesellschaft 2, 1999, S. 31–47.

Strack, Friedrich: Im Schatten der Neugier. Christliche Tradition und kritische Philosophie im Werk Friedrich von Hardenbergs. Tübingen 1982 (Studien zur deutschen Literatur, Bd. 70).

Striedter, Jury: Die Fragmente des Novalis als „Präfigurationen" seiner Dichtung. München 1985.

Timm, Hermann: Die heilige Revolution. Das religiöse Totalitätskonzept der Frühromantik. Schleiermacher – Novalis – Friedrich Schlegel. Frankfurt am Main 1978.

Timm, Hermann: Universalität und Individuation. Das Konzept des frühromantischen „Christianismus". In: Romantik in Deutschland. Ein interdisziplinäres Symposion. Hg. von Richard Brinkmann. Stuttgart 1978 (Deutsche Vierteljahrsschrift für Literaturwissenschaft und Geistesgeschichte, Sonderband), S. 443–462.

Uerlings, Herbert: Novalis und die Weimarer Klassik. In: Aurora 50, 1990, S. 27–46.

Uerlings, Herbert: Friedrich von Hardenberg, genannt Novalis. Werk und Forschung. Stuttgart 1991.

Uerlings, Herbert: Novalis in Freiberg. Die Romantisierung des Bergbaus. Mit einem Blick auf Tiecks *Runenberg* und E. T. A. Hoffmanns *Bergwerke zu Falun*. In: Aurora 56, 1996, S. 57–77.

Uerlings, Herbert: Tiecks Novalis-Edition. In: Ludwig Tieck. Literaturprogramm und Lebensinszenierung im Kontext seiner Zeit. Hg. von Walter Schmitz. Tübingen 1997, S. 135–159.

Uerlings, Herbert: Novalis (Friedrich von Hardenberg). Stuttgart 1998 (Universal-Bibliothek, Bd. 17612).

Vietta, Silvio: Die vollendete Speculation führt zur Natur zurück. Natur und Ästhetik. Leipzig 1995 (Reclam-Bibliothek, Bd. 1529).

Vordtriede, Werner: Novalis und die französischen Symbolisten. Zur Entstehungsgeschichte des dichterischen Symbols. Stuttgart 1963 (Sprache und Literatur, Bd. 8).

Wanning, Berbeli: Novalis zur Einführung. Hamburg 1996 (Zur Einführung, Bd. 124).

Wöbkemeier, Rita: Erzählte Krankheit. Medizinische und literarische Phantasien um 1800. Stuttgart 1990.

Geheimnisvolle Zeichen. Alchemie, Magie, Mystik und Natur bei Novalis. Hg. von der Forschungsstätte für Frühromantik und Novalis-Museum Schloß Oberwiederstedt. Berlin 1998.

4. Lyrik

Davis, William Stephen: „Menschwerdung der Menschen“: Poetry and Truth in Hardenberg's *Hymnen an die Nacht* and the *Journal* of 1797. In: Athenäum. Jahrbuch für Romantik 4, 1994, S. 239–259.

Gardiner, Janet: Novalis: *Das Gedicht*. In: Jahrbuch des Freien deutschen Hochstifts 1974, S. 209–234.

Gumpel, Peter E.: The Structural Integrity of the Sixth of Novalis's *Hymnen an die Nacht*. In: Germanic Review 55, 1980, S. 41–54.

Kaiser, Gerhard: Mutter Nacht – Mutter Natur. Anläßlich einer Bildkomposition von Asmus Jacob Carstens. In: Austreibung des Geistes aus den Geisteswissenschaften. Programme des Poststrukturalismus. Hg. von Friedrich A. Kittler. Paderborn, München, Wien, Zürich 1980 (Uni-Taschenbücher, Bd. 1054), S. 87–141.

Kaiser, Gerhard: Geschichte der deutschen Lyrik von Goethe bis Heine. Ein Grundriß in Interpretationen. Frankfurt am Main 1988 (Suhrkamp Taschenbuch, Bd. 208).

Kommerell, Max: Novalis' *Hymnen an die Nacht.* In: Novalis. Beiträge zu Werk und Persönlichkeit Friedrich von Hardenbergs. Hg. von Gerhard Schulz. Darmstadt 1970 (Wege der Forschung, Bd. 248), S. 174–202.

Kudszus, Winfried: Geschichtsverlust und Sprachproblematik in den *Hymnen an die Nacht.* In: Euphorion 65, 1971, S. 298–311.

Pfaff, Peter: Geschichte und Dichtung in den *Hymnen an die Nacht* des Novalis. In: Text & Kontext 8, 1980, S. 88–106.

Pikulik, Lothar: „Sehnsucht nach dem Tode". Novalis' sechste *Hymne an die Nacht* im kontextuellen Zusammenhang. In: Aurora 58, 1998, S. 35–47.

Ritter, Heinz: Novalis' *Hymnen an die Nacht.* Ihre Deutung nach Inhalt und Aufbau auf textkritischer Grundlage. Heidelberg 1930. 2., wesentlich erw. Aufl. mit dem Faks. der Hymnen-Handschrift Heidelberg 1974 (Beiträge zur neueren Literaturgeschichte, Folge 3, Bd. 17).

Schrimpf, Hans Joachim: Novalis: *Das Lied der Toten.* In: Die deutsche Lyrik. Form und Geschichte. Hg. von Benno von Wiese. Bd. 1 Düsseldorf 1956, S. 414–429. Überarb. Fassung in: H. J. Sch.: Der Schriftsteller als öffentliche Person. Berlin 1976, S. 107–125.

Schulz, Gerhard: „Mit den Menschen ändert die Welt sich". Zu Friedrich von Hardenbergs 5. *Hymne an die Nacht.* In: Gedichte und Interpretationen, Bd. 3: Klassik und Romantik. Hg. von Wulf Segebrecht. Stuttgart 1984 (Universal-Bibliothek, Bd. 7892), S. 202–215.

Schulz, Gerhard: „Potenzierte Poesie". Zu Friedrich von Hardenbergs Gedicht *An Tieck.* In: Gedichte und Interpretationen. Bd. 3: Klassik und Romantik. Hg. von Wulf Segebrecht. Stuttgart 1984 (Universal-Bibliothek, Bd. 7892), S. 245–255.

Seidel, Margot: Novalis' *Geistliche Lieder.* Frankfurt am Main, Bern, Nancy, New York 1983.

Uerlings, Herbert: Spee – Schiller – Novalis. Frühromantische Religiosität in der Lyrik Friedrich von Hardenbergs. In: Von Spee zu Eichendorff. Zur Wirkungsgeschichte eines rheinischen Barockdichters. Hg. von Eckhard Grunewald und Nikolaus Gussone. Berlin 1991 (Schriften der Stiftung Haus Oberschlesien, Literaturwissenschaftliche Reihe, Bd. 3), S. 37–60.

Vietta, Silvio: Sprache und Sprachreflexion in der modernen Lyrik. Bad Homburg vor der Höhe, Berlin, Zürich 1970 (Literatur und Reflexion, Bd. 3).

5. Prosa

Apel, Friedmar: Die Zaubergärten der Phantasie. Zur Theorie und Geschichte des Kunstmärchens. Heidelberg 1978.

Behler, Ernst: Der Roman der Frühromantik. In: Handbuch des deutschen Romans. Hg. von Helmut Koopmann. Düsseldorf 1983, S. 273–301.

Engel, Manfred: Der Roman der Goethezeit. Bd. 1: Anfänge in Klassik und Frühromantik: Transzendentale Geschichten. Stuttgart / Weimar 1993.

Esselborn, Hans: Poetisierte Physik. Romantische Mythologie in Klingsohrs Märchen. In: Aurora 47, 1987, S. 137–158.

Grob, Karl: Ursprung und Aporie. Aporien des Textes. Versuche zu Herder und Novalis. Bonn 1976 (Studien zur Germanistik, Anglistik und Komparatistik, Bd. 44).

Heinrich von Ofterdingen. Erläuterungen und Dokumente. Hg. von Ursula Ritzenhoff. Stuttgart 1988 (Universal-Bibliothek, Bd. 8181).

Kittler, Friedrich A.: Die Irrwege des Eros und die ‚absolute Familie'. Psychoanalytischer und diskursanalytischer Kommentar zu Klingsohrs Märchen in Novalis' *Heinrich von Ofterdingen.* In: Psychoanalytische und psychopathologische Literaturinterpretation. Hg. von Bernd Urban und Winfried Kudszus. Darmstadt 1981 (Ars Interpretandi, Bd. 10), S. 421–470.

Kreuzer, Ingrid: Novalis' *Die Lehrlinge zu Sais.* Fragen zur Struktur, Gattung und immanenten Ästhetik. In: Jahrbuch der Deutschen Schiller-Gesellschaft 23, 1979, S. 276–308.

Kuzniar, Alice: Hearing Woman's Voices in *Heinrich von Ofterdingen.* In: Publications of the Modern Language Association 107, 1992, S. 1196–1207.

Leroy, Robert / Pastor, Eckart: Die Initiation des romantischen Dichters. Der Anfang von Novalis' *Heinrich von Ofterdingen.* In: Romantik. Ein literaturwissenschaftliches Studienbuch. Hg. von Ernst Ribbat. Königstein i. Ts. 1979 (Athenäum-Taschenbücher, Bd. 2149), S. 38–57.

Leusing, Reinhard: Die Stimme als Erkenntnisform – zu Novalis' Roman *Die Lehrlinge zu Sais.* Stuttgart 1993.

Mahoney, Dennis F.: „Stages of Enlightenment": Lessing's *Nathan der Weise* and Novalis's *Heinrich von Ofterdingen.* In: Seminar 23, 1987, S. 200–225.

Mahoney, Dennis F.: The Critical Fortunes of a Romantic Novel. Novalis's *Heinrich von Ofterdingen.* Columbia 1994 (Studies in German Literature, Linguistics and Culture).

Mandelkow, Karl Robert: Der Roman der Klassik und Romantik. In: Europäische Romantik I. Hg. von Karl Robert Mandelkow. Wiesbaden 1982 (Neues Handbuch der Literaturwissenschaft, Bd. 14), S. 393–428.

Molnár, Géza von: Novalis' ‚blaue Blume' im Blickfeld von Goethes Optik. In: Novalis. Beiträge zu Werk und Persönlichkeit Friedrich von Hardenbergs. Hg. von Gerhard Schulz. 2. Aufl. Darmstadt 1986 (Wege der Forschung, Bd. 248), S. 424–449.

Neubauer, John: The Mines of Falun: Temporal Fortunes of a Romantic Myth of Time. In: Studies in Romanticism 19, 1980, S. 475–495.

Pfaff, Peter: Natur-Poesie. Zu den *Lehrlingen zu Sais* des Novalis. In: Was aber bleibet stiften die Dichter? Zur Dichter-Theologie der Goethezeit. Hg. von Gerhard vom Hofe, Peter Pfaff, Hermann Timm. München 1987, S. 89–103.

Pfotenhauer, Helmut: Aspekte der Modernität bei Novalis. Überlegungen zu Erzählformen des 19. Jahrhunderts, ausgehend von Hardenbergs *Heinrich von Ofterdingen*. In: Zur Modernität der Romantik. Hg. von Dieter Bänsch. Stuttgart 1977 (Literaturwissenschaft und Sozialwissenschaften, Bd. 8), S. 111–142.

Samuel, Richard: Novalis. *Heinrich von Ofterdingen*. In: Der deutsche Roman. Struktur und Geschichte. Hg. von Benno von Wiese. Bd. 1, Düsseldorf 1963, S. 252–300.

Schulz, Gerhard: Die Poetik des Romans bei Novalis. In: Jahrbuch des Freien deutschen Hochstifts 1964, S. 120–157. Wieder in: Deutsche Romantheorien. Hg. von Reinhold Grimm. Frankfurt am Main 1968 (Fischer Athenäum Taschenbücher, Bd. 2066), S. 81–110.

Schulz, Gerhard: Novalis: *Heinrich von Ofterdingen*. In: Romane des 19. Jahrhunderts. Interpretationen. Stuttgart 1992 (Universal-Bibliothek, Bd. 8418), S. 109–143.

Schumacher, Hans: Narziß an der Quelle. Das romantische Kunstmärchen: Geschichte und Interpretationen. Wiesbaden 1977 (Schwerpunkte Germanistik).

Stadler, Ulrich: ‚Die theuren Dinge'. Studien zu Bunyan, Jung-Stilling und Novalis. Bern 1980.

Stadler, Ulrich: Novalis: *Heinrich von Ofterdingen* (1802). In: Romane und Erzählungen der deutschen Romantik. Neue Interpretationen. Hg. von Paul Michael Lützeler. Stuttgart 1981, S. 141–162.

Striedter, Jury: Die Komposition der *Lehrlinge zu Sais*. In: Novalis. Beiträge zu Werk und Persönlichkeit Friedrich von Hardenbergs. Hg. von Gerhard Schulz. Darmstadt 1970 (Wege der Forschung, Bd. 248), S. 259–282.

Thalmann, Marianne: Das Märchen der Moderne. Zum Begriff der Surrealität im Märchen der Romantik. Stuttgart 1961 (Urban-Bücher, Bd. 53).

Vietor, Sophia: Das Wunderbare in den Märchen von Goethe und Novalis. Halle, Zürich 1995 (Texte aus dem Novalis-Schloß, Bd. 1).

Walzel, Oskar: Die Formkunst von Hardenbergs *Heinrich von Ofterdingen*. In: Novalis. Beiträge zu Werk und Persönlichkeit Friedrich von Hardenbergs. Hg. von Gerhard Schulz. Darmstadt 1970 (Wege der Forschung, Bd. 248), S. 36–95.

Wetzels, Walter D.: Klingsohrs Märchen als Science-Fiction. In: Monatshefte 65, 1973, S. 167–175.

Worterklärungen und Personenverzeichnis

Die Schreibung folgt den Texten. Bei Worten, die in älterer und modernerer Schreibweise auftauchen, wurde die letztere übernommen. Bei Substantiven wird in der Regel der Nominativ Singular angegeben. Bei den Namen sind, falls es mehrere Vornamen gibt, die Rufnamen kursiviert.

Abbreviatur: Abkürzung
Abicht: Johann Heinrich A. (1762–1816), Prof. der Philosophie
Aegide: Aigis, magische Waffe oder Schild des Zeus
Aeoonen: Äonen, unermeßliche Zeiträume, Ewigkeiten
Afrodite: s. Aphrodite
Aftertöne: falsche, unechte Töne
Alcahest: vermeintliches Universal-Auflösungsmittel („menstruum universale") der Alchimisten
Alteration: Aufregung, krankhafte Veränderung
Amelioration: Verbesserung, insbesondere des Bodens
Amphion: mythischer König von Theben in Griechenland; beim Bau der Stadtmauer fügten sich die Steine unter seinem kunstvollen Saitenspiel zusammen
Anachoret: Einsiedler
Anbrüche: Erzfunde
Anthropognosten: Anthropologen
Aphrodite: in der griechischen Mythologie Göttin der Schönheit und der Liebe, aus dem Meerschaum (griech. „aphros") geboren und in Pahos auf Zypern an Land gestiegen; sie wird häufig abgebildet auf einem mit Tauben gezogenen Wagen
Apollon: in der griechischen Mythologie Gott der Weissagung und der Künste; führt die neun Musen an
Approximation: Annäherung
Archaeus: alchimistischer Ausdruck für das Zentralfeuer als Prinzip alles Lebendigen
Archimedes: (um 287–212 v. Chr.), griech. Physiker und Mathematiker
Arctur: der hellste Stern am nördlichen Sternhimmel, im Sternbild des Bärenhüters, neben der Nördlichen Krone
Arion: griechischer Lyriker und Sänger (7. Jhdt. v. Chr.), Sternbild
Arkadien: griechische Landschaft auf dem Peloponnes; seit Virgil in der Schäferdichtung Schauplatz idyllischen Landlebens
Aschenkrug: Urne

Asthenie: Kraftlosigkeit, Schwäche, Erschöpfung, Abspannung
Astralis: (aus dem griech. „astron": Gestirn, Sternbild) Sterngeist; im *Heinrich von Ofterdingen* Kind Heinrichs und Mathildes und Verkörperung der Poesie
Atlantis: sagenhafter, nach Platons *Timaios* und *Kritias* angeblich westlich von Gibraltar gelegener Inselkontinent, der in einem Tage vom Meere verschlungen wurde
Atlas: in der griechischen Mythologie ein Titan, der den Krieg gegen die Olympischen Götter anführte und deshalb von Zeus dazu verdammt wurde, den Himmel zu tragen; Perseus versteinerte ihn durch das Medusenhaupt zum nordafrikanischen Atlasgebirge
Atonie: Erschlaffung der Muskeln, Zustand der Entspannung
Auguren: römische Priester, die aus dem Vogelflug (lat. „auspicia") den Willen der Götter erkannten
August: Caius Iulius Caesar Octavianus Augustus (63 v.Chr.–14 n.Chr.), erster römischer Kaiser
Auguste: s. Hardenberg
Bacchantinnen: auch Mänaden, in der griechischen Mythologie Verehrerinnen des Bacchus; in seinem ekstatischen und orgiastischen Kult zerreißen sie Tiere, aber auch den Sänger Orpheus
Bacchus: lat. Form von Bakchos, anderer Name für Dionysos, antiker Gott des Weines und der Fruchtbarkeit
Berenice: ägyptische Königin, die für die glückliche Rückkehr ihres Gatten aus dem Krieg der Aphrodite ihr Haar gelobte (nach der Legende in ein Sternbild verwandelt)
Böhme: Jakob B. (1575–1624), Mystiker und Theosoph
Brown: John B. (1735–1788), schottischer Mediziner, dessen Reiz- und Erregungslehre Hardenberg stark beeinflußt hat
Buch de Tribus impostoribus: („Buch über die drei Betrüger") Papst Gregor IX. schrieb 1239 Friedrich II. die Äußerung zu, daß Moses, Jesus und Mohammed Betrüger gewesen seien; darauf beruhte ein Manuskript, das in der Familienbibliothek der Hardenbergs verwahrt und 1792 veröffentlicht wurde
Bürger, Gottfried August B. (1747–1794), Dichter, den Hardenberg im Mai 1789 kennenlernte
Burke: Edmund B. (1730–1797), englischer Staatsmann und Philosoph
ça va: (frz.) es geht; vgl. das Revolutionslied „ça ira" („es wird gehen")
Cassandra: Apollon hatte der Tochter des trojanischen Königs Priamos die Sehergabe verliehen, ihre Prophezeiungen dann aber mit dem Fluch belegt, daß keiner ihr Glauben schenken sollte, so daß die Trojaner über ihre Warnungen vor dem Untergang spotteten

Charpentier: Familie in Freiberg; Julie von Ch. (1776–1811), die Tochter des Bergrates und Professors der Mathematik Johann Friedrich Wilhelm Toussaint von Ch. (1738–1805) und seiner Frau Johanna Dorothea Wilhelmine von Ch. (gest. 1801), wurde im Dezember 1798 Friedrich von Hardenbergs zweite Verlobte

Chiffern: Chiffren, Ziffern, geheimnisvolle Zeichen

Chymist: Chemiker

Clerisey: Klerus, Geistlichkeit

Conjunkturen: Verknüpfungen

Consistorien: zentrales Verwaltungsorgan in den evangelischen Kirchen; die nach der Reformation bestellten landesfürstlichen Konsistorien sicherten den Einfluß des Landesherren auf die Kirche

Convent: Konvent, zur Zeit der Revolution die französische Nationalversammlung

Cosmogenieen: Theorien von der Entstehung der Welt

Curandin: Frau, für die Sorge (lat. „cura") zu tragen ist

Curator: Testamentsvollstrecker

Cythere: griechische Insel, Hauptkultstätte der Göttin Aphrodite

da capo: (ital.) von vorn, noch einmal

Danscour: Jeannette Louise D. (Ma chère) (gest. 1798), seit 1787 französische Gouvernante im Hause Johann Rudolf von Rockenthiens (1755–1820), des Stiefvaters der Sophie von Kühn, in Grüningen

Darwin: Erasmus D. (1731–1802), englischer Arzt, Naturforscher und didaktischer Dichter

debauchieren: ausschweifen

Delphos: Delphi, in der Antike Ort der Verehrung Apollons; eine Inschrift im Vorraum des Tempels lautete: „Kenne dich selbst"

Denis: Johann Nepomuk Cosmas Michael D. (1729–1800), Wiener Dichter und Übersetzer Ossians

Deterioration: Verschlechterung

Dionysius: Dionysius II. von Syrakus (396–337 v. Chr.), wegen seiner Genußsucht und Gewalttätigkeit berüchtigter und schließlich gestürzter Herrscher

Direktorium: Exekutive Frankreichs zur Zeit der Französischen Revolution

Dschinnistan: (arab.) Geisterreich, Feenwelt; Titel einer Märchensammlung Christoph Martin Wielands (ersch. 1786–1789)

Edda: isländische Sammlung altnordischer Lieder und Balladen (ältere Edda) und Titel eines mythologisch-metrischen Lehrbuchs (jüngere Edda)

Ehrenhold: Herold

Eidam: Schwiegersohn
Elongatur: Verlängerung
Emanation: in der neuplatonischen Philosophie das Hervorgehen alles Seienden aus dem Einen, dem Vollkommenen; mit der zunehmenden Entfernung von diesem Ursprung wird das Seiende unvollkommener
Entheismus: von Hardenberg in Anlehnung an das griech. „hen kai pan" („eins und alles") geprägter Neologismus; bezeichnet das Christentum, das mit Christus *einen* Mittler zwischen Immanenz und Transzendenz und damit das Prinzip der Vermittlung überhaupt in die Geschichte der Menschheit gebracht hat
Enzyklopädisten: die Herausgeber der *Encyclopédie* (1751–1772), des Hauptwerks der französischen Aufklärung, d.h. vor allem Denis Diderot (1713–1784) und Jean D'Alembert (1717–1783)
Ephemeren: Lebewesen, das nur einen Tag lebt
Ephraïmiten: Ephraimstaler, Spottname für minderwertige Silbermünzen aus der Zeit des Siebenjährigen Krieges
Eridanus: Sternbild am südlichen Himmel, außerdem ein Metall und in der griechischen Sage ein Fluß, in den Phaeton, der Sohn des Sonnengottes Helios, stürzte
Eros: römisch Amor oder Cupido, ist in der griechischen Mythologie der Gott der Liebe
Ethometer: ‚Sittlichkeitsmeßgerät', von Hardenberg gebildeter Neologismus in Analogie zum „Eudiometer"
Eudiometer: Gerät zur Messung des Sauerstoffgehaltes der Luft
Eula: auch Eule (heute: Jilova), Ort südlich von Prag, schon im Mittelalter ein Zentrum des Goldbergbaus
Fabel: im *Heinrich von Ofterdingen* Verkörperung der Poesie
Falckenstein: Burg an der Selke bei Ballenstedt, in der Nähe Oberwiederstedts
Feenmärchen von Nadir und Nadine: das erste der Märchen in Christoph Martin Wielands Sammlung *Dschinnistan* (1786–1789)
Fichte: Johann Gottlieb F. (1762–1814), Philosoph, seit 1794 Professor in Jena, verlor im Atheismusstreit seine Professur, seit 1799 in Berlin, Verfasser der *Wissenschaftslehre* (1794–95), der *Grundlage des Naturrechts* (1796) und einer *Appellation an das Publikum über die [...] ihm beigemessenen atheistischen Äußerungen* (1799); Hardenberg kannte Fichte vermutlich seit frühester Jugend
Filomele: s. Philomele
Fluidum deferens: mitreißende Strömung; in der Physik des 18. Jhdts. ein die Elektrizität leitender Stoff

fournieren: erwerben
Freiheitsbäume: frz. „arbre de la liberté"; im amerikanischen Unabhängigkeitskrieg und in der Zeit der Französischen Revolution errichtet, in Frankreich mit einer Jakobinermütze gekrönt
Freya: germanische Göttin der Liebe
Friedrich II.: (1194–1250), König von Sizilien und Jerusalem und deutscher Kaiser; mit ihm verband sich ursprünglich die Kaisersage, die dann auf seinen Großvater Friedrich I. Barbarossa (1155–1190) übertragen wurde; sein unehelicher Sohn Enzio (ca. 1220–1272) war 1242 König von Sardinien
Friedrich II.: der Große (1712–1786), preußischer König
Friedrich Wilhelm I.: („Soldatenkönig") (1688–1740), preußischer König
Friedrich Wilhelm: Friedrich Wilhelm II. (1744–1797), preußischer König
Friedrich Wilhelm III.: (1770–1840), seit 1797 König von Preußen; verheiratet mit Luise von Preußen, geb. Prinzessin von Mecklenburg-Strelitz
Frosch- und Mäusekrieg: antikes Tierepos (ca. 3. Jhdt. v. Chr.)
Fugger: Nürnberger Kaufmannsfamilie, die im 15./16. Jhdt. zu großem Reichtum gelangte
Fundgrube: (bergmännisch) eine neue Grube mit guter Ausbeute
Gang: die mit Mineralien gefüllte Spalte im Gestein; die Richtung des Gangs wird als „streichen" bezeichnet
Ganymeda: in der griechischen Mythologie älterer Name für Hebe, die Göttin der Jugend
Genius: Schutzgott
Geognosie: Lehre von Beschaffenheit und Aufbau der Erdrinde
Geschicke: Erze
Ginnistan: Name und Schreibung stammen aus Wielands Vorrede zu seiner Sammlung *Dschinnistan* (1786–1789)
Gnome: kurze, sinnreiche, oft bildlich ausgedrückte Sprüche
Goethe: Johann Wolfgang G. (1749–1832). Hardenberg lernte ihn am 29.3.1798 persönlich kennen; bereits im September 1796 hatte Goethe Sophie von Kühn in Jena besucht
Goldene Aue: Senke am Südrand des Harzes
goldene Zeit: nach Hesiod das erste von fünf Zeitaltern, in dem die Menschen noch ohne Leid und ohne sterben zu müssen, auf einer sie üppig beschenkenden Erde lebten
Gozzi: Carlo G. (1720–1806), italienischer Dichter
Grazien: von lat. „gratia": Anmut, Liebreiz; antike Göttinnen der Künste und Wissenschaften

Hadrian: Publius Aelius Hadrianus (76–138 n. Chr.), römischer Kaiser

Hardenberg: hannoversche Adelsfamilie, seit dem 12. Jhdt. bezeugt; Georg Philipp *Friedrich* Freiherr von H., der sich *Novalis* nannte, war der Sohn des *Heinrich Ulrich Erasmus* Freiherr von H. (1738–1814) und seiner Frau Bernhardine *Auguste* Freifrau von H. (1749–1818); Gottlob Albrecht *Karl* Freiherr von H. (1776–1813) und Sidonie Sophia Charlotte *Caroline* Freiin von H. (1771–1801) waren Geschwister Friedrich von H.s

Häuer: auch Hauer, Bergmann, der das Erz in der Grube aus dem Gestein schlägt

Hebrus: Hebros, Fluß in Thrakien (heute: Marica), auf dem in der griechischen Mythologie der Leichnam des Orpheus trieb

Heinrich von Ofterdingen: sonst unbekannter Sänger des Mittelalters, der im anonymen mittelhochdeutschen Gedichtzyklus *Sängerkrieg auf der Wartburg* um 1205 im Sängerwettstreit unterliegt, wodurch sein Leben verwirkt ist, aber durch den aus Ungarn herbeigerufenen Magier Klingsohr gerettet wird; Hardenberg schrieb den Namen stets so, wie er ihn in den Quellen vorfand: Heinrich von Afterdingen

Helios: in der griechischen Mythologie der Sonnengott

Helvetius: Claude Adrien H. (1715–1771), französischer Philosoph

Hemsterhuis: Frans H. (1722–1790), niederländischer Philosoph, Hardenberg kannte seine Werke bereits 1792 und befaßte sich seit dem Sommer 1797 intensiv mit ihnen

Herder: Johann Gottfried H. (1744–1803), Theologe, Philosoph und Schriftsteller

Hermes: Götterbote in der griechischen Mythologie; zu seinen Attributen gehören die Flügelschuhe

Hesperiden: in der griechischen Mythologie die Töchter des Atlas und der Hesperie oder der Nyx (Nacht), die im hesperischen Garten am Atlasgebirge einen Garten mit den goldenen Äpfeln des Lebens hüteten

Hesperus: der Abendstern

Heydenreich: Karl Heinrich H. (1764–1801), Prof. der Philosophie in Leipzig

Hippe: Sense; mit ihr schneidet der Schnitter Tod das Leben ab

Hirschfeld: Christian Cajus Lorenz H. (1742–1792) gab seit 1782 einen Gartenkalender heraus

Höflichkeit: (bergmännisch) auch Höfflichkeit: die zu erwartende Ausbeute einer Lagerstätte

Hohenzollern: Graf Friedrich III. von Zolre (gest. 1200) gehörte zum

Gefolge Barbarossas und Heinrichs VI.; im *Heinrich von Ofterdingen* erscheinen Friedrich und Marie von Hohenzollern jedoch als fiktive Figuren

Homer: (ca. 750–650 v. Chr.), griechischer Dichter

Homeriden: Mitglieder einer antiken Sängergilde, die Homer als ihren Ahnherrn verehrten

Hope: John William H. (1757–1813), englischer Bankier und Kaufmann

Horaz: Quintus Horatius Flaccus (65-8 v. Chr.), Dichter im Augusteischen Rom; Hardenberg übersetzte Oden von ihm, u. a. *Quo me, Bacche*…

Hufeland: Christoph Wilhelm H. (1762–1836), Prof. der Medizin in Jena, Begründer der Makrobiotik, einer auf Mäßigung ausgerichteten Lebens- und Ernährungslehre

Illyrien: Gebiet an der östlichen Adriaküste und im Nordwesten der Balkanhalbinsel

Imbecillität: (med.) mittelgradiger angeborener Schwachsinn

Incitation: Erregung (erregende Potenz) im Sinne der Erregungstheorie John Browns

Indifferentist: ein Gleichgültiger

inspissieren: verdichten, konzentrieren

Insurgenten: Aufständische, Empörer

Insurrektion: Aufstand, Volkserhebung

intellektuale Anschauung: (philos.) unmittelbare Selbstanschauung des Ich

Irritabilität: Reizbarkeit; in der Erregungstheorie John Browns das Maß der Fähigkeit des Organismus, auf Reize zu reagieren

Isis: ägyptische Göttin der Fruchtbarkeit; Schwester und Frau des Osiris; ihr Tempel befand sich in Sais

Jakob: Ludwig Heinrich von J. (1759–1627), Prof. der Philosophie

Jean Paul: Pseudonym für Johann Paul Friedrich Richter (1763–1825), Dichter. Freund der Familie von Hardenberg in Weißenfels, Hardenberg lernte ihn im Oktober 1798 in Leipzig kennen

Joseph II.: (1741–1790), seit 1780 Kaiser des Heiligen Römischen Reiches

Julie: s. Charpentier

Just: August Cölestin J. (1750–1822), Kreisamtmann in Tennstedt und dort Friedrich von Hardenbergs Vorgesetzter und Freund, später sein erster Biograph; seit 1796 verheiratet mit Rahel J. (1757–1833); den Haushalt führte seit 1790 seine Nichte *Caroline* Erdmuthe Sophia J. (1768–1844)

Kant: Immanuel K. (1724–1804), Philosoph; Hardenberg befaßte sich intensiv mit seinen Werken

Karyatiden: weibliche Statuen, die anstelle von Säulen das Gebälk eines Bauwerks tragen
kat exochin: katexochen, (griech.) schlechthin
Klingsohr: Zauberer in Wolfram von Eschenbachs *Parzival* (1200–1210), der wie Heinrich von Ofterdingen auch im *Sängerkrieg auf der Wartburg* und in verschiedenen thüringischen Chroniken erwähnt wird
Klopstock: Friedrich Gottlieb K. (1724–1803), Dichter
Klubb: Jakobinerklub
Kluft: (bergmännisch) Spalte im Gestein
Konfraternität: Bruderschaft
Krösus: märchenhaft reicher König von Lydien (reg. 560–546 v.Chr.)
Kryptogamisten: blüten- und samenlose Sporenpflanzen
Kühn: Christiane Wilhelmine *Sophie* von K. (1782–1797), Tochter des Johann Georg von Kühn (1743–1786) und seiner zweiten Frau Sophia von Kühn (1752–1800); verlobt mit Friedrich von Hardenberg seit dem 15.3.1795
Kyffhäuser: Bergrücken südlich des Harzes über der Goldenen Aue; Ruinen einer mittelalterlichen Burg, in denen der Sage nach Barbarossa schlafend die Wiederkehr der Kaiserherrlichkeit erwartet
Laura: seit Petrarca in der Dichtung beliebter Name der (fiktiven) Geliebten
lex continuitatis: das Naturgesetz der Kontinuität („die Natur macht keine Sprünge“)
lex parsimoniae: das Naturgesetz der Sparsamkeit („die Natur wählt den kürzesten Weg“)
Leyer: Leier, Saiteninstrument; auch Sternbild am nördlichen Himmel
Libellen: Insektengattung, aber auch (von lat. „libellus“) Büchlein, d.h. Dichter
Locke: John L. (1632–1704), englischer Philosoph
Loretto: Wallfahrtsort in Italien
Luise (Louise): (1776–1810), Königin von Preußen, verheiratet mit Friedrich Wilhelm III. (s. dort)
Lykurg: sagenhafter Gesetzgeber der Spartaner
Mächtigkeit: (bergmännisch) Dicke einer Lagerstätte
Manessische Sammlung: die „große Heidelberger Liederhandschrift“, die damals noch in Paris war; der erste Herausgeber, Johann Jakob Bodmer, gab ihr den Namen nach dem Züricher Ratsherrn und Ritter Rüdiger Manesse (gest. 1325), der als Handschriftensammler bekannt war
Masonnerie: frz. „maçonnerie“; Freimaurerei

Medici: venetianische Familie, die im 14. Jhdt. durch Bankgeschäfte zu großem Reichtum gelangte
Memnon: Kolossalstatue in Theben; sie erzeugte aufgrund besonderer Luftzirkulationen bei Sonnenaufgang Töne, die als Gruß an Aurora, die Göttin des Morgenlichts, gedeutet wurden
Menstruum universale: vermeintliches Universal-Auflösungsmittel der Alchimisten
mephitisch: giftig, erstickend
Metempsychose: Seelenwanderung, Reinkarnation
Munizipalitäten: Stadtobrigkeiten
Musen: bei den Griechen die Schutzgöttinnen der Künste und des geistigen Lebens überhaupt
Myriaden: griech. zehntausend; im übertragenen Sinne: unermeßlich große Zahl
Myrte: Pflanze, der Aphrodite heilig und seit dem Altertum als Brautschmuck verwandt
Mystagogen: in Geheimkulte (Mysterien) einweihende Priester
Nadir Schach: persischer König (1688–1747)
Neptunisten: nach lat. Neptunus, dem römischen Gott der Flüsse, Seen und Meere, benannte Anhänger der Lehre, daß die Gesteine Sedimente eines Urmeeres seien
Nero: römischer Kaiser (37–68 v. Chr.), Inbegriff des antiken Tyrannen
nezessitieren: notwendig machen
Nümfen: Nymphen, in der antiken Mythologie weibliche Naturgeister
Oberon: 1780 veröffentlichte Verserzählung von Christoph Martin Wieland
Obscuranten: Dunkelmänner, Gegner der Aufklärung
Omaristen: nach dem Kalifen Omar I., der angeblich 642 die Bibliothek von Alexandria mit der Begründung zerstören ließ, entweder stimmten die Bücher mit dem Koran überein, dann seien sie überflüssig, oder sie widersprächen ihm, dann sei es notwendig, sie zu vernichten
Orion: Sternbild
Orpheus: mythischer Sänger der Griechen aus Thrakien, dessen Kunst auch die Tiere, die Pflanzen, die Steine und sogar die Götter der Unterwelt bezauberte
Pantheismus: philosophisch-religiöse Lehre von der völligen seinsmäßigen Einheit von Gott und Weltall (Natur)
Pantheist: Anhänger des Pantheismus
par force: (frz.) mit Gewalt, unbedingt

Paracelsus: Theophrastus Bombastus Paracelsus von Hohenheim (1493–1541), Arzt, Philosoph, Chemiker, Prediger und Mystiker

Parties de plaisir: (frz.) Vergnügungen

Parzen: die antiken Schicksalsgöttinnen Klotho, Lachesis und Atropos, die Gewalt über den „Schicksalsfaden“ des Menschen haben

Perpetuum mobile: eine Maschine, die sich ohne Verbrauch von Energie ewig bewegen soll

Perseus: in der griechischen Mythologie ein Held, der der Medusa das Haupt abschlug, das er an den Schild der Athene heftete; Sternbild am nördlichen Himmel

Pharsalus: Stadt in Thessalien; Ort der Entscheidungsschlacht zwischen Cäsar und Pompeius (48 v. Chr.)

Philomele: die Nachtigall

Phönix: griech. Name für den ägyptischen Sonnenvogel Benu, der alle 500 Jahre aus Indien zu seinem Tempel in Heliopolis kommt, dort sich selbst verbrennt und aus seiner Asche neu ersteht; Symbol der Wiedergeburt; Sternbild am südlichen Himmel

Plotin (Plotinos): (ca. 205–270), griechischer Philosoph, Begründer des Neuplatonismus; Hardenberg lernte ihn durch den *Geist der spekulativen Philosophie* (1791–1797) des Philosophiehistorikers Dieterich Tiedemann kennen

Pölitz: Karl Heinrich Ludwig P. (1772–1838), Prof. der Staatswissenschaft in Dresden

Potosi: Stadt in Bolivien; 1547 wurden hier, im damaligen Vizekönigtum Peru, äußerst ertragreiche Silberminen entdeckt

Präcipitation: Niederschlag; veralteter Ausdruck für den chemischen Vorgang der Fällung, der Destillation eines festen Stoffes aus einer Lösung

präliminariter: anfänglich

Profanation: Entweihung, Entheiligung

Psyche: griech. Seele, Figur in der Märchennovelle *Amor und Psyche* in Apuleius' *Der goldene Esel* (ca. 150 n. Chr.)

Quadratur des Kreises: die sprichwörtlich gewordene unlösbare Aufgabe, zu einem gegebenen Kreis mit Zirkel und Lineal ein flächengleiches Quadrat zu konstruieren

Religionsfriede: Augsburger Religions- und Landfriede vom 25.9.1555, der die Gleichberechtigung der Augsburger Konfession (Confessio Augusta) mit dem katholischen Bekenntnis proklamierte, die Untertanen aber zwang, das Bekenntnis ihrer Landesherren zu übernehmen („cuius regio, eius religio“)

Rhodope: Gebirge in Thrakien (heute: Rhodopi)

Ritter: Johann Wilhelm R. (1776–1810), Physiker in Jena, später in München; Hardenberg lernte ihn 1799 kennen
Robespierre: Maximilien de R. (1758–1794), französischer Revolutionär
Rustan: persischer Held, der in Firdûsis Epos *Königsbuch* oder *Shah-Nameh* (10. Jhdt.) gegen die Türken kämpft
Rutengänger: Wünschelrutengänger
Saeculo: (lat.) Jahrhundert
Saïs: altägyptische Kultstätte am unteren Nil (vgl. Schillers Gedicht *Das verschleierte Bild zu Sais*)
Sakontala: Schauspiel des indischen Dichters Kalidasa, das Georg Forster 1791 (aus dem Englischen) ins Deutsche übersetzte; Friedrich von Hardenberg und seine Brüder nannten seit 1795 auch Sophie von Kühn Sakontala
Sanscrit: alte, aber z.T. bis heute verwandte Sprache der Dichtung und Wissenschaft in Indien
Sansjüpon: Sansjupon (frz. „ohne Unterrock"), scherzhafte Analogie zu „Sansculotte" (frz. „ohne [Knie-]Hose"); die französischen Revolutionäre wurden wegen ihrer langen Hosen (frz. „pantalons") Sansculotten genannt, die Aristokratie trug kurze, bis unter das Knie reichende Hosen (frz. „culottes")
Saturn: Saturnus, röm. Gott, mit dem griech. Gott Kronos identisch
Saturnalien: volkstümliches Fest im alten Rom; symbolische Darstellung der Rückkehr Saturns, dessen Regierung mit dem Goldenen Zeitalter der Menschheit gleichgesetzt wurde
Schadow: Johann Gottfried Sch. (1764–1850), Bildhauer
Scheidekünstler: im 18. Jhdt. gebräuchliche Bezeichnung für den (praktischen) Chemiker
Schelling: Friedrich Wilhelm Joseph von Sch. (1775–1854), Philosoph, 1798–1803 a.o. Professor in Jena, später in Würzburg, Erlangen, München und Berlin; heiratete 1803 Caroline Schlegel; Hardenberg lernte ihn am 1.12.1797 kennen und studierte sein Werke intensiv
Schiller: Friedrich Sch. (1759–1805), Dichter und Historiker, seit 1789 Professor der Geschichte in Jena, wo Hardenberg ihn 1790 kennenlernte
Schlegel: August Wilhelm Schl. (1767–1845), Schriftsteller, Übersetzer (Shakespeare), Kunsttheoretiker und Orientalist; 1796–1800 in Jena, wo er mit seinem Bruder Friedrich Schl. das *Athenaeum* gründete, 1798 Professor für Literatur und Ästhetik, später in Berlin und Bonn; Hardenberg lernte ihn 1797 kennen
Schlegel: Friedrich Schl. (1772–1829), Bruder des August Wilhelm Schl.; Schriftsteller, Literarhistoriker und -kritiker, Kunstphilosoph; Har-

denberg lernte ihn Ende 1791 in Leipzig kennen; in den nächsten Jahren wohnte Schl. in Dresden, Jena, Berlin, seit 1799 wieder in Jena; Verfasser von Studien über das Altertum, des Romans *Lucinde*, Mitherausgeber des *Athenaeum*

Schleiermacher: Friedrich Ernst Daniel Schl. (1768–1834), protestantischer Theologe; 1796–1802 Prediger an der Charité in Berlin, seit 1797 mit Friedrich Schlegel befreundet, Verfasser der *Reden über die Religion an die Gebildeten unter ihren Verächtern* (1799)

Schwefelkies: Pyrit („Eisenkies"), metallisches Mineral, das beim Schlagen Funken gibt

Selmniz: *Adolf* Karl Ludwig von Selmnitz (1769–1814), seit 1790 Leutnant in Dresden, Freund Hardenbergs

Septanfieber: Rückfallfieber, das alle sieben Tage wiederkehrt

Seraph: Erzengel

Seraphinen-Orden: hohe schwedische Auszeichnung

Shakespeare: William Sh. (1564–1616), englischer Dichter

siderisch: (von lat. „sidus", Gen. „sideris": Stern, Gestirn) die Fixsterne betreffend

silberne Zeit: in der Zeitalterlehre Hesiods (8./7. Jhdt. v. Chr.) die Phase nach der goldenen Zeit; Beginn des Streits unter den Menschen

Skeptizismus spurius: lat. „spurius": unehelich, als Substantiv: Bastard, uneheliches Kind

Smintheus: Beiname des Apollon, Ehrenname großer Dichter

Söffchen: s. Kühn, Sophie von

solenn: feierlich

Solon: (um 639-559 v. Chr.), Gesetzgeber der Athener

Sophie: s. Kühn, Sophie von

Sphinx: griechisch-ägyptisches Fabelwesen mit beflügeltem Oberleib einer Frau und Unterleib eines Löwen; vor den ägyptischen Pyramiden als Wächter des Totenreichs aufgestellt, in der griechischen Mythologie stößt Oedipus am Eingang der Stadt Theben auf eine Sphinx, die er durch Lösung eines Rätsels überwindet

Spinoza: Baruch Benedictus de Sp. (1632–1677), jüdisch-niederländischer Philosoph

Sternenrad: Sternenkreis

Stock: Johanna Dorothea (Dora) St. (1760–1832), Dresdener Malerin; Hardenberg kannte sie seit 1792

Sublimation: in der Chemie Verflüchtigung eines festen Stoffes in einen gasförmigen Zustand; philosophisch: Erhebung in einen höheren Zustand

Supposition: Unterstellung, Voraussetzung

Syrenen: Sirenen, in der antiken Mythologie göttliche Wesen, die mit ihrem Gesang Menschen ins Verderben locken

szientifisch: wissenschaftlich

Taiti: Tahiti

Taranteln: giftige Erdspinnen

Taus: auch „Daus", Ausdruck der Trefflichkeit; ein Mensch, den man gerne sieht und mit einer gewissen Bewunderung betrachtet

Theophilanthropie: („Gottmenschfreundlichkeit"); die Theophilanthropen waren eine deistische Religionsgemeinschaft, die zum Erhalt der Religion 1796 in Paris gegründet wurde

Theresia: Maria Theresia (1717–1780), Kaiserin von Österreich; ihr Sohn Joseph II. regierte, zunächst als Mitregent, 1765–1790 und wurde einer der wichtigsten Vertreter des aufgeklärten Absolutismus

Thuiskon: Gott der Germanen

Tieck: Ludwig Johann T. (1773–1853), Dichter; Hardenberg lernte ihn im Juli 1799 in Jena kennen; Verfasser von *Franz Sternbalds Wanderungen* (1798), Beschäftigung mit älterer deutscher Literatur und den Volksmärchen, Mitverfasser und Herausgeber der *Herzensergießungen eines kunstliebenden Klosterbruders* (1797) und der *Phantasien über die Kunst für Freunde der Kunst* (1799) Wilhelm Heinrich Wackenroders

Todtenkranz: das Bekränzen war Bestandteil des antiken Totenkults

Transsubstantiation: Wesensverwandlung (z.B. Brot und Wein in Leib und Blut Christi beim Abendmahl)

Trope: in der Rhetorik bildliche Ausdrücke (Metaphern, Metonymien, Synekdochen)

Trum: (bergmännisch) Gang von geringerer Mächtigkeit

Turmalin: gesteinsbildendes Mineral; mit Zink und Gold eines der drei Elemente des Galvanismus

Unger: Johann Friedrich Gottlieb U. (1753–1804), Verlagsbuchhändler in Berlin

uno actu: (lat.) in einem Zug

Venus: römische Göttin der Liebe

vide: (lat.) siehe

Vindonissa: heute Windisch im Aargau, Schweiz; nahebei Überreste der Römerstadt Vindonissa, die unter den Franken ein Bischofssitz wurde

Virgil: Publius Vergilius Maro (70–19 v.Chr.), römischer Dichter

Volkanisten: nach lat. Volcanus, dem römischen Gott des Feuers, benannte Anhänger der Lehre, daß die Gesteine aus Eruption entstanden seien

Wärmestoff: in der Physik des 18. Jhdts. hypothetisch angenommener Stoff (auch „Phlogiston“), der bei der Verbrennung entweiche und deren Ursache darstelle

Wartburg: Burg in Thüringen bei Eisenach; um die Mitte des 13. Jhdts. entstand der mittelhochdeutsche Gedichtzyklus *Sängerkrieg auf der Wartburg*, der von dem sagenhaften Wettstreit u.a. der Dichter Wolfram von Eschenbach, Walther von der Vogelweide, Reinmar von Hagenau und Heinrich von Ofterdingen berichtet

welsche: (von mhd. „wälhisch“) italienische

Welschland: Italien

Wenden: ursprünglich dt. Bezeichnung für die Slawen

Werner: Abraham Gottlob W. (1749–1817), Prof. der Bergbaukunst und Mineralogie an der Bergakademie in Freiberg; dort Lehrer und Freund Hardenbergs

Wetter: die Luftverhältnisse im Bergwerk

Wetterbäume: große, dicke, nach oben ausgebreitete Wolken

Wieland: Christoph Martin W. (1733–1813), Dichter, Übersetzer, Herausgeber von Zeitschriften

Wocken: Rocken, Spinnrocken; hölzerner Stab, um den die zu verspinnenden Fasern geschlungen sind

Xstus: Christus

Zephir: griech. „Zephyros“, dichterische Bezeichnung für einen milden Westwind und dessen vergöttlichte Personifikation

Zeus (Zevs): höchster Gott im antiken Griechenland

Zinzendorf: Nikolaus Ludwig Graf von Z. (1700–1760), Stifter der Herrnhuter Brüdergemeinde

Zyane: der Name ist nach griech. „Kyanós“: Kornblume gebildet

Zyniker: Kyniker, Mitglieder einer am Ideal der Bedürfnislosigkeit orientierten antiken Philosophenschule (um 400 v.Chr.)

Zypris: griech. „Kypros“, Zypern; weil Aphrodite hier dem Meer entstieg, trägt sie den Beinamen „Kypris“

Verzeichnis der Gedichtüberschriften und -anfänge

Das Verzeichnis enthält die Überschriften und Anfangszeilen sämtlicher in diesen Band aufgenommenen Gedichte, einschließlich der in den „Lehrlingen zu Saïs“ und im „Heinrich von Ofterdingen“.

Inhaltsverzeichnis

Anhang